「十三五」国家重点图书出版规划项目
国家社会科学基金重大项目「中国近代日记文献叙录、整理与研究」
（项目编号：18ZDA259）阶段性研究成果

中国近现代稀见史料丛刊【第八辑】

张剑 徐雁平 彭国忠 主编

海昌俞氏家集

（清）俞超 俞兴瑞 俞承德 著
刘京臣 整理

本辑执行主编 徐雁平

凤凰出版社

图书在版编目（CIP）数据

海昌俞氏家集 / （清）俞超，（清）俞兴瑞，（清）俞承德著 ； 刘京臣整理. -- 南京 : 凤凰出版社，2021.9
（中国近现代稀见史料丛刊. 第八辑）
ISBN 978-7-5506-3472-5

Ⅰ. ①海… Ⅱ. ①俞… ②俞… ③俞… ④刘… Ⅲ. ①中国文学－古典文学－作品综合集－清代 Ⅳ. ①I214.92

中国版本图书馆CIP数据核字(2021)第167948号

书　　名	海昌俞氏家集
著　　者	(清)俞　超　俞兴瑞　俞承德 著　刘京臣 整理
责任编辑	单丽君
装帧设计	姜　嵩
出版发行	凤凰出版社(原江苏古籍出版社) 发行部电话025-83223462
出版社地址	江苏省南京市中央路165号,邮编:210009
出版社网址	http://www.fhcbs.com
照　　排	南京凯建文化发展有限公司
印　　刷	江苏凤凰通达印刷有限公司 江苏省南京市六合区冶山镇,邮编:211523
开　　本	880毫米×1230毫米　1/32
印　　张	13
字　　数	338千字
版　　次	2021年9月第1版
印　　次	2021年9月第1次印刷
标准书号	ISBN 978-7-5506-3472-5
定　　价	108.00元

(本书凡印装错误可向承印厂调换,电话:025-57572508)

袁行霈先生题辞

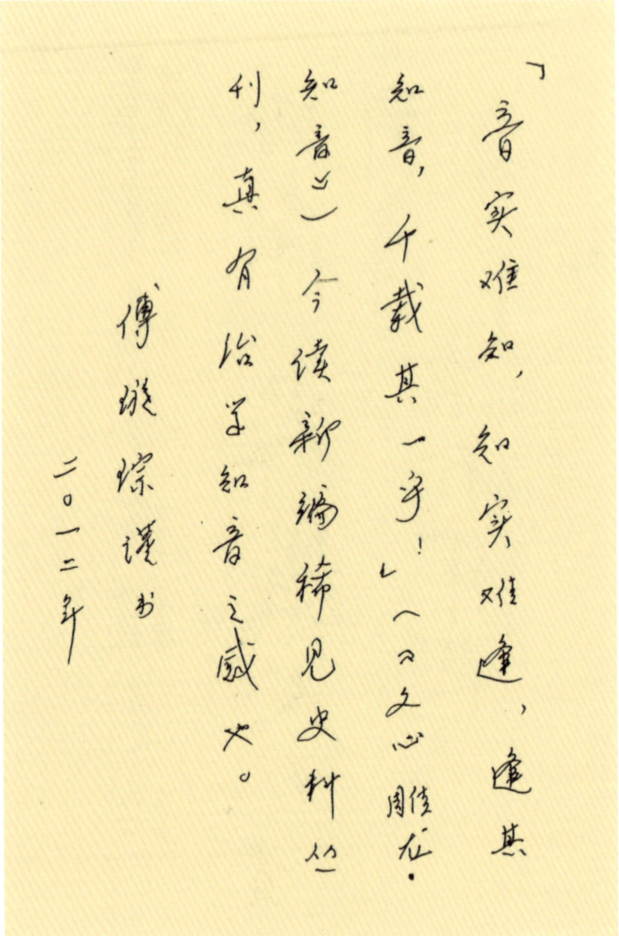

「音实难知，知实难逢，逢其知音，千载其一乎！」（《文心雕龙·知音》）今读新编稀见史料丛刊，真有治学知音之感矣。

傅璇琮谨书

二〇一二年

傅璇琮先生题辞

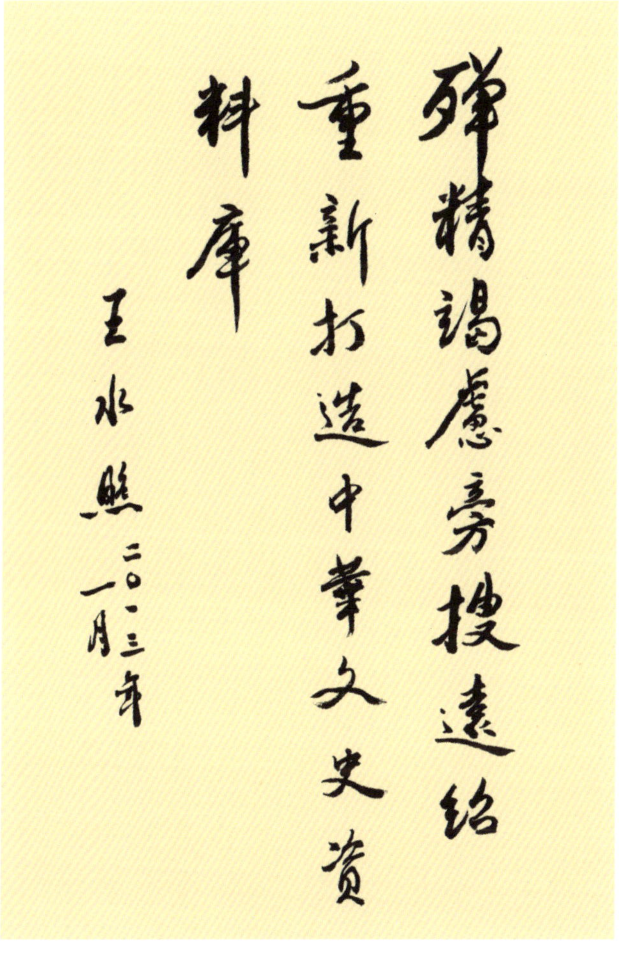

王水照先生题辞

《中国近现代稀见史料丛刊》总序

在世界所有的文明中，中华文明也许可说是“唯一从古代存留至今的文明”（罗素《中国问题》）。她绵延不绝、永葆生机的秘诀何在？袁行霈先生做过很好的总结：“和平、和谐、包容、开明、革新、开放，就是回顾中华文明史所得到的主要启示。凡是大体上处于这种状况的时候，文明就繁荣发展，而当与之背离的时候，文明就会减慢发展的速度甚至停滞不前。”（《中华文明的历史启示》，《北京大学学报》2007 年第 1 期）

但我们也要清醒看到，数千年的中华文明带给我们的并不全是积极遗产，其长时段积累而成的生活方式与价值观具有强大的稳定性，使她在应对挑战时所做的必要革新与转变，相比他者往往显得迟缓和沉重。即使是面对佛教这种柔性的文化进入，也是历经数百年之久才使之彻底完成中国化，成为中华文明的一部分；更不用说遭逢“数千年来未有之变局”、“数千年未有之强敌”（李鸿章《筹议海防折》），“数千年未有之巨劫奇变”（陈寅恪《王观堂先生挽词序》）的中国近现代。晚清至今虽历一百六十余年，但是，足以应对当今世界全方位挑战的新型中华文明还没能最终形成，变动和融合仍在进行。1998 年 6 月 17 日，美国三位前总统（布什、卡特、福特）和二十四位前国务卿、前财政部长、前国防部长、前国家安全顾问致信国会称：“中国注定要在 21 世纪中成为一个伟大的经济和政治强国。”（徐中约著《中国近代史》上册第六版英文版序，香港中文大学 2002 年版）即便如此，我们也不能盲目乐观，认为中华文明已经转型成功，相反，中华文明今天面对的挑战更为复杂和严峻。新型的中华文明到底会怎样呈现，又怎样具体表现或作用于政治、经济、文化等层面，人们还在不断探索。这个问题，我们这一代恐怕无法给出答案。但我们坚信，在历史上曾经灿烂辉煌的中华文明必将凤凰浴火，涅槃重生。这既是数千年已经存在的中华文明发展史告诉我们的经验事实，也是所有为中国文化所化之人应有的信念和责任。

不过，对于近现代这一涉及当代中国合法性的重要历史阶段，我们了解得还过于粗线条。她所遗存下来的史料范围广阔，内容复杂，且有数量庞大且富有价值的稀见史料未被发掘和利用，这不仅会影响到我们对这段历史的全面了解和规律性认识，也会影响到今天中国新型文明和现代化建设对它的科学借鉴。有一则印度谚语如是说："骑在树枝上锯树枝的时候，千万不要锯自己骑着的那一根。"那么，就让我们用自己的专业知识与能力，为承载和养育我们的中华文明做一点有益的事情——这是我们编纂这套《中国近现代稀见史料丛刊》的初衷。

书名中的"近现代"，主要指 1840—1949 年这一时段，但上限并非以一标志性的事件一刀切割，可以适当向前延展，然与所指较为宽泛的包含整个清朝的"近代中国"、"晚期中华帝国"又有所区分。将近现代连为一体，并有意淡化起始的界限，是想表达一种历史的整体观。我们观看社会发展变革的波澜，当然要回看波澜如何生，风从何处来；也要看波澜如何扩散，或为涟漪，或为浪涛。个人的生活记录，与大历史相比，更多地显现出生活的连续。变局中的个体，经历的可能是渐变。《丛刊》期望通过整合多种稀见史料，以个体陈述的方式，从生活、文化、风习、人情等多个层面，重现具有连续性的近现代中国社会。

书名中的"稀见"，只是相对而言。因为随着时代与科技的进步，越来越多的珍本秘籍经影印或数字化方式处理后，真身虽仍"稀见"，化身却成为"可见"。但是，高昂的定价、难辨的字迹、未经标点的文本，仍使其处于专业研究的小众阅读状态。况且尚有大量未被影印或数字化的文献，或流传较少，或未被整合，也造成阅读和利用的不便。因此，《丛刊》侧重选择未被纳入电子数据库的文献，尤欢迎整理那些辨识困难、断句费力、裒合不易或是其他具有难度和挑战性的文献，也欢迎整理那些确有价值但被人们习见思维与眼光所遮蔽的文献，在我们看来，这些文献都可属于“稀见”。

书名中的“史料”，不局限于严格意义上的历史学范畴，举凡日记、书信、奏牍、笔记、诗文集、诗话、词话乃至序跋汇编等，只要是某方面能够反映时代政治、经济、文化特色以及人物生平、思想、性情的文献，都在考虑之列。我们的目的，是想以切实的工作，促进处于秘藏、边缘、零散等状态的史料转化为新型的文献，通过一辑、二辑、三辑……这样的累积性整理，自然地呈现出一种规模与气象，与其他已经整理出版的文献相互关联，形成一个丰茂的文献群，从而揭示在宏大的中国近现代叙事背后，还有很多未被打量过的局部、日常与细节；在主流周边或更远处，还有富于变化的细小溪流；甚至在主流中，还有漩涡，在边缘，还有静止之水。近现代中国是大变革、大痛苦的时代，身处变局中的个体接物处事的伸屈、所思所想的起落，藉纸墨得以留存，这是一个时代的个人记录。此中有文学、文化、生活；也时有动乱、战争、革命。我们整理史料，是提供一种俯首细看的方式，或者一种贴近近现代社会和文化的文本。当然，对这些个人印记明显的史料，也要客观地看待其价值，需要与其他史料联系和比照阅读，减少因个人视角、立场或叙述体裁带来的偏差。

知识皆有其价值和魅力，知识分子也应具有价值关怀和理想追求。清人舒位诗云“名士十年无赖贼”（《金谷园故址》），我们警惕袖手空谈，傲慢指点江山；鲁迅先生诗云“我以我血荐轩辕”（《自题小像》），我们愿意埋头苦干，逐步趋近理想。我们没有奢望这套《丛刊》产生宏大的效果，只是盼望所做的一切，能融合于前贤时彦所做的贡献之中，共同为中华文明的成功转型，适当“缩短和减轻分娩的痛苦”（马克思《资本论》第一卷第一版序言）。

《丛刊》的编纂，得到了诸多前辈、时贤和出版社的大力扶植。袁行霈先生、傅璇琮先生、王水照先生题辞勖勉，周勋初先生来信鼓励，凤凰出版社姜小青总编辑赋予信任，刘跃进先生还慷慨同意将其列入"中华文学史史料学会"重大规划项目，学界其他友好也多有不同形式的帮助……这些，都增添了我们做好这套《丛刊》的信心。必须一提的是，《丛刊》原拟主编四人(张剑、张晖、徐雁平、彭国忠)，每位主编负责一辑，周而复始，滚动发展，原计划由张晖负责第四辑，但他尚未正式投入工作即于2013年3月15日赍志而殁，令人抱恨终天，我们将以兢兢业业的工作表达对他的怀念。

《丛刊》的基本整理方式为简体横排和标点(鼓励必要的校释)，以期更广泛地传播知识、更好地服务社会。希望我们的工作，得到更多朋友的理解和支持。

2013年4月15日

目　录

前　言

现藏于中国社会科学院文学研究所的《翏莫子集》，以礼、乐、射、御、书、数为别，一函六册，为咸丰六年（1856）平江三德堂版。此集虽题为《翏莫子集》，却非翏莫子一人之集，而是俞承德、俞承宗二人所校刊的俞超、俞兴瑞、俞承德祖孙三人的家族总集。其中第一册为俞兴瑞《翏莫子集》卷一、卷二，第二册为《翏莫子集》卷三、卷四，第三册为俞承德《高辛研斋杂稿》一卷、《高辛研斋诗稿》一卷、《高辛砚斋同人题赠》一卷，第四册为俞超《见闻近录》卷一、卷二，第五册为《见闻近录》卷三、卷四，第六册为俞兴瑞《翏莫子杂识》一卷、俞承德《高辛砚斋杂著》一卷。[1] 本次标点整理的底本，即是中国社会科学院文学研究所藏本（简称“文学所藏本”）。

《清代诗文集汇编》第646册收录有咸丰六年平江三德堂刻本俞兴瑞《翏莫子集》四卷、《翏莫子杂识》一卷，俞承德《高辛砚斋杂著》一卷（简称“汇编本”），正相当于文学所藏本的第一、二、六册。汇编本《翏莫子集》卷四《诗薮同人集饮招余未赴》诗后缺《观物》《题李芗沚丈〈校经图〉》两首，以及《冬雨感旧用三江全韵》前十二句。此外，汇编本《翏莫子集》卷四《赋得鸿胪初唱第一声得声字》《赋得种之芒种得生字》《赋得学如鸟数飞得勤字》三首有阙字，其余皆与文学所藏本相同。

上海图书馆、浙江图书馆均藏有《海昌俞氏丛刻》（简称“丛刻

---

① “高辛砚（研）斋”当为俞承德室号，《杂著》《同人题赠》皆用“砚”字，《诗稿》《杂稿》多用“研”而偶用“砚”字。今照录，不作统改。

本”)，亦为咸丰六年平江三德堂刻本，依次收录俞兴瑞《翏莫子集》四卷、《翏莫子杂识》一卷，俞承德《高辛砚斋杂著》一卷、《高辛研斋诗稿》一卷、《高辛研斋杂稿》一卷，俞超《见闻近录》四卷，以及吴靖符《附客窗闲话》二卷。

文学所藏本与丛刻本虽皆为咸丰六年平江三德堂版，但二者却有不少相异之处：

一、收录次序不同。

文学所藏本依次收录《翏莫子集》《高辛研斋杂稿》《高辛研斋诗稿》《高辛砚斋同人题赠》《见闻近录》《翏莫子杂识》《高辛砚斋杂著》；丛刻本则以人为别，依次为俞兴瑞《翏莫子集》《翏莫子杂识》，俞承德《高辛砚斋杂著》《高辛研斋诗稿》《高辛研斋杂稿》，俞超《见闻近录》和吴靖符《附客窗闲话》。

二、部分内容不同。

丛刻本较文学所藏本多收录了吴靖符《附客窗闲话》两卷，少收录了《高辛砚斋同人题赠》一卷。

文学所藏本《高辛研斋诗稿》较之丛刻本，多出《六月闻子规》等四十四首诗歌；文学所藏本《高辛研斋杂稿》较之丛刻本，多出《金补之明府墓志铭》等九篇。

考虑到吴靖符并非俞氏亲属，本书意在整理俞氏祖孙三人之集，故未附录《附客窗闲话》，且易其名为《海昌俞氏家集》，以副其实。

俞兴瑞，字吉晖，号霞轩，又号翏莫子，行一，嘉庆丙辰(1796)九月十七日生，道光辛卯(1831)优贡，八旗官学教习，有《霞轩诗稿》。《海昌备志》称其少有神童之目，萧山学官所藏书遍览不遗。甫成童，文誉噪一时，尤工骈体之作。疾书不加点，博赡工丽，古今体诗多古藻处。

其父俞超，字福先，号漱园，乾隆丁酉(1777)经魁，乙卯(1795)会试大挑二等，萧山县学教谕，截取知县，敕授文林郎。著《漱园吟草》。

其母周氏，生母朱氏。胞姊二，长适湖南沅州府麻阳县知县周文泉，次即为继室。俞兴瑞娶同邑吴氏，例授儒林郎候选布政司理问吴英达次女。继室姚氏。子三，承德、承宗、承志。

长子承德，后改名凤翰，字珊庆，号少轩，又号石年，嘉庆丁丑(1817)十月四日生，道光庚子(1840)解元，历任平江、新化知县等。工诗、古文，又善山水画，在京师松筠庵曾与诸名流结画社。著《高辛研斋诗稿》。

一

俞兴瑞，有《翏莫子集》四卷，其中文集、诗集各二卷；《翏莫子杂识》一卷，为嘉庆二十二年(1817)九月十六日，至嘉庆二十五年(1820)三月十六日之日记。

曾任海宁州学训导的钱泰吉对俞兴瑞评价极高，称："余初至海昌时，名冠一黉者为俞霞轩兴瑞、徐晴江开业……两君皆年少醇谨，无子弟之过，长益敦厚，处侪辈间，呐呐退让，发为文词，数千言摇笔立成，若有宿构，老儒硕学惊诧其才藻。"[①]邹志路则将俞兴瑞比之扬雄："君年未二十，作赋夸群英。口吐白凤凰，扬雄是前身。清庙挥朱弦，一洗笛与筝。"[②]俞兴瑞曾夫子自道："数年来虽在忧疾，未尝不奋发攻苦。上自六经史汉、历代成败之迹、诸子百家之言、歌颂撰述、图谱之学，下至山镵家刻、烦缛幽诡可喜之辞，往往沿流讨源，咀其华实，而于应制文艺、诗赋之属，亦曰孳孳焉不敢暂辍。"(《翏莫子集》卷二《上李芝林夫子书》)可见俞兴瑞之所以能被众人所认可，与其"奋发攻苦"密不可分。

虽饱读诗书，早有大名，俞兴瑞却为生计所迫，久客杭州，"卖文为生"(《翏莫子杂识》)，"操管赍简札为骈四俪六，以糊口于尘埃之

---

① 钱泰吉《甘泉乡人余稿》卷一《徐晴江遗稿序》，《清代诗文集汇编》，上海古籍出版社2010年版，第572册，第332页。

② 邹志路《猬斋遗稿》卷一《岁暮怀人诗十五首・俞霞轩兴瑞》，《清代诗文集汇编》，第585册，第633页。

间”(《翏莫子集》卷二《与邹仲虎书》)。王丹墀曾说过:“霞轩尝为仁、钱两县令代笺启之劳。”[①]其子俞承德亦称:“先君久馆武林,卖文为活。平昔撰著多为当路捉刀之作。”(《翏莫子集》卷二)

现存《翏莫子集》中便存有为他人捉刀的篇章,《汪少海明府仲洋〈心知堂诗集〉序》即是其一。

汪少海,即汪仲洋,号海门,成都人。嘉庆六年(1801)举人,历任浙江钱塘、桐庐、山阴、海盐知县。俞兴瑞集中有不少与汪少海的往来记录,《与汪少海明府书》云:“瑞自稚龀,砌志丹墨。弱冠迫于家累,苟出问世。自顾其中,略无可取。然蒙阁下亟见奖叹,特以爱故忘其愚瞢耳。犹记阁下与谭梅臣语,叹曰:‘此子蹭蹬,直是命矣。’每念斯言,辄为泣下。”(《翏莫子集》卷二)可见其对汪少海的“奖叹”,极为感激。集中又有《汪少海明府重至海盐与余适相遇偕饮于障海楼听李玉峰弹琴》《题汪少海明府〈陇上吟稿〉》《题汪少海明府诗集》《送汪少海明府之凉州即次前韵》等诗歌,或与其听琴,或为其题诗,或诗酒唱和。

汪少海著有《心知堂诗稿》十八卷,诗稿前有鲍桂星、姚椿、钱栻三人之序。钱栻,字希南,号次轩,仁和人,乾隆戊戌(1778)进士。所谓“钱栻”之序,实为俞兴瑞代笔的《汪少海明府仲洋〈心知堂诗集〉序》。称其为代笔,原因有二:其一,序云:“少海汪君,余辛酉所得士也。”遣词之口吻与俞氏生平不合;其二,俞序以“他日乐府《黄麞》,新声《朱鹭》。宏辞壮篇,速附軨猎,以示我也”煞尾,《心知堂诗稿》中的钱序在此之后,多出“道光六年丙戌秋仲仁和钱栻”[②]一句,可知此序乃是俞兴瑞代钱栻所作,一被收入《翏莫子集》中,一被以钱栻之名收

① 王丹墀《菽欢堂诗集》卷一一《游理安寺喜晤泉香上人》,《清代诗文集汇编》,第531册,第455—456页。

② 钱栻《心知堂诗稿·序》,《续修四库全书》,上海古籍出版社2002年版,第1502册,第3页。

入汪少海《心知堂诗稿》中。

《翏莫子集》卷二所收的《祭双忠庙文》，亦为代笔之作，此文开篇即称："维年月日。海宁州知州王某，敬具牲牢之奠，致祭于五侯之灵曰。"很明显，这是俞兴瑞代海宁州知州所作的祭祀张巡、许远、姚訚、雷万春、南霁云之祭文。

除却捉刀，便是坐馆。坐馆之生活，"奔走形势之途，岂吾辈所乐为？然不得一馆，菽水焉奉？事与心违，神随形困"（《翏莫子杂识》）。由"午刻到杭，馆在金枪板巷，徒三。是夜蒋书奴设席相待，雪晴严寒"（《翏莫子杂识》）可知，俞兴瑞曾在杭州金枪板巷设馆收徒，蒋书奴之子蒋坦，即是其生徒之一。

正因捉刀、坐馆之生涯，使俞兴瑞的很多作品，才脱稿即被人携去不复存，所以其长子俞承德感慨："即偶自著述，友人辄借观不反。以至所遗之稿，仅十得一二。今夏二弟南来，带有文集二卷、诗集二卷。恐久再遗轶，急付诸梓。"（《翏莫子集》卷二）"仅十得一二"，颇能见出俞兴瑞之作散佚严重。

金衍宗有《素如剡曲授经图次俞霞轩茂才兴瑞韵》两首，诗云："官于剡水曲，居近洞天尊。老健甘齑粥，清贫长子孙。一经绵世泽，卅载感师门。素如与余同受业沈双湖夫子门。回首春风坐，同嗟鬓雪痕。""我亦资微禄，山深地更偏。传经心事爽，下笔俗情牵。科目原难料，功夫要自研。输君躬督课，头角各英年。"[①]俞兴瑞现存集中，找不到原诗，亦找不到他与金衍宗的唱和记载。

与之相似的，俞兴瑞集中也没有与王丹墀同游、唱和的记载，而在王丹墀《菽欢堂诗集》中，却有他专和俞兴瑞诗原韵六首[②]，分别

---

① 金衍宗《思诒堂诗稿》卷八《素如剡曲授经图次俞霞轩茂才兴瑞韵》，《清代诗文集汇编》，第 533 册，第 627 页。

② 王丹墀《菽欢堂诗集》卷一一，《清代诗文集汇编》，第 531 册，第 455—456 页。

是:《雨夜宿净居庵》和俞氏《雨宿净居庵次蒋书奴韵》,《游理安寺喜晤泉香上人》和俞氏《游理安寺和许玉年题壁韵赠香泉上人》,《登松颠阁用游云栖寺韵二首》《又和登松颠阁韵》和俞氏《松颠阁叠前韵》,《宿云栖寺值雨明日雨止因寻理安寺烟霞洞石屋洞诸胜归登六和塔顶》和俞氏《游云栖值雨明日雨止因寻理安寺烟霞洞石屋洞诸胜归登六和塔顶》。可见,我们现在所见到的俞兴瑞诗文确实散佚不少,俞承德所谓"仅十得一二",当非虚语。

现存《翏莫子集》有桐城许丽京的题辞:"魂魄光气莽无垠,健笔雄深入九军。如此奇才偏早死,谁曾寒夜细论文。天麟堕劫完公案,神马穷精走怪云。遗迹正防雷电取,更教令子护殷勤。"并无其他序跋。

钱泰吉在为徐晴江遗稿作序时曾提到过:"霞轩遗稿,其子少轩解元尝属为序而未果,今携至楚南矣。"[①]遂知俞承德所说的"今夏二弟南来,带有文集二卷、诗集二卷",可能正是向钱氏求序未得后,由其二弟俞承宗"携至楚南"的。

俞兴瑞曾师事钱泰吉,为其《清芬录》作序曰:"吾师弥复劬心荟萃,胝手编辑……若兴瑞者,忝列鼎门,莫追曩轨。范乔之砚乃出于秘府,宣公之议不登于逸竹。澜远虑歇,枝丰孰培。言睹斯编,不禁涩然汗出也。"(《翏莫子集》卷二《〈清芬录〉序》)爱好金石的钱泰吉,还曾记载俞兴瑞偶于城中故家获《秀餐轩帖》,其"爱而藏之,借本校核"[②]之事。

道光庚子初夏,钱泰吉有《放蝶》诗五言二百字,自序曰:"学舍邻并小女子得绿蝶一,大逾常蝶,后翅若燕尾,笼之经宿,一蝶翔舞绕

---

① 钱泰吉《甘泉乡人余稿》卷一《徐晴江遗稿序》,《清代诗文集汇编》,第572册,第332页。

② 钱泰吉《甘泉乡人稿》卷一一《跋〈秀餐轩帖〉》,《清代诗文集汇编》,第572册,第146—147页。

笼，若求其偶者，乃并获焉。余闻而异之，取放庭树间，少选偕去。噫，物类相感，其殆深于情耶。”钱泰吉可能对这首诗比较得意，尝命其子铭恕、应溥同和，还曾寄赠给管庭芬，管氏亦有和作。《年谱》称：“一时和者数百家……亦海昌学舍中佳话也。”[①]俞承德也关注到了这首《放蝶》，有《放蝶歌和钱警石师泰吉作》，只是俞诗未用原韵，仅用钱氏《放蝶》本事而已。

在俞兴瑞的记载中，与其来往最多的朋友首推蒋书奴。蒋焜，字书奴，钱塘诸生，“尝筑槐眉庄于西溪，书画琴尊，日涉成趣。凡河渚芦葭，永兴梅竹，探讨几遍。后复买屋于城东仓巷，命子霭卿、妇关秋芙居之。已则策一蹇驴，往来其间，行歌弗辍，时人目为‘诗呆’”[②]。俞兴瑞不仅是蒋坦的开蒙之师，是蒋坦与关秋芙姻缘之“蹇修”，还曾为蒋书奴之妻俞氏《散花遗影》题诗，可见俞兴瑞与蒋氏家族关系之亲密。

俞、蒋二人时常结伴出游、诗酒唱和，《雨宿净居庵次蒋书奴韵》《巢园夜饮持螯次书奴韵》等诗歌便记载了二人出游次韵之事。俞兴瑞有一首《西湖别后忆蒋书奴戏托艳体》，蒋书奴继以《和俞霞轩湖上别归艳体诗原韵》[③]，此次唱和，也记载在了嘉庆二十四年四月朔日所记的《翏莫子杂识》之中。甚至可以说，蒋书奴是在《翏莫子杂识》中出现频率最高的朋友之一：

> （嘉庆二十三年八月）十六日大晴。陈梅村邀予至吴山，将行，蒋书奴至。谈次，书奴忽曰：“盍游吴山乎？”适投予意，遂偕行。不知梅村之邀予饮也，乃书奴亦邀予饮也，予为大笑。先饮

---

① 《甘泉乡人稿·年谱》，《清代诗文集汇编》，第572册，第359页。

② 丁申、丁丙编《国朝杭郡诗三辑》卷三八，光绪十四年（1888）刻本，第15叶。

③ 《国朝杭郡诗三辑》卷三八，光绪十四年刻本，第16叶。

书奴，后饮梅村。在《易》有之曰："困于酒食。"书奴同席有杨升斋、庄梅溪、乔梓、吴也痴，共六人。梅村同席有周松泉、丁补松、沈心泉炼师及书奴，亦六人。书奴是日为主亦为宾。酒酣客散，独予与梅村、书奴登坎卦坛望月，湖光山翠，荡漾金波，昨宵之游奇，今日之兴雅也。夜既深，别梅村，与书奴行吟下山，时漏已三下，尚有美人踏月缘磴而上者，异哉。是夜宿书奴寓，即吴也痴家也。也痴善幻戏，又得畅观。迨寝，月衔山矣。

（嘉庆二十三年十月）二十七日小雨，阴。至金枪板巷访蒋书奴不值……甫脱稿而书奴至，邀予至金枪板巷，即吴也痴家。是夕有事，彻夜不眠。

（嘉庆二十三年十一月）三日晴，出门拜客。晚与孙雨生、孙云楣、蒋书奴小饮。

（嘉庆二十四年正月）二十六日晴，二十四日定期到杭，舟已买矣，忽大风如吼，飞雪盈尺，舟人云："如此风波不可行也。"二十五日微霁，傍晚放舟，舟中秉烛夜读，颇乐。是日午刻到杭，馆在金枪板巷，徒三。是夜蒋书奴设席相待，雪晴严寒。

（嘉庆二十四年）四月朔日，雨。窗昏翳，予方握管作《吴也痴寿文》，凝思未成，屐声入户，则书奴自长桥至也。欢甚，袖出和诗，先是予与书奴游孤山，遂于湖上别，归仿义山留赠畏之作《艳体》寄之，云："不愿相逢别可怜，段家桥畔绮罗天。长堤绿柳斜斜雨，小妹青溪叠叠烟。春病转深犹堕梦，柔肠难了忽逃禅。相如别有知音感，岂独文君貌似仙。"书奴和云："烛暗香残亦可怜，落花风雨五更天。信通锦段金裁句，梦断蓝田玉化烟。渴病未消春中酒，闲愁捷悟夜参禅。嫦娥偏少团圞夕，有恨才登上界仙。”是时胡问槎同作，书奴亦和之，篇繁不录云，是夕雨甚。

(嘉庆二十四年四月)二日，崇文书院月课。书奴邀梦岩及予同行，云作文毕可至净居庵谒简田老夫子也。下舟，舟甚洁。雨暂止，三面岚光，树色皆作浓翠，湖水如碧琉璃。少顷，细雨又作，远山蒙蒙，迭隐迭见，桥亭僧寺参差入烟，若写意笔墨矣。抵书院，文题已出，《乡人饮酒》二节，赋得《画桥碧阴》。予作文二篇、诗一首。船窗系牡丹花，予坐其侧，香风拂人，含笑欲语。书奴相戏云：“名花倾国两相欢也。”风骤猛，雨打入篷窗，急掩之。未几文成。天稍霁，重推窗望两堤，杨柳松篁，野田麦苗豆叶及杂草小卉，幻万种碧色。垂红桥跨其间，有一叟方持伞度桥，衣袂皆碧，真所谓“画桥碧阴”也。山腰云气渐散，缕缕然升于颠，直接长空，缭白萦青，奇爽扑面，妙不可状。遂解缆至小有天园。泊舟上岸，天渐暝，行南屏烟云中，入净居庵，简田祖姑丈相见甚喜。是日庵中赏牡丹，残尊犹存。洗盏更饮，未数巡红灯上矣。夜与祖姑丈论玉溪诗，高吟响山谷。梦岩及关棣孙一榻，余与书奴一榻，明日五更约看山。梦岩倦甚，先寝，余亦寝。书奴拥被坐，忽推余醒，云顷得一诗，吟曰云云，另有草。予听诗睡意顿释，用元韵和之云云。书奴听讫，默不语，少刻云又用元韵作《牡丹诗》一章，先诵上四句，下四句未成，忽鼾齁大作，予宛转不成睡。净居庵者，净慈之分支也，邻于万峰山房。山房有僧小颠，曾与予看花痛饮狂歌。今俗僧皆存，小颠独死，伤之。用书奴韵又成一律，推书奴醒，又吟与听。予恐旧恙作，颓然就睡乡，而书奴翻宛转不寐矣。迨晓，梦岩、棣孙起，催看山，疲甚不应，二人启户遂出。予又睡，梦与子云别于河干，呜咽悲怖，醒而红日照床。书奴云：“余牡丹诗成矣。”皆起擘笺写之。祖姑丈入，细观嗟赏，又出酒饮，半醉散步。是时万峰山房为方丈僧松光所扃，有歧路绝险。余奋登几坠，攀竹而上，诸人遂鱼贯上，撤其竹篱，拜小颠之墓，入小颠之室，旷然廓然。忽祖姑丈亦至山房，时年七十八矣，犹能攀苍藤缘绝壁，勇哉。憩坐久，一稚僧导至净慈大悲阁，逢诗僧青雨，潇洒拔俗，索其稿观之，诗亦如人，大喜纵谈。是日众僧受戒，老者披红袈裟坐于上，少者顶礼于下。男女杂观，履舄交错，钟鱼鼎沸，渐不可耐。别青雨回净居庵，饭毕将归，祖姑丈云："初五日我寿诞，同人将来，汝先一日至，为我理剧。"余云："诺。"遂与梦岩、书奴、棣孙归。归途拜濂溪先生祠，又吊鸳鸯冢，到馆中觉倦小卧。庄小梅、金友兰及善鼓琴者何月锄皆来夜谈，三更始息。

（嘉庆二十四年四月）二十二日晴，书奴来邀游湖，偕梦岩出涌金门登舟至瑞云庵，看罂粟花，遂到南库房，见祝祖姑丈。午饭晤叶梅生，又泛至花神庙，坐竹素园，拜岳鄂王墓。梦岩向慕紫云金鼓洞而未到也，偕登北山。先游白衣洞，有僧方拜《法华经》，志苦声悲。入山益深，石皆大斧劈。次第历二洞，紫云洞突兀如侠士，金鼓洞娟秀如幽女，各具胜态。密竹阴邃，疑遂暝，即下则夕阳烂然。书奴待久，捉予袖，急纳一物，蠕蠕然龟也，惊捽之地，其声铿然。书奴笑曰："此铜龟新市得，属君铭。"细视之，铜质淳古。铭之云："廉则灵，静则寿。湖烟生，五柳居。"小饮，登怪石长啸，暮云横天。又上望湖楼脱帽高吟，时有数客徘徊于楼前，窃相笑予，若弗闻也者，吟益壮。俄寒星数点出于空，僧欲扃山门，遂出登舟。舟人蓄小犬，往来扑戏，大有天趣，吟云："小犬入我舟，铃响风琅琅。生来云里住，何必遇淮王。"食樱桃甚甘，又吟云："十分红比相思豆，万颗圆成如意珠。却笑右丞愁内热，我心久已在冰壶。"酌酒半酣，再玩铜龟，为舟人损其尾矣。书奴惋惜，又吟以解之云："昔闻贺季真，金龟换酒醉仙人。一堕入尘土，忽忽经千春。今君乃得此，苔花蚀犹新。酹以玻璃黄，点头若有神。舟子不戒失手堕，竟断其尾亦可怪。呜呼见首不见尾,然后称神龙。此龟曾识太白面,安肯曳尾乎泥中。”掷笔大笑,步至行宫前待月。湖水带星动摇,鸟拍拍投林。寺鼓打三更,东岩吐光,凉月涌出,堕影入波,细纹绉金,乱漾晃朗不定。吟东坡《赤壁赋》及《明月未出》之章,书奴亢声而啸,响震山谷。浓谈至四更,皆倦,归舟卧。予略闭目即起,独坐船头,漏将尽矣。山川大地浸凉影中,长天无云,万里莹洁,回顾余人,皆作鼾齁。月光我心相对澄寂,俄雄鸡一声,晨钟铿动,月色渐淡。悄步至西泠桥,晓风甚寒,四山苍翠渐分,酒家犬倦卧。抚景感叹,太素之始,孰契其微,昏昏默默,草露遂晞。逡巡归,杨柳中闻渔人打桨声,人事动也。到舟,书奴、梦岩亦起。旭日暄丽,草树迎朝烟若笑。是日书奴由昭庆寺回长桥,予及梦岩由涌金门归馆。

(嘉庆二十四年十月)初三日晴,前月二十七日,书奴邀看芦花。二十八日,偕情斋至长桥。是日游方山,山多怪石峭壁,落叶填径,霜红醉人。予病不能上其巅也。二十九日清晨,书奴导坐扪香馆。扪香馆者,书奴之花圃也。地数弓,具四时花,芙蓉已残,菊盛开,鸡冠、雁来红烂漫炫目。

蒋书奴之外,张情斋、沈梦岩、关棣孙、徐晴江、庄小梅、胡问槎、孙雨生、孙云楣、王叔皮等人也多与俞兴瑞相往来。张情斋,即张衢,有传奇《玉节记》。俞兴瑞灯下读之,“拊掌称快”,为《玉节记》题诗两首,并有序文。

虽有良朋相伴,但每当“孤馆岑寂,凉月上窗”之际,俞兴瑞常常心生感慨,对家人念念不忘。对其父俞超,或聆听训导,或诗歌往还,多毕恭毕敬;对母亲、姐姐与妻子,更多的是怀念、追忆。《旅病述怀》诗中,怀念生母:“老母白发垂,终岁未伸眉。更痛所生母,牵衣朝夕随。乳痕犹在衣,黄泉去难追……独苦所生母,冥漠永弃遗。”《将客杭州哭别母灵痛成六绝》诗中,流露出来的同样是对长逝母的怀念:

“灵前欲拜已声吞，儿为饥驱竟出门。十幅素帷灯黯黯，今宵谁复伴亲魂。”又有《哭三姊》十首，悼念亡姐。与《翏莫子杂识》所记并观，真真令人泪目：

> (嘉庆二十三年十二月)十五日微晴，予伯姊能诗善画，不学而工，盖出天性，归姊婿周文泉。文泉工诗及骈偶文，伉俪相得。结缡甫二载，姊偶抱寒疾，医误投芩连，寒中君藏，遂以不起。悲哉。予幼稚不复能忆姊诗，惟忆《滴翠楼晚眺》二语云：“晚山有意如迎客，野菊无人自作花。”清高淡远，可见一斑。今日偶开画箱，一帧作茅屋数间，一叟凭槛注目，槛前烟波缥缈，有渔艇数只，撒网清流，夕阳在蓑，岚影如活，非胸无点尘者殆未能作此也。回忆容响，益用泫然。又思予惟姊弟三人，伯姊既逝，三姊又偕姊婿之楚。手足无几，死生离别，若此良可叹也。今生慈又长逝，终不复见吾三姊，而瑞亦无毫末，未报生慈恩，遽尔见弃。去年此日，雪窗孤灯荧荧，瑞犹得捧药瓯于生慈前。生慈顾而叹曰：“吾昨梦乘舟于河而覆，吾病益深，与汝相见无几矣。”呜呼痛哉！今复欲依依于生慈之怀，乌可得乎。呜呼痛哉！生慈临终之前一日，谓瑞曰：“吾终不起，身后汝毋多哭。汝好为人，毋为吾辱。”呜呼！瑞若忘此言，真禽兽也。生慈夜纺绩，恒竟夕不寐。凉月出林，则卷帘望之。临终呼瑞曰：“汝视月出未？”瑞对曰：“天雨雪，无月。”生慈点头不答，须臾痰涌，遂逝。呜呼痛哉！生慈喜莳花，辄自浇灌，且硕以茂。呜呼！瑞庸庸无能，曾不如花之硕茂，不负吾生慈培护也。生慈朱氏，生于乾隆辛巳年十二月初四日，卒于嘉庆二十三年正月初二日。兴瑞濡泪谨记。

俞兴瑞还有《祭内子文》悼念亡妻。自“君入我门”写起，回忆十五年来两人相处的点点滴滴。其中写道因贫久客杭州，妻子操持整个家庭：“我贫无食，久馆于杭。亲代我侍，子助我匡。暑制我絺，寒寄我裳。一味之甘，邮筒必将。一事之微，尺素必商。敬我爱我，复虑我尪。”又写到道光乙酉(1825)，自己身患疹疠，妻子闻讯，连夜乘舟探视，“旅榻灯秋，沉沉待毙。音入君耳，宵舟迅诣。岂不惮行，不遑他计”；待到妻子身染沉疴，“胡君死及，而我不知。误于医言，谓病可持。临危始觉，虽悔焉追”(《翏莫子集》卷二《祭内子文》)，两下对照更凸现出妻子对自己的关心，也见出俞兴瑞追悔莫及之意。

二

俞兴瑞《岁暮杂感偕封荦生子云弟同作》诗云：“忆我昔者居萧然，修竹绕楼生夕烟。竹间斜径见客至，谈玄说鬼如涌泉。西陵一别今四载，钱江欲渡波连天。故人恻恻不得志，闻道神鱼犹在渊。”其中的“谈玄说鬼如涌泉”，似可视作俞超、俞兴瑞、俞承德祖孙三代好谈玄妙、好说鬼神之注脚。

虽然俞兴瑞没有专门“谈玄说鬼”的集子，但在《翏莫子杂识》中却有不少嘉庆二十三年(1818)与人共谈异事、冥事的记载：

> (六月)十日大晴。秋园叔父来谈……亦异事也。
>
> (七月)六日大晴，小雨，雨止又大晴。夜，渭园丈谈及鬼神事曰：“余深信之矣。前年莱阳大疫……余方悟昨梦之真，而因深信鬼神之必有矣。”
>
> (七月)二十日晴。晨起访客，归途遇骤雨，到家又晴。夜偶谈异事，因记萧山新妇入门，必着道衣，询其缘起云：此间多山，曾有山魈善变化，每里人娶妻，必先摄去，越宿乃掷还。惟着道衣可免，无术驱之。近村有颜氏三昆，膂力绝人，誓为众除害。乃一人饰为新妇，二人舁舆，仍邀乐人、傧相鼓吹而前。近山狂风大作，余人奔散，三昆各执械以待。俄有奇形巨鬼直前掀帘，伪新妇大吼而出，与魈力角，二人助之斗，挥刀断魈首而首复涌。鏖战三日夜乃擒而磔焉，而三人力竭亦毙。邑人感之为立庙，自

是嫁娶无虞，而着道衣犹昔云。

(十月)十三日阴……子石来谈……是夕谈冥事甚夥，惜无暇详记也。

(十二月)四日晴，清晨到家。夜谈异事……爱萱母舅言。

七月二十日，俞兴瑞到家后“夜偶谈异事”，记下了萧山新妇入门，必着道衣之事。中有“询其缘起云”一句，是哪位家人与谈，说起此事？在其父俞超的《见闻近录》卷一中，亦有相似的记载：

萧邑迎亲，新人必穿道袍，究其故云：从前西山有一魈，每新轿过必摄去。数日后弃新妇山涧中，多至毙者。为害已久，惟穿道袍可免。有某绅家将嫁女，必从此过，日夜忧虑。有颜姓者兄弟三人，俱长大有力，愿为护送。至日到山前，忽狂风陡作，沙石纷飞。一物长丈余，遍体生毛，面黑如漆，电目血舌，睒闪攫拿而来。众皆骇绝失色，三人曰：“尔辈自送新妇从小路去，吾等当力御之。”遂与鏖战三日夜，奋长刀斫其头。随斫随生，至七不能动。三人擒归，碎剐之，亦力尽。死为神，号“岩将老太”，甚灵验。而今新人犹穿道袍，相沿旧俗也。

可见当晚父子谈起此事，分别记入了《见闻近录》与《翏莫子杂识》中，这也可以视为家族喜谈异事的佐证之一。

俞超似乎对搜集奇闻异事更有兴趣，有杂俎类小说集《见闻近录》四卷。《见闻近录》有云：“辛酉秋仲，因送试至省，魏春崧观察、张月巢主政邀会同年在西湖舫中，丛桂霏香，波光如镜，把酒赋诗外，各征异事。”有人得知俞超有《见闻近录》，专门来告诉他们所经历或耳闻的异事：“陈生德称见余《近录》，笑而言曰：‘吾家亦有异事……时嘉庆元年也。’”“丙寅三月初，门役来裕从沙地归告余曰：‘某在乡闻一异事……’”

在俞超的笔下，一些神异之事，常归因于神灵或先人护佑。《见闻近录》卷三中，记载了其高祖、曾祖出海遇盗之事：

> 赤嵌城孤悬海外，凡调台者不但有风波之险，兼有寇盗之虞。忆昔先高祖少宰公，以大田县调繁台湾令，时际升平，最为殷富，莅任后革除陋规，办奸民滋事一案，平反数千人。盖奸民密录里中豪右姓名，托为羽翼，其实本人不知也。公廉得其情，悉宥之。是时先曾祖宁远公随侍左右，一日归里，在洋面遇盗船数只扬帆而来。凡海船遇盗，闻声即下帆相候者，上船则长年不伤，否则必先受其害，故奸猾者往往揖盗焉。独此船舵工诚笃，呼水手加头巾顶头巾，顶者篷上加小篷也。盗艇亦然，将次追及，舵工即尽落其篷。盗亦登时去篷，不料篷为风力逼紧若胶柱者然，其驶如飞，在船擦过，伸挠钩来搭，被狂飙催送，倏忽去数百里外，于是宁远公回船避入小港中，演戏酬神，得无恙而返。噫，若非少宰之盛德感神，则难保无事矣。天佑善人，洵不诬也。

“以大田县调繁台湾令”的高祖少宰公，正是俞兆岳，字岱祯，贡生，历任宣平县教谕，福建大田、台湾两县知县，直隶开州知州，江南松江府同知，山东青州府知府，内升通政司额外参议，钦命总理江南海塘事务，升太仆寺卿。诰授中大夫，升江西巡抚、吏部左侍郎，例赠资政大夫。“随侍左右”的先曾祖宁远公，乃俞良模，贡生，镶红旗教习，历官湖广永定、宁远两县知县，诰赠朝议大夫、山西汾州知府。以高祖、曾祖之亲身经历来证明“盛德感人”“天佑善人”似乎更有说服力。

除却“佛之因果、儒之告诫，皆所以劝善儆恶”讲因果报应，行善而死可以复生，遇险当多诵白衣大士心咒等之外；《见闻近录》中还记载了许多稀奇古怪之物。例如“能知客姓氏，呼而勿应则已，设应之，夜必飞食其脑，无得免者”的“人面蛇”；又有高与山齐的巨魈，“垂血舌至地，广亩许”之怪，“以枪迎击，熊以手拂之，火弹着毛如霰落”的人熊，“背上有声啫然，惊睇之则双瞳夹背而开，其大如镜，睫毛奕奕可数，光直射树顶”的“獏訑”……

其中一些写鬼、写狐的篇章，不落俗套，颇有意思：

> 杭城陈生某，偶步西湖塘上，归途遇女子颇妍丽，近与接谈曰：“我李姓，行三，至城门口恐为人拥挤。乞呼‘李三亲娘’，俾得随入也。”陈许诺。入城呼讫，则见李已在前捷行如飞。陈心疑之，步随其后，转湾至某好友家，瞥不可见。恍然曰：“此必缢鬼也，我奈何引入害人。”静听友室中，闻夫妇相哄，友怒批妇颊。陈急呼之而出，至僻处谓曰：“汝家已有鬼相瞰，何可自开其隙耶？”友惊问，以向所见告，因拉友至其家，则户已内扃，呼不可开，因共排户直入，见妇泣涕涟洏，正作缢计。友急向其陪礼，言：“夫妻小忿，何至如此，我已自认不是矣。”陈亦在旁力劝，妇气旋平，遂回。半途闻李追詈曰：“我守候数年始得此替代，汝何为救之？今入城已不可出，将至汝家扰攘矣。”陈笑谓：“彼系好友，我有人心，岂肯引鬼相害？汝既无归，我当供养，不知所需何物？”答曰：“每日只一瓯浆水饭足矣。”陈遂洁扫一室供其中，日送浆水并焚纸一陌，遇岁时亦为奠祭。经二年许，绝无影响。一旦忽现形，谓陈曰：“汝妇将产，有冤家相寻，必至母子俱毙。我受供养多时，岂忍坐视？明日汝可将产中一切需用置买，及稳婆俱唤在楼房。谨下阖门，闻声响切勿开视，如开则必不救矣。”陈如言备办登楼。至次晚，果腹痛欲绝。闻楼下铮锹镗鞳，瓦釜皆鸣。妇已几次昏晕，幸有稳婆相守，不敢暂窥。肆扰至天晓始息，而子竟诞生矣。感李德，设祭谢之。月余，又来见曰：“前冤对甚凶暴，我以荏弱女子与相力拒，致遍体受伤，卧养经时始愈。幸藉微功，蒙土神申奏，谓以怨魄行慈，保全母子二命，许不俟替代，托生善处去矣。与君累岁周旋，故来相报。”因出门冉冉而

没。(《见闻近录》卷一)

狐类亦有绝佳者,王特山言其祖署中有狐住顶槅上,时闻吟诵声,绝不扰人。特山年少,戏骂之,答曰:"我与君有缘相依,各择攸处,何作恶声相向耶?"性最嗜酒,署中列坛累累,从不摄取。特山尝戏斟大碗以盆覆之,向空祝曰:"旨酒一尊,聊佐清兴,幸勿嫌无肴也。"启视已空之矣,其知礼如此。余戚陈公任普安州牧,署有狐居厨房后,秀曼风流,是好女子,众咸呼为"三姑娘"。然惟妇人辈见之,男子则罕睹其面。将逼岁除,婢媪辈竞作鞋未成,互相怨叹。狐笑曰:"居闺阁中,做一鞋如此其难,枉为女子身矣。"众曰:"三姑娘果有妙手乎? 乞为借仗。"竞以缎布鞋样庋置其旁,约十数双,狐笑诺之。即一夕间,闻纫针声剥剥然,晓起则诸鞋罗列,工妙如式,虽针神蔑以加焉,众咸叹羡称谢。此外幕友长随渴想容仪,欲求一见,终不可得,又何贞洁也。(《见闻近录》卷二)

除了这些之外,俞超笔下还常有一些寂静幽深,几类桃花源的"仙境":

京师西山多胜景,云木幽秀,寺观参差,有檀柘寺倚山结楹,水声淙淙,从香积厨来,直贯檐际,可以手掬而饮。凡浣衣濯足,垢即流去,真一尘不染也。有人欲穷其胜,结伴二十余,多裹糗粮持猎具帐房而入。初行数日,树木阴翳,禽声上下。拂石少憩,步步惬心。渐至岩壑幽深,怪石森立。惧迷归途,于转湾处以白粉圈记之。见麋鹿成阵而来,大鹿居中,余俱以角外向,似待斗者,人不敢逼,俟其过,然后行。又十余日,遇田畴平衍,禾黍芃然。有数家临水,结成村落,俱以葡萄为架,垂实累累。鸡犬相闻,惟不畜羊豕。云曾为婚嫁事出山买物一次,其余久与世隔矣。因住数日，行，颇获雉兔佐盘馔。闻虎豹嗥叫，则潜避之。又行几半月，见悬崖绝顶，似有民居。攀藤附葛而上，则有小庵在焉。老尼数人，庞眉鹤发，见人惊起。问所从来，云系明初燕王举兵攻建文时，役及妇人，惧而避迹，出家于此，不知几岁月矣。山顶有田可耕，藉给饘粥，惟苦衣敝，无布帛，植苎麻取其皮织之，仅足蔽形而已，此其人殆近地仙也。别去，贾勇而进，及旬余，非惟无人烟，并绝鸟兽迹。恐粮尽不继，相与觅途归，计往返已三月矣。(《见闻近录》卷二)

俞承德在诗歌中写道："说鬼苦无客解事，登山喜有仆同心。"(《圌山风阻拨闷纪游》)"强客谈新鬼，驱童索故人。"(《锦江》)他还曾提到过《聊斋》，称："北地人多重大仙，何曾一个遇婵娟。聊斋老去真无赖，好说仙缘惑少年。"(《津门寓舍杂赋》)回忆同年朱粹庵时，说道二人昔时相逢，多谈论鬼神之事："暂逢惟说鬼，险语必惊人。"(《哭朱粹庵同年元勋》)可见其喜"谈玄说鬼"，真有家族尚异尚奇之风，其《高辛砚斋杂著》亦多谈论此类。周作人早年在《说鬼》一文中就提到过此书："《高辛砚斋杂著》凡七十八则，几乎全是志异，也当然要谈报应而不多，其记异闻仿佛是完全相信似的，有时没有什么结论，云后亦无他异，便觉得比较地可读，也更朴实地保存民间的俗信。"[1]随后，周作人还举了白僵红僵、虎伥以及黄铁如谈鬼数则。还有一则，借沈梦岩之口谈专门降服"为厉走僵者"的"朱八相公"，周作人未曾关注，同样写得颇为精彩：

沈梦岩世伯，因事寓西湖上某寺。寺旁屋数十楹，为历来厝棺之所。一日，世伯事少间，与寺僧谈。僧曰："君欲广睹闻乎？"

---

① 钟叔河编订《周作人散文全集》，广西师范大学出版社 2009 年版，第 7 卷，第 19 页。

遂偕往寺侧殡室，启钥入，见中停灵柩以千百计，奇形瑰制，类目所未睹。惟当中一棺独巨，设香案其前。异而询为谁何，僧曰："此宋末朱八相公柩也。相公尝授徒寺中，死后殡此，历数百年且神。凡厝诸棺有为厉走僵者，舆榇至相公傍，数夕即帖然，故香火不绝焉。"既而归寓，僧忽曰："吾观君固好奇，君欲见朱八相公乎？"世伯且喜且惊，曰："何也？"僧曰："相公虽死，实不死，为地仙，常游行海内名山大川。时则归，归时可见，或不见。今且归，容卜之。"世伯大愕，益喜，趣僧往卜。反曰："有缘哉，相公许于某日见矣。"因斋戒。及期薄暮，僧引至殡室对面一屋，有月洞，跂望之，果见停柩厅廊，有一人伟身白面，美须髯，方巾茧袍，倚栏瞻眺，有顷入室，遂不见。世伯亲为余述之，并云相公柩前有阮太傅碑，记载颠末，类僧言。

沈梦岩是俞兴瑞"互相砥砺"之"良友"，二人多次出游，还曾"一灯同榻"饮酒谈诗，是俞承德的父执辈，故而承德称其为"沈梦岩世伯"。与以往多见的说鬼不同，此则说的是"死后殡此，历数百年且神"的"朱八相公"，此公神异之处在于虽死而实不死，能降服"为厉走僵者"，观其"伟身白面，美须髯，方巾茧袍"，真有"地仙"之神采。

三

在俞承德诗中，经常可以见到他对于时事的关注。《壬寅夏王伯阳太守权吴淞郡甫旬余夷船陷上海犯吴淞太守留尤将军渤兵击贼城赖以安事平卒以失援上海削秩同人索诗纪事遂痛饮走笔成此》一诗，写的是道光壬寅(1842)，英军军舰攻陷上海后进犯松江府，知府王伯阳与将军尤渤奋勇抗击英军，坚守吴淞，"城赖以安"，事后却被朝廷"以失援上海削秩"，此事传出，民意汹汹，俞承德便创制了这首长诗以抒不平之意：

黑风烧海半天紫，乱突长蛇走苍兕。旄头摇摇鼓不起，大官移营上将死。妖氛骤逼沪渎水，艨冲击波疾若矢。破屋坏云压堞雉，萌隶苍黄昼闭市。嵺城累卵谁障此，尤将军王太守是。将军擐甲捍沙嘴，太守登陴定指挥。贼撼不动退舍止，髑髅千岁生牙齿。功较蔺廉去不咫，岂雌筹笔雄执弭。虎帐策勋酬将才，熊轮夺职何为哉。升沉忽判不可回，一眚掩德心惊猜。上洋官兵昔未摧，大旗五丈营门开。万马蹴踏声喧豗，越罗楚练骄舆台。蓦传飞炮轰狞雷，捷足弃甲迟作灰。华亭唳鹤清且哀，杯水焉救车薪灾。五日京兆况乍来，孤城捍敌殊崔嵬。辜以失属雉入罨，谷永咽愤寒潆洄。攀辕不得泣叟孩，拂衣竟去秋风才。虽然世事迭倚伏，步兵何用穷途哭。平原古村酒旗矗，会须痛饮新笃熟。塞翁达观失即福，邹衍之律回温谷。书生终兆封侯卜，燕颔虎头飞食肉。

再如"近闻海上寇，已散千艨艟。军虽收浙岛，氛又炽粤东。夷情变鬼蜮，士卒伤沙虫。桓桓当关将，父子各尽忠。所望洗兵雨，青萍揃秋蓬。浩浩海波息，平平道路通"(《征途感赋》)、"旗鼓苍黄海动尘，书生肝胆郁轮困。深防狡寇来如鬼，却怪逃兵去劫人。传警屡伤烽满眼，遣愁那厌酒沾唇。重洋何日鲸屠赤，暖律吹回大地春"(《海警》)等，描写的都是当时兵戈乱离之事。

除了感慨乱离，俞承德还曾两次参加并指挥过与太平天国军队的战斗。

第一次是咸丰五年(1855)，时在平江知县任上。此年正月，"崇阳再陷，县北戒严。巡抚骆秉章委前署县汪敩灏及何忠骏、李原浚督办团防，檄黄崇策、方城帅勇防北界，署知县俞凤翰详委张岳龄、凌大寿、黄锡宇、李藻、何英、黄崇篆、陈劲青等募勇协防……五月，贼围义宁州，县东戒严。署县俞凤翰详委黄金鉴帅勇驻防浆市，方城、毛英勃移驻龙门关，凌恒谟移屯浆市。初九日，义宁陷。巡抚檄何忠骏、李原浚各募勇协剿……十月初五日，贼大至，平勇四营陷，李原浚、黄锡宇等死之……何忠骏等退守北界，知县俞凤翰详调张岳龄、凌煌寿、黄崇伟、钟仰诏、黄牧、余家珍、陈劲青、凌观谟等帅勇督团防剿”[①]。从正月一直到十月，俞承德一直在战斗前线，特别是当形势紧张，人心动摇之际，俞承德未得上官批答，擅自“截留钱漕厘金巨款，添勇守界”：

俞凤翰，字石年，海宁人，道光庚子领解额，有文名，工书画。咸丰五年来署县事。会平江勇出境剿贼，战败于通城，李原浚、黄锡宇等死之，邑大震。凤翰申请截留钱漕厘金巨款，添勇守界，不待报，辄自动用，骤募数千人。或请俟上官批答，凤翰曰：“此何时，尚拘牵文义哉？但使县界可保，视弃一官犹敝屣耳。”既而贼知有备，不敢犯平。上官亦如所请。当是时，事机间不容发，使凤翰稍存俗吏规避心，势已万无及矣。[②]

咸丰六年五月十二日，“贼窜湘阴之长乐，县西戒严”，俞承德再次“详调黄崇策、凌煌寿、凌恒谟、黄新禄、黄牧等帅勇督团防剿”[③]。

第二次是咸丰九年(1859)，时在新化知县任上。此年四月，石达开率数十万众自永州犯宝庆，围城九十余日。俞承德会同邑人曾毓芳、邓瑶、罗瑜等筹款募勇，分守牛山铺等地。其实，无论是“添勇守界”，还是“筹款募勇”，都不是容易之事。《志感二首》其二中，俞承德写道：

军需火急招乡勇，行粮更彼百夫重。恶少巨猾尽窜名，贼未

① 同治《平江县志》卷三七《武备志》，第10—12叶。

② 同治《平江县志》卷三五《职官志》，第14叶。

③ 同治《平江县志》卷三七《武备志》，第13叶。

近前阵先耸。流亡子女不聊生，剥掠鸡狗无遗种。但呼军令合千营，谁向幕庭试三踊。於虖安得淮阴侯，善将市人庶无恐。不然主帅苟睚眦，倒戈阶乱同微尰。时闻广勇有反噬者。

“时闻广勇有反噬者”，再加上“恶少巨猾尽窜名，贼未近前阵先耸”的现状，能够想见俞承德面临的双重压力。

担任平江知县时，俞承德曾修葺县学，因宫墙余地以为池，又引泉水环其外，称其为“玉带泉”。武进刘达善有《玉带泉记》，对俞承德率众守卫平江之事，亦有记载：

方咸丰四五年间，逆匪蹂躏于荆扬之交，东据义宁、万载，北破崇阳、通城，西残湘阴。蚁聚蜂屯，而平江与此数邑者犬牙错焉，四面受敌，一日数惊。俞君率其土民擐甲胄，执桴鼓，无月不战，无战不克，以弹丸小邑屹然支柱于豺狼之中，未尝失寸土。（《高辛砚斋同人题赠·玉带泉记》）

内外交困，狼烟四起，兵燹半天下。俞承德时而志气高蹈，希望能早日结束战乱“书生义愤万壑涛，投笔起看西凉刀……愿持割雾开琼霄，再劈鬼脯倾葡萄”（《陈氏宝刀歌》）；时而“愤世心徒壮，归家梦当真”（《羁愁》）、“遥忆故乡好风月，云鬟掠削倚楼窗”（《秋夜书怀》），希望能早归故乡。总体来说，“荡寇何人时事棘，买山无计寸心违”（《六月闻子规》），这是作为官员的俞承德之操持。

除却官员身份，俞承德还是一位非常优秀的画家，尤其擅长山水画。《高辛研斋诗稿》中有《思旧四首》，其二为《汪醇卿太史同年廷儒》：

醇卿质朴是吾师，宿学中年始凤池。漫向画图寻九友，松筠回首尽堪悲。庚戌腊八日，醇卿招集冯小亭、汪叔明、秦宜亭、叶香士、张菊如、华笛秋、袁宗山及余于松筠庵消寒，合作长卷为画中九友，今图存庵中。

记载了道光庚戌(1850)腊月初八,汪醇卿招集冯小亭、汪叔明、秦宜亭、叶香士、张菊如、华笛秋、袁宗山等人于松筠庵消寒,诸人合作长卷之事。清人《墨林今话》"俞解元"条下亦记载了此事:

俞承德,号少轩,海宁人。庚子解元。工山水,未之见。秦谊亭孝廉自都中来札云:"于松筠庵尝集画社,为张菊如名士保、袁宗山名崇、叶香士名道芬,并汪醇卿、汪叔明、华笛秋及冯小亭诸君,雅兴不浅。"香士为程丈序伯画弟子,山水、人物并妙。[①]

两相对照,可知俞承德所谓松筠庵消寒,同时也是画社结集。他不仅是一位关心民瘼、勇于靖乱的官员,还是一位工诗、古文,亦擅长山水画的士人,两种身份,两种面相。

最后,我们再从文学、文本的角度略谈一点。俞兴瑞、俞承德皆爱《左传》,常用《左传》之语、之事。如果分开来谈,俞兴瑞之文多典雅,还常用《淮南子》;俞承德则喜欢李贺,他的有些诗歌,有长吉诗歌的味道。俞兴瑞的《翏莫子集》与《翏莫子杂识》为关注文本的流动性与稳定性提供了不少素材,他的不少诗歌既见于诗集,又见于《杂识》,诗歌的文本有相同处,亦有不同处。例如《独坐吟》这首诗便两见:

兀兀独坐嘉昼长,一心澄静生天光。斩绝情魔回真阳,浩然之气大且刚。嚼咀道德穷文章,深入幽邃搜毫芒。忠臣孝子涕泪滂,巨儒肃穆垂衣裳。美人如花私语香,豪客拔剑天茫茫。狐狸奇鬼森披猖,神仙鸾鹤参翱翔。青磷白草古战场,老僧枯坐月满廊。一一在我几案旁,仰天大笑酒满觞,下视俗子如蚊虻。

---

① 蒋宝龄撰,程青岳批注,李保民校点《墨林今话·续编一》,上海古籍出版社2015年版,第442页。

(《翏莫子集》卷三《独坐吟》)

> (嘉庆二十二年)十月二十四日晴……居万松岭,纸窗明净,苍翠落檐前,庶几悟道云,作《独坐吟》:"兀兀独坐嘉昼长,一心澄静生天光。斩绝情魔回真阳,浩然之气大且刚。咀嚼道德穷文章,深入幽邃搜豪芒。忠臣孝子涕泪滂,神仙鸾鹤参翱翔。狐狸奇鬼森披猖,憔悴学士雕肝肠。美人如花私语香,豪客拔剑天茫茫。雷电风雨下八荒,老僧枯坐月在廊。金屋箫笙鸣凤凰,巨儒肃肃垂衣裳。青磷白草啼寒螀,大旗落日古战场。一一在我几案傍,仰天大笑酒满觞,下视俗子如蚊虻。"(《翏莫子杂识》)

为什么在不同的记载中会发生文本的变异,因何发生了这种变异……此类例子还有很多,这些或许可以通过细读其作品得到答案。

以上是仅就俞超、俞兴瑞、俞承德三人著述的简单介绍。下层文人的坐馆、捉刀生涯,家族"谈玄说鬼"传统与晚清志怪之风,既勇于靖乱又长于山水画的晚清解元,这些是比较吸引整理者的地方,或许读者会在俞氏家集中读到自己更感兴趣的内容。由于才疏学浅,时间仓促,所作整理定然存在疏漏、谬误之处,大雅通人,鉴之谅之。

凡　例

一、本次整理以中国社会科学院文学研究所藏《翏莫子集》一函六册为底本。

二、整理本以《现代汉语词典》（第7版）所收简化字为标准。

三、原稿中出现个别形近而误的字词错误，一般径改，如“闲”“间”，“侯”“候”，“梁”“粱”等。

四、原稿中一些见录于《汉语大词典》的词语，如“全愈”“转湾”“保标”“子细”“襁抱”“妻帑”“岂弟”“於虖”“者番”等，如不影响理解，一般不作更改。

五、为保持原貌，对于文中双行夹注，不作位置变动，仅以小字排版。

六、原稿中眉批以“〔　〕”括住标示。

七、原稿中字迹模糊，确难辨认处，以“□”标示。

翏莫子集

题　辞

魂魄光气莽无垠，健笔雄深入九军。如此奇才偏早死，谁曾寒夜细论文。天麟堕劫完公案，神马穷精走怪云。遗迹正防雷电取，更教令子护殷勤。桐城许丽京

翏莫子集卷一

海昌俞兴瑞霞轩著　男承德改名凤翰　承宗　校刊

孙制使剿定台湾番匪颂并序

盖闻折冲制胜，戎行昭致果之经；龛暴锄邪，武德叶止戈之义。是以龚遂令行渤海，群盗持锄；张霸名震越中，万夫弃戟。有嘉折首，螗沸所由廓清也；同我太平，鸮音所由丕革也。知足以运上略，威足以涣大号，勇足以靖睢盱，仁足以化愚曹。箧师中之吉，则锡命者三；洽区内之望，而额手者再。古所云“胸怀甲兵、谋先造化”者，于我公见之矣。

台湾地隔波涛，民多犷悍。比因草窃之衅，遂成莽伏之形。胥动浮言，不率大戛。豺牙宓厉，将吞人以益心；螳臂矜雄，竟当衢而御辙。

公赫然冯怒，取彼凶残。转眦之间，戢戈柙刃。凡诸伟绩，可得而陈。夫先计后战者，充国之名言；禁暴安良者，文谦之胜算。当夫妖氛肇煽，群黎震惊。殃虑及于池鱼，走几同于险鹿。苗将乱莠，石有参琼。公先察董昌诡众之谋，继下葛亮安堵之令，显用郭伋招怀之策，阴散张婴啸聚之徒。譬诸万室迎曦而夔魖罔匿，百流澄镜而螭鳄无权。武惠行军，诸将焚香而誓；靳王过境，耕夫荷耒而观。遂使讹息金头，凶销铁距，翬飞落翼，乳视摧魂。矧复聚米以数山川，画衣而见形势。遮其入海之路，则豨突技穷；遏其通番之途，则鸡连势解；著其渠魁之目，则傃刃心专；搜其潜伏之妖，则张弧援绝。安制綦节，沉机老谋。思入于九地九天，计过于七擒七纵。公之智有如此者。

且夫翱翔河上，高克所以溃于彭；乱济军中，林父所以失于泌。师无成命，贼每稽诛。公溪盎弗苛，谦冲如畏。何尝不郤栾让美，廉蔺和衷。而乃马首是瞻，士有迁延之志；虎穴不入，将无啃嚄之雄。必且滋长萌芽，迟留锋镝。一日之白波未剪，万家之赤子犹悬。于是以无勇黜莱驹，为寡谋免李柏。令森霜雪，气峻风云。改壁垒而一新，勖熊罴而更烈。岩鐎夜击，月冷中天；警舶晨驰，星飞巨浪。祭征虏拱稽申法，骄将改容。李临淮登坛誓师，健儿雪涕。故其动则机骇蜂轶，其静则山布星陈，其猛则涣海移昆，其速则注荧沃雪。自非军无二令，信乎四时，乌睹斯盛哉。公之威有如此者。

然而大臣养体，固专任以指挥；儒者怯兵，每借名于持重。往往顿蜺旌而不进，望狼焰而空惊。况洪涛澎湃之区，密箐幽深之地。鲸呿鳌掷，海大于天；鼻饮头飞，人狞如兽。过舟航者尚且寒毛惕伏，听鼙鼓者能无浃汗飘魂？公独仗信冲波，怀忠履险。类渡河之尚父，苍兕频呼；似击楫之祖生，荒鸡并舞。风利不泊，雷行有声。探丸裹抹之辈，望气麏奔；突鬓蒙轮之俦，应声虓吼。遂乃攀崖突入，扪葛穷追。垂徽引兵，险同于凯口；悬车赴敌，隘过于壶头。绛云起而烛天，黑眚惊而堕地。釜鱼已烂，穴蚁旋空。郭子仪之免胄入军，媲其壮志；孔高州之单车赴峒，逊此雄心。公之勇有如此者。

若乃风霆緁猎，戕暴之威也；膏雨滂洋，好生之德也。公情伤蚤毒，心念鸿哀。师孝恭绥戢之心，用长孺便宜之计。臞脉拭眦，圉圉重生；稚乳含啼，苏苏更活。呼余魂于沟瘠，回脍色于疮痍。固已功德河宽，菩提树大。即其生禽窦窳，显戮鲸鲵。诛不及乎胁从，兵必戒乎妄杀。是以穷蹶泥首，皆自悔其跳梁；群猬伐毛，遂相看而释甲。重以石墙备番之请，浦田屯卒之谋。后虑弥深，前筹必密。将令赤嵌城畔，永销桴鼓之声；红毛楼边，净洗甲兵之气。公之仁有如此者。

宜乎渥邀宸眷，懋赏肤功。宠以寅弼之尊，焕以辰蟠之采。黄霸则车高一丈，士女争看；蔡茂则服锡三公，文章式炳。进贤冠峻，表翠羽以为仪；记事珠圆，结紫荷而染馥。绩至伟矣，赉至荣矣。而公受宠若惊，惵然自下。谓天子之威福与僚属之勤劬，功不孤鸣，惠当曲逮。踔厉奋发者，设勇爵以相酬；瘢耆淫荑者，指彨门以示赏。劳伐靡隐，忱恂迪知。用克吏怀民熙，倚革邪化。蔡人鼓舞，祝裴度之康强；海岛澄清，畏王商之风格。俟其祎而，允克激嗣叶，扇清芬，铿耀史编，勒名彝勺者矣。

某西川庸植，东浙卑曹。耳溢铙歌，心飞铃阁。听崔郾平戎之策，踊跃如亲；际乔元按部之时，讴吟窃献。谨拜手稽首，再拜而作颂曰：

圣皇即祚，万物囊怀。蠢彼台民，乃煽厥讹。既燔既掠，既拒我兵。恃其距牙，谓莫敢撄。其一

制使曰嗟，毒我士女。爰饬虎臣，先断脊膂。师屯其南，惟北之备。泱泱海波，无俾贼蔑。其二

制使曰嗟，震惊我民。爰命监司，厥令是申。汝民之良，各保汝宗。毋离而乡，以逐昏嚚。其三

制使乃出，次于厦门。风阻我音，我心忧烦。我师既多，乃与贼持。不禽其元，实劳我思。其四

制使乃行，渡于台海。爰整戎行，以惩萎腇。驷騵翼翼，旌旗扬扬。贼氛既熸，则窜于荒。其五

制使乃命，取彼凶渠。越腾崭岩，乃达其居。或踔或突，离我周陆。振旅阗阗，民乃欢歌。其六

制使乃奏，既划既礤。彼瘅者民，育之养之。彼劳者士，爵之赏之。维彼峒黎，策以攘之。其七

帝命制使，汝言孔嘉。褒我士力，恤我民家。峨峨石城，仡仡勇夫。载耕载射，以守封嵎。其八

帝命制使，汝绩孔懋。师保是崇，章服是报。何以锡之，缨羽于冠。黄绦赤珠，粲言在鞶。其九

帝德汪濊，泽及蛲蚑。维我制使，股肱是依。维春之初，来巡于浙。小子作歌，以颂明哲。其十

继莲龛方伯五旬寿序

盖闻金提化俗，绵上算乎轩图；君奭宣风，衍曼龄乎姬箓。古之享庞褫、膺纯嘏者，大抵布濩闳泽，浚发清猷。其器厚斯，天植常贞；其神和斯，元祺克卺。若乃旌幢叶瑞，当刘公服政之年；崧岳摛祥，即申伯开藩之日。岂有铭松颂柏，徒标遐篆于成鸠；绘月摹星，仅褥华词于斟雉者乎。惟我公含茹元化，丸兰人伦。知关西之四知，有文中之七有。当其郄林搴秀，卢版襄勤。奏千言而手不执书，算六岺而心皆识数。司农考绩，众钦班况之才；学士谈经，帝重郑覃之品。陈《洪范》三德，上《金华》五箴。义阐减羔，仁推避蚁。倩菱汁以拭纸，分藜辉而照书。固已振采木天，蜚声蓬苑。无何荐贤之表，交美乎龚唐；记名之屏，特收乎元恺。遂承鸾轴，式焕雁仪。今夫飞刍挽粟，志韩滉之功多；挟橹连樯，识韦坚之法善。

公宣劳三省，督运千舻。安轮不苦于凌风，利涉无惊于淮雨。莲花红稻，香吹八递之程；匏子黄流，波靖七拖之制。丁男凫藻，庚驿蝉联。既课最以酬庸，爰乘轺而执宪。霜销邹衍，雨洒真卿。论将著其过秦，职且参乎分陕。然而湛卢之质，非盘错不彰；騊駼之姿，惟崎岖乃见。时则豺牙肆孽，螳臂矜雄。烽照兰山，檄飞榆塞。公乃画衣见势，借盾作书。转萧何之輀车，驰子仪之单骑。班超投笔，穴搜虎而擒魁；龚遂安民，刀买牛而解佩。大帅举其伟绩，天子锡以殊恩。饰吉羽而飘冠，三英灿色；奉温纶而赴阙，六刻敷言。秩聿晋于旬宣，才实资于保障。人奇荀羡，英年跻方伯之荣；天生李晟，异域震威名之重。尔乃南滇建节，西粤迎轩。雷鸣白下之驺，星转丹阳之旆。碧鸡金马，腾瑞霭于神山；石柱铜船，振清标于漓水。阁开江左，谢太傅之风流；城眺淮南，王右军之高想。莫不崇概霞竦，酞膏露滋。吏耻赇纹，民苏凋尪。段正行部，喜福星再来；魏棨祷坛，有鲜云一道。书称常伯，诗号价人。公于斯名，洵无愧焉。至于贾让治河之策，李渤浚水之能。摄玉尺以抡材，持珠囊而照物。树纛摩云之岭，秋肃边笳；

横鞭明月之关，春回羌笛。文通更征武达，将略亦见儒风。岂非望重沃人，功资内外者与。兹者金阊引睇，正迓蜺旌；玉诏新除，旋移鹫岭。儿童骑竹，识山甫之威仪；父老依棠，认乔卿之黼黻。对湖山而一笑，如话前尘；拜岳牧而群趋，尚余旧吏。晋卿之日重焕，蘧贤之年甫开。于时密叶围青，浓岚滴翠。清昼最静，薰风自凉。太华峰头，十丈之花开君子；渠搜国畔，千寻之树憩仙人。祝景者濈萃而来，介雅者黎收而拜。英姿鹤立，是裴令公作镇之秋；健兴鸾骞，正高常侍工诗之岁。某等欣依越荫，敬仰松颜。庆蓍数之方周，衍艾龄而正永。紫霞入盏，尽卷天浆；白雪宣匏，都摇仙乐。展小年于景夏，如日方中；卜大寿于期颐，自今以始。试看六条新布，苍生仰功德之云；即瞻七镇兼膺，丹禁饫轩辕之露。

修贡院号舍碑记

盖闻棘闱肇制，萃士气于风檐；桂苑宏修，殚匠心于月斧。虽居无求安者，好学之志；而弊有必补者，守土之思。浙省贡院号舍，凡一万六百三十九所。经营既繁，规度匪易。自阮芸台宫保添设石板，始获渐磐之吉，遂免需泥之占。然而俯视则砖裂龟纹，仰观则瓦稀鳞次。未免日光穿漏，雨点斜侵。骄阳炙其衣冠，霉气缘乎几席。前署抚黄，绸缪孔亟，爰有鹤俸之捐；前升司伊，图虑维殷，将有鸠工之举。厥谋已创，厥事犹稽。

某与藩司继，承乏此邦，踵成斯美。裒乃集其千腋，厦忽广于万间。益以新砖，而潮螺无患；增其旧瓦，而漂摇不忧。易竹笆而尘埃清，换椽木而覆庇固。檐皆安齿，庚飙戢扫叶之威；板可容身，午夜惬生花之梦。庶几士无雨立，才并见其升堂；文似风行，思弗穷于仰屋。上体圣主作人之意，下激儒生励进之怀。功始告竣，碑宜纪实。统计物料若干，董其事者钱令汪君仲洋云。

募修玉龙道院启

盖闻天开二阙，为主宰所式凭；地镇全城，尤经营之最亟。则有杭城玉龙道院者，本离龙以入首，稽乾象而当心。爰奉上帝之灵，用靖下方之患。缸形范铁，隐肖乎七星；水色镕银，长存乎四季。是以赤熛戢怒，红劫韬威。安烟火于闾阎，隐波涛于空阔。前抚陈因，修礼谒益拓规模，斗姥之阁创三间，香灯之银筹卅两。剔苔花而补罅，旧物重完；出松顶以支檐，新基聿焕。然而乌蟾载易，虫鼠潜侵。值风雨之漂摇，感桴棼之陊剥。况乃层轩翼拱，星垂元武之精；别殿翚飞，云护长生之箓。羽驾停乎黄鹤，玑轮引以青蛇。莫不日漏珠幢，尘蒙金像。蚍蜉撼柱，络绎啼垣。此不可不修者一也。

若夫迎乌踆于东旭，禳虎气于西隅。形势攸宜，嘉祥斯应。则大殿之右有隙地焉，将筑石砌一带，建平殿二楹。启太乙之璇宫，辟观音之宝座。辉腾藜杖，最关阖邑科名；润洒杨枝，即弭九衢灾眚。用资地利，敬迓神庥。此不可不增者又一也。

去岁大殿之葺，居士杨宝董其成；今兹斗阁之修，运宪周巳开其始。而鸠工既浩，鸿费难支。非集腋以成裘，孰从心而得矩。用特敬陈芜引，广乞檀施。伏愿旌节贵人，布金盈亩；衣冠善士，覆篑为山。粟输子敬之囷，钱舍尉迟之库。庶几金台紫馆，涌出云中；琼笈丹书，遮来日色。自此六丁敛迹，妖祥噤嘻出之声；即看二酉书名，功德记嫏嬛之籍。

张云藻夫子《之江送别图》题词

晴峰献画，方迎日下之驺；远水浮空，遽送云中之棹。在棠阴之旧属，莫不低徊；况杏席之亲依，能无眷恋。我夫子九龄风度，万福威名。鹤声达于层宵，鸿毛顺于一旦。广陵正策，泽洽熬波；渤海调羹，洁侔飞雪。处脂膏而不润，帝鉴冰心；指柱石以相期，天垂霁色。而乃释之家世，最善持平。迈种经纶，尤先弼教。丹笔乍操于燕国，赤幢旋指于闽山。当其拜命枫宸，觐光朵殿。渠牟奏事，漏辄过其六巡；子文趋朝，脯必颁其一束。豸衣就道，尚带炉香；鹫岭腾欢，先占帆影。夫申徽移秩，过清水而题诗；景骏升华，出肥乡而驻马。湖山面熟，父老缘深。人之情也，其能已乎？

是以小住武林，偶追文宴。梅花屿暖，刚浓十月之春；芝草阶荣，竞贺三秋之喜。是岁世兄北闱报捷。西竺之松篁亦笑，南屏之猿鸟皆欣。无何画鹢催行，骊驹发唱。湖边明月，未尽勾留；江上斜阳，顿摇别思。猊烟结雾，争攀夹道之辕；鹤盖成阴，齐驻平沙之辙。怅寒湖其已落，难挽仙舟；羡远树之相随，如迎佛驾。迢遥望眼，忘却当归；宛转离肠，曲成之字。则有画中摩诘，诗里昌龄。倩毫楮以传神，托缃纨而写愫。人家红树，送者自崖；天外苍烟，黯然此别。题相思之锦字，点染行间；合同调之瑶篇，流连衿曲。而兴瑞爨余桐尾，夙荷矜怜；抽后蕉心，倍深萦结。吹反潮之笛，文子难逢；弹流水之琴，成连已去。敢缘俪体，用志遥情。披图见小子之心，操翰殿群公之末。试听鳌江交颂，公方活彼赪鳞；所期龙节重来，我已翘如白鹭。

上李芝龄夫子书

伏远门藩，亟逾年籥。间披葵款，弥限蓬心。二月十八日，跪奉训言，猥蒙拂拭，循涯揣分，感激竞惶。维我夫子，选地资华，仪天耸干。夙扬锋于武库，迭开照于文昌。八伯歌云，绨绣唐虞之色；九英焕日，规模典诰之心。诵名则岱岳惭高，挹量则沧溟讶窄。金盘濡墨，暂领西班；玉鼎斟羹，即开东阁。竭诚摅颂，难可克堪。夫朔阳无不纳之晖，而浅牖私其燠；时雨有遍洒之泽，而小草欣其荣。虽似狂愚，或由恳挚。

瑞瘦驽下乘，颛滞庸材。属当使节远临，辄复铅刀自试。刘幾辞赋，方惧黜于欧评；孔颛文章，忽见扬于谢论。遂乃雕顽搜朴，披聩振聋。曲赐恩光，许干阍侍。春风一坐，直驱肺腑之尘；卿月三迁，渴忆丹青之化。是用窃抽悃抱，远渎尊严。寒蜩自贡其孤音，威凤遽回其清响。固已五中震荡，六凿徊徨。乃复眷恤江毡，嘘扬邹律。飞荆州之咳唾，即活穷鳞；握太傅之蒲葵，遂成吉羽。

小人有母，饮水颜开。童子何知，负山力薄。矢心佩赐，刻骨铭慈。恋深而孤梦疑驰，感极而中宵数起。惟有搜萤暑草，就雪寒窗。庶自励其冥顽，或少酬乎眄睐。承询近诣何状，谨钞诗文若干首，弁以感德。抒情四十韵，蛙竽蚓笛。许正律于洪钟，蚁阁蜂台；拟增高于太华，轻尘钧鉴。仰候裁成。

任醴渠太守六旬寿序

岁在阏逢，时维阳月。我醴渠先生以令兄安陆太守周甲之年，设添庚之酒。而我同人亦饰屏介祉，飞盏迎延礼也。夫洛州两贾，树继美之碑；上郡双冯，起惠民之颂。斯并垂庥芸阁，腾曜荆华。然则以难弟匹难兄，如骖之靳；因寿人兼寿世，与物为春。洵足炳符采于熙朝，扇馨华于奕祀者矣。

惟我公阀传管国，崧降渼阳。咳名即本希贤，儿戏辄闻布卦。时则趋庭两陕，问寝三秦。汉颂唐碑，摅古思于卯日；莲峰榆塞，发胜眺于觿辰。固已奇韵葩流，冲姿颖竖。无何陶公投绂，但追情话之欢；郑氏传经，遽应贤人之梦。囊清似水，时走蠹鱼；家冷于秋，可施雀网。

公乃秉梁鸿之介，热不因人；敦高凤之专，迁无异物。嬛嬛幼弟，编柳相随；罷罷偏亲，鸣机互答。楚葵乍撷，旋负笈于长安；郄桂已攀，犹下帷于旧里。故能名题星斗，额署神仙。炬撤莲红，锦分苔碧。或惜三山风引，曼都别紫府而行；不知四岳云兴，安石为苍生而出。衔恩北阙，试政南平。山险羊肠，洲歧燕尾。擅利薮者三百里，争比阎田；积谳簏者四十年，照希秦镜。

公则明如王济，决滞讼以片言；均似陈平，判舆图于列掌。丝棼立解，网阔靡冤。所谓落纸如飞，扣鞍尽中者，不是过焉。至于堤修石萋，江靖银涛。晋黄发而谘諏，驻青旌而董劝。吏自息其蠹喙，民不困于鱼头。荐牍交驰，表崔咸之练职；御屏亲记，移孔奋以繁区。或疑沃土不材，富民难治。徒施岂弟，奚救华诬。

公则玉性内温，铁颜外肃。柱惟弹恶，盛夏若负雪霜；钱不通神，今夕止谈风月。豪右避其骢马，奸邪目以皂雕。举凡苏楷士枭，御叔国蠹。靡不曲躬累迹，革面移情。况复尺重衡文，馆崇校士。敞陈芳之广厦，辟安定之新椽。非惟循吏仁规，抑亦书生故态也。旋承渥泽，载擢长林。蒲不待其试鞭，薤相传其自拔。

公乃从容展学，次第宣猷。立懦兴聩，振聋扶昧。松竹如洗，尘清王焕之祠；弦歌自欢，春满扶风之帐。人文鹊起，地秀鸾轩。他若法巧持芦，识奇鞭铁。游光度朔，或稽首以陈冤；钩鼻含沙，亦束身而归罪。黄霸察精乌攫，李惠神断燕巢。疑狱快其云披，邻封乐其雨及。且夫华想不设者，盖臣之素也；懋赏必逮者，圣主之明也。舄凫驻以八秋，旟隼耀于三锡。装如清献，与鹤俱行。民识细侯，编骖先迓。浩然亭畔，时吟疏雨微云；叔子城边，又见轻裘缓带。春真有脚，化本无心。维时妖蜧掀波，哀鸿失渚。公解赵州之带，绘郑侠之图。迹聚萍漂，色苏菜瘦。况复深谋筑捺，隐计茨防。心算不讹，指麾若定。帑无妄耗而狂澜永安，役勿旷时而磐石斯固。群僚折服，闾里行歌。虽其间宦海微惊，康庄小蹇。一箱担去，八口萧然。而耆老扶藤，苦挽邓侯之驾；酒肴载路，争酬柳父之恩。迨至旧部重来，使君还我。扣河而迎孟叶，焚香以候卢潜。禽鱼亦欣，溪壑若笑。非公之闿泽湛深，乌睹斯盛哉。宜乎辉翔家巷，材贡国琛。传活民之书，踵治县之谱。胡威清如其父，张敷美绍乎前。又何必符展包元，图开稽命。而万家呼佛，胜于祝史择言；一路栽花，过彼芝苓益寿也已。德配夫人，珩璜粹质，簪笏名门。徽孅载凝，柔嘉允蹈。佐隐之之洁，手汲廉泉；教士行之忠，书封官鲊。允合饮葛沙而偕老，并菊颂以长生。

某等荫仰松乔，交联棣鄂。軿霞媵爵，镂月宣瓠。试看庾岭吹香，春元不小；遥望荆山叠翠，云亦称慈。鹤笛争飞，苏老请听乎下界；鸾纶伫晋，罗侯定拥乎兼圻。

募建飞霞阁启

湖山之美，其李杜之诗境乎。夫六桥飘眇，三竺迷离。波光欲秋，云影如梦，则青莲之仙思也；九溪回互，两峰峭直。松涛龙吟，枫坞猿啸，则子美之化机也。文章万古，烟霞四时。悠悠我思，若合符节。矧乃咏送友之什，曾志游吴；讽壮游之篇，亦闻渡浙。虽其时江湖犹合，峰峦未章。箫鼓声稀，莺花迹澹。而二贤者固已飞情鹫岭，驰意虎林矣。今者岳于忠躅，既尸祝于湖堧；苏白清标，并几筵于堤畔。独使兽袍词客，景寂春风；麟篆诗王，魂孤夜月。顾兹胜土，抑亦阙如。

道光丙戌冬，疏金沙港，葺先贤祠，志崇仰也。相其旁有隙地焉，可以建一层楼祀两夫子。面圣水以延爽，借韩诗以锡名。将令醉魄留烟，文芒驻电。分神酒市，移灵草堂。而事岂易于吹毛，功必资于集腋。爰疏小引，敢告同心。庶克壮彼杗桷，妥其精气。梅环孤屿，卜处士之芳邻；菊荐寒泉，配水仙之肸蠁。为董公楼耶，为严公幕耶。晴川雨峰，菱歌棹唱。光景倏忽，如将见之。相逢此地，休疑饭颗山头；愿学其人，请拜飞霞阁下。

花烛赋并引

蒋德源，集贤学士。鲍君徽，闺阁才人。鸳牒夙定，凤胶爰续。系足之丝，无待乎千里；通心之锦，乃谐于百年。时当仲冬，昏礼斯举。画槛雪融，絮湿不飞；洞房月明，梅亚若笑。粲此双璧，果获尊章之欢；晋我数言，聊侑宾朋之乐。其词曰：

西溪溪水冻生痕，横桥寒鹊接天孙。金鹅屏风照麝火，香不知名惟是温。秦家弄玉，许氏飞琼。心如环佩重，才同花竹清。輧鸾翠拥，灯雁红迎。蒲称九子，石道三生。曲室窝云深悄悄，翡翠流苏人语小。家住蓬山长有春，漏添海波疑不晓。眉弯画月，靥浅妆星。窗开窈窕，箔望珑玲。珠钿对镜整，银盆触钏鸣。唤娇婢而簪髻，牵小姑而问羹。拜罢舅姑回，郎君泥笑来。却乞古笺书锦字，复倩新诗和玉台。草是宜男之草，花为长乐之花。芙蓉褥隐，蛱蝶罗遮。瑶琴一曲风软，铜钵几声月斜。高柔贤妇差可比，温峤佳妻何足夸。麒麟种，凤凰翮。笔投怀，铃堕席。今时贺喜人，重为汤饼客。

戴大司马督学祭文

呜呼。欧公殂而学者涕，谢傅逝而苍生悲。感棠阴之载缺，惊嵩构之俄颓。玉节春男，振清飙于两浙；珠芒夜陨，寒列曜于三台。焕丹青其永久，托铅素而弥哀。惟公谯国名门，嶙山华籍。乾荫方浓，丰基孔硕。勤岂藉乎然糠，贫不烦乎凿壁。而公幼即精专，长尤沉默。管榻皆穿，董园不涉。敦悦人伦，发皇天植。谭经之席，兼五十余重；肄礼之台，以三千为式。爰空冀北之群，竟奋图南之翼。及其凌云奏赋，梯月题名。青绫粉署，翠水蓬瀛。谓强台之直上，讵健弩之空擎。

而公则行藏若定，宠辱不惊。僧祐闭门，蓬蒿雨长；胡威拜绢，乔梓风清。剑函芒而待拭，玉韫椟而羞鸣。至于宠畀文衡，荣膺渥遇。滇波洗苗轧之风，邵甸涣锵洋之誉。擢洗马则卫玠神清，历詹事则王恭望著。薇花对月，椽笔横宵；荷橐飘烟，楼钟趋曙。宜乎壮气无前，雄才独据。

而公则嗛嗛受益，朱德容退让为铭；蹜蹜如循，高伯恭矜夸是虑。遂乃六曹洊佐，庶绩咸熙。锡之金镜，晋以绣衣。骢马笼街，骨标风鲠；神羊执宪，面带霜威。苟昌言以沽直，亦盛德之有亏。

而公则花底退朝，恒谨言于温树；蕉边驻辔，或焚草于斜晖。是以帝重名儒，朝推良弼。曳履而上星辰，乘航而游日月。典容台之鸿业，寅直畴咨；总枢省之龙韬，甲兵永戢。水曹暂领，瞻相度于栖筠；邦计兼筹，核成书于公择。既已棣通百神，桐茂万物矣。

而公则履俭如恒，怀绳自律。却声伎而鄙扶风，药膳羞而嗤镇北。清寒儒者之风，淡泊大臣之节。兹者恭膺巽命，特简真才。桃李湖山，秀色收之一镜；鱼龙溟渤，文澜郁以千堆。蒸英异而腾颖，辟浮华而起衰。淮阳思汲黯之贤，纶飞湛露；河内惜寇恂之返，颂合春雷。岂意锋车未驰，玉棺先坠。山斗失其巍峨，麟凤潜其光采。广桑山上，谁寻立雪之缘；岘首碑前，空堕临风之泪。

某等台阁曾师，韦弦素佩。徒荐洁乎几筵，莫招魂乎旐旆。所怅堂虚昼锦，百僚之矜式何从；还期里贵鸣珂，七叶之继承未艾。呜呼尚飨。

祭严少峰太守文

呜呼。公才公望，文昌福星。未见其用，而藏其灵。士民同哭，山川不春。况在小子，曾趋后尘。虽师生谊，如骨肉亲。半生知己，十载衔恩。伤心谢墅，回首程门。彷徨若失，呜悒前陈。夫子英英，挺生不偶。江阔东浪，峰高北斗。层云荡胸，明月在手。鲸呿鳌掷，渊涵海负。敷奏帝廷，翱翔词薮。莲烛辉绚，缬袍宠绶。六绝腾誉，群仙俯首。鸣盛雍容，载恩深厚。身辞青锁，心在苍生。旟隼欲度，筱骖已迎。金岭峙介，绣川鉴清。阳春有脚，雅乐无声。岁在丁卯，公监闱事。予职荐剡，实同所次。画角晨趋，毡帘夕侍。赏越骊黄，契由文字。教乃无穷，誉将有试。一月春风，终身韦贽。因缘既合，遭遇亦同。公膺首郡，西湖驻骢。予移赤紧，蜜迩帡幪。謦欬恒接，旌麾屡从。光分乐镜，荫倚和松。商略利弊，图谋始终。亦趋亦步，是法是宗。倚革邪正，时和岁丰。杭民之福，夫子之庸。雨及惠声，风驰荐牍。龚黄首最，卓鲁前箓。政异驯雉，祥占画鹿。御屏既书，台鼎行擢。时予小子，特荷品题。骥尾幸附，龙门遂跻。融称衡俊，机表渊奇。俱邀宸听，并奋昌期。可信者理，难知者数。樗栎何材，竟叨雨露。松柏千寻，苍苍迟暮。宦海惊涛，康庄蹇步。疏帐临门，陶车首路。蛛隐辞华，鹤栖遂素。出为霖雨，处则人师。设经雪亮，负笈云驰。稽山秀处，吴淞碧时。周鲁弦诵，商周鼎彝。道启鹿洞，教设虎皮。忆予往年，吴兴承乏。公则来游，青鞋白帢。洲泛凉蘋，酒呼下箸。予觌慈颜，忧喜交作。喜公戾止，忧公瘦削。邈矣前尘，宛然后约。今春小子，仰沐恩纶。一阶获晋，五马即真。天子励治，朝廷需人。行将起公，为柱石臣。舆情允望，私祝寻伸。岂意苍穹，遽摧泰岱。绛节霞披，玉棺天坠。经纶犹郁，光景俄晦。生也有涯，古之遗爱。呜呼我公，余庆绵延。家巷弥焕，文澜已鲜。凤鸣丽旭，雕戾秋天。抡元述祖，报国承先。良可慰矣，庶无憾焉。而予小子，今将安放。永隔幽冥，空劳想像。席有余燠，室有遗响。淋泪憯凄，低迷敞罔。蕙肴缛俎，椒醑流盎。恸哭临风，依然函丈。

景福泉方伯五旬寿序

五云丽日，护行地之神仙；二月春风，剪平泉之锦绣。将迎延而沃斝，竞酌雅而宣匏。若乃莲社情深，苔岑味洽。昔同袍于南诏，今连襼于西泠。聒耳华词，且驻鹤飞之曲；从头往事，请谭鸿印之痕。

盖我公江笔腾辉，陈舆标隽。花乍栽于洮陇，竹旋剖于汉江。熊轼甫凭，雁衔又晋。当君宣劳滇海，仆亦筮仕昆川。萧朱契始，同寮侨札。心疑旧识，连车访古。碧鸡才子之文，并辔行春；白象蛮儿之舞，流连酒坐。扚畅琴言，虽岫外云移；俄分宦迹，而梁间月落。交忆清颜，洵兰臭之无差，非萍缘之偶合也。

夫以君横钩竖贯，酌古御今。傅永驰声，才兼于文武；班彪作奏，帝问其姓名。万帐霜干，墨磨盾鼻；九隆电扫，箭落旄头。是以翠羽酬庸，鸿毛遇顺。金筑沛真卿之雨，石帆飞段正之云。衡岳芙蓉，拥蜺旌以镇俗；湘波兰芷，摄雀镜而抡才。语干略则百炼弥精，论遭际则九迁未速。方高翔乎寥廓，乃勇退于急流。胸无一尘，目有千古。若仆者岂能攀清襟，希高致哉。

然而临淄交好，只有杨修；刘尹生平，最思元度。星乍离而更聚，雨虽旧而如新。重寻香火之盟，恰践湖山之约。小栏蝶闹，折简催晨；孤屿鹤凉，促尊劝夕。入倪迂秘阁，惊到嫏嬛；开摩诘辋川，笑游罨画。观君搜罗益健，沿讨尤劬。餐缥素而养性灵，借丹青以活机趣。巨眼辟其神雾，古心收于坠烟。人笑髯苏，见墨君而心折；我知颠米，拜石丈而情多。袖中之海能移，槛外之云尽皱。君新致海昌皱云石。岂或胥侔耿介，愿订神交。抑其性嗜坚贞，即为寿相也。介雅值芳春之节，诞祥同古佛之晨。以麝墨记音尘，为羊珠编岁月。爰成小序，藉祝大龄。所惭素好忘年，谬附祢生于北海；但看苍生引望，将征谢傅于东山。

祝简田太史祭文

伏维我公茂绪翔晖，层基贻谷。溪绕名花，墓生瑞竹。溯甲第以蝉联，应庚星而凤毓。儒风载扇，绳武于景先；孝行式敦，象贤于永叔。爰始丱角，即擅词章。神悟惟夙，冲姿孔扬。洵年锻而岁炼，益柱缛而金锵。千里燕台，远赴抡才之地；一枝麝粟，高搴对策之场。已复洛下传声，日边腾誉。何骏采之不凡，又鸿毛之获遇。崔骃献颂，动气象于螭坳；孙逖承恩，典文章于鸡树。时则求书下诏，讨古需才。乙火青降，酉山翠开。发灵宝之神牒，搜安鳌之坠灰。花攒万谷，叶扫千回。李峤叹其精敏，陆澄逊其博该。蕊榜旋题，槐厅遽入。炬撤莲辉，纸分菱汁；瑞锦雕盘，彩毫鸾立。迟八砖之花影，粉署春长；静五夜之铃声，蓬山月湿。既翔秀于阆苑，每分衡于琐闱。仰椽竹而选韵，俯爨桐而拾材。珠岂鱼混，鼎无赝猜。老眼不花，孰能迷其五色；臣心似水，究何染乎纤埃。然而磨蝎宫屯，歧羊路仄。苏公未合乎时宜，汲老徒闻于鲠直。方西笑之正浓，乃南图之遽息。二疏祖帐，阗咽都门；五柳归舟，逍遥乡国。出为宗匠，处则人师。骖骓乍驻，羔雁四驰。榕城被其化泽，沪渎沐其教思。澜挽百川，荡鹰窠之晓日；香焚一瓣，坐凤岭之清飔。莫不傍门墙于麟士，仰山斗于退之。而公则竹心更虚，松体弥下。眄睐频仍，齿牙奖借。以阆仙定五字，若慰平生；为太冲序三都，倏高身价。爱怜穷士，辄更凤尾之袍；激叹奇才，先割牛心之炙。至福田手种，阴德耳鸣。虽霖雨之未展，实慈云之遍蒸。或田以仁号，或塾以义名。范麦常贻，卜牛眠于春草；鲁困数指，慰乌养于宵灯。孤寒为之雪涕，闾里于焉服膺。美意延年，仁者斯寿。瞳清渐方，眉绿更秀。八旬举案闺中，则并饵丹砂；五斗养亲膝下，则早纡墨绶。传经多房魏之从，把袂有绮园之旧。著书而黄叶林寒，入社而红藤杖瘦。潞公定卜于乔年，魏国真荣于锦昼。谓期颐之可届，胡嵩构之遽倾。嗟龙蛇其已兆，忽旗鹤以相迎。群思鲁殿，争痛滕城。莱衣雪换，皋泪风惊。著易窗前，徒见丛残之稿；谭经座上，如闻謦欬之声。

某等咸附葭姻，俄悲薤曲。奠絜酒而尊馨，陈兰肴而俎缛。楚些凄清，虞泉酸促。东海仙龛，西州华屋。叹旧侣之星稀，溯前尘之电速。屈指鹿鸣，重赴天何。靳乎三秋，伤心鹤吊。偕来刍定，陈其一束。

周稚圭廉访太夫人八旬寿序

盖闻养堂介寿，武昌膺紫绶之荣；家巷传经，宣文启绛帷之学。自来扬母仪、光女宪者，大抵严松励峻，境蔗回甘。发晁采于龙文，衍修龄于鹤算。是知掞张霞诀，非所以鬯慈风也；铺耀芝田，非所以铿芬响也。善心为窈，推曼羡之明征；美意延年，庆徽华之永驻。敢书珊管，用侑瑶觥。惟太夫人秉德颍川，毓祥鉴水。兰亭地近，仿卫帖于簪花；桂岭官遥，侍谢庭而咏絮。洎乎飞凤揲兆，委雁言归。濂溪为儒者之宗，浔阳有高人之目。时则承颜堂上，反哺乌劳；得句盘中，束修羊瘦。擱衣茜酒，无惭女史之箴；谨爨熬膺，但唱姑恩之曲。慰欢心于垂白，赞苦志于研朱。遂使阚月题名，潘花应选。红云山迴，随宦辙以驰驱；碧镜潭清，助廉泉而斟酌。方喜化行，元淑马亦作斋；何图仙去，王乔凫真飞舄。怜曾曾之弱子，年仅蜗髫；携琐琐之归装，尘生鱼釜。然而茹荼耐苦，倚竹忘寒。糠灯一星，小宋每从兄而读；莲漏三鼓，大家常伴子而吟。恤纬辛劬，郑络秦篝之巧；持筹子细，男钱女布之繁。可谓曲悴萱心，悁勤荻画者矣。无何香分贡树，玉友同科；瑞卜仙蓉，金泥迭报。福星度世，元方既焕采于羊城；卿月当霄，季子尤腾光于凤洛。我廉访以酌古御今之概，拓高掌远跖之才。方其炬撤莲辉，纸揩菱汁。桓荣立论，六馆之学者传钞；刘向校书，五夜而星精下视。矧复风帘闭夕，霜槛开晨。俯爨桐而拾材，仰椽竹以选韵。比经千佛，老眼不花；彼汾一方，臣心似水。曳马之练光必识，连牛之剑气皆收。

于是太夫人莞尔启颜，油然悦志。谓呈华贡颖，答殊眷于螭坳；抽沦掇潜，证初心于萤案。班看玉笋，胜传冬笋之飧；座列银衣，即报慈衣之线。在昔欧阳得士，荣耀中闱；士行搜贤，率由懿训。知人事亲，斯其有焉。且夫芝苓驻算，不如白业潜修；祝史择言，未若苍生隐颂。以廉访之雁衔整俗，豸绣提刑。雨洒真卿，吹慈云之一片；霜销邹衍，暖爱日于三冬。固已仁流艾韡，虑深荼网。为北堂而种福，沛南国以流甘。而太夫人犹复曲意垂温，殷拳致诚。隽不疑之行部，惟问活人；房景伯之化民，只看供食。蛾怜扑焰，法设亭疑；雉惧投罦，书悬简宪。必使经术断狱，淳同于汉儒；哲人惟刑，祥叶于周典。炊累万物，炀和一心。植德如须弥山高，积善如恒河沙数。岂特枌乡梓里，标椓斛之嘉称；榆粥瓜畴，广馈飧之雅谊而已哉。允宜鸾纶锡紫，鹄鬓留青。张母承荣，九重羡其老福；赵亲观礼，百寮奉其寿觞。庭畔栽花，都成旌节；窗前种竹，即是团栾。子舍珂鸣，裴雨袁风之瑞；孙枝玉立，质酥赞酪之奇。前辉后光，左宜右有。虽心忘华想，犹然絁织一端；而身饫醲恩，已是鼎罗五膳。回忆戛桐韵冷，缉柳神劳。整吕希哲之冠，必严非礼；开魏夫人之笥，每鬻异书。女贞负雪而逾荣，款冬凌寒而益耀。当亦闲谈往事，欢倚红藤；时展慈容，笑看碧落也已。岁逢柔兆，月值嘉平。锦堂开燕喜之筵，铜笛奏鹤飞之曲。移陁国里，树飐仙音；护世城中，雨飞美膳。数赵学士乞封之岁，更待来春；稽冯太君上殿之年，已过匝月。旃檀果妙，恰邻浴佛芳辰；花餤香浓，正届卖灯令节。

某倾衿母范，仰企礼宗。瞻酡颜其未梨，卜眉寿而无艾。韬沂潍萃，晴空盘雕锦之光；觚爵纷軿，腊酒晋蚁尊之味。伫见自天雨露，开藩即畀乎维申；争看行地神仙，益算更周乎后甲。

跋周忠介公书陌上三叟诗墨迹后

此周忠介公所书应著作诗也。呜呼。以公惨遘时艰，躬罹珰祸。入国门而不返，就圜土以埋光。视彼葆性草茆，潜形陇亩，忍此终古，果哉末难，其道攸殊，于文焉取。不知顶踵可捐，君子之节；发肤必爱，大贤之心。使公未受国恩，言占嘉遁。握手园绮，抗颜松乔。优哉游哉，聊以卒岁。维已膺遇簪绂，致身朝宁。虽复引退，犹怀孤忠。触委鬼之蛙怒，化幽魂兮鹤归。不朽有三，贤于朋寿矣。载稽熹庙，良用慨然。观公所书，疑若风谏。声伎广进，义违上叟之戒；腹心酿疾，意符中叟之箴。至乃重昏失晓，元首蔽聪。下叟微言，罕譬而喻。匪惟保身之良谟，实亦医国之上策也。若其体劲金石，气含风霜。寄神锋于点画，见谠色于毫素。艺林所宝，无俟赘焉。琅琊公子，抗心好古。什袭斯卷，以余同癖。特出见示，余咨嗟敬礼，手不敢触。昔于墓中五人，见公之诚感；兹以陌上三叟，知公之养纯。然则尽道正命，岂与豪杰轻死者同轨哉。爰谨跋其后如此。

杨检斋《梅花三弄图》序

今将炫浓妆于桃李，贡繁响于筝琶。而绮缛乱其神明，滔朗惑其官器。庸流所耆，大雅弗珍。花之有梅，介然清皓，群卉之冠冕也；乐之有琴，粹然攫醳，八音之高曾也。餐此冷香，奏我疏韵。卓哉检斋，与为三妙矣。则见流水如雪，空山不烟。众喧既沉，孤影自媚。非弦非指，忽开太古之天；半暝半晴，独破先春之梦。石点头而欲语，鹤竦翅而忘飞。画真有声，相本无着；尘械尽脱，神峰益清。所惜予题斯图，乃近别日。动墨萦怅，拈毫触怀。送君自崖，为我再鼓。海水澒洞，群山窈冥。移情在兹，刺船竟去。回忆孤山之麓，西溪之滨。抱桐独来，隔竹微笑。红鳞为之泼剌，翠羽助其啁啾。此乐如何，栩栩成昔。然而梅交耐久，琴德不忘。行矣勉旃，墨兹作贶。步兵理曲，定从千里吹来；驿使传书，幸以一枝寄我。

李子仙福遗稿序

夫抱景遗俗者，多诡激之辞；负才傴身者，发凄变之响。虽勿弃于骚雅，终有疵于性真。若夫境蹇而心益夷，迹滞而神弥喦。道韵惟澹，清讴不燋，于吾友子仙见之矣。

子仙，江左名宿，吴门隽才。读奇书三十车，疏古事八千纸。酝藻若酎，裁花作裳。蜚声于鸠车之年，标采于虹玉之渚。贺监闻句，辄欲解龟；昌黎诵诗，更复束带。天骥神骨，俟长飙以竦身；潜虬媚姿，瞩油阴而掉尾。胡乃跉踔半世，稽留一衿。卞足见伤，羿臂徒束。况赤熛之怒，几及于池鱼；震雷之翻，有同于幕燕。既已习坎入坎，亦且失弓得弓。阚月始照，而颠毛失青；燕云独驰，而庸眼遭白。宜将斫地贡愤，扪襟选悲。琴焦不平，笛怨如泣。引东野之绵叹，类次公之醒狂。

而君则炀和在胸，树简为骨。齐荣落于太始，浑成亏于寂波。观其含毫蕴清，动墨呈旷。秋水无际，浴群形而共鲜；春花乱生，幻众态而皆笑。月住万嶂，如闻磬声；风来九天，时落仙语。幽想蜕浊而不类乎寒，微辞砭聋而无病其讦。顾建康之醇酒，饮辄醉人；韦处士之虚舟，杳然忘物。元仗孤执，天钧静鸣。彼嗔火笑刀，旨伤于轻薄；愁盘恨阱，致谢于冲恬。狷士所为，达人弗尚。至于放浪高寄，萧条远游。霜篷拓晨，星饭趋夕。屐齿所及，古烟织其吟端；觞情互申，今雨接其文宴。旗亭杨柳，导双鬟之俊声；秘省梧桐，停四座之庸翰。豪气交踊，胜情健飞。几几乎揽瀛岳作豆樽，遣龙虎执篪瑟焉。仆也带水同里，抚尘旧交。鸡酒之社，时寻其古欢；筝琶之场，亦睹其才语。香销烛揄，论心未休。春煦秋阴，举足辄诣。有裴王荚洴之乐，侔皮陆松陵之欢。然而沙抟易离，萍靡恒左。知北听雨，忆前尘而未遥；终南插天，遮短羽而无力。今者鹫岭幸即，鱼笺待邀。而黄垆故人，山河之感斯极；绿云处士，图书之窗仅存。夏侯平生，情话永歇；乔公遗约，腹痛可思。睹此丛残，自成馨逸。月魄浮简，霞情动毫。想捻髭其宛然，叹镂肝其奚益。索云卿之小序，入梦几时；弁昌谷之遗编，伤神而已。

南屏澹人和尚碑铭

懿夫情岳干天，视三界犹火宅；法轮覆地，导四大以金绳。然而浮游曜雪，恒苦恋其羽毛。蟪蛄矜春，不自知其旦暮。是以訾元津为虚诞，摈化城于寥莫。譬诸树烛霄之炬，盲者未睹其光；奏钧天之乐，聋者不闻其响。盖亦多焉。

大师俗姓宋氏，释讳际祥，湖州德清人也。禀两仪之灵和，悲八垢之结缚。幼而慕道，逌然绝尘。辞家于吴兴之觉海，受戒于武林之崇善。顿辟心源，尽驱迷窦。以为义忠箭架，临济蒲团。虽警沉冥之疾，实开声闻之门。如来何所从来，无法乃为真法。华月经天，形妍媸而毕照；空水怀响，物呼嚎而悉应。月本无心于镜形，水岂有意于肖物。世知我者，作如是观。若乃靖节入远公之社，乐天升如满之堂。竞叩幽楗，咸征慧业。三摩大有同心，一合终成幻相。大众所欣，厥怀无住。夫入无空之域者，始可语庄严也；悟不舍之檀者，始能集功德也。师谓举足即是道场，栖身曷须坛宇。然坏衣乞食，尚买祇园；飞锡流泉，聿开宝刹。维兹色相，亦有因缘。遂乃说法皋亭，安禅苕上。凡夫蔓草之场，皆作旃檀之国。层轩延袤，飓母飞而戢威；崇观駊騀，天魔瞰而低首。听讲者比迹，及门者成群。而师则高谢四流，息心无上之谛；悬解众妙，宏觉有生之原。甘泽沛矣，法轨隆矣。

于是杭郡五山，公举为净慈方丈。莲峰庆祥轮之驻，荻浦悲慈航之移。上至公卿，下逮妇竖。群思布发而迎车，叉手而作礼焉。维时净慈前殿，日渐倾颓。师乃开欢喜园，建优婆舍。节钺贵人，布金盈亩；旌幢天使，指地成池。遂使栏楯重立，龙象再新。如须弥山王，拔而起者十三丈；以恒河沙计，助为理者百万家。自非硕德之感，乌睹宏规之兴乎。况乃广延文苑名儒，重订伽蓝旧记。龙书凤藻，则炳煜湖山；镜阁琴台，则搜罗今古。莲花画界，靡尺寸之弗详；兰若题词，无巨细而必录。师之大造南屏，敻乎莫尚，而师不自以为功也。盖现浮图于指端，只供游戏；求菩提于性内，不在布施。有语言文字，未是不二法门；无香味色声，方得第一正觉。离朱吃诟，安索元珠；迦叶阿难，总修白业。齐失马于得马，莫随狮以称狮。

故始也掩关杜口，渊渊风雨之庐；继也视疾观心，忽忽云霞之表。既由动而入静，复自有而之无。以嘉庆十九年十二月三十日，端坐而逝。神归兜率之宫，世失慈悲之筏。岩泉呜咽，翰鸟啾谯。寂后其弟子以行状嘱某作碑铭。

某夙亲道范，怅陨崇晖。对瓶钵而增凄，瞻风云而遐慕。爰是敬章遗德，永勒贞珉。虽两戒山河，过去皆成露电；而三生香火，重来尚载精魂。夫师以禅诵之暇，间及丹青。异域传观，名流珍嗜。然皮纸骨笔，时为智慧之余；木叶山华，依然般若之意。非师所重，今故略焉。铭曰：

上善若水，行神如空。不垢不净，何始何终。卓哉我师，挺生苕霅。冥权曲应，朗仪旁洽。定波含明，烦城皈法。华雨方渥，慈云忽飞。青虬奄驾，白鹤不归。栖遑大千，荒芒三七。象教焉依，师其复出。

补绣散花小影题词

蒋淇园元配俞孺人卒后，继配鲍孺人为绣散花小影，未成而鲍又卒，妾华氏续成之。

将空衍色，为梦刊痕。紬彼蕙心，发其瑶想。维摩法喜，结影于冰丝；善慧瞿夷，绵悰于云幅。匪维神技，抑亦情禅。

夫鲍孺人之绣是图也，方其命缕追魂，停针引叹。岂不泫然朝露，欷兹夕蕣。谓人生之短寄，惜彼美之长往。而乃手线未冷，肠弦又摧。五色之丝，谁云续命；九光之锦，徒闻连理。如泡如电，春葩已秋；织素织缣，新人亦故。观夫绒窗风启，熏炉月歇。黯淡余绮，凄清剩芳。怜人不暇自怜，视今亦犹视昔。吁其悲矣。然而恨海千仞，衔木可填；情天一隅，炼石斯补。藉灵芸之慧指，续若兰之幽思。鸳鸯弥度其巧，薝蔔如闻其香。信彼双绝，可以千古。若淇园者，杜牧工恨，张衡善愁。抚帧萦思，触绪摇感。其能解结昔之缠缚，悟神光之合离乎。当复仍付小红，珍兹尺素。买丝而绣，是为巾帼平原；拈花而笑，如礼旃檀古佛。

上山阳相国书

去冬王门生北上，谨附芜缄，窃申愚悃。惟以冒干威重，夙夜兢惶。乃二月十八日接读芝林夫子赐书，知蒙下念寒微，曲移恩照。润枯苗以一勺，转烟卉于三春。受命衔惊，沦肌刻感。

惟我夫子，中枢黼黻，元代丹青。典礼则勋掩夔龙，命世则道参望散。碧池晋讲，振六籍之笙镛；玉册传心，绘九霄之日月。垂绅正笏，物命系其洪钧；树臬悬衡，士林奉为仪表。是以帝嘉乃德，方华衮而滋荣；天笃其庆，辟纶扉而在即。固已揄扬限力，仿效无阶。然而义驭虽高，不遗萤尾之焰；傅霖既渥，并及牛蹄之涔。

若兴瑞者，燕石顽资，惠瓠劣质。辱当早岁，即累深知。被锦障于庸驹，假礛诸于涩锷。枉孙阳之一顾，遂激驽骀；感薛烛之片言，益磨铅钝。岂不欲栖神芸轴，戢影蓬门。敛毛羽以俟风，函光芒而候月。只以蝎宫薄造，马壁奇寒。艰难将母之吟，局促依人之色。情虽上告，心有多惭。何长者垂怜，仁言远被。左思腾名于皇甫，孟郊增价于昌黎。墨沈飞膏，骤苏鱼困；砚田收粟，喜遂乌私。德高而受者难言，材劣而报将何日。惟摅情于毫素，冀达款于门墙。明知撮土嵩衡，不增其峻；涓流江海，何益于宽。而蜩承清露以知鸣，翰拂和风而必舞。物微慕一，地异情均。谨呈感德，抒情四十韵，附钞近作诗文若干首。敬恳赐以炉锤，振其聋昧。偏隅暗谷，希回岩电之光；良夜庆宵，翘瞩台星之晷。

上李芝龄夫子书

盖闻驽下之马，思效鸣于孙阳；臃肿之木，乐呈材于匠石。彼物念其犹尔，讵人情之不然。而乃事势迁延，光阴倏忽。徒盛负笈之志，竟违悬弓之招。揆公谊则深负师恩，揣私衷则窃胶已见。敢抽悃款，用达墙藩。惟我夫子列宿分华，卿云配润。八窗洞达，抒经纬于熙朝；六琯雍和，转寒暄于奥壤。弥复冲襟纳物，静鉴铨流。忆星使之由庚，正天门之在卯。群鱼洗鬣，争指龙门；众锷吹毛，咸投鸿冶。岂意轻飞萧纸，远召虞簦。愧小隙之容光，惧大恩之压己。夫筵分片炙，感尚终身；笥啄余花，报犹四世。矧乃广扬刍议，曲计兰羞。爰怜乌哺之情，拂拭虫雕之价。喻嵩衡其未重，譬溟渤而犹廉。然而意激神惊，遇隆命薄。加以时逢颠蹇，俄然疾抱怔忪。殷钧自觉其体羸，谢述或闻于性谬。非不欲鞭孱就路，振朽凌风。窃恐鹤舞氃氋，转累公羊之赏；蚕成瑟缩，徒烦园客之缫。装已戒而仍停，车将脂而中辍。徊徨一念，展转三秋。医屡阅于矫卢，药遍求于杞杜。诵枚乘之《七发》，大宅阳回；谢孙邈之《千方》，中宫躁释。重云见晛，喜色可知；尺水腾澜，壮心未已。而驹尘生釜，饮益涸于颜瓢；蠹屑堆窗，落竟同于惠瓠。

念我夫子高开暖厦，夙念焦琴。箧中之手墨淋漓，诵而起舞；烟外之心旌摇曳，梦亦从游。虽已误于逢年，究愿伸于知己。用拟裹粮入赵，橐笔投燕。帐披曾坐之风，门立迟来之雪。昔赵秀才三年养病，更赴恩门；邴根矩千里寻师，遂成名学。将今拟古，何遽多惭。谨呈《雨燕思梁赋》一首，贡其肺腑。是桐鱼曾献之音，假以羽毛；即树鹊求栖之曲，轻尘钧鉴。仰候裁成。

黄韵珊宪清诗稿序

予耳韵珊名久矣。偕馆虎林，遂成鸥契。交虽今雨，谊有古风。继乃示我一编，畛分八卷，曰："自结发迄兹，刿心钵肾者，余此而已。

君其为我序焉。”

予维诗学之盛，莫逾今日。人珠家玉，前喁后于。然或采质徒存，菁华已竭。形同欺魄，声类哑钟。匪钻古之不深，实秉资之难强。夫雍牙调鼎，族庖共其醯梅；夷光傅妆，仳倠同其脂泽。而旨否顿异，妍媸绝悬。揆厥由来，岂人所主。故庾清鲍逸，斯增月露之华；孟淡李宽，遂表禽鱼之色。灵源独浚，夙慧居多。

韵珊梦月入怀，栽花作骨。甫臻丱日已异恒流，未及中年可肩名辈。人徒见其缉玉缀琼之富，练青濯绛之奇。载张华之三十车，读崔儦之五千卷。诧为锦肆，望若宝山。以此心倾，不无皮相。惟摩说法，得字句者粗；昭文鼓琴，考宫商者浅。其盖缠绵天性，似茧细丝；倜葛豪情，如鱼跋浪。香雨著物，而花叶皆鲜；雄飙破空，则山川自震。拈来常语，偏多宛转之姿。奏此古怀，不尽苍茫之感。梦中春草句，脱口而弥工；扇上秋云词，无心而入妙。迥乎清拔，自得风流。虽韵珊亦难言其故也。

然予窃有感焉。蒙当弱冠之年，颇挟振奇之气。茱萸别墅，往往题名；杨柳旗亭，时时画壁。锦袍夺得，一寸之烛未残；宝剑吟成，数升之墨倏尽。健能割电，胜可笼霄。而哀乐损其神明，功名销其锋锷。潘鬓渐白，江花不红。颓然中书之头，寒矣老叉之胆。君宜自爱，会当名写韩翃；仆请相师，辄欲形模贾岛。

翏莫子集卷二

海昌俞兴瑞霞轩著　男承德改名凤翰　承宗　校刊

送孙大慎于归楚序

大高张证梦于千里，苏李发情于五言。类皆申交白头，积契素抱。故屋梁之思，请鉴乎落月；带水之感，有怆乎摇云。若夫良觌甫展，清颜遽违。陆龙荀鹤，粗通其姓名；北豹南狐，偶会于旬日。而吴觞醉离，楚旆缠恨。悒悒如失，悠悠我思。岂非萱杜之味，欢若平生；萍蓬之缘，印诸夙果。李洞事贾岛以佛，贺监呼青莲为仙。愿言从之，心如结矣。

孙大慎于者，楚之振奇人也。霞栱天树，飙轮日张。灯盏答于蜗髻，棋局试其凤藻。固已符采标异，性灵隔凡；乃复饱辞绨帙，酷志骚雅。家邻沅湘，拾兰芷之遗秀；气撼云梦，喷蛟龙之怒涛。幻八翼而狃天，涌三耳而听地。鬼出电入，龙见鸟澜。捃丹黄于万竹，视青紫如一芥。然而羿臂徒束，卞足见伤。终投班生之锥，不上庄助之策。名场利辗，翻然遁逃。酒国花乡，于焉栖止。尔乃交甫捐佩之渚，太白飞觞之楼。湖名郎官，台号神女。舻轴相次，筝琶递闻。洵宙合之艳区，而畸士所托足也。杜牧落魄，独游江湖；唐衢负才，时闻歌哭。拔长剑而斫愤，碎胡琴以贡哀。往往淋漓酣嬉，洸洋恣肆。题福娘之窗左，睡文君之垆侧。缠头百万，屡空复分之钱；汗脚尺三，不蹈迷阳之路。孤怀激楚，丛笑荒唐。所谓次公醒狂，毛生博隐者乎。及其抱冲守寂，韬奇敛照。巾褐无闷，文章自娱。收古心于坠烟，辟巨眼于神雾。米家载画，船唇溢香；倪氏藏书，屋脊连架。石华金薤，摩挲其藓痕；雀菉鼠碑，发皇其蠹迹。富逾西斋之目，陋笑北堂之钞。于是延经神、揖墨友，开径求益，悬榻俟贤。惠车曹斗，擿裳而鸟趋；杜癖柳颠，挟酒而麇集。名绘示客，寒具之污不嫌；奇文判疑，暖讲之设无吝。至于藤丁竹所，星晚露初。阄题翠吟，禁字白战。续醉诗之十二，行棋经之六双。西园盛宴，比此非多；南皮雅游，于今再见。盖其豪迈也若彼，其澄旷也若此。王蓝田体段，政异恒人；庾赤玉胸中，故无宿物矣。岁遇元黓，湖寻白堤。语卢纶之旧姻，住吴山之侨寓。遂逢贱子，愿订神交。

仆以通脱不羁之姿，负乡曲亡俚之誉。酒徒自署，乞相可憎。跌宕情尘，捐排世网。幼舆齿折，弥申啸歌；无功口馋，惟嗜糟曲。朝既游乎樗巷，夕更栖乎蕙房。雪岭墨池，颠倒群芳之谱；粉奁脂盝，呿吟十索之词。烛灭留髡，瓮开缚卓。郑绂深责，法秀见诃。而君独别采疏躇，隐怜肮脏。识伯鸾于赁庑，招阿虎使同舟。时则溪柳薰晴，岩萝罥雪。讨古荒寺，搜春画桥。逐紫燕而抄路，惊乌龙而叩关。钏响微闻，衣香密接。弦嫩如水，花凉亦烟。选张娟李态之奇，极徐肺沈脾之适。以永今夕，乐哉斯游。

君乃中席进规，举觥申罚。谓阿难戒性，几毁于摩登；吴猛高足，亦染于炭女。是以佛观莲相，仙守桃君。愿折肱而为医，且现身而说法。则君非知仆之深，而仆疑君之矫也。夫泉明赋里，化形锦衾；潞国诗中，寄兴约指。昌黎咏金钗之醉，希文按苏幕之遮。亦只竿木随身，空花过眼。味横陈于嚼蜡，悟幻性于吞针。梵天且说情禅，蓬岛自饶春色。如必王琨避面，蔡谟拂衣。雨艳愁沾，云痴怯障。则驹录已甚，蹀躞不欢。得毋有心中著妓之嫌，无腹内容公之地乎。是即蒲团坐破，究迟灵运生天；泥灶打翻，未许丰干饶舌也已。嗟嗟，惠庄骋辩，霞契乃成；房蔡争衡，风流可想。而仆犹滞于鹫岭，君复适乎蛟门。旗鼓一时，参商两地。吟襟将合，归帆又驰。涢口之雨，如滴其离声；洞庭之烟，徒隔其长望。怀哉曷已，怅矣如何。他日仆叩荆门之舷，或君弭浙江之驾。相顾嗢噱，长歌慷慨。茗脆酒肥，香消烛搶。

赌险句于锥末，激狂谈于箭锋。仆请更下一等，未敢退避三舍也。

节孝朱太宜人墓志铭

太宜人张氏，浙之海宁人也。自弧星应世，庆云流绪。千秋法鉴，清亮冠于庙廊；万福威名，赩赫被于草木。允推著姓，式标峥阀。父讳某，名隶太学生。兒宽膺选，即受安国之书；何蕃敦孝，遂入昌黎之传。太宜人生而庄雅，长弥婉娩。庭中初雪，最工比拟；机上重花，不烦刻画，故犹见奇。二老精择同心，年二十归于思斋朱公。三年之学，有迈仲舒；一黉之俊，群尊明远。河鲂致咏，弋凫相戒。赪盘献曜，洁纷帨于堂前；翠釜蜚香，奠簋筐于牖下。勖率以敬，和乐且湛。

昊天下吊，哲人遽逝。吴门系马之言，谁为掩目；甘泉吐凤之梦，果能灭性。未期年，公以力学婴疾卒。太宜人痛极靡笄，情甘绝勺。重庭闱之劝勉，存天壤之视息。无何，以舅姑命，抚侄某及某为嗣。药名续断，乃得二难。虫呼类我，竟称竞爽。太宜人仰饬鸡鸣，俯勤乌哺。罄养生送死之礼，兼仁育义正之美。

嘉庆戊辰，某举于乡。其秋，某入郡学。曲亲购笥，于以稍酬。欧母画荻，此焉始慰。而悲余于喜，密云未启其颜；戒甚于奖，寸晷必绳其志。俄而长君又以利疾卒。井号鱼腹，虚为麦曲之呼；门巢毳羽，直兆芝兰之折。闵深鬻子，恸决从夫。以某含泪跽劝，勉进饮食。霜重雪复，萧萧之竹难支；夕馨晨洁，油油之草尚茂。属因门祚衰薄，令某入资为部主事。周磐解带，诵汝渍而慨然；毛义捧檄，顾高堂而有豫。既策仕版，弥游学圃。太宜人望成大器，曲访人师。供馔必精，不吝于截发；负笈云遥，何烦于搤臂。故某所从师，若张荔园教授、吴蔼人学士、张云巢鹾使，并皆耆硕，遂有指传。

道光壬午，某入都签掣工部行走。乙酉，捷北闱。诗人萃于水部，自昔以然；贤书登于天府，继兄而作。修川一隅，紫阳双璧。苏氏轼辙，俱掇巍科；孙门何仅，尽腾文誉。太宜人之训也。桂馨斯馥，榆光行晚。闻完禽之响，贤者伤心；见隙驹之影，孝子改色。

癸未春，某以思亲旋里，自是遂终养矣。潘安仁闲居之赋，乐奉板舆；孟贞曜游子之咏，讵伤衣线。太宜人志安清尚，理远华想。织絍有暇，好闻雅歌；绣经不疲，常礼古佛。启宣文之幔，永锡难老；辟武昌之堂，行登大耋。绛虬谁系，青鸟奄臻。食观食巨，符不灵于六甲；矫氏卢氏，医徒闻于三世。以辛卯六月二十三日卒于内寝，春秋七十有二。

呜呼哀哉。太宜人树善务滋，植和在抱。匡资之惠，每周乎里闬；侮甬之声，不加于婢仆。岂直荥阳郑氏，闺门兆其雍熙；东吴孟母，单寒被其慈煦。今子某将以某月日合葬于某地，礼也。长松绕墓，即标劲铁之柯；宿蔓未封，还表生金之碣。铭曰：

东武贤者，曰无垢兮。式扇清飙，诞贤妇兮。敦悦宪章，翔礼薮兮。三星在户，获嘉耦兮。我生不辰，罹凶咎兮。一瞑万古，誓绝糗兮。茹悲强存，慰姑舅兮。果羸有子，螟则负兮。折葼咀胆，善教诱兮。举举两哲，鹿呼友兮。伯氏虽陨，仲绾绶兮。恩流自天，俾单厚兮。岿哉绰楔，标贞守兮。美意延年，筵长久兮。霜降盛夏，风缘牖兮。九閩擗踊，丧慈母兮。灵旐在原，泪盈輀兮。贞禽德兽，护高阜兮。幽光烟闷，昌厥后兮。视此坚珉，永不朽兮。

《玉节记》序

情斋先生，于玉比德，清节为秋。道韵粹冲，天才英博。辨羽衣三叠之曲，读金真七映之书。然而眼不逢青，头仍欲白。瓴砖作障，甑釜生尘。旅馆如冰，问梅花而不语；闲愁非雪，借竹叶以难浇。冷看傀儡之棚，笑掷琉璃之笔。呼之图画，若有可人；除却神仙，更无知己。《玉节记》传奇，殆有感而成乎。

今年春，瑞始得与先生游。示我一编，讽之三叹。夫珍珠帘畔，空别芳卿；香草园中，忽来神女。折花萧总，相逢明月之溪；采药刘晨，小住胡麻之洞。虽云异遇，强半前缘。若乃惋惜英雄，回旋造化。不遇之遇，遇始大奇；无缘之缘，缘由独创。黄尘谪去，甘心烦恼魔中;碧海归来,携手郁单天上。比以留诗罗郁,作合尤难;方之写韵采鸾,怜才更甚。有仙家而如此,庶杰士之扬眉。

嗟乎!穷愁方克著书,忧患元从识字,古来之闻人岂少哉。乃过罗浮,而无梦鸩鸟焉。媒呼真宰,以不闻枯鱼自泣。文通武达,徒多经纬之才;髡醉朔来,并乏诙谐之伴。襕衫褦襶,贫女心伤;短发飘萧,诗人骨瘦。何处有金台紫馆,俄然作琼想瑶思。岂果星宿前身,分当磨折;修罗恶焰,未许飞腾耶。

先生所为,以妄为真,将空衍色者也。尔其摇毫惨淡,落纸缠绵。一灯听雨听风,五夜欲歌欲哭。抛残红豆,暗记宫商;弹到青琴,难分弦指。叩虚空而凡响尽失,拗新艳而古光自流。未免有情郁郁,谁能居此。似曾相识,珊珊乎其来迟甚。且幻戎马之苍黄,藕丝刀剑;换棋枰之黑白,芥子须弥。必使历尽羊肠,争诸蜗角。然后挟成智琼以去,偕秦弄玉而仙。偿半生潦倒之悲,完一念人天之局。盖其境益塞,故其想益开。作者愈艰,斯读者愈快已。瑞愚同齐客,滥学吹竽;巧谢宋人,空劳刻楮。乃清吟未毕,觉古感纷来。听嚼蕊之新声,人世应无此曲;触散花之旧恨,浮生其奈多情。将按拍而布之管弦,先醵金而寿诸梨枣。庶几笛调杨柳,争识三中;楼号芙蓉,都成两美。君心在月白峰青而外,下笔有神;我愿于灯红酒绿之间,逢场作戏。

《清芬录》序

钱警石师,世承景胄,志笃芳翰。切魏公故笏之思,有薛家磐石之感。搜考遗墨,郁若昆邓。依类钞次,都为一编。宸题云缛,焕乎居首。颜曰清芬,从天锡也。兴瑞欣奭瞻诵,而敬为之序曰:

昔文忠创集古之录,彦远撰名画之记。宝墨待访,述自元章;法书撮要,成于山父。类皆博稽往牒,匪绍门风。若乃谌悦扇芳乎累叶,恒瓘擅美于四世。欧阳以父子称奇,尉迟以大小流誉。而天章所宠,盖亦鲜焉。懿哉是录,胚胎一陶。弁以丹函,荣光飞动。夫柏梁数语,盛标缣缃;薇诗片纸,珍若球璧。矧睿词赓倡,则连篇兼翰;御书褒异，则重规叠矩。烟墨之气，化为卿云；笙镛之声，绵此化日。昔者躬被衮黻，荣于三加；今兹顶礼龙鸾，翔于一握。衔恩食德，亦云伟矣。缅念余庆，由来盖遥。整派依源，岂其朝夕。粤自容庵启铅椠之业，东畬发簪缨之华。自是以降，代多织学。球琳琅玕，炳采于共璞；楩楠杞梓，擢秀于同林。是故六郗四庾，并工挥洒；八王三钟，俱美毫素。重以中书寿母，亲垂笔阵之图；越国夫人，雅擅画林之法。允迪世哲，仰符帝心。郑崇曳履，辄呼尚书；刘衡辞陛，便问卿父。彤管腾曜，尊韦母为先生；乌衣继声，叹谢家多名士谓箨石尚书。

岂独书补戈脚，诗批表尾，饮香麒麟之草，藏墨嫏嬛之府而已哉？是宜传之家巷，永为世琛也。他若威凤片羽，祥麟一角。或精波折，或耽襞染。或摅怀啸歌，或通愫简札。虽萝衮殊致，髫耄异情。莫不各奏铿响，自成馨逸。

於虖。飙焰诚疾，膏粱易沦。往往饱先泽于蟫蠹，没楹书于榛蔓。董史之裔，问彝器而不知；昌黎之子，读金根而辄误。追念风烈，可为雪涕。而钱氏独珪绶相继，寝葄罔坠。范宗八儒，递及武子；郑门六艺，述自小同。并足笃绍先矩，允垂奕祀。而吾师弥复劬心荟萃，胝手编辑，用彰贻厥，得所缵乃。则他日之摛华石渠，绳武琼苑。燔黄未卜，涂篗已征。

若兴瑞者，忝列鼎门，莫追曩轨。范乔之砚乃出于秘府，宣公之议不登于逸竹。澜远虑歇，枝丰孰培。言睹斯编，不禁涩然汗出也。先少宰有御赐松花砚，又有奏稿杂著未刊刻。

《云中江树图》序

乙酉仲秋，林少穆廉访治河工竣。乞假归里，道过杭州，属吏等送诸江干。眷恋之意有切乎骊驹，浩渺之情若随乎文鹢。刺史王容生爰绘为《云中江树图》，志别绪也。

夫鳞凤乃耀世之采，楩楠非藏岩之材。亮即沛其丰施，何致牵于离抱。惟是卿月睇久，光乍及而旋移；春风坐曾，和方饮而忽去。刘孝仪此焉引叹，江文通弥用黯然。方公拂简乌台，驰轺鹫岭。投手板者争瞻河岳，受目鉴者均赞韦弦。而梁公望云，忽深亲舍之感；顾悌拜书，尤极寝门之思。威绶初垂，斑衣遽换。靴笏如雨，浮蚁泛乎别觞；帆樯在烟，啼乌导其前路。此一时也。

洎乎勉从庭诰，起报国恩。坎疏九芒，旗植五色。龚爱逮乎黄犊，杨渠引以青蛇。而元谟之眉未伸，臧盾之指忽痛。雪涕无次，星奔不程。十亩遄归，殊桑者之泄泄；百寮走送，感棘人之栾栾。此又一时也。

器遇盘错，乃表玃人之斤；路值崎嵚，始显钳且之辔。当黄流之决宣房，为苍生而起安石。王尊立水，数版不沉；贾让治河，三策并用。卒使蛟鳄徙宅，黿鼍架梁。天钱弗縻，地险斯固。所谓金心在中，石画如定者乎。然而履綦所及，时疲于雨风；衣线之泪，弥感于瞟旭。巨务行藏，清疴忽臻。觉殷钧之体羸，移姚合之病假。表辞北阙，棹出西泠。时则凉波媚秋，重露成滴。青山瘦其行色，红叶压其归装。平原之留未逾十日，东府之饯奚止九人。夕阳已摧，挽邓侯而不住；空水犹积，睇成连而竟行。莫不心逐云飞，目迷树远。望中隐隐，遮牛毛之短丛；对此茫茫，摇鸦背之寒色。画图宛在，魂梦从之矣。所祝爱护波涛，蕴蓄光彩。为霖之姿，即觇其出岫；芘暍之荫，愈喜其凌霄。他日旌节重来，丹青是证。璀璨五朵，报郇公之吉祥；蔽芾一庭，寻召伯之芬泽。江鸥有知，当亦迎舟而舞也。

《万里登瀛图》序

夫乘风破浪者，畸士之襟怀；驱涛涌霆者，文人之气焰。或方隅滞迹而四溟荡胸，或斗室研思而十洲在目。穷茫洋于太始，造浑濩于无形。亦足振涤凡流，邳张大矩。然而浮天灌日，非亲历者莫究其奇；洒北澰南，惟博览者能殚其胜。天酬壮想，地阅神区。洵远到之先声，亦阆都之佳兆矣。

检斋公子，居近滇波，生含渊量。陂澄不扰，汪汪有叔度之风；澜倒能回，浩浩挟子瞻之气。壶峤森其方寸，乾坤豁此双眸。而乃象井虎墟，徒传异迹；龙潭羊岭，仅说昆池。未穷宙合之宏，难免神明郁今。夫昌黎健笔，经鳄宅而逾雄；太史奇文，过龙门而更壮。将成名于一代，必旁眺乎八埏。君当苏颋之髫龄，捧胡威之廉绢。随凫飞而莅浙，学鲤对以趋庭。凡严君作宰之区，皆使者浮槎之地。则有蛟门胜域，鹰顶危峰。韬光以观海成楼，盐官用听潮作馆。莫不涛飞烂椹，气涌圆窨。鲸尾起而黏天，鳌身动而映日。马衔一角，嬉游崇岛之旁；天吴八头，睽睗洪流之外。市常吐幻，山尽疑仙。君洁膳余闲，每游污漫。耽书寸暇，辄挹澥沦。帆叶叶其看晨，练重重其眺夕。招安期于咫尺，手把芙蓉；揖若士于前头，笑鞭鹜鹜。人间块垒，翻古雪以能浇；空外楼台，借长风而欲上。回忆结荷栈石，问雨咨烟。险几历乎庚邮，劳颇同于亥步。非三生之缘结，胡万里而来翔。然则云梦可吞，比此胸其犹隘。而蓬莱亲到，惟有志乃竟成也。爰倩名流，绘为巨册。展卷则蛟龙欲舞，含毫而岛屿如浮。某乍识清仪，即觇伟抱。泛来渌水，叹蠡测以无从；对此沧波，觉牛涔之自愧。何必成连鼓棹，便尔移情；竟同河伯望洋，俄然失色。占鳌头于他日，续瀛洲十八之图；试鹏翼于高秋，击溟海三千之浪。

《海堧倡和诗》序

昔予之将隶武原也，有谓是邑俗多媒但，民习华诬。楚诈难驯，宋聋罕喻。儒缓之吏无救于怀砖，弦歌之风有同于擿埴。予口唯焉而心疑焉。

夫泰山鹰顶之奇，鲍浦鹚湖之胜。襟围带绕，璧合珠联。是以施顾摽秀于前，童苏翔华于后。瑰流辈出，畸迹相寻。岂其芬响犹驰，而素丝忽悲反复；履綦未沫，而白衣遽变须臾。成竹难操，栽花且试。俄焉牵丝入境，税驾巡乡。无诈无虞，我行我法。但见民欢载耒，士乐横经。既雉雉以向风，亦鱼鱼而顺轨。鲁公旧浦，镜影状其至清；伯牙崇台，琴声留其太古。叹此邦之可縠，悟告者之过情。然而地逼波臣，天飞飓母。禺虢怒而鼓浪，横鲸起而成山。一发塘危，千生命系。纵时勤于鸠葺，终或漏于蚁穿。爰乃禀指上寮，考工下吏。万言屡策，愧非贾让之才；三版不沉，窃效王尊之勇。时则风停吹霎，日浴规铜。邪许相闻，砰訇互应。杂洪涛于语笑，照圆晕于须眉。身似劳薪，阅六时而不息；口占吟草，喜一尺之平添。纸上青红，半含蜃气；行间宫角，若答鼍声。则有河东重臣，赐李生以长什；斗北名宿，赓孟家之短章。同寮则范沈聊吟，韵友则裴王合集。士如宋昱，争酬赋海之篇；客有张融，竞续熬波之句。緐侔浪叠，壮匹澜回。盖是编之成，基于此矣。他若三山览雪，千树然灯。桃花赈鬻之谣，荔子赛神之曲，亦莫不徽徽然濉涣合色，笙磬同音焉。

嗟呼！向使胸横列埒，耳惑诧言。墨以为明，操之已蹙。则弄机心于海上，鸥鸟翻惊；矜奇照于渊中，鲦鱼不乐。有簿书之嘤喋，罕昼日之萧闲。又奚暇手挈丸泥，与蛟龙争安堵；舌悬飞瀑，招鸾鹤作吟朋哉。然后知苏老之拙，可以治胶西；柳公之愚，亦能感荆土。民情可见，我意如空。第当内守其廉隅，不必外夸其觚刓也。今者赴新膺之赤紧，别旧部之苍生。李奭移官，难忘渭水；卢潜迁职，更恋扬州。骊歌唱而父老携笺，凫舄陪而文流媵句。紫云高岭，遮将东海之尘；白塔寒潮，流入西泠之梦。桑下三宿，问明月其可知；棠阴一庭，忆春风而自爱。乃编松陵之小集，纪槜李之古欢。汇此金丝，付诸剞劂。试看雪泥指爪，宛印春痕。凡为香火因缘，同登梵夹。附涓流于末帙，未免海内笑人；数宦迹于他年，知有桐乡爱我。

孙平叔制宪六旬寿序

粤以天门在卯，炳蓝箓而延禧；星野由庚，衍芝图而贡瑞。上有万寿无疆之主，斯下有天寿平格之臣。时则浪靖鲸譬，风澄豹尾。锵洋百笏，闾怿千檐。翔协气乎丹宵，沛醴膏于黄序。颁炎穗羲龙之体，辉灿银钩；锡泰鸠彭雉之符，文摛宝笈。牟珠吐鹤，炯丽芳霞；绣衮腾虬，蝹蜦瑞旭。矧纶书五色，俾雏凤亲衔；彩服双行，偕祥鹓共舞。湛恩汪濊，絣福葳蕤。夫即轩露为迎延，则麋钦谢味；以韶云作介祉，则鸠祝惭声。然而荫丰者茷茂均分，意奭者滂葩自吐。敢扬懿铄，用证康虔。

恭惟大人江左玮儒，乐安峥阀。有文中之七有，知关西之四知。宅躬以庚义甲仁，植学则地絇天述。觿年发其彬彧，弁岁挺其茗柯。月中镌阚梦之祥，日下奏韩胪之采。溯其紫丝橐管，翠锦承书。棠鹊静而铃院闲，蓬绘香而琼筵启。寒侵方絜，犹闻起草之三；晓戛轻珂，不待移花之八。云枝初烂，风概已殊。洎扬光飞文，域内咸资巩镜；而循绳律尺，座端每谨瓶城。画蜺屡建其双头，书马弥全其五足。此《周书》所谓"恭则寿"也。

且夫阳韶扇淑，立转蚑蛲；甘液流宵，即苏芊蕨。公隼旆甫出，徐吹宋相之春；雁绶俄衔，益燠晋卿之日。转廉车而千人雪活，布藩条而百吏风和。气肃三阶，心温万厦。或帐蠲鼠尾，骈坒腾歌；或障撤熊皮，帽凭饮化。憩召公绿树，荫作菩提；移向氏朱幢，绣成功德。莲峰荷岭，皆含旼穆之晖；鳌海蛟湖，亦写霱滃之泽。即士枭国蠹，叠靖睢盱；野仲游光，间除蚩眩。而童粱翦则嘉禾增穟，钦䲹遁则弱羽安巢。好生适洽帝心，多祜胥由天值。陶侃八州并督，朝采方浓；李福七节兼持，荣光载绚。此尼山所谓"仁者寿"也。

或疑甎坯两限者，才之异；堂蓑五御者，用之殊。谢笑颜嗔，各区渊量；朱文张武，分树瑰勋。而公八窗交通，六府如烛。垂鞭则算通姟极，执宪则识达钩杨。熟龙头天灶之图，综鹄尾云占之术。受风后金法，应杨公铁星。属当狼燧长韬，乃有豺牙宓厉。奋其赩怒，翦此梼顽。呼苍兕于重洋，命黑螭而一炬。旄头射落，不挫星弧；盾鼻磨残，即驰露布。押戈戢刃，奇绩动乎九乾；被黻端珪，渥赉酬其三捷。图侔褒鄂，功埒嵩衡。此《淮南》所谓"神明而寿"也。

至于壁立千仞，王太尉之崇仪；松寒万寻，穆秘书之峻节。既标气岸，或竦神崖。而公则金心自纯，玉色尤粹。登福衢而接物，开虚室以延祥。见顾建康而归，恍斟醇酒；入周茂叔之座，如扇光风。犹忆绛节巡疆，碧油莅浙。鹭行虎队，承謦欬而登仙；壤父溪童，听驺呵而迓佛。不矜琅玚，并刬苛烦。盖鼓橐吹埵，则元祺克𧰼；炀和炊累，斯台简长贞。潞国生平，事无过当；温公心迹，人尽能知。此荀卿所谓“乐易常寿”也。

兹者刚卯呈符，生申叶颂。蒲绿九节，预兆修龄。榴红万枝，竞含护泽。斟元合曜，仰符圣日。延洪集嘏，翔禨允倚。昌期翊辅，篆通录于戊鼎己鼎；宜厥子孙，烛熿头于牛躔斗躔。惠我嘉喜，某等蓝敷近托，栊被咸叨。瞻韩范威仪，祝佺乔岁月。怀渠搜之一叶，谨献铃辕；剩太极之九浆，遥飞闽峤。数二十四考，宸谟聿赞，钧衡之瓯选交孚；看三百六旬，元气长调，枝干之环周未艾。

汪少海明府仲洋《心知堂诗集》序

盖闻诗有二要，曰气与情。鲜豪宕之气者，辞巧而格卑；乏眳藐之情者，貌荣而神悴。然气贵颠实，惟郁乃宣；情嫌径遂，由酿斯婉。雷霆藏热，倏砀骇乎六虚；竽笙会和，始蝼蛇于九奏。知此说者，可与读少海诗矣。

少海汪君，余辛酉所得士也。积学石室，标奇锦城。灯盏对乎蜗髻，棋局试其风藻。振衣九折之坂，惟闻风声；濯笔百花之潭，时染云气。用能咀嚼宫徵，发挥性情。鹤鸣高秋，鲸拔巨浪。盖将继草堂之遗响，踵眉山而嗣音焉。或谓葩华并发，宜扬辉于木天；风飙迅流，必竦韵乎蓬籍。何以刘沧仙格，屡困春官；潘岳隽才，竟屈尘吏。名场滞其鲇竹，官境阻于羝藩。得毋诗能穷人，文将憎命乎。不知琴尾遇爨，厥声乃宏；钟唇练霜，其吼益健。使彼途宽骥熟，帆顺舟轻。虽益华篇，或参庸响。夫惟淹蹇壮齿，稽留中逵。盛志冲激而高流虹霓，元音顿挫而清振林木。驰驱栈雪之地，沉吟燕云之天。远怀古人，呼明月而与语；近怆风物，临沧波而渺然。碧窗一灯，独写归梦；青嶂两屐，忽开壮襟。莫不慷慨命篇，低徊申意。蛟龙畏其险句，风雨候其清词。气郁弥宣，斯为证已。或又谓靴笏之会，啸歌勿欢；簿书之旁，神明易闷。一行作吏，相知几人。未免倥偬装怀，芊眠谢志。执是而言，则又傎矣。

夫因境移心者，其学浅也；缘俗损韵者，其本浮也。以少海餐古饫今，陶神练思。秋水净于方寸，春阳流于谈笑。窥所展布，莫非性灵。不废官事，自然风雅。桐江晓发，答画眉之清歌；柯亭夜驻，采椽竹之余韵。潮平风定，浩吟海堧；野润雨浓，飞唱湖曲。单词只句，素心织以成文；长讴短谣，苍生喜而相告。

视彼神颓筦弦，虑堕敲扑者，情之相越，盖鹏鷃尔。至其凌鲍跨谢，蹑杜追韩。吹霜喷露之奇，搜春摘卉之艳。神剑千辟，但为寒光；仙霞四照，皆有异色。洵足环络藻府，护持文坛。识者韪诸，无庸旒赘。今者袁生磨盾，终军请缨。凉州之行，俶装有日。伫见投笔乌支之域，横槊皋兰之山。蒲萄酒酣，陇水助之呜咽；杨柳笛起，玉关写其苍凉。露布余墨，洒为铙歌；霜郊班马，申以长啸。崎岖之境尽辟，佛悦之思益开。余既辱苔芩，亦忝葭串。爰墨集首，以赎斯游。他日乐府《黄麈》，新声《朱鹭》。宏辞壮篇，速附軨猎，以示我也。

祭双忠庙文

庙供张侯巡、许侯远，并姚侯訚、雷侯万春、南侯霁云，故亦称五侯庙

维年月日。海宁州知州王某，敬具牲牢之奠，致祭于五侯之灵曰：

昔唐祚之中替，荦滔天以煽孽，畴协心而捍患。伟哉，五侯之奇烈，盖古所谓烈士不苟死以为奇。况睢阳六万命，岂忍听其粉糜。奈孤城朝以去，则江淮夕以遗。权斯害之轻重，遂致果而弗疑。实中兴之功首，夫何数光弼与子仪。伊气塞乎天地，洵炜炜以煌煌。苟民信其既立，虽去食而何伤。彼五百之义士，曾效死于田横。兹人众且倍蓰，亦同尽而无一降。岂勇者之适合，抑赋性之皆良。乃至诚所感激，足以舞羸饿而起瘠尪。

呜呼！忠臣固不易，表忠良独难。耿侯心之日月，曾不免乎讥弹。向非李翰倡其波，昌黎振其澜。则陬隅之盲瞽，方争起而哓欢。嗟彼贤圣且犹此，士多口其何叹。予莅官乎兹土，实许侯之梓乡。入潭潭之邃宇，见冕旒之飞扬。生既同所难，殁亦同此堂。赫神采于上座，美哉髯之绝伦。或外宽而内毅，貌长者之恂恂。面六矢以弥怒，血一指其若新。懿数公之英奇，而磊落盖未死而已。神洁予觞兮肆予筵，神之戾止兮风飒然。吊忠魂兮涕泪溅，发箫鼓兮声渊阗。夕阳西匿兮神其旋，醉且饱兮歆吉蠲，福吾民兮多有年。

汤雨生总戎《怀僧》图赞

翳何地哉，群山苍莽。翱何人哉，栖迟偃仰。何所从来，亦何所往。物外之心，心中之象。曰是图者，怀十九僧。居不同方，教惟一乘。惠远莲社，道林松巢。靖节印可，香山缔交。蒲契夙证，萍因偶遭。吾闻浮屠，断诸系恋。聚既非真，别亦如幻。公独何为，有斯眷眷。公曰不然，是名因缘。如风度谷，犹月印川。川不系月，谷岂恋风。而彼风月，与川谷通。是想非想，亦色亦空。四十二章，本于忠孝。现将军身，阐菩提妙。石上三生，溪头一笑。梦耶沤耶，般若舟耶。度彼岸而与十九人者游耶，将一合相而杳乎其不可求耶。

祭内子文

呜呼。君既弥留，问予归未。比及予归，裁能歔欷。如何永别，而无一言。迟兹寸晷，恨则千年。

呜呼。君入我门，五遘重丧。养生送死，靡艰不尝。吾母之逝，君娩在蓐。以哭姑故，遂昏厥目。始丧充充，亟下上楼。爰得腓疾，终身弗瘳。君生素封，就予食贫。辞膏习苋，曾无怨声。种菜在畦，植桑于圃。桑阴正浓，蚕生圉圉。君性爱蚕，病犹遣哺。蚕今在筐，君归何处。

呜呼。昔我下第，君闻饮泣。迨还入闱，含欢以逆。我运长屯，君眉永结。俸奠虚营，况乎难必。我贫无食，久馆于杭。亲代我侍，子助我匡。暑制我絺，寒寄我裳。一味之甘，邮筒必将。一事之微，尺素必商。敬我爱我，复虑我尪。思君之德，寸裂我肠。

呜呼。岁在乙酉，予婴疹厉。旅榻灯秋，沉沉待毙。音入君耳，宵舟迅诣。岂不惮行，不遑他计。吁嗟我病，君乃如斯。胡君死及，而我不知。误于医言，谓病可持。临危始觉，虽悔焉追。

呜呼。君将省母，病不果行。及君绵惙，母适在城。就床呼儿，瞠目强应。垂垂白发，视汝棺衾。岂数适尔，盖汝孝忱。当君死日，门有丐妪。知君凶耗，泪下如注。昨焚纸钱，悲号邻孺。贤感途人，矧族当欤。

呜呼。人生在世，诚若梦然。君梦固短，我梦岂坚。然此后梦，皆为恶境。我弱谁怜，我劳谁省。眠惟我衾，坐惟我影。惘惘三雏，顽嬉孰警。悠悠作客，琴书孰整。梦乃长愁，不如速醒。

呜呼。平时小别，泪睫涵波。归期迩止，叩户声讹。十五年中，相聚几何。蝇头蜗角，所得无多。愧彼田舍，终年笑歌。逆知此日，饿守则那。

呜呼。婉婉幽魂，今游何许。岂侍姑舅，重泉欢聚。抑恋母旁，轻飞如羽。登此妆楼，黄昏风雨。箧有嫁衣，案余绣谱。君嗜我诗，零星收贮。及予手椷，不遗寸楮。帷影虚凉，疑君延伫。虫吟暗壁，如闻君语。君傥有灵，知予此绪。天上人间，惟予与汝。

呜呼。饥来驱我，又上武林。同舟如昨，孤往水浔。我有匹绢，图君之形。焚香瀹茗，以妥君魂。生多恨别，殁可长亲。入与君处，出与君行。迄乎同穴，靡间此情。呜呼哀哉。

《学步吟草》序

检斋公子既属予题《登瀛图》，复出所为诗见示。予观其清而不癯，壮而不槬。有蝼蛇之雅，无嘈囋之音。盖天性和静，故发于声者如此。夫齿发方盛，易越矩闲；纨绮所熏，辄入浮靡。或取貌于奔放，而宫商失伦；或寄情乎铅华，而流湎乖法。若斯之类，风人讥焉。

检斋当英奇之年，具穆忞之美。既禀家学，时有异闻。虽趋官斋，宛若寒士。酝抱弥粹，摛词亦芳。至乃山川纪其遥程，烟霞发其灵瞩。则有神舟仙屋之咏，西湖东海之篇。乍吊古以苍茫，间怀人而伊郁。乡思在卷，疑生彩云；疏音入弦，恰伫凉魄。比诸作者，殆其庶矣。矧复瑰姿初翘，赪旭正丽。天骥待翔乎千里，神鹓已盼乎九霄。他日藜辉烛书，菱汁拭纸。步小宋之琼什，赋大苏之玉堂。当必有韵含韶頀、华叶黼黻者，而此卷特其嚆矢也。

题家生香叔大中《悼亡乐府》后

秋心似梦，败叶敲窗。当矮檐兴索之时，读长簟神伤之作。别鹄调翻种种，叔固非痴；采鸾缘太匆匆，仙犹忌慧。一卷排成乐府，三生证此灵台。集自古之恨人，都成我相；悟从前之艳福，即种愁根。照之泪蜡以难干，吟与凉虫而共咽。人间痛哭，谁如大阮多情；物外放歌，愿效蒙庄作达。

吴汝舟茂才哀词

吾宗汝舟茂才，髫丱俊上，抗心希古。溺学婴疾，未壮而殂。呜呼哀哉。含芳委耀，安仁所悲；成峰落羽，休文斯叹。惜彼殊质，矧兹同绪。予西河之泪方承于睫，东门之达未喻于心。触类引欷，感事增悒。情有所极，如闻禽于桓山；命之不齐，孰藏舟于大壑。爰作斯文，以哀死而唁生云。其辞曰：

桂馥易蠹，膏明则煎。嗟我宗英，折锐华年。褎褎此子，生而憎定。倜葛稚节，茗柯天性。长豫可喜，遵彦见奇。肇锡嘉名，曰悦是宜。匪蒙之困，而兑之和叶。胜衣就傅，焠掌劬思。栉句绨章，醒义饱辞。谁谓童子，宛然崇想。裁法絜仁，大裘万丈。童时父衣以狐裘，瞿然曰："安得人尽衣此耶？"元穹靡忱，窈冥惚恍。既生玮器，胡俾短景叶。

呜呼哀哉。蓺场握椠，如日方升。林翘獶叹，音和豹听。爰掇楚葵，振其文雄叶。深根槃槃，欧阳所惊。方瞩神虬，乘云蜿蜒叶。径排天阊，台简太清。何图妖鹏，日斜降庭。昌韶华萎，盛夏霰零。

呜呼哀哉。岁在辛卯，登贤选士。踊冶吹毛，占飙侧首叶。卜以娣黄，系于金柅。神言匪祯，蠼蜉曷已。俄焉疷作，观巨睢盱。芎藭之呼，申恕河鱼。聊虑固护，娇卢是求叶。终成解㑊，其色驹驹。乐颐啮被，唯恐亲忧叶。殷钧体羸，浮阳不居。奄韬朝采，竟偃蘧庐。

呜呼哀哉。君自孩龀，获爱世父。洎乎潜形，后先接武。岂翳弱魂，追从泉下叶。抑蜚曾城，为仙者主。何为绵惙，神爽不昏叶。曰病予体，弗病予心。言属同气，善保亲躬叶。歔钦伤怀，诶诒失音。十月之晦，寒宵曀雾。乔棺倏坠，孟珠永沉。

呜呼哀哉。塘之西兮枫叶赤，霜乌啼兮喙流血。尺波谢兮隙驷灭，望不见兮心断绝。陆叹逝兮孙言哀，魂无滞淫兮归去来。亮彭殇之同尽，亦何叹乎轻埃。

重曰：予八旬而丧子兮，孙兹七龄。块独忧而视景兮，唯私自怜叶。君乃有弟服劳兮，且负厥男叶。愿老翁之勿悲兮，庶慰夫厚夜之光灵。

富方伯太夫人祭文

呜呼。千秋女宪，八座母仪。霜催萱阁，云返芝旗。陆闬帔冷，韦幔经贻。瑶天安觅，金气多悲。乌啼夜咽，鹤吊晨驰。爰飞薤唱，用奠椒卮。惟母沂镇琳宗，书楼玮族。婉嫕夙成，徽华允穆。雪咏涵清，风诗表淑。儒素能谙，女红载勖。言归华阀，式佐官方。焉支山赤，张掖河黄。车随雨润，扇佐飙扬。绣衣平擢，藩节高骧。士歌夏屋，民颂春阳。凡兹勋烈，胥赖赞襄。龚绩方登，郑年已促。舄断飞凫，弦惊别鹄。泪涸悬河，肠攒束竹。命也不辰，天乎此酷。茕茕弱子，琐琐萧辰。遗言在耳，大义存身。含霜负雪，伫苦停辛。灯惨一穗，蛩哀四邻。鸣机督课，掩甃甘贫。芝碱腾文，槐庭兆瑞。星斗题名，鱼龙拔队。厅署锦窠，里鸣玉佩。克迪前光，微舒慈蔼。恩隆螭陛，威整雁衔。迢迢闽海，屹屹龙岩。板舆乍到，蔀屋欢咸。燕息时儆，鲊封必严。曰勤曰俭，如史如监。禺荚旋移，廉车俄转。浙水镜澄，楚烟縠卷。就养雷膺，犹箴陶侃。盆覆忧深，网开笑莞。泽逮圄图，恩怜婉娈。雪活靡穷，霜威亦煖。九重有喜，四方于宣。崔车路阻，孟草心悬。青嶂万叠，白云一天。平安竹健，旌节花鲜。惟期报国，益励承先。化沛牂江，春移鹫岭。戟署宵严，笙陔昼永。柳色双堤，茶香六井。体适兰轩，情娱蔗境。晋国荣齐，冯亲贵并。鸾纶叠拜，稚鼎纷调。眼中方召，膝下伊皋。寿开七秩，班回百寮。婺连斗朗，佛驻香飘。琳籍谁思，玉棺忽坠。驭鹤游神，鸣驺掩吹。雪换莱衣，风栖皋泪。郡邑陈刍，闾阎簪柰。彤管区贤，素缇标粹。礼德兼隆，荣哀斯备。某等夙钦慈范，怅失徽型。翠池望月，绛节还星。中垒之传，泷冈之铭。生前老福，身后遐龄。聊将哀悃，庶达幽冥。呜呼尚飨。

眉生小传

江干刺船女子，有孙眉生焉。本巧笑之家风，擅惊人之国艳。杏花湿鬓，腻欲留烟；瓜子裁罗，疏偏畏月。丰容靓饰，束影庄情。开帘则岸失芙蓉，照水而香迷翡翠。况乃对桐君之山色，蛾最能偷；泛严子之滩光，禽犹唤画。一波镜活，不烦京兆催妆；百样图新，未许莹娘占席。盖尤善作眉，故私印眉生云。

尔乃浮沤身世，以水为家；飞絮生涯，牵舟作屋。未免莲含苦薏，蕉卷愁心。湔翠浪以生尘，托红弦而写恨。夙精音乐，特妙琵琶。夜月江寒，司马青衫之泪；秋风天远，明妃紫塞之愁。莫不截耳凄心，回肠荡魄，而其将军令霸王卸甲诸段，更绝一时。每当潮落空江，云低远树。一声乍拨，四座无言。火凤惊秋，落半天之珠玉；乌骓叹逝，感满目之河山。直欲呼健者于军中，起虞兮于泉下。此则眉端侠气，能兼儿女英雄；指外余音，不尽沉吟激烈者矣。乃有青骢公子，白凤才人。托微波以通辞，倩文鱼而警乘。荃桡桂枻，《离骚》彼美之思；铁鹿牙樯，乐府《前溪》之怨。洞迷香者一月，帐选梦兮三生。为惜春痕，乞修仙史。而余也絮禅已定，绮债重添。暮雨潇潇，未听吴娘之曲；春风寂寂，虚传津女之神。思虽竭于比红，妙岂殚乎拾翠。倘许横塘借问，可曾真个销魂；即令沟水难逢，亦复谁能遣此。

朱贞女《频伽礼佛》图赞并序

贫苦夭死，鳏寡茕独，人之大痛也，而数得之贤人淑女。贤人淑女百不获一焉，造物者俾之光显老寿，世犹惑不劝。乃复困之，又奇困之。学者眩乱，逡巡欲沮。悲夫。

周虚谷，予表兄也，倜傥有至性。家君司教萧山，虚谷来谒。余方髫，见其貌粹然，听其言廉直劲正，不苟于俗。余幼喜依之，虚谷亦爱予。时挚观游，旬日将归。予灯下涕泣且曰："人命若朝露，卒卒恐无见时。"家君叱曰："尔何言也。"

虚谷好驰骋文辞，然贫且甚，郁郁亡所合。尝中夜读《离骚》经，盲风疾雨绕其庐，然火尽灭，诵益悲。奉母至孝，辄憾贫亡以尽养，欷歔独叹。呜呼，此自子路犹伤之。今儒者操行未及禽开，讳言怨贫。有甚子路，吾未信焉。虚谷有至性，故怨贫也。

朱丈半塘，奇士也，见虚谷悦之也，请于母，妻以季妹而未归也。日虚谷谒其师，将行，恍然若有悲，尽陈图书拂拭之，叹而出，乘舟见师。归昏莫，舟及岸登岸，左足未举，缆忽解，舟衡仆于水。同舟惶骇，会天黑不可辨。呼善没者急没，久之负出。气微，属救百方，亡验竟绝。乡党无亲疏，闻者皆下泣。时余在萧山，执讯者云。

呜呼。此岂所以报贤人者耶。虚谷既亡，又久朱丈之季妹始闻，恸哭绝。母兄交劝之，不即死，誓终焉。事具见朱丈所记，故不备。呜呼。淑女也，报复如是矣。且以予见闻，淑女而获是报者，又数数也。求之儒者吉凶景响之言，而不得于浮屠三世之说，或庶几焉。图曰《频伽礼佛》，殆亦有所不得已乎。后数年，虚谷之三女侄事相类。君子曰：贤人贫苦夭死而永其文，淑女丧夫而永其贞，报盖益厚云。赞曰：

萧条北风，落叶幡缅。苍苍女贞，克显厥美。匪显之求，而性之休。易占从一，诗咏靡他。昆仑石烂，其坚不磨。究意五衍，冥契六度。凉禽引吭，颓阳易暮。龛火荧星，炉烟栖雾。贞女礼佛，佛亦致礼。节苦乃实，生浮若委。诎生信节，是曰大智。蕉萃颛忍，正觉灭伪。夫才春藻，妇行冬竹。万古无憾，於虖虚谷。

《启贤录》序

重刻《启贤录》成，或问于予曰："是非祸福之言，六经备矣，是录不为赘欤?"曰："否。"

六经旨趣奥博，非学士大夫或不详。是录则愚夫愚妇、童蒙小子，咸得而喻焉。且人心之惑非一端，故启之亦非一术。养身莫若菽粟，然疾病愦闷则求药于肆。日月之明，而夜有所求，必持爝火。非药物贤于菽粟，爝火光于日月也，攻其所偏而救其所急也。昔朱子既著六经，又纂《近思录》《名臣言行录》，以为之津梁。儒者勿道因果，而蕺山先生编《人谱》又兼及祸福。晦翁非好繁其言，蕺山非自乱其例，所谓多方以启之也。

是录肇自吴君，而朱君晓堂增删之，重付剞劂。予乐夫愚夫愚妇由是以启其蔽，童蒙小子由是以启其诚，而学士大夫沉酣于六经者，亦由是而益启其趣。将使已贤者愈厉于贤，未贤者亦勉于贤而惧入于不贤。则是录可为六经之功臣，而何赘之有哉? 因书之以为序。

初上山阳相国夫子书

瑞闻士有感知己之恩，而翘首企踵自忘其愚者，诚也。微禽小卉无知之物，或爱拊疏溉之，辄欣然贡其音、蔼然舒其华，此亦有所感也，此物之诚也。

若瑞者，固陋已甚矣。然窃自比于微禽小卉，故区区之诚，终欲一达焉。我师正谊明道，为国重臣，如虞陛之有稷契，姬室之有望散。星云丽于天，江河流于地，麟凤翔于苑囿，蕒鼓大镛振于辟雍。天下闻者见者咸忭舞詟栗，以为神人。

瑞，浙西一书生耳。材复驽下，即昕夕颂祷，曾何补于毫末。然闲居伏念，怦怦戚戚，感发乎不自禁者。往公督学于浙，瑞未及弱冠。虽已从事乎学，而左右掣引，仿徨失趋。公谬谓可勖也。既奖借之，又呼而训之，一曰诚再曰诚。瑞退而志焉，私喜而时习焉。如禽之试羽，如卉之向荣。《诗》有之曰“匪面命之，言提其耳”，此之谓也。且公上以诚报朝廷，下以诚待万物，诚之效大矣，而又孜孜焉执以训人。夫人升高山、涉大川，恍惚而疑却也。或道之曰：“有是路，有是津。”人犹惑之，惧彼不足信也。有若展禽、季路者，过焉。一言而决矣：圣贤诗书，高山大川也；诚者，路也、津也。公之信于人，非直展禽、季路也，故一言诚皆决然务之也。《诗》有之曰“高山仰止，景行行止”，此之谓也。

瑞自睹公后，凡为诗古文辞，不敢饰外而遗内，乃一言一动，怵然耻下流。诚欲奋拔自立，以报公于万一尔。顾偃蹇失学，家贫菽水，阙乏衣食乎。奔走间又遭忧虞，益昏愦颓废，负公昔者之期望，思之汗出。然以瑞极顽至懦，宜万万见弃于人，乃犹获以文糊口，仰事俯育，煖衣饱食，未至岨峿无所适、颠扑无所援者，岂非公奖借之力哉。公既范瑞之心，又植瑞之生。然而瞢焉不感，或感焉不诚者，岂微禽小卉之弗若哉。《诗》有之曰“中心藏之，何日忘之”，此之谓也。故翘首企踵，自忘其愚。谨肃禀干冒尊严，临楮不胜惶恐战灼之至。

拟昌黎郑子产不毁乡校颂

伟哉相度，我思东里。民可图终，难于虑始。厥政初布，群聚而相訾。维乡校之故，或曰毁焉。谋岂不忠，而事固不然。师民者圣，师士者贤。吾过则改，善则必迁。众不可咈，欲不可专。毋壅尔川，其决难止。毋讳尔疾，药之斯已。终焉治郑，而厥化大起。伊昔盛时，刍荛是听。道路侧目，周是以病。借曰未知，以古为镜。孰谓子产，非天下才。其治虽狭，其道则该。若佐圣王，从容以布。万物熙熙，怀而思慕。於虖河海，不择细流，百谷斯赴。君子若人，伟哉相度。

嗜学赋

寥莫子既困心疾，阙食羸恐，犹昕歌而暗吟。

客有过之者曰：吁，子奚惑之深耶？夫鸿昏鸟显，焱迅雷灭。齿以逸引，神以劳决。故儠儠欧丝，二十七日而休。朐肊虽食晞堁，尚得阅夏秋。昔颜子目穷吴门，折于方富。姬晋蒙师旷，而火色不寿。贾赋鹏而凋荣，终对麟而萎秀。子云梦吐藏者，殚其魂也；相如病消渴者，悴其真也。兹皆目营心醉，唇腐齿落。万古一囿，若翥若攫。然而幽情滞思，譬诸膏火之自烁矣。

今吾子天秉尪脃，曾不逮此数人。厚自休养，幸及乎华颠。乃复勤志服知，藉书枕经。啴嘐兮特居而无声，瞑曭兮不见日光。嗬哰唓喽兮俗所怪惊，泱漭芒芠荒以昒兮而无涘津。是以尽精单气，澹淡怫愲。壮颜失腴，踽步违次。众愉而独戚，将食而娄置。洄洄乎当昼而昏，忡忡乎往来不宁。悄乎如别人，瞿乎訰乎空山之来鬼神。夫浮世旭卉，由草栖尘。子之疾已坚矣，奚不鲜衣美食以植尔生。凫浴猿玃，鸱视虎顾，以保尔淳。何故涿汩于灘涣之流，黏爚于炳蔚之色。刿肝涸盂，不知纪极。俄然形离，光彩永息，毋乃漠之拙乎？

寥莫子听然而笑曰：客谋诚忠矣。然狸狐涉水而战战，不知鲦鱼之从容也。阳鸟遁于宵焰，不知祸斗以为饔也。客徒念吾之勚，未知至乐存乎其中也。古者侯冈既作，书契斯造。羲龙炎穗，旭日东杲。于是玉版灵兰，白泽青鸟。帝谋之图，天承之宝。盖焕乎五色垂缫矣。岂圣人之好烦哉，毋亦虑世道也。且摄提合雒之世，洞洞懵懵。瞀听眭视而不违其性，自鹑居改室，椓蠡易甂。憪觟离跂，弱负强胜。圣人病焉，作诗书以贻哲命。故讽幽元之辞者，令人窈眇而退藏。观博大之繇者，储与扈洽浡以激昂。聆危苦之音者，踟蹰四顾悚猥而廪荒。咏和乐之声者，熙熙若春阳玩忳。悫庄固之文者，董道较颋炯以勿忘。渔搜《尔雅》，泛襄般错之采者，斐然而成章。是能廓褊跃懦，爰躁悳愚。绳僻儆傲，敦薄通拘。渊乎休哉，君子之芋居尔。吾闻人以不学为沉痼，无识为瘨眩，疏陋为微尰，鄙罔为大患。是以曾子色哙而歌商，有若焠掌而成志。或镇心以疗热，或沃面以却寐，或沉吟以忘适，或极思以颠队。彼数子者曾不闻苦其惫也。今吾敏不及元伯，颛不及文通，勤不及子祛，奋不及士嵩。方蠠螅章惶，处盗窖而翔霿雺。

客盍孟予曰：女其定心气，去嗜欲。被六籍之文绣，饫三味之所蓄。憖憖兮夸父之追流珠，蟲駥兮穆王之驾骐騄，杳窱兮泉人之缒深渊，侢典兮卞和之守璞玉。皇皇汲汲，以穷发齿，且犹惧其未足。若鲜衣美食，乌能易吾乐乎。客徒见浮光之裘，织柔之衣，曼熳燀烁，衯衯褂褂。嗟濡袽之弗戒，乃赤芾乎诒讥。盛服而蒙荆棘，亦不可以奋飞。又若富贾大侠豪右之族，渤澥命酒，梢云承幄。蕙肴兰藉，馩馧相错。欢尽悲起，颓阳西落。敞罔方羊，仓兄懭悢。危哉厚味之腊毒，岂如裋褐不完，鐕盆亡膻。歌咏先王之风，聊优游兮穷年。东郭不以蹩躠而改行，原思不以缨绝而损天。苟博謇而好修，固将晞乎昔贤。且客诮吾之惑，则未知客惑之甚也。

夫修短之数，有生而定。卫武切磋，耄耋益进。伏生番番，经义以浚。既已锲而不舍，积志委正矣，未尝歔蟪蛄而叹朝蕣。至于咽气之客，糇芝之徒。飂兮泊兮，荧魂旷枯。窥霄霏其犹愳，登郁单以躍躍。谽呀豁閜兮，三山焉寻；砰磅訇磕兮，洪涛怒音。僓佪侘傺兮仰元黔，连卷欐佹兮墓灌林。故单豹既偾辕于前，奚康又颠辙于后。洵养生乎克巩，吾诚悲二子之不获。久矖瞩古今，矍踢燎寤。誓将定灵于绨帙，毕意于典素。若夫拥闭湫底，口燹欱又难食。呕哕诶诟，乌匼如不得息。或吾过犹未寡，遂倏遘乎斯疾。非诗书之有螟螣也。客逝矣，毋久荒吾殖。客闻斯言，罔沕失度。请从子学，终由圣贤之正路。

杨抡亭《色隐图》序

万嶂刺天，一庵临水。此中养性，可以忘身。然而结习未除，芬华易染。欲持定镜，先试情尘。司勋之禅榻茶烟，明明绮梦；玉局之舞裙歌扇，了了泥痕。凡才人作戏之场，即畸士达观之助。白云乡好，开悟镜于温柔；红雨帘空，付闲愁于澹莫。小偿鸳债，长订鸥盟。此抡亭先生《色隐图》所由作也。

先生幼即振奇，长尤倜蓦。效班生之投笔，慕终军之弃繻。弯弓而霹雳晴飞，看剑则芙蓉宵湛。前生因果，疑是铁星；唾手功名，将镌铜柱。夫风云气盛，每谢梦于烟花。貔虎才雄，岂关心乎莺燕。不知豪如公瑾，顾曲芳筵；勇若师中，留诗光妓。凡兹啨嚄，无闲缠绵。先生骨健如山，情柔似水。爱乐府《前溪》之曲，动《离骚》彼美之思。种此香因，奢其艳福。则有地浓罨画，天丽华鬘。月乍写其黄娇，波亦摇其红笑。九迷子夜，莲叶愁新；十索丁娘，杨花春热。魂玻璃而一断，肠铁石以皆消。属当桂楫之游，遂问蓬山之路。叩户而乌龙不警，穿帘而紫燕先知。酒泻金驼，香喷银鸭。李娟张态，花异种而同妍；满舞容歌，烛更番而未曙。或赌来龙缟，清簟看棋；或晕入螺峰，幽窗读画。琴弹流水，辨将蔡女之弦；字写簪花，仿就卫家之帖。有情皆韵，此梦疑仙。几谓艳雨沾残，难寻莲相；痴云障后，莫问桃君矣。

而乃幻悟吞针，味同嚼蜡。散虫虫之热戏，顿入清凉；完草草之春期，便成解脱。观其传神阿堵，寓意缣缃。方纸醉而金迷，忽山重而水叠。似虚子之樱桃梦醒，挥手尘中；笑庄生之蝴蝶身闲，寄情濠上。靖节《闲情赋》罢，呼田水为丈人；香山《长恨歌》余，与庐峰作主者。岂非钏动花飞之处，尽可栖真；云关岫幌之间，亦难著相乎。

瑞也情禅已悟，尘绁犹牵。满地斜阳，空瘦红心之草；半天凉雪，误迷苍耳之田。挂臣冠拂臣衣，叹马卿之游倦矣；脂吾车秣吾马，从李愿而游可乎。

送子云弟文

子云将之津门，始作客也。饮之酒而告之曰：弟乎，内莫难乎立志，而外莫难乎择交。志恶乎立，今有物焉，徙之东则东，徙之西则西，必其无根者也。石根于山，木根于土，锤之锯之则可矣，转而徙焉则不可。志者，根也。艰苦困抑，颠连厄塞，锤之锯之者也；声色货利与一切不正之言，将转而徙焉者也，故曰“立志难”。志恶在曰孝曰弟，亲授我以身，身者非我所自有也，亲也。亵我身，亵亲也；危我身，危亲也。诚思亵亲、危亲之可骇，声色货利与一切不正之言自远矣。

昆弟于吾身有间乎，无间也。诚思昆弟无间于吾身，则无异视矣。今弟之行，将助兄以养亲也。大惧志之不立，或游移放佚以亵其身，或幽忧愁思疾病以危其身。得志欤，不得志欤，吾不敢知。吾所期于弟者，毋忘老母两兄而已。

嗟乎，吾弟立志有素矣，吾胡喋喋焉。然而交游不得其人，志且潜夺而隐靡，故曰“择交难”。古曰：“白沙在泥，与之俱黑。蓬生麻中，不扶自直。”诚者是言也。埴之近突者必墨，久居越者音亢上而不和矣，习之也。鸠，仁鸟而化为鹰；橘，佳果也，逾淮则为枳。此言性之可变易也。

故有可交者二，不可交者二，相似而实反。人之渊然而静者，诚笃者也，可交也。然阴贼狼戾者，其貌亦渊然而静。人之率然以真者，义侠者也，可交也。然躁妄鄙俗者，其貌亦率然以真。二者恶乎辨，曰辨之于其志而已矣。志恶乎辨，曰孝曰弟而已矣。不爱其亲，乌能爱人；不急其兄，乌能急人。孔子曰：“不顺乎亲，不信乎朋友。”《常棣》之诗曰：“鹡鸰在原，兄弟急难。每有良朋，况也永叹。”此言朋友始于孝弟也，此择交之道也。吾两人者最相得，今将远离，赠弟以言。关河虽修，精神往来。勉之哉。毋为儿女子态矣。天阴阴欲雨，别酒数觞，泣然登舟。

上李芝林夫子书

岁前奉书执事，亮彻钧听。兴瑞之诚慕笃恋于吾师者，至矣。然居常惴惴焉，若有所失者。惧吾师以其自弃而遂绝之也。方师之视学江右，微师之召，瑞固将从焉。乃召之至于再，而卒不获从观其迹，可谓自弃也。其心又不敢自达，是以惴惴焉，若有所失也。

日者同门朱生美镠，自都中来言，在都再谒吾师，语必及瑞，且询其近状。瑞始闻而惊，中而愧，继则感而至于泣下。夫人之于途人也，呼而不至，则置之于仆隶也。则怒呼而不至，而怒而复从而谅焉者，则必其所亲子弟也。然则置之者疏之也，怒之者役之也。怒而又从谅焉，则非亲之至者不得矣。

师以亲之至者待瑞，而瑞之心又何敢不自达焉。且士当穷厄，得一知己，踊跃必赴，况所谓知己乃当世之大人贤者，而又重之以书币、奖之以品学，复计其所以养老母而委屈体之，此亦何惮而不赴哉？乃命之始至，欲即赴。不幸而母病，又不幸而居忧。然犹自厉曰："吾葬吾亲毕，决必赴也。"行有日矣，而疾作。重自厉曰："疾愈则必赴。"而不知其疾之淹冉至于数载也。夫忧之与疾，相阻如此。瑞之心固非自弃者，而其命可谓薄矣。命虽薄而犹见念于大人贤者，则命又未始不厚矣。且瑞之自待亦有不薄者。自受知于师，数年来虽在忧疾，未尝不奋发攻苦。上自六经史汉、历代成败之迹、诸子百家之言、歌颂撰述、图谱之学，下至山镵家刻、烦缛幽诡可喜之辞，往往沿流讨源，咀其华实，而于应制文艺、诗赋之属，亦曰孳孳焉不敢暂辍。盖私为大人贤者所见收，而思以自效如此也。

昔孔子使漆雕开，对以"未信"而子说；唐赵秀才辞荆州之召，又数年养成而后赴柳州。韪之！是二子者，岂不欲踊跃而赴知己哉。而环顾其中，有未可者，则姑退而有所待。师之不怒瑞，而犹望瑞者，或以二子相期乎。则瑞之惧绝于吾师，多见其不智矣。爰自达其拳拳之心，以候教诲焉。临楮不胜感恋，悚汗之至。

与沈梦岩书

梦岩足下，承书大快。比来斋中枯阒，亭池花木、竹石禽鱼之观，晴雨烟月之变，群掷之若芥，若过唐市。独予不知，时犹且孑去，特坐幽凉寥悄，俋俋不自胜辄归。

嗟予黴缥乎情，未若诸人之达也。达者忍之异名，未若诸人之忍也。亭池无知，花木竹石无知，而有知禽鱼，有知而无知。晴雨烟月，若有知，若无知？忍之，亦忍之矣。岂若小吏于大吏，必日月一见哉。且予疾益深肌骨，沸热胸鬲，愦闷郁塞，不食自饱。造化将忍予矣。予独不忍亭池花木、竹石禽鱼、晴雨烟月？大惑也，大惑也。情斋，书奴所自号。有情者不与语，以语梦岩也。

与邹仲虎书

秋初奉书，当辱省览。经岁未获赐示，实念且惑。乃者繁阴冱寒，伏维阁下侍皋比之谭，囊甲乙之选，诚足乐也。

瑞自弱冠以往，颠蹇屯愦。庐居读礼者，九载于兹矣。茕茕余生，浸以成疾。心有所识，忽焉遂遗。或穷思历时，偾气呕哕。竟夕失寝，鸡三号荒荒若有警。然往闻吾师之招，辄奋激踊跃欲赴。然卒止不就者，盖感极而虑过也。师之用瑞，将用其心也。心不可用，而强应命，是欺师也。然犹操管赍简札为骈四俪六，以糊口于尘埃之间。或谓心可用于此，独不可用于彼？固若怀安而负恩者，是乌得不辨？夫用于知己，与用于不知己者异。用于不知己者，唯所用而已。用于知己，必视己力而益加审。且俳优之文，逐物哀喜偶舛焉。过则已耳，庸何伤。若夫佐衡鉴、别良楛，毫厘之差，系士之进退。专精厉神，且犹惧勿克。而持怔羸之心，代大匠斫，希有得当者矣。於虖，瑞诚惧于此，而数负师召也。今饵汤剂、受针石，倾家以疗斯疾。阅秋徂冬，霍然良已，舒干抗首，将复为人。喜忭四顾，有足为师用者。然窃念时已晚矣，从已后矣。昔命之而不至，今至而不待命。往来专辄以怒长者，滋益罪耳。是以次且儃佪，终不果行。望阁下怜之而代白其愚焉。区区之思，仓猝未罄。敬询起居，努力多贺。

与汪少海明府书

昌风扇物，芳花饰萌。敬想动静康胜，饮福万种。欣喜夷怿，额贺无已。瑞所以阙然久不奉书者，缘闻驾且南返，或恐相左。又瑞不自努力，重被抹刷，直无颜于知己前论说长短耳。然梦炯炯，未尝不在左右也。比闻霖雨之志，小试盐梅。此事果否亦未得确耗也。瑞自稚龀，劬志丹墨。弱冠迫于家累，苟出问世。自顾其中，略无可取。然蒙阁下亟见奖叹，特以爱故忘其愚瞢耳。犹记阁下与谭梅臣语，叹曰："此子蹭蹬，直是命矣。"每念斯言，辄为泣下。数载以来，轗轲弥甚。咏斋督学，盛意见拔，将列优行。而捡岁试文牍，以病不与。格于科条，太息而止。区区微名，尚尔摧抑。毦毹之叹，固所宜然。复念阁下才挹龚卓，文跞贾董。方将振翼霄霓，扬光区维。而意外一蹶，沉屯累年。若瑞者，又何足比数乎。下第弥月，拟赴凉州。重以妻病危剧，牵绊行轪。未得仰遘颜色，布露纡轸，命也如何。今届春气酞缛，黔啄翻舞，争时竞音。而瑞块独幽忧，齵齵譺譺，穷鬼相责。言之孰听，倡焉谁知。口如含胶饴，头如巾齑杵。蜉蝣戴盆，饥蚕作室，无是酷矣。瑞素质怐愗，乏资身之策。两邑文席，藉蓄八口。迩虽接续，屡见鶂鷈。而阁下数千里外，尚能垂长絙以相挈否。太冲乏士安，则三都覆盎；无可失退之，则五言扫地。古哲且尔，何况瑞也。阁下所事若就，必当莅浙。翘足舒项，烯黄卜之。倘遇来邮，幸垂德问。敬候起居，伏惟珍护。

六角扇铭

扬飙六艺，维德之隅。宁廉厉以清躬，毋诡随而烁誉。

聚头扇铭

风匪风，𢢞由予手之任。命匪命，由予怀之敬。

又

舒之皭然，卷之泊然。尔唯舒卷自如，肆炎辉之驱。

秋云似罗赋以题为韵

绪风吹帽，珠露沾裘。屏张雾锁，幔卷河流。练曳一江之水，线穿七夕之楼。络纬篱边，丝屡缫而未就；芙蓉槛畔，囊半坼而难收。果然云想衣裳，旧痕犹记；莫是天生绮丽，新样谁偷。青女裁量，费尽九张之杼；黄姑组织，穿成万缕之秋。当夫白藏届节，碧落清芬。三重素积，五朵红熏。卷尽奇峰，庚庚横影；抛余杂組，乙乙成纹。鸭绿痕添，倒映半湾清沼；鹅黄色染，匀铺一抹斜曛。刚宜槎贯牵牛，十番赠锦；恰好字留远雁，几幅书裙。着并霓裳，望九霄而绚烂；散同霞绮，杂五色以缤纷。忆昔时衣赐人间，香真叠雪；看此日机张天上，身已披云。维时近渚拖蓝，遥峰纡紫。縠绉无痕，绡吹不起。倘被风移芦岸，絮擘成团；还教雨洒枫江，丝斜谁理。五铢衣薄，未怯轻寒；一掬囊空，难容纤滓。掷罢双梭日月，蹙就鱼鳞；聚将万纬星辰，裁成凤嘴。未必秋光飒爽，弃五色之罗纨；真成秋意繁华，借三春之罗绮。何人望远，携袖里以犹存；有客登高，指衫痕而恰似。别有惊心玉露，怅隔银河。帛传未到，衣寄如何。则见一段飞来，映丁帘而色混；几层叠出，笼甲帐而光和。合是兜绵，巧试空空之手；宁非抛纻，微闻缓缓之歌。秋到琼林，拥青绫而睡稳；云横玉洞，披紫帔以来过。岂真薄不禁风，任渠翦翦；但看疏还满月，自尔罗罗。惟我圣朝，纠缦祥凝，氤氲泽布。贡丝而遐国争来，挟纩而群情并附。绯衣黄绶，同上鸾阶；玉叶金枝，咸随龙辂。举头见日，讵云出岫无心；得意凌云，殊觉登梯有路。腰围金带，桂满苑而秋荣；身列银袍，棘作闱而云护。愿得志同飙举，复旦当歌。倘教衣自天题，谢恩可赋。

过书举烛赋以举烛尚明郢书燕说为韵

一点心灯，几行智炬。凤质衔檠，鸿文刻楮。双鱼得得，竹报投燕；三豖徐徐，萍踪说楚。相思千里，烛欲刻而谁偕；在水一方，书将修而误叙。飞下九天咳唾，隐隐光随；写来两地襟期，轩轩霞举。则有七泽名区，三闾旧俗。金紫身拖，银黄腰束。萧萧易水，别北客以多年；渺渺湘江，操南音而一曲。采遍幽兰芳芷，有字皆馨；梦余桃竹橦花，其人如玉。忆昔丁年结友，同翻东观之书；即今午夜怀人，独剪西窗之烛。于是逞词锋、劳意匠，兔管一枝，鸾笺十样。好磨牡墨，灯欲暗而花垂；敢设雌黄，函未成而草创。献巴人之技，我信多情；思壮士之歌，君应无恙。几回子细，光焰焰以将腾；半晌辛勤，辞渊渊其莫尚。尔其铜龙几滴，玉兔三更。羊灯将炧，虎仆犹擎。方展丙丁之帖，竟讹己亥之评。书使频催，难铸九州之错；烛奴任唤，空横七尺之檠。方思雁足遥传，意真火急；岂料蝇头误写，眼谢波明。以疑传疑，不幸之幸。白蜡初封，红骢又骋。昔日半规明月，曾照离情；今朝五朵祥云，恰留心影。读余纸尾，如分昼锦之华；悟到源头，恍发晨钟之省。披却青天宿雾，多士惟燕；听来白雪阳春，善歌是郢。盖以烛有离方之象，举为升邑之初。不妨茅拔惟连，意真尔尔；始信薪传有自，解定如如。悬随国之珍，宜使龙光毕照；探昆山之圃，莫教虹气空舒。从此丙舍邀贤，惯送金莲之烛；犹记庚邮接信，曾开玉薤之书。彼夫妃豨谬读，帝虎虚传。蝇芒有点，马足难全。讵若乞一星之慧火，涌万斛之心泉。焰透重霄，竟许龙门鲤跃；光分三昧，便疑牛渚犀燃。此也人云亦云，文非难蜀；彼也不解为解，人尽归燕。况乎官烛双排，贤书屡揭。金入冶而陶镕，玉在壶而朗彻。三阳并进，宁容爝火争光；四海咸归，岂若寒泉守洁。且看调来玉烛，合箕风毕雨之欢；会须谱入瑶图，庆圣主贤臣之说。

西山读画楼赋

稽夹城之八景，挹晚翠于西山。带夕阴之黯黯，泻流水之潺潺。虹下涧而如饮，鸟冲烟而自还。浮空崒嵂，露秀孱颜。飘眇兮若飞仙之抗手，婀娜兮若雏姬之掠鬟。淡荡兮若诗老临风而倚杖，萧寥兮若高僧含月而闭关。是为武林之胜概，而王聂诸子所以啸咏于其间。爰有钜鹿才人，雕龙隽士。心醉烟霞，居忘廛市。度隙地以鸠材，建层楼而鹄峙。虚窗则三面延青，飞栋则双丸射紫。湖光扑帘，岚影浮几。闲云偶来，清风自起。阴开阳阖，朝变暮徙。晃众状之俶诡，诚不可以控拟。若乃律穷杓转，时和气新。岩雪销玉，池冰解银。树坼芳缬，草铺嫩茵。陡门之绿涨平夕，半道之红霞烂晨。树窥槛而疑笑，禽依筵而若驯。恍调朱兮渍粉，画徐熙之冶春。春既尽兮夏还来，昼日长兮繁景开。花圃之莺初老，屠墟之芡已栽。湖墅凉飙翻碧沼，江桥暮雨殷轻雷。看南宫之泼墨，倚栏角而徘徊。长天酿秋，红叶如醉。波凉欲烟，山静更媚。妙行寺里钟声，枯树湾头酒旆。斜阳古荡之村，夜月罗城之外。擪长笛于高楼，玩倪迂之妙绘。至若野色凝旷，林容谢妍。寒云一色，群峰悄然。冷渔塘之钓笠，滞米市之商船。霰簌簌以徐下，雪纷纷而遂连。向皋亭而西望，咏骖鸾于昔篇。倩营邱之冻笔，写楼外之山川。楼无时而非画，画无景而不工。羡风流兮吾子，乃长住乎画中。以画拟真，以真入画。巨然山馆之图，摩诘辋川之派。郁乎岧峣，天然清快。睹斯楼之清绝兮，忽枨触乎予情。忆游迹于髫年兮，楼滴翠以锡名。有西山之突兀兮，献奇姿于隔城。卷帘坐雨，举笏嬉晴。十年旧地，一梦平生。高楼谁倚，遥山自横。展丹青而惆怅，又何论无声于有声。予幼在萧山学署读书，滴翠楼正对城外西山。

楝花赋以紫丝晕粉缀鲜花为韵

院落无人，帘栊似水。芍药栏空，荼蘼架圮。数廿四番之芳讯，欲遍从头;惊百五日之韶华,真成弹指。问佳候其如何,殢幽情而未已。有文楝之垂阴,粲余花以散绮。银屏护处,又经几夕风尖;玉笛吹残,忽落半天云紫。团团凉盖,袅袅高枝。蚕初眠后,燕学飞时。出墙头而婀娜,傍楼角以参差。讶砚北之飘芬,琴心映彻;数淮南之博物,石首来迟。也知杨柳光阴,刚逢飞絮;莫问海棠消息,错认垂丝。则有雅客提筇,奚童挈酝。过短陌而闲寻,转前村而更问。恰好红先榴放,浪笑春愁;未须黄到槐忙,别饶风韵。低遮白屋,飘晴雪之千家;高倚青帘,冷斜阳之一晕。别有碧琐窗深,红闺路隐。帐触残芳,缠绵幽愤。睹斯树之含葩,感流光于朝槿。子应太苦,落药店以谁怜;薪亦能劳,盼檀车而未近。疑成烟之软玉,尚恋莺枝;剩着雨之柔丝,偏沾蝶粉。莫不孤绪同牵,崇情暗曳。仰嘉荫以流连,惜余春之绮丽。遥看天际,误掣电兮番番;倘入杯中,共流霞而细细。最喜清和时节,逞尔芳菲;休嫌迟暮园林,饶他点缀。回忆梅亭竞秀,杏苑争妍。缟李则凝眸月下,缃桃则含笑风前。订兰盟兮不偶,约茶话兮同圆。了了花期,叠醒芳春之梦;匆匆花事,又过谷雨之天。入小院以重寻,蝶蜂未老;开行厨而共赏,樱笋刚鲜。若夫课农野老,占令田家。当迟迟之永日,见烂烂之晴霞。麦饵香浓,杂清芬而掩冉;秧田水足,照细朵而欹斜。居然八气环周,将催耕耨;美矣千枝缬展,尚殿繁华。斯则怡情乎物候,何须惆怅乎斯花。

翠微赋以山气青缥故曰翠微为韵

苍烟千叠,白云一湾。凝而睇之,虚无之间。是耶非耶,其中有山。高涌金人掌,低垂玉女鬟。厥名翠微,《尔雅》所谓。近乎崒嵂之间,发为磅礴之气。旦夕吐吞,阴晴蒸蔚。积霭云兴,浮光星沸。混空蒙兮一色,阊阖开乎;误缥缈兮三峰,蓬莱到未。春容淡冶,秋骨珑玲。天低圆笠,人在画屏。重重螺子黛,点点鸭头青。含暮雨而欲滴,放晴霞而不扃。阑倚斜阳,帘开清晓。露半角于墙头,见一痕于树杪。秀色可餐,遥情欲绕。出茧眉新,鸣蝉髻小。策杖碧云洞口,爽扑襟怀;读书黄叶林中,凉侵缃缥。排翠烟,凌翠雾。翠浪晴翻,翠帷暗护。凿翠而涌楼台,刻翠而吟风露。舞翠袖以依依,飞翠禽以故故。不管岚光湿翠裾,但觉晚愁横翠树。客有登高望远,慨然歌曰:

披蒙茸兮窥瑶阙,游灏气兮超以忽。超以忽兮去不还,漱朝霞兮弄明月。于是访鹤深林,寻僧僻寺。黄竹含烟,红藤碍地。古径细盘,危峰倒坠。等世事于微尘,寄旷怀于微醉。疑来碧落,扪星斗以皆青;到处绿阴,映须眉而尽翠。幽赏未已,山花乱飞。草露沾屐,松风吹衣。睹佳气兮葱郁,望绝顶兮依稀。悟简编之所重,岂名是而实非。一杵清磬,千岩夕霏。不知凉月之既上,悠然独赋乎翠微。

先君久馆武林,卖文为活。平昔撰著多为当路捉刀之作,才脱稿即携去不复存。即偶自著述,友人辄借观不反。以至所遗之稿,仅十得一二。今夏二弟南来,带有文集二卷、诗集二卷。恐久再遗轶,急付诸梓。至其中运典淹奥,用字奇创,间有传写讹谬,不敢妄易,诚恐才学谫陋,转贻金根之诮,还望博雅君子代为指正,则更幸甚。男承德谨识

翏莫子集卷三

海昌俞兴瑞霞轩著　男承德改名凤翰　承宗　校刊

游云栖值雨明日雨止因寻理安寺烟霞洞石屋洞诸胜归登六和塔顶

山空人心澹，鸣雨到修竹。得此一尺地，静坐良亦足。晓云适开晴，我遂纵所瞩。篮舆循幽涧，十步九诘曲。洒然脱众奇，天地终古绿。疑非可来处，却厌诗骨俗。邃洞薰佛烟，清泉散仙乐。返登七层塔，向境小如粟。悠悠知无穷，禅床且眠熟。

神灯引

戊寅中秋夜，万里无云，皓月在空。时予寓万松岭，乘兴偕数友由魁星阁后，缘绝磴行。扪葛攀榛，殆非人境。俄至宋御校场，盖绝顶也。俯视山川烟树浸凉月中，浩浩若银海。俄见星火自钱江出，以为江船火独明也。转盼间倏飞度沙尾，升山麓，直上长空，高数十丈许。有白云迎之，移入云而灭。予始惊愕，此所谓神灯者非耶。历炊许，江中又浮出一灯，仍循故道，行灭亦如前。奇哉，传记所载，今乃亲睹。或有缘存焉，作《神灯引》。

屏翳驱云云骇奔，华月出海翻金盆。我何为者虱处裈，寂寂坐使醉眼昏。忽携双屐入烟去，缒藤穿石窅迷处。老树掣衣劝我回，掉头而行不复顾。鸺鹠作声类鬼泣，草根切切虫语急。幽崖深黑不见天，蓦然腾上群山巅。琼波晃朗动我前，下界冈阜粟米千。家家秋梦翔轻烟，西湖似线江似带。月在湖光江影外，江心瞥见炬火明。谓是江头船夜行，奇哉焰焰浮在空。倏越沙过如惊鸿，欲高复下明又灭。决眦引领望不极，须臾闪烁升高峰。苍翠万象流碎红，一星跃起数十丈。罡风吹之影相荡，飘飘白云何处来。若远若近形徘徊，星火横走与云遇。翩然拥入银涛堆，令我不睹心疑猜。回头江水白于练，恍惚又如前所见。心知神物非目眩，光景开阖俄万变。毋乃江神朝帝廷，前胥后种森精灵。想见天门詄荡荡，广寒宫阙排仙仗。金粟浓香熏鹤氅，玉虚洞照千灯朗。九疑女子吹紫笙，五行老人曳青杖。惊窜魑魅夔罔两，嗟予俗骨无由换。坐对明月生长叹，月如微笑顾我言。汝有智灯光烂烂，何不寻之一把玩。冷然有悟急起归，空山风露相随飞。一灯照壁僮仆睡，元鹤夜深来款扉。

喜晤王叔皮

昔忘长聚乐，今觉暂逢难。病后为诗健，愁来对友宽。堕风孤叶小，吟月乱虫寒。把酒与君祝，青天上羽翰。

对　月

云尽觉天远，月来惊地空。寒浮松影外，清入笛声中。心定知名贱，诗奇与道通。朱门蓬户梦，扰扰此时同。

谒和靖先生墓

欲晴不晴三月春，有心无心四五人。行行窅不知其处，绿阴浓入孤山路。半生心事慕逋仙，今日才拜先生前。品高诗澹不足异，独爱先生有真意。梅花以外无丽质，万古先生真好色。湖山之气长与清，万古先生真好名。我今宛转堕尘俗，有此性情无此福。放鹤亭边立几时，隔岸微风吹柳丝。可怜处世若幻梦，劳形苦志诚何用。仰天长叹百感生，对面青山应一声。

病中遣怀

醒睡俱难主，昏昏任所遭。雨深灯焰短，风定药烟高。病久吟常涩，身闲梦转劳。似闻秋信到，窗竹已萧骚。

忆陈笠渔渡黄浦

黄浦惊涛恶，江豚欺客过。乱山遮梦断，孤艇载愁多。徂岁催风雪，怀人足啸歌。呼群怜暮雀，啧啧满庭柯。

滴翠楼望雪

一夜颠风搅醉眠，楼头晓望雪茫然。寻常竹树惊突兀，咫尺道途迷折旋。万物声希成太古，四山影合入长天。潇湘深处高吟客，公退观梅又几篇。

怀周同笙扬州

万松烟翠暮苍茫，独立怀君隔异乡。直为饥寒轻骨肉，翻愁魑魅妒文章。迢迢别梦因风断，渺渺秋心带月凉。今夜红桥歌舞地，思亲定下泪千行。

坐　久

坐久一庭月，桂花香满衣。秋意入怀抱，故人何日归。稍闻络纬响，时见萤火飞。夜凉欲高卧，未忍掩柴扉。

秋　寺

踏破荒烟一径深，红墙尚隔白云林。孤猿瘦鹤高僧貌，落木空山古佛心。碑没斜阳苔黯黯，钟敲残月夜沉沉。清凉悟彻春婆梦，只向禅灯影里寻。

六桥晚归偕简庭兄作

微吟缓步踏斜阳，行尽长堤未觉长。向晚湖山烘秀色，薄寒楼阁抱清光。波摇柳影群凫乱，路入藤阴一艇藏。胜事却骄苏玉局，白云堆里竟联床。

朱行人墓

万里穹庐使节遥，梦魂终古恋南朝。玉关生入身无恙，雪窖寒深泪未消。憔悴一编存曲洧，艰难二帝怨同僚。胭脂岭畔斜阳满，尚有游人浊酒浇。

题净慈寺大悲阁一绝

一塔崚嶒对我闲，阴阴松桧暮禽还。苍烟忽起众峰暝，身在疏钟冷磬间。

西湖杂咏

菱花风峭一湖秋，买得扁舟逐水流。莫笑瓜皮轻似叶，四围山影压船头。

湖光如雪照须眉，楼上红窗面面开。遥指数行杨柳外，骑驴人过小桥来。

数家临水自成庄，扑面风来带酒香。病后维摩消瘦甚，只堪小饮不能狂。

蚁行入洞心栗骇，满目怪石争飞奔。直疑海水枯见底，献出无始流沙痕。

长松修竹不知年，矮屋疏篱别有天。清磬一声斜照敛，下方回望只苍烟。

池塘此日慰相思，灯火沿湖返棹迟。聒耳秋虫浓似雨，万松岭上夜归时。

睡　觉

四村喔喔晨鸡鸣，半窗暖暖朝阳生。地流竹影云欲活，鸟立花梢风不惊。幽人有病怯早起，童子关心报日晴。一瓯茶罢自扪腹，何来万卷肠中撑。

花溪舟晚

一叶舟轻似鸟飞，菩提山色尚依依。远空霞映波成画，薄暮风摧客换衣。打稻人间篱畔语，抱书童喜塾中归。分明滴翠楼前景，回首髫年乐事非。

同人游隅园招余未赴

隅园夏森爽，十里种红莲。水槛入飞鸟，风枝无定蝉。碧筒和露饮，清簟倚香眠。君辈足幽兴，嗟予望似仙。

热　甚

客窗无树荫，酷热炙琴书。看日移如定，思云过已虚。倦随庄叟蝶，贫食孟尝鱼。苦忆高堂隔，何当侍起居。

雨忆王叔皮

疾风吹晚食，仰面喜层阴。急响鸣盆盎，微凉洗枕衾。蛟清孤客耳，蛩引早秋心。别路故人远，短篷知夜吟。

西湖泛月

塔火隔林暗，楼台涵众清。月波过鸟影，风簖乱鱼声。荡荡碧天色，茫茫遥夜情。西湖悄回望，松柏水中明。

家大人闻瑞游云栖赐诗恭和

短帆细雨渡江船，江尽峰回一径穿。斜竹冷捎吟帽侧，密松深露佛灯圆。山僧礼简循初法，溪鸟声稀学定禅。若得从游应更好，红藤扶上翠微巅。

同沈梦岩夜归万松岭遇雨烛灭

松林阴翳风刺骨，疾走蓬蒿出复没。黑云盘盘殿鬼火，老鸱笑雨坐荒屋。腹枵眼眩意恍惚，时于空旷生突兀。牵衣抚手毛发栗，将恐将惧与子一。跳波鱼鸣骇水逼，尺寸失步便顿蹶。丈夫命蹇地且危，凌险径往毋却回。晓晴辄共提壶来，山鸟歌舞山花开。

游理安寺和许玉年题壁韵赠香泉上人

清凉亭子上，老衲掩禅关。但觉心如水，不知身在山。树筋连石瘦，鸟语隔云闲。莫惜匆匆别，无来岂有还。

松颠阁叠前韵

罡风吹上松颠阁，四面幽窗洞不关。赴壑泉声争泻雨，拔天树势欲骄山。地居绝胜诗难敌，僧说多忙客自闲。饱食斋厨知未足，袖中携得白云还。香泉云近日甚忙，故戏及之。

韬光遇骤雨

暝误禽喧树，高知海逼云。来人三竺断，去雨百泉分。病骨珍凉气，闲心数水纹。何由息羁旅，初地度声闻。

宋高宗禁酒牌

黄龙痛饮不可期，穹庐行酒悲青衣。九哥快乐无一事，闲来鱼服山村嬉。山边酒店搀疏树，闻道不为酒税处。呜呼中原租赋皆何在，岂独区区酒家税。刀头饮血士气怒，糟邱老我天心醉。肉简牌，击善人。金字牌，班虎臣。御牌却去监酒务，斜阳芳草西溪路。

侍家大人小桐溪回即景

鲤对光阴驶一篷，苍颜鹤发伴坡翁时荔园丈同舟。笑声浓入棹歌里，诗思淡含波影中。村犬闲眠芦荻岸，水禽惊避蓼花风。倚闾有母应凝望，指点归途夕照红。

岁暮杂感偕封莘生子云弟同作

北风飒飒飞雪暗，漫漫夜长迟漏箭。梦睹生慈颜色温，谓汝衣绽宜添线。饥鼯堕几骇复觉，苦忆音容不相见。纸窗欲明犹未明，乌啼一声泪横面。

忆我昔者居萧然，修竹绕楼生夕烟。竹间斜径见客至，谈玄说鬼如涌泉。西陵一别今四载，钱江欲渡波连天。故人恻恻不得志，闻道神鱼犹在渊。

白日已堕街鼓起，南望春陵六千里。我生茕茕手足稀，伯姊早徂惟次姊。远道书来动隔年，何由却见生悲喜。哀鸿哀鸿汝苦鸣，恨不飞渡潇湘水。

青铜钱古苔纹裂，不信尔能困豪杰。金谷围炉夜宴高，敝裘游子冲风雪。亲朋十室九不归，岁云暮矣音信绝。如有颜渊负郭田，箪瓢虽苦胜离别。

万事皆幻天性真，怀梨挟枣娱我亲。已喜士龙接西屋，况复叔度来南邻。吟残三尺竹林雪，醉倒一瓮梅花春。只恐流光不可驻，明年踪迹漂萍茵。

寄蔡陆士

暮雪寒江万里平，停舟犹见故人情。醉归枨触当年事，八角亭前踏月明。

别后相思春草深，梅花落尽昼阴阴。近来厌俗浑成病，梦入君家翰墨林。

侍家大人游安澜园

兹游已过上巳日，披襟还坐流觞亭。雨凝花气一团紫，烟幻树光千种青。隔水楼台人不到，钧天箫管鸟曾听。追随杖履心真乐，绝胜西湖泛画舲。

题许玉年夫人遗画《花卉册》

小园昨夜花吹尽，展卷迷离花幻影。想见深闺点笔时，一帘细雨愁花冷。短梦惊随花片飘，荀郎残泪湿轻绡。生香活色看如昨，剩粉零脂忆共调。连天弱水瑶台路，中有奇花千万树。厌写人间落落春，橐毫定逐飞鸾去。

题清微道人《空山听雨图》

未逢天女花间影，已识维摩画里心。结习洗空无一事，满山风雨闭门深。

客窗灯火夜如年，病骨支离只自怜。为听芭蕉愁到晓，当时悔不学枯禅。

喜王叔皮来复送远行

取静读《汉书》，几席苦炙热。飒然清风至，开户惊喜绝。钱江波涛阔，终岁隔明月。君颔新多须，我病瘦见骨。剧谈平生事，旧梦堕恍惚。洗樽却复愁，仓黄有行色。回肠锁暗泪，起舞强激烈。蚊蚋成阵飞，雾豹犹在穴。弭伏诚多时，腾跃乃一瞥。匪期簪组贵，实望经纬揭。送君登舟去，远看孤帆灭。悄悄予独归，长空数星出。

题关丈吉晖《吟秋图》

凉风薄夜衾，堕叶悄已积。我本感秋人，瘦病仍为客。关丈须眉古，谈笑岸其帻。功名蹇不扬，意气老愈剧。眼前一樽酒，长歌碎空碧。西湖烟中山，缥渺在咫尺。愿从入画图，秋心淡无极。

客中冬至忽忽不乐

此夕葭灰动，孤灯独掩门。白头应念远，绿酒漫盈尊。身弱惊逢节，才慵怯受恩。更怜小儿女，啼笑闹黄昏。

张情斋《玉节记》题词

高人倔强不肯仙，耳聋发素心独全。琴声夜半开洞天，梦中玉女飞如烟。飞如烟，皓如月。柔者情，刚者骨。刚柔纠纠生文章，掏其新艳迸古光。海水洪洞，骇人精魂。我知此曲，口不能言。

庆忌塔

大风吼钱江，恶涛涌如雪。报仇虽不遂，公子千古烈。要离市井无赖徒，焚弃妻子嗟何愚。作人鹰犬黠自豪，我视其死轻鸿毛。膝可加，头可捽，公子已死神犹活。石池水立舞光怪，铁棺苔绣缠筋骨。阖庐终丧灵姑浮，鸱夷老臣随急流。天道自古好往复，苦竹荒烟吴苑秋。

绝　句

本是蓬莱旧散仙，清于秋水澹于烟。碧桃花下瞢腾醉，忽堕人间十九年。

卧病书怀

照床凉月转凄然，太息浮生亦可怜。堂上星星添白发，梦中草草度青年。弟兄寥落悲行路，诗酒清狂忆舞筵。明灭一灯天未晓，寒蛩似为诉缠绵。

病甚闻鸟声

寥寥天多风，独鸟号长林。嗟予久废学，况闻此哀音。智虑日已短，疾病日已深。薄暮望西山，唯见烟沉沉。夭寿非我惧，所恨有蓬心。

夜读忆周湘南

寒入帘栊冬夜长，自揩乌几理书囊。灯花落影半遮字，风竹作声时拂墙。静里易生千古恨，闲中不信九衢忙。遥怜倜傥论文客，危坐应消几炷香。

雪

疾风吹雪颠不止，旋转余花入窗纸。窗中有人卷书读，禅心清作一泓水。东山西山云昏昏，寒压竹梢低打门。十指僵结不得温，何人遗我酒一尊，再拜为吊梅花魂。

冬夜观书有感

西风残雪满平林，手把奇文入夜深。一磬静敲尘事梦，孤灯寒照古人心。艰难庾信多哀思，惆怅虞翻少赏音。起视半庭斜月白，余光犹恋倚窗琴。

励　志

夜半读《周易》，吾心忽光明。毫末同一照，皎皎秋月清。慈念可永保，大道奚难成。胡为旦昼间，扰扰俗念萦。福自忧危出，祸从安乐生。惕厉乾无咎，恐惧震乃亨。恒渐大学问，健顺真性情。谦光六爻吉，夬决百事行。日月逝不留，幡然遂长征。骨性磨益烈，意味澹弥真。情魔咸匿迹，道岸时计程。俯仰天地内，勿愧丈夫名。鬼神森在上，倘亦鉴余诚。

忆内时抱疾未愈

灯花影落读书窗，懊恼情怀未易降。为忆容华消瘦甚，月明今夜满桐江。

立夏日感赋

繁花固不永，鸣鸟亦易歇。花鸟逐春去，何况我病入髓骨。幽窗晚日照人青，独坐愁吟更苦吟。可怜蝴蝶花朋友，尔亦翻翻在绿阴。

雨宿净居庵次蒋书奴韵

凉漏僧窗彻夜声，孤灯如梦照三生。诗兼风雨多奇思，人喜烟霞必至情。小住亦关千劫福，重来还问百花盟。来朝为有看山约，数到晨鸡几次鸣。

净居庵看牡丹悼小颠上人次前韵

独秀峰头笑语声，酒边花里两浮生。老为酒困真无赖，去与花辞太不情。一悟繁华云过眼，几时兜率月寻盟。诗才禅意皆零落，涧水犹如琴筑鸣。

韩蕲王梅庄园歌

清凉居士晚兀兀，瘦驴缓踏西泠雪。老桧当途荆棘横，独爱古梅心似铁。少年奋迹起队伍，誓扫狐兔收巢穴。鱼梁驿口旌旗昏，龙王庙前风雨突。荡麾黄天破敌胆，山摧白面流战血。当时梦可到梅花，惟见万帐寒明月。嗟吁孱王不可振，轻使邪人腾颊舌。二帝难招沙漠魂，三字已敛英雄骨。芝焚蕙叹士气尽，抗疏不报归思决。归来绕园种墅梅，亘古冰霜如此洁。平生激昂磊落意，对梅恸哭梅呜咽。大仪金鞭既破碎，临平铁戈仍断折。攀树还伤指仅存，衔杯自觉心犹热。满身香影与云卧，回首功名真电瞥。却将一事傲林逋，妻掺桴鼓襄忠烈。锦衣骢马去千载，扪藓游人寻断碣。梅边仿佛见王来，嫩寒薄暮花时节。

狂歌送子云弟

九天铿钟声，九地魂梦惊。海涛吹雪三万丈，不能灌我之愁城。春云阴阴，春风荡心。黄鹂世故与我语，我独怪尔非知音。君不见，王叔皮，文章深且奇。穷困屡触驵侩怒，行年四十犹无儿。又不见，张情斋，日食脱粟眠枯柴。胸中十万卷，徒以蕉萃其形骸。嗟乎子云弟，尔去将何适。荦角山中径，苍藤冒白石。横虺如轮舌如戟，山精闪尸窃魂魄。翻然渡水又无楫，毒龙睒睒喜过客。嗟乎尔将去何适。吾弟闻之戚又笑，垂柳掩冉拂乌帽。弟也前致辞，语咽声更悲。可怜父在时，日骑竹马当门嬉。寒食冬冬打粥鼓，随兄戏折梨花舞。今年出门又寒食，敝裘羸马面目黑。居家岂不安贫贱，居家百事难远游。岂不畏其如夕薪朝米煎肠胃，煎肠胃，摧心肝。临行莫涕泣，恐我老母增辛酸。美酒千觞，鲜鱼一盘。醉中不辨故乡异乡路。登舟大笑，天地青漫漫。

次周文泉姊丈见怀元韵

共工有何怒，举首触不周。遂令缺陷世，蕉萃损天游。缅思少年欢，忽若电过眸。西风吹我梦，飘眇经千邮。洞庭不容刀，君山如蚁邱。褰衣登君堂，尽洗离索忧。蘧然倏惊寤，客舍灯孤秋。蟋蟀近我床，如闻话绸缪。历历梦中境，明明山畔楼。开窗见古木，落日寒光留。道旧互悲喜，举尊忘劝酬。人生不如梦，翻得依同俦。回念君情厚，曾招登楚舟。自怜垂翅鹤，远愧冲波鸥。徘徊铸一错，迢递隔十洲。徒望潇湘烟，中夜发长讴。浮云廿年间，起灭观泡沤。当时莱子衣，今染皋泪流。凉月满庭阶，悲风陨梧楸。吁嗟期望眼，早晚看拥骀。匪莪竟成蒿，学冶难为裘。岂徒邓禹笑，直恐毛生羞。坐此感幽忆，触景皆成愁。矧余惟两姊，共母怀中投。殁者墓木拱，存者滞他州。安得造父御，瞬息鞭紫骝。此愿未可遂，凝想风飕飗。侧闻君多才，循良推运筹。所期风云奋，勿惮关山修。一笑会相逢，还宜入梦不。

将客杭州哭别母灵痛成六绝

伤心又是别离天，行色匆匆太可怜。细雨斜风寒食节，黄昏独上小航船。

去春二月到杭州，别母牵衣两泪流。也识天伦贫亦乐，其如菽水要营谋。

生前膝下已长离，此日还为客鸟飞。细看遗容如昨日，更无老泪滴征衣。

灵前欲拜已声吞，儿为饥驱竟出门。十幅素帷灯黯黯，今宵谁复伴亲魂。

斫地长歌哀莫哀，古今寒士倍伤哉。麻衣未尽三年礼，却为他人压线来。

回头忽忆在萧山，一室春浓万象欢。欲问前尘何处是，梦中还许暂团栾。

题陈云簛《江湖图》

波涛险绝兮，不可以行。况瞢腾而醉兮，忽不知其程。今君胡为绘此图兮，得非君之真。俯仰以思兮，识君之情。茫茫大川，澎湃齑沦。掀舞日月，光怪倏忽，窈窈而冥冥。客有崟崎磊砢而不可羁缚者，乘风波以遥征。尽卷此三万六千顷兮，满一巨觥。槃礴痛饮而绝叫兮，助才思之纵横。乃幡然敛奇养和，以赓箫韶之鸣。承宰相之家世兮，起赞太平。爰酿黄河为醇醪兮，熙熙乎饫我寿宇之苍生。

立夏分咏

海　蛳

自愧蜗庐小，居然出海乡。三缄空守口，九曲总回肠。薄利爬沙取，余生入剪忙。郇厨调五味，颇胜蛤蜊尝。

蚕　豆

原上新登豆，闺中正养蚕。煮分红箔火，摘贮绿桑篮。荚趁纤纤剥，珠怜颗颗含。叱嗟原可办，食性问谁谙。

樱　桃

花艳果尤奇，登盘见陆离。赤非萍结实，红比豆相思。学士分甘后，园丁送客时。几人夸饱食，愁煞郑家儿。

青　梅

搔首英雄事，青梅又满盘。客来眉尽皱，筵散齿犹酸。雨未千家湿，醯真五斗餐。如将盐豉下，谁道作羹难。

西湖别后忆蒋书奴戏托艳体

不愿相逢别可怜，段家桥畔绮罗天。长堤绿柳斜斜雨，小妹青溪叠叠烟。春病转深犹在梦，柔肠难了忽逃禅。相如别有知音感，岂独文君貌似仙。

古　意

深深鹦鹉玉楼东，花冷斜阳可意红。偏是司勋易惆怅，春光仍在柳丝风。

梦　醒

梦醒无端细碎声，隔帘风雨隔墙莺。梅花赋罢心如铁，不信人间宋广平。

夜宿松颠阁即用题壁韵

瞑树入深黑，寺门犹未关。随云上高阁，看月出前山。群鸟栖已寂，一虫吟自闲。兴来燃竹裂，响激隔峰还。香泉戏燃爆竹，四山皆应。

皎皎静当槛，泠泠寒透关。水光浮众木，夜气沉空山。灭烛坐来久，清风吹我闲。似闻声剥啄，烟外有僧还。

赠香泉上人

欲识安心境，三年静闭关。诵经瓶注水，觅句杖依山。野豕窥篱熟，林麛听法闲。天花应自落，双履说西还。

感德抒情上山阳相国夫子时为大宗伯

品学今无匹，恩荣帝特褒。云开瞻岱华，风厚振蓬蒿。淮水流鸿誉，蓬山耀凤毛。轮囷蟠大器，拂郁得奇遭。遂结勋华契，频跻侍从曹。霸才轻管乐，清论挹伊皋。阁迥翔神兽，波腾掣巨鳌。琅书红玳瑁，仙醴碧蒲萄。括地陈河洛，钧天叶琯鼗。皇衷诚简在，使节屡贤劳。皖岭清悬月，浔江屹障涛。颓风澄茧轧，繁响息啁嘈。真赝竽无滥，妍媸镜孰逃。龙门争自激，虹气不空韬。杞梓咸充赆，湖山复建旄。海宽鹏引翅，秋爽鹘离绦。诏许三年住，慈偏两浙叨。经腴融汉宋，古色照庄骚。岂用分门户，端须弃粕糟。爱才心若结，饮化士无挑。贱子年犹稚，词场战怯鏖。菲葑仍辱采，沙石乃容淘。作赋惭王粲，衡文识李翱。谷暄苏弱草，厦广厕寒桃。大匠经时隔，微情万缕缫。侧闻乾眷渥，平上泰阶高。秩典辉龙勺，容台肃鹭翿。照临尊北斗，指顾却西獒。纪录千秋业，编排五色毫。纂谟新日月，述祖亮球刀。天职专相倚，公心懔自操。道凝成物冶，才济涉川艘。奭寿勤弥巩，房谋定不挠。调元征肃乂，端望镇浮嚣。朝退亲缃轴，书垂暖缊袍。似因怜夏暍，特与洒春膏。涩剑重鸣匣，枯池复运舠。慈亲欣病起，稚子免寒号。阮籍途虽蹇，终军志尚豪。几时锥见末，此日矢垂橐。感德肠千转，酬恩首重搔。会摛黄阁颂，寰宇沐甄陶。

雨拟少陵绝句

庭户热气已逃遁，雨止即又殷轻雷。实恐窗风吹灯灭，昏昏书卷不能开。

湖上杂诗

恼乱诗肠惯是春，满湖柳色碧粼粼。此游岂易寻常得，称意天逢称意人。

前有香山后玉局，风流经济两兼之。烟光满目谁收拾，瘦尽西泠白鹭鸶。

闹游丛里觅枯禅，趺坐蒲团一炷烟。万古湖山晴雨梦，美人名士大因缘。

十八女儿杏黄衣，蝴蝶裙边蝴蝶飞。望湖楼下下船去，无数碧桃空落晖。

昨宵猛雨今朝霁，游屐归来又雨声。特放春光浓一日，天公莫道不多情。

鄂王墓

少师殉国父师狂，一样孤忠日月光。恸哭西风驴背老，死生知己有蕲王。

杂感录二

园中古槐树，有禽巢其颠。和声鸣朝阳，我听已八年。盛夏风雨恶，枝折巢无全。西邻足梧楸，哀哀不能迁。茂阴虽云多，居久情亦坚。物微且如此，令我泪潸然。瘦马高硉兀，乃居放生场。朝夕随罢牛，饮食厕溷旁。岂伊无骏骨，气挫神彩丧。有时北风起，仰鸣视苍苍。驽马一何骄，玉勒青丝缰。遭逢异今昔，时过良足伤。誓当弃此去，汗血沙尘黄。

野鹤甘长饥，何为觅鱼食。水浊无片鳞，泥滓沾两翼。俯仰空自怜，困顿人不惜。鹤乎悔无迟，青天随所适。

上李芝龄夫子四十韵

大雅亲持运，斯文气日蒸。德高频下逮，恩重苦难承。北海垂名远，东山应道兴。唱胪云正烂，含曜月同升。侍从螭坳近，赓飏凤藻腾。藜烟浮绿简，莲炬照青绫。顾问兼师友，陈谟叶股肱。天心诚眷注，风度想端凝。叠见温纶下，欣逢使节膺。春浓三折水，秋朗一轮冰。马郑经相授，欧苏迹却仍。后先持玉尺，小大奉金绳公继瑟庵师视学于浙。陶冶人才出，扶摇士气增。星轺行处化，霜镜坐来澄。王粲年裁弱，匡衡学未能。片长犹绠汲，百尺借梯凌。直似迎阳雁，初疑刷羽鹰。吹嘘偏数数，怀抱益兢兢。祢刺非轻谒，韩门贵一登。中台回夕耀，太华见秋棱。渥被无穷教，深参最上乘。谈经鳣座侍，晋秩鹤书征。詹府推元亮，词臣美禹偁。班崇尊殿阁，才大压鲲鹏。紫诰生花笔，黄麻起草灯。夔龙辞右席，燕许避英称。贱子谋多拙，穷途屡失凭。在堂亲已老，负郭产无恒。扰扰营粮鸟，栖栖拓钵僧。慈心缠手线，乡梦冷行縢。涸涸将何计，垂光忽见矜。三宵飞尺素，千仞缒深绳。不谓抢榆鷃，俄成附骥蝇。寒毡苏复屋，枯砚暖春塍。齿论真蒙谢，心香永慕曾。雀衔情独切，蚊负力何胜。但祝箕畴叶，长瞻泰陛升。邺侯仙富贵，孝伯福黎烝。纶阁无双选，昆台百万层。他年容展谒，立雪记吾曾。

冬夜读书有感

严寒砭骨云瞢腾，江湖瓮盎十日冰。我生懒慢百不能，敝裘瑟缩蹲饥鹰。残书入手忽色喜，暗窗细字如蚊蝇。静观古人尚奇节，身当其难闻者兴。后儒极口肆评驳，履之乃知君岂曾。不以一眚掩大德，论古如此真吾朋。一卷未尽街鼓上，有鼠窸窣窥孤灯。壮心自热不须酒，时有浩气丹田蒸。仰观云散奔马疾，凉月斗大东南升。

题顾西梅士女画册

淑 女

有美一人，婉嫕淑慎。练要信姱，延伫独俊。泱泱流波，澹不可讯。

胡绳𫄧𫄧，流波泱泱。沉中侻外，霍濩众芳。有美一人，耿不可望。

调 羹

蓼苦勺药酸，饪鼎皤其腹。微理参水火，及时考腥熟。再拜舅姑前，怡色问所欲。心和而味和，中馈以迓福。

采 蘋

蘋花白，蘋叶青。涧潺湲，揄尔馨。

方者筐，圆者筥。盈恐覆，神鉴汝。

葛 覃

谷谽呀以豁閕，林连卷而㮰㒬。搏黍兮戛羽，羌予心之惮暑。机兮九张，廪廪兮怀雪霜。屏华饰之熚烁兮，被容与其未央。

保 赤

饿啼饱笑浩浩天，附循噢咻母氏贤。角羁贯习成华颠，慎毋姑息为爱怜。养身养性古所兼。

芣 苢

惠风承景乎，玉烛调。盍遵微行乎，匪游敖。

忧乎荟乎，累累穗乎。我袺而子带乎，其无灾又无害乎。

螽 斯

有物群飞，曼支衍族。岂不是思，而俾幽独。翩乎翻熏，春阳而繁。趯乎跃扇，仁飙而作。玉之温温，以长其子孙。

称 丝

儽儽女好，曰始西陵。胡穗帛之化自，虙戏而已称。落之湘之，缫之扬之，又元黄之。桑以为均兮，维劳者有成兮。

补 裘

衣有绽，犹可缝。鸡鸣昧旦，勖始终。

衣未绽，先纫箴。斧藻乃德，在瑟琴。

颂 椒

载揽列女图，徽徽奕祀垂。始亶章懿德，终亦扬清才。椒聊歕朱华，绿叶正离披。白玉为笔床，翡翠作砚池。餐古写香静，抱艳发辉奇。慧心出婉嫕，鳌祝在蕃滋。永詒中闺箴，勿忘彤管思。

旅病述怀

少小耽竹素，人事昏不知。寝兴及被服，拊畜由亲慈。行行违亲颜，惘惘竟何之。裘葛数颠倒，饮啄杂饱饥。身中既失和，遂遭寒暑欺。咽喉阻岩关，临食独歔欷。辍食悄就枕，凛凛冰切肌。胸次欻火发，满目盘蛟螭。孤灯无遥光，夜风吹我帷。帷疏落瘦影，自顾惊支离。隔墙闻笑声，邻叟宵饮归。感彼骨肉欢，恻恻我心悲。老父羁硖川，病余血气衰。老母白发垂，终岁未伸眉。更痛所生母，牵衣朝夕随。乳痕犹在衣，黄泉去难追。黄泉虽茫茫，梦中怜惜儿。儿梦得见母，长梦亦何辞。弱妻及幼子，远在水之湄。骨肉分四所，韶景寝已驰。友来劝我再，心苦神亦疲。养心以保身，用是为良规。嗟君情意挚，终未鉴我私。金买长卿赋，缣酬皇甫碑。薪米出肺肝，焉得逸暇为。朽索啮双蛇，不绝故如丝。决明泣凉秋，馨香能几时。破窗溜疏雨，忽忆儿时嬉。姊弟走雨中，砌瓦作方池。戢戢科斗虫，戏波清且漪。苍然洞庭山，久隔姊容仪。掷钱卜远道，兆吉翻自疑。慷慨厌庸俗，故人王叔皮。追凉紫蕉轩，花下数残棋。萧山足冠盖，鸣鼓张采旗。奇士困蓬茅，饭少强化糜。如君尚不达，我陋复安希。修身俟天命，动静审所宜。石榴笑芳兰，洗艳矜幽姿。回峦藏孤香，飙发亦有期。屯蹇召众厉，观巨盱且睢。昨者登吴山，高天摩琉璃。浩浩长江水，日月荡心脾。念此突起舞，岂惧性命危。文采双凤凰，百尺乃肯栖。病鹤俯其头，志不恋藩篱。旋归及五月，晴烟帆影迟。入门拜双亲，颜色交融怡。虽无五鼎罗，艾酒满浓卮。心安疾自解，巧术谢黄岐。独苦所生母，冥漠永弃遗。膏肓或可起，此疾不可医。昏卧飘鸣钟，血泪纷涟洏。

题蒋淇园夫人《散花小影遗照》

青山万叠一蒲团，扫尽人天结习难。小劫优昙花易谢，风吹环佩不胜寒。

几年天女伴维摩，裙不留仙可奈何。莫捡妆台旧诗稿，泪痕恐比墨痕多。

恭和家大人书怀元韵

翘首趋庭路，山光入暮春。苍茫云外眼，迢递梦中身。柳拂临江驿，花迎上冢人。蘋蘩无敢废，采采涧之滨。

遗砚增悲泣，萋萋草又春。一堂稀韵事，两地寄劳身。闻道停车处，纷来负笈人。所期眠食健，归棹待江滨。

再次前韵寄王叔皮

不见黄叔度，相思冬复春。西陵一分手，东海独吟身。谷鸟朝求友，村鸡夜警人。明年红杏里，联袂曲江滨。

盥手披君作，浓浮几席春。全消才士气，重见谪仙身。况复敦高谊，真堪迈古人。秋风留后约，蓴菜老湖滨。

倦　游

万里关河壮志非，十年尘土满征衣。平林落日鸦争集，古道秋风马不肥。山色看残吟眼冷，天涯觅遍赏心稀。谁能更唱劳人曲，无限苍苔没钓矶。

静 坐

临水茅斋三两间，蒲团乌几闭门闲。日移花影分浓淡，风引茶烟自往还。渐听吟虫生暗壁，忽来归鸟点秋山。利名毕竟成何物，扰扰黄尘遍九寰。

清 歌

何处楼台最可怜，樱桃如雪柳如烟。愁生语燕啼莺外，声绕游丝落絮边。公子黄骢催晓月，佳人白纻怨华年。秦青已老周郎醉，莫倚珠喉一串圆。

狂 啸

鸾凤声高碎碧空，斜阳木叶万山风。激回太古宫商祖，参破神仙吐纳功。大块生机嗟野马，下方人语笑秋虫。却怜阮籍疏狂甚，输与苏门鹤发翁。

客中祀灶日

忽忆为儿日，嬉游此夕忙。偎人惊爆竹，依母觅糖霜。风物今无改，羁栖暗自伤。食贫天所赋，吾未信黄羊。

独 坐 吟

兀兀独坐嘉昼长，一心澄静生天光。斩绝情魔回真阳，浩然之气大且刚。嚼咀道德穷文章，深入幽邃搜毫芒。忠臣孝子涕泪滂，巨儒肃穆垂衣裳。美人如花私语香，豪客拔剑天茫茫。狐狸奇鬼森披猖，神仙鸾鹤参翱翔。青磷白草古战场，老僧枯坐月满廊。一一在我几案旁，仰天大笑酒满觞，下视俗子如蚊虻。

寒 夜

黑月冻断玻璃魂，森竹无风寒进门。睡迟茶碗偏增味，吟苦灯油数减痕。病骨不知几时健，痴云还似昨宵昏。会须置酒剧高宴，梅蕊已含春意温。

恭闻汪瑟庵夫子钦命会试大总裁赋呈志喜

圣主承基重作人，衡才清切选名臣。诏闻多士心先奋，论取前贤赏特真。万国球琳腾气色，九霄鸾凤拜光尘。青衿何日离淹滞，更作门墙立雪人。

恭闻李芝龄夫子钦命会试总裁旋擢
礼部左侍郎赋呈志贺

天恩稠叠拜朝端，典秩衡文总大观。尽选韶钧归乐职，本来桃李属春官。常公入相仪曹近，谢傅甄才士论欢。我是程门闲草木，卿云浓处望长安。

留别蒋书奴

三生盟在竟离居，此恨非尘不可除。雪夜梁园宾客会，就中偏少病相如。

长松失翠柳辞青，我亦飘飘别主人。幽鸟不知吟榻换，隔帘犹报好浓春。

汪少海明府重至海盐与余适相遇偕饮于
障海楼听李玉峰弹琴

我行正月过武原，道逢父老颜欣然。为言旧宰今至此，草木重被春风鲜。我闻斯语喜且愕，寻踪急上依山阁。危梯欲登犹未登，一片琴声九天落。汪侯怪我来，延坐出尊酒。宾朋尽时杰，姓氏通某某。

楼窗四面天风开，楼下洪涛喧怒雷。群仙海外争拍手，笑我酒渴无停杯。座中李丈善鼓琴，七弦澒洞生潮音。鲛人迸泪龙伯喜，光怪倏忽掀幽沉。蓬莱之云无古今，迎声飘转若有心。琴希酒阑天正碧，令我坐洗千秋襟。有客恍然忆畴昔，补作元宵亦今日。奇缘争叹造化巧，胜游难得斯民述。落日如盘沉海波，苍烟欲生奈晚何。鸣琴且歇听我歌，古来此乐谁与多，望海楼上陪东坡。

赠张情斋

张丈六十益奇穷，卖画往来吴市中。青山崒嵂瘦诗骨，白发萧条悲老翁。可正可谐才子笔，亦谦亦傲古人风。猿獭何知苦相戏，与君痛饮暮林空。

恭和家大人西湖泛舟元韵

天气清寒游客稀，白云黄叶尽禅机。年来惯作西湖伴，水鸟识人驯不飞。

临平舟次有感

临平山下晚雨歇，扁舟摇摇乘快风。山光泼眼爽可掬，高下弥望皆长松。松阴忽开见古寺，夕阳正照山门红。疏篱一带绕其右，群凫戏浴清流中。或浮或没或鼓翼，旁有鹄立持竿童。嗟余奔走困衣食，促促尘土填心胸。忽忆萧然修竹下，手植芭蕉今几丛。二三知己各烟散，经岁未得书一封。昔年诗酒称勍敌，流连光景真虚空。洵知忧患在识字，不如田舍足谷翁。世俗文章尚涂泽，齐门抱瑟吾其穷。小桥停舟作晚食，船尾吹火烧荻蓬。似闻隔岸人笑语，明日约醉村桥东。

题汪少海明府《陇上吟稿》

万里伊凉橐笔行，青袍幕府快论兵。春风羌笛才人曲，夜月秦关壮士声。地近穷边余战迹，天移庸福入诗名。归来豪气应湔洗，恐有梅花笑不平。

与子莲子石两兄夜话

轻云隔树作烟散，明月上阶如水流。笑语喁喁凉影里，乱虫吟碎一庭秋。

醉歌行赠云间陈梅村

昨夜疾雷风怒号，空山斗室生波涛。梦惊灯灭兀起坐，忽觉性命轻鸿毛。忆君吴山颠，一斗醉浊醪。与君行藏各偃蹇，大江日月流滔滔。君有法书如笋束，古香虽浓逊粱肉。我好苦吟类秋虫，刿镂心肺徒复工。相逢却在余杭道，我兄识君谓君好。飞来古洞寒雨积，大观平台秋日晓。影落觞斝吞奇峰，枝挂冠巾触幽鸟。此乐岂知在羁旅，翻怪九陌行人小。梅村夫子洵不俗，醉后狂言请君复。饥寒猛似负嵎虎，富贵美亦藏蕉鹿。至人达观知两空，毋令形神坐颠覆。君嗟我言殊不然，可念堂上俱高年。天伦有乐付寥寂，人海无情强折旋。欲归何以奉菽水，不归展转惭为子。此身去住计两非，客窗虫急乡心飞。君言未终我泪零，默默对坐长天阴。太华峰高沧滇深，中有赤松弹玉琴。偕君从之问至道，全家辟谷山中老。

送费新桥夫子入觐

申伯开藩旧，韩侯入觐新。帝心怀硕辅，士意恋浓春。夫子承家学，英年利国宾。粲花惊李白，速藻过王谭。十载清华地，三霄侍从臣。校书星入阁，趋直月随轮。槐树雕盘锦，蓬池鲙缕银。斯文诚黼黻，所重必经纶。白简豪强慑，青蒲利弊陈。风棱推独坐，露冕诏分巡。珠浦辉腾夜，琼峦气爽晨。提刑清岸狱，建节肃军民。迁擢皆逾格，恩荣果绝伦。威名歌有范，方伯颂如荀。势控荆襄重，膏流汝汉均。鲜云驰一道，福曜照千尘。萱草风惊背，麻衣雪满身。扶辆余涕泪，罢社感乡邻。泷水营阡亟，防山负土频。从来忠孝合，只本性情真。鹿洞宏开席，鹅湖许问津。讲须杨震主，经得郑元神。茁轧颓波洗，滂葩古义询。吹毛镕众锷，鼓鬣萃群鳞。贱质同沟断，虚怀及爨薪。霁颜和盎盎，提耳诱循循。说项微名播，瞻韩寸念伸。云泥忘夙分，香火悟前因。函丈方挥麈，高轩遽策骃。情犹萦杏席，梦已到枫宸。此去辉光远，更番雨露臻。碧油幡画鹿，红籀篆标麟。开府勋名大，长城倚畀亲。离辉刚值午，晋接想惟寅。共慰为霖望，偏孤立雪人。途遥迟负笈，道盛永书绅。郭舸疑天上，牙琴望海滨。抠衣期异日，祖帐感兹辰。志尚希传钵，缘应有堕茵。伫看黄阁启，雅化被无垠。

面生湿疡甚剧枕上口占二律

抱疴暑月已堪嗟，况复楼居小似蜗。一梦匆匆惊蛱蝶，六更忽忽到虾蟆。摩挲自笑颜生甲，摸索谁怜眼有花。默坐好修清净果，忏除绮语诵《南华》。

而今始悟色非真，转眼俄成罗刹身。憔悴故应头责我，陆离翻觉貌惊人。晓禽唤起煎茶婢，饥鼠来为入幕宾。闻说樱桃争上市，瞢腾如此送残春。

题袁馥人女史《散花遗影》

瑶裾曳云云有声，天鸡夜呼尘梦惊。袁家娇女神骨清，优昙生小非凡英。家山忽忆芙蓉城，归魂夜蹑长风轻。阿耶还车自燕京，出门女送入不迎。劝君勿悲掌中珠，电光石火诚区区。神仙浩劫沧桑换，惟有空花吹不散。

寿祝简田祖姑丈八十双庆

大厦新成启寿筵，耆英还在潞公前。八旬尚举齐眉案，四月刚逢诞佛天。台阁名高尊老辈，溪山隐早得长年。兰阶日暖桐孙秀，浓绿阴中韵管弦。

少年彩笔奏凌云，蟾窟争看第一人。青杖静燃天禄夜，红梨深咏掖垣春。直言汲黯何辞戆，归里陶潜只乐贫。赢得头衔清似水，寸心长此恋枫宸。

甘霖本是苍生福，退作闲云泽亦流。义塾广成寒畯学，仁田远笃本根谋。十年注易明消息，五夜吟诗撼斗牛。况有同心翻贝叶，菩提香度竹闲楼。

希韝小子奉仪型，总角追随眼已青。旧德勉为三代续，新诗诵与百寮听。代营菽水怜将母，助植松楸慰荐馨。刻骨深恩无处报，南飞长愿祝延龄。

万松岭晚眺

风吹山石寒欲裂，枯坐松根鼠堕帻。湖烟昏昏若醉梦，一塔微茫倚云立。城市笙歌正阗聒，那知此境真幽绝。归来灯火照纸窗，短床卧听铜瓶泣。

查潄士招饮酒持螯诗以酬之

公瑾若醇酒，相如梦蟛蜞。狂哉毕吏部，乃欲兼得之。予亦有同嗜，对此朵其颐。清霜落远浦，蟹火明参差。君来邀我饮，行乐当及时。迢迢沽酒帘，粲粲菊花篱。含黄登满盘，佐以白玉卮。颓然竟大醉，倚阑风帽攲。狂歌撼星河，仰视天四垂。

大雪喜封荦生见过

忽怪衣如水，开窗雪照人。茶烟寒自聚，书味静尤亲。穿竹劳相讯，余花尚满身。墙头能过酒，还欲乞幽邻。

茅舍接东西，门前共一溪。带冰流水涩，含雪冻云低。肝胆论交远，山川极目迷谓王叔皮。喜君幽意合，莫厌数冲泥。

雪霁喜钟丈午桥携诗过访即用前韵

人影冲桥过，斜阳照隔溪。诗随云共到，头与竹俱低。急溜千行泻，晴峰一白迷。子期如有兴，待拨瓮头泥。

为忆孤山下，新流涨九溪。古梅矜影瘦，飞鸟怯寒低。残腊身谁暇，清游梦转迷。明年春草路，重觅旧鸿泥。

琴砚随身图歌为武林吴琴痴作

琴痴有琴砚癖，邻不戒于火，抱一琴一砚走出，余物荡然。友人为绘此图。

妖鸟夜叫，烛龙昼飞。厌火国人，张口如箕。祝融呼六丁，药先生痴疾。夺汝琴与砚，俾汝痴自失。融风簸空号怒雷，危楼千尺摧作灰。蜿蜒渐近先生宅，琴砚彷徨丧精魄。琴痴先生愕然而起，顾谓桐君石侯三人携手行矣。左抱砚，右携琴。突荧台，走火林。尚有钱神万辈去不及，但闻砰訇拉杂摧烧声。吁嗟乎，吾闻二物者，一能使人穷，先生兼爱之，何怪江湖流转如飞蓬。炎炎世态炙手热，先生胸中有冰雪。磨冻墨兮生古云，弄商弦兮伫凉月。无焚身之象齿，无烧城之赤舌。而我不能自拔火宅中，万感缭绕孤灯红。何年太乙燃藜杖，何处中郎识爨桐。吁嗟乎，先生琴痴，我亦诗狂，两人吐气化作万丈焰。我歌一曲，先生为鼓琴以偿。

柬何藜阁明府

蓬莱仙吏出词曹，曾向扶桑策六鳌。似恐湖山久寥寂，再令苏白主风骚。三春鱼鸟分恩荫，四面亭台入彩毫。惟有梅花旧相识，古来水部伴清高。

自引慈晖照浙滨，流传到处有廉声。潜州山色如官淡，苕上溪光与政清。争惜微之离粉署，岂知安石为苍生。吴兴父老应遥羡，锦带桥边竹马迎。

为诗为吏元相似，一样都须有性灵。公以文章行政事，民如父子话家庭。判辞闲后逢莺啭，好句吟成与鹤听。最是怜才心郑重，龙门才接两忘形。

家有牙琴曲未工，偶因笔墨献雕虫。不离桑梓仍为客，却恋诗书懒送穷。一见缘犹迟北海，瓣香心已祝南丰。自怜来往闲鸥鹭，也在红莲绿水中。

送子云弟之吴门

对月默无语，知君有别愁。艰难怜老母，容易作羁游。客路身怜影，豪门仆怒眸。愿天迟雨雪，安稳盼归舟。

题蒋书奴室俞孺人《散花遗影》回文

惊魂梦误听珊珊，事往思寻怕倚阑。明月到花秋感易，幻云如海恨填难。情怜佛国香归早，骨蜕仙衣锦剩残。清减玉郎潘鬓绿，鸣琴一叠万愁攒。

忆　旧

忽地西风吹酒醒，瞢腾枨触十年心。一灯依旧故人远，输尔寒蛩相和吟。

与封荦生子云弟谈诗

晚庭幽鸟行啄雨，忽有故人来叩门。高吟落落起千古，奇论荒荒穿九垠。老树拿空意倔强，鸣琴隔院声清温。吾家惠连亦好客，小住莫辞秋影昏。

雪中喜王叔皮至

石岩山头云气遮，集贤堂外雪如鸦。大呼豪客快踏屐，小拨宿火旋烹茶。一庭鸟雀聚深竹，满座谈笑生飞花。狂歌劝子莫归去，古梅绕屋香槎枒。

哭祝简田祖姑丈

张籍悲韩咏，羊昙感谢吟。古人重知己，小子益伤心。祖谊昏姻托，天才气象森。藜光摇秘帙，蓬署得奇琛。公望人皆睹，私恩我独深。回头真似梦，欲语痛成喑。犹忆孩提日，欣闻謦欬音。命题觇志概，许价匹球琳。瑞八龄学诗，公命赋惊蛰。瑞有句云：从此飞腾应有日，不教守困在蒿莱。由是见赏。松冷城山顶，莼香湘水浔。牵裾随笑语，奉杖侍登临。境忽桑田换，寒从葛帔侵。衰亲头并白，陋巷突希黔。不是能容厦，谁怜欲涸涔。指囷时赠米，问疾或贻参。黄喜槐舒蕊，青期柳染襟。代伤卞和玉，瑞下第日，公为洒泪。偏爱伯牙琴。凤岭初开讲，鱼缄数见寻。论文宵剪蜡，讨古昼搜蟫。分略鹏悬鹞，情同石引针。骚坛长说项，游舫辄携岑。遂使虚名达，差援弱羽沉。一篇诗荐士，八载幕栖禽。毛遂微呈颖，冯驩免扣镡。菽盘怡暮景，蒲质润慈霖。近者归仁里，时来访武林。花迎蒋家径，雪满杜公簪。上竺茶新煮，余杭酒细斟。高谭疑撼斗，久坐到横参。暖赐袍全袭，甘分粥满鬵。公居巢园时，瑞失絮袍，特购以赐。又煨莲子粥，辄分赉其半。饮春何盎盎，逝水太骎骎。惊见腰移带，俄闻病拥衾。弥留书却寄，惨淡墨如淋。公易箦前二日犹寄瑞书。积雪三冬尽，寒云万叠阴。仙棺旋坠玉，灵药谩糜金。咫尺含难视，仓黄泪不禁。声容空想像，胸鬲若炮焬。环报知无日，梁摧断自今。呕肝抛旧句，病肺念前箴。公屡命戒酒，今断饮矣。蕙俎聊陈洁，椒浆冀降歆。长歌兼恸哭，未足达幽忱。

题董苕庵《风送书声出藕花图》

连天万柄红芙蕖，幽人日日花中居。闭门无事手一卷，莫是西京董仲舒。隅园芙蕖旧衰歇，烟波十顷空明月。闻君抛盆入湖水，从此满园香不绝。花香不绝微风生，风里乍疑花有声。我来静倚阑干曲，书声在耳花在目。

翏莫子集卷四

海昌俞兴瑞霞轩著　男承德改名凤翰　承宗　校刊

欲　雪

欲雪不成雪，疏疏作雨声。薄寒亲酒盏，细火落镫檠。入世虚文熟，看书古意生。山妻勤压线，相与坐残更。

晓　步

偶爱晓晴好，遂缘幽溪行。山霁微见影，禽暖始成声。旷览造化中，人物游太清。逐逐者谁子，悲歌尘满缨。百年无愚智，竞与饥寒争。欲以高蹈显，巢由亦好名。天地既有色，草木皆有萌。步履虽不遥，颇能遗世情。冰薄游鱼活，雪堕眠犬惊。子猷或相过，悠然俟柴荆。

题程雪门《苹红仙馆诗稿》即送维扬之行

幕府才名久，新诗见益惊。山花含雨色，海鹤入云声。酒热论文细，帆寒逐梦轻。竹西歌啸地，应不负斯行。

赠小颠上人

天风吹衣声琅琅，山石起伏如牛羊。一庵突兀出石旁，门径朴陋土作墙。中有老僧七十强，牙齿未脱鬓发苍。过客直视踞胡床，不知何物为冠裳。满盎浊酒旨且香，自起倾倒强我尝。座客为谁郭与王，又有二僧颜色尪。相与痛饮般若汤，嬉笑怒骂恣洸洋。俯视八极何茫茫，万蚁攒动尘气黄。驱逐名利汗如浆，悲哉鬼火生白杨。我时醉极走欲僵，颓云压屋雨淋浪。倒移海水添壶觞，大笑出门行踉跄。老松阻道千尺长，狞龙衔衔口有光。日归夜宿古岭凉，梦为酒星堕大荒。径排阊阖游帝乡，将终吾生以徜徉。

病到

病到难言病已深，鸟啼花落自沉吟。梦中暂入逍遥境，客里谁知宛转心。小院竹多风淅淅，破窗灯暗雨愔愔。当时诗酒团栾夜，岂料凄凉直似今。

君王后解玉连环歌

秦王巧术操环中，连鸡势解六国穷。临淄十万等一吷，却忌巾帼藏英雄。连环制就有所试，展如之人洵多智。笑无妙策献齐廷，独运灵心谢秦使。连环个个穿珑玲，奋椎破之如破罂。不解之解更神速，当断而断诚精明。我闻裂裳对使鲁叔昭，高洋斩丝抽佩刀。须眉有几况闺阁，伟哉莒女人中豪。秦人闭关不敢出，四十余年兵气谧。亚父撞斗嗟已晚，相如睨柱真其匹。可怜母哲儿无才，昆玉抵鹊何为哉。袖椎惜无朱亥愤，佩玦不见申生回。刀环望断故乡月，松柏萧萧风雨哀。

松岭晚归

夕阳忽已落，苍峰横我前。松阴微漏月，草响暗飞泉。地僻稀龙吠，人归让鸟先。消愁赖良友，对酌且陶然。

舟夜

人语近临平，推篷天未明。凉烟沉树影，残月急蛙声。乡梦醒还忆，羁愁静更生。红尘嗟扰扰，珍重晓光清。

哭山阳相国夫子

道光丁亥八月，惊闻我师仙逝，呜呼痛哉。兴瑞自成童受知于师，迄今十余矣。夫高月沉曜，山川为之改容；条风停靄，禽虫因而悲咽。矧东岱之望，永隔于缁帷；西州之恸，致感于华屋。酸凄叫号，情何能已。爰成七律四章，聊同失声之哭，用志抽心之哀。其丰功懋烈，震荡人耳目者，不敢赘焉。其词曰：

大星惨澹陨中墀，海内贤愚共失师。一代端人天定谥，千秋名相诏留祠。赐祀贤良祠。宣公学问真无负，温国平生在勿欺。经济文章归汗竹，门墙我独哭其私。

犹忆辎轩视浙年，童蒙初学试丹铅。骑驴赋入宗工赏，瑞以《蕲王湖上骑驴赋》见知于公。附骥名邀众口传。小草分非收笼物，广桑真有爇香缘。伤心此日文场战，忍对欧阳旧讲筵。

迢递燕台送画轮，高山从此隔微尘。榜中空自看罗隐，都下长蒙问许询。书道加餐如骨肉，公赐书有"衰年饮啖犹健"等语。诗成荐士惜孤贫。夕阳衰柳淮西路，筑室三年愧古人。

山颓梁缺痛何穷，遗句传来似见公。悬镜无心人自照，蠹书有癖我差同。皆公病中绝句意。魂归箕昂精神壮，福启韦平阀阅崇。难慰鲰生知己泪，寒窗孤对烛花红。

早　起

晨光动暗壁，寒蛩声如丝。徘徊出庭户，冽冽凉飙吹。山桂亦已落，芬芳不自持。残英尚满地，收拾知为谁。念此发长叹，散发追朝曦。

病　甚

痴望朝来健，鸡鸣病又缠。壮怀悲昔妄，乐事羡人偏。只益高堂苦，还期造化怜。卷帘浮日影，孤负老晴天。

入 春

入春多病懒听莺，花事匆匆几度更。细雨如丝帘不卷，扶将残梦过清明。

半壁砚歌为吴书农作

书农示我半壁砚，滑如流肪净如练。何年造化试昆吾，割断顽云不成片。黄纹隐隐蛟螭蟠，紫气蒙蒙襟袖溅。千金岂忍辞宋贾，一击犹疑碎秦殿。此砚流传自成化，丹邱先生夙所玩。再归马曹皆可人，铭刻斜行春蚓乱。倪公风雅我素识，宝此硁硁罗几案。神物未容筐箧私，石交竟与星霜换。得年失年皆在丑，数定冥漠谁能算。我观此砚涕泪横，当时乐丈曾心倾。价抛倍蓰已不惜，缘逢张角事难成。灯前论古数举似，未得入手轻瑶琼。幸哉有子克继志，文窗一夕收珍英。所嗟老眼未得见，九泉定慰平生情。砚乎砚乎洵足宝，愿作世世良田耕。

银 岛

银岛烧残夜气清，一丸凉月透帘旌。吟怀我比寒蛩懒，不到深秋不肯鸣。

九 月

九月又将尽，一天仍久阴。病魔增道气，家累损诗心。远雁寒离阵，残蚊暮作音。霜晴筋骨健，还欲试登临。

上吕幼心司马

作镇三窶重，承恩五马移。涛头降铁弩，海色上牙旗。岛静鱼龙伏，沙平雁鹜嬉。次公应出守，报最听秋期。

闻牧枞阳日，恩威动若神。稻肥知讼简，仆瘦觉官贫。敝俗风仍古，离鞍泪尚新。化民无异术，只是性情真。

近者诗伤隽，惟公格不佻。哇音皆涤荡，古兴独岧峣。肖杜心怀阙，凌枚笔压潮。长鲸看已掣，斥鷃尔徒骄。

异地科名合，同年父列尊。仰高怀木本，食旧误金根。潦倒千毫秃，摩挲一剑存。西华有衣葛，古谊若为敦。

丙戌寒食

春寒直过寒食节，客中杏花犹未开。残杯冷炙那能暖，不独伤心为子推。

重至萧山赠同人

一帆风急趁斜曛，吴越山从两岸分。握手人兼新旧雨，回头身似去来云。酒杯排日成高会，灯火连宵读快文。归思又催枫叶冷，烟波江上惜离群。

题汪少海明府诗集

诗称大家四，蜀才得其两。天与奇山川，突兀发真想。汪侯我所慕，未睹心已仰。及兹遂从游，快若儿得襁。冰襟坐虚静，风调间和昶。常常膺款接，稍稍事吟赏。爰请读所著，开卷春在掌。抟挠窄二仪，腾跃忙万象。造新如夙铸，肖旧非刻仿。青天流风霆，赤手扶夔魍。林暄花乱透，野阔烟孤上。沉吟无滞闷，轩豁不粗犷。始知八音谐，但本一气荡。江湖极游览，奔走忆畴曩。栈云入春鞭，峡雨鸣秋榜。缘虚蚁旋磨，破险鱼脱网。离肠织酸软，古思堕泱漭。峻含幽并气，悲杂燕赵响。吁嗟天下士，未遇同肮脏。拔帜出泥涂，牵丝作令长。岚影桐江深，树色鉴湖爽。转舵逢莺啼，垂帘学鸡养。谈笑捍东海，百姓息欻恍。彤霞满行箧，皓叟卧车辋。吾杭多贤宰，风雅首所饷。高岭献图书，冷泉洗尘坱。清继苏白轨，狂异嵇阮党。条教吐性灵，位置安扰攘。诗情即此是，何必效放荡。咄哉退鹢风，暂止天马鞅。才大数或奇，神定气自盎。偶焉息六月，终尔击千丈。譬如吟苦涩，愈得意轩敞。愧予夙朽钝，感公误延奖。海风吹酒杯，山月瞰书幌。吐茵疏可恕，画石迟不强。自非同臭味，岂遂关痛痒。弹琴忆成连，看镜思乐广。诗人隔苍烟，心与寒雁往。夜深雪如筛，纸窗一灯朗。

送汪少海明府之凉州即次前韵

吾闻古伟人，文武必兼两。倚马作露布，豪气今可想。时维天深秋，云日耿在仰。汪侯将远行，祖軷到童襁。书剑何飘萧，裘带极清昶。焦桐有奇韵，自获知者赏。伊凉尺寸图，万里如指掌。羽书忽已急，金气动宵象。鱼真游釜同，鼠竞跳梁仿。深箐啼鸓鶈，正昼舞魑魎。霜轻笳吹健，云赤烽火上。书生报国心，力誓扫强犷。慷慨忝戎机，妖氛即云荡。嗟兹浙中民，受福缅今曩。爱农筹地利，培土冠天榜。气岸平蛟涎，恩波润鱼网。公任武原为办割网事，渔户至今感之。诚求父母情，江海同漫漭。失马本何心，鸣凤暂停响。引咎但恬默，发愤非肮脏。连年众父老，走叩诸官长。循良有实迹，历历陈不爽。圣聪名已闻，天心翩徐养。此行送者意，悲喜交惝恍。所悲道涂远，未得随辙辋。所喜北图宽，回味如蔗饷。居延波浑浑，沙漠尘块块。行用黄石书，坐歼赤丸党。从容拨朽钝，谈笑安抢攘。伫奏班勋奇，即沐尧恩荡。丽日耀旌旂，清风送鞿鞅。有若严景回，春光一时盎。贱子培塿姿，忝荫松万丈。孔尊与欢宴，杜厦厕高敞。俸每分鹤遗，艺辄雕虫奖。心愿为琴书，长此傍帷幌。离情摇夕照，势亟留难强。举杯神已黯，投笔技先痒。龙堆木叶寒，鸦堡秋原广。惜为家室累，未遽从公往。何处寄相思，明月阳关朗。

海塘闲眺

风软袷衣轻，回塘入望平。峰峦明霁色，谈笑杂潮声。一鸟眼中灭，数帆烟外行。文澜元自壮，对此更纵横。

寒食雨

桃花如雪落帘前，细雨冥冥欲暮天。报道清明明日是，鹧鸪啼破一林烟。

二月廿三夜起坐达旦

东风快于剪，截住檐漏声。幽人起理发，残灯耿犹明。出户但仰视，孤月穿云行。竹径迥阒寂，栖鸟时一惊。缅想浑噩初，毕世无枯荣。有女但知织，有男但知耕。譬如平旦交，机械何由萌。贪此夜气爽，不觉晨钟鸣。人事渐欲动，隔巷炊烟生。

吕幼心司马招饮即席赋诗敬次元韵

少长华堂宴，兰亭会不如。何曾矜礼数，直共醉诗书。酒色明犀晕，肴香陋蟹胥。平生多块垒，到此尽消除。

忽动将离感，踟蹰缓玉觞。云心归岫急，蝶意恋春忙。攀辙应相许，污茵且自狂。年年沧海月，长伴寿梅香。

上元后一日同人献酒肴于幼心司马侍饮竟日独瑞以就医吴门不与司马见赠七古即次元韵奉答

扁舟偶为寻医出，准定归期上元节。太湖三日风怒号，坐泊沙汀看月缺。高筵未与独惆怅，却枉华篇慰幽疾。我生娇惰未习劳，十年倪忽成漂摇。心如椰子眇几许，万感纠错群愁包。祢生空叹怀刺灭，范叔屡见庸奴挠。读书无计居乡里，挟策苍黄走人海。人海波涛百患生，汩流沉转伊何底。遂令精气坐衰失，揽镜华颜非昔似。感公雅意深期望，炯若幽谷垂神光。所言真挚皆药石，何必更觅龙宫方。医才相才难测量，东山再起斯民康。

题方雪斋师《采笋送笋图》

吾乡马坟笋，厥品异恒蔌。腴味含土膏，清气杂兰馥。夫子潇洒性，骨相殊食肉。卧闻雷转车，坐想云透镞。使同折梅忙，符比调水速。白眉洵知己，黄耳遣不宿。一一送锦绷，森森卷书轴。春风入冷癖，美酒糟床熟。溉釜烧琅玕，登盘挥苜蓿。贵宜压洛下，肥亦胜天竺。却笑太守馋，千亩空在腹。我闻杜陵翁，馈薤来茆屋。又闻谷君诗，遣骑致蔬族。兹风今宛睹，肯让古人独。夫子句幽削，正类临水竹。况喜奖后进，玉笋行高矗。披图志勿喧，木瓜殿淇澳。

秋　夜

海棠古屋夜冥冥，静里秋声不厌听。雨露暗流三径竹，银河斜界一天星。绕帘饥鸟无数白，粘砌寒萤相映青。却剔兰缸书断句，伤心知己半飘零。

桂下饮酒

巢园秋易夕，山桂近筵看。花落黄欺酒，阴浓碧亚阑。霜螯催客醉，风烛报更残。坐听邻砧动，征衣自觉寒。

哭蒋冠霞

人谁无友者，我友君独真。人谁无死者，君死我独愤。昨闻君抱疾，恍惚如鬼神。君心有疑难，我思解其纷。清晨诣君门，飘飖见魂幡。惊怪拭目视，上正书君名。荒荒五内热，惨惨天宇昏。澹澹疑在梦，惘惘足不行。呜呼君竟死，君死何为然。奈何弃母妻，永瞑归黄泉。是孰使之者，吾将问诸天。问天天无声，宛转还念君。识君自少小，文场共娱欢。君蔼如春风，相对肌骨温。忽忽十余载，晤少情益坚。往年葬我亲，君忽来翩翩。悯我不更事，指挥任劳艰。旷野寒风号，筑土声四闻。忍寒苦相督，倦共茅舍眠。孰云异姓氏，直乃亲弟昆。借问友朋中，如此复几人。皮纸骨作笔，何以殚君恩。君疾我不知，我知君已仙。痛哭遍里间，况我尤烦冤。永结来世交，已矣复何言。

题晋斋叔《匹马入蜀图》

栈路萦纡绕夕曛，一鞭直过万山云。升平老父欢迎辔，不用相如谕蜀文。

送张惺门宰蜀歌

凉风刷天秋宇晴，惺门戒装将远行。叹君才大非百里，何为遽试琴弦鸣。迢迢剑阁不易度，匹马独去何峥嵘。我歌君且听，君心我能知。吾师清德迈古哲，处膏不润公忘私。归来图史仅满箧，尘积釜甑寒朝炊。娱亲急觅升斗禄，折腰正补南陔诗。去秋阿兄赴西粤，君今鞍鞘重当发。殷勤属弟侍高堂，天涯回首悬明月。临岐送君殊黯然，与君初见皆英年。读书万事不挂念，但得佳句如登仙。蹉跎伤我已老大，一官君亦尘缨牵。锦城山川天下壮，赤峡黄滩郁相望。愿君此去福苍生，治谱传家雄保障。牛刀虽复效小割，鹏翼终见抟高浪。浣花笺纸砑玉光，须为故人报无恙。

吊 鹦 鹉

莫自矜聪俊，何须炫羽毛。此生长作客，垂死未离绦。梦恶知年短，魂微怯岭高。请看凡鹦雀，啧啧满蓬蒿。

中秋对月用许丁卯韵

难得晴宵皓魄圆，中庭自爇满炉烟。秋光浩浩亘千里，水色溶溶浮一天。蛛网露明悬屋角，桂花风细堕帘前。云龙小阁清辉丽，对酒高歌忆昔年。

幼心司马招饮月下并出悯旱喜雨诗见示

风露天高夜举杯，东山清兴幸叨陪。诗心忧乐苍生系，醉眼光明白地开。静讶涛声浮几席，凉知秋气入楼台。似怜腑肺尘千斛，更赐名泉洗濯来时饮以惠山泉茶。

哭钟午桥姨丈

夕阳明旅馆，风色泠初伏。吹我乡书来，读罢失声哭。造化丧善人，幽兰谢空谷。隐忧伤其生，忠厚不受福。苦望公病愈，岂意公去速。我非袁彦修，见知姨丈人。丈人有盛德，濡墨请具陈。孝弟世所敦，入门蔼阳春。倾家救病母，掷金如掷尘。老父逾七旬，丰采犹绝伦。维公养志故，劳身以逸亲。今之事亲者，孰有如公真。和光白日烛，至行苍天闻。苍天沉夕曜，中夜起长啸。万物苦偷薄，相与在笑貌。利害轻蚊芒，走语或不报。吁嗟乎我公，肝胆光四照。人我一以视，难易两不较。解纷敝口舌，振乏挥仓窖。肠热家渐寒，贤叹愚或笑。所遇多侘傺，精神亦潦倒。潦倒复屯邅，秋风羽未骞。爨声焦凤尾，夜气郁龙泉。高吟轩回波，斗大海月圆。酒香浮金尊，客醉主正欢。自号蘧庐子，趺宕天地宽。次公本非狂，亦有感而然。有感人不识，往岁荆花折。慰父不敢啼，伏枕泪成血。梦寐或惊呼，饮食若哽噎。我频来问疾，畏扰方谢客。当时悭一见，今日遂永诀。恍恍平生容，浩浩无期别。我哭姨丈人，益以哭我父。先君与公契，放论互倾吐。健既同所游，病亦同所苦。先后只三季，生死共万古。孤寒剩病儿，郁气盈腹肚。念此肠寸裂，有若攒箭弩。我歌何太哀，哀极继以和。公寿虽中年，膝下六子多。芹香已连掇，孙枝又骈罗。飞腾补抑塞，簪笏荣山阿。山阿簪笏荣，披云见太清。惟悲养未竟，翻使老泪盈。我劝堂上老，爱子须爱身。健步强啖食，以慰泉壤情。以慰泉壤情，我公虽死心犹生。

巢园夜饮持螯次书奴韵

长笑君谟误蟹螯，喜同毕卓斗清豪。橙香压酒秋心醉，桂影浮山夜气高。栖鹤未忘云海梦，啼乌应为稻粱劳。众中我有萧条感，九烈何年索枣糕。

即　事

扫地焚香百虑忘，闲中乐事傲羲皇。庭槐微飐晚风起，天际鸽铃声一行。

送幼心司马归毗陵

忍别闾阎去，归舟一叶轻。青山应有约，赤子若为情。昔作枞阳宰，恩流皖伯城。待民惟恺恻，判狱必和平。邻邑余波及，飞桥刻日成。至今怀利济，到处说循名。异绩闻朝宁，浓恩转旆旌。官贫装缓俶，俗厚众能擎。听鼓浮峰远，骑骖海国迎。荡胸回日月，挥手慑蛟鲸。不射涛常静，非鞭石自贞。古来安险隘，毕竟仗忠诚。雷篆时兼摄，风琴试旧鸣。回飙看焰息，弹竹辨巢争。酒设因延士，帷褰屡劝耕。威真慈克济，福与德长并。事有藩羝累，心无塞马惊。宦途逢水弱，天意鉴冰清。投绂虽甘隐，攀辕未放行。当归酬夙愿，小住为斯民。室只堆经史，吟多课雨晴。降怀寻墨友，执耳至诗盟。遣兴琉璃盏，消闲傀儡棚。儿童识司马，安乐署先生。迹已忘官长，亲真比父兄。机心消鹭伴，乡思忽鲈羹。云岫移慈荫，烟波指去程。仙应夸葛鲍，寿永养咸彭。令子纡双绶，文孙隽一黉。珠联看舄奕，玉润尽簪缨。家庆知公乐，离怀奈此萦。遮留今不遂，走送道皆盈。啃啧依堂雀，徊徨失母婴。香斋焚麝篆，歌忽听骊声。小子心尤恋，高谈耳夙倾。先芬通桂箓，贱质许蓬瀛。神药怜孱赠，新诗倚醉赓。多年犹骨肉，转盼隔轩楹。海上移冬爱，江南望月明。升堂应不远，介雅献瑶觥。

重题张情斋《玉节记》

梅根守月鹤毛冷，幽梦飞踏蓬莱顶。老魔眼光射海红，玉女入烟避清影。古愁宛转张平子，夜读忝同鱼食纸。心香一缕篆神仙，倒泻银河添砚水。琼扉开钥声东丁，长风万里吹娉婷。娇皇石补文劫平，芙蓉片铁魔血腥。金槽琵琶紫玉笛，穿破秋空换春色。闻曲才人齐断肠，茫茫真宰无消息。

题耕织图册

耕

料峭西风忆筑场，春晴又送土膏香。杏花菖叶浓于画，叱犊声中日渐长。

碌　碡

石犹可转巧施机，溅浪时惊白鹭飞。万顷平畴真似砥，半篙春水自生肥。

浸　种

小溪新涨腻于脂，绿浸筠笼正及时。一种生机何处觅，鱼苗花片影参差。

布　秧

嘉种盈筐手自携，暗香如雨撒春泥。笠檐蓑袂斜阳瘦，绿树深深布谷啼。

初　秧

春去夏来晴复阴，新秧出土细于针。折腰老叟向儿语，一寸青含一寸金。

拔　秧

佳节看看芒种过，分秧天气最清和。根离旧土移新土，黄鸟迁乔燕徙窠。

插 秧

麦陇堆云黄卷尽，稻畴泼雨翠铺匀。随心抛掷自成列，手熟老农如斫轮。

一 耘

牧马须教害马祛，养苗还遣乱苗除。莫辞辛苦泥涂辱，此是工夫下手初。

灌 溉

桔槔长日声咿哑，一架树凉人影遮。翻银喷雪足快意，阁阁晚风鸣乱蛙。

二耘 三耘

骄阳火镜照当头，次第耘苗卒未休。摊饭何人成午梦，疏帘清簟欲生秋。

收 刈

腰镰南陌聚如云，压担归来趁夕曛。啅雀下田鸡啄粟，丰年物意也欣欣。

登 场

一梯高倚过茆檐，穲稏红堆乍合尖。最好晓来霜色重，层层都作玉花黏。

筛

奇光的皪走珠盘，风雨声稀力渐殚。密恐剩多疏恐漏，用心还比捡金难。

持 穗

木叶乍脱霜天晴，南村北村枷板声。钧天广乐不过此，我将饱食游升平。

舂 碓 砻

高舂低碓细磨砻，深浅微分用力同。几杵疏钟音互答，寒灯深夜隔篱红。

入仓 祭神

盈困充庾感栽培，报赛家家画鼓催。歌罢送神天欲雪，笑呼儿女洗残杯。

寿支少鹤三十初度

少鹤子，鹤之质。鹤寿三千今百一，忻然为作寿鹤诗，鹤若有情应击节。少鹤子，半生与我同。少年文笔压万辈，吐气郁律如长虹。黄河万里入紫塞，赤日九夜烧苍穹。此时毛羽正丰满，耸身即欲辞蒿蓬。造物悯尔躁，捉置樊笼中。至今逾十载，使尔瑟缩为蛰虫。秋风砭骨寒凌兢，眼看百鸟皆飞腾。抢枋不免鸴鸠笑，衔泥却使淘河矜。吁嗟鹤病垂两翅，纵发清唳谁为应。人生饮啄真成累，闭嗉藏头痴似醉。竟同鸡鹜饱糠核，未与鸾凤争彩绘。独余气韵出流俗，侧目已在云霄外。少鹤子，毋自悲，浮邱丈人应再来。君看瀛海翱翔者，都是风尘锻炼才。

予病不作诗久矣残冬欲雪忽然有咏

暗窗长欲夜，急景渐徂冬。饿鼠窥尘几，寒鸦集晚钟。酒心因病减，书味入灯浓。近悟君平理，浮生万事慵。

题罗君墓图

罗威自昔称纯孝，白鹿曾闻绕墓来。君溯渊源应几世，我披图画有余哀。南陔忍见油油草，东郭空余漠漠苔。惆怅秦亭山下路，春风吹冷纸钱灰。

银 屏

银屏红烛荧泣雨，鬼车哆口作人语。须弥石堕声轰雷，萧邱寒焰生死灰。游丝落絮一双结，幽月艳窥金屈戌。青狮掉头长梦晓，爱河波沸四州小。独鸿夜哭黄桑枝，瞿昙入定酸皱眉。栖汝魂魄宝林杪，混沌不散频伽鸟。

哭三姊

五千里外音书隔，十六年来怅望同。谁料到头悭一见，半生姊弟太匆匆。

髫年伯姊早辞尘，手足相依只二人。从此更无同气者，罠罠偏剩病余身。

回头事事尽堪悲，儿戏萧山学舍时。滴翠楼头明月满，越腔随意和歌词。

一自于归会面难，之江偶泛省亲舡。欲离翻得多时聚，湘水行期未定前。姊至楚前归宁小住半年。

拜别重闱泪暗流，帆风渺渺洞庭秋。明知此去归难定，嘱我殷勤事白头。

十年三报蓼莪哀，两地肝肠一样摧。望弟成名怜弟弱，衡阳和泪寄书来。

伤心老母临危日，唤女声低泪数行。魂魄关山应不阻，九泉先我侍亲旁。

随宦崎岖道路难，蛮烟瘴雨共悲欢。鸾离偏近莺迁日，潘县心情分外酸。

传闻绵惙重沉吟，婚嫁难抛一片心。索母况怜娇女小，乳痕犹自湿啼襟。

忧患余生百感萦，支离病骨渐难撑。相逢黄壤知非远，细话萧山别后情。

钱太傅《直庐问寝图》

煌煌古名臣，忠孝良必兼。太常导亲舆，嗟叹盈闾阎。慈恩拜寿母，回班肃观瞻。当时愉婉容，惜未图缃缣。卓哉钱太傅，拔身自幽潜。咀丸励蜗髫，慈训夙所渐。秋风吹古屋，一篝闪红尖。伊吾间鸦轧，心手皆自恢。栽此拱把枝，数年挺为楠。快哉北堂华，雨露靡不沾。其时帝咨龙，俾作曲与盐。天喉应紫斗，出入森清严。虞公奉母居，养廨吉且恬。宫袍间彩袖，错落辉屏簷。每当僳直期，问夜听漏签。揽衣未五更，庭角流明蟾。盥漱宵气静，舆夫整帷幨。徘徊至寝门，虑惊母睡甜。母勤已早起，烛影穿晶帘。喜儿急趋公，戒儿去勿淹。儿言夜尚永，鸡口寒若钳。且留侍母侧，听勖官方廉。此时展慈容，坐觉喜色添。雏孙牵母衣，稙妇整母奁。融融一家中，至性如饴黏。妙手谁绘得，钩摹到微纤。小子震公名，永播海内黔。岂知天人业，一帧已可觇。曾孙我师表，妙契参花拈。讲余出此图，清光烛眉髯。焚香再拜礼，扪襟我泪沾。慈线犹在衣，虚阁风惊檐。已怆莪成蒿，况复墓有蔹。岂无显扬志，五鼎空腥燅。人生爱日浓，赤绂宜早占。鹏鷃虽绝殊，此意同则佥。作诗三太息，旅馆宵灯熸。

秋闱报罢张荔园表叔祖以诗赐慰敬次元韵

黄花蕉萃雁来天，失意翻邀长者怜。布断终须重上堞，砚荒敢恨不逢年。秋灯晕小凝乡思，寒柝声多警夜眠。起视拂云墙外竹，一番雨洗更娟娟。

杂拟三首

傅师隶夜思

昼动役人事，夜静悲客心。孤室生泬寥，停觞不能斟。起行独徘徊，凉飙吹我襟。明月忽已皎，流光堕前林。空阶响蟋蟀，天际鸣哀禽。仰观大火西，列曜正森森。念此时景迁，邻闺急寒砧。元发随感素，复惧后非今。殷忧何以忘，聊坐挥瑶琴。

蔡中郎赋鸟

屋东有嘉树，翠盖垂朝阳。幽鸟欣所荫，雌雄两翱翔。圆吭引宫角，微体含文章。羁鸿失贞俦，虞罗宵见张。栖托念分定，欣戚理何常。

支道人赞佛

繁景倏徂变，养日涵幽清。然灯彻定影，浮梵发首情。回回法轮初，冏冏心月盈。元根廓靡诘，苏世流真形。天人布发归，修罗潜德瓶。东霞辉隙牖，慈飙转和铃。会衷安熙怡，隳帙违键扃。绀宇铁凤骞，炳熠千珠明。贞香破宵壒，觉华挺晨茎。众异纷位列，群子酬所生。永感瑰相示，离染非雄成。雪齿抒妙辩，莲眸观昔灵。三途扰醉象，十果虚传萤。损无嗣冲想，消液归本冥。翘勤矢无穷，畅然怀至诚。

春　昼

紫笋茶香白玉瓷，小楼睡起早春时。一帘花影摇晴昼，闲看狸奴饮砚池闲一作静。

别巢园

欲别园林似黯然，琴书小憩已三年。拈花室养维摩病，对酒歌同老旭颠。碧水游鱼移别浦，绿杨啼鸟恋春烟。纵教乘兴长来往，忍拂苍苔旧榻眠。

祝张荔园表叔祖九十寿

山斗尊韩氏，耆英迈潞公。寿高仙李上，春在早梅中。宝鼎砂凝赤，华筵酒泻红。一声吹鹤笛，飞过海云东。

高咏霓裳曲，蜚腾想壮年。如何名进士，偏作谪神仙。骨傲栽花懒，心清种蓿便。似官还似隐，最有广文毡。

括苍幽绝处，绛帐廿年余。俸薄鱼生釜，斋闲鹤守书。士情犹骨肉，古训实菑畬。解组今虽久，遥来问字车。

一自惊风木，家山恋旧青。熊幡时访道，鹿洞坐谭经。柳色遮陶宅，桐枝茁谢庭。文孙新得妇，转瞬又添丁。

九十人间少，如公健更难。始知太和气，即是永年丹。飞步常抛杖，新吟似脱丸。期颐何足数，共作老彭看。

稠叠叨葭戚，门庭旧末行。谊尊推鼻祖，学邃奉心香。伏女能传策，先生女为瑞岳母，年且七十矣。莱儿正杖乡。丹山表丈今年周甲。琼林看再赴，南极接文昌。

诗薮同人集饮招余未赴

闻说名流作社来，相逢痛覆掌中杯。文心得酒怪争发，春气着花寒亦开。风雨一天驱俗客，江河万古集雄才。惭余心事粗浮甚，孤负钟期折柬催。

观　物

万物俱自喜，吾生何独愁。往来抱花蝶，出没浴波鸥。游戏各无意，驰驱因有求。松间一轮月，几日照归舟。

题李芗沚丈《校经图》

鸳湖名宿有李公，好古不异竹垞翁。平生万卷皆过眼，独于经术专研穷。我闻读书不识字，有若行路堕雾雺。偏傍音训虽小谬，往往大义关异同。后生末学但肤受，托言磊落文疏慵。郑笺许说束高阁，扣槃聚鼓嗟盲聋。先生才大心特细，残经入手精磨砻。夜深危坐修竹屋，落叶乱扑孤灯红。爬搜剔抉到微杪，不使片翳留青铜。千金蚁穴惧溃漏，此事岂减神禹功。闭门著书已满架，双眼犹昔头则童。浙中旧儒今有数，晓星睒睒明苍穹。海昌三老皆已矣，茫然小子奚适从。披图识貌体屡折，欲往师之烟水通。魏舒四十学经始，况我强仕犹未逢。蟛蜞错食杕杜误，夫子其发吾心蓬。

冬雨感旧用三江全韵

客馆逢连雨，清寒入小窗。晚烟凝土锉，夜火敛银釭。暗牖斜侵沫，虚檐快泻泷。橹摇迷去雁，瓦坠警眠龙。砌水如呜咽，帷风自击撞。残年随点急，孤坐觉神㥬。忽忆承乾荫，从游遍越江。青春旗屡掣，赤手鼎能扛。野鸟催提榼，林花劝策骢。湘湖光缥缈，萧岭势崆峣。云泛移斜港，烟题刻古幢。溪翁颜带黝，樵子语多哤。幽兴留行屡，童心觅戏橦。酒欢腾翠谑，笛怨擫红腔。乐部倡名誉，仙家女字娏。羊灯珠错落，凤带玉琤瑽。曲引双鬟唱，诗成万目腔。狂尘犹扇塕，逆水遽遭洚。家运嗟中顿，雄心苦未降。田园环夏木，篱落蔓秋豇。花笑寒容瘦，书寻古意庬。何曾穿混沌，直自守愚憃。经笥罗缃缥，文场试戟钑。赏虚逢薛卞，力已尽甘逄。潦倒初为客，淹留即此邦。交游托萱杜，臭味印兰茳。小院风停霎，平梁瀑泻淙。琉璃蹲兽槛，琥珀斗鸡缸。胜侣幽情永，雏童倦眼眬。纵谈忘鼓尽，得句欲钟摐。虽乐倏游水，终惭马系桩。十年头自责，万里足空躞。龙剑尘韬匣，蜺旌冷卷杠。伏雌应笑邓，展骥却输庞。病况膺沉痼，怀徒抱信悾。扫愁谁有帚，益寿恐无梆。世事悲缠结，人情惧黯黮。早知成坎壈，悔不学耕稷。此夕虚欹枕，何年顺挂篗。炉香摇冉冉，漏响厌淙淙。历乱投阶叶，凄清绕屋梆。鸥如人笑咥，鼠学足音跫。润觉缘衣桁，痕知没钓矼。丰年占陇陌，乐事饱跭躞。春待回星鸟，寒犹唤夕蛖。深闺思翠袖，远嶂隔青谾。乡梦萦千缕，烟波泛一艭。拥衾殊瑟缩，听鼓忽砰磷。欲拨云中月，烦君照影双。

醉花图歌为王月锄作

君不见，谪仙人，花前独酌形影亲。又不见，彭泽老，花下无人空醉倒。两贤皆是绝俗人，目轻四海无酒朋。何处爱花兼爱客，江南名士王朗宅。但愁明月照空尊，长愿春风驻行迹。舍前舍后花参差，行过香中人不知。袅袅绿杨争系马，阴阴青竹惯题诗。浮生只合倾家酿，击钵捶壶发高唱。请看夷甫麈谈豪，失笑阿戎钱簏障。丹青妙笔殊有神，令我坐对移精魂。报名莫怪陈惊座，他日扁舟直到门。

又代题二律

闻道王夷甫，名花共一龛。风回童扫径，云破客停骖。鸟影窥尊黑，溪光入座蓝。曲生好风味，故解助清谈。

树亦如人古，春应与酒浓。象笼香百和，鸡障锦千重。陈辖投常满，温叉斗未慵。不辞波路远，入画愿相从。

除夕感怀

万家椒酒团栾夜，独坐伤心欲暮天。好梦重寻须隔世，春风何苦又新年。浑忘久客归家里，空见痴儿绕膝前。人说来秋攀桂好，功名如此亦徒然。

谢荔园表叔祖赐雉

自唱朝飞曲，如皋射不成。忽蒙赐毛羽，似与兆文明。金鼎探汤熟，银刀剖雪轻。斟还思转献，眉寿祝彭铿。

石门魁星阁成胡春如广文索诗落之

语儿溪畔文芒腾，嵯峨杰阁骞秋鹰。司文者谁发髯鬇，肖象执斗连瑶绳。此邦人才本代兴，桂堂贤里古所称。以神设教士气增，意斤心匠纷来乘。一篑九仞高可凭，窗户滃郁彤霞蒸。明年有诏求贤能，飞华耸秀最上层。天星下瞰寒窗灯，化为藜光烛觚棱。我州咫尺呼欲应，城东建阁前岁曾。是科六子占汇升，青鸟家言信有征。岑楼相望欣得朋，梯云一夕连镳登。枣糕致享敬以承，俯看大海抟金鹏。

大　风

大风吹屋屋欲行，夜深寒气与酒争。一灯摇摇冷不焰，数虫唧唧断复鸣。檐牙注雨急相续，墙角堕瓦铿有声。苦思曝背朝旭下，扶桑何日悬铜钲。

诗　余

秋思・调寄如梦令[①]

今日满庭秋意。薄薄霜痕贴地。含笑问黄花,可解阿侬心事。如醉。如醉。一缕青虫丝坠。

怀人・调寄浪淘沙[②]

帘卷夕阳斜。恼煞啼鸦。春愁和梦寄天涯。为问少年谁误我,最是才华。　　话别路三叉。卖酒人家。空庭雨过拾桐花。往事而今休问也,泪尽悲笳。

杂感・调寄踏莎行

淡淡斜阳,深深小院。幽禽无语人儿倦。当时风景此时情,回头兀自难排遣。　　窗破风尖,栏欹花颤。伤心时候何人见。游丝欲断又飘飏,几回绾住双飞燕。

荼蘼・调寄倦寻芳

漫天暖絮,窣地浓阴,春残如许。犹有幽香,约我画栏寻句。细朵生揉晴雪腻,狂藤小绊斜阳住。甚心情,看懒蝶慵蜂,乍来还去。

猛思省、等闲过了,花事匆匆,归却何处。细玩重吟,已是杜鹃庭宇。一角留云清入梦,三分泥酒娇无语。忍垂帘,又几阵,晚来风雨。

古雕漆香盘・调寄柳梢青

蕙约兰因。和伊托出,都是回文。脂沁樱红,土沉藓紫,曾伴何人。　　纵饶捣麝成尘。只一片、芳情未湮。独夜谁添,此生长对,镂尽吟魂。

题王洁斋《烹茶鹤避烟图》・调寄茶瓶儿

此间红尘无着处。只修竹、阴阴如雨。其下安茶具。帘波微飏,

① 依词体,当作《如梦令・秋思》,然本卷皆为《秋思・调寄如梦令》之类,依原貌照录,特此说明。

② 此调当为《浪淘沙令》非《浪淘沙》。

静看炉烟去。　　潇洒襟怀谁是侣。有野鹤、林空腾翥。矜惜间毛羽。画图真趣。应梦黄冠语。

又·调寄风蝶令

簟冷冰花色，炉温石叶香。梦回何物润诗肠。惟有酪奴风味、最清凉。　　文竹萦烟影，仙禽起夕阳。鬓丝禅榻感时光。却笑樊川未及、此翁狂。

题深柳读书堂[①]

愔愔门巷掩垂杨。黄鹂同此乡。纵无风雨也清凉。图书消日长。　　双钩贴，一炉香。都将尘事忘。等闲偷得好时光。笑他飞絮忙。

有感·调寄沁园春

斫地长歌，问块垒填胸，谁将酒浇。有西华落魄，揶揄路鬼，南箕哆口，善骂山膏。醉尉亭边，淮阴市上，此事何伤古亦遭。浮云耳，且付之一笑，明月天高。　　多情未忍相抛。偏留恋、园林暮复朝。算知吾鲍叔，天涯有几，依人王粲，地主深叨。客竟何能，卿干奚事，谁识千金一诺交。听杜宇，声声归去，咫尺衡茅。

高小垞亡室江孺人挽词·调寄疏帘淡月

西风几许。渐客馆幽蛩，凄如人语。憔悴黄门，示我断肠诗句。因缘自古风中絮，任缠绵、也难留住。玻璃魂瘦，水晶梦断，人天何处。　　记曾羡、闺中韵侣。冷笺对擘，脆弦双谱。明月飞琼，惆怅步虚声度。尘寰离恨应无数，解伤心、惟有孙楚。兰薰烬歇，荷灯焰小，半窗疏雨。

---

① 此首当为《阮郎归》。

排律

赋得广厦千万间得欢字

忧乐关天下，秋风一室寒。岂伊躬是恤，安得厦皆宽。贤馆千门辟，仁居万堵完。匠心元独苦，士气定同欢。突兀何时见，踌躇此愿难。非非常入想，秩秩尽斯干。扇比袁公奉，裘偕白傅看。龙门今有托，声价重无端。

赋得好雨依时抵万金得金字

民依时勿失，畅好雨为霖。沛矣盈千陌，居然抵万金。有声初掷地，无价若投琛。屋润家家富，泉流处处深。斯箱丰岁兆，在冶化工心。快比乡书到，甘同宝瓮斟。跳珠歌自昔，餐玉慰从今。喜见天兵洗，西陲报捷音。

赋得踞转鼓琴得皆字

岂有三军惧，偏宜十指谐。鼓琴原示整，踞转若忘怀。似瑱衣刚卷，如箕坐适偕。讵须夸攫醳，直是外形骸。气已轻荆孑，音还笑郑哇。拨弦余勇贾，挟纩此心皆。壮响疑螳捕，戎装任鹳排。公孙何太亟，莞尔对同侪。

赋得举实为秋得淳字

妙喻推张协，兴怀至道淳。实成非饰藻，秋敛正含春。举矣辅如德，为之政在人。维三金得气，不二木怀仁。作贡嘉禾熟，承筐硕果珍。雨时沾化足，风落取材新。茅拔皆连汇，蓬飞亦利宾。圣朝崇立品，百获荷陶钧。

赋得庚子拜五经得经字

臧公推好古，敬意在陈经。技箓斶庚子，芸签拜丙丁。折腰勤后进，提耳念先型。辰告如亲炙，寅恭愿乞灵。金声刚应日，珠贯数符星。鞠跽神俱服，传心德自馨。书疑虹化赤，编喜蠹遗青。圣世崇儒术，圜桥义共听。

赋得冬日可爱得冬字

悬象原如日，含和乃在冬。照来初旭丽，爱入众心浓。红镜奁徐启，黄棉袄尽缝。寒疑消九九，喜正送重重。愠解和冰涣，欢腾胜酒浓。负暄闲野老，献曝快村农。有脚春先满，无私物自逢。圣恩离烛普，蜡饮乐时雍。

赋得细雨足时茶户喜得茶字

细雨新城路，山民户种茶。足时逢四月，喜气溢千家。积润刚垂脚，清香欲洗牙。歌听连舍动，采趁几旗斜。漠漠青沾草，丛丛绿透芽。惊雷鲜可摘，入夜好争夸。嫩舌才分雀，疏翎半湿鸦。诗情添玉局，雪碗想浮花。

赋得恭则寿得容字

带铭传践阼，火灭慎修容。仁者原多寿，温如况必恭。范情同敬梓，益算欲评松。作肃仪能象，其康吉自逢。小心贞子半，上齿卜申重。直以虚怀养，非关闲气钟。和平天可格，伛偻道为宗。喜遇尧龄永，嵩呼乐事浓。

赋得栖凤难为条得年字

琅邪参妙喻，雅咏答延年。栖凤原须择，为条果孰贤。影标千尺秀，威护九苞鲜。翔集非无地，栽培要自天。神禽当托足，凡木敢随肩。览德高岗日，翘柯嶰谷烟。譬之承惠贶，何以永周旋。上苑枝堪借，归昌叶帝弦。

赋得投戈讲艺得戈字

范史传光武，雄才更切磋。古风须讲艺，暇日即投戈。义取文为正，功真富在多。指挥闲掌握，商略到编摩。虎士韬金甲，鸿儒集玉珂。反三非力倦，考六尽胸罗。霜影虚蒙豹，云章细辨蝌。天威方耆远，雅化起弦歌。

赋得香罗叠雪轻得轻字

赐罗当午日，杜律纪恩荣。雪叠千丝皎，香披几袭轻。龙涎温馥郁，凤尾薄分明。色恰缫冰似，功疑剪水成。小吹和柳絮，乱点簇梅英。莹白光初照，歊红气顿清。谢衣应共染，越葛快同擎。宠迓天题湿，词臣丽句赓。

赋得秋影入檐长得檐字

秋影清如许，微微入画檐。凉刚三伏尽，长定几分添。墨点萧疏竹，波摇细碎帘。气初澄玉宇，光渐逼牙签。雁齿分斜照，龙须拂旧炎。人情生飒爽，物态写廉纤。逸韵风占铎，寒辉月挂帘。幽怀谁共解，吟兴重毫尖。

赋得草衔长带得芳字

马射华林日，春风碧草芳。茁才钩比屈，衔已带同长。细织晴烟色，斜拖晓露光。都人垂恰似，之子赠难忘。花映宗家佩，书留郑氏香。玉痕迷夕月，金点碎朝阳。弱柳绵飞早，夭桃绶吐刚。宸游征茂对，赋手陋齐梁。

赋得疏梅已报先春信得迎字

谁报东风信，寒梅已渐生。却看疏蕊发，先与小春迎。瘦影浮烟动，微暄傍水横。芳心凭雀啅，晓梦误莺声。古驿通初讯，青阳隔几程。湖山佳约早，桃李后尘惊。倚竹香才觉，巡檐句欲成。寄言何水部，阁外可闲行。

赋得求味兼采得求字

任公论荐士，譬蜜藉蜂收。馥郁芳兼采，醇浓味可求。甘原非肉比，鲜竟与葩侔。几日辛勤酿，千林子细搜。经营心艳吐，奖借齿芬流。旨矣中怀嗜，纷然众美投。色同攒兽锦，腋拟集狐裘。琼苑春如海，摛华愿命俦。

赋得冬日可爱得冬字

晋卿流泽永，如日暖三冬。天际光初吐，人闲爱自浓。茅檐苏雪压，黍谷解霜封。红镜开周匝，黄棉裹几重。负暄欣野老，献曝乐村农。蔼蔼辉当户，依依影挂松。山川回朔气，鸡犬散仙踪。圣德重离照，随阳盛世逢。

赋得蔼蔼春空云得云字

晴色长天展，春浮几片云。空空开一碧，蔼蔼映初曛。岩岫无心出，阳和有脚分。风光添澹沱，花气酿氤氲。态共游丝飏，香疑细縠熏。遮楼红露角，漾水绿生纹。点缀诗情活，涵濡物意欣。非烟占圣世，符瑞叶前闻。

赋得餐霞饮露

瑞启轩图懋，龄征偓笈绵。丹霞餐纠缦，绀露饮澄鲜。气漱琼宵润，华滋玉瀣圆。朝嘘兼夕吸，绮合复珠联。浆岂遗昆使，茎非挹汉仙。嚼红惊满口，粡碧慰流涎。关府融真液，蓬壶引大年。无疆逢圣寿，嘏锡庆中天。

赋得一年容易又秋风得年字

容易凉飙至，应知岁月迁。秋声闻此日，风景看经年。砧杵三更后，梧桐一叶先。记曾吹落木，旋复堕寒烟。自许披襟待，相沿落帽传。罗衣还欲换，纨扇未全捐。橘柚香堪摘，莼鲈味正鲜。白蘋红蓼外，何处耸吟肩。

赋得海上明月共潮生得生字

浩浩天容净，茫茫海色平。全轮刚月涌，一线忽潮生。岛屿空蒙辟，鱼龙杂遝惊。光齐翻上下，气本感虚盈。有约云峰卷，无心雪浪迎。八千霏玉屑，十万误军声。水调高寒想，琴弦太古情。张君吟兴健，江树夜深明。

赋得鸿胪初唱第一声得声字

天香浓朵殿，胪唱集群英。采得无双士，初传第一声。鸡筹呼共彻，鹄队听齐惊。蓉镜心占影，蓬山首唤名。步联丹陛肃，韵入紫霄清。鸣凤推先甲，登龙及妙庚。风高闻下界，云瑞奏昇平。圣世抡材重，襄阳句可赓。

赋得华桐发岫得长字

芳林夸禊饮，丽制溯元长。候记华桐始，生看发岫刚。几翻催夕雨，百尺绚朝阳。麗㲙攒空翠，玲珑衬淡黄。云心笼密叶，春脚逗高冈。疏处宜蟾漏，栖时有凤翔。窗中遥列影，岩畔细霏香。茂对宸怀畅，南山奉寿觞。

赋得春晚绿野秀得晴字

寂寂春阳晚，昽昽野日晴。秀真餐有色，绿已润无声。岚气高低接，天光上下平。白摇飞絮活，红衬落花轻。流水鱼矶没，斜阳牧笛横。关心风景暮，照眼物华清。拾翠歌谁和，揉蓝画不成。麦秋看渐近，村落喜丰盈。

赋得一月三捷得三字

圣武逾千古，天威远域覃。月刚周以一，捷乃报惟三。锡命师中叶，当阳泰画参。星弦分上下，露布遍东南。积甲熊峰并，先庚豹略谙。山真传箭定，河已洗兵堪。苗格文同诞，崇降乱共戡。凯旋看指日，化宇乐春涵。

赋得决渠降雨得成字

沃壤西都富，渠由郑白成。决之川可导，雨我泽常盈。燕尾交加筑，龙鳞次第营。膏真春有脚，物已润无声。直拟天功补，欣看地利呈。丁男勤锸荷，癸画抵盆倾。活活苍波卷，畇畇绿野耕。圣朝农事重，汜濩遍匀萌。

赋得先立秋三日得三字

礼重迎秋典，陈仪太史谙。数刚符以九，日乃先维三。縠水将澄碧，罗云欲泼蓝。巽庚期恰合，蛊甲义同参。梧叶清飙动，荷筒爽气含。为霖炎渐扫，肄雅味初耽。葵箑收残箧，筠帘卷净岚。顺时宜讲武，爪士沐恩覃。

赋得蝉曳残声过别枝得枝字

闲庭蝉噪永，清昼日迟迟。忽听残声曳，方知别处移。荫宽随托迹，调促更多姿。荏苒催双翼，悠扬度一丝。爱疏还爱密，宜合复宜离。柳馆斜阳外，槐厅暮霭时。梢头猜隐约，曲尾误参差。上苑薰风暖，高林愿借枝。

赋得一一吹竽得真字

南国承恩旧，东齐布令新。悠悠竽敢滥，一一曲求真。竹拟孤椽选，丝如独茧纶。雷同羞昨日，雪亮快兹辰。工拙能俱奏，妍媸辨最神。岂容鱼目混，转类鹤声频。下里歌谁和，当筵技漫陈。圣朝明黜陟，选士迈前人。

赋得奉扬仁风得仁字

赠扇征嘉谊，风占长养仁。扬之暄绿壤，奉若慰黎民。掌握思君子，吹嘘感故人。聚头皆向化，翻手自成春。雅意符先甲，微和快及辰。树来声更远，动处惠方均。样借裁蒲巧，功同擘柳新。虞弦歌解愠，圣主得贤臣。

赋得奉席如桥衡得衡字

肆仪征奉席，取象拟桥衡。掌拓虹蜺峻，形符燕雀平。当心疑作砥，举手俨持盈。有向分南北，无权称重轻。石同揩浪稳，玉比在玑横。古制稽三尺，童蒙养一诚。桔槔参旧说，乘载溯嘉名。敬意陈函丈，经筵庆礼成。

赋得楼观沧海日得观字

天鸡呼夜半，梦醒鹫峰寒。晓日浮沧海，危楼纵大观。一轮刚破碧，百尺迥流丹。岛屿开金窟，蛟龙捧玉盘。奇光高射栋，清影独凭栏。郎朗心期澈，茫茫眼界宽。钟初三竺动，露未六桥干。圣德辉离照，东溟庆奠澜。

赋得新秋归远树得归字

妙句怀高适，秋从树杪归。迎新添爽气，望远带清晖。烟淡和林瘦，云低共叶飞。遥情生罨蔼，旧约认依稀。商调蝉声换，吴江雁影微。凝眸萦客感，弹指失炎威。枫未红遮晚，梧初碧减肥。轻雷残雨后，凉思入罗衣。

赋得望云思雪意得云字

雪意今番酿，遥天望冻云。几重疑黯黮，六出想缤纷。图书翻浓墨，楼台掩夕曛。鹤笼寒早盖，雁阵远难分。峰欲模糊认，窗疑扑簌闻。灞桥诗待觅，江店酒微醺。柳絮迎新态，梅花勒暗芬。丰年知有兆，宵旰慰殷勤。

赋得种之芒种得生字

孰是苗堪种，还稽草所生。种思前日献，芒已此时萌。雨润千犁活，风疏一笠轻。锄鸦随上下，秧马任纵横。作作龙鳞绕，芃芃虎掌撑。人来过小卯，物遂乐由庚。绿浪浮晨气，黄云衬晚晴。屡丰欣圣世，击壤遍编氓。

赋得三千强弩射潮低得潮字

十万涛头涌，三千弩手调。声初鸣霹雳，势已压扶摇。虹镞光相激，鲸波气不骄。借金偏克水，鞭石欲成桥。近浪星争坠，如山雪渐消。董黄同扫窟，胥种竟回镳。犀甲雄堪想，鱼鳞泽孔遥。安澜逢圣世，稳渡浙江潮。

赋得学如鸟数飞得勤字

学必期于习，功当积以勤。蠹鱼甘食字，飞鸟借论文。数数因时见，如如自昔闻。振豪忙白日，举目望青云。燕息原无暇，鸿仪渐不群。养嗤鸡太拙，术笑蚁徒纷。河豕征形误，天鸢肖物欣。羽毛看遇顺，凤阁快披芸。

赋得寒砧昨夜声得寒字

犹忆砧声急，西风昨夜寒。问谁闺思切，感我客衣单。千里怀人远，三更警梦残。月痕和练净，霜气逼苔干。侧耳余音在，关心卒岁难。晓衾疑渐薄，宵漏想初阑。遥舍丁冬答，征尘子细看。圣恩暄海宇，挟纩颂腾欢。

赋得师严道尊得严字

道以尊为贵，维师教尚严。陈经稽古昔，捧席肃观瞻。大路偏陂泯，高山景仰兼。心仪端表率，面命切针砭。圣域干云峻，儒门立雪淹。深情昭爱敬，至理辨洪纤。养胜丹书凛，幽贞素履占。圜桥逢盛世，化雨喜同沾。

赋得意以文为马得潜字

意必资文达，端宜两美兼。正如车力运，勿使马蹄淹。艺圃心常骋，经涂首是瞻。负辕非局促，发轫即精严。滑竞同脂轴，劳谁苦引盐。双轮尻欲化，六辔手能拈。行叶尤张吉，良符勿逐占。天衢应可上，学术贵沉潜。

高辛研斋初稿

高辛研斋杂稿

海昌　俞承德改名凤翰少轩

葛问原仙厨妙品画册题跋

鲜态可摘，清香若流。荐入春厨，疑湛宿雨；媵来秋酌，俨落新霜。集四孟之仙肴，供一番之幽玩。披图邃谷，渴猿窥而伸肱；展帙深林，馋鸟瞰而厉吻。技真入化，采可以茹。聊赘芜言，以当蒲拜。

半弓园铭并序

己亥仲春朔，承德雨行师古桥，适遘陆丈一斋，立谈不数语，要至铁砚斋，出近作示德。读"孤鹤寒啸，清响自傲"，有如诗境，因得览斋外半弓园。园多叠石，岩峉作山状。修竹数个，映规池清澈。虽地不径亩，而苔痕草迹并献春绿。时红梅正放，雪性霞姿，芳气袭襟带，余亦布列无纤俗。随导游园侧精室，洗骚绝尘埃，壁间悉名迹。幽禽一啼，抚琴独远，洵大雅之居也。已暮归，想像魂梦契之，遂为之铭曰：

师古桥侧，有半弓园。轸铁在几，卷勺开轩。非山足僻，近市不喧。阳回冬干，雨渍春根。差同蒋径，时掩陶门。主人瑰才，云间峥阀。伟志乘风，豪吟喝月。豹自泽毛，马谁画骨。暂托迟迟，终期奋发。炉香夕喷，砚墨晨融。室虚生白，尘净飞红。琅琅清咏，荦荦幽衷。惭深凡鸟，技痒雕虫。制成宵半，愿质良弓。

连　珠

盖闻畔即誓生，疑由会起。故不塞者不流，无臧者无否。是以古皇制粒食，而天下始有槁项之民；先圣制衣裳，而天下始有见肘之士。

前游湘山寺序

疏钟何处，斜阳对岸之山；唤渡前溪，修竹入云之寺。西风渐紧，小寒欲生。冻菜在畦，落叶满磴。客来不速，惊犬吠于篱根；僧出相看，起虎啸于溪角。一见契峰头之话，三生证石上之缘。白塔几层，青山无极。灰拨懒残之芋，香分文了之茶。参花雨以澄心，倩松风为洗耳。相与仄步危梯，逖眺飞阁。岚峭欲堕，波空不惊。渺烟火于一丸，城垣太窄；画渔樵之半幅，蓑笠皆闲。野渡凄鸦，寒烟曳雁。颇习禅咨，稍祛浴涸。嗟乎，年年尘绁，渺渺家山。梦痕西子之湖，别思管城之树。柳挽驿路，一种凄迷；草接天涯，十分惨绿。谁能遣此，人何以堪。怅故国兮迢遥，耽斯境之阒绝。渐阑幽赏，薄言咏归。韵绕云萝，响答猿梵。慧业所寄，奇怀乃申。寒滩两岸，藏来衣角之风；柔橹一声，荡破湾头之月。

且住山斋铭并序

余楚南羁次，信宿逼仄。枯瓦仰鳞，木壁距罅。墙基仞立，阻若对面。案头积书，时有尘落。迩值炎节，熯燠弥甚。思万物逆旅，素位足适。作《且住山斋铭》以解，曰：

乾鳞失水，稚翮憩林。湘君奏瑟，水仙谱琴。栖栖吊魄，眷眷羁心。三年不飞，六月之息。蟢子护巢，灵蛇穴壁。暑草青疏，晚岚翠滴。生也寄若，境足依于。斜照入帘，寒冰在壶。适构斯作，藉铭此居。

砚　铭

龙蛰石溪，雀飞铜瓦。笔耒资卿，墨磨笑我。落月窗前，坠云岩下。萧灾可嗤，桑穿独寡。

后游湘山寺序

昔之游湘山寺也，日离于尾。众林皆羸，群山呈露。旅雁自语，如拨离弦。北风振寒，渐逼霜气。落叶积寸，溪流不喧。幽卉贡其孤芳，层云酿为冻色。犹且履綦交错，韵答球锽。毫楮夥颐，汇为珠璧。并相贶以冷句，洵有乐乎斯邱也。

越二年四月，复客锦江，续为湘山之游。于时新绿如潮，苍翠欲滴。空岚四壁，软涨一篙。幽禽引吭，迭作巧弄。杂花生树，犹呈余姿。于焉命俦啸侣，寻壑搴林。负李贺之一囊，借阮孚之双屐。野航唤渡，白羽相迎；溪步行登，翠竹若导。微风乍动，笋香满林；积雨新晴，苔色生壁。山灵呼之熟客，老衲识为故人。佛灯照殿，服翼晨飞；怪石当溪，灵蛇夏蛰。低回陈迹，飙举豪情。残碑重摩，藓晕入指；悬阁再上，溪光活胸。柔橹忽声，舟来槛下；疏钟时振，响落城隅。茶话既宣，藻采毕擢。言寻旧梦，瑰境迭开。若读故书，醰味日永。因念沧热之更送，索敷之有时。伸纸命笔，聊复序之云尔。

《离恨生序》为周次轩作

盖闻情为恨根，恨即离起。故空山已寒，独兽叫群；缺月将落，孤鸿念侣。渊鳞目比，崖卉头并。物类犹是，人生曷堪。若乃名姝绮友，朝娱夕粲。方期同心，得咏偕老。即一日暂别，慨焉动思；百里稍隔，凄其用涕。岂意镜匣才判，琴丝忽摧。聚短别长，腻留媚远。鼠幔弄响，姗步疑来；蜡烛照梦，丽影宛觌。

若次轩者，真离恨矣。余昔楚湘丧偶，嗒焉独归。竹斑长紫，空系艳魄；草宿转青，未收芳骸。离竟终古，恨用切今。既眷良俦，益感同遇，因援笔为《离恨生序》。

谢徐爱庐丈惠蟹启

池中酒绿，何妨浮拍为生；海上烽青，正想横行之辈。萧萧茶鼎，眼沫旋虚；落落琴弦，指声宛肖。餐菊之吟未就，搓橙之兴方赊。忽尺素之飞来，竟含黄之颁到。价珍比玉，唾细流珠。忆宿火于前宵，爬沙曲簖；佐旧醅于此日，郭素顷筐。公子本是无肠，吾人肯孤左手？烧来败灶，刚宜带叶之柴；换以新诗，愧乏生花之管。性调姜辣，味借桃酸。背凸霞浮，螯雄雪足。利馋牙之脆嚼，笑食指之横分。淞浦之鲈四腮，逊其鲜美；沅江之鳖九肋，无此清腴。爰承辱贶，敢不拜嘉。既尝水族之珍，益感夷氛之恶。防风行戮，漫同外骨之专车；沃雪易消，即卜列牙之解甲。

与周云坡书

德白：夫微虫振蛰，知东风之恩；幽卉贡芳，感清露之德。何则？得其激举，资其溉植耳。况以英伟之士，苟得一人焉。爱护煦润，将腾迹蓬累之下，扬芳云陛之上，岂不伟哉？

而德也，千里负笈，三年于兹矣，落落不得振拔。既负齐女怀安之诮，复蹈桑柔维谷之势。日月易逝，壮心激昂。且诵陔什，益用悲涕。足下为之奈何？时当冬仲，风雪萃作。寒窗夜读，孤灯独荧。思念故人，怅望无极。德顿首。

与蒋宾梅书

德白：盖闻秋风暂起，驽马闻而击蹄；云路无际，微禽仰而振翮。岂必千里之骏，方思腾蹈；垂天之翼，有冀高举哉？

德虽鄙钝，其志上进也久矣。乃日月易逝，落落难合。虚学南冠之囚，无疗东郭之贫。渊铁稽跃，爨桐已焦。昔人有言："夹河为婚，期至无船。"每一念及，不能为怀。此足下闻之，可为浩叹者也。

募收字纸疏

盖自山开苍史，宝垂芾斧之文；流别绿书，灿著铭殳之体。揣形蚊脚，肖状鹤头。拂素星陈，飞毫雹散。洵古皇之秘轨，合宙之精英也。所以杨行坐经困石，共婴夫毒疠；李材葬字升阶，日擢夫崇班。凡此报施，尤为昭揭。

然而士也罔极，漫肆鸦涂；民之无良，莫悬龟鉴。鸩媒赋艳，或散之江；牛鬼诗奇，甚投于溷。残编剥蚀，腐雨生苔；断画飘零，追风如叶。等题桥而鬻采，争疥壁以张声。文囿零纨，代劳薪于土锉；经郛弊屣，充绣谱于蓬闺。飞来尽是江花，拾处谁同屈草。饱蟫腹其未尽，脱鼠牙而尤多。良足怵心，何堪寓目？用敢同修胜事，藉结善缘。负担能来，俯拾即是。多多益善，酬月会之钱；斤斤其明，记日登之簿。投将朱焰，真成造化之炉；送入银涛，即号吉祥之海。以文会友，与福为兄。庶积少而成多，俾量入以为出。伏冀鸡窗槜士，萤案名人，解囊系而布金，惜泥蟠而采玉。承蠹文之垂露，逸掇竹于零星。法护灵文，灰消浩劫。事同集翠，无忘孔氏之遗；兆卜飞黄，请念沂公之报。

代作《友梅图》记

论交海内，几多翻手为云；领契山中，端合前身是月。索溪头之一笑，恰好枝横；计石上之三生，何嫌梦冷。落落星曙，萧萧雪晨。独鹤主盟，只鸡移局。旌信而指白水，示怀而引青松。斯真耐久之朋，可作消寒之侣。此先生《友梅图》所由作也。

先生丰玉树骨，清冰贮心。辨逸响于焦桐，拾奇材于断竹。新诗绝俗，瘦格同清。妙绘通灵，冷馨欲活。入林把臂，恍逢仙子于罗浮；空谷遐心，雅称高人之篱落。摩古苔之数寸，交定忘年；探野渡兮一枝，见应恨晚。几生修到，乘兴还来。影癯不孤，契真弥淡。相逢戴笠，誓无取乎丹鸡；最好横琴，歌欲赓夫翠羽。矧复兰因赠佩，苔契盍簪。杨补之以墨梅蜚声，吴仲圭将梅花作号。咸颁东绢，合写南枝。逗春信于寒梢，寄同驿使；接暗香于片幅，分比园丁。玉蝶成团，独绕幽赏；银蟾吐魄，弥爱雅游。吟残秋水之篇，素交莫逆；悟澈晓云之梦，幽契忘形。热不因人，托孤山以寄傲；风其吹女，写一笛以相思。

特是市道易漓，硕交莫觏。非不敦霞契，非不励霜情。究之炙手易凉，酸眉莫疗。奇寒欺骨，谁遗范叔之袍；大雪打头，莫泛子猷之棹。几辈蓬扶麻直，取助他山；凭谁李代桃僵，翻虞下石。伐木之风既邈，班荆之雅终希。孰若此数点凌空，一番投契。尘虑尽涤，香因自生。望北斗之阑干，也应忘寝；问东风之消息，差慰离思。醇酎朝倾，卧云自醉。剧谈夕罢，倚竹无言。怅不见兮三秋，喜先开于十月。分投冷蕊，真成清丽为邻；索写疏枝，漫说高寒似我。

代作《听秋咏月图》序

萧萧入耳，一天之凉气初生；皎皎当头，千里之澄辉正满。残炎乍刷，暗蛩引商；纤翳全磨，珍蛤流素。律正调夫夷则，声欲惊欧；镜忽挂于圆灵，赋堪拟谢。滴露亦响，凌云若飘。秋何月而不清，月得秋而益朗。起金奏于太漠，涵冰姿于寸毫。适从何来，几砭瘦骨。呼之欲出，恍认前身。回忆妍景初韶，芳情未歇。虽无丝竹，自赏清音。畅好羽觞，独饶醉趣。矧新莺早燕，触天籁以争娇。即暗水春星，耽幽居以寄逸。迨夫槐阴清午，梅雨沉宵。山蝉噪而日乍高，池蛙聒而烟初暝。非不佳人雪藕，公子调冰。蓄流水于古弦，时挥绿绮；媵深宵之凉酌，还注碧筒。孰若此尽洗炎歊，顿添飒爽。凉飔徐动，商籁自生。和寺钟而远铿，杂檐铎而近响。淜滂回薄，骚屑铮瑽。撼虚激音，入夜合奏。九边之铁骑齐发，万派之银涛怒奔。任童子之垂头，引幽人之抱膝。已足闲招毛颖，静写高商矣。矧乃明镜高飞，神珠孤揭。际素秋之萧瑟，现华月之澄鲜。影翻帘而合波，光映沙而夺练。清辉万顷，凉信三更。曲记紫云，恍聆仙乐。花飞黄雪，时饫天香。玉斧修来，银盘捧出。林亭如洗，风露正深。几经扬彩增华，尤足抽妍骋秘。重以井梧坠早，兔魄疑延；窗竹鸣宵，蟾光欲碎。爽籁四集，朗照孤悬。警眠梦于冰簟银床，动吟思于琼楼玉宇。善鸣是假，觉澄景之如流；渺虑为言，定纤尘之不染。中流停舫，如部谢尚之游；永夜登楼，宛听刘琨之啸。撷绮思于华晕，濯藻采于明辉。列宿交映而焕文，长河高泻而答响。洵骋怀于旷朗，而托兴于萧森也。今夫草草劳人，孰署清凉之号；虫虫热客，频来禯襶之嘲。逐臭蝇营，慕膻蚁斗。渴衷逐日，劳鬓先霜。其不能析调刁之音，轶埃壒之境固已。他若羁人远托，骚客长离。驴背船唇忽送，衣砧远响；风饕雪虐频惊，茆店行踪。往往侧耳凄生，举头感易。雁一叫而归梦如引，鸡三号而前程已催。亦何暇听寒吹以抽毫，仰夜光而敷韵哉。

尔乃园亭幽赏，竹树萦环。为羲皇上人，有濠濮间意。每当棋定琴眠，岚收云净。玉漏残而徐戛，珠轮皎其忽升。游鸿远吟，宛助其清弄；飞鹊匝绕，若写其窈思。激商流辞，挹爽发采。自得清闲之趣，每成浏亮之篇。宜乎绘出圆冰，照来皎玉。动寥寥于空外，悬冏冏于当中。怀响毕臻，含毫愈邈。如闻萧槭，乍开尺幅之生绡；结想高寒，好和重楼之长笛。

拟张说进《斗羊表》

臣闻龟兹白骆，九真潜牛，并皆勇趫，角材震山沸海。比物丑类，乃得羱羊。产自西方，秉质虓阚。觺觺其角，狉狉其形。奋不顾身，刚不摧志。

伏惟陛下，简元戎于十乘，聘名士于三顾。麟凤游郊，龟龙入沼。幸得试奇上苑，校勇天廷。始屹立以争雄，既蓄怒以励愤。猝若猋风之迅至，合如皎雪之乱集。冠铦刃以夹击，磔丛髭而四搏。柔落毛素，热流血殷。败不歧亡，胜犹藩触。足以鼓孟贲之雄，振佽飞之锐。敢望圣主垂览。庶兼弱师，蝼蚁御寇。使麋鹿均得参观远会焉。

窃冀用不黩武，试不竭才。自坟首无慨，濈角载赋。而矜矜兢兢，永戴帝德。臣以不良于行，偶违咫尺。谨命臣男右牵以献，伏渎天听，实切恐惶。

唐芝山先生《山水遗册》题跋

唐梦蝶丈尊甫芝山先生工山水，夙为吾乡所推重。道光壬寅，梦蝶丈出遗墨见示。承德素不工画而心知其理，尝谓：“必清旷之气溢于胸中，然后伸纸下笔，迥绝凡蹊。”其见于画者，迹也。承德不及见先生，见其画如见先生矣。今梦蝶丈亦工山水，以经济文章名于时。呜呼，继之者画耶，抑不独画耶？吾乡人咸耳熟而心许之，然则宝此手泽之遗，不特见孝思之不匮也，即经济文章亦于此觇其渊源矣。

《芰港意耕图》记

余幼失怙恃，赖继慈见抚。家贫无以自给，年十八即游楚、溯扬子、浮彭蠡、渡洞庭、历辰沅诸滩之险，郁郁不得志。年二十二归，道出江右，放舟鄱阳，逾富春江而旋焉。越二年，所复北走清江、黄河，至易水而返。德齿未及壮，统计车航所至，南北几八千余里。鹿鹿蝇蝇，惟名利是营，徒失家庭之乐，究天命其莫争，斯倦游之念兆，而偕隐之趣萌。

芰荷港者，在邑之张店里，先人遗产在焉。虽田不过十数亩，屋不过三四椽。然地势崇隆，故水涝不能攻；沟近溪塘，故暑旱不能伤。港之沮洳，钓者可以渔；港之周流，来者可以舟。

自今以后，顾负耒耜，戴釜甑，尽室将行，辞城居而野耕。夫耜于田，妇爨于屋。青劚野蔬，黄炊脱粟。提筐敬馌，聊比于冀缺。星而出，月而入。安贫贱，忘黜陟。弟未能友，而谊必敦；母未能孝，而力必竭。其境淡而其味长。虽腰黄金，手白璧，其乐岂相易哉？

且夫港支流也，耕鄙事也，室家之乐至性也。惟信诸天，故无俗缘；惟求诸己，故无忘虑。春而麦诸，秋而禾诸。微雨时来，好风与俱。心广而体舒，以视向之颠危于大江巨河者，其所得为何如也。爰系之歌曰：

灿灿者金，不可冒兮；若若者绶，未易饵兮。我有田亩，犹可耕兮。缟衣綦巾，愿与子偕行兮。载耕而食，乐吾生兮。优哉游哉，富贵何可求也。

四照灯赋

扶光乍倾，澄景未放。阴薄瑶轩，暗侵碧帐。招嘉侣而进牍，荐旨肴而给酿。峭寒欲生，残雪稍亮。讶玉绳之高悬，对银盘之孤荡。鹤正翥而腾芒，龙并眠而翻样。江关才调庾兰成，然蜜曾留四照名。隋侯灵珠奚足数，秦宫宝镜自来明。疑入无遮会，真同不夜城。

尔乃樱桃街里，柳树井西。屏开孔翠，杯泛颇黎。衫长腰细，钗重鬟低。迁延高唐之女，仿佛衡山之妻。莫不朗照春浓，圆辉宵耿。花明有姿，月午无影。麝喷兰闺，蛾旋藻井。俨承露之仙盘，陋汲浆之寒绠。孰若骚客词人，兴逸意真。不慕石伦富，那忧苏季贫。雪碗飘茶乳，霞杯蹙酒鳞。高爇当空烛一枝，中央四角特相宜。倒载不须愁日暮，山公更赴习家池。

西山积雪赋

试望西山，浮岚敛翠，远岫韬鬟。烟横柘寺，雪压松关。讶玉峰之夕皎，感蓟门之早寒。尔其首太行，腋京甸，缅连黄牛之冈，墤霓回龙之殿。游女如荼，宝马如练。罢宵宴与晨欢，眴流光之奔电。至乃野阴暂合，寒林已空。萧萧斜日，戾戾摇风。术士烧银本幻，仙人戏玉偏工。雀庵飞絮满，狼涧湿云重。合沓万状，晶莹一色。白塔逾高，瑶台无极。冒荷叶之平峦，荷叶山在玉皇山西。隐梅花之远驿。朔气厉兮猎围深，坡陀伏兮樵径仄。客有寄燕市、贯鹲裘，锴支折脚，杖拄平头。虚闻蔡州捷。时粤匪未靖。莫遂剡溪游。眺层岩之嶉嶉，引别绪之悠悠。何时归去湖山美，猬缩短蓑钓寒水。

榆叶梅赋

翳夭桃之弱干，附郁李之芳枝。叶肖榆而展翠，英似梅而呈姿。疑从天下新移，灵珠历历；讶向江边先发，冻蕊垂垂。徒观其萼嫩含赪，芽新舒绿。轻盈珠箔之旁，绰约银屏之曲。清妍则空谷幽居，明媚则温泉晓浴。笑应倾国，买将几许青钱；梦解游仙，记取一般红玉。不知草同续断，树本寄生。假无姑之芳种，标清友之香名。雪融六出，霞翦九英。偏宜风卸双靴，纤月初悬于篱落；只恐龙吟孤笛，东风已遍于江城。宜乎栽向花磁，簪来云鬓。争娟秀于春兰，陋秾华于朝蕣。吟成翠荚以犹疑，曲奏红罗而莫认。鹤归林外，俄惊夹道飞英；鹊起梢头，可报故乡芳信。气清自馥，韵淡逾妍。脂痕晕薄，琼瓣妆圆。镂碧而柔条沃若，栽红而细朵嫣然。聘到海棠，漫惜残春送雨；倚来修竹，刚宜薄暝笼烟。良由巧夺天工，胜添花事。疑偷二本于园丁，误寄一枝于驿使。岂苒蒻而竦云，每横斜而映水。苏长公重来堤上，莫厌浓阴；林处士曾卧山中，未窥艳蕊。遂令沽美醑，炙幽香，招嘉客，谱群芳。为之赓《东门》之什，诵《南华》之章。拟金屋以藏娇，休问金乡之路；证玉衡之散彩，应开玉照之堂。

梧桐鸟诔并序

梧桐者，寓津门时所畜鸟也。嘴厚，黄蜡色，吾乡呼为蜡嘴。额正平，头尾翅黑而泽，腹背色淡灰，嫩红距，性犻獿。吴中里妪辄善饲之，笼入人家，使衔叶子牌，占人穷通夭寿有验者，盖鸟卜之遗也。北人以其嗜梧桐，故名。

戊申夏四月，仆人购得一头，畜枷上。饲以红花子，辄睆而食之。每饮以涤笔缶水。朱桐轩少农逌然笑曰："此鸟来生脱羽而倮，当粗识乌焉矣。"廿七夜二鼓，余既就枕。忽有黠猫屏息入暗陬，缘几攫枷，潜衔而出，鸟犹梦未觉也，至户外骤貇其颈，始振翅扑地，呹呹惊叫。余闻急呼仆追之，则猫已衔鸟登屋不知所之矣。余既疾猫之阴鸷，而惜鸟之无罪死也。爰为之诔曰：

吁嗟梧桐兮，斐尾其羽。
秉性虚恬兮，不啄虫鱼。叶
慰我寂寥兮，方外之侣。
何彼狸奴兮，不食我鼠。

狙伺贞禽兮，奋其阴谋。叶

乘夜篡取兮，不知处所。

问兹禽其何辜兮，乃葬尔肚。

洵尔猫之不仁兮，刚则吐而柔则茹。

武陵县训导储公神道碑铭

公讳玟躬，字石友，号晴如，湖南靖州直隶州人，明永乐广西右布政淮南公之十五世孙也。门承通德，累叶扇其清芬；世挺达人，华支衍其茂绪。幽光不曜，道风愈高。考碧山公，学有心传，性尤骨鲠。云篇乐其遮眼，雪刺忘其满头。门集修羊，克广西河之教；林投穷鸟，时疗东郭之贫。及溺拯而婴婗再生，斯饥赒而尪羸立起。凡兹阴德，益裕后昆。

公即其长子也。生秉异姿，夙标淳行。验提戈于周晬，慕带剑于生平。神豹隐山泽雾，而文章早耀；灵虬蛰沼族云，而光气先腾。结缘之珍，辄增价于卞氏；飞黄之驾，屡见赏于邮门。而乃欲上强台，频遭弱水。鹏搏屡阻，鹗荐虚膺。狄虒弥之蒙轮，自成其一；秦堇父之坠堞，复上者三。承家巷而权作经师，处乡曲而每多豪举。嵩衡义重，箕捽财轻。有临淮指囷之风，具祖约散钱之概。憩暍人于夏樾，馈饿士于秋芦。与难弟为同心，继先人之素志。而且秉文奋武，居安思危。筹粮则精比郧侯，修械则巧同墨子。飞鸮戢翼，点鼠潜踪。萑泽敛其揭竿，梓里赖之安枕。

道光庚戌岁，李沅发滋事，窜扰靖州。公身资捍御，力扫彼猖。幸首逆之旋擒，庆肤公之迅奏。当事以训导入保，归部选用。广文司铎，寒毡署其清衔；讲艺投戈，故纸敦夫夙好。是岁即丁外艰，心伤呼昊，荫叹摧乾。侍疾则露祷必诚，作孝则风吹欲倒。雨洒王修之泣，霜严邵敏之庐。斯天性之笃诚，蔚人伦之仪表。

咸丰癸丑正月，服阕晋省，复膺荐入钦宪，行营往剿桂东土匪。热瘴阴岚之地，深榛丛箐之区。封豕长蛇，黔黎日恣其毒螫；游光野仲，清昼亦逞其闪尸。局变苍黄，丸探赤白。莠以骄而愈桀，蔓且滋而难图。

公磨剑十年，提军一旅。奋其赩怒，翦此梼顽。震投弁之碚砻，激鸣弦之霹雳。炬投雉尾而木驴尽烧，穴窜狐踪而土犹早塞。洞名白水，喜剧贼之歼除；城是蓝山，报重围之立解。矧复追奔江右，转斗道州。夺稍搴旗，冲锋陷阵。贾十荡十决之勇，逞九上九下之雄。吕子恪之击黄巾，征无不克；庞令明之破白骑，奋辄当先。等捧海而浇萤，直倾昆而压蚁。信乎前身因果，疑是铁星；唾手功名，将镌铜柱矣。

四年二月，逆匪由岳州、湘阴窜扰宁乡。白坡之盗横行，黑山之众掩集。甚张广胜之攻滴水，同陈友才之袭潭州。豨突狼奔，蜂屯蚁聚。士无斗志，地鲜坚城。劫掠既肆于罗江，凭陵且及于星岭。惟公威棱愈厉，锋气益张。呼赤老而戒闻金，帅白徒而命具玉。厉兵秣马，破釜沉舟。虎步龙骧，雷轰电掣。阴风惨淡，鹳鹅之阵弥雄；积雪森寒，鸭鹜之声尽乱。景丹突骑，果是精兵；杨愔儒生，迥胜武士。无不以一当十，奋勇争先。流血成川，呼声动地。倍振苍兕之气，已寒青犊之心。向使呼稗将以传餐，得偏师为游阙。左甄疲而右甄未动，前队胜而后队夹攻。犄角无孤立之形，首尾有交应之势。何难扫蚩尤之丑类，荡贰负之余魂。无如贼聚愈多，兵援不至。还营路断，勒马桥危。奋臂直前，甘作老罴之冢；洞胸决战，竟成落凤之坡。矢竭鼓衰，身捐名立。星摧上将，岳陨中峰。令甥文庠杨华英亦与斯难，不虚宅相，同为国殇。严挺之乃有此儿，何无忌酷似其舅。英毅并垂于霄壤，悲怆直遍于军民。事闻赐恤如例，卜葬于艮山之阳。建马援之崇祠，魂归故里；读羊公之遗碣，泪洒空山。碧血难消，揭孤忠于八表；赤眉未灭，郁余愤于九泉。哲人云亡，昊天不吊。呜呼哀哉。长子先培、次子先基，遭斯惨酷，痛甚抢呼。并挚行之可风，信孝思之不匮。乃为铭曰：

金井毓秀，玉柱降灵。玩虎绮岁，判鼠髫龄。武精九法，文餍六经。匣虹气白，囊萤焰青。孝通河鲤，友笃原鸰。竹荫冬野，荆发春庭。庆溢门闾，名高州里。邻不争桑，道无尝李。孙叔埋蛇，董昭渡蚁。鬻饿裍寒，革浇荡痞。铜马无惊，土枭不起。醇酒饮人，太阿知己。俄惊光火，甚比跳梁。锋争磔猬，斧尽撑螳。爰提虓阚，誓靖猲狂。连营偃月，淬刃吹霜。三捷屡奏，百战莫当。器械山积，牛马谷量。累策奇勋，遽遭浩劫。师熸寇深，路危桥狭。怒甚虬髯，力穷骈胁。痛失张矛，悲缠刘锸。豹质千秋，驹阴一霎。遗碣常存，斯人足法。

祭火神文

惟神质禀炎精，功资熯物。威灵震赫，德曜离明。征藻饰于鸟赤龙青，溥薪传于榆春桑夏。

现寿者相，昭融分斗极之辉；峙梵王宫，照灼遍星沙之地。燧人始隆于炎帝，爟司特祭于周官。古昔为昭，今兹尤烈。去秋豺牙宓厉，飔毒潜吹。同陈友才之袭潭州，比张广胜之据滴水。计已成于焚郭，势几甚于燎原。赤羽星流，红巾云布。间不容发，燃且及眉。乃烈焰腾空，增灶之军威倍震；回飙荡野，倾巢之贼瞻都寒。卒退妖氛，胥归默佑。同戴神灵保障，蔀屋胪欢；钦承天语褒嘉，枫宸锡宠。

某等夙瞻丙曜，谨奠溪毛。爰率寅僚，恭悬檐额。所愿狐篝永靖，群生仰赫濯之威；狼燧全消，阖境享昇平之福。

祭广济真人文

惟真人诞生元季，结想古初。仪范清冷，风神轩举。隐偕鲍妹，桃实分甘；师事周仙，蒲团攻苦。陶处静术，精导养梁。野人趣洽山林，比景共波，葆元浴素。迨木钻就穿之日，留金刚不坏之身。蜕鹤骨于青山，署鸿名于紫府。音尘自邈，灵爽常新。在昔三伏骄阳，四郊苦旱。群效黎收之拜，上通肸蠁之诚。青词乍爇于崇坛，白雨俄沾于匝野。允资道力，夙荷天题。仰庙貌之更新，赖神庥之永护。去秋狂兕披猖，穷猿奔突。掠地有同于黄浩，负嵎更暴于李蛮。月晕重围，成众煦飘山之势；雾迷五里，有群轻折轴之虞。而乃蛇鸟飞腾，风云号召。翩跹鹤氅，人疑丁令重归；隐约鸾车，共识苏仙再至。城上之军威倍震，江边之贼胆俱寒。卒使狼燧风清，鸠居雪活。荷芝纶之叠沛，晋锡徽封；瞻藻井而增辉，益流芬响。

某等肃修祀事，谨奉仪章。苇籥蒉桴，庶动和平之听；云车风马，弥深来格之思。惟祈尽洗甲兵，上抒九重宵旰。从此胥安丁壮，同登百室仓箱。

养福泉铭并序

平江官廨旧无井泉，暑月出汲，日百余肩，往返殆数十里，担夫况瘁。予特穿是井，以纾民力，兼惠后人，名曰“养福”，并缀以铭：

平署无井，远汲山足。惫哉水夫，肩赪暑溽。我穿此井，名以养福。镜澂醴甘，蠲疴荡恶。民不疲劳，政无怨讟。自今伊始，请以井卜。官清则清，官浊则浊。惟尔有神，永矢勿告。

砚　铭

住家之字江，作宰昌字水。宇宙有大文，吾生雕虫耳。

鹦嘴砚铭

慎守尔口，乃可以久。玉罍之破，不如完缶。

金补之明府墓志铭

公讳德麟，原名元恩，号补之，江苏太仓直隶州宝山县人也。先世为浙江桐乡望族。考讳以堂公，乾隆庚子举人，时誉文雄，潜德不耀。公生而岐嶷，克绍弓冶。举嘉庆戊辰科，丙戌大挑一等。历任河南中牟、汲县、宜阳，湖南安仁、醴陵县事，强教悦安，民不苛扰，佥有去后之思焉。充河南乙未科同考官，披沙遇宝，得士称盛。年七十余，大吏以公年且老罢职，然公之精力固未尝衰茶也。

公天性平易，与世无忤。平昔健诗文，尝举《论语》上下二十篇，篇成一艺，利转、直指、固抱，人推“老斫轮”。又尝集少陵句为古今体诗二百余首，若出自己，无牵缀迹，梓行于世。其自课杂诗，岁数百篇，辄于小格作蝇头书，见者谓翁矍铄未艾也。年七十有九，梦神谓：“已迟三载，当赴修文召。”公每语翰而叹曰：“寿逾八秩，逝且何憾。惟天涯断梗，茕稚无依，耿耿难瞑耳。”拟购薄田湘潭，为身后弱小计。翰因与同人佽成其事。今竟妖梦是践，哲人云萎，可哀也已。

公生于乾隆戊戌年八月初八日，殁于咸丰己未年九月二十九日，享寿八十有二。卜葬于湘潭之石灰坳。夫人某氏早卒。妾某氏。公长子某曾仕粤西，以军务劳，致疾短折，公深恸焉。承重孙绍业，孤子鹤沙、鹤渚俱幼。东海后学俞凤翰为之铭其墓曰：

人丛其疚，公鲜失兮。人脆其龄，公大耋兮。人朽其言，公不灭兮。庶乎屡空，留清白兮。薄产二十，聊诒厥兮。藐是诸孤，幸存活兮。郁郁佳城，奠旅穸兮。树松五粒，翳寒日兮。我铭此石，无或敚兮。

祭刘猛将军祝文

惟神笎摄百灵，保绥万姓。骑箕通其肸蠁，伏钺振其威棱。南省经兵燹之余，抚凋残之众。去秋飞蝗入境，从风而幸未成灾；遗蝝在山，少雪而虞其为害。令早申于寮属，饬遍掘乎郊原。方冀丑类之全除，讵料孽生之犹夥。当兹青秧针插，黑蚁绳行。既满谷而满坑，且食苗而食节。秉畀炎火，犹然趯趯成群。如以热汤，其奈薨薨逐队。虽竭聚歼之术，未收扑灭之功。恤彼下民，财既殚而何堪岁俭；愧予长吏，职共懔而惟仗神庥。伏望克鉴明禋，默垂灵佑。施天威于风行雷厉，净物害于蠕动蜎飞。庶有豸乎旱气，潜消夫恒象。众维鱼矣化生，遂兆夫丰年。

《畿辅通志》载：刘猛将军，名承忠，广东吴川县人。正月十三日诞辰。元末官指挥，从戎剿贼，有猛将之号。适江淮飞蝗千里，挥剑督兵逐捕，蝗尽殛死。后因元亡，自沉于河，土人祠祀之。又闻《怡庵杂录》载：宋景定四年旱蝗。上敕封刘锜为扬威侯、天曹猛将之神，蝗遂殄灭。

文式喦方伯格《思补堂试帖诗》跋

五言之制，权与苏李。亦越魏晋，代多杂咏。萧梁以来，简文始有《赋得陇坻雁初飞》之题，元帝有《赋得兰泽多芳草》《蒲生我池中》各咏。逮至陈隋，张正见、江总、李巨仁、王由礼之徒多有赋得之作，类皆酌古制题，散文结体，脱略声韵，具微而已。

李唐崛起，沈宋辈作应制诸诗，韵多得字，人握蛇珠，穷究法律。永隆二年，始诏明经试帖，词标文苑，特科取士，校练务精，蔚乎大备矣。然明月夜珠，登为上选。江上峰青，疑有神助。要皆片词见宠，只韵称奇。求其全璧少疵，纯锦成匹，又多乎哉。

宋元以还，于兹为盛。体制日精，蹊径独辟。千金之裘，弗杂羔袖。海图波涛，无取倒置。点次以层析为能，诠发以贴妥称贵。修辞以庄雅居宗，制局以浏离见尚。同馆之刻，日益大观。卓然成家，奚翅七九。方伯夙承家学，早岁通籍。共职起部，公余多暇。寻律定墨，日课斯体。研核既精，纯诣乃造。往岁典试中州，分校礼闱。一时品题之士，咸得口讲指画，长声价焉。嗣以不次之擢，为楚屏翰。政平人和，案牍无滞。爰取旧制，重加捃理。万灌之剑弥莹神锋，九还之丹可换俗骨。炳炳琅琅，涵今茹古。洵艺苑之鸿裁也。同人咸请付手民，嘉贶后学。窥测之见，用志崖略。非敢奉尘足岳，聊附玉溪之序《一品集》尔。

《谈屑》序为冯少山司马年伯晟作

瓜牛庐有咫之盆垒，卷石状，畏佳翼扶寸之株，注水环之，修鱼育其中，出游从容，巨鳌若焉。予顾而乐之，旦夕而抚之。

客有姗者曰：子曷不晞昆仑，探星宿，树豫章之材，引横海之鲸，而顾眷此眇小者耶。子其有蓬之心，瞀于道而窾启者耶。

予曰：恶！是何子之固也。泰山不让土壤，故能成其高。河海不择细流，故能就其深。干霄之木挺于牙核，吞舟之鱼卵于针末。庸讵知微之不可见巨耶，庸讵知寡之不可见夥耶，庸讵知詹詹者之非炎炎者耶？日月著矣，而爝火不息，诚蔑矣。索物于暗室，爝火之光，一日月尔。安得嗛此而訾彼耶，是何子之固也？今夫道亦多术矣。经浑浑，史罣罣，诸子百家涫涫。微而显，志而晦，弥纶天下之事，记久明远。彼沟犹瞀儒，閛焉闭之。虽金舌弊口，犹将无益也。是故喜怒哀惧，爱恶欲[①]，情之大宝也；忠孝节廉，仁义忠信，理之大防也。偭于理而溺于情者有之矣，未有出于情而中于理者也。

今将筦其情，牖其理，殚恶而雪善，接人以枻，见尾知首，则闳篇之难稽，不若曲说之易晓也。庄子之言曰："道恶乎往而不存，言恶乎存而不可。"扬子之言曰："其事则述，其书则作。"此之谓也。若夫倚物怪变，嵬琐不经，道费而隐，反沿察之而愈可好也。五寸之矩，尽天下方，则盆池之说可通是书旨矣，屑也云乎哉？爰肃客退命笔为之序。

刘子英司马如玉《养花山馆试帖》序

予往岁侨寓盘涧，园池亭幽，阒花竹翳，如听鼓余晷，胜侣斯集。时与子英比邻，百步而近，每接绪论，呐呐如不出口，信砡德厚，温然睪然。尝读其悼亡三十首，梦断魂翔，珠积于泪，知其根至性、发真文焉。复出《养花馆试帖》，见商金石云陛，蔚若雕画。声理有烂，和以天倪，不翅前后七家。为加墨围，以志倾倒。嗣子英出刺茶阴，与物为春。民以苏息，丰碑在口。符宰春陵，一别如雨，于今三年。时闻循声，用慰翘想。贻我芳草，证其素心。顷迫同人之请梓，试律以惠来学，索予谰言弁首。

---

① 此处疑脱一字。

余谓:应制之作,有与杂体异者,有与杂体同者。趋必绳,步必矩,毋朱儒之玃杂,毋海图之倒置。不窕不摦,辞尚体要,而不得以驰骋自恣,此与杂体异者也。若其发端也务浑,结响也务远,妥帖必出以排奡,端庄必杂以流利。贵纡徐之妍而谢局束之苦,美哉洋洋,穆如清风,不又与杂体同焉者乎?子英诸作,固叶律而不为律缚者也。虽庖丁奏刀,郢匠运斤,技进乎道,何以加兹?余枯砚久芜,乾萤戢耀,讵敢以野雀之粪放于佛髻?特喜其敦本善俗,复羡其诗律之细,又乌可以不文辞?时当春暮,庭余杂花,宿雨放晴,心神怡旷,率尔书此,还质之养人如养树者。

书许彝伯时府之叙《纪游八帧后图》为程稚蘅醝尹祖庆所作

稚蘅、彝伯,皆余酒友也。稚蘅善画而忌醒,彝伯工诗而耆醉,予则兼喜诗画恶醉而强酒。三子者,狎于燕,放于楚,人皆以为不祥人也。然世方扰乱,东南鱼烂,而三子者犹得酣嬉淋漓,不知天地之大、毫芒之小,又安知非为大祥耶?此帧彝伯所为,志其祥也。

湖南东安县知县赵公传赞

公讳荣祺,字云伯,直隶籍。其先浙江绍兴人也。道光辛卯举人,咸丰初拣发湖南。公久居京师,家贫,笔耕为活。尝馆某尚书幕,尚书性豪诞。时集宾客,金貂粲丽,纵酒博塞,一掷百万,倡优杂坐,欢呼彻夜。公以缊袍厕席,夷然不以为病。至楚,历署慈利、沅江县事。明恕宽仁,爱民如子。公瘦面疏髭,状若老妪,众称之为“赵母”。继补东安令。先是已未岁,贼蹦东安,县令李公阖户殉,廨宇尽毁,城市为墟,百姓流离,疮痍满目。越数月,公单骑赴任。抚残修废,寝不安席。未及一载,贼复窜突,伤禽惊弦,民乃大恐。

时楚南数被兵,军需火急,悉索诛求,草野鲜盖藏〔眉批:数语揭出守土之难〕。州县正赋征入者,辄偿各营逋饷,营弁坐责持去。卒遇寇警,县库尝无一钱,公左支右绌所募尽。市人怯挺战,计惟婴城守，以待援师。贼势剽疾，瞬息掩至，白帜匝野，望之如荼。守陴羸卒不及千数，相持阅昼夜，城上桀石以投贼。贼梯冲百道，肉薄而登。一军溃乱，势不可支。公急退入署，伏剑未殊。贼至，见执。公裂眦大骂曰："死翼贼，恨不生啖汝。"遂被害〔眉批：生气懔然〕。长公子燕堂亡走他所，闻公死，奔赴尸旁，蒲伏枕股，恸哭不去，与幕客胡琅笙同时戕害，为庚申十月十六日也。琅笙名玉林，亦绍兴人。任侠喜交游，与余素未识面。余宰平江时，琅笙在省，持古砖砚一方造余第而请曰："闻石翁癖好古，故以相赠，非有干也。"遂去不顾。余惊而异之。善刑名术，所在有声，凡两就赵公聘。计画条理，多所辅益。忧患与共，卒罗于难。君子曰："谋人之邦邑，危则亡之；谋人之军师，败则死之。"〔眉批：引用恰切〕琅笙有焉，因并为之赞，以存其人。其辞曰：

惟臣死节，克笃忠贞。惟子死孝，莫殚哀诚。惟友死义，乃毕交情。碧血入地，青磷满城。阴雨如晦，晨鸡不鸣。人惨其遇，天鉴其精〔眉批：阴凄之气，草木凄悲〕。尘栖弱草，畴能长生。伟矣公等，千载遗名。

> 叙次变化是合传体。参之太史，以著其洁。云伯为予同年，相别十阅月而公千古矣。虽然山城斗大，兵食缺如，第以一死责之守土者乎，如边事何也？予尝著《刍言》一则，未敢出而问世。冯晟识

湖南城步县知县安公传赞

公讳安和，字治亭，满洲正白旗人也。佚其姓，人称安公，公身长不满六尺。须微黄，目短视，性谐噱，与物无忤。举道光辛巳科，咸丰二年拣发湖南知县。尝署浦市判，边陲散职，清无一事。岁入俸钱，不给饘粥。妻穷居京师，无资以迎，布被绳床，经年旷宿。某大吏尝过浦市署，入厅事坐，公良久乃出，大吏甚怒其慢。后知公象服付质库，故迟之久也，大吏转为怃然。公脱略好饮，居官贫，不易得酒。尝

就某寺老僧饮。僧鹤发儿齿，意趣豪迈，每置酒高会，辄浮巨觥劝酹。酒半，案板歌思凡剧〔眉批：叙事如绘〕。闻者无不神思迷眩，酣嬉绝倒。曲终大喝曰："君等毋认作十八小尼，吾乃八十岁老和尚也。"众益鼓掌欢笑。公亦极醉忘形焉，其真率类如此。旋返省，抱关年余，窘益甚。

庚申夏，始任城步。楚南蕞邑首城步。山野硗埆，民人凋敝。密迩粤寇，比岁戒严。公赴任即周览厄塞，振厉士卒，巧炊为劳，杞忧弥酷。时暑雨浃旬，夕月蘊翳。司更隶见一白衣老父长丈余，蒙袂上偻巡墙行，若啜泣状〔眉批：幽险可畏〕。廨后大樟树数百年物，怪藤缠上下，阴森胶輵。忽有异鸟集其颠，苍身黑首，昼夜悲鸣，声哑哑。野外多产人面豆。公闻而叹曰："邑其有兵祸乎，何多见眚也。"不数月，粤寇陷绥宁，突犯城步。警谍蜂午，吏民嗷然。公计曰："困于城，不若堵于境。"遂率募勇数百人迎击要诸险，斩数级，贼少却。俄而贼大队至，步骑奔腾，风雨杂沓，众皆凶惧溃走。公左右才数人，知不敌，遂慷慨太息曰："死于野，不若殉于城，城吾所也。"〔眉批：盲左神髓〕策马驰归署，正衣冠，北向拜，投缳而绝。贼踵至，见公已殒，入搜其室，惟苦酝半瓮、敝衣数事而已，贼为感喟而去。同官俞凤翰为之赞曰：

我侯悃愊，绾符山县。官来何暮，寇至而战。忠情发臆，愤气动面。车乏赢粮，箙虚劲箭。援绝城亡，时穷节见。生乃不辰，死复何恋。青史半行，丹心一片。掩骨荒原，椒浆谁奠〔眉批：可为长太〕。

绝正大文字，以逸事纬之，遂如太虚清空，不可无微云点缀。所引邑中眚异，此又史家五行志之类也。苦酝、敝衣，廉吏如绘。呜呼，富而幸生，不如贫而义死。冯晟识

湖南绥宁县知县吴公传赞

公讳熊，原名凤毛，字朴庵，浙江湖州府乌程县人也。道光庚子举于乡，甲辰考取宗学教习，己酉拣发湖南知县。公尝读书杭州水心

阁，阁旁多植梅。冬春之交，万蕊竞发，弥望一雪。佳士宿名游者接趾。德清俞苕琴丈督学蜀中，归挈其孙袭芸往游，憩公舍，览公文而嘉之曰："君才如此，有不芥拾青紫者乎？"即迎归课其孙读，今袭芸亦督学楚北，公之始教也。

初令麻阳，县号难治，民情狡悍，寇盗剽掠为常。公莅任甫匝月，有盗劫夺客舟金，客诉县。公即密捕得盗，追还客原金，立埋盗六人于土中以殉，一县詟服〔眉批：笔力简劲〕。后三年，补任通道，缺瘠民淳，环山为治，吏耕于野，狴户草生。公从容坐镇，暇辄对名花引佳酿，课子弟读书为乐。四境无扰，黎民乂安，咸比之宓子贱焉。大吏以卓异报最，量移绥宁。绥宁故岩邑，与粤西接壤。枭贼逋寇，边烽屡惊。公下车即锐意筹防，课民团练。作为诗歌，期以户晓。庚申九月，粤西白巾贼以突骑数千，昼夜驰二百余里，仓卒薄城下。营弁哈某迎战败绩。公攔然登陴，力图守御。以勇单饷绝，城遂陷没，公及其第三子鏕皆及于难。

初公举茂才时，祈梦于忠肃公祠。梦入一小室，垩壁作书云："散丝络女爪，黄金冠猕猴。莫恃合著口，终防白了头。"懵不得解，至今始验〔眉批：奇警似古歌谣〕。"女上爪"盖"妥"字也，"散丝络"之成"绥"字，指绥宁也。庚为金，申为猴，庚申年也。合口为哈某也。"白了头"，贼皆白巾也。噫，岂非天哉？余与公为同年，最友善。闻其死而哀之甚，为作赞曰：

延陵硕士，夙擅令誉。中年丧偶，卒鳏以居。来官于楚，嘉诵在舆。北风其凉，岁月其除。王事多艰，搔首踟蹰。胡然狡寇，袭我不虞〔眉批：引用葩经，倍见精采〕。力竭城覆，有死无逋。父子同殉，悲哉呜呼。

"时平为循吏，世乱为尸臣"，非斯文不足传斯人。或疑占梦一段近于稗官，不知征兰泣瑰，左氏屡见，且以证前定之不可逃，而君子之乐于守正也。三赞古调苍凉，哀感顽艳。冯晟识

高辛研斋诗稿

海昌　俞承德改名凤翰少轩

拟张茂先励志诗

上灵元运，密移潜游。沧热代序，七曜俄周。金精行令，倏其凛秋。蟋蟀居壁，大火西流。其一

陶埏无形，候与气化。岁月骎驰，扶光代谢。古惜寸晷，不遑夙夜。世无鲁戈，日宁反舍。其二

南山有竹，可括而羽。厥修乃来，礼交乐举。师旷胡聪，七音是绪。般尔胡巧，循其先矩。其三

譬彼中田，惰农自逸。虽有良苗，怀新无日。翘勤睿知，犹劬书漆。人不自薅，终弃乃质。其四

佝偻承蜩，若掇于林。累累吾丸，多遗之禽。愢愢其功，幽幽其心。匪技之神，时术之深。其五

刻意于行，抗志干云。通微合寂，扬光飞文。内充克腓，毋驰乃勤。荣将载造，百里雷殷。其六

曜灵柔祇，列于太清。宿纬曒曒，戮流宕冥。天丽且弥，恢乎大盈。集成殆庶，道隆振声。其七

遐自迩陟，高寻下起。若亟乃成，必隳厥始。迁异宜惩，分条析理。毋逐歧途，亡羊于里。其八

自古在昔，祖谊本仁。气质陶化，克协天钧。六藉非故，余味日新。藐予小子，载企达人。其九

拟谢灵运斋中读书

危瀑悬层峰,潜林翳幽壑。郡事日清旷,展眺坐落寞。讼庭滋青草,牙角散鼠雀。养疴亲图书,攀响积著作。俯仰企元根,笑傲时浪谑。清飙拂林于,曜景倏沉阁。缅想蒙庄子,宁知达生乐。奔走怍述昔,愿言适闲托。

即　事

东风昨夜卷芳尘,声乱江涛听不真。晓出城南问潮信,鱼虾市上白如银。

凉　飙

凉飙飒秋节,落日散砧杵。孤舟天际来,浪枻自容与。问客何所之,搴芳因适楚。楚水悠且长,箕伯辄间阻。析析江上沙,离离岸旁黍。景物非故乡,我行已羁旅。回首动长望,暝烟宿幽渚。

月 季 花

月季花,花最好,墙角一枝春不老。绝胜桃李沉东风,子巂啼处愁残红。娇痕着雨燕支湿,美人笑并阑干立。折来不觉泪如丝,镜里红颜能几时。

早行瀰溪道中

出门初日影,残梦落前山。树色叠千嶂,溪声老百蛮。瘦猿寒拥石,饥虎暗当关。欲问征苗事,遗民发已斑。

破　晓

破晓去乾州,微阳上戍楼。鸡行荒屋脊,雀出古墙头。叠嶂连云起,疏泉带叶流。苗民久驯习,五筸靖戈矛。

乾　州

温暾朝日东方生，瘦马嘶出乾州城。故人牵袂道相送，奚奴负囊请先行。盘盘入云石径仄，莽莽枕水田畴平。红裙苗妇自来往，耳环项钏非无情。

南　来

四围岚翠扑孤城，官阁清闲草自生。败壁落泥牛识字，小池闹雨鸭呼名。天寒十月雷霆斗，木脱千山魑魅行。莫负南来无限意，幽窗重整读书声。

客中祀灶日感赋

昔爱年岁新，今悲日月驰。乡心集岁莫，倏忽祀灶期。我今恍有亡，惄惄增悲思。忆昔总角日，此夕喜欲痴。缚灯作神舆，厨娘慎专司。系以红丝绳，构以青柏枝。帖以双金花，悬以剪彩旗。焚香炳明烛，设供杂栗梨。香豇煮湿糯，捧出红琉璃。长者拜在前，少者竞后随。斯须告送神，纸钱上天飞。儿童惊爆竹，偎母惨欲悲。惊定开口笑，阿母分糖饴。胶牙粘两手，牵衣请益之。搔首问苍昊，此事曾几时。担囊千里外，远寄天南陲。双亲重泉下，感候应思儿。继母日勤瘁，家计空支持。门庭秋萧索，阶树寒禽啼。不能自振作，何以光门楣。父书敢不读，穷达诚难知。痛父不得志，终身空酸嘶。骐骥尚偃蹇，下驽将奚为。

休照镜

休照镜，照镜空自怜。昨日山头骑，今朝江上船。远行远行何所得，担囊剩有风尘色。

赠废者徐拙斋

东海半人钟晴初，裁诗卧榻惊当途。公卿才人日造访，病骨更比寒梅癯。迩来阒寂数十载，天地犹留诗卷在。长沙寓公徐拙斋，呕吟继踵超流辈。梦恬书屋诗殊工，支离却与晴初同。天将奇疾见奇士，还驱奇句酬天公。况复下笔走风雨，锐如悬针劲铜弩。不胫而走作者林，造化小儿讵能苦。大江日去波连天，不须囊底愁无钱。城西山头产云母，服之可以终残年。

黄　叶

江南思远渺无端，槭槭疏林夕照残①。野寺疏钟霜信早，石梁茆店雨声干。平分暮色蒹葭远，一例秋光橘柚寒。却忆新津亭子上，吟成落叶点危栏。

赤壁后游集本赋

昔日登临处，于今复过游。西风高落木，孤月下江流。危壁惊栖鹘，横山划起虬。水声与松影，有梦亦清幽。

其　二

归来携斗酒，道已得鲈鱼。岸俯行歌客，山高悄步予。笑曾游不尽，视昔夜何如。东去岁将暮，安能留日车。

其　三

水风听起处，江影动衣裳。昔过时无久，今来夜已长。鹤归半山月，客去一舟霜。东道何须问，惊飞木叶黄。

---

① “夕照残”三字，从刻本作“弄薄寒”。

其　四

不识曾游地，时非白露横。孤松落清影，流水去无声。草复江中出，鱼从石下行。放歌开口笑，仰视斗车明。

幽　景

贴水树根深穴蟹，缘墙藓迹湿留蜗。惯拈幽景添新咏，又是鸠啼雨脚多。

过辰溪作

溪水三千尺，悬岩不可登。水犀能啖象，风鹞独追鹰。帆影侵沙树，滩声落石塍。仙人渺何处，幽洞翠岩层。

麻阳晚眺

短墙才几尺，城更短于墙。地势临溪迴，滩声过雨凉。子规叫深竹，戍马立平岗。众缘延新夏，清和日正长。

锦　江

锦江曾小住，晃岭复来亲。强客谈新鬼，驱童索故人。四山风正急，几日雨应匀。寥落从姑愿，圉臣久客秦。

复游湘山寺作两韵相对

蹑屐前游际孟冬，寒云黄叶宿孤峰。携琴重过逢新夏，暖雨苍苔生曲榭。

又

山伴访下稷，随雁游城东。溪声悦旧耳，往迹记不瞢。修竹涤尘虑，夹径来清风。咬咬长尾禽，蓴蓴庶草丛。幽引倏造极，四瞩超鸿蒙。短墙接睥睨,疏树延青葱。层峦隐碉楼,飞鸟惊悬弓。日月既推徙,景物不再同。昔徂万汇肃,今来群卉丰。世事有衰盛,吾生岂终穷。披襟发浩唱,归去辞生公。

青 虫

蓬莱弱水一千年,不乘飞车不复前。粉蝶青虫原蜕化,可怜春草旧因缘。

梦 断

梦断明星碧宇凉,珠帷花簟泥残妆。莫嫌后会无凭据,条脱还应压臂香。

伏雏行

入市买伏雌,将以供大宾。鸡走倏不见,逝若网脱鳞。山中鼲鼬足,或恐膏其断。遍觅不可得,相忘已兼旬。忽闻陈仓底,啐啐鸡雏声。呼童伏入视,瓦甓尘纵横。大鸡竟颓坐,垂翼懒不嗔。小鸡十五六,偎母啼娇婴。却走入母翼,缩项开斜睛。童喜取次出,握粟哺晚晴。昔闻塞翁马,将驹归主人。鸡乎得毋类,消长原相因。

木芙蓉

朝栽雪作姿,暮染霞为脸。疑是藐姑仙,醉妆横翠簟。

幽 怀

幽怀殊自适,万象静中看。水落滩声出,山深树色寒。苍豺嗥日落,白雁托云端。近作蒙庄达,洸洋戴箨冠。

嗒丧操

吁嗟吁嗟兮,姊何遽归于九泉。使我心惨痛兮,如肠裂而膏煎。

忆予諏吉而来南兮，羁于今已四年。山吾不畏其危崒兮，水吾不惮其奔瀁。曰承父母之遗命兮，缔姑姊之嘉缘。痛吾生之艰窘兮，未能纳币而成礼。翳余戚之自诒兮，虽尺咫犹千里。何光辉之遽萎兮，心伤歉而不已。寒飙凄以虚幌兮，耿长夜而独醒。恨孤灯之徒朗兮，怨彼苍其不情。生未觌姊之淑采兮，殁未视含而吐诚。嗒若丧而自责兮，空擎涕之纵横。慨生者将何以慰逝兮，逝者复何以慰生。

麻阳杂咏

荒街一道辄蒿莱，四壁峰围烟瘴堆。月影微茫昏雨后，夜深豺狗入城来。

冻雨旋飞旋结冰，山头木石尽如银。更看峭壁临江岸，飞石常常打路人。

赤脚老巫祈雨频，蛰居怒旱上城闉。元蛇三尺大如磨，毒瘴重山见峒神。

边　城

戍鼓边城春暮时，迢迢五箪独羁栖。夜深孤枕寒听雨，杜宇还兼布谷啼。

前游湘山寺叠韵四首

十月边城春未还，北风寒信雁临关。飞蛇百道时穿竹，古木千寻欲拔山。日照野园六七顷，云藏渔舍两三湾。何当伫月抱琴至，逸兴勾留松石间。

乘兴来游不计还，岿然白塔石为关。溪寒虹蛰无渟潦，野旷云多不碍山。诗思蹇驴寻贾岛，乡心归雁寄王湾。茶分一贴新云液，文字禅参不律间。

毒龙听法攫云还，禅寂无人自闭关。地僻野狐争窃果，霜高饥隼独搜山。峰前有竹堪书字，溪外多田尽派湾。摩笔悬崖高勒句，兴豪题柱五溪间。

望穷鸦背夕阳还，孤寺萧萧半掩关。城窄人家多傍水，草枯野猎未烧山。佛灯落索枯松顶，危阁凭基乱石湾。暮色莽苍拨归棹，疏钟相送白云间。

丙申七夕

宿病未消歇，万感心头上。孤枕夜知秋，西风急蛩响。

卧 病

卧病蒙头布被温，秋虫如雨逼柴门。天街凉月凭谁赏，宝镜悬空净不昏。

游灵隐寺

迢递入山行，秋高天气清。深岩蛰云色，乱涧窜泉声。佛象几时凿，奇形森可惊。兴来无检束，豪饮敌长鲸。

寒夜有作戏以壁色立积铁为韵

老屋夜有声，古月寒无色。幽鸟鸣中宵，衰灯倚孤壁。恍恍梦易惊，怦怦意常积。长价俟龙登，起舞先鸡立。吐论安重山，振笔截坚铁。

送春感怀

落遍杨花江上程，残莺犹弄树间声。每因隔巷宵传柝，回忆行舟晓打钲。千里良缘成幻梦，一天幽景正伤情。异香波弋如能觅，碧海苍天尽远行。

夜 坐

碧宇初升白玉盘，纳凉庭院露成团。生憎死别犹千里，湘竹应怜翠袖寒。

登占鳌塔

老塔刺天如长锋，云横坏壁蘒寒龙。仄梯峭磴滑古藓，虫泥雀粪妖狐踪。我来盘盘上绝顶，廊欹不敢支枯笻。有时回觑懔汗脚，但觉四望开尘胸。阴沙宿雨海色紫，雷蜀射霞山辉彤。北眺平楚春列茅，俯瞰万灶秋窝蜂。汗汗巨池仰一勺，尧尧远舶排双墉。雉埋树罅粉见蝶，螺浮天末青知峰。号风撼晴作劲势，游浪回派相惊冲。旷览遐举未知极，愿蹑鳌顶来朝宗。手握丹篆集仙侣，霓裾羽佩纷相从。瑶房华室足游眺，流霞醉卧桃花浓。

夏日赠陈廉泉

长簟凉生早，幽窗洞可开。云从溪影出，雨自竹声来。蜩甲栖卑草，蜗涎积古苔。凭谁闲晤语，邻友亦清才。

帆　影

客路蒲帆十幅悬，居人目送暮江边。一痕明灭凉拖水，几点依微远人烟。红带断霞来别浦，白连昏雨接遥天。乘风自具平生志，不信灵槎有谪仙。

迎秋词

碧桐瘦檐珠魄冷，幽蛩诉月啼双井。淅淅疏飙透软罗，帘钩凉挂银湾影。忆昔繁蝉带暑来，炎炎红镜东方开。逭暑正苦忽快意，骤雨泻竹山翻雷。转眼残萤三四点，石栏暑净秋生簟。何人先约拜双星，凉笛一声露吹脸。

有　感

当年冠盖溢华庭，人去园空几度星。四面屏山犹曲绕，红梅树底菜青青。

见墙上草感赋

寓斋有小草，寄根墙之巅。俊风扇和煦，萌达何芊芊。况逢雨膏润，数丛青可怜。瓦解少松杂，土薄多苔连。入世计亦巧，微生幸获全。忽逢圬人至，拔弃沟中便。本根一以拨，枝叶难重鲜。因念倚伏理，迅若矢走弦。颖歌灌氏族，魏其踵不旋。宋义快高饮，晨帐命已悬。俗士贵险幸，君子图完坚。试问寄墙上，何如生道边。

书　梦

苏子蜉蝣渺渺，庄生蝴蝶蘧蘧。嗜古真成结癖，梦中每读奇书。

春　闺

碧琐窗深镂槛斜，东风吹绿遍天涯。二分无赖同明月，一寸相思诉落花。梦怯夜床惊坠鼠，愁酣晓镜懒盘鸦。翠眉玉颊拼春尽，空忆吴宫女浣纱。

放蝶歌和钱警石师泰吉作

薰风碧草闲庭院，宛宛春驹飞欲倦。也应觅伴故低回，小劫无端落团扇。团扇轻盈腕力微，谁家少女扑将归。彩袖护防遭燕接，钿笼闭恐逐蜂飞。韩凭本是相思种，隔宿翩然来接踵。画出金迷影忽添，拼同玉碎情逾重。佛心闻此剧相怜，笑为重结花房缘。雪衣比放恩尤厚，粉翅齐翻梦再圆。世间何物无情感，死别生离向一惨。红蝠双栖蕉叶长，翠鸳共命蘋花淡。所惜天工缺陷多，神仙犹怅阻银河。蔚蓝补愿烧灵石，岂独花间双翠蛾。

佛为媒　禁尼姑也

九庵十庙，尼多佛恼。鬓云巧妆束，貌比越女好。少年挥金同挥尘，华月吐焰照酒鳞。谁悟横陈味嚼蜡，蜂黄蝶粉争青春。府帖火急临安下，老尼守庵少遣嫁。一旦纷纷造册忙，纵有狐媚城不藏。外夫无旷女无怨，善政犹忆周太王。吁嗟乎，雏年父母强祝发，清修岂本真心发。

夏夜感赋

夏残浑不热，凉月入窗扉。络纬井边啸，蜘蛛檐际飞。海声惊野戍，旗影闪戎机。何日平夷舰，重洋报解围。

绝　句

男儿无黄金，所事辄棘心。飞禽须林茂，游鱼须水深。

辛丑孟春遇风扬子江回泊焦山纪事

沙禽啧啧飞柳梢，扁舟夕发丹徒潮。风轻帆正浪无力，夜半小雨还停桡。停桡却在古扬子，已过焦山廿余里。忽地惊飙猛作嗥，撼天巨浪怒争起。自夜达旦风逾狂，长江来去无帆樯。轩轩涛头白作势，惨惨日脚黄无光。此时不先复不后，满舱相惊难措手。沙嘴遥看石燕翔，船唇屡报铁锚走。风师水伯真无情，助虐更挟蛟龙横。暴如共工触天柱，怒胜庆舍摇殿甍。冯夷鼓急水骇立，一舟命与死隔壁。舟人子女尽号声，客子主仆各失色。忽得险计真有神，开帆倒走焦山滨。出门始觉山川险，登岸还思天地仁。停舟却步登浮玉，高籁犹闻噫万木。烟外庐寻隐士蜗，溪边碑访仙人鹤。老僧导我四围游，槛底长江滚滚流。同攀幽蹬来登阁，传说阴崖乍覆舟。别寻一室腾光采，奇珍疑贡波斯海。水晶高可比于人，宝鼎终防守有鬼。更开笔迹纱幮中，卷留明季椒山公。至今姓氏识妇竖，在昔奏疏排奸雄。捧函九拜怆怀古，和璧随珠无足数。但惊眼底舞潜虬，不觉耳中吼乳虎。须臾楼阁灯初悬，饭留香积山蔬鲜。幸逃一死风波恶，翻结三生香火缘。古今万事难前料，胜境转因危境到。来宵稳柁过江行，应被扬州明月笑。

登车谣

车如铃，人其舌。以马代手摇不歇。暂坐甚难，少卧却宽。长安不少高轩者，局促当年起辕下。

临城道中

清兴无端发，骑驴过短桥。低云阁溪口，危树下山腰。野水争舟乱，春泥引路遥。东风吹草色，渐上柳千条。

即事

故国渺何处，门前溪水斜。轻烟荡杨柳，残雪带桃花。渴马时窥井，离人正忆家。不须倦行旅，梦近凤城霞。

阴平

绿树阴平路，迢迢接翠微。碑多凿空立，沙自作团飞。窄涧鱼苗瘦，硗田燕麦稀。前村茅店远，鞭影易斜晖。

征途感赋

驱车入山路，乱石波涛同。土壁夹峭径，荦确行弇中。细泉动涧草，平沙扬畴风。野老爱蹇驴，携之若短童。泥井引幽碧，山堠涂残红。宿梦卷平浪，杂花明低丛。故乡柴门远，蚕箔暖正烘。近闻海上寇，已散千艨艟。军虽收浙岛，氛又炽粤东。夷情变鬼蜮，士卒伤沙虫。桓桓当关将，父子各尽忠。所望洗兵雨，青萍剃秋蓬。浩浩海波息，平平道路通。

幽窗即事

石发侵池细水流，江梅熟候兴何如。案留剩墨时涂画，囊有余钱便买书。健蛤吠争凉雨后，新蝉响试晚晴初。平生饶有耽吟癖，不恤他人诮阔疏。

出梅日风雷竟夕不寐感作

神清难引睡魔来，竹枕藤床眼独开。千里风沙误青草，六更雷雨杀黄梅。太求工辄删新稿，无意酣时倒旧醅。心折三红老词客，谓应笠湖先生。孤骞大雅不矜才。

仲夏积雨五绝句

屋漏暗移鼠穴，书霉细剔虫灰。何曾多见白日，几成倒做黄梅。
前村桥基没齿，旁渡石级减鳞。难往西邻访客，独坐北窗闷人。
壁罅长角蜗出，墙根癞背蟆跳。媚兰初种喜活，綵莠不锄防骄。
承溜器溢还满，灌畦车悬甚闲。一知了当昼静，双意而未暝还。
带水犬眠内户，拖泥鸡聚深廊。闭门我且不适，行路人更难当。

三夏避暑自题小书室

我有小书室，半弓拓庭除。壁间几幅画，案上数本书。栽竹低婀娜，修桂长扶疏。能遮暑日烈，不隔清风徐。闭户静可喜，开轩凉有余。静使一心定，凉能四体舒。有时披卷读，颇似饥蠹鱼。有时展簟卧，无异寒蟾蜍。昔游楚南楫，昨返燕北车。洞庭秋飙渡，桑乾夜雪墟。驶帆出石险，瓤轮多水淤。劳佚良坐命，飞潜岂操余。暂归意自适，闲吟兴何如。晚蝉引潮响，萧萧爱吾庐。

书竹凡三弟所见

怒云涌雨飑天车，罠罠野旷攒蒿麻。急趋破屋落巨震，脱椽一丈乌梢蛇。箭行入草山鬼瞥，倒屐触石摧巉牙。趣归昏翳股犹栗，爮途险巇矧四涯。

偶 作

海日赤西沉，岩月白东上。暗接女桑阴，凉延邻竹爽。

新秋思故人

天气忽萧槭，新秋归野塘。柳悬河影直，竹界月痕凉。屈蠖真无谓，飞鸿结远望。故交情不薄，宛在水中央。

葬遗棺 美杜节妇也

杜节妇，一何贤。贤若何，听我宣。昔年杜氏吏刀笔，势能偷天换白日。生前宾客惯填门，死后子孙无立壁。无立壁，多遗棺。故鬼泣，行人叹。节妇久徙母家住，归来一见摧心肝。心肝摧后泪枯睫，出钱葬尽棺重叠。苦从寸指积蝇头，卒使遗骸封马鬣。嗟嗟此妇不易得，刀笔之吏宜自测。

中秋甚风雨排闷作

昨夜惊飙抵石尤，桂花霰落小山幽。六朝金粉堆秋院，万里银涛入暮楼。迹比守株非待兔，名虚负轭等牵牛。明年看月知何处，拼醉滕王阁上头明春拟负笈江右。

仲春月坐舟次

孤舟成独往，酒盏夜相亲。春好不宜客，月圆遍照人。故乡多戍火，异地又离尘。何日归耕去，欢然冀缺宾。

扬子江阻风

金山山下柳才黄，扬子江头风正狂。但使只鸡堪奉母，何须千里客他乡。

平望舟中

一碧环平望,春波正涨时。远帆疑不动,高鸟去还迟。健饭看人喜,停杯引客思。堤边弱杨柳,荡漾万条丝。

海　警

旗鼓苍黄海动尘,书生肝胆郁轮囷。深防狡寇来如鬼,却怪逃兵去劫人。传警屡伤烽满眼,遣愁那厌酒沾唇。重洋何日鲸屠赤,暖律吹回大地春。

感　赋

卢仝曾受狂邻辱,幸有昌黎作长官。此日诗人空被骂,他年应悔呕心肝。

陈氏宝刀歌

寒烽青逼霜天高,苍兕夜哭长鲸骄。书生义愤万壑涛,投笔起看西凉刀。刀藏渤海珍蝉貂,羽林旧队龙横腰。想当杀贼山为摇,人头万辈旋枯蒿。热血厚淬锋火烧,战归挂壁犹呼号。蜥蜴啮柄蛟皮牢,几百年后腥生毛。长须拔鞘捷舞猱,削髁猛落离秋毫。传观四座风萧骚,神光宿莹寒不凋。银竹森雨已十朝,横目仰天哀嗷嗷。愿持割雾开琼霄,再劈鬼脯倾葡萄。

双溪阻雨

连朝积雨鹁鸪啼,几见宵来月上西。野渡一篙斜到岸,平田百顷骤通溪。滩流激石寻常险,云气漫山咫尺迷。拌醉浊醪同拨闷,年来酒量不曾低。

见陆叟酷似陈菉卿丈感而赋此

每因优孟思孙叔，为遇虎贲感蔡郎。何意元龙形宛肖，却逢陆叟令人伤。

坠瓦折秋海棠

墙角忽飘瓦，摧残秋海棠。此花真可惜，世事本无常。剩有莓苔老，偏看蔓草长。空斋方坐雨，觅句吊余芳。

钱子密应溥以纸索书即转乞祭丁牛肉戏占

鹅群逸少笼将去，羊肉坡翁换可如。我愧持书赚湿耳，被人却唤索牛书。

淞郡考棚中有桂一株困顿风尘久矣王伯阳先生见而惜之爰命剔蛛网培露根奇香四发迥异群木因赋诗纪之

也应磨折使成材，叶蠹根翻乱石堆。太守偏能加护惜，名花毕竟要栽培。风来劫后香逾发，月有缘时蕊正开。安得韩宣遍封植，不教嘉树困蒿莱。

松　花

黄雪蒙蒙点碧山，满林幽朵护苍颜。格高修竹寒梅上，影落疏篱野屋间。游伴寻芳应不到，仙人采药可曾还。千年老鹤归巢晚，夜气初沉月半弯。

风来樵径动微香，百尺虬枝秀郁苍。钗影春排千壑翠，粉痕晓扑一溪黄。凌空细碎团朝雾，入望冥蒙淡夕阳。最好娟娟飞瀑下，泥人静坐听笙簧。

冬春行

东家西家声轰铿，冬天处处舂香粳。解衣露膊举大杵，两人对击若斗争。此杵乍落彼杵起，一日须舂十石米。米多舂急风飞糠，大鸡小鸡走啄忙。马鬃作筛竹编簸，积雪照米莹交光。余租足饱一年食，正供况早输官仓。医疮幸免重剜肉，六月谁家粜新谷。

枫泾舟次感赋

葫芦潭里昨登舟，听雨今偏引别愁。诸弟饥驱皆适馆，弱妻病起尚居楼。寒梅空忆开墙角，春草无情惹渡头。酒盏自倾迟自慰，古来骚客例轻游。

六闸舟中

邗沟侵晓发，烟景倚蓬看。到闸水逾驶，过江春较寒。蹇驴随处雇，饥隼不时盘。回忆瓜州渡，潮平月色宽。

春晓听雨

麦苗犹短厌春晴，忽听潇潇响五更。怪道山农应快意，晓禽也喜弄新声。

和单允符元易咏画眉鸟元韵

解赋珍禽笔有神，分飞还感转蓬身。遥怜千里妆台月，定锁春山忆远人。

寄家书不果

琅川古城半月居，离家千里得家书。客中更拟将书寄，却少一双金鲤鱼。

四月二十三日为原聘周氏生辰感而赋此

忆自摧兰蕙，光阴已七年。存时犹隔绝，死后更茫然。并少近来梦，真虚前世缘。今朝汝生日，一念一回怜。

又

汝棺犹傍母，汝母即吾姑。盟誓修先好，因缘弃半途。前尘伤锦瑟，旧绣惜珍珠。原聘没后乞得遗绣数种至今珍藏之。识面空遗画，知能仿佛无。

江阴归途作

镇日东南风不停，阻风归客滞吴舲。江鱼入馔银丝白，野荀登盘玉版青。云漏日光垂匹练，树围村势列重屏。羡他溪寺僧行汲，携得军持带细萍。

打 麦 词

桑扈飞迟榆柳暗，夏熟初登云压担。所喜晴干穗藁长，高堆暖积牛宫旁。东南风来响拍拍，薄暮新炊饼饵香。溪前声多和桔槔，村后更杂丝车缫。去年苦潦无一束，今年收成过一斛。朝来又祷黄梅雨，水足秧田种禾黍。

归舟薄暮

泽国天晴久，行舟水气腥。渡头衔竹日，篙眼漱萍星。归鹭飞飞白，流萤闪闪青。四村方渴雨，准拟卧楼听。

向晚游小园

隅园东角小园名，向晚追凉取径行。老树阴森日乍落，长鱼泼刺风初生。坐临虚阁古怀远，立傍平桥人影清。扑却俗尘知几斗，归途邻寺动钟声。

癸卯新秋将之暨阳濒行闻周次轩士清自西安归不值感赋

故人公瑾久知名，醉后常称离恨生。尝为次轩作《离恨生序》。却怪交深翻会浅，次轩归日少轩行。

壬寅夏王伯阳太守权吴淞郡甫旬余夷船陷上海犯吴淞太守留尤将军渤兵击贼城赖以安事平卒以失援上海削秩同人索诗纪事遂痛饮走笔成此

黑风烧海半天紫，乱突长蛇走苍兕。旄头摇摇鼓不起，大官移营上将死。妖氛骤逼沪渎水，艨冲击波疾若矢。破屋坏云压堞雉，萌隶苍黄昼闭市。嘐城累卵谁障此，尤将军王太守是。将军擐甲捍沙嘴，太守登陴定挥指。贼撼不动退舍止，髑髅千岁生牙齿。功较蔺廉去不咫，岂雌筹笔雄执弭。虎帐策勋酬将才，熊轮夺职何为哉。升沉忽判不可回，一眚掩德心惊猜。上洋官兵昔未摧，大旗五丈营门开。万马蹴踏声喧豗，越罗楚练骄舆台。蓦传飞炮轰狞雷，捷足弃甲迟作灰。华亭唳鹤清且哀，杯水焉救车薪灾。五日京兆况乍来，孤城捍敌殊崔嵬。辜以失属雉入罾，谷永咽愤寒潆洄。攀辕不得泣叟孩，拂衣竟去秋风才。虽然世事迭倚伏，步兵何用穷途哭。平原古村酒旗矗，会须痛饮新笃熟。塞翁达观失即福，邹衍之律回温谷。书生终兆封侯卜，燕颔虎头飞食肉。

旅病口占

客里难为病，无人侍起居。畏风头易晕，减食脚真虚。异地防医误，常时拣药书。路人劳问讯，情厚意无余。

阻风游小金山

黄甫墩边路，频年过客舟。偶缘风浪逆，却上寺门游。渔网春捞蚬，僧航晚渡鸥。九峰青对岸，岚影扑层楼。

圌山风阻拨闷纪游

南风净扫碧云阴，舟滞江干密密林。说鬼苦无客解事，登山喜有仆同心。草牙绿犯梯田细，杏颊红搀甃井深。仙迹奇凭樵子述，危岩幽洞费探录。山顶有洞，樵者云曾有仙人居此。

感逝为室人何氏娩难作

客子方千里，斯人竟九泉。出门余涕泪，何处觅婵娟。自古非无死，如卿剧可怜。书来真痛绝，望眼已先穿。

移　寓

移寓小斋幽，差堪慰客愁。隙尘飞野马，篱蔓引牵牛。乌几书闲读，朱门刺懒投。朝来新雨过，爽气豁吟眸。

孙松岑詹事寿铭招饮即席戏占

作客长安道，相逢半酒徒。新交成洒落，豪饮杂欢呼。月树犹飞鹊，风檐忽堕蛛。长卿正消渴，何处觅当垆。

哭朱粹庵同年元勋

客里频携手，交情久益亲。暂逢惟说鬼，险语必惊人。已惜凌云翮，还同失水鳞。遽闻玉楼召，知己泪沾巾。

又

惨澹忆君归，都门马不肥。积劳身况弱，大病志真违。反席未安寝，征尘犹满衣。生还成死诀，何以答春晖。

啖菱角及藕得绝句

菱角登盘新带荇，藕芽出水净无泥。依稀小艇湖头卖，不傍苏堤便白堤。

吴烈女湖州人

河麋鸳雏，离雄独居。土枭来犯，自投清渠。一解

延陵弱艾，为李养媳。夫游汉水，侍姑孔蠹。野心狼子，夕匿入湢。二解

手女足女惊号，玉女金女脱逃。洁身诉冯夷，黑月寒滔滔。三解

县官狞色来检尸，众冤白官官不知，一棺掩恨沉荒陂。四解

扬扬恶少漏网免，竟党萑苻卒禽殄，缚向吴门比屠犬。官丧心，天具眼。五解

同里吴生，掇潜发幽。沉冤雪洗，赤旱云油。六月降甘雨，万家拜贞女。六解

题扇绝句

海棠先睡怯黄昏，粉颊斜支掩泪痕。倚懒拼娇频寄梦，银灯背月照春魂。

题顾东川先生《秋山放鹤》遗照

箕风振四郊，高秋入山脊。乍结深公庐，时踏阮家屐。青田豢胎禽，笼开理素翮。嵝领莽锵巇，兵爪斗腾掷。灵鸧同游翱，狂鸥乱叫吓。珂岑刺奇青，虚空捩孤白。翘想林逋仙，万梅花绕室。湖心见月羽，知有叩门客。谁言卫乘轩，驯之同五尺。先生虎头痴，然糠研蠹册。高怀四海局，巨手太华擘。贪看凌霄姿，松根凉脱帻。何为遽蜕化，日睆西崦夕。华表倘归来，人民恐非昔。

敝裘虫蚀若刻画感而赋此

长物原无几，贪残尔可嗔。潜形同鬼蜮，得路逐灰尘。厚藉阴霾气，甘为虮虱臣。亦拼饱馋腹，愧乏紫貂珍。

夜舍何白英农部国琛宅不寐感赋

客里有沙哥，冲寒向晚过。相留缘小饮，不寐即长哦。月影下窗白，风声得树多。谢公与爱女，可惜已山阿。

铜鼓歌为沈箐士比部作

我闻羊城海神庙，有二铜鼓分雌雄。建陵节署足竞爽，一大一小形模工。南康昔年亦负献，瘢胝铭篆雕秋虫。焦山旧藏吾所睹，土花驳荦嵌青红。石湖曾详虞衡志，金镩还辨竹垞翁。蝉纹鼍甲发光怪，流传并自蛮溪铜。君今何处得此鼓，体若坐墩空当中。蟾精隐齿涧底月，虎魄夜走岩坳风。跃江几令河伯守，伐社直使山魈聋。或云新息实创始，后有作者诸葛公。毒蒸鸢翅岚气热，瘦敲马骨秋声同。蓐食晨炊腾焰焰，严更夜警听逢逢。大剑长枪既韬戢，粗沙狠石相磨砻。又闻獠酋每铸造，争豪角富夸奇宝。竹王祠里昼啼鹃，乌巢河畔春多草。匏笙芦管杂傩歌，瓦缶沙锣争击考。乱翻锦袄舞天姬，暗掷银环报都老。雨点晴飞白鹄山，雷声冬发黄牛堡。终朝叩锻费铿吰，铜若有神铜亦恼。久抛锁甲感销沉，幸列图书快搜讨。七星八面讵等伦，马革夔皮尽臣皂。仙人铅泪别千年，嗟我何为生不早。所珍士行比精镠，铃说卮言粉一扫。未窥宝器试摩挲，得读瑶篇已倾倒。箐士首唱长古。郢醪醉我索题辞，深惭鼍咬空浮藻。愿从借取羯催花，银瓶红药香寒抱。

风筝限高字　并序

花幡徐动，玉铎初惊。余寒粟肌，高籁铿耳。铮琮何处，素手疑调。天矫当空，童心易触。每忆夕阳城外，碧浪湖头。竹马骑来，纸鸢争放。片影高揭，么弦远张。半日偷闲，踏残草迹。一丝斜引，同上瓜皮。喜逸响之先腾，何俊游之难再。如吹芦管，天涯尽起离愁；那觅蔗浆，客里易消热念。聊拗鸡距，藉答鹍弦。幸质同声，无虞寡合尔。

尘耳从今洗，丝哀与竹豪。筝弦空外劲，风力望中高。虚籁涵宫角，层霄假羽毛。远疑凌雾縠，隐欲步云璈。雅制初裁竹，新符正换桃。肖形弯柘干，奋响勒丝绦。结构心何巧，飞腾首共搔。蝇头杈子母，蜗髻聚儿曹。乍喜分钱卖，休辞引线劳。盘争铃鸽健，缚傍纸鸢牢。平晓城同上，新春塾惯逃。红腔连曲巷，绿意入晴皋。促柱悠扬动，长绳宛转掺。影斜搀柳浪，调激杂松涛。何处吹龙管，凭谁拨凤槽。十三弦宛弄，廿四信频遭。旅况成萧瑟，归心系大刀。泠泠闻远籁，剪剪拂征袍。偶觉声摇曳，旋惊窍怒号。桓伊应抚曲，沈约合抽毫。朔吹寒逾急，余音静不嚣。隔花传嘹亮，擘柳想萧骚。回忆儿时乐，频添客思忉。弹冰谁解识，邀月且浮醪。

分咏唐花得翦字

纸窗土屋净如茧，兽炭春多晓寒浅。绿盆小树叠层层，吴门烘胚几回选。掘窖深知得气先，围炉暖喜逢丹转。差拟山家午焙茶，不知石径冰封藓。几度温风扇动纨，一番时雨泉流笕。绣幕催妆梦乍回，雕佩新翻力犹软。檀心暗晕吐娇姿，疑胜玉环随凤辇。购得还藏屋似舟，供来只合香生篆。风饕雪虐漫牢愁，纸醉金迷足消遣。惯招冻雀眼偷窥，幽引寒蜂翅微展。不须覆土戏韩湘，绝胜吹律来邹衍。所惜天倪付劫灰，脆同日及舜也。凋流睍。根本由来贵护持，枝叶休教浪攀践。蟾辉蚀后卜重圆，獭髓搗残医遇扁。珠蕊还期烂漫开，玉葱好持轻盈捻。吟成阁笔沸瓶笙，砚冻蹙鳞风试翦。

题周缦云太史同年学濬《蘋洲渔笛图》

两三间屋枕寒流，凭眺轩窗事事幽。何处沧浪吟短调，蘋花宜晓笛宜秋。

晴雪点溪香绕船，参差吹彻已忘筌。凭谁共听烟波曲，一只鹭丝寒耸肩。

都门三载订鸡坛，输与云璈天上弹。空忆秋风生水榭，十分凉意扑阑干。

云开雁路粤山青，八桂江头一使星。料得周郎能顾曲，不教椽竹老柯亭。

除夕祭诗

桥头买得酒一壶，庭前高烧烛两株。中设锦囊贮诗卷，旁列梨枣杂木奴。浪仙胜事已千古，何妨依样画葫芦。平生为汝苦搜索，敝帚岂与千金殊。犹忆昔年岁方雏，夙慧了了通之无。每吐奇句惊老宿，偶忆清景追亡逋。十三读书到蒋径，湖山往往同鲤趋。花港春深钞乳燕，葑田秋老飞寒凫。疏雨便乘乌舫约，斜阳时趁青旗沽。此时追随足吟兴，瓣香暗祝髯公苏。一从风木感衔恤，楚南千里占从姑。螣蛇昼飞溪雾湿，子规夜叫岭竹枯。乘车山鬼解凝睇，带刀戍卒频争呼。依人去住两非计，蛮语聊复从娵隅。归来柴门历二载，马头飞雪游燕都。少年同学半朱紫，嗟我何为犹泥涂。惊沙入檐霜风粗，梅花窥帐桃换符。雕肝斫肾吾敢怨，半生甘苦惟尔俱。凭渠后人浪覆瓿，再拜不觉成卢胡。烛残举酒还自饮，颓然一醉吾忘吾。

题周次轩士清《享金集》

庸庸守财虏，障簏痴可想。次轩几卷诗，豪敌千金享。当其凌沧州，一笔贯五丈。柔肠荡春魂，颢气轶秋爽。生平总角交，惟予惯来往。一别已五霜，月落关河莽。薜苢风城秋，缁尘九衢广。快睹蛇珠新，惭惊马齿长。穷作芦中人，贱仍灶下养。再读近来句，酒后增慨慷。离绪况缠怀，明朝木兰桨。

放雀行

昨晚风雨暴，庭除水奔潈。何来黄口雀，曲踊泥淖中。腹毳尽沾湿，畏人窜棘丛。欲飞不得上，毛羽愧未丰。彷徨丧家狗，瑟缩号寒虫。颇似原宪病，何殊伍胥穷。乍见生恻隐，携归寄雕笼。今晨两翅燥，纵之入晴空。众雀各惊喜，乱噪花墙东。寄语善养翮，勿轻效冥鸿。弱材骛高蹈，谁能持其终。玉环不用报，豢笥吾无功。

津门寓舍杂赋

入世无如容膝安，茆斋斧木足盘桓。何堪五十年中事，杨氏园亭便入官。时寓杨氏园林。

北地人多重大仙，何曾一个遇婵娟。聊斋老去真无赖，好说仙缘惑少年。

当年凿石砌成池，石破池荒只几时。向使源头寻活水，未应立涸竟如斯。

丁香摧折海棠枯，野枣丛生几十株。也识衰兴有代谢，孰令饥朔饱侏儒。

题　壁

品石评花岂偶然，十旬小住亦前缘。最怜鸟啄风筝处，当有何人卸翠钿。

兰亭梓泽总邱墟，弱水斜阳驻得无。苔壁题残催解缆，篆凭蜗角网凭蛛。

寄周次轩

故人隔面动经年，无限离情寄暮天。咫尺通州阻相见，秋风又上潞河船。

扫 雪

昨夜飞霙叠作堆，平明携帚扫庭隈。直疑分水水能立，还讶拨云云自开。便拟呼童沽酒去，好教待客带诗来。玉尘百斛凭收拾，渐露寒阶漠漠苔。

不妨门外深三尺，先向园中辟一条。旋迊冰花纷白碎，尚余霜叶点红娇。奚奴小立频呵指，名士从来也折腰。最好竹枝新压倒，随风自解拂琼瑶。

消寒分咏新乐府得琉璃球 刺恶少也

琉璃球，气何雄。不名掠地虎，即号混江龙。侧帽不覆额，披裘不束胸。成群辄三五，敖游无西东。喜即把盏好，忿便磨刀从。夕阳欲落天多风，铁环琅琅鼓逢逢。斜街小市聚童稚，挟之而去如拾蛩。儿即啼号呼父母，其奈鼓声聒耳，一去追无踪。控官官不问，诉吏吏或通。安得使君明且公，捉将官里比四凶。君不闻，水晶灯笼张中庸。

分咏战国宫词得燕宫

公子征衣尚未缝，顿教太后气填胸。殷勤入谏回慈意，陈翠何殊赵触龙。

燕台虚说筑黄金，好德争如好色心。不见崇霞高百尺，旋娟又试绕梁音。

结客无非计报秦，柔荑何苦断来新。咸阳匕首提铜柱，不负青宫负美人。

耽耽猛兽踞深山，得假余威岂等闲。乌喙若非秦少婿，临淄那得十城还。

分咏建安七子得应德琏

从薄蜩螗沸，湍深脊令悲。文学值云扰，焉能免流离。令弟亦才彦，苦乏子孟资。八鸿正多故，四牡将安之。乍奋北魏迹，得伸南淮眉。建章预欢宴，平原相追随。幽兰发华馆，清醑湛瑶卮。幸逃乌林厄，顾副黄发期。美志惜不遂，西嵫迫颓曦。风篁动凉夜，空令怆陈思。

临清道中

梨花如雪映桃花，茆屋青山一带斜。驻马桥边问行路，前村是否散仙家。

苦雨口占

插秧时节雨连绵，绿柳丛中浪接天。十万桔槔齐着力，车将满水出平田。

车水才干正望晴，那知连夕又倾盆。满湖菱叶都平槛，前度瓜皮直到门。

千金费尽养池鱼，池涨鱼多走太湖。湖畔渔人翻得利，投竿连得四腮鲈。

黍烂禾荒豆尽枯，书生忧世未全迂。旁人那识杜陵志，却笑君家半亩无。

汶上题壁

惊沙乱砾卷当空，中道回车计亦穷。客里非家何所恋，枉他吹煞石尤风。

古　意

幽卉开难足，深闺思不禁。名花与美女，俱有向阳心。

送钱子方孝廉炳森昆季南归

输尔还南早，将离此日情。雁行归海国，马足滞都城。野树浮云合，寒芜落照平。何时重把袂，家酿约同倾。

又

自笑真成误，秋期尚未归。梦凉虚角枕，醉剧污征衣。丛菊花无数，垂杨叶稍稀。山妻闻善病，颇悔浪游非。

见瓶蓼感赋

昨日出门去，野蓼可人意。折归贮古瓶，飞琼缀云帔。琐碎穗垂红，轻盈叶含翠。爱玩数须臾，枝低花半坠。客子为感伤，对之不成醉。万物离本根，焉能免蕉萃。

对 酒

对酒忽不乐，悠然思故乡。秋潮侵野渡，夜雨漫平塘。稻浸年仍俭，松疏径就荒。吴兴今夜月，寂寞照流黄。

冯小亭太史培元邀饮同人赋诗

朋簪不易集，高会值燕京。异乡同门友，何殊亲弟兄。平章稻蟹味，对玩霜菊英。杯深酒力厚，未及贤主情。相交在直谅，不在利与名。薄俗鲜真意，屠沽笑公卿。感子情谊重，诗成还同赓。投分期皓首，无忘寒岁盟。

完粮行

去年田水一丈强，今年田水还平塘。北风萧萧吹稻芒，县官骑马催开仓。开仓多在十月底，后及城市先四乡。诚知市人猾，不若乡人愚。乡人粒米等珠玉，仓胥践踏如泥涂。较升量斗不足惜，最怕南粮与折色。折色一升钱二百，南粮三石作一石。医疮剜肉真可怜，乡人何处呼苍天。夜深空抱牛衣泣，胥吏扬扬归度年。

新年四咏

风来巽地五云舒，执宪明时早授书。象译狄鞮颁朔远，重光渊献纪元初。本无禁忌观宵永，长祝平安到岁除。最好中秋桐叶闰，琼楼玉宇兴何如。时宪书

贵从公辅贱么么，鳞次编排遇顺多。载藉应防惭大雅，几人无忝出高科。尽教庶姓荣登选，安得循声久不磨。便算名经记千佛，讵容一例傲岩阿。搢绅录

春门气象顿峥嵘，历历头衔照凤城。比户居然题仕版，循墙大可振家声。直疑翠幕排银榜，便抵丹书著玉京。料得骑驴佳客到，漫劳枚数早分明。门封

云间日下姓名留，争似明珠莫暗投。齐物不妨呼作马，大书深恐误成牛。惯兼褚薛欧虞体，滥到阴阳道墨流。才子漫矜鹦鹉赋，袖中一刺已三秋。名柬

大言小言易集林

造易八元，周旋万里。天女推床，河伯捧醴。游观沧海，乘风驾雨。寿如松乔，千秋起舞。

蚕室蜂户，千柱百梁。蠛螺生子，虾蟆代王。蜎飞蠕动，相与争强。离娄明视，不见玄黄。

题薰笼美人

秦篝低却称身裁，翠袖闲凭日几回。翻怪笺香容易烬，相思到底不曾灰。

寄周文泉刺史姑丈乐清

别竟十年余，无由侍起居。每因千里雁，幸得数行书。大集人争读，循声众不如。何当适东鲁，问字更牵裾。

中秋对月有感

浪游浑不觉，秋月最撩人。何事团圞夜，常为羁旅身。宿酲疏把盏，远梦逐归轮。料得深闺里，双眉永夕颦。

题　画

疏树经冬瘦，虚亭尽日间。那知清闷客，直欲傲荆关。

又

羽书日旁午，独坐写溪山。自分无长策，天公特放闲。

题黄韵珊孝廉师燮清《倚晴楼图》

新秋晚凉甚，块处同孤云。闲阶花烂漫，独酌还易醺。披图一再玩，乡思夕纷纷。敝庐东海头，故址射圃分。别来日芜圮，石径深苔纹。何当翦藜藿，一为息劳筋。涪翁真吾师，小楼峙斜曛。旁收两园胜，尚友千载群。岚影近城合，涛声高枕闻。筹边岂不贵，楚粤多妖氛。即此数椽适，足傲百战勋。安得卜邻住，从游细论文。

题　画

寂坐幽斋众壑邻，兴来画石必通神。山精未敢相窥探，只恐先生为写真。

癸丑正月南归道中口占

京华十载驻征骖，但得归家梦便酣。一路柳条青一日，计程二月到江南。

壮士长驱曳落河，楚氛未识近如何。赴官苦有程期迫，料得离愁归更多。

因病不饮用高季迪韵

我昔喜豪饮，酒樽无日空。同侪事沉酣，笑谈座生风。沉疴忽缠扰，医谢药石攻。举杯不上口，磊块填我胸。岁阑滞远宦，闭户风雨中。纵有苦苏酒，味与越酿同。见之辄眉皱，虚负真珠红。如何未四十，便似支离翁。遣愁更无术，养病终何功。饮食数所定，还当问天公。

羁　愁

不住潇潇雨，羁愁日夜新。病深多漫客，才短总输人。愤世心徒壮，归家梦当真。安能抛药碗，痛饮洞庭春。

立夏口占

公明曾许我，立夏病应除谓赖古愚。今日逢佳节，私心祝太虚。樱厨期客醉，药碗逐医疏。从此身长健，归来好荷锄。

病　起

风雨当长夏，艰难一病夫。废餐忘旦夕，入梦只须臾。谢客门常掩，呼童杖代扶。朝来身稍健，幸草喜旋苏。

病愈落齿数枚感而赋此

我生体气弱，筋骸本不良。无端遘厉疾，百医穷其方。厄尽遇新知，其人乃纯阳谓吕幹堂。遗我薰鼻药，药力真非常。薰之六七夜，病去人则尪。颊肿类怒蛙，舌蹇成寒蛩。牙齿渐摇动，脱落四五强。病去良可喜，齿脱亦可伤。虽余十数枚，其奈少扶将。吾本三弟兄，风雨时联床。季弟前岁逝，手足惨已戕。物贵同气助，齿寒由唇亡。奈何毁遗体，思之涕泗滂。

自到长沙移居凡四处各纪以诗

其一临升公馆

觅寓固应难，星沙才解鞍。三椽近市隘，尺地界篱宽。井祀黄神庙，门临乌鬼栏。况兼地卑湿，何似驻长安。

其二梧庄

移寓得芳塘，回栏绕曲廊。碧梧秋有信，红芰晚逾香。鸟弄千般巧，鱼跳一尺强。只怜城上卒，戍角起斜阳。

其三军装所

夏屋连兵气，书生急束装。毛锥奚足数，羽檄不辞忙。久戍修矛戟，残师得甲裳。总期烽燧扫，无复事戎行。

其四小乌门陈宅

后苑邻花圃，租钱月七千。纵辞整军武，差喜养疴便。得失塞翁马，功名上濑船。幽吟迟未就，捧砚小童偏。

军装所卸事移居小乌门作

自辞军府便翛然，赁得乌门屋数椽。万事庸人多自扰，一生故我总随缘。沉年病累情尤达，消夏吟成兴欲颠。竹榻晚凉檐际卧，贪看星斗久忘眠。

新移小乌门寓戏占

由来习静是良方，小寓新移趁早凉。驱却病魔应万里，邀来酒客定千场。琴书妥置频烦弟，粉黛慵施恰愧郎。自笑闲云才出岫，鲈羹便拟入秋尝。

暑雨书怀

连朝愁酷暑，今日喜层阴。骤雨鸣荷叶，新凉到竹林。备尝游宦味，只系故园心。何日家书达，兵戈感陆沉。

长　沙

长沙经岁住，风物故乡悬。入夏先鸣蟀，迎秋始响蝉。豆多羊眼细，菜厌马蹄圆。差喜香粳贱，今年况有年。

病间有感

病起都无力，秋来枕簟清。热肠消宦味，冷眼见人情。梦电无根蒂，浮云几变更。归帆何日挂，重与白鸥盟。

自题《卖马买画图》并序

甲寅季夏，养疴长沙。旅况特窘，旧蓄川马出售三万钱。适郑估携画障至，一则唐静岩所缋山水，一则王耕烟墨笔茄菜也。披览击节，叹为绝品，即倾钱买之。虽囊仍枵，然弗顾也。因作《卖马买画图》并缀长句。

厩中汗血不受鞭，骨格虽小形神全。主人病乏点金术，卖却三万青铜钱。得钱未暇籴薪米，郑老入门颜色喜。手持名画照眼新，静岩山人石谷子。秋风老圃实紫茄，深山窈窕藏龙蛇。神游目注叹卓绝，无异天马来流沙。倾囊急购不论价，旁人笑嗤仆夫骂。自怜结习逐年深，浑忘穷途无处借。昔闻爱妾换神驹，今日神驹易画图。男儿处世要脱略，恋栈龌龊非吾徒。

记 二 侠

严生述旅店少年

严生好远游，曾出山东道。日午落茅店，客饭马具藁。何来少年郎，晰白颜色好。下马入土阶，指酒即便讨。一饮数十觥，云未解吻燥。遂令高阳徒，相对心倾倒。就之问姓名，欢言摅怀抱。寄家燕齐间，游历出门早。夙慕剧孟豪，惯笑廉颇老。千里轻客途，一剑守吾宝。佳侠名尽知，狙奸迹如扫。纵谈日易斜，结束何草草。黄白灿盈囊，信手付酒保。跨马去绝尘，凌风逸雕皂。

程生述附舟客

程生亦佳士，常作荆楚游。异哉附舟客，骨竦黄须虬。终朝绝饮啖，问之何因由。动称俟他日，他日抵某州。掷金叫舟子，速为酒食谋。鸡豚及粳稻，堆积若山邱。顾盼啖且饮，神光射双眸。倏忽尽数器，鼓腹气食牛。一旦谢别去，赠以香数筹。云若遇非常，焚之戢群偷。后值风水阻，晚泊芦荻洲。光火夜告警，炷香插船头。侵晨舟子语，昨夜集盗舟。三盗距跃上，未上辄反投。盗众遂惊溃，其故不可求。颠末为具述，斯人真殊尤。

吴朴安同年熊将之官通道感别二首

六年辞蓟北，半载聚湘南。又作新秋别，曾无竟日谈。宦途羁老马，病榻困春蚕。不是为贫仕，栖迟若个堪。

其 二

兵燹半天下，为官岂令图。匏瓜悬晚圃，莼菜老秋湖。何计成高蹈，从人笑古愚。离愁谁遣得，一醉肯来无。

向晚游复圣宫

颜氏祠堂古，萧疏柏树林。庭宽天自大，池回水逾深。归鸟投云际，游鱼漾岸阴。愧无田负郭，空抱遂初心。

复圣宫晚步感赋三绝

向晚追凉复圣宫，清泉瀹茗更谁同。人生到处堪行乐，那羡东邻足谷翁。

其　二

旅病经年尽药方，早从修短悟彭殇。须知蒲柳零秋易，岂为吴门白练光。

其　三

穷途讵免求全毁，同学犹疑拾饭尘。愿把四箴书四壁，蝇营狗苟只凭人。

养　病

养病只高卧，当窗竹榻横。浮云互浓淡，凉日暂阴晴。厌听药千杵，闲消棋一枰。不才同散木，寂寞感平生。

早起访邹载赓刺史飏廷怡园

高林上早暾，披葛到怡园。花草俱秋色，红黄尚露痕。元龙起高卧，孔雀动孤骞。园蓄孔雀一头。为诣君平卜，无嫌晓叩门。时从载赓问卜。

志感二首

奸民残吏兵戎伏，吴楚经年扰青犊。骈诛协从半良懦，蔓草浸膏乌攫肉。暑蒸狴犴囚夜呼，雨湿骷髅鬼秋哭。李贺诗"嗷嗷鬼母秋郊哭"。嗜杀方能媚长官，得情那更哀茕独。於虖安得召公奭，甘棠为造黔黎福。好生自足澹天灾，何事诸公恣杀戮。

其 二

军需火急招乡勇，行粮更彼百夫重。恶少巨猾尽窜名，贼未近前阵先耸。流亡子女不聊生，剥掠鸡狗无遗种。但呼军令合千营，谁向幕庭试三踊。於虖安得淮阴侯，善将市人庶无恐。不然主帅苟睚眦，倒戈阶乱同微尰。时闻广勇有反噬者。

散 步

蜗庐晚犹热，散步向前村。野屋多临水，严城早闭门。朦胧弦月上，睥睨阵云屯。喜听三军捷，归来倒绿樽。

自 愧

古来盛名下，坎壈每随身。自愧成愚鲁，何为亦病贫。天狼缠翼轸，山鬼啸松筠。只作归田计，扁舟事隐沦。

听邻儿读书有感

邻儿读书声琅琅，听之真若雏凤凰。所诵惟何斯干章，乃生男子宜君王。孔抱释送定有自，待丰羽翼青云翔。令我不觉神黯伤，年未四十先老苍。岁岁出门客他乡，尚无稚子能扶床。纵有阿咸已解读，村塾难期师友良。安得明珠出老蚌，他年柏匮诗能藏。

闻岳州捷音

闻道巴邱捷，沿江贼势穷。银枪军整肃，铁杖帅骁雄谓塔提军。貔虎通方略，风雷助战功。还须防虿毒，莫恃六钧弓。

闲 居

卧病难为客，投闲岂负吾。典衣供药裹，侧帽会棋图。欲赋贾生鹏，空思张翰鲈。只因悟倚伏，差足慰艰虞。

忆故乡

湖上山秋色，城头海夜声。半生羁客梦，千里故乡情。旅雁断来信，闲鸥寒旧盟。拌辞朱绂去，莫使绿芜平。

秋病旅居时闰七月

露冷风高落叶稠，药香茶熟小斋幽。宦情原淡况多病，离绪已深偏闰秋。资斧萧条常偃卧，兵戈浩荡足牢愁。龙方肘后谁传得，愿饭青精到白头。

赠金补之明府德麟二首

曾抱西河恸，谁怜南国羁。那知七十叟，更得一双儿。戏并骑青竹，来争弄白髭。楹书都付读，犹见凤凰池。

其　二

许结忘年契，翻嫌识面迟。交亲堪薄俗，文采重当时。佳酝邀人把，新辞即景为。邻居千万买，几杖日追随。时与补翁邻寓。

柬高啸琴明府同年溥

难得高常侍，闲来肯重过。夕烽江上远，秋雨客中多。薄宦从微禄，离怀托放歌。十年情话密，不见忆如何。

旅病屡承高啸[①]同年临诊志感

屡顾方频录，沉疴许渐除。情深羊叔子，病剧马相如。素问应藏枕，黄精尚待锄。明朝占勿药，定拟访肩舆。

---

① 此处疑脱一琴字。

观 化

君子贵安命，达人惟信天。由来万物理，造作损自然。祸福迭倚伏，其势若转圜。宋犊兆妖孽，胡马行来还。失明役乃免，折髀身反全。苍苍天道远，人岂能及焉。我来潭州城，侘傺经岁年。观化化及我，无脈何肩肩。近犹患辅颊，饮歠苦不便。敢矜如簧巧，木舌殊难宣。幽居龙蛇蛰，琐事珠桂牵。宾客每相唁，奴仆亦可怜。世俗易悲喜，我生识几先。帚敝转久享，膏明多自煎。患难值行素，烦疴庶就痊。

闲 思

凉卧晓慵起，闲居秋费吟。鸡鸣庭树老，蛩语砌苔深。我有高山曲，天涯几赏音。周郎犹作客，且拟梦中寻。余平日所撰诗文与同乡周次轩孝廉齐名，次轩居城西，人呼西轩。余本号少轩，居城东，人呼东轩。两轩文字交，若胶漆焉。

幽 栖

为此拘拘者，幽栖蟋蟀堂。敢矜三尺喙，空结九回肠。时事谈都绝，陈编忆渐忘。鼠肝与虫臂，聊复事蒙庄。

向晚闲步感赋

向晚挈弟仆，出门恣徜徉。远山已苍然，高城犹夕阳。萧疏卧池柳，秋风动初凉。暗虫啼不歇，宿鸟归何忙。野屋上细火，短篱出微光。行径多荦确，安步皆康庄。始知矜躁释，险易可等量。山蚕亦欧丝，寒草必吐芳。嫫母炫蹇修，驽骀涎飞黄。丈夫七尺躯，所贵能经邦。兵戎况未息，蠹喙撼柱梁。纵闻月三捷，赤眉势尚强。何为困疢疾，尸居负昂藏。遣虑聊散步，终当事四方。

秋夜书怀

半生旅况同浮梗，一夜离情托烬釭。岳岭高原齐鹫岭，湘江清不异钱江。飞龙落店凭谁槁，海燕栖梁只自双。遥忆故乡好风月，云鬟掠削倚楼窗。

初　凉

亭午天犹热，清宵气已凉。秋声连树杪，书味入灯光。砧杵关河迥，丹铅岁月长。直疑水精域，明月浸空廊。

思良医

本朝上医手，叶薛最知名。谓叶天士薛生白。俱得青囊秘，能令白骨生。疏方巫觋走，视疾鬼神惊。时难思贤佐，年来共此情。

承金补翁以奚蒙泉童二树画各一幅见赠赋谢

奚冈弱筱风神远，童钰寒梅笔力遒。愧我尚迟琼玖报，多君胜似木瓜投。

思旧四首

冯小亭侍郎同年培元

不见杭州冯小亭，空留碧血照血青。梅花冷落稽留法，柿叶飘残皇甫铭。小亭画法稽留山民，书宗欧阳皇甫碑。

汪醇卿太史同年廷儒

醇卿质朴是吾师，宿学中年始凤池。漫向画图寻九友，松筠回首尽堪悲。庚戌腊八日，醇卿招集冯小亭、汪叔明、秦宜亭、叶香士、张菊如、华笛秋、袁宗山及余于松筠庵消寒，合作长卷为画中九友，今图存庵中。

张受之山人辛

受之纯孝世间稀，名满京华一布衣。篆刻至今人什袭，苦心那识事庭闱。受之事亲最孝,精篆刻。

吴卍生明经靖符

嗜酒耽琴吴卍翁,年过六十兴犹浓。巫咸彭祖终寥寂,几见菖蒲长紫茸。卍翁素喜神仙之术。

鸡

饮啄傍柴扉,生涯尔辈微。细虫应未尽,独鹤自高飞。公膳多叨窃,比邻有是非。群栖休好斗,野老久忘机。

猪

糟粕兼藜苋,朝朝饲所须。心难厌溪壑,身喜负泥涂。莫遇齐襄射,还逢聂政屠。食贫吾俟命,富不羡金乌。

犬

爱尔赋形小,毛茸双耳垂。客来解浑识,童出便相随。莫漫欺家鹜,还须逐野狸。淮王丹九转,云路好游嬉。

金 鱼

鱼小才盈寸,盆池适性真。陆离堪炫目,文采不灾身。密藻藏全尾,轻漪动细鳞。料应鲸跋浪,照海彩霞新。

蟋 蟀

唧唧遍墙阴,何缘事苦吟。随风凄夜永,带雨逼秋深。频断幽闺梦,偏惊旅客心。役车劳未息,岁月易骎骎。

秋 蚊

孑孓盈沟浍,随时尽化蚊。经秋应渐少,入夜尚成群。小市喧残哄,轻雷殷远闻。蓬蒿半黄落,剪刈鼠同熏。

南天

南天吁可怪，城郭半如村。魍魉连烽火，脂膏入草根。皂旗淹久戍，赤帜厌游魂。何日安平太，山居不掩门。

闲游

拙宦成吾懒，耽游野径斜。看云知化理，汲井悟生涯。远筱藏山市，垂杨系水车。黄昏迟月上，归路认三叉。

梨

忆昔山东道，哀梨个个轻。着牙春雪脆，落爪晓霜清。鲜欲无闽荔，香堪压楚橙。只今炎瘴地，何物解朝酲。

草

天涯何日倦行縢，野草萋萋岁月仍。细雨春愁吴废苑，斜阳秋色汉诸陵。青连堤上宜盘马，黄到城边好放鹰。遮莫在山高远志，也须佩实学家丞。〔眉批：可称此题绝唱〕

偶吟

病根随日减，诗思入秋清。材散只齐物，时闲得养生。鸡豚亲鄙事，花竹寄幽情。摇落桓司马，佯狂阮步兵。好官思烂熟，举世薄浮名。请急频逾月，真教吏隐并。

围棋行追赠施范二国手谓施襄夏范西屏

国初以来号棋圣，西屏襄夏争高名。二人同居盐官县，施长范幼若弟兄。襄夏构思思苦涩，灯翳深宵死幽魄。西屏神速不假思，奔雷骤雨摧枯枝。一时鏖战匹瑜亮，俊鹘秋霄飒所向。阴平险缒寇实深，钜鹿疾击神尤王。维扬千里尺书催，豪门大贾楸枰开。既佳光景当作剧，金碧照耀凝霞台。海内名手兢求对，入从无间出有碍。银盆争取归仲甫，奇石每令输到溉。虽云小道必可观，虎贲剑术宜僚丸。赤松思庄有迟速，取譬通国俱不刊。郭溪流水春溶溶，只今无复西南风。斧柄烂尽石局空，寒星几点垂苍穹，荒村剩有桃花红。西屏襄夏同居海宁郭店镇，西屏著奕谱传世，名《桃花泉》。

秋　望

夕阳城郭暗，秋思满登临。湛湛楚江水，萧萧枫树林。片帆极天远，野屋与云深。散步归来晚，聊为庄舄吟。

兵　革

楚南贼稍远，粤东贼又炽。宦途病不仁，兵革岂天意。安得大吏公生明，推心置腹无隐情。上下一体关痛痒，宓子弹琴四野清。

可　叹

古人重义不重利，今人重利不重义。重义楚越犹一家，重利骨肉无真意。堂堂官府争锥刀，交情谁复存绨袍。乡里小民更何怪，一钱性命轻鸿毛。攻城掠邑直故事，豺狼满野兵戈劳。军须无资催科迫，何异救火重添膏。吾侪无能空太息，仰视熠熠旄头高。

张春江刺史宗世惠诗依韵奉和

名士襟期拙宦身，相逢一笑楚湘濆。未能免俗聊为尔，可与言诗少似君。骥枥虚闻嘶夜月，龙梭枉费织秋云。坎轲何意成同调，杜拾遗偕郑广文。

堪　笑

堪笑麒麟楦，全无下士风。翠云麾裸壤，白雪骇聋虫。运想天心复，途仍俗眼穷。登高佳节近，作赋望群公。

赠张春江刺史

张侯名下士，与我寸心同。嗜好酸咸外，交情偃蹇中。杜陵兼吏隐，楚郡两诗穷。闭户吟秋雨，驰笺约短僮。

病　懒

善病同摩诘，闲居懒更加。蟫编蚀云叶，龙剑绣霜花。西陆清秋回，南檐落日斜。十旬抛手板，蕉萃住长沙。

《钟进士图》为裕时卿太守麟题图为山阳朱文震作

虬髯磔张面铁色，蓝衫露臂吼霹雳。是何鬼物窃玉笛，捉将刳目劈而吃。骊山行官扈天跸，道子丹青曾写出。今之斯图亦奇特，山阳具有吴生笔。当其运肘鬼夜泣，幽斋恍惚精灵集。䕷然相对气懔栗，求君写真非敢逼。图成颊上重添毫，阴风飒飒生寒绡。目棱紫电烛暗霄，以扇障面惨不骄。魑魅罔两夔魖魈，闪尸辟易纷腾逃。泠羊赤犬殊膻臊，乌蛮差足充君庖。铁佛酸眉瞋贪饕，笑指蝙蝠苍天高。方今天子真神尧，九婴犹稽后羿刀。羽书旁午军务劳，太守胸中握六韬。妖腰乱领难坚牢，碧火无焰阱老鸮。誓扫瓦聚穷其巢，将军自有钟馗乔。

君不见

君不见，蛰龙伏泥滓。君不见，病鹤栖蓬蒿。九天雷雨奋鳞甲，万里猋风腾羽毛。王侯将相岂有种，不事生产真雄豪。困厄何用心烦劳，会取斗印扫群丑，黄金络马银装刀。

九日邀金补翁围棋竟日

病后登高懒，幽斋太寂寥。归心悬五柳，饮量减三蕉。幸有忘年侣，时从隔巷招。煎茶供坐隐，况对菊花饶。

裕时卿太守书来索酒并媵以蟹戏占

太守风流迥绝伦，书来为索洞庭春。杜康欲去愁无伴，特遣合黄作媵臣。

差喜高烽净楚天，抱关末吏尚匏悬。惯看路鬼揶揄笑，何日移封向酒泉。

口占戏从廷芳宇桂刘石渠廷玉两刺史索墨

潘谷松烟渺难得，豹囊虚说养元中。生平嗜此真成癖，应笑前身是鞠通。

软剂问君弆有余，可能分惠到蓬庐。不嫌鸦阵无行列，他日当酬数纸书。

置酒邀严子玉宝珏及谭李诸公小饮即赋

荆湘烽燧息，逸兴属吾曹。绿酝浮犀角，黄花对蟹螯。南风秋后竞时楚师屡捷，北斗夜深高。莫笑抱关者，时清解赋骚。

赴昌平任道中口占

高岭明寒雪，肩舆上土冈。溪罾余乱砾，树鬣补丛篁。路曲珠穿蚁，烽清斧戢螳。下车自今始，辛苦问痍伤。

平江灯夕甚盛口占

新春箫鼓竞如雷，壮士更番白打来。安得兵屯八百里，江东尽扫劫余灰。时各团多献技勇。

银花火树亘星桥，逐队迎龙彻五宵。山国只今方渴雨，愿从马鬣洒天瓢。

儿童几个学戎装，蹴踏中庭蜡炬光。却忆小时灯节夜，也曾竹马戏逢场。

颇闻父老话从前，几度元宵兴索然。何意喧阗逢此夕，自今伊始卜丰年。

平邑下乡途中作

跋涉连朝历险巇，早春暖过麦秋时。水清沙鸟衔鱼疾，天旱山农播种迟。极目只愁河似带，苦心惟望雨如丝。况闻邻邑犹兵甲，安得天河一洗之。

早　发

茆店侵星起，为官底事忙。远山明野烧，深树见朝阳。只切甘霖望，深虞久旱伤。今晨岚雾重，应见舞商羊。

清明登署后小阜感赋

清明岁岁客中过，今岁清明寄汨罗。一县有山供眺望，四郊多垒怅如何。但看远树迷青霭，几见连营扫白波。更莫思家归未得，披襟缓步踏层莎。

罗江闻杜鹃声

十年不听杜鹃声，薄宦罗江到耳惊。乱里光阴春一半，愁中滋味夜三更。每思陈迹如云幻，可奈哀啼对月明。鄂渚兵戈方扰攘，何由归去看深耕。

二弟承宗南来

闻道来官廨，何由历五旬。西江蛟患暴，南国雁行新。漫忆儿嬉日，应伤旅病身。干戈犹满目，累尔走风尘。

无　能

生平真个百无能，作宰昌罗愧不胜。昼永空挥判事笔，夜凉犹恋著书灯。萧斋共话惟诸弟，竹榻孤眠似老僧。差喜俗淳堪养拙，清操自守玉壶冰。

长寿街劝捐戏作六首

东西北界贼锋狂，春夏秋来军务忙。我止一身何所惜，忍教百姓委豺狼。

挪尽钱漕救急难，年来寝食几曾安。旁人尽有肩堪卸，无可推辞只印官。

贼来鸡犬怕难留，贼退仓箱喜共收。得看破时少烦恼，医疮那惜剜心头。

东乡捐务费亲临，嬉笑穷时怒骂侵。要识低眉与努目，无非一片阿婆心。

莫将勒费说官蛮，莫把悭钱说俗顽。但愿红巾从此灭，追呼不复到深山。

来时难免人遭怨，去后应思事有因。邻邑久伤鸿满野，一方安堵赖何人。

书怀时因公下乡寓野寺中

秋雨萧疏野寺阴，静中时事独关心。万家鱼鳖河堤决，四野豺狼寇盗侵。明镜几回催白发，丹沙无术化黄金。涓埃未效书生力，块垒空将浊酒斟。

闻塾中儿读书作此示勉

村塾儿童诵五经，寓斋寂坐听分明。诗书足澹兵戈气，便是休明鼓吹声。

遣愁二绝

露冷葭苍南国秋，离怀只在最高楼。河中阅尽东流水，不信卢家有莫愁。

愁肠病骨困难支，嘱付长镵意太痴。铲尽江南红豆子，人间不许种相思。

和李谷林茂才桓见赠元韵

曾经久别快如新，二十年前碧草春。往事重谈都似梦，故交几辈已成尘。马蹄游倦长安陌，鸿爪来寻汉水滨。今夜西窗同剪烛，交深文字总前因。

煎人寒暖水西流，知己重逢乐未休。几度吸将杯里月，一声吹出笛中秋。谷林善歌。牵来旧恨浑无绪，钓得新诗不用钩。堪笑官斋蜗角小，纸窗竹屋且攀留。

鹤岭晚步和谷林韵

三载狂氛扰楚山，几人战血左轮殷。久拼马革膏荒野，敢望菟裘营故关。何幸残年犹静谧，却教高阜共跻攀。明朝拟筑茅亭子，一醉陶然为解颜。

立春日作

岩邑惊春早，疏梅出短篱。县环昌字水，里建勿形旗。估舶帆稀集，军书檄屡移。残年风鹤警，安命复奚疑。

春雪寒甚即赋

冬至已过六九余，无端积雪满庭除。遣寒只合新醅酒，滞宦都忘旧映书。帘幕重遮犹凛冽，弓刀森队更何如。谁能借得东风利，直下楼船荡釜鱼。

春日书怀和李谷林韵

雪销溪沫拥春湖，客思纷纷感阮途。桃叶可能田种玉，棠阴那得浦还珠。何时脱甲消封豕，几度含沙避短狐。门掩蓬蒿盍归去，壮心无复遑南图。

咏雪分韵

空林拳冻鸦，高岩叫饥鹿。愁杀杜陵翁，何处寻黄独。

飞鸟没何处，人家多掩扉。独过野桥去，折得梅花归。

六月闻子规

六月边城叫子规，声声只道不如归。茭塘雨过水三尺，枫岭云漫阴四围。荡寇何人时事棘，买山无计寸心违。不须费尔频啼血，乡思经年系夕晖。

筹捐憩清隐寺作

残蝉声咽夕阳斜，清隐禅林小驻车。翠竹千竿阴满地，西风开遍鬼灯花。

筹捐几度役风尘，豪侠何人立指囷。寇患未纾财力尽，愧无长策累斯民。

清隐寺古银杏树

清隐寺中银杏树，体兼合抱势参天。旁枝森竦皆千尺，巨穴中枵几百年。惯耐风霜秋剥蚀，不教狐兔夜延缘。扶持自赖神明力，落叶空山好定禅。

九日登天岳山和李谷林韵

九日同登天岳山，篮舆得得路回环。烟云变态峰峦外，香火因缘竹石间。荠树平冈知鹤岭，线流野水识蛇湾。君山茶好旗枪细，共试清泉不计还。

槃涧园新居偶赋

我来槃涧园，居然作主人。主人本无常，何必为其真。闻昔此园主，风雅鲜等伦。亭台结构始，花竹布置新。流光若电驰，其人倏已陈。我今暂寓此，不知更几旬。人生贵率意，富贵俱埃尘。逐物损素操，徒以戕心神。何不饮美酒，幽景惬萧辰。陶然谢形役，聊署无怀民。

冬仲十日薛凤墀远移佳馔并邀张春江范小缃同过畅饮感赋

薛稷前番有报书，寻幽结伴到蜗庐。漉巾愧我无佳酿，挈榼多君具美蔬。柳为经霜渐摇落，竹因少雨转萧疏。园亭绝胜拌泥饮，他日来知若个居。

三年前忆共倾卮，今日重逢慰别离。转眼光阴真似箭，寒心世局更如棋。兴豪北海终非分，梦醒东坡不合时。只有素交堪寄傲，陶然相对菊花篱。

槃涧园小叙和薛凤墀原韵

槃涧平分水竹幽，虐棋荒酒好淹留。剧怜远宦同行脚，差喜寒园得聚头。世事早知前注定，吾生何用苦营谋。今朝非客还非主，东道原须让薛收。

饮酒吟用槃涧园三字为韵与春江诸君同赋

朔风起劲节，黄华半凋残。人生不百岁，景促心宜宽。我本少宦情，误戴朝士冠。一为昌罗宰，王事方艰难。贼氛数见侵，邻封多不完。苦心筹曲突，赤手回狂澜。众人贪天功，苟得良难安。愧无脂韦性，翻致罗讥弹。转喉易触讳，吹毛深求瘢。闭门退思过，那敢訾同官。高轩幸扫迹，雀啅庭柯寒。只有不羁士，时来同杯槃。

杯槃不在丰，叱嗟差可办。炰鳖鲙鲫鱼，情亲岂嫌慢。举觞瞩平台，萧萧闻来雁。西山晚逾佳，相对袚尘患。昔闻陶元亮，家贫事游宦。吏白督邮至，束带苦不惯。守拙归柴桑，龙性那受豢。亦有王无功，簿书职曾绾。一朝谢世网，肯复恋豆栈。比邻喑子光，对酌庶无间。醉乡具真乐，荣华尽虚幻。何必苗在山，果胜松落涧。

穷达各有分，潜见难具论。达士多旷怀，不如引一樽。引樽足颐情，共君载笑言。尽欢不为虐，温克古所敦。次公昔狂诞，灌夫尤愤喧。失意恣快口，曲蘖实祸门。会当立监史，须慎仪幡幡。一酌师何充，再酌式柳浑。谬辞绝诋戏，元想餐飞根。醉酒可观德，非为耳属垣。君定识三爵，我今矢勿谖。明朝清无事，还来就闲园。

槃涧园八景各赋绝句

柳　桥

石桥低压碧波寒，瘦尽垂杨夕照残。绝胜东风二三月，黄金缕袅赤栏杆。

竹　亭

四面幽篁孤草亭，萧萧寒玉绕烟屏。夜深山鬼来凝睇，月透眉梢分外青。

槿　篱

露华湿槿吐红芳，几折笆篱护曲塘。漫惜朱颜易凋谢，酒阑重唱舞山香。

菜　圃

休问英雄老去无，烧灰除蝗实吾徒。人生耐辱须知足，求益真如买菜乎。

鱼　池

一湾碧沼映寒空，无数游鱼唼浪同。闻说汤洙曾泛艇，柳花吹上钓丝风。

水　榭

推窗得月诗成后，倚槛当风酒醒初。贪看回波平似镜，不教万柄种红渠。

小　楼

楼居端不异神仙，暮霭朝霞尽眼前。莫笑两三椽逼仄，醯鸡还老瓮中天。

平　台

层檐高敞露台平，槛底溪光画不成。落日何人同啜茗，寒铛活火听松声。

十二月十七日为女子小龙百日口占

四旬初度才生女，百日今朝合祀神。莫太聪明防少福，幸无疾苦易成人。衰翁未必能长寿，快婿原须早定亲。他日漫嫌牵犬卖，只愁懒惰不愁贫。

丁巳四月十二日金补翁招饮以送春诗索和即步元韵

雨丝风片了春痕，罨画池塘日易昏。度曲怕添啼鸟恨，焚香替忏落花魂。一渠流水初平岸，无数新篁已满园。莫漫逢僧闲说法，且随鹤发醉芳樽。

廷芳宇之官凤凰厅赋此赠别

君欲行时春正回，骊歌忍向席间催。解颐到处能倾座，促膝前宵共引杯。何日重寻三径竹，者番应访五溪梅。水程多少新诗句，好写蛮笺早寄来。

题张紫联明府培仁诗集后

子野歌词句句新，潭州萍聚亦前因。三蕉酒力今胜否，乘兴来尝石冻春。

登署后小阜和李谷林韵时任新化

东风吹紧雪花飘，入画楼台尽白描。黛水村边寒树瘦，碧云观里暮钟遥。登临未觉携筇倦，块垒还须借酒浇。记否罗江天岳寺，同游时节正秋凋。

其　二

余寒料峭暖犹迟，渐绿溪边杨柳枝。只为好山看不厌，频来高阜立多时。暮云乍合楼台暝，宿雨初过草木滋。忽听呢喃双燕语，故园回首动离思。

山行偶占

山叟相逢鬓尽苍，自夸筋力老犹强。手栽松柏三千本，留与儿孙作栋梁。

绿　蝶

蘼芜烟雨影迷离，飞近窗纱总不知。斜罥晓鬟云扰扰，低翻春水竹猗猗。梦回有约倾蓝尾，舞罢还教扫黛眉。已报青梅齐结子，罗浮翠羽尽堪疑。

醉司命辞

醉司命，醉司命，人生不有命在天，那信转移尔为政。拾尘颜何穷，纳履原何病。李广数何奇，武安势何横。黄钟毁弃瓦釜鸣，岂尔倒持太阿柄。姬姜自古伤蕉萃，雄文何计驱穷祟。茫茫九关不可呼，腐儒敢逐王孙媚。我欲卜居司命醉。

谒三闾大夫庙

为访三闾庙，寻幽渡石桥。霜林寒橘柚，风叶碎芭蕉。举世何堪醒，斯人不可招。麓峰兵燹后，景物日萧条。

题《村醉图》

有唐德宗世，朝野尽流亡。醉人不可得，遇者以为祥。公等一何幸，际时正平康。春郊膏雨足，桑柘沃生光。祈蚕竞叠鼓，泛蚁争飞觞。为问肴维何，鲜鱼及肥羊。为问蔌维何，雏笋兼牙蒋。杯盘杂位置，尔汝多形忘。不慕猗顿富，不羡韩信王。得酒便相劝，极欢真何妨。强灌不为虐，泥饮皆若狂。日夕各酩酊，起坐半踉跄。或尚鏖白战，或已梦黄粱。或归竟倒载，或行同扶将。始知神仙境，乃在丰乐乡。睹此令人快，转复令人伤。吾乡本乐土，近日亦战场。既无三年蓄，并少七日粮。兵乱城遂陷，贼至民多戕。收复虽反掌，元气成夷创。何时更逢盛，续醉西湖庄。

题葆芝岑观察亨禊饮画扇即集兰亭群贤原咏得五言八韵

相与欣佳节谢安，沐浴陶清尘谢绎。温风起东谷郗昙，熙怡和气淳王凝之。碧林辉翠萼谢万，绿波转素鳞王肃之。时禽吟长涧孙统，适我无非亲王羲之。应物各有尚桓伟，俯叹世上宾庾蕴。时来谁不怀曹茂之，未若保冲真王徽之。携笔落云藻孙绰，零觞飞曲津徐丰之。千载挹余芳孙嗣，尚想味古人虞说。

牛山种树谣为舒苏桥先生作

谁言牛山赤，官来新种柏。谁言牛山童，官来新种松。松耶柏耶干云霄，使君名与牛山高。

送张东墅郡守修府之官永顺

去岁秋九月，寒新菊始花。余解梅山篆，放舟来长沙。张侯适到郡，蓬门过高车。相见笑语温，无异居京华。忆昔京华驻，契结会犹赊。皃叟年八十，长身白垂髿。谓陶皃芗先生。骚坛振旗鼓，胜侣尽名家。羡君玉堂客，吐气绚朱霞。把臂如旧识，得句争传夸。灯红与酒绿，此乐真无涯。余乃为贫仕，来泛湘江槎。君亦谋禄养，出守吁可嗟。譬之双黄鹄，翦翎送笼篊。秉性嫉软媚，逢人多疵瑕。饿鸱吓腐鼠，一骨轻相牙。要知薰莸别，只在转念差。直道终可贵，守身期无邪。君今赴郡去，灵溪极荒遐。毒雾堕高鸟，丛箐藏异蛇。峒蛮虽犷悍，贵以恩威加。江河始涓滴，斧柯及萌芽。苟能慎其渐，何至盗若麻。远戍增野灶，连营动悲笳。纵云天数尔，岂非人事耶。微官乏长策，听鼓空趋衙。一麾君努力，政声致循嘉。临岐聊饯别，巷居室如蜗。鲁酒幸可醉，肴核愧微些。时事且绝口，今夕当欢呀。有如背痒发，重倩麻姑爬。争将巨觥引，莫报严更挝。出门忍西笑，月落参横斜。

题张东墅《岳麓记游图》

往岁游岳麓，归来恨无诗。幽胜总在目，历历令人思。君今命游屐，来与余相期。尘事动羁绊，未获蛩駏随。君归手一卷，意若傲我为。前有无碍画，谓程稚蘅。后有君题词。丹赭点秋叶，苔荒石参差。始述寺迹古，再志山缘奇。篇终杂感喟，溪壑生寒姿。人生若危露，世途多险巇。名山脚可到，不游讵非痴。昔读黄山记，惝恍梦见之。属我为题咏，句成拙可嗤。今复重諈诿，搜肠断吟髭。却怪浣纱女，何缘怜东施。

南岳游仙诗在衡山考棚作

漫将黄白说神通，混迹尘寰懒送穷。拟访菜园王十八，来寻市上卖姜翁。卖姜翁以姜纳口成黄金，王十八仙人隐于菜园。

纸驴那肯谒金轮，大酉丹还独抱真。记得祝融峰上见，尧年丙子说生辰。张果尝见衡岳山中，自言生尧丙子岁。

珊珊仙骨本天生，况有夫人遇石英。涧水自调云母屑，不须长镵劀黄精。张惠明尝遇石英夫人得道。

明镜元真妙道该，懒从羽盖到蓬莱。先生新署湖浮号，石室闲骑白豹来。施存号湖浮先生，居石室，或跨白豹而出。

遨游碧海任西东，目笑劳人逐转蓬。一幅蒲帆随意挂，赤君曾授术回风。俞灵瓒，河间人，遇南岳赤君授回风之术。

人间小谪几经年，脉脉情思藕样牵。女伴暂抛张润玉，偷将条脱赠羊权。羊权好道术，有仙女罗郁降其家，赠以手巾条脱。

朱陵洞口白云稠，鸿爪曾从石壁留。主者彭簪何处去，百千万世可重游。朱陵洞前石壁上刻七十二峰，主者彭簪九年来游三度，吁嗟乎，此去百千万世也。

一双溪鹿吃蕉花，翠壁丹梯落日斜。烂醉率牛呼不醒，峰头独自采红霞。率子廉，众谓之率牛，性嗜酒，褚白玉尝采霞而食，以上俱见《衡山县志》。

偶　成

回思吾亦爱吾庐，诸弟髫年共读书。绕舍亲栽凤尾竹，临池闲钓马头鱼小鱼。十年拙宦催人老，二顷良田属子虚。盗贼即今满吴越，故园未识近何如。

高辛砚斋同人题赠

《色丝感梦图》记　海宁　周士清次轩

夫驹阴蝣晷，邯郸之枕上须臾；瑶想琼思，缱绻之司中束缚。此庄生所以达彭殇之观，释迦所以除烦恼之障也。然而高唐云雨，楚襄王触绪绵挛；香寝蘅芜，李夫人萦情纡组。是又灵通元漠，诚贯幽遐。半想半因，是空是色。而况可人如玉，之子远行。琼瑰之泣满怀，昙华之现弹指。魂警一梦，缘悭百年。觅梦中之路，譬彼神交；持山上之丝，解同幽字。

如吾友俞子石年之梦其妇也，恤恤乎思深哉。方其射雉笑生，弋雁歌作。善心为窈，嘉偶曰妃。呼小字而卿卿，嫔大家而妇妇。张京兆闺房之爱，有过画眉；荀奉倩枕簟之凉，取分熨体。鲽鹣身世，駏蛩影形。固已带悬栀子，缕结同心；裙绣鸳鸯，纹连交颈矣。

无何一袜双心之侣，忽遇六张五角之星。赠妾将离，知君远志。伯劳西向，孔雀南飞。苏子卿出塞之诗，鲁秋胡新婚之别。一声河满，三叠阳关。牵衣而问归期，拥髻而慵膏饰。盈盈有泪，强作笑颦；惨惨无言，但云珍重。时则门前骢系，屋角鸥啼。弹出离弦落叶哀蝉之曲，贻将断玦金钗钿合之盟。驱马悠悠，不啻人间天上；予怀渺渺，从兹云散风流。语成谶而不祥，意触机而多恶。明知魏宫坠瓦，灾兆群雌；李突吹风，眚防主妇。乐昌生别，已拼破镜难圆；法喜情禅，毕竟空花是幻。

而俞子犹黾勉担簦，怔忪祖帐。为丈夫之志大，割儿女之恩私。然而红豆江南，碧云日暮。画屏银烛，惆怅星辰。香雾云鬟，徘徊风月。独居无告，未免有情。于是风泊鸾飘，怅触秋风之客；兰因絮果，迷离春梦之婆。是夕也，醉浅眠深，漏动人静。香桃瘦骨，珊珊来兮；琼叶仙眉，真真逼似。路迷阳而谁导，乍见犹惊；颜颔颇以如伤，相看但涕。别有缄愁蛛网，吐恨蚕绵。郑络纷缊，秦篝绛縩。臂缠罗缕，曳疑月老赤绳；心绪萦纡，抽共贫娃金线。似园妻之缫三盆手，茧是同功；抑寡女之练五色弦，丝真续命。白贲受采，染生墨子之悲；黄绢题辞，谜隐中郎之字。

嘻，异哉，既机绝丝绝之名凶，亦织素织缣之数定。断琴欲续，朕兆犄张。隔幔再牵，机关渺默。魂离倩女，都因王宙情痴；娶续行修，竟与苍头梦合。蘧然一觉，渺矣三生。未几而驿使书来，美人虹化。返魂香杳，难寻聚窟。神洲掌书，仙归顿远。华鬘天市，记紫玉成烟之夕，正元驹穴壁之时。始信隔花窥井，唐暄符黎石之爻；空臼中炊，张瞻验琼茅之卜。

俞子于是悼心憛恀，泫脸凄欷。婿真无赖，浪游悔不归家；卿果相怜，濒死犹劳念我。恨裂坤灵，扇牒玉化香销；望穷纨绝，阴宫推烟吐月。感其精灵不泯，寤寐相从。暂谐小玉之鞋，犹诀奉高之驿。譬诸蜡灰将烬，残炬犹然；桐树已枯，秋心不死。爰寄安仁之悼，追图薛媛之形。祓饰灵修，諈诿喤引。余昔王粲依人，秦嘉别妇。误三十六鳞之锦鲤，成千二百只之孤鸾。此恨绵绵，望夫山应生泉路；劳人草草，石尤风频打行舟。黄土同埋，红颜均感。用是偶怜梗泛，蕙叹芝焚。呜呼，我辈钟情，宜情死恸伯舆之哭；佳人难再，愿再生续韦氏之缘。

玉带泉记　武进　刘达善子迎

俞君石年尝为余言其宰平江时，葺县学，因宫墙余地以为池，又引泉环其外，名曰“玉带”。功且竣矣，属余为之记，冗未有以应也。

俞君令平江有异政，耳熟久矣。岁四月，余以公至平江，见所为泉若池者，水波澄清，石楯窈窕，规模广深，湛然翼然。邑士民啧啧称前令尹不置,然后知俞君之政果有异也。

方咸丰四五年间,逆匪蹂躏于荆扬之交,东据义宁、万载,北破崇阳、通城,西残湘阴,蚁聚蜂屯。而平江与此数邑者犬牙错焉,四面受敌,一日数惊。俞君率其土民擐甲胄,执桴鼓,无月不战,无战不克,以弹丸小邑屹然支柱于豺狼之中,未尝失寸土。故当是时,湖南平江团练杀贼义声振天下,意其奔走乎山川厄塞之区,经营乎壁坞壕寨之细,有日不暇给者而顾能从容相度,与其耆儒俊髦施功于庠序,可谓知政本矣。而或者疑其所务之不急,噫,是何言欤?夫士者,民之表也。学者,士之聚也。人情向背,风俗淳漓,皆于是乎。起故得士心,然后得民心,而作民气必先作士气,士气作而民心固。上下一体,休戚相关,有勇知方,众志成城,虽使制梃以挞贼可也。然则世所谓不必急者,由君子观之,乃其不可缓。正人心端风化,礼义相维,常变不渝,此固俞君所恃,以与平江士民共患难同死生者,而龌龊俗吏乌足以知之?俞君既属余,及余耳目之所得,遂不敢以不文辞。至若形家言谓有利于邑之科第者,俗固信之,大雅盖无取焉。

《卖马买画图》记 常州 冯晟少山

今将绝蠮螉塞之幕,投蜻蛉河之鞭。踖柳锦营,蹑云毳帐,则必饰金羁、顿红绥、乘鸡斯、秣龙刍。何则腾骧之性,共人而成大功;击刺之儿,与彼而相托命。是以辽主之约,惟马不可与人;曹王之雄,虽妾亦可换骑。

若夫悲笳不鸣,柔翰自弄。徘徊墨妙之亭,荡漾米颠之舫。不下堂筵,坐穷林壑。对观四壁,时来清风。卧游千里,如入奇境。则据鞍顾盼,不如披山海之图;揽辔驰驱,何似结烟霞之契。所以风鬃雾鬣,市骏骨者千金;吴带曹衣,饮香名者尺幅。厥趣稍异,所乐不存。苟絜短而较长,讵以彼而易此。于是紫骝既逝,青蚨亦飞。倾囊为豪,展卷而笑。决然舍去,齐得失于塞翁;招之使来,同什袭于古锦。问旅人之资斧,爰丧其马;续艺林之韵事,乃绘斯图焉。嗟乎,五陵侠客，三河少年，出则金勒锦鞯，入则彰施彩挂。方其抗孙阳之辔，弯繁弱之弓。耳后风生，鼻头火出。击黄麞而饮血，臂苍鹰而摧羽。非不踣铁呈材，嘶风得意。既而秘阁清闲，古香罗列。考宣和之谱，访元宰之禅。白玉镂义，青缣横案。图张寒热，管办生枯。亦复跌宕为娱，豪侈足赏，乃二者不可得兼。一则聊以自慰，比隐君之鬻犬，有此高风。似博士之卖驴，将毋书券。注兹挹彼，伤哉廉吏之贫；出有易无，宛尔日中之市。不令名驹恋主，伧父笑人乎？然而太行盐车乘骥耳者，用违其所长也；吴越绘工号鸾手者，物聚于所好也。李幼清之货劣马，汤沐翦毛；张文懿之爱名画，轴图襞积。物各有其主，人自怀其宝而已。且使韩幹入室，伯时掺觚。张六马滚尘之图，拓八骏巡行之本。马得画而神骏，画由马而精良，两美合二难并。吾知快老饕之欲，势并鲸吞。奚至过旧馆之门，情甘骖脱乎。贸迁俄顷，原非俗贾之居奇；变化须臾，直比麻姑之狡狯。君善画者，行且换鹅而换羊；仆有说焉，请更买牛而买犊。

《无齿之图》记　广信　辜滢守庵

俞子石年以浙中名元为楚南令尹，邃文工诗，不忘结习，临池之暇，兼寄兴丹青。人之分门以求者，户外屦常满。俞子随手应之，不为疲。其襟期之洒落，见者意消，不知其为风尘中人也。年半百而秃齿，美髭覆之，秃不见，亦可谓善用其短者。然俞子好滑稽，乃曰："人皆有齿，我独无，是齿之不若人也。"遂以"无齿之徒"署印章，又倩人写其像，戏题曰"无齿之徒"而属予为之记。

余闻而笑曰：甚哉，人之不可以无齿也。昔板桥道人自命为饮食之人，以其有齿也。今子以无齿闻，岂将自外于饮食之人欤？虽然，饮食何可废也？不得已而去齿，或如来之变相耳。天下不乏利齿儿，俞子独抱憾于唇吻间也，俞子之不幸也。然俞子终不以无齿讳，俞子之自知则审矣。

余独悲夫明明无齿而必自以为有齿者之真为不知齿也。夫齿其小焉者也，抑俞子不又尝自号“石公”乎。今夫石气之核也，气之生石，犹人筋络之生爪牙也。山含石，其占为艮。齦戴齿，其象为噬嗑，动静之不相侔也。其以刚为用，一也。然石之介，可以永年。齿坚刚而相磨，卒就刓弊。惟舌以柔全，是以明哲鉴之。老子曰：“柔弱胜刚强。”道固然也。俞子有取于石，复以无齿之状寄诸像，其于刚柔之义，权之熟矣。或者曰：“齿者，年也。天将锡难老之年，必予以不亡之齿，故齿可征寿。”或曰：“汉张苍无齿，不害为寿者相。”俞子善养生，喜饮乳，泽颜而脂颐，得无似之？或曰：“俞子啖齿如刀，年少不及，似非无齿者。”岂无齿之齿，犹胜于有齿而不善用其齿者欤？抑悯天下之不知齿者众，而乃现无齿身而为说法欤？然则斯图之作，其俞子之寓言欤非欤？管子曰：“途之畏者莫如口。”盖言慎也。吾观俞子恬静寡言，与人和而介，类有道者。彼视一身，直委蜕耳，何有于齿？且是龃龉物，徒取世累。曷若落而空之之愈乎畏途也，而履之坦坦宜其与道大适也已。

余滥竽俗吏，六年于兹矣。壮心久退，左车脱一，亦几几有无齿之渐。题俞子之图，亦以自嘲云。

俞石年之官楚南诗以送之 海宁 应时良笠湖

君才宜史职，一第惜迟迟。未载玉堂笔，翻牵花县丝。榜曾解首选，官不折腰辞。五斗虽微禄，萱闱养及时。

宦待游南国，归先省北堂。相亲兼故旧，小住暂家乡。几辈过从密，同时饮饯忙。众中怜我老，交肯布衣忘。

瘴起黄茅岭，昏连青草湖。寇氛虽已靖，民气未全苏。守望宜团练，流亡补画图。治安应有策，莫便吏催租。

即论山川胜，登临亦足豪。风流怀屈宋，血战话孙曹。好借跻攀兴，聊偿抚字劳。时还亲舍望，海上白云高。

题俞石年《色丝感梦图》调寄翠楼吟　海宁　钟景嵩生

愁比丝纷，缘真梦短，今宵酒醒何处。相思人两地，浑不分天涯相遇。一絇亲与。疑锦裂回纹，裙凋金缕。还无语。几番脉脉，含凄如许。　　慵数。旅馆残更，只蒙蒙月照，弱魂来去。借伊黄绢字，把多少伤心替诉。万千幽绪。有怨杼哀机，织成酸楚。留难住。破窗风飐，远鸡催曙。

又调寄高阳台　海盐　黄燮清韵珊

独枕缫愁，离弦絮恨，天涯酒醒灯昏。惜别经秋，玉台明镜生尘。红蚕吐尽黄金缕，化罗浮、蛱蝶仙裙。一丝丝，半是回文，半是啼痕。

缠绵无限相思意，认中郎隐语，倩女离魂。九曲明珠，也应穿透情根。锦机织冷鸳鸯字，甚银河、隔断天孙。最伤心，水样流年，月样前身。

致俞石年书　冯晟

石年道兄阁下：星沙捧袂，文字为欢。两别萧然，风流歇矣。离索之感，如何可言。清商告节，君子惟宜。岳麓昔游，僧寮借宿。苍翠层壑，恍寄眉睫。丹紫杂树，尚悦魂梦。弹指千里，微眴二年。比谂篱菊弄晴，江枫媚夕。阁下花前滕爵，池上驱毫。虽云寡俦，定复多趣。言瞻符采，不能奋飞。

弟别居以来，华思顿凋，瑶音不嗣，抱关于役，在市而隐。幸青山当门，如接几案；大河前横，时送帆席。窃谓视嚣尘而若仙，处冠盖而不俗耳。庚申三节今传，已为播之艺林。靡不简折邹枚，坛倾高李。惜吉光片羽，宝之者希；洛阳一纸，争之者贵。便羽西翔，祈续寄我。拙著《谈屑》已编次成帙，此间剞劂不良，手民莫任，只供帚享，难为瓿覆矣。会垣近事，慰示数行，兼悉佳况，侧迟曷既。

集《文选》句赠俞石年 嘉兴 岳昭垲蓉村

人生瀛海内，静躁亦殊形。夫子茂远猷，在约不爽贞。夙龄爱邱壑，驾言远徂征。少年负壮气，遥遥至西荆。水国周地险，三湘沦洞庭。方舟溯大江，日落泛澄瀛。迢递陵峻岳，往来尽仙灵。遨游快心意，万里犹比邻。既览古今事，写心出中诚。妙诗申笃好，亹亹元思清。袅袅秋风起，翰飞戾高冥。鹿鸣思野草，式瞻在国桢。高举振六翮，北游幽朔城。驱车鼎门外，林薄杳葱青。济济京城内，山关固神营。皇居体环极，时泰玉阶平。所赖今天子，济治由贤能。终军才始达，投进阶王庭。谒帝承明庐，接景事休明。既通金闺籍，谁谓邑宰轻。仆本寒乡士，拙讷谢浮名。虚馆清阴满，纡郁游子情。倾盖承芳讯，尊酒若平生。四海皆兄弟，欢原如今并。高谈玩四时，传卮弄新声。宋人遇周客，对之惭且惊。文章不经国，轗轲长苦辛。幸承光诵末，感赠以书绅。亲仁敷情昵，庶几奋薄身。当世贵不羁，高步超常伦。各勉日新志，窈窕究天人。

题俞石年鸥波余韵书册 长沙 瞿元灿彤云

先生诗画妙入神，辋川绝技今无伦。草书笔力更雄恣，振荡海岳摇星辰。时流心折复目眩，观水莫问银河津。我从史侯昔求得，寸缣尺楮连城珍。秋来捧檄莅衡岳，手示一册光璘彬。想见晴窗拂几砚，人境扰攘胸无尘。周旋中规折中矩，点画如铁钩如银。丰姿绰约生气出，红露晓滴林花春。乃知能事不可测，意象所至无前人。夫人嗜此作蓝本，茧纸细界乌丝新。吁嗟唐碑半断缺，剥蚀霜露埋荆榛。搜罗旧榻混赝鼎，此碑乃独存其真。先生是册得神髓，喜我展玩今逾旬。痴心更欲公世好，请付妙手镌贞珉。琳琅声价遍海内，岂独管赵夸传薪。

同人评语

综观诸作，文体在魏晋之间，时贤中于稺存先生为近，家学渊源于兹益信。今虽一行作吏，此事遂废。而磨盾草檄，露布飞驰，当更有鞭云掣电之文与《圣德颂淮西碑》并传也。时将远别，率志数言，草绿湖南，我心俱往。韵甫黄燮清

澹若白云，浏若清风。辋川盘谷，异曲同工。笠湖应时良

统读古今体诗，清新秾丽，神似槎轩集中“柔肠荡春魂，颢气轶秋爽”二语，不啻自状其妙，已为廷君芳宇拈出，不复哓舌。巢笙汪传霖

见闻近录

见闻近录卷一

海昌俞超漱园著　孙男　承德改名凤翰　承宗　校刊

湖州潘翁某，为人淳厚，事母甚孝，日持白衣观音咒，寒暑无间。偶患对口瘫，危甚，喉已溃烂，食管将断，不能声。心念死则母谁与养，惟恃大士救悯之。昏愦中，有人指引至大士处。宫殿巍峨，金甲神环绕守护，似都抚辕门者。然无从呼吁。正仓皇间，忽传大士出巡。旁观者谓曰："此汝之福缘也。"即拉往众中伏地拜跪。仰见大士妙好庄严，从者千乘万骑。在空中行顾潘某，不知作何语，倏已云拥而去。有金甲神持金杯向潘曰："此毒乃宿世业也。大士怜汝一念之孝，赐甘露半杯，以救汝苦。"潘受之，饮讫，顿觉心地清凉，诸痛若失。见杯底若有款识，意欲谛视，即为神夺去，曰："须复命也。"遂豁然苏，则疮已结痂，可纳勺饮，渐次调养而愈。后奉母寿终。活至七十余岁。潘系余舅氏钟芬斋阁学外父，故知其详如此。

余胞叔祖燮斋公，素敬信大士。为山左县令，洁己爱民。时晨起，必盥洗持咒毕，然后出理事。时长清有水灾，出查视，不辞险阻。忽马惊堕水，湍流迅激，惟见帽顶浮沉而已。胥吏骇愕却立，俱不敢手援。惟计有善水者李姓，住十数里外，如往呼救，需移时，势已莫及。忽见李姓仓皇趋至，不待招邀即跃入掖出。呕水而愈，遂重赏之。问何以适逢其会，答言正在家门前闲步，有白发妪来告曰："俞太爷堕水，汝速往救之。"故奔赴而来。计告时，尚未堕水也，其为大士显化无疑。从此持诵益虔，屡获灵佑，后升汾州太守。每将巡属邑，辄预戒以禁止宰杀，毋许供帐治具。终身淡泊如一日云。桑弢甫先生曾赠公诗云:“扫清螟螣风前迹,腾出蛟龙浪里身。”盖指此事也。

同年许公名华钟与余总角至交,为人风雅耽吟咏,尤善香奁什。在京,入戏园观剧,见旁有持扇者,上书女史诗二首,其一云:“冉冉风情薄似纱,溪头小立畏风斜。不如流入春江去,一折湘裙一幅花。”其一失记。许爱其诗,录置案头吟玩,并和其韵,不过偶然寄兴,久亦忘怀矣。乾隆乙巳年二月,偕余舅周慕萱驾部出都,于路忽发病,云作诗者系前生业缘,寻踪而至,欲为同穴之谋,屡作自尽计。慕萱竭力防护,抵家病稍间。然时发则纷拿竟夕,有陆姓仆倦于守视,窃议其事且言:“苟可代死,我愿当之。”忽发狂自挞,云:“我与汝主有冤,本欲拉去,因伊奉节母孝,尚有后福。许氏祖先哀吁,故未忍下手。汝何人,敢刺我短,且愿代死?必不相贷矣。”遂心痛仆地而绝。许疾从此愈,后为仪征令。念陆仆之忠,重用其子。余至署中,微询之,则旁人相戒,摇手云:“此诗如符咒然,偶诵即至,断不可饶舌也。”

钟我襄母舅,博学工文,性严重,不苟言笑。三十余岁,伤寒甚笃,医已束手矣。恍若魂神出舍,至家堂香火前,见诸神环议云:“某可去矣。”有一神云:“渠为人孝友,前为长兄病困时,焚香默祝兄为家督,乃父母所钟爱,愿以身代之。即此一念,已非世人可及,当为之延算也。”遂送归得愈。后己酉年复久疾,有巫妪谓有冤对诉讼,当为之追荐禳解。舅叱去不应。浸沉绵中,见有隶云系缪姓,从河南归德府来提,已于府县城隍处投文,遂相邀而去。途中跋涉艰苦,与缪姓语颇相得,告之云:“有张姓女子系归德府饭店中女,君前生为陕西李姓,贸易至店,与彼有婚姻约,久而负之。渠以郁郁病卒,即在城隍案前投状,未准。今渠父母俱故,无子助女告理,故来提审。”至城隍署前,则威武赫甚,入与女质对反复良久。舅言:“前生事不能尽忆,但我与汝并无苟且事,此可矢天日者。”女对:“诚然,并未苟且。”城隍断云:“钟某既无苟且,今生又为人正直,此事大抵自女私意,与彼无涉。”因释令归家,出署见父母俱在,劳苦宛若生前,因仍恳缪姓送归而醒。

海宁朱某贩售木植，往来常玉山间。一日，山僻独行，傍晚幽壑阴森，夕阳欲堕。忽闻后有呼其姓名者，即回顾应之，审视无一人，惟万木参天，悲风淅沥而已，顿觉心悸肌栗，几不能步，急奔行店觅宿。主人迎，顾面色惊问曰："客无途中有所遇乎？"朱告以故。主人愕然曰："是矣。山中有叫人蛇者，能知客姓氏，呼而勿应则已，设应之，夜必飞食其脑，无得免者。"遂持镜与朱自照，则髼然有二首焉，大骇惧，求救。主人曰："无害，且饱餐后代谋之。"朱向日饮量颇豪，至此神气索然，不愿举盏，但困倦求寝。主人导至卧室，问："畏霹雳否？"答言："畏甚。"因与一古剑，曰："闻腥臭则嗅。"安置毕，反扃其户，令店仆抬物拦户外而去。朱虽倦甚，不敢卧，危坐倚剑。将至三更，忽闻风声谡谡，庭户尽开，有物踁踱而来，阴风遥袭，腥气逼人，虽掩鼻亦不能御。惟见剑吐光，绕身可三尺许，因举嗅之，稍解其秽。物已攫拿逼户外，倏然大笑。闻啯啯作咽声，良久砉然仆地，跳跃作响，未几寂然。朱亦倦极就寐。天明，主人开户撼醒，曰："害君之物已毙，可酌酒相贺矣。"朱问："物在何处？"主人引至侧室中，脱扃入视，则吓然死人也。朱大惊曰："事关人命，奈何？"主人笑令翻视其背，则修鳞巨尾，固一蛇耳。因谓："此名人面蛇，善啖生人脑，惟蜈蚣可以制之。某养蜈蚣数匣。如客被呼者取以为枕，闻蛇至则一跃破匣，作霹雳声而去，飞食蛇脑复还。某始所以问客畏雷否也，既云畏之，则作软制之法。蛇最嗜鸡蛋，虽数百枚亦能吞咽，至巢中吐出以次取食。某有祖传木蛋数十，皆煮以毒药，杂真蛋，置户外。彼喜而尽咽。毒发，故跳踯而毙也。"因剖其腹，见木蛋累累实其中，即取出洗而藏之曰："蛇皮作琵琶琴瑟面，声极清越，售之可数十金。客固脱难而某亦稍发财矣。其肉充蜈蚣食亦无虚掷。"遂与朱剧饮尽欢而散。朱又尝在店中，对食系萍水交素不相稔者。有跛足丐人，先向对坐乞钱，其人不与。又乞于朱，朱欲与之。对坐者急曰："不可与也，与则有祸。"丐遂跃起，指对坐大骂，声势甚汹汹。其人笑曰："汝果欲肆恶耶？"即舒掌，闻雷声轰然，丐已击死地下矣。朱惊为杀人，其人曰："无伤。"呼店中邻佑共视之，丐形如枯木而目模糊不可辨。众惊异，问故。其人曰："此山精木怪之属，幻化人形，总不能全体，或缺耳目手足之类，其乞钱非为钱故也，授受间得人精气，则相随不舍，必害其命而后已，我所以不能容之耳。"朱大感激，知为异人，广坐间不敢明言，欲俟出店后私自致敬求教，及饭毕出门，随行不数武间瞥不复见，疑神仙也。

余戊戌春闱报罢，契伴同归，有李、许两同年，及袁花孙君在四库馆议叙而回者。五月初八日，于张湾买舟开行。把酒扬帆，弹棋角胜，甚自得也。舟抵天津，与来舟相撞。李、许方对奕，忽愕然曰："舱板已浮动，奈何？"俯视则裂缝尺许，水声潺潺而入，急以油灰补葺，而箱中衣装尽湿。次日大雨淋漓，漏痕遍挂，伫足无所。盖船固多年朽甚，上下舱板皆腐。欲易舟则资已半付舟人，途中盘费不敷，因隐忍之。自此舱底无日不漏，箱笼尽置舱中。天暑人多，拥挤积热，因而成疾，又苦无医药。李仆至德州，浮桥买物归，遇旋风寒战，归即发热呓语，余亦相继而病，俱昏不知人。李、许因相商，借旁舟暂住。至山东界，余病稍间，则孙已发狂。裸坐躁扰无措，舟行既无医药，余仆朱姓亦感疾卧，徒倚蓬窗，竟日绝无问讯者。舟子胡元，本巨猾，前见人众不敢肆，至此则极口詈叫，支尽饭资，并不与食。此时生机将绝矣。梦过长桥，风雨交集，李、孙皆堕桥下，余赖有一僧引过，意诵白衣大士心咒之效云。次日海盐孝廉陈公名廷献者，过舟视余，惊曰："孙已殆尽，子尚同榻耶？"余告以不能动履，下人亦病。陈即呼其仆扶侍至李、许舟，而孙于是夜竟卒，乃六月二十四日也。在仲家浅闸，草草殓毕。李尚健饭，而神气不振。夜呼有洒水于被者，秉烛视之，则被果沾湿，不解其故。舟人见磷火青荧，有众小儿从柁底来，叱之不见。二十八日，至枣林闸。李忽鼻衄不止，喷血遍舱而逝。舟小无容足处，余勉强能步，与许公起坐岸上小庙，以襄后事。时余衣装皆压舱底，天暑郁蒸，敝衣垢虫满体，狼狈忍饥，未知死所。见有蒙师开馆柳阴之下，童子六七人，摄衣高坐，茗碗炉香，位置左右。余与许啧啧羡慕，疑为神仙中人。自叹冒暑驰驱，罹此疾厄。昔乐天诗云："功名富贵知何物，风雨尘埃惜此身。"正谓此也。是年闰六月暑酷甚，闸中水浅，必蓄水数日方开。俟粮艘过，客舟始得随行。故每至一闸，守候需时，计山东数百里，舟行六七十日，其惫可知。日间尚可乘凉，晚则众艘云集，窗板重重，敝裘绵褥，堆积手足旁。雨汗滂沱，急不容喘。求饮不得，挥扇无风。殆烈火地狱矣。李故后，朱仆复狂颠，屡欲赴水。赖许仆苏寿抱持之，医以大黄半斤，泻下始得渐安。而舟子旦夕喧呶，其恶日甚，虽送官惩治不悛。幸遇便风，一昼夜行数百里至台庄换船，方得抵家，已七月十二日矣。计费百数十金，舟行九十二日。凡南回人，其困顿未有如此者，以此见暑月之不可乘舟也。今余事已成追忆，而孙、李两公以中年客死，魂断天涯，柳木周身，饭含无具，可为凄咽。时余正绝粮，日仅餐饼数枚，并不获以纸钱一陌焚奠其旁。至今思之，犹恻恻不置耳。

萧山南乡间有韩姓农人，病卒后已二十八日，忽扣棺呼救。人开视之，竟复活。云至冥间，查其持斋念经，善行颇著，是以复令返魂。问以冥间事，不敢泄，惟云东厨司命最宜敬奉，切不可对之詈人及秽手上灶最能损寿。遂长斋奉佛，至今七十余犹康健也。

康熙年间，通州有金姓者，好拳勇。闻有名师不惜千里致之，赠遗丰厚，家以此中落。偶有老翁蹣躃而来曰："吾汝叔也，少年游荡在外，今老病思正首邱，故来就汝。"金亦早闻有叔，久出不归，审其名号，良确，因留饮食之，亦不甚加礼。一日，有名教师过境。金极意承迎，设盛筵于堂，招同学罗拜。叔在室中，无人顾问，自往厨取饭，从堂侧甬道过。师瞥见，惊起曰："大哥乃在此耶?"叔即置碗于地，捷步而逃，觅之不可见。师恚曰："汝家有此名手，乃召我来，将见辱耶?"金力辩其诬："幸勿以病叔唐突见罪。"师始释然，曰："此江湖第一手也，幸善事之。"即辞去。叔数日复来，金见之如获异宝，朝夕承奉不怠。未几痰喘愈甚，金衣不解带，夜半呼茶，手奉以进，温凉可口。叔瞿然曰："吾负汝矣，有此佳子弟而不教，是诚何心?"遂尽以其技授之，并贻书一卷而卒。书中备载山川道路险易，并盗贼出没之踪，金遂以保标为生。至山东界，前驱报银为盗劫，金匹马直至盗巢。盗与斗，不胜。问知为金某侄，即拜伏在地，尽还其物。自此齐豫秦晋之郊闻金名者，无敢觊觎。一日，至四川界，是叔书所未载者。狭谷中仅容一骑，有人驱牛车来，彼此不让，相持久之。其人忿然举车牛于顶曰："让汝过。"金思径往，则无以示武，顾见悬崖绝壁上有乔松一株，乃紧勒衔辔，耸身夹马跃于松杪，曰："让汝过。"其人仰视，亦神竦而去。金因上势太骤，为松枝刺目，伤其一，从此"金瞎子"之名愈著矣。

枫泾蔡翁，至松江行中拜客。适主人大筵会，其客坐次以货之多少为差。蔡窥首座，则傫然老布衣也。席散，问主人。曰："此王老爹，极有武勇，能保护客货者。"蔡欣然求教，王曰："此地无可施展。"命两席满斟酒杯中，手持桌角遍行堂上一巡，仍放原处，滴滴不溢。蔡欲学习，王曰："此技断不可学。某受屈拳几许，不敢还手，恐伤人也。公能忍此耶？"蔡问："生平有快意事否？"答曰："曾往太湖边，与表兄拜年。夜半遥闻呼救声甚惨。某问其故，表兄摇手禁勿语，曰：'此近太湖，盗劫客船耳。'某欲持械往救，表兄曰：'我农家也，有何具？前大宅防盗有之。'因往叩门，告欲诛盗，俱喜跃请从。某恐其受伤勿许。视枪棒无足用者，乃取大沙篙一枝，芦席十余领，倩小童持灯前导，寻声至湖畔。见众船蚁附一舟，劫资将尽。童曰：'彼在水中央，我等岂能飞渡耶？'某即以席置水上，撑篙如飞，径至船边，以篙拨船头，众盗俱落水，并将小舟尽拨翻，盗惊窜无路。某不上船而还，闻彼中念佛以为神佑也。只此事稍快意耳。"蔡问："踏席可行几里许？"答曰："不过二三里，水浸透则另换，是以须备数领耳。"

乾隆癸亥年，余至都，寓中书李姑丈家。有单姓贡生，满城县人，年五十余，性诚悫而贫甚。冬月，衣夹布袍套，云尚系李之祖所赠。然精神矍铄，每遇隆冬雨雪，凛冽风生，人皆拥炉闭户，觉重裘不温。彼必向街市翔步而回，云以此习劳也。其峻嶒瘦骨，欲以敝衣斗寒如此。自述生平苦况，未尝处五金馆。有供给者，在京赁屋授徒。将至端阳节，则诸童星散。节后又另来数人，至中秋复绝迹。盖京中例以三节送修金，彼皆图赖故也。岁底鬻字街头，人嫌其纸不佳，自出纸索书，不与一文而去。余怜之，薄有所赠。次年移寓外城，心耿耿，不忘逢人问询。知已得馆东华门外，供膳十六金，大为欣慰，谓单生从此悠游矣。未几晤李姑丈，云："因中风，送回满城。"惊叩其故，则主人以先生衣敝，代缝杜绢袍套赠之。是日落成，甫穿袍而未系带，忽痰蹶仆地，是以仓皇送归也。后旬日，余以事至内城，又见单在座，问何以忽病旋愈。答云："生平从未穿此新衣，感极生悲，不觉痰气上冲，昏不知人，及至家，为医药计，典质一空，病体霍然。今来欲重觅旧居停耳。"乃主人再三谢却，而李亦不敢复留，防其猝中也。噫，书生命蹇，即涓滴已不能容，况敢希厚实哉？前阅《太平广记》所载前定数事，于兹益信。

长随缪升，衢州人。云曾跟西安广文詹公有事在省，闻学使按临，即令缪同轿夫一人先至署取印，自从水路而回。缪恐后期，日夜趱行。将至寿昌，离城五里许。时近三更，大雨如注。山水陡发，入枯庙避雨。闻前后鬼声啾啾，心悸不敢住，冒雨而行。轿夫持灯在前，忽火色青暗，觳觫不进，曰："我殆将死乎。"缪视之，见有巨目广颡，散发被面，身衣缟素，肩挂纸钱，俨然庙中所塑无常也，当路而立。缪亦战栗不敢动，恐灯灭。拉轿夫对坐伞下，出印示之。其物始徐徐而退，然两人已股栗难步矣。逾时雨更大，勉强起行。至木桥上，桥忽中断，跌入水中，幸有伞拄身，抱木而渡，仅能至岸。盖一夕之几死者数焉，至今言之犹凛然也。

有人从塞上回，迷失道，至旷野中，人烟稀绝，心甚惶恐，黾勉行数十里，忽见一人来，与款语曰："此地从未见汝往来，岂误涉耶？"答以"诚然"，求其指示。其人曰："从此进关较大路近一日，然有怪物可怖，幸不相值为妙。"未几，偕至大松林侧。忽见虎豹麋鹿成群，似摆对为导者。其人愕然呼曰："怪至矣，速上树。"以带自缚其身，且急掩鼻。某即相从攀陟，闻臭气甚浓，几欲呕绝。甫褰衣拥鼻，而怪已滚至，形浑圆无耳目手足，其行如飞。至树底似知有人，即翻身仰上，则遍体张巨口如箕，喽喽然，喷黑气如烟。其人急以白物洒之，怪吞咽有声，意尚未足。又洒包许，始餍足，翻身而去，盖行走亦藉口也。其人始下，与某庆再生。问所洒所物，曰："砒毒也。怪所最嗜，适已餐二斤半矣。"因谓某曰："顷汝掩鼻稍迟，已中怪毒。我有丸药一颗，至关中可觅室静卧，服药后必死一日夜。俟毒汁尽，则活矣。"某拜受而别。入关，告店家以故，主人亦稔知其事，代为扃户守视。某服药昏卧，次日方醒，则见满席流涎皆腥臭不可耐，体中遂康胜如常。究不知此怪何名，或以为即饕餮之类云。

潘生，德安之父，慷慨尚气节。有戚傅汝阳向其索欠，答以现在窘迫，请稍缓期。傅不允，即向官控理，屡控屡驳，愤不胜言。潘笑曰："此无券据故也。"即作券与之。附状尾，官遂准追。人皆笑潘之骇，而傅感其情，转不追逼。时德安年幼，疾甚，喉中痰涌，咯咯作响，额上汗出如浆。诸医皆以为不救矣。适傅之侄友光进城，叔谓曰："汝善医，盍为处方救之。"友光欣然诊治，一剂而愈。以仇怨而为援手，人始信忠厚之报云。汝阳遂索欠归，而友光即住潘家。德安每夕与同宿，相依如义父。友光性落拓不娶妻，所得医资随手散尽，往来十数年而卒。今甲子夏初，德安患齿痛，连及喉肿，捧颐蹙额，饮食艰苦，几不欲生。适倚几而寐，见友光推屏而进曰："汝患齿耶，此小疾，稍散即愈。"语毕，潘醒，诸痛若失，亦足异矣。

名医救人，随处留心，洞若观火。松江徐灵胎舟泊青浦，有妇在河畔洗菜。舟人误以篙水洒其衣，妇人大骂不已。徐倚篷窗视之，谓曰："娘子大难将临，犹积口过耶。"妇以为咒诅，愈怒。奔告其家翁与夫，将出寻斗。及访知为徐，始悚然求教。徐谓其夫曰："汝妇将产，必危。我有药一裹，须供灶心礼拜之，临急可救。"遂鼓棹去。及产，一昼夜不下，晕绝数次。急忆前药，取视之，则纸包小爆竹一枚，内书字云："勿令人知，至孕妇身后点放。"胎果骤下。盖小儿以手捧母心，故不下，骤惊之，则释手也。

苏州薛生白亦舟行暂泊，见有女子年及笄，在门外晒布。呼舟子令潜抱其腰，舟子谢不敢。薛曰："无妨，有我在。"且许以酒资。遂登岸如命抱之。女大惊喊。众人奔集，将肆老拳。舟子告以薛所使，群哄问焉。薛曰："此女将出痘，系肾经所发，殆不可救。故惊之，令入心经耳，今夜必发热见点。"留方数剂而去。女果于夜发痘，如方治之而愈。

薛又与一友交好，谓其子出痘必险，非我莫治。及子痘发时，薛适他出。延医治之而死，已棺殓将出矣。薛遇见，惊曰："此枉死也，速开棺，我能活之。"遂令掘土坎尺许，卧儿其中，觅雪中兰花根煎汤，毁齿灌入。至夜半，果呻吟矣。医治数日，竟愈。时有同住诸房族小儿过前，薛必一一问询。及友喜子活，欲弃棺，薛谓曰："何不寄存庙中，作布施好事亦可。"友从之。未几，有房族出痘者奔往求治。薛谓曰："岂非我前所见穿绿袖衫、年若干岁者耶?"答曰："是也。"薛曰："然则，不必往视，我前所留棺，正为是儿耳。"竟不治而亡。此其术亦神矣。

海宁朱某医术甚精。有人微疾就诊，朱曰："此病可不药愈，但据脉难过立秋日，奈何。"其人颇信朱言。至期不敢出门，加意调摄，至夜二更，谓妻子曰："朱某之言不验矣。"将就枕，忽腹痛如厕，大叫一声而绝。众奔问故。朱答曰："彼不知何故，将肚子翻转，计至立秋必复原，故不胜痛而卒。"桐乡汪氏常延朱在家供奉。适主人大病，服朱药不效。众医并至，药杂而病愈加，咸归咎于朱，诱入旁舍反扃之。飞棹往吴门迎叶天士。入视毕，问前服何药，以诸医方进，叶皆手裂之，至朱方则曰："此方甚善，服之何以不愈?"因沉思曰："今不必开方，但以朱药两剂并煎可也。"服后果渐愈而起。主人大喜，设筵演剧为谢。叶曰："此本系朱先生方，予何力之有?"遂请朱坐首席，并出厚赠。朱潜具小舟，俟叶归，于半途问之。叶笑曰："此用参太轻耳。我如加添，恐损君名，故并两作一也。"朱大感服。汪未有子，屡服春方，朱屡谏不听。未几生子，浑身无皮，啼不已。朱曰："此春方之害也。"

稍以甘草水拂之，切不可骤治，致毒结于内，将来痘关难过耳。主人信他医言，以末药渗之，即日生皮而朱怀忧不置。及三岁余出痘，果险。朱曰："我早言之矣，决不可治。"因又迎叶天士，许以千金。叶为发毒灌浆，至回好而去。朱又追问之，叶曰："君言岂有谬耶？此不过遮眼法也。惟有一语谨嘱，将来百日外微有腹痛，断不可下药，否则我受其名，君当其咎矣。"遂别。至期，儿果腹痛，欲请朱治之。朱曰："此乃痘毒所积，我不能为力也。"儿竟不救。朱名遂愈振焉。

萧邑迎亲，新人必穿道袍，究其故云：从前西山有一魈，每新轿过必摄去。数日后弃新妇山涧中，多至毙者。为害已久，惟穿道袍可免。有某绅家将嫁女，必从此过，日夜忧虑。有颜姓者兄弟三人，俱长大有力，愿为护送。至日到山前，忽狂风陡作，沙石纷飞。一物长丈余，遍体生毛，面黑如漆，电目血舌，睒闪攫拿而来。众皆骇绝失色，三人曰："尔辈自送新妇从小路去，吾等当力御之。"遂与鏖战三日夜，奋长刀斫其头。随斫随生，至七不能动。三人擒归，碎剐之，亦力尽。死为神，号"岩将老太"，甚灵验。而今新人犹穿道袍，相沿旧俗也。

萧邑东门内有蔡姓者，其女为怪扰。见其身黑如犬，眼突如铃。时空中作人语，索饮食甚夥。女不堪其扰，避至嫂室。怪又寻踪至，取嫂之幼子置厕上，以为戏。女复同母宿，怪又鞭挞其母。母受重伤，不得已，阴送女至外祖家，始安静数月余。一日，母遣人探问。忽空中大声曰："噫，五姑娘乃在此耶。"阖眷皆惊，始知怪亦随至也，复缠绕如初。或言桃叶辟邪，母取挂窗户各处。怪笑曰："是何儿戏，欲使我惧耶？"遂以秽物遍涂之。人或询其居止，则曰："我寄汪氏祠中耳。"百计驱不灵。值十二月二十四日，女梦亡父来，怪亦踵至。父裂眦大怒，拔剑追逐。怪斗不胜，踉跄而逃，父亦不见。女惊觉，怪从此绝。

山西和顺县营弁李某，以验看到省。回述异事云：有卖菜佣王二素贫窭。一日忽见其穿新布袍及络担甚精洁。问其故，曰："仙赐也。

昨见坑上有物如猫，以囊盛之内，即作声曰：‘我乃狐仙，释我必报以四金。’某必邀求十六金，答曰：‘银即非难，但恐汝无福耳。’遂与如数，是以先置络担及袍。”李贺之，谓：“从此当发大财矣。”未几，闻王二为人命事被阳曲县逮去，颇以为异。次日，见王二仍敝服破担而来。惊问之，曰：“方与公别后，转湾有妇人买菜，争多少。适秤锤堕，毙其怀中之儿。因扭结到官，官以过误，无偿命。法责我二十板，搜身畔，得藏银，付彼为烧埋费，而布袍、络担亦以偿。行杖者依然，身无一文，反带杖伤。仙云‘无福’，果然也。”李为嗟叹良久。可见命薄者不可妄求也。

萧山蒋生号虚舟，娶妻瞿氏，甚贤淑。癸亥四月间，偶感微疾，忽蹶然绝，见有老妪引至西门外岳庙前，欲与俱入。瞿畏怯不肯。有少年在傍，以洋银数千典之。老妪得银而去，少年复引与俱行。有叟扶杖而来，惊曰：“此吾孙媳也，汝何得偕行？”少年告以出银典，来叟即唤其子翁来，取银还之，并咎其在家往来何不照管伊媳，致为外物所诱，遂令送还而苏。十月间，又患伤寒甚重。恍惚神游，复寻旧路，径入岳庙中。见青面持册来去者众，然皆肃寂无哗。至一处，见悬榜于壁上，载姓名甚繁，每名上插笔一。问其故，青面者答曰：“此名笔榜，凡人生存则笔不动；善终则笔作朱点，自拔去；若作小恶，则小竖；作大恶，则笔直竖；至底而堕，其人不久命尽，必坠地狱矣。”又见对面有巨室，内圆光几千颗，或大如斗，或小如卵，闪烁上下不定。问何故。答曰：“此即榜上诸人，有道德及功名福泽者，为上光。善则加添，恶则消灭。”瞿颇识字，见舅翁潘某及蒋生名皆在榜，余不甚记忆。女人守节者，榜上亦有名。又游地狱，见奇刑惨状，不忍寓目。急奔避至一台，名曰“望乡”，皆青石甃成，四面崚嶒，又无梯级，仅石缝可容足。善人则坦步而登，望毕自援绳下；恶人多至半而堕，即勉强攀登，略瞭望，有狞鬼持锤击堕之。见奈何桥，宽仅八寸，长数丈许。瞿游毕，寻至翁所。见房宿精雅，洒扫洁甚。所使皆三尺童子，云系送葬时所焚纸人，声幽细可辨，呼瞿为大娘，欲为具餐。翁曰：“此间饭不可食，惟茶可饮。”因烹茶至，味极香美。饮毕，翁引送回。豁然而醒，已死一日夜矣。云翁送我来，尚在楼。蒋生因祝云：“父既来家，何不赐训？”翁即附瞿身，畅谈家事，其声气宛然生前，洪亮不似女人口吻。问冥资焚送有益否，答云：“如无益，则前日岂能赎媳而回？今阳世剪纸洋银，诵《心经》一卷在上，即抵钱十千也。”又问媳病究可愈否？答云：“有我保护，无妨也，须用心将养。恐久附累伊吃力，我去矣。”即欠伸而起。此后又蹶数次，每魂从楼下冉冉欲出门，皆见翁左右拦回。遂服药月余，竟全愈矣。

海宁查公讳鸣昌，别字萍槎，为上北河司马。曾言任中牟令时，与邻县张某会审命案。系挟仇纵火，烧死一家七口者。张力从轻减，仅拟绞抵。案上奉部指驳，臬司召查、张议之，谕以再改流罪亦可。查毅然曰：“此案焚杀多命，拟绞已极宽典。若改而生之，则死者含冤地下，于心奚忍？”臬司怒曰：“只汝办事有良心，我等皆愦愦耶？”张某遂请独自主稿。次日，张县中有事暂回。甫出省城数里，陡觉阴风飒然，有黑影七直扑轿中，如重千百斤物。舆夫跟役皆毛发森竖，仆地而僵，而张已昏绝矣。即舁回寓，身发壮热，瞪目大言曰：“我等含此奇冤，拟渠绞抵，已大不平，犹冀死后再与索命。今汝力庇恶人，竟欲减为生罪，是诚何心？我等且拴汝赴冥质理，然后寻冤对去也。”张寓中幕友长随环跪哀恳，言：“此事未曾定案，当力求上宪伸冤。”遂许暂释以俟。张次日复与查禀见臬司，伏地号呼，但求贷死。臬司惊为发狂，张因历述昨事，且言此事众所共闻共见，并非伤寒呓语也。某司怃然久之，遂从查议，改为情实上焉。可见命案有心出入，皆干冥谴，为民上者不可不慎也。

海宁有无赖子，诱一少年赌博，罄其卖产之资，少年怅惘无归。无赖复与设计，谓某盐船饶于资，可以诈取。遂密封瓦砾如银包然，呼舟趁渡。甫至舱，则瞿然曰：“家中有事忘作。”急奔而去，少顷却回。无赖随后作索欠状。少年开包欲捡与之，则瓦砾满中，诧为船家窃取抵换，赴诉于官。无赖挺身作证。官不察其情，信为真，极力拷问。舟子虽搏颡呼冤，亦不之理。限日缴还，否则追比无贷。舟子吞声饮泣，无可奈何，拟鬻产以偿矣。有伊丈母素倚婿为活，愤极呼天，背负黄纸，日赴城隍庙叩诉。无赖素强壮善饭，忽奄然作病状曰："城隍有差逮我矣，此事我实造端。"即往质讯，遂卧床半日，宛转呼痛而绝。人始知此事实冤，而诈骗之不可为也，刁风亦少戢焉。

捕厅曹公，安徽人，性最诚笃。曾对余言四十岁时，在京患寒疾，屡濒于危。觉魂从顶出，至城隍庙前。见神方拥案坐，亡故父母及伯叔舅氏俱罗跪阶下，哀吁甚切，似为己事而然。神曰："曹某为人诚悫好施，我亦知之。奈伊于某年月日有一事为司命奏闻，上天敕令追勘于我，何与焉？"曹闻汗下浃背。记某事为一婢女，系别省买得者。其省时值大荒，婢父临别泣拜曰："我家世清白，因年荒，无奈鬻女。如收为妾媵，固善。否则必择良配，毋作墙花野草看也。"曹于某月日偶在灶下戏之，不意触犯司命神，致有此危。遂急奔归舍而醒，则已死半日矣。即托人觅贸易中诚实者嫁婢与之，不索其价，并厚赐奁资，约以此后往来如母家，冀以补过赎愆，病竟不药而愈。此曹公自言，可见神明纠察严甚，暗室中勿作疚心事也。

陶南园明府有素识之李三老，癸亥清明前传其死。数日后忽款门来谒，陶公惊问曰："人传子已去世，岂妄耶？"答曰："实死去两日，将敛而复苏。初不过微寒热，恍见有冥役来唤，相随而去。路遇向识搀舟之王姓，缧绁而来，呼曰：'李三，汝亦至耶？'"李与问答。至岳庙中，群鬼哄然起敬，谓："某年度岁，得李三资助，今何觌面之速耶？"盖是年，李以寿辰放焰口焚冥镪故也。旋入内，与王姓并跪堂下。神命送王姓至刘、李二王处判断。旋查李年算未尽，呼原差责问，左右对："渠自知误，已另觅本犯去矣。"复问："李三祖先在否？"即有三人跪禀俱在。神敕令领回。李举目视，短小者在前，不相认识，大抵系其曾祖，至祖父则灼然可记，遂相携而出。忽伊胞兄李二从后追至，与相劳苦毕，言："我身后未得入土，魂神飘荡不安。然汝亦窭无力，不能举厝。人有生前欠我债未偿者甚多，试往索取以供葬事。如彼复赖欠，可将其生辰八字焚送与我，自能向伊作祸也。”李领诺而别，至家则亲族匆忙，人声鼎沸。祖父嘱以门外少待，俟稍寂静遽推入室中，憬然而寤。及访掺舟王姓，果于同日死。复有前巷别一李三于昨晚逝矣。今已精神康健如故，是以来晤耳。全兄之葬事，竭力摒挡措办讫，亦不敢焚欠债人八字也，陶颇赞其忠厚云。

苏州甘凤池，技艺绝伦。有总师请为教习，标下潜忌其能，欲害之，约众曰：“我令旗所指，枪必环刺之。”遂请甘旁坐阅武。旗举，枪果齐至。甘惟持一茅竹烟管，谈笑挥之，枪纷飞若隼焉，因托故辞去。至常州，遇神祠演剧，入观。当台有大石，凡立于上者，众无赖必挤去之。甘不知也，立其处。无赖识为异乡人，佯作争斗状，群拥其侧，无不扑地而倒，甘立如故。大骇，因呼勇者“万千斤”视之。万在家凿石，重五百斤，以拳击之，滚百余步不止，故有此号。万至，以一手推之，不动；两手交推，愈屹如石柱。奔告其父，父来见之，惊曰：“此甘先生也！幸值其喜，若怒时，则以肩背稍迎，汝两臂立断矣。”遂罗拜而去。甘在家绝不与人争竞，惟排难居间，无敢不服者，以此其生计颇润。有屠户绝有力，欲乘其懈颠仆之。时大雨中，甘踏木屐上桥。屠户潜起，以刀背殴其项。刀未及身，跃然飞堕桥南，而屠已跌桥北矣。视甘两足已出屐。问：“何捷速先知？”答曰：“某负微名，每防人算。适至桥，见两旁店中视余而笑，即知有相乘于后者矣。”晚年在木牌上观剧，见有强凌弱者，劝之不听，转加丛殴。甘植立而众皆受伤。呼名手来视，曰：“甘并未举手，此皆拳势激回，自殴也。”众遂怖伏，无敢侮者。

江西有封禁山，约五百余里，人迹罕到。有总镇某恐藏奸宄，欲往巡视，众交口阻谏不听，选健卒五百人贾勇而进。初行百里许，花木溪流，颇幽秀可爱。渐至险阻，崖门中有蜂如燕大，螫人马流血，急以火枪迎击而散。复见虺蛇成聚，其声有如铎如鸡如小儿语者，皆张口作吞噬状，幸畏硫磺气不敢逼。虎豹蹄迹交横左右。某心悸欲返，恐人耻笑。因择平坦地布帐房，命众卒多砍树木焚作燎戒，终夜罗守勿怠。某亦拔剑坐，俟将更许，见空际有红灯闪闪，细视则巨魈高与山齐，平移而过，灯即其目也，众伏地不敢动。近四更，闻山顶大声震厉，有物滚至帐顶，垂血舌至地，广亩许。某急起，以刀拄舌，呼枪铳环击之，至晓始毙。视其形，正方如屋，拳毛铁色，肉皆凸出如刨。不知何名，因舁以还，不敢复进矣。此与饕餮事皆蒋心余公子所告云。

安徽胡生言有堂弟善拆字。一日往视之，见有奔走而来者，拈得喜字，问何用？答曰："讼事也。"弟言："必被责二十。"少顷回，果责如数。问何故，弟曰："喜字上坐士大夫，开口命责二十板，下口则汝呼痛声也。"莫不绝倒。有叔场后命拆开巍字，弟曰："只中副榜耳，以山字头仅得出学之半，魁科字皆未全形，譬如生产得女也。"后出榜，果然。

甲辰会试二场，有湖广张孝廉与周观察子名有声同号，两人桑梓戚好，谈笑方浓。忽见张口角流涎，蓦然倒地。周惊撼呼之不醒，命监军捶背灌汤，亦如故。因出号禀监临，及官医至，则张已自能起立，谢去之，谓周曰："适与兄谈，有老叟突入相拉。某不肯动，被掐臂，痛甚，不觉随去。在龙门内犹然人世光景，出门则黄沙茫茫，不辨日月。至一大宫殿，有官环坐。老叟上诉：'某仅一子为张荐与三中丞，后转荐军前而亡，故讼之。'张辩曰：'荐人本属好意，后来辗转，某岂得知？'官谓：'汝辩有理。'但问从前得赃否。老叟言：'曾送茶叶糕饼。'官曰：'此食物也，不得为赃。'命释还，出门则诸隶索费，正无以应。有某戚峨冠而至，惊谓：'汝身尚在场中，此地岂可久住？其费某当任之。'遂送龙门外，见诸神及吏役比阳世更多，叱不许进。幸见某座师坐搜检所呼之，得出至号，豁然如梦觉。"呼同号共视其臂，则青紫痕俨然也。

周翁耕厓言：甲辰同号有杭州周孝廉，自言为鬼调和得中。细述其事，初入场坐衣字十五号。有女子褰帘入曰："误矣。当在第十七号。"周知为鬼，不惧，问其姓名，伫立号门口。见有呼十七号者，迎谓曰："汝尚欲入场耶？号中有某妇候久矣。"其人忙迫即弃考具而逃。

夜间，女又来曰："汝奈何泄机与我冤对，致令逸去，今不释汝矣。"周笑曰："冤各有主，岂容旁及？且试述汝受冤始末，当为剖之。"女曰："彼某姓，住江干，与妾夫交最善。夫外出就幕，托伊照管家中，已慨诺矣。及妾缺乏薪水，向其告急，漠然不应，以此母女受饥寒而死。夫归，见无家，亦郁郁卒。今仅存一子，在某鞋袜店中，又受凌虐将毙。辗转寻思，一家受害，皆由于彼，故衔恨索报也。"周问："伊家素封否？夫出，可有银付之？"答言："家亦不丰，处馆度日。夫出，未曾付银。"周曰："如此，则彼诚负诺，然汝索命亦太过。人贵自立，岂能藉友为生。况彼或实窘，无以应亦未可知。今为汝调停，令彼领汝子回，饮食教诲，至婚娶后方止，汝肯释然否？"女曰："如此甚好，但恐彼不允耳。"周约以二场复命。出场后即雇舆至江干觅某，谓之曰："汝即场中幸逃，彼终不舍，当跟寻而来。汝能听我，如此善处，则冤仇可解矣。"其人泣拜领诺。周曰："汝反覆难信，须作二券。一存我处，为他日证据；一祭亡友夫妇而焚之。"某一一如教。即日从店中领其子回，为具汤沐，易衣履焉。二场入号，鬼偕其夫欣然至曰："君存心厚甚，既救彼命，又延我嗣，已吁恳神明中式矣。"及榜发，果捷。可见解纷释讼之善，阴阳一理也。

壬子孝廉王名星罗言：其祖每于粥后暂眠，至饭时而起。一日忽浓睡不醒，屡次摇撼，鼾声如故。合家惊惶，守视至次日早辰方起，汗流遍身，曰："惫矣，适与人审讼而回。初出门，如无足者，然浮行空中穿禾黍地而过。至一处，认为双树庙。庙前聚集人众，有张姓贡生系素识，已故数年。曰：'君今日有讼事，如何以短衫至。'因脱袍服借之。入见有神穿黑袍正坐，阶下跪郭八老，系有田出售于王，已加绝久矣。在县刁讼不已，县曾责罚，故复在土地前告阴状。王阴缕述原委，如在县对质语。神曰：'此事我稔知之，渠在阳索诈，又来此处诬讼。'因责郭四十而散。出庙则众役环贺，守庙老僧亦在焉。张曰：'王公单身来，并无携物，将来岂少汝等酬谢耶？'因还衣，珍重而别。甫至家门即醒，不知已一日夜矣。"然身觉疲乏，请陈姓医诊视，陈曰：

“脉并无他，但似作极劳苦事，何也？”王细述其由，陈憬然曰：“适从郭家埭过，郭八老呼我看病，我告以王宅看后方来，幸未与之开方也。”正问答间，家人忽报郭八死矣。王因备牲醴楮钱向庙中焚化，以答神佑云。

新昌学同寅夏公曾言：有周某者，在京师充部办有年。同事二人共居一室。时当冬夜，同伴皆卧矣。某因岁暮窘甚，独坐寒窗，自念客囊消乏，壮志难伸，当此饥寒交迫之时，生不如死。一转念间，忽见灯光绿暗，渐小如米。恍惚有人从屋隅而出，促曰：“君言是也，可速死，死甚乐。”某即解带自缢。时同伴鼾声如雷，毫无知觉。忽室中一瓦投桌砰然，二人惊醒，闻有人拍案大声曰：“此娄县典史也，可速救。”睡眼朦胧间，见某已悬梁。惊起解救，移时而苏。拍桌之人已归乌有，疑为神也。某因自述其由，同伴交慰之，并言他日功名业经神示，可无忧矣，遂取缙绅遍查，绝无娄县名。某因叹神之戏己也。仰视天花板并无裂缝处，不知瓦从何来，共相惊诧而罢。后十余年，江南督抚以华亭县户口过繁，分设娄县。某首选是邑典史，饱暖终身，皆出神赐也。而县未命名，冥冥中已默定其官，可见人生饮啄有数耳。

海盐长随何升言：伊幼时随同县曹二相公往海宁望女。见女毕，天已将晚，女留宿于外室，颇幽洁，陈设灿然。至夜，月色如银，万籁皆静，主仆二人辗转未成寐，忽闻窗前瑟瑟作声，渐近门隙。无何房门自开，一丽人从容而入，瞠目四顾，似知有客者。遂傍桌坐，启一奁具，内镜匣皆备。徐捧头下置桌上，扑粉画蛾，梳妆毕，仍捧凑颈上，对镜自照。忽发长嗟，其声幽咽，甚悲惨。闻之毛骨皆竖，主仆俱寒战不能止，离内室又甚远，惟紧抓帐口，束手待毙而已。幸彼虽似知有客，竟不逼卧所。起身绕屋，徐步。拈弄陈设物，如故恋恋不舍状。正徘徊间，鸡声四起，天将曙矣。长嗟数声而去。曹早起辞归，并道其故。盖女亦不知此屋有鬼，闻言大惊谢罪。访之老仆，知前有一妾，因冤自刎于此，即埋窗下，想幽怀郁结未伸，故常作此态耳。

山东初公，名之椿，言彼处劳山灵秀，屡出仙流。近有高道士，术颇精，渠表弟姜某奉为师。一日，闻空中语云："我狐仙也，为汝师所苦，乞往求释。"姜诺之。甫至师处，高已知之，曰："此狐狡狯不可释，汝何轻信耶？"姜曰："业已许诺，望师加恩。"高令于殿中第七块砖下揭视，见物如猫伏其中，问："何不速逃？"空中又答曰："砖底有符，我岂能出？"即禀师磨散。物化作火光飞去。姜夜宿庙中，师嘱不可轻启户。闻终夜淅淅有声，旦而问之，曰："此神将护符也。"高每晨必諵《黄庭经》，觉腰间有棍击之，即舒手作雷震，毙一物于庭。呼姜共视，曰："此即汝求释之狐也，彼毒心不退，妄思报复，致于诛谴，汝爱之适以害之矣。"有盗窃其常住米，终夜环走中庭，不可得去。高晨起谓曰："出家人斋粮，何可轻取？"命倾米还原处，始得户逸去。善祷雨，遇大旱，请之无不应者。少年时登坛即雷电交至，及晚岁上疏求和风甘雨，习习密洒，无倾盆状。后预知化期，约姜往送。至时，沐浴焚香端坐而逝，垂玉柱尺许，殆真得道者欤。

又有号小和尚者，亦灵异。大雨中行，衣不沾湿，人问之，曰："我从雨缝中来也。"高没后祈雨方殷，渠令搭台高数丈，处其上诵经。晒烈日中，三昼夜不饮食。及溲溺四围，以绳环之，戒耆老守绳外，曰："慎不可入，恐触忤神。"将夜半，忽下台，召众往迎雨。自持木鱼在前，口喃喃不绝。众随其后入深山中，遥见红灯两盏闪烁而来，急命众环拜曰："此龙目也。"拜毕回身，顷刻风吹急雨，淋漓飒沓而至，远近咸沾足焉。邻县少雨，里民数百来恳。以符付之，即有黑云一片，护其顶归，至城隍庙焚符，雨即大至。有腐店翁媪无子，颇有所积，劝其塑旃檀佛一尊，甫毕而媪死。人笑其妄，答曰："此正有子之根也。"翁后又娶妇，生一子，至今成立。

钟晓崖表兄为获鹿令，署中古槐系唐时物，虬枝夭矫，直透空际，屡著灵异。乾隆丙午六月十七日，余与主人亲友辈晚饭花厅，忽大风雨骤作，雷声殷地，屋宇震撼欲倾，急命阖户静俟。僮仆于隙中窥探，见树间似有十数小儿腾空而上，火轮轰掣，砰磕交驰。凡院中凉棚席柱俱抛掷过墙，屋瓦纷飞，无得全者。众皆振掉不宁，移两时许方息，出视则树已童然矣。又前令时有火焚死者，其鬼常现形于厨房外。有媪为小主人取火，遗纸煤于地而去。一小女子年十三岁，行过裙幅微爇，旁观指令拂去，女曰："此媪可恶，贻火相害，必寻伊自拂之。"至院中，风吹火势渐炽。人急呼令脱裙，则女旋转空际，如有牵拽之者，手足茫然无措。见者以盆水浇扑不灭，仓忙中取被裹住，并被亦焚。呼众奔集，则下半身已焦灼而死。以一星火白昼中空院被焚，岂夙世业耶？

萧山大桥瞿某母孙氏，持斋礼佛，诵经典甚虔，能辨别音义远近，学佛者皆就访焉。家窭甚，倚山田为活，结茅三楹，仅蔽风雨。蒋生虚舟常至其处，见以淤泥为墙，手可攀及檐际，卑陋不堪。嘉庆壬戌夏初，零雨积旬，蛟波泛溢。山中巨室楼房淹漂倒塌者，不计其数。水势汹涌，将及其庐。四望浪花无际，烟雾昏霾，石立沙鸣，遁逃无计。因捧设念佛珠于案，俯伏祝天，愿垂庇佑。忽闻异香氤氲，发于空际。水至屋左，倒卷而回，别寻蹊径而下，寸椽尺瓦无损者。惊喜拜谢，起寻念珠已不见矣，有五岁婴儿在旁曰："顷婆拜祝时，有神长丈余，青面绀发，头束金圈，入攫念珠而去。"竟遍觅无踪云。可见慈悲之教，至急难时求援，无不如响斯应也。

江西临川县王姓，因投伊戚于广西，系为某县典史。至则已病故矣，流落不能归。幸善裁衣，在饭店中为人缝纫，日给钱二十文，仅以粥糊口。见县中幕友出入，必肃立起敬。异而问之，王诉困苦状，因呼入署中执业，稍胜前矣。适有盐肆亏缺，上宪令官为经理，无敢任者。幕友举王往视，心计得银十万两，此肆可复兴。闻有甲商某饶于资，欲求贷焉。众嗤之曰："此人恃富自豪，当道官亦不肯轻见，况汝何人，妄思谋面耶？"王不听，假衣乘轿而往。名刺甫投，商即开中门延入，迎笑握手曰："金阊一别，直至于今。向蒙高谊，无日不思，何缘会聚于此。"王知为误认，即托词应之曰："某因喜挥霍，家业中衰。偶遨游某县，见盐肆可张，然非多金不办，君能为此豪举，暂贷如数乎？"商慨然许诺曰："现金无存，有典铜值十万余金，君能至滇鬻之，可以奉借。”因留款数日，遣健仆运铜辅之而去。至滇渡澜沧江，舟遇旋涡沉没，与仆仅以身免，谓仆曰：“某以命蹇累汝几死，归告主人，我必留此捞取，原物不得则不归矣。”仆去。适遇水涸，王多方募人捞摸，除原铜外，又获珍宝无算，盖皆从前覆舟人所失也。即售铜讫，携价回广西。见主人交还原价外，尚赢万余金。商欲举赠并为借本，答曰：“某有人见欠数万，久已忘怀，适其人在滇，居积致富，相见时尽以见还，可无需君物也。”邀商至舟中视之，果珍货，不赀即运寄商家，携资往张盐肆。连年倍获，富至千万。今年九十余犹健，广西省推首富焉。

内姑丈卜公枚臣，年四十余岁。大病昏去，见伊祖引至祠堂前，老仆正淅米于河，惊曰：“此地非郎君所当行，奈何至此？”祖曰：“汝何知，毋多言。”引入祠中，见诸祖先皆在，自曾祖以上俱不能识，一一指令拜之，又入拜诸祖母，颇有起与为礼者。暂令屏后安置，诸人集议。或谓：“此已命尽，当去。”其祖父力言：“孀母在堂，彼去则谁与侍养？当以此意呈恳神明，冀蒙允准，延寿亦未可知。”其七世祖因为创稿，但见搔首筹思，绕桌旋转，几及二更许，未敢轻于下笔，而卜已倦极熟寐矣。黎明甫醒，闻外户剥啄声甚厉，潜窥之，见如差役二人欣然而入，曰：“恭喜列位，昨状已批准，复与延寿一纪，即速送回可也。”诸祖皆珍重称谢，厚有所赠而去。祖遂唤卜出，谓之曰：“汝归，宜孝事北堂，凡遇祖宗享祀，必诚必洁，且须多焚楮帛也。”卜应诺拜谢而苏，自此事母至孝，并日诵《金刚经》，力行善事。母故后又至七十余岁而终。想以善行所延，故不止一纪之数也。

杭城陈生某，偶步西湖塘上，归途遇女子颇妍丽，近与接谈曰：“我李姓，行三，至城门口恐为人拥挤。乞呼‘李三亲娘’，俾得随入也。”陈许诺。入城呼讫，则见李已在前捷行如飞。陈心疑之，步随其后，转湾至某好友家，瞥不可见。恍然曰：“此必缢鬼也，我奈何引入害人。”静听友室中，闻夫妇相哄，友怒批妇颊。陈急呼之而出，至僻处谓曰：“汝家已有鬼相瞰，何可自开其隙耶？”友惊问，以向所见告，因拉友至其家，则户已内扃，呼不可开，因共排户直入，见妇泣涕涟洏，正作缢计。友急向其陪礼，言：“夫妻小忿，何至如此，我已自认不是矣。”陈亦在旁力劝，妇气旋平，遂回。半途闻李追詈曰：“我守候数年始得此替代，汝何为救之？今入城已不可出，将至汝家扰攘矣。”陈笑谓：“彼系好友，我有人心，岂肯引鬼相害？汝既无归，我当供养，不知所需何物？”答曰：“每日只一瓯浆水饭足矣。”陈遂洁扫一室供其中，日送浆水并焚纸一陌，遇岁时亦为奠祭。经二年许，绝无影响。一旦忽现形，谓陈曰：“汝妇将产，有冤家相寻，必至母子俱毙。我受供养多时，岂忍坐视？明日汝可将产中一切需用置买，及稳婆俱唤在楼房。谨下阖门，闻声响切勿开视，如开则必不救矣。”陈如言备办登楼。至次晚，果腹痛欲绝。闻楼下铮锹镗鞳，瓦釜皆鸣。妇已几次昏晕，幸有稳婆相守，不敢暂窥。肆扰至天晓始息，而子竟诞生矣。感李德，设祭谢之。月余，又来见曰：“前冤对甚凶暴，我以荏弱女子与相力拒，致遍体受伤，卧养经时始愈。幸藉微功，蒙土神申奏，谓以怨魄行慈，保全母子二命，许不俟替代，托生善处去矣。与君累岁周旋，故来相报。”因出门冉冉而没。

余内舅桂山弟年幼病殇，时七月十一日也。有仆马藩方卧疾不知，忽瞠目曰：“节近中元，主人各祖先皆集堂上，有亡仆掌书抱桂山官往来啼哭，老主以果品饵之，亦不能止也，未知何故。”又言：“十四日各祖先俱赴龙华会去矣。”此与俗中所传一一符合。马至十九日竟卒。后缘事官封其宅。有地总密姓每往取什物，一日正昼，开门入至大厅，见烛光荧然，心甚震异，潜从窗隙窥之，两桌叠高，有白须老人盘膝上坐，双烛前供，目光炯炯射人。密遂惊仆，良久方苏，趋出至家，详述其事，不数日死矣。

富春山中从前民居稀少，异兽甚多。有猎户二人持火枪入，忽见黑烟一道冲起，山半有物浑然滚出，急登树避之，见其形方如柜，不辨耳目。一翻身则口在腹下，竖舌如桅竿，连卷合抱大树如折笋然。猎户竞以枪弹击之，毫不能伤，怖甚，屏息以俟，幸不啮及其树，仍喷黑烟而去。又遇人熊来,以枪迎击,熊以手拂之,火弹着毛如霰落,惟对人嬉笑,竟不能相逼。二人遂敛手潜归,不复作入山想矣。潘生,德庵父,偕兄入山劚药,其戚戒以路有修蛇,伤人无数,不可轻往,潘固不听,至则果见蛇蟠十数围,张血口如盆。计退则必为所噬,兄弟素趫捷多力,拔大树迎斗。蛇跃至,则左右跳踯避之,交击半日竟毙之。视其处,人畜遗骸甚多。因以两大篮盛蛇肉归,尚不能容,而此地患竟息矣。

萧山有农人夜起裸露,忽患腹痛。其母疑触神怒,因许于土地庙祭赛,少顷即愈。次日备牲醪往酬愿,途遇地总某,素无赖,问知笑曰:"既为土地,当福佑一方民,乃诈人酒食耶?盍以物享我,当往县中城隍处诉之。"农向畏其势,不得已即以相饷。某果乘完粮之便,入城作状投城隍。农于夜梦中见役摄往,堂宇高峻,侍卫森严,上坐者俨然城隍也,旁立者为进士萧公,云现为其方土地神。城隍问:"腹痛事果由汝否?"答云:"农民无知,裸形出院中,恐遇天上尊神经过,必遭重谴,故小惩之,使知改过而止,并非需索酒食也。且原系伊母自许,半途为某劫夺,并未至庙。"城隍曰:"地总某强与人事,诬控神明,本当重惩,但此处责之必死。俟二月二十三日,发阳官责三十可也。"农人醒后往视,某则觳觫捧首、愧悔无及。将及二十三日,先谓邻人曰:"明日我有心事,当痛饮沉眠,幸无相聒也。"次早,有绍兴同知为公事踏勘至此,过埧需用人夫不得,问地总何往,众答以"彼方醉眠不出"。官怒曰:"此必知我来此,有心规避。"命排户拉出,问之俱昏昏作醉梦语,遂重责如数,豁然而起曰:"今方偿冥断语矣。"缕述前事,方知官刑非妄也。

又梅里土地,每至诞日,择里中一人服神衣冠,遍至各家享祭祀,如古之为尸者然。蒋生虚舟之仆,系彼处人。问其颠末,对曰:"初某亦不甚信,及前年轮某为之,则恍惚如梦。向不能饮焦叶,至此日饮食若流,累数十觞不醉。肴馔纷陈,下箸无算,竟不饱胀。次日康健如故,不知何由若是耳。"

闽中物产异于他处。钟孝廉名山素嗜烟,呼吸不离口。入都于途，遇闽人同舟，见包烟色甚洁白，问味佳否，答言："君不能吸三口。"钟嗤其妄，取咽之，甫入喉即觉头岑岑然，勉吸至三，竟仆地不醒，闽人急取圆眼汤解之，始欠伸起，犹觉体中竟日不适焉。有萧生至闽处馆，其家烹茶，每以三四汁相饷。生疑其见轻，意颇不悦，主人曰："先生浙产，不耐此间茶味。恐过于浓重，即精神有损耳。"生固不信，欲强试之，即捧茗进，初觉香色可爱，及饮未半瓯，胸中介介已不能容。甫啜毕则腹涩心烦，舌强而不能下，如中毒者然，痴卧一昼夜方觉少解，自此宁饮白水不敢复言茶矣。

山西和顺县城西有小冈阜，名龙王堂，曲折逶迤，树木交翠，多空庙宇。每旱必往祈祷，其应如响。有泉汪然，终岁不竭。程春帆明府诗所谓"阴崖润吐非关雨，巨壑寒生不为风"是也。每岁六月十三日，无老少贵贱必相携登临其上，谓之"歇夏"。富者择大庙宇，招邀伴侣，携肴载酒，终日酣宴其中。贫者亦带小瓦铛，偕三四五人于松树阴间炊饭煮茗，闲话桑麻，怡然自得。遥而望之，高下参差，衣香人影，飘漾半空，仿佛春树万家光景。至夕阳欲堕，涧壑凉生，始相与联袂而返，亦山县中一胜事也。相传其地多鬼。有李弁子约人往彼手谈，先至药王庙坐俟。时日正中，忽闻门侧簌簌有声。谛视之，则红衣悬挂者，俨然缢鬼也，大惊狂呼而逸。刑房赵某子不信，邀两人往，游毕始归。赵行居中间，至转湾处忽不见。两人急下山，呼众遍觅，得于小坡畔，已泥沙满面口吐痰涎矣。扶归家中灌醒问之，云："正行时，有妇人从旁径出，夺烟管而去，追逐半里许，不知何以倒卧也。"然余与甥升华辈遇微雨初歇，纤月将生，每相与散步其上，或取松间清露注易研朱，或凭槛推窗望烟云变灭诸态，但觉爽翠沁肌，绝无闻见，不识鬼魅为何状耳。

余先祖沙村府君秉性笃孝，侍先高祖少宰公于都中，昼夜扶持，衣不解带。又为辨析诬讼，备历艰辛，致成腹疾，委顿几不能入场。适扶仙乩冷祖师谦降笔曰："有药三丸，在香炉足下，可以疗疾。"启视果然，服之疾良愈。即于是年捷戊午乡榜。祖师又赠对云："树德一堂，余庆锄经。四世流芳，其为仙人。”所重如此。尝训诫子孙以：“现在之福如点灯，将来之福如添油。切不可享祖宗余荫，自忘积累也。”后任通州司马。乾隆癸未年，奉委勘灾，大暑烈日中不乘舆不张盖，徒步行树落间，遍问闾阎疾苦，核实以闻。奉设粥厂赈饥，夙夜往视。胥吏少有侵欺，立摘其弊，罚令添米煮粥。穷黎来就食者扶老挈幼，载道欢呼，莫不沾实惠焉。积劳成疾，犹不忍遽归。时余在馆读《易》，忽闻有人大声入报曰：“老爷回来矣。”急整冠带而出，遇余父从厅堂来述所闻，正相吻合，然询之守门仆隶人等，毫无影响，亦异征也。旋闻疾，将往迎。天微曙，时堂上震响如栋折榱崩者，合家惊起，细视无踪，竟于五月二十日寿终官署。传命重门洞开，端坐盘膝而逝。归家未葬，暂供柩坟舍中。守坟钱介山之子，向未觌面，忽病中言曰：“有大官舫停泊河干，侍从如林，张筵款客若将远行赴任者，私问旁人知为大房老爷。”细述容貌衣冠，与生前无异，知在冥间已为神矣。钱数日即死。

嘉庆癸亥年，有医者至萧山，不常厥处，亦不详其姓族里居。其术甚神，能起痼疾于指顾间。潘生补陔表弟沈姓，染瘫痪在床已三年矣，一身不能转侧，邀请治之。问年几何，答以十九，曰：“尚可治也。”出利刃挑脊间筋，浓汁如痰涎遍裹膜间。曰：“此名损筋，旁汁如虫，能吸人精气。若紫色则不可治，以食血多也。今色白，尚可医，再迟三日则殆矣。”因敷以药，问病者毫无痛痒，出丸药三颗，令买飞金为衣服之，曰：“此药非我自合，系从南海请来者，我辈八人，每岁出治疾三月，遍救民间痛苦，誓不受酬。如年至四十余，已生育儿女者不治，专以拯少年夭折者耳。疾愈，无庸谢我，但望空拜祷白衣大士，即所以志谢也。时为十月初一日，计至二十五日，疾必全瘳，此时我鼓棹而来，备饮食一筵足矣。”言毕别去。沈服药一丸，觉浑身战掉，筋络间格格作声，即稍能动展。服二丸，其战愈甚，手足全舒，似久被束缚忽然解散者。三丸服毕，起立下床，步履强健，竟如无疾人矣。积年困苦，一旦安痊，感切心腑。果于二十五日出房，如言预备盛筵，而足音杳然，不可复觐。岂神仙中人耶。

余外大父之祖钟子跃公，素性仁慈恺悌。初乡居时，出门闲步，见有稚子奔走来，急避公身旁。有人持大棒追逐，欲殴之。即劝住问故，稚子泣曰："我父欠伊三十金，父故后窘甚，不能还。我母每年纺绩糊口外，偿其利息。今母以贫难自支，计子金已符原数，令我往恳免利，将借票赐还。彼非惟不允，转欲见殴，是以逃遁至此，再见逼，则不得活矣。"公慨然谓其人曰："三十金，亦细事，何至使寡妇孤儿不能存立？今与汝约，此债取偿于我，即自惭无力，陆续亦可措交，不必向彼处追迫也。"其人颇愧悔曰："公与彼素无半面，尚肯垂念孤嫠，竭力庇佑。我与伊父本相识，忍过于盘算耶？向因一时之忿，致相角逐，今闻盛德之言悟矣。"即出券裂碎，付稚子而散。次日，其妪率子诣公叩谢，公亦不自以为功。后迁城中十数年，踪迹疏阔。一日为先人觅葬地，行至划船漾，见三面临水，中涵正穴如仙鹤吐舌者然，心颇谓佳，不知何人之产。正欲访问，见前妪来曰："恩人久不见，乃在此耶。"公询以地主，答曰："此即某之荒产也，公欲之，即当奉送。"公乃与立券给资，并云："旁有费氏荒冢，久乏子孙，将来我后人祭扫，亦当代洒一盂麦饭也。"自葬后，家道日昌，簪缨接踵，渐至晋阶开府，科第连绵，皆此地发祥所致，可见阴地必从心地得耳。

同寅胡屏山云：吾邑镇海县二尹徐公名瑶，江阴人，颇善属文，系久困棘闱者。言于某科在北闱中，题纸已出，腹痛如厕，见近号两人偶语，甲问乙曰："汝为何人而来？"曰："系第三名某人。"回问："汝为何人？"曰："七十几名某人。"徐思此处公然有捉刀人，必是名手，定然深知作法，急起寻之，阒其无人。第三名姓名历历记之，其七十余名之人竟忘之矣。及榜发，其三名果如所言，方知其非人也。

见闻近录卷二

海昌俞超漱园著　孙男　承德改名凤翰　承宗　校刊

京师西山多胜景，云木幽秀，寺观参差，有檀柘寺倚山结楹，水声淙淙，从香积厨来，直贯檐际，可以手掬而饮。凡浣衣濯足，垢即流去，真一尘不染也。有人欲穷其胜，结伴二十余，多裹糗粮持猎具帐房而入。初行数日，树木阴翳，禽声上下。拂石少憩，步步惬心。渐至岩壑幽深，怪石森立。惧迷归途，于转湾处以白粉圈记之。见麋鹿成阵而来，大鹿居中，余俱以角外向，似待斗者，人不敢逼，俟其过，然后行。又十余日，遇田畴平衍，禾黍芃然。有数家临水，结成村落，俱以葡萄为架，垂实累累。鸡犬相闻，惟不畜羊豕。云曾为婚嫁事出山买物[①]一次，其余久与世隔矣。因住数日，行，颇获雉兔佐盘馔。闻虎豹嗥叫，则潜避之。又行几半月，见悬崖绝顶，似有民居。攀藤附葛而上，则有小庵在焉。老尼数人，庞眉鹤发，见人惊起。问所从来，云系明初燕王举兵攻建文时，役及妇人，惧而避迹，出家于此，不知几岁月矣。山顶有田可耕，藉给饘粥，惟苦衣敝，无布帛，植苎麻取其皮织之，仅足蔽形而已，此其人殆近地仙也。别去，贾勇而进，及旬余，非惟无人烟，并绝鸟兽迹。恐粮尽不继，相与觅途归，计往返已三月矣。

诸葛寅丈言：少赴童子试，路见有坟露棺，恻然悯之，谓隽后当为修理。是科果隽，即顾人培土完好，并设祭奠拜而去。抵家数日，忽

---

① 原为“肉”，墨迹涂改为“物”字。

有十数人持礼馈送，且各拜谢。谓系坟下子孙，夜梦祖先责云：“汝置我破屋不理，顷有蟒袍补服人代葺，并承拜祭，可急往谢之。及访问坟邻，方知蒙君大德也。”及为广文，知一命之荣，冥间已预见耳。又言在德清时，闻有童子挟书就馆者，每于道侧见破棺零雨，辄发愿欲为焚葬。及婚后新妇颇有奁资，索取二十金，得偿其愿。有幼丐在旁零涕，异而问之，曰：“此我父也，系生员，屡试不售而卒。家贫，诸叔不相顾，以致流而为丐。每痛棺不能葬，孰意君慨施仁德耶。”某遂留之家中帮工。及丙子入闱，倦甚假寐，见蓝衫人前揖曰：“某即棺中人也，无端受恩，感入骨髓，已力为君求中，然某文理平常，只可代为照料耳。”场毕录文，诸伯叔兄弟皆笑不视，惟先生批“文机清利，颇胜窗课”。及榜发，竟中十七名。遂刊朱卷以某为业师，与其子行世讲理，后为县令。其子依之，亦得婚娶成立焉。

诸葛公又言：“伊祖在湖广贸易，染患伤寒，大病死去，见冥中一书役曰：‘汝此讼事，非大费钱，冤家必不相舍。’伊祖言：‘空手来，奈何？’役言：‘此处有曾任通判者，肯揭债。’即引往相见，作券借用三千贯付役。去半日，来曰：‘事已毕矣，尚存四百贯在我处，来春汝第三媳有事，当为料理也。’因与通判谢别，言回去即拜忏焚镪。通判曰：‘不必此处还我，有老妻在松江某县，乞为寄去。’遂醒。访诸人，果有某通判籍松江者，在任病故。伊祖俟身健即奔回苏州，挟资至某县访问，则通判夫人正于是日出殡，即为焚镪且加利焉。次年二月，第三媳果大病昏去，复苏曰：‘幸翁有留镪在冥，得以照应释回也。’”

杭州亭子湾为大盗正法之所，每岁中元节，臬司书役醵分请僧诵经，设放瑜伽法食，习以为常。乾隆庚寅，轮值许姓头役发心独虔，七月初预持斋戒，访求高僧，拜忏往来，自出己资，不扰公堂一茶饭。至中元，迎请城隍主坛，内外布衣皆新洁，忽报家中妻将临蓐，许曰：“我此时正办佛事，若至产房行秽地，则前功尽弃矣。”遂不顾而往。晚间法师正登坛，忽倚柱假寐，有二人来前曰：“我等系府县城隍亲随，奉命查察，知汝身心虔肃，超度功德甚大，神极嘉之，汝命本无子，今夕妻合产亡，因行善之故，特为延寿与嗣，已令我子往为料理矣。”醒后异之。天晓事毕，奔赴家中，则妻已安然得子，曰：“昨产甚危。朦胧间有少年雨汗趋至，言为汝事奔波，渴甚求饮，进茶饮毕，复言汝本命尽，今夜因汝夫行善感神，赐其一子并为汝添寿，然已代费冥镪数千，当焚还也。”醒时儿即落地矣。许大感叹，即设祭焚镪，望空遥谢焉。至今子已成立，许仍康强如昔。此事诸葛公言，是年署仁和学事，闻之。

萧山钟公名一苇，人甚正直，康熙年间为湖北黄冈令。正坐堂，忽似向空与人对语者，退后告幕友曰：“顷城隍遣人知会，明日江边有大暴风，慎勿上省。”即发朱封数十遣役往江干，凡船在本境者尽封之不许开行。次日，果狂飙骤发，浪涌兼天，江中覆船无数。各县俱有申报，而黄冈独晏然也。尝与一老僧交善，僧将示寂，告曰：“佛院后有藏镪数千，惟有福者当之。”指示其处，钟因发之，代贫民纳逋税焉。太守有女为妖所凭，忧形于色。钟曰：“我能治之。”即请见。其妖附女身，翩然而至，曰：“汝书生，将奈我何？”钟素习五雷符，以朱笔画黄纸焚化于瓦盆中，几数十幅，愈焚则女愈笑。钟不胜忿，举盆力掷之，盖亦一时气所激也。乃盆在空中不坠，似有托之者。女急起奔避，盆即飞趁其后，帘户间皆无阻。至绣室前，女仆地，盆坚覆其首，内啾啾作声，女起而妖已在盆下乞怜矣。因取符益焚之，少顷寂然，启视则鲜血数滴而已。女病立痊。后钟公子在京，寓中有狐仙化老叟，尝出与人对谈，问其有几子，愀然曰：“子女三人，长子因不受训，出蛊某太守女，为浙江钟公以五雷法锻死矣。”钟不敢答言。后归问父，方知果有此事。

名医余文起术高妙，出见抬新棺过，滴血于地甚鲜，余问曰：“此岂产亡者乎？”舁者答以：“诚然。”余曰：“可速开棺，此必不死，可治。”众迟疑未敢，余愿自认罪状，力令去盖，以手抚其胸前，出针急刺，儿已呱然堕地，而妇张目作声矣，遂舁归，举家罗拜问故，余曰：“此名抱心胎，针下适贯儿手也。”视之果然。有轿仆子出痘，诱致其家视之，余曰："此不治之症也。"轿仆泣拜数回，余思无策，力欲辞去，彼不听，反扃于内，日将夕矣，左右翔步，闻蚊声殷合如雷，跃然曰："得之矣。"令抱子弃猪圈侧，戒勿视，俟夜半有啼声则可活。轿仆如教，静候至三更许，果闻儿啼，急趋视，则痘点齐露，旁积死蚊甚多，几数升许。盖蚊啮毒血而毙，儿借此得生也。有内侄某，素钟爱之，一日忽谓："汝盍速归，将发痘不治，如以今日身热最佳，次日犹可。无如，汝必在后日方热。此肾经病，决死矣。亟归，犹可及家。"其内侄久敬信其言，入舟挥涕涟如，有同舟客问其故，某备告之。客于夜间俟某出溺，辄推堕水中，即拉起谓曰："汝可贺矣，今五鼓即发热，可仍请令姑丈治之。"内侄即返身向余宅，余异而诘之，备述客言，余曰；"此大聪明人。"急令延致，授以术，倍精于师。师有爱女微疾，父诊脉知将毒发心口，必不可救，适有要务出门，嘱徒为备后事，并预克其期，计归来必不相见也。徒谓女曰："汝将毒发足指间，死期迫矣，师亦知而莫救，奈何？"女忧甚，捧足日夜泣，视至期果毒生指间。徒谓曰："汝已分当不治，无畏耻辱，盍以足视我，或有可救。"女遂于帐间出足，徒潜具利刃斫去其指，敷以善药，竟得无恙。师归，见女惊曰："汝竟不死耶？"女告以故，召徒问之，答言："我诳指其足，使心火下注，毒亦随往，此移治之法也。"师叹不如。又尝偕行，途间见有童子误吞钓鱼钩，线尚垂于外，其父母牵衣求救。师沉思无法，盖钩有倒刺，已入喉间，不能进退耳。徒曰："此甚易事。"取糯米珠从线贯入，令累累吞咽至数十枚，钩因重下坠，轻引之出，珠护住不伤皮肉也。某贵人女因刺绣微倦，起作欠伸状而两手举不能下。诸医治之，无得当者。贵人重设募赏，徒应命入，令两人扶女仅穿锦袄，向高处立，即趋侍户外。徒直前，欲褫其小衣。女惶，遽以手下护之，遂屈伸如故，获重赏而归。

关圣灵验非一，惟为人正直者必蒙佑助。吾乡徐两松中丞，为陕甘学使时，其夫人随行病甚，每迟至一二站。徐行将至解州，心念欲投呈庙中，大意谓修短定数，不敢渎请，惟此妇少共甘苦，奉翁姑孝顺，若在途中去世，诸事草草，心甚不忍，欲求神佑抵署等语，尚在缮稿，夜梦神谓曰："汝事不必递呈，已准行。"次早，人来报夫人病体骤轻，已能吃粥。自此行动如常，至署又一月而卒。

萧山郭慎之先生绩学至诚，遇天雨连绵、春花将损，欲叩神求晴，以免穷檐积潦之苦，在灯下作文烧之，亦无知者。及临终见关圣来曰："某年月日，汝文甚恳切，我为此特奏上天，得庆丰收，皆汝力也。今死后无苦，已命汝为是日值日功曹矣。"可见人有善念，不必至庙拜跪，即呼吸可通。此浩然之气，无所不在也。沧州监生王名雍云：其曾祖中丞公，性至孝，因念母夫人早逝，不及记忆颜色，时切悲号。一日扶鸾，逢关圣降坛，即以此陈恳，帝曰："我为汝命吴道子写真相贻，地宜清净，不可稍闻人声，但死者魂魄已散，今复召聚之，未免稍困苦耳。"李因扫室焚香，置纸绢笔墨于中，自跪门外伏伺。闻室中簌簌作振纸响，少顷，有猫逐鼠声，遂寂然。开户入视，则上半身明妆俨然，神气欲活，惟下幅衣裙未备，为所惊散也。悬诸堂中，老仆见之泣拜，以为酷肖。余父曾取视之，笔势飞舞，迥异尘凡，真仙笔矣。

岳庙威灵显赫，远近来焚香者无虚日，门前常数十舟。有妪子在杭州线庄，诡言为母持斋，至店中则仍荤食。至三年满，母为焚纸告庙，未旬日，忽仆地曰："尔子并未持斋，何敢诳语？"立摄其母而死。

又有李则明女嫁田姓，花轿已及夫家，忽于轿中颠出，言前世冤对来寻，有土地庙役拘讯，遂送至庙，则又言解城隍，递解至岳庙。其女弓鞋窄小，奔走如飞，家中只得以舟舆载之。至则俯伏庙中，言发刘、李二王勘问。先作原告，妇人语云："系嘉兴人子，贸易在外，为四盗劫害，三盗俱已寻获，此乃第四名也。"神命拶起，女即举手作拶状，痛苦不胜，时母、兄及夫家随往者罗拜哀乞。原告又云："彼既受罪，我气亦平，不索其命，只还我银可也。"命押回家中，皆系女口自述而声气迥别，至家鬼附女身，起作妆束，宛然嘉兴髻样，向诸人寒温毕，缕述前事，因言："彼嫁时命小婢押往，故作狂态，今我自来索逋也。"众欲以冥间寄库银还之，答曰："人未死，则库不开，我不能用。"因访亲串中有广焚库镪已经亡逝者作券会还，少顷言彼已许诺，今领银去矣。设祭送之，女即豁然醒，与未病时无异。

刘孝廉名广福，系祝简田姑丈门生，尝言邻有童子依兄嫂为活，偶捧盘盂堕地尽碎，惧兄责，逃至三河县屯里出家，号“三和尚”。不数年，忽悟道，救人疾苦如神。有老妪患心痛，医药术穷，疾发但欲觅死，抓床席尽破。师闻之曰：“我能治之。”至索烧酒半斤，饮讫披病人襟，出针刺其心下，吮咀黑血良久，即飞走百步余，挖两土坎，一吐酒一吐毒血升余，病永不发。刘时尚在襁抱，患干积。请视之，曰：“此非药可治。”以笔管拄腹吹之，内如火热，痞积尽化而愈。有贵人母病，甚厌医扰，誓不见生人。因邀师至家，以长竹竿穿隙中附其身，在外吹气，内即欠伸起坐，次日能行矣。凡医疾，非惟不取谢，人自往请，必啖以果品，仆往则赠钱数十文。其针艾杂药，不知藏何处，但于袜中随手取用，无弗备焉。与伊姑丈陈某交最善，见其妻走过，曰：“君妇有孕，必怪物也。”陈恳治，许诺。一夜梦中，见师入房剖其妻腹播弄之，陈惊谓：“向无仇怨，何至此？”答曰：“汝求我治，又云尔耶？”醒后视妻腹有痕如线，毫无疴痛，及产生女，而比邻有产夜叉者，目生顶上，朱发锯牙龃龉然，即扑杀埋之，殆即陈处移去耶。寺中恃师为生，不见其募化而衣食无缺，惟为众僧制衣短，才及骭，曰：“此等业障，稍完整即思淫欲也。”一夕趺坐，金光绕室，邻里惊为火发，往视无有，始知光从顶出，叹曰：“露相不可居矣。”诣交好作别，刘父尤依恋不舍。师曰：“取坛水来。”对之嘘气数四，嘱有疾则取饮，遂返寺圆寂，香光四溢，入龛后方歇。刘又言数年来，家有病者取水煎之，味全如药，饮讫立痊，惜所余已无几耳。

刘又言伊戚好中有从西边换班回者，至陕西界见少妇缟素哭道旁，问其故，答言：“夫亡欲至母家，因在山西，道远难致，是以悲耳。”某戏谓：“此行必过山西，能同骑去否？”女即跃坐马背上，甚轻。行数十里，某默思彼一妇人，安能如此轻捷善骑，得非怪乎？闻畏血污，即捶鼻破，以血涂其面。女曰：“我本狐仙也，今不得去，当相随偕老耳。”自止日中不见，晚即偕宿如伉俪焉。至家脱素衣令埋之，换色服诡告亲友以外娶妇归，见者无不惊为艳绝也。后荏苒数十年，生子娶妇，已有孙矣，渐皤然老。一日令孙女篦发，孙女惊啼，其母叱问之，答曰：“见祖母顶有一穴，直通脏腑，是以惧甚。”女亦不言，晚俟夫归，曰：“我精气已衰，故原形将现，乞还我初服，放归修行尚可多延数载，否则旦夕死矣。”夫言：“汝衣埋后园中，久应朽腐，岂尚可服耶？”女固强之，因同挈灯至原处掘视，衣尚俨然完好，固一白狐皮也。女致声“珍重”，披于身化火光而去，至今其家供像犹存。其孙目绥绥有狐意，众皆呼为“猸二爷”云。

辛酉秋仲，因送试至省，魏春崧观察、张月巢主政邀会同年在西湖舫中，丛桂霏香，波光如镜，把酒赋诗外，各征异事。朱同年言：前岁试时，有某生告病归，不数日亡，年仅二十余。有县隶于昧爽行城隍庙前，见役牵某生入，异之，随潜身于后进，见城隍坐堂上，某生哀吁免解。城隍曰：“此汝七年前事，久奉府提，我岂能作主？”旁役跪禀曰：“解府只某一人，恐有疏虞。”城隍许为添差。某闻其名即隶兄也，大惊欲问，恍惚间无所睹，急奔至兄所，视固高眠无恙也。隶不敢言，至晚其兄忽患心痛卒。访生七年前因童试赴郡，寓寡妇家，有女少艾，屡相目成，母偶出即入女房中，甫数语而母已回，生从后门逸出，旋移寓去。母含忍不欲声扬，潜责其女，致投缳死，此其报也。又言门斗某，本老病，忽死去，竟日却苏，云有寡妇为叔逼嫁缢死，指门斗为媒证，是以被追。某因记是年为岁试，欲通知某生考信，访在寡妇家，故寻踪而至，见多人聚谈不知何事，并无执柯之说，冥官查察果然，即释令还。众役索费，答以“身无所赍”，众曰：“汝胸前藏镪非耶？”试探视，果朱提累累，因分给而回。盖彼俗，人死即纳楮于襟也。

又宋茗香同年言：去岁大病，魂出于顶，见空中黄沙如雾，下视阛阓，人语依约不可辨。见表叔某从关圣出巡，行甚匆遽，拉问之，答曰：“汝好临池焚字纸，灰飞遍处，或堕秽中，此过不小。”言毕奔去。宋归家，见身卧榻间，旁有棐几，父方与客对棋，时天暑甚，频以手巾拭汗，宛如生前，宋捧巾嗅视，曰："此当浣濯矣。"父回视，见宋惊谓曰："汝何忽至此？"即推堕榻上，豁然而苏，则昏去已半日矣。

萧山于乾隆三十五年及四十一年频遭水患，漂坏人物室庐无算。未灾前，有蒋恺之兄忽病狂易，语笑无伦。弟偶开帐问之，则作北方人语音曰："汝兄已外出，我乃纯阳弟子。因悯此方人将有重厄，故来化导以善，冀得减免耳，有读书明理者可共谈宴。"时韩生南佑方注《易》自娱，来与诘问，欲以《易》镇压之，则应答如流，《易》义洞然，并指其书中谬误处。韩默然心折，归即毁锓板焉。有陆某私谓："此必狐仙也，当以正胜之。"及相见，笑曰："君以我为狐耶？仙传之法，岂有不正者？幸无背相诮也。"遇诸友久谈，即用手作诀，凡梨、栗、圆眼、落花生诸果品从空历落而下，遍饷同人，食之俱芳鲜可口，不知其从何至也。时何太史丙炎母怀孕未产，忽得奇病，腹中出水淋漓，至斗许不止，医不识为何症。请视之，为开方立案曰："此将产名进士矣。"母服药立愈。及太史生，求其命名，曰："八字少火，当名丙炎。"同时陆宅生子，命名"梦丹"。后两人同榜获隽，亦异事也。蒋弟求愈兄疾，曰："汝兄世缘已尽，我爱其淳笃，将收为弟子。"后于九月间果卒。又言："我有草药一裹，于来岁端阳赠君，服之可却诸病。"蒋弟至期，果于抽屉内得药，亦惧不敢服也。而萧山连遇水灾，竟应重厄之语。

上山刘永干素工医而人鲜知者，惟潘生德馨最敬服之。潘有妹丈伤寒，误服诸医药，已僵卧不语，急延刘至，曰："此阴症也。"开方用熟地二斤、黄耆一斤，及桂附诸药，人皆诧为奇绝。潘独如数煎熬，欲以药救。奈病者目瞑口噤，身不能动，即抱起强坐，令人拨齿灌药其中，以手捧腰腹左右摇撼不停，俟药汁下注，然后再灌。日夜强聒不休，至大锅药尽已一周时，而病者忽张目作声，居然有生气矣，因益以药进，加减其方，一月竟愈。至今康健，生子五人。又潘丈母亦刘姓，系永干族也，病不相闻，潘至则已将易箦，曰："何不请永干翁视之？"奔往拉至，详视讫曰："尚可活也。"众皆窃笑其妄。刘出药三丸，潘为毁齿灌入，竟渐苏醒，曰："我至冥间，道路昏黄，行步彳亍，有数鬼卒狰狞相逐，正无可奈何，忽见潘婿在前，急依身畔避之，婿遂拥护送归，鬼亦绝迹。"从此得生，又十二年始卒，此其术亦神矣。

余表妹适朱氏，系祝简田姑丈女，贤孝淑慎，谙于文史。其生母久故，一夜梦中见月明如昼，闲步中庭，夜景悄然，四顾幽寂，渐出篱落间，遇生母与所生姑亦已去世者。拂石坐谈，备述苦况，向妹求衣食用度，妹曰："衣服凡我所有，可以取用，至银钱苦无私积，奈何？"生母怒欲击之，其生姑劝止，窥两人皆有面衣，惊悟而觉。适是夜，表弟封三在城中外家，其梦政同，急鼓棹归，互述梦中事，即修斋荐、焚楮帛焉。癸亥春，硖石沈姑母迎往谈宴，舟抵岸已夜深，暂宿舟中，梦有二人如役者云："奉总管夫人命，欲请女先生。"恍惚投柬致聘，妹固辞之。旁有人曰："汝果不欲往，须虔诵《大悲咒》可免也。"醒后月光朗照，万籁无声，试推篷窗一望，则总管庙巍然正当泊舟处，惊述于人，或劝往酬，愿演戏如俗例寄拜者。然归家人事匆匆，竟不念咒。邻舍夜闻鼓椎声甚急，似舟舰相迎者，起视无有。而妹于是夜忽患喉疾卒，妖梦是践，埋玉中年，致姑母失此贤孝女。惜哉。

萧邑金家桥杨生体乾言：其祖少无倚恃，欲往绍兴寺中出家，见老僧闭目坐，拜跪久之，开目视曰："汝非空门中人也，明岁即可成家立业矣。"杨祖归作小营运，竟至素封。其祖母忽患疫，每馈食即为鬼取至帐顶。闻噴嗑声，持灯至辄为吹灭，人皆畏怯。惟其祖至，稍敛迹。一日，病人起坐喜曰："菩萨至矣，红袍象简将为收捕邪魅。"盖伊祖母素持三官斋甚虔也。因索水洗手，命市黄纸数十幅，清水一盂，对之如捻诀者，即尽裂纸投水中，窗户砉然而开，云："见青面獠牙鬼至盆水前，将纸自涂其面，踉跄而去，云神已贬伊作豕去也。"病遂霍愈。至体乾时，家稍落，外去游幕归，梦见两役押赭衣人至门外云："请杨师爷去。"出元银六锭，似为聘者，杨力却之，其弟在旁竟接而去。次日弟为债迫，服砒死，死后屡见形于家，白昼骚扰，大小不宁。兄因诵《白衣大士咒》，焚之。夜梦弟曰："承送咒甚善，然尚少三千遍也。”晨起盥漱虔诵如数，再焚，从此音响寂然。杨遂笃信神咒，持诵屡获灵验。

山西石楼县令刘世诚因公上省，行至半途，忽钲息旗靡，人众奔散，惟官轿在焉。刘掀帘一视，见庞然大虎踞坐轿前，目眈眈相对。刘思退避无及，因前揖曰：“刘某如居官无状，应受诛殛。即劘碎爪牙，所不敢辞。自惟生平未尝虐民取钱，可以仰对天日。今奉檄调办公，行有程期，幸为避道。”言毕，虎旋转三匝，似有人牵拽之者，大吼一声而去。刘遂回觅诸役，则窜匿山岩，相距几二里许，仍呼令拥舆而往，曾自作《遇虎文》记其事。

又长林地方一村庄打麦场甚光洁，每至夕阳在山，必有虎来眠坐其处。村人皆怯，不敢行。有田主至，闻其事，命曰：“有能捕虎者，捐二十千与之。”一童子年十三，出应募。人嗤其力弱，童子曰：“此在智不在勇也。”购饧数百斤，用麦糠拌匀，遍布于场间。虎至打滚，糠粘其体，怒甚跃起，连行滚跌，糖胶糠裹，密附皮毛，竟成大球然，取之毫不费力。此其智，亦巧矣。

魏生礼庵，系文靖尚书之后，年七十余，性情朴古，常相过从。忽年余不晤，来见云患足疾几死，赖佛庇荫得生。初，其家对邻造屋系三煞，方有人告之曰：“此于君大不利，当损三人，可以符镇禳之。”因悬符中堂，甚平安无恙。后年余，恐亵渎，焚符于庭，即于是日，家有畜狗忽跃跳而死，心已惊异。偶抱曾孙徜徉户侧，足触石础微伤，渐至溃腐淋漓，不能举步，每至五更，必出脓汁升余，身极疲殆。常日持《法华经》，心念当此大厄，佛当有以佑我。旬日后奄奄将尽，恍惚见多宝佛手托宝塔而入，置于患处，即觉痛楚顿减。每晨，长子必起为换膏药，将至足旁，见塔巍然犹在，似恐触之者，未几不见。揭视，疮已结痂，脓血如扫矣，从此调摄，仍健行如故，而长子与曾孙竟病卒，自维敬佛之故，得逃于三人中也。今尚康强善饭，每逢谈禅则亹亹不倦焉。

潘生补陔，其外祖沈某年四十无子。一日过杭访友，见友家有一客苍颜白发，蔼然可亲，问其姓氏，则曰苏州韩继文也，因与一夕谈，韩问沈有子否，沈告以无有，韩曰："以公之貌，不至无子。但公一向所好何事?"沈曰："生平别无所好，惟喜笼鸟为玩。"韩曰："此即无子之由也，鸟性乐翔翔，在笼受困，又日食蚱蜢螳螂等，类杀生以养生，其过不细。汝归，将鸟尽放去即有子矣。"恐沈不信，述自己所遇因果。盖韩本游幕在外，年五十时归家，舟至半途雨雪载道，寒气逼人，见一老妪在岸上踽踽而行，状甚困顿，韩甚怜之，因唤以附舟。及下，问所从来，妪曰："我本城隍差来迎公耳。"韩甚骇，妪曰："无畏，公于票上本头名，今因能怜寒冻跋涉，姑缓其期，俟公于某日奉迎可也。"韩曰："何故作老妪状?"对曰："特来试公之心术耳。"及舟泊岸，其人忽不见，闻岸上哭声甚悲，问其故，则曰："以妻偿债者。"韩叹曰："我有钱不能救死，彼以无钱生离，何勿举以相救乎?"因取银数十两代偿其债，夫妻感泣罗拜而别。韩至家，细述其事，及是日沐浴焚香整衣冠邀亲友曰："我将死矣，当至城隍庙拈香。"举家人皆以为异，遂随其后，至庙前似与人对语者，即归家曰："无妨矣，我至庙前见前老妪已作男子，枷在门首，谓余曰：'城隍因公代偿人债，使骨肉保全，赐寿一纪。我因泄机，罚枷三月。公以后当信心行善为要。'"后韩又出幕，凡遇案情，细心体察，俱从宽恕，一无所私，其救全者无算，至今八十余犹健。盖积善所延并不止一纪也。沈闻言至家，将鸟尽放去，并破其笼，誓不再养，次年即生一子焉。善恶之报，如影随形，信哉。

海宁路仲张某学六壬数，甚精其术，传于镇江白生。一日谓其妻曰："摒挡百余金，我欲往京口送白公，彼将辞世矣，向无后嗣，不得不为料理也。"遂鼓棹往，舟甫抵岸，见白倚门而笑曰："子果来耶，我相待久矣。"畅谈旬余，白竟卒，为营葬而去。长安孙姓，岁杪窘甚，家徒四壁，交谪声喧。往问卜焉，曰："徜终无发迹，日行将市药自尽耳。"张为布卦讫，慰之曰："子不必过于穷愁，来春三月二十三日，有人相觅，自得善地安身，温饱长久，毋以戚戚伤生也。"孙归，勉自排遣，计日以俟，至期愈皇皇莫定。将午，未见人来，聊往市肆徜徉，忽家中奔告曰："有湖州客至矣。"盖孙父本在湖州布行助人贸易，后老病归家，久阔音问。彼处屡寻伙伴，俱不得力，且受侵欺，因念旧侣，嘱伊戚来访其后人也。孙相见握手欢甚，客即出十五金暂令安家，邀往，宾主投契，数年后家遂小康，感服张之数如神。又王孝廉荀里尝至其家，甫迎入数语，闻邻有款门者，张不开视，隔户谓之曰："汝岂为失牛事耶？此系邻舍牧童相戏，藏于溪桥边第三株桑树下，往觅之即得矣。"少顷邻回，又剥啄数声，曰："牛果如言得见，特来致谢也。"王惊异问故，张曰："适君甫入时，见邻于短墙间引领而望，时值午时，午出头为牛，又头微侧，其象为失字，即袖占课，已知其牛所在矣。"王邀与舟行寻牛眠地，泊硖石镇。榜人久去不回，求张卜之，曰："彼必饮酒买肉归，少与肉肆钱四文。"顷榜人来，王迎谓之曰："汝已酒酣携肉至耶，奈何欺店中，少与钱文。"榜人固不信，试展钱袱，则四钱在焉，盖肆人取钱时遗落也，其术之精妙如此。

宁邑国学陈可为、茂才黄山甫等，少年时至省院试，寻寓所颇幽洁，而不知其中有怪，偶出门市雨伞，已刻姓字置旁，忽回头不见，咸共惊觅无踪，意为行人之得矣。及至寓，则伞俨然在焉，不解其故。至夜见小人长尺许，捧盆，内盛吉祥草、鹅卵石等物，绕帐环走，众伪睡以伺其懈，将暴起夺之，忽抛掷屋梁，其声震厉，众皆失色。又幻小头，向灯播弄不已，陈谓之曰："汝必仙人，知我等今科有中式否？"即举手作羞状，似调笑众人者，陈怒斥之，即化作大头，如五斗栲栳，张喙如盆，满屋旋滚，吼吼作声，众怖畏，共逐之。对面有余杭生寓，即滚至彼处震响，彼亦从梦中惊觉，噪逐声哗，其头往来两处，骚扰不停，直至曙方隐。因谋迁寓，不敢复住此矣。

《太平广记》载人饮食有定数，历验不爽。余同年祝公祥发，系简田姑丈之叔，同居花溪。丙戌岁，余往探视，姑丈邀与偕游龙山，不知其未早餐也。至戚四五人徜徉泉石之间，访求古迹，或题诗刻竹，或茶话僧寮，陟历既多，不觉日之将夕。因徐步而归，姑丈设盛筵以待，正欲举箸，忽报伊母舅至，急趋往陪，欲设具相款，母舅固辞以别处赴席已醉饱矣，遂与剪烛煎茶清谈，娓娓将及三更而别。返视家人，久阖户鼾眠，灯火尽息，遂枵腹终宵焉。

文学王特山言：伊外祖家有堂画，后无款识，不知何人之笔写海上仙真图，须眉生动，楼阁玲珑，间以禽鸟花卉，罔不精妙，见者咸贻愕焉。悬于堂中，夜如有人宿其处，辄被殴逐。有亲家吴某独不信，自恃胆勇，请宿焉，持宝刀如电，向画大声曰："有敢动摇者，请试吾刃。"因设榻独卧其旁。时月色高寒，照堂中浑如白昼，闻画中人言："当此良宵，适有佳酝，曷向空阶一叙乎？"旋见羽服蹁跹，一一从画而下，各携肴果列坐举杯，或歌以侑酒，其声脆滑，圆转中节。细审其词，则班固所作《明堂宝鼎诗》也，大异之，稍作嗽声，即仍归画上，声寂复来，如此三四遍。吴亦疲倦欲寝矣，稍胧朦间，忽见画中诸人咸奋袂相向曰："何处俗物来败人清兴，当饱我老拳。"并有夺取其刀欲相剸刃者，吴惶，急趋至阶下，闻身后追逐甚厉，因攀桂树，登其颠附墙跃出，几至颠趾。后遂无敢宿者。今其画为人窃去，不知归于谁氏矣。

山东初某在苏州贸易，甫赁楼房迁其中，即有婢自缢，正郁郁间，有老妪来前曰："某女与郎君有宿缘，愿谐伉俪。"初怒叱之，并责以杀婢之罪，妪曰："此楼中狐鬼各半，君婢自遭鬼害，于某何涉焉？愿勿拒请。"遂率女来见，皓齿明眸，颇极风致。初毫不动念，正色待之，女日常侍坐不见全身，或露双翘如笋，或衣袂飘举于旁，每遇初饮馔，曰："此物无味，当以我家肴相饷。"即觉肴味粗恶，难于下箸，少顷闻换肴至，并不见有添设而馨香可口，顿异平时，推之烟酒亦然。初衣偶破损及带断，俱为缝纫。偶出门，笠帽檐为树枝擦伤，旋被大风吹去，归家后笠檐宛在，有针线痕，告曰："妾已为郎修整矣。"初终不及于乱，谋徙居避之，即闻楼下喧然曰："姑爷将迁寓，我等俱收拾器具也。"至新寓则女已先在，遂相与安焉。初偶回山东，必送至黄河渡口而别。及来苏，已在舟中，小语曰："君箱有物，妾甚恶之，幸为掷去。"初不之理，复曰："妾与君相处年余，虽未同枕席，亦有微情，此小事，忍不相听耶?”初检箱,有狐皮两种,疑即此也,投之中流,女遂称谢焉。后三年别去,不复见。

狐类亦有绝佳者,王特山言其祖署中有狐住顶槅上,时闻吟诵声,绝不扰人。特山年少,戏骂之,答曰:“我与君有缘相依,各择攸处,何作恶声相向耶?”性最嗜酒,署中列坛累累,从不摄取。特山尝戏斟大碗以盆覆之,向空祝曰:“旨酒一尊,聊佐清兴,幸勿嫌无肴也。”启视已空之矣,其知礼如此。余戚陈公任普安州牧,署有狐居厨房后,秀曼风流,是好女子,众咸呼为“三姑娘”。然惟妇人辈见之,男子则罕睹其面。将逼岁除,婢媪辈竞作鞋未成,互相怨叹。狐笑曰:“居闺阁中,做一鞋如此其难,枉为女子身矣。”众曰:“三姑娘果有妙手乎? 乞为借仗。”竞以缎布鞋样皮置其旁,约十数双,狐笑诺之。即一夕间,闻纫针声剥剥然,晓起则诸鞋罗列,工妙如式,虽针神蔑以加焉,众咸叹羡称谢。此外幕友长随渴想容仪,欲求一见,终不可得,又何贞洁也。

张志谦光山人也,通经史,工词赋,年十五,补弟子员,不事举业,独肆情于山水之间。所居茅屋数椽,颜曰“降仙山馆”,偶于花下得彩笺二幅,俱有小诗曰:“十日寻春不见春,更从何处问迷津。徐熙纵有霓裳曲,难写蓬莱顶上人。”又云:“流水无心去,仙郎何日回。云山愁路远,风雨惜花开。几许联诗社,翻难对镜台。举头霞五色,应有鹤归来。”张拾归,和之曰:“一自瑶宫降玉绳,至今无处觅飞升。不知金碧峰头路,隔断红云几万层。”又曰:“久辞丹凤阙,我亦太痴生。天远人难到,宵寒梦不成。星河浮八月,金石悟三生。为问北流水,何年返玉京。”脱稿并所得诗藏诸箧,明日捡之,无复存矣。初甚骇,继亦置之。明年复于花间小憩,见池草深碧中,隐隐有红色。就视之,则所得与所作数诗皆在焉,深以为异,持归又赋一篇曰:“仙子宫中不记名,依稀犹忆许飞琼。落花有恨终归我,流水无情却为卿。可肯诗篇留故纸,应从海国续前盟。九天本是嫏嬛府,何用文章误此生。”题毕,唏嘘久之。数日遘疾,泣谓母曰:“是不起矣,儿本玉皇殿上献花童子，值玉皇诞辰，西王母来上寿，见其侍女甚美，不觉敲碎玉瓶。上帝怒，降入凡世，今谪期已满，行当复位，人间不如天上乐，所恨者，母恩未酬耳。"寝疾三日，索笔砚书一律云："咳唾声声落九天，锦袍长拂御炉烟。尘寰忽地留因果，才子由来是谪仙。未必我身常入梦，便从今日好参禅。回头检点三生事，一片飞花一幅笺。"投笔而逝，年才十六，此系王特山记。

事有近俗而诗颇雅者，亦在人著笔何如耳。余垂髫时买薪，见有石块，云庄弟戏谓："盍咏此乎？"余即应声曰："一帆闲载郑公风，铲得云根著莽丛。岂为神仙劳远饷，荆薪煮石许相同。"查比部兰圃遇优人已年长矣，其叔赠以狐裘，因赋诗曰："绨袍恋恋有奇温，老去萧娘尚感恩。杜曲名花三百树，一时齐愿植公门。"叔大叹赏，由此刮目焉。陶生春田谢余分胙诗云："六载宫墙杖屦亲，年年颁胙及闲身。敢云食者谋多鄙，要识平时宰自均。知己但期同受福，分甘岂独为怜贫。得来吾意真堪快，笑煞屠门过嚼人"，"生鲜击得上辛盘，赐到寒儒例素餐。五色炮燔厌鼠腹，十分情味胜猪肝。人非颖叔常应愧，割异东方责可宽。今日爱孙仍爱祖，一脔莫作等闲看"。用事雅切，情致缠绵，绝无腥盘腻鼎之气，此题亦推佳什也。

萧邑有邹烈妇者，单氏女，邹学贵妻也，于归年余，夫卒，欲以身殉，翁姑共劝止之。后其母来省，与姑谋欲其改适，妇坚不从。翁谓："能守固幸，嫁亦恒情，自今贞其志，无二三其德，为他日笑。"妇即自誓《柏舟》，相安者十年，皆翁力也。癸亥春，翁客死闽中，讣至，妇请造素履，姑不允，盖示意将为他人妇耳。遂乘间雉经，缟衣东跪，若为翁执丧者然，年才二十有八。余父闻而哀之，乃为之词："人生自古谁无死，节妇忠臣垂信史。茹荼饮蘖人所难，况复捐躯同烈士。单家有女适范阳，钗荆裙布比孟光。十七结缡明大义，鸡鸣昧旦何曾忘。傍砌低飞双蛱蝶，眠沙逐暖两鸳鸯。无端鸾镜悲孤掩，杜宇声声血成点。伯道无儿事可哀，老莱有父心犹歉。忍死千辛奉舅姑，代营甘旨继贤夫。宋王台畔回肠结，燕子楼中只影孤。乃翁入闽寻生计，凶问传来重出涕。已拼一死报夫恩，犹望灵归亲哭祭。目断难招旅客魂，浮言蜂起不堪论。素绫六尺明心迹，连理相思尽断根。可怜毅魄贞灵在，端庄不改生时态。缟衣东跪待翁灵，众口青蝇俱却退。维时二月正芳辰，柳惨花愁不见春。飘残数点神灵雨，成佛生天渺何许。吁嗟越山高，越水清，山水兼钟闺阁英。世人但说夷光美，谁识今时有女贞。”

诸葛寅丈署新昌学时，有范生号大风，往来甚密，视如子侄。其人好预公事，凡县中词讼，大半涉手经理，家以小康。后庚申年，诸葛复至其地，则杜门谢客，绣佛长斋，呐呐然如不能言者。异而问之，答曰：“我四十余无子，妻妾三四人屡生不育，顾影凄然。一夜梦中见亡父引至精舍间，有老僧据高座说法，从前诸亲长环坐竦听者甚多，门外有椅，我一欲就坐，有沙弥从旁掣去，曰：‘汝为恶人，岂应坐此？’我素负气，欲与争，既而念诸亲长及父在前，岂可搅扰法筵？作是念毕，视身后已有座矣。老僧呼而谓之曰：‘汝命中本有亢宗子三，功名远大，因好弄刀笔，至尽削去，如再不悛，并寿命亦不可保。汝父念切宗祧，故引来恳我开导，倘回心向善，则祖泽犹可延也。’我洒然如饮醍醐，心中悔恨无地。父仍送还，再三告诫而去。醒后见母入房谓曰：‘喜信报汝，知某姨已有身孕矣。’我因详述梦语，欲托疾以辞众人，母遂传言某中风疾，不能下床，凡饮食悉私自送入，有来叩门者辄好言覆之。于是年果得子，愈信报应不爽。所以安于拙讷，于素所往来，俱已谢绝，惟师傅来，始一见耳。”

嘉善陈表弟，雪园观察之孙，言在郡就试时，寓府前一书佐家。同寓六人，傍晚在厅屋与主人闲谈，适空第三座，闻屏门砰然作声，有人披白绸衫而出，倚空座上听人言。陈适与对面，见其发毵毵然，脸无血色，初以为必久病初起也，未几其颈渐长，几数尺许，众皆愕问谁何，主人叱曰：“有客在，可速退。”其人遂蹒跚而去。主人因告曰：“此舍弟，已死三年矣。家母爱怜，不令出殡，其棺停后门。辄于晚间出步，听言不能应答。然某叱之辄去，并不为人害也。”众固不信，因引至屋后，见朱漆棺旁板脱落，进出自如，殓时所穿衣冠俱脱卸于侧，其人即向所见也。众皆悚惧，连夜移寓他处矣。

杭州沈椒园臬使，自言未遇时在都中处馆，与主人别年余，适至其处，留款甚殷，饮酒豪甚，不觉漏下初更，重门扃键，不及回寓，因留宿焉。爱其后园花厅闲敞，月中树影交横，欲下榻其所。主人因言此地有鬼魅不便，宁宿他舍。沈被酒胆壮，曰："是间岂真有鬼耶？即有，亦不能魅我。"主人遂设榻，燃巨烛如臂，选舆夫壮健者伴宿于旁。沈与舆夫剧谈，将二更许，不见影响，益谓人言之谬，正欲展被就寝，忽见室中雾气蒙蒙，塞于窗户，灯光逼小如豆，墙间恍惚有门呀然而辟，一女子捧妆盒茗炉而出，从容梳洗毕，容光焕发，秀曼如仙，两人方以为奇遇也。未几烹茶饮讫，掷碗而叹，颜色变异，发散血垂。沈思闭目求寐，而双眸炯然，似有撑拄之者。女悬绳于梁，渐相逼近，寒气森栗，手足若拘，惟听所为而已。女离身不过尺许，瞠目熟视，气刺鼻如冰，冷不可耐。约逾数刻，点头太息而退，即往拉舆夫，彼则坚坐不动，无可奈何。因就绳自缢，长叹一声，以足蹴坐，椅震响而灯顿灭。两人遂能出声呼救，主人久嘱仆从在近宿伺，闻呼张灯共奔突而来，细视房中，一无所有，而月影横窗如故也。次日见主人，细述其事，共言鬼之憨跳未有如此甚者。鼻端奇痒无温，过三四日始愈。沈固贵显，而此舆夫后亦为千把总，及访问此室，鬼竟绝响，殆亦被冲散云。

金华韩生贫甚，有屋售与堂叔，叔在京为贵家司典铺，颇饶裕，每岁寄十数金赒给之。一岁逼除，雨雪纷霏，逋负交积，室中悬釜待炊，往商于叔弟。弟曰："向父有余资寄归，可以通融，今年所寄殊少，并责弟多费，实不能分顾。兄如急需，自往京见父可也。"生废然返，思欲出门无资，兀坐愁叹。适有刘姓业粮艘者往候之，告以所苦。刘曰："粮艘容人颇多，饮食亦便，君如挈行李来，相伴北上可也。"生喜，即偕往。至京见叔，亦不敢遽有所求，惟瑟缩苦寒，叔暂令买老羊皮袍护体。适典主人拥卫出游，遇雨于道，求停辔之地。从者曰："某典近在里许，可往宿也。”主人素贵倨，向未尝一至，众闻其来，咸侧足悚息以迎，命合典人俱出见，皆袍服甚都，狐裘锦带，环立如云。生以酸寒厕足其间，自顾布衣敝甚，面目枯槁，缯纩无温，不敢仰视。主人略问数语而去。典中旧例以朔望至府交账，叔如期往，账本交进，良久不发，出传语曰：“前所见生员，可速偕来。”叔疑其有所忤也，踧踖不已。至则命进叩谒，谓之曰：“典中人皆华服趾高，其浮游之态可憎，尔叔尤甚，想管典数十年，侵蚀多矣。今以管钥账本交汝，念系读书人，皆能朴素自安，办事必诚悫无欺，可小心任之。”生拜受。出至典，则同伴诸人竞来称贺，敬受约束。叔亦笑颜相向曰：“典事，汝必未谙，可仍交我办理。汝安坐读书，每年奉银若干，惟交账一往何如？”生亦甚以为然。由是每往必蒙主人青盼，并更发本数十万，约偿息甚微。生籍以营积，富至倍蓰，自开典铺三处，暇时诵读不辍，连捷春秋榜，选授广东县令，衣锦荣归，至今富豪于乡。偿刘姓千余金，以报漂母之惠焉。

山阴樊江村有妇人，已四嫁矣。一日后夫设筵会客，忽从内趋出，披发自挝且詈曰：“汝前三夫皆以毒药潜害之，因无伤痕可验，致得漏网。今恶心更炽，别有所私，又欲谋害，此真畜类不如矣，神明岂容汝耶？”众咸却立骇顾，妇即返身入房，自扃其户。初则在地跌滚，呼痛謷謷，似遍身被挞者，久之声响渐异，嗥啼如豕。夫急毁户入，与众共视，则刚鬣丛生，俨然一豕也，惟手足未变，共相叹异，以为天谴可畏云。其豕至今尚存。

诸葛公言：在苏州阊门外见一妇乞食，貌亦中人，自敞其胸，有如蛇形者蟠绕及腰际，口含其乳，狰狞可怖。细察之，则与肉色无异也。叩其故，曰：“妾本常州富室，连产六女俱溺死，至第七胎临盆时，恍惚鬼物交批其颊，及产见异蛇蜿蜒而出，惊怖晕绝，醒后则蛇竟与身联合，人偶触之即张口相噬，无敢近者。每披衣整带，辄烦闷跳跃，必得袒裼始快，自此夫亡子逝，家道日消，以至沿门求索耳。”尝观梓潼帝君《救劫章》，处分元秀溺女事甚严。奈何流俗相沿，怙恶不悔，观此其稍知儆哉。

仁和郭生在河南幕中，夜梦有人长丈余，浑身数千眼，瞤动可畏，挺立作怒容，其亡父对之跪拜无算，多眼者色稍霁，渐渐缩短至俯地而灭。醒后心犹怦怦然，而腹痛忽大作，急起如厕，甫及户限，闻卧榻后墙轰然而崩。呼人秉烛视之，砖石正压榻上，藤屉震碎，榻足蹈入地尺许，倘不早起身，必为齑粉矣，始悟多眼者，乃墙神也，侥幸得免，皆父之阴佑。云又尝在广西幕，县治在万山中，素多怪物。夜闻地上跳跃甚厉，时月色穿窗，披帷潜视，见有修蛇长丈许在西北隅，前后俱有首，目光闪闪可怖，此首昂则彼首落，拍拍作声，正对东南隅，蜿蜒进退。又回视彼处，见有物浑黑如枯木，无耳目手足，惟口喷黑气如烟，与蛇相斗。郭屏息不敢动，徐伺其变，两物相持至天明俱毙，于房中疾呼童入告以故，惊极却退。集众而问之，有识者曰："两头蛇此地常有，至黑物不知何名，性皆极毒。幸而值其相斗，两败俱伤。倘独至，则人必无幸矣。"郭因担囊辞归，不敢复往。

甲子春，有桐乡县贡生都青第设帐都门某京宦家，宾主颇相投契。其书室旁有屋三椽，闲旷久矣，人有入其室者，即觉寒气逼人，毛发皆竖立。或云有藏镪者，或云有鬼魅者，久亦相忘也。一日，同主翁赴酌而归，主人被酒兴豪，欲掘而观之，邀青第同往。时青第醉归，呕吐不已，辞返书室。主人集僮仆携畚锸，家人从而观者甚众。发土至五尺许，见有物焉，似人非人，卧于土中，转盼间即失所在。主人必欲穷其变，深至丈余，其怪不能隐，以口嘘气，其冷如冰，主人及持锸者皆仆地，僵不能动，呼蒙古医视之，曰："阴毒已中脏腑，断无治法。"未几皆卒。青第在隔垣，亦被寒气所袭，一臂顿然麻木而胀，医云："汝虽比众稍轻，然不能生矣，速摒挡遄归，犹可及家，否则为异域之鬼矣。"青第信其言，即整归装，行至山东界，宿于旅馆，愁肠百结，顾影咨嗟。有见者询以所苦，告之，为诊曰："此症诚险，尚可治也。"授草药三丸，并投煎剂。臂疾渐瘳。及出山东界，竟霍然矣。于三月底抵家，言其事于亲串中，闻者莫不惝恍惊疑，究不解其何怪也。

杭州石明府城封翁某，与海宁千总薛某友善，往来甚密。薛蜀人，在浙知交甚稀，后疾笃，蓄金数千，子幼，旁无亲族，念还蜀必为乡邻欺蚀立尽，惟石公笃诚可托，因作书招之，至则以金尽付之，嘱以半办身后事，余即奉赠，其半俟其子稍长还之。石慨然允诺，薛果没。石遣干仆辅其榇归蜀，而以金埋床下，虽其妻不知也。后七八年，乃作书邀其子来，出书与金，封识宛然。薛子感涕，乞如父命分半以赠，石正色却之，乃携金去。子城以太学生捷乾隆甲寅乡闱、嘉庆辛酉春闱，官明府，人尚未知为封翁善报也。城于场前乞关圣签诀有云："五十年前须服应，功成行满育婴儿。"不解，向其父问之，父恍然曰："我前有还银事，汝尚未生，亦从未向家人道及，今屈指恰五十年，殆谓是乎？果如是，汝必中矣。"及城联捷，篮仕始信天道之不爽云。

萧邑潘姓女行八，年长未嫁，与其族姊某邻近，共习针黹，意颇投契。癸亥岁，姊忽病亡，女吊影苍凉，赖姊之亲嫂时相过从。约载余，一日嫂安坐于家，忽闻有呼救八姑娘声，四顾绝无一人，惊疑诣女家探问，见房户深扃，寂无声响，因于窗隙觑之，见女方自缢，大惊呼救，得不死。苏后即作喘急声，曰："嫂阔别已久，今方得谋面耶。"审其音，俨然亡姑也，询以何由至此，曰："邻有缢妇回家，误认门户，见妹独坐，欲倩以为替代，我方在家溲面，闻知此事，急奔而至，呼嫂解救，幸得免难。今缢妇尚在此，可稍作功德，彼即去矣。"又云："我去年因伤寒误投药剂，以致不起，乃某医竟以秽言污我，向人传述，甚恨恨也。"复问家事甚详，未几曰："大伯唤我，我将去矣。"遂闭目，少顷雉经者蹶然起矣。盖有族伯柩与之同冢，因其久出，故索之，若人世之为家长者然。诘女何故自缢，则茫然不知矣。两女皆潘生德庵族妹，述其近事如此。

陈惺斋为通江宰，其堂兄某为人肩舆，怜而迎之至署，广制衣服，丰其饮膳，而某每郁郁不称意，遇食辄推案起骂，县试时在堂喧哄，甚至谋欲纵火署中。戚友咸惊愕相劝，不得已遣役送归。途中俟役离舟，取其所携各家信投诸波心而尽用其银物焉。至家肩舆如故，甚自适也。人问之，答曰："我在署为衣冠束缚，奉以尊称，如背负芒刺。又关防不出宅门，心神煎迫，久住必客死他乡。岂若在家肩舆，得钱沽饮一壶，劳苦倦极，即酣眠桥阑畔，或庙宇檐间，骨节安和，竟体通畅之为美也。"遂以奔走终其身。可见人生饮啄有分，不可强求矣。

杭城石某家资甚富，有呆子之名。善于丝竹图章，而挥金如土出于意表，后渐贫窭，欲谋售宅。有来议视者，必盛筵款接，优戏笙歌竟日。人或给以看宅未遍，来晨再至，则歌席相待如初，甚至半月未议价，而亏欠已累累矣。有田数百庙在萧山，托王兆祥代售。馆于其家，每数日有人乘舆来索债，形容蓝缕。石必鞠躬迎款，向王乞千余钱赠之而去。隔日来，仍复如故。王私问其家人是何急债，乃尔答曰："主人所穿洋绒袍系赁来者，每日赁价千钱。此人系居间，言定索价时并偿舆钱工食，故源源而至也。"时正严寒，王视其袍亦敝甚，劝不如自购裘服，因借银六锭付之。石至衣店中，拣阅竟日而归，绝不提及。居数日，王问前买衣银何在，答曰："衣有合意者，未讲定价值，以银为押，约昨日不往取，则银必押没。昨因醉，偶忘之，无可复问也。"至岁晚，田未售成，石愤急欲自尽，王惊救之。因为减半价售去，问何急需，石曰："昨岁欠人千钱，除夕忽有群众持刀斫人，我哀切恳求，许以堂中楠木桌椅一切什物偿利，始恨恨持去。今若空归，必又受窘迫也。"其痴骙如此。妻劝之不听，因析炊别居，得田百余亩，尚温饱。怜石饥寒，制衣遣人送至，石必怒叱之，取衣碎剪如缕，送食至则抛掷户外，遂卒以馁死，亦殊不可解矣。

王生特山善茗饮，不择旗枪高下，遇即斟酌，滴沥无余。每过余，辄设巨碗为共，蟹眼方浮，鲸吞已毕，真有一口吸尽西江之意。甲子端阳次日，宴于同宗象峰家，座客皆豪饮。王与约每人呼酒一杯，己则以茶对之。自暮至夜分，计尽四十余碗，始解吻燥，陶然隐几而卧，梦入仙境，瑶阶百尺，下视云气茫茫，有童子斟琼浆相饷，言："此系香草浸成，饮之清沁肺腑，前人惟司马相如及苏许公得尝此味。"饮毕而醒，觉芳甘犹在齿颊也，作歌纪之云："鄙人自号茶中仙，天生豪饮真前缘。不然今日积习梦，胡为游遍逍遥天。吾家阿连雅好客，日敞芳筵浮大白。愧我才非阮步兵，孤负尊前红琥珀。主人贶以洪州斝，适投所好我心写。咏古新翻雀舌芽，兴酣乱击鱼鳞瓦。此时胸鬲清泠泠，欻焉俯首临雕楹。譬如浊酒醉不醒，俄而浑身毛骨轻。俯视腋下两翼生，翻身腾踔游太清。阊阖九门云霞蒸，以额叩关声铮铮。三十六帝来相迎，曰汝仙骨殊崚嶒。招予小坐凌虚域，玉真童子倾银瓶。浸入香草四五茎，贮以赤犀碗，傍之云母屏。我知其宝无能名，天仙拊掌笑咿嘤。为言琼浆非其伦，是瑶池之穗、龙泉之精。唐有苏廷硕，汉有马长卿，皆曾饮此一勺水，便使文思浚发而聪明。尔亟饮之无暂停，我乃大吸如长鲸。登时齿颊生兰馨，回头五色扶云軿。碗底云光犹晦冥，耳边忽忽闻鸡声。鸡声惊起座客散，揽衣四顾无所见。但见一缕茶烟出鼎中，漠漠香风吹不断。”

凡人奢侈太过，必身受其困，往往于十数年即见之。张集堂言：在扬州时，有鹾贾韩姓家中仆婢十数，犹嫌不敷，使令复雇外来媪妇为诸婢执扇招凉者，有百二十人，皆腕悬金钏，鬓约珠钗，其他豪富可想矣。一日早晨，留书几上，言某之逋负山积，约计所有房产及店本尚八十万，仅足抵公项，至私债请偿以异日，遂逸去不知所之。桐乡汪生在王宅处馆，闻其厨中专司茶点者三十二人。早起未离帐中，呼进食品，如饿馆寒具之类，计数十种，然后再谋早餐，其奉养如此。及其老也，出门行李，生刍一束而已。曹还初言：在京逢杭州富家子候选观察，带来优人两部，旦夕笙歌，至晚则烧烛如银，宾客列坐，小鬟低唱于前，倦即倚几而寝，偶醒见歌吹如故，必加犒赏，否则责罚不贷焉。欲请曹赴酌，曹力辞曰：“蒙公一席之敬，计犒赏不下数十金，贫家足支半年矣，何敢强与此会。”而某不以为然，奢费如此。近于杭州见之，绨绤凄风，形神落拓，所居大厦已售尽，仅寄住萧寺中。其孙作小贸易，日给百文，少资饘粥而已。回忆往昔繁华，都如春梦，人生其可不惜福哉。

潘生补陔倜傥豪兴，健于为文。甲子夏仲，大雨积旬，泮水连岸，波光接天，市中悉成洪潦，以为断无宾客过从矣。忽闻叩门声甚厉，开视之，则潘生也，襟袖淋漓，出示昨所为文，甚奇古。因作歌赠之云："银河倒泻垂长空，四山云气青蒙蒙。白浪平铺岸容失，人家闭户如蛰虫。忽闻冲波屐声急，安仁意气何豪雄。不辞涉险泥滑滑，但求谈艺心忡忡。手出奇文共欣赏，词源浩荡来无穷。吾闻韩潮苏海挟盛气，挥斥千丈洪涛风。今君下笔毋乃是，倒倾三峡随天工。当其得意疾驰走，欲跨鼋梁凌蛟宫。似昔中秋得佳句，撞钟伐鼓惊城中。又似推敲出新势，骑驴冲突忘西东。吾亦拍案叫奇绝，不觉屋漏环房栊。有酒不敢留君饮，归途步步愁难通。深厉浅揭渺何许，惟余小桥片石欹玲珑。愿驱回飙扫阴翳，扶桑射入朝暾红。此时与君谋痛醉，少酬意匠经营功。谈余檐溜忽断绝，信知文人吐彩如霓虹。"

杭城有应姓，善堪舆，别号"二斤半"。问其故，曰："我父年老无子，至海宁相地，拾得银包约十余金，坐待失物者。"有人号泣而来，曰："我因官粮紧急，百方挪措得银，今失去，必无生理矣。"父即还之。归家年余生我，秤之仅二斤半，父愁其难育。儿忽从襁褓语曰："我来报恩，必易长大也。"父惊叩之，则不语如故。及长，为人相择阴阳，家颇中资。欲谋起屋，至海宁置买木植。其行中主人惊视其貌，既问姓名及生年月日，瞿然曰："汝前生乃吾父也。"某固嗤其妄。主人曰："父受还银之德，感念应姓不置，誓为其子以报。年余得疾，谓家人曰：'我即往生，以"二斤半"为号。二十年后，可复晤也。'今屈指如期，年貌又合，其为我父无疑矣。"与木价不受，应固与之。次日备盛礼来候，仍还其价而去。

见闻近录卷三

海昌俞超漱园著　孙男　承德改名凤翰　承宗　校刊

湖州归安县严姓富豪，于乡颇行武断。有寡妇欠钱数十千已偿毕矣，而券未索还。越数年，严复索之。妇泣诉不听，愤恨愁苦，计若至官则以券为凭，必复断还，因作阴状诉之城隍神。夜梦神召谓曰："汝之冤，我稔知之。即严某所作豪横事，亦不止此，但彼前生曾有大功德，于松江某处筑石塘数百丈，保障居民兼利行旅，天许其三世富厚。即作恶，亦无如何。汝如不信，可于云间郡访之，尚有断碑纪载，可证其事也。"妇醒后无奈，因遍鬻钗饰衣服，如数往偿。严见其初愤激不堪，申申其詈，今何忽然卑顺若此，疑而问之，妇备告其故曰："汝之恶，神且不能治，况我茕然一女子耶。"严暂受其钱，潜遣人于松江踪迹之，果有残碑半截在蔓草间，悉载筑塘始末，使者摩挲录呈。严乃大悟前生本有夙根，何苦斫削善果自种冤愆，立即焚券还资，从此改行为善，日诵《金经》不辍。临终自知化期，曰："我将往为冥官，管放生池事。"因沐浴焚香而逝。子名元照，颖悟夙成，七岁即能作擘窠大书，为知名士，而孜孜善行，仍无忘遗训焉。

萧山进士王君縠塍之祖，曾赴云栖作水陆功德。有赵姓亲戚带工人某随往，偶出闲行，至夜不归。王公查觅杳然，大惊无策，怒谓主僧曰："阖寺僧多，贤愚不一，岂有奸徒为不法事，露其眼中，暗戕之以灭口耶？若此人竟无踪迹，我归家何以剖辩，必当鸣官究汝矣。"群称："此山乃莲花祖师道场，立法森严，后嗣至今遵守，宁有是事哉？姑宽三日限，当升天入地以究其端倪也。"王公勉从其请。夜至三鼓，闻门外有号哭声，挝门甚急，而云栖旧规门已闭不敢私启。于是守门者启请大和尚登座，随即伐鼓鸣钟，声闻遐迩。大众从睡梦中惊起，一一戴帽披袈裟而至。方启视间，则闯然而入者，即赵姓工人也。形神沮丧，若痴若颠。问之答曰："某爱竹径幽深，山光隐现。向娴词曲，不觉发兴讴吟，迤逦望五云山而行。遇有老叟少年二人在山侧招手，邀与同游。大加叹赏，出粉饵饷我，怂恿再唱，坚留不令我返。忽见有古貌老僧携锡杖而来，呵曰：'汝等留彼，意欲何为？夜深矣，可速放行。'其老者唯唯从命。其年少者则曰：'我自留人，何与僧家事，忽来饶舌耶？'老僧怒以杖击地，有金光一道冲出，二人即不见，老僧亦隐去。某不知路之缭曲，惟逐光而行，遂得至寺。如若不信，粉饵犹在。"出诸怀中，则泥丸累累，究不知其为鬼为妖也。噫，异矣。

宁邑许灵宗为陕西某县丞，后解组归里。家花溪，构精舍，莳花种竹，闲闲于十亩之间。忽遘重疾，一时医卜无灵。渐至危殆，日作谵语。旁人细听之，似因署五柞县时，审断不公，累伊害命，故来索报者。然问家人无知者，有老仆犹能记忆云："此事惟我知之。前吾主摄五柞县篆时，有柳姓之女，父母并故，依兄而居，尚未字人。有土豪欲聘为媳。兄知其人不良，坚拒之。而女有族叔某贪而狡，惟利是视。土豪侦知之，倩其主婚，且许厚酬焉。叔即作主许嫁。同时其兄亦受王姓聘。土豪闻其事，控于县。吾主谓其叔云：'尔虽于女为叔，分尊而疏；兄虽分卑，棣萼连枝一气也。'断归王氏，追还叔所受聘结案。逮女嫁后，叔怀忿莫释，佯诣王氏谢罪，且邀其杯酒言欢。王姓坦然不疑，竟赴其约。不意包藏祸心，即于席间出利刃刺之立毙。遂按律抵偿，此案审断至公，无丝毫枉屈，如何死犹未悟，捏词控人耶？非将起事根源详诉明神，岂能销弭无事哉？"群以为然。焚状于花溪城隍庙中。越日，病者口中云："此状已准。城隍遣差押柳氏叔回五柞矣。"于是遂瘳。

蔡生松汀父病伤寒，半月不语。生医祷俱穷，焦思无术。忆少时曾诵《白衣大士心咒》，因于每日五更虔起持诵，对空叩拜，愿延父寿。

晨往岳庙祈签，家中不知，遣人四处觅之。其父忽发声曰："渠在岳庙拜祝，我亦偕行。诸神皆不允纳，惟长寿判官悯焉，或有生机未可知也。"生果归言求判官签颇吉。而此后父不语如故，并饮食汤药不能下咽。又及旬余，倏然起坐，召家人谓曰："我疾当愈矣。顷见青衣童子趋入，言：'菩萨立庭中，嫌房内不洁，遣我来视汝，许再延半纪。'因举手向床内招呼曰：'汝来已久，可速去矣。'有金甲神长丈余，从床跃出，其面上及遍身如钉铜泡者，狰狞可畏，即随童子而去。我今颇思汤饮，胸中已无所苦也。"自此调理痊愈，又活六载焉。

陶凫亭先生之侄晴皋，向从学于朱石君先生之门，与朱生名鸿者同在幕中交好。朱后游粤东，归里时在江西贵溪地方没于水。今年正月元旦，陶在中州鲁山县，梦见朱公告曰："某于五月十五日在罗刹江头相待。"醒而恶之，未敢告人，心甚切切。念前日石君师尝言《大悲咒》《太上感应篇》诵之能辟邪延寿，于是每晨盥读不懈。四月初归，应甲子乡试，于途间多阻滞。行至江南，离乌衣镇十五里，见汪洋积水，平陆成江，鞭夫从人皆率牵骑扶行装渡水，不能兼顾。而晴皋迫于事势，亦褰裳而涉。左臂挟靴袜，右手未经拄杖，行至深潭旁，忽然失足至濡首灭顶，随急流而去。幸有同行山东人刘姓持伞随行，以伞柄授陶，相援而上。笑谓同人曰："妖梦应矣。某前梦亡友之没于水者，告以五月望日当在钱江相候，屈指今日正十五之期，若途中无阻滞，计算邮签，此时必到江头矣。幸而迁延时日，才得到此沟水边，已应其期。是从前屡阻行程，似默有以相之者，岂非仗佛力护持度此水厄哉？"归家见亲友，咸缕述其事云。

赤嵌城孤悬海外，凡调台者不但有风波之险，兼有寇盗之虞。忆昔先高祖少宰公，以大田县调繁台湾令，时际升平，最为殷富，莅任后革除陋规，办奸民滋事一案，平反数千人。盖奸民密录里中豪右姓名，托为羽翼，其实本人不知也。公廉得其情，悉宥之。是时先曾祖宁远公随侍左右，一日归里，在洋面遇盗船数只扬帆而来。凡海船遇盗，闻声即下帆相候者，上船则长年不伤，否则必先受其害，故奸猾者往往揖盗焉。独此船舵工诚笃，呼水手加头巾顶头巾，顶者篷上加小篷也。盗艇亦然，将次追及，舵工即尽落其篷。盗亦登时去篷，不料篷为风力逼紧若胶柱者然，其驶如飞，在船擦过，伸挠钩来搭，被狂飙催送，倏忽去数百里外，于是宁远公回船避入小港中，演戏酬神，得无恙而返。噫，若非少宰之盛德感神，则难保无事矣。天佑善人，洵不诬也。

陆鸣梧别驾言：在天津时，有老夫妇持斋念经布施茶汤，孜孜不倦。仅生女二人，其长女已出嫁矣，次女亦许字某姓。一日，姊归宁，与妹同寝。见天将雷雨，嘱妹起扃户。妹裸身而出，电光一照，见妹已化男身。大惊叩其故，妹曰："前夜梦中见神降于室，谓汝父母行善，不应乏嗣，但年耄已不能生育，即以汝为其子可也。因赐红药二丸，逼令吞入。觉暖气直达丹田，醒后竟变为男，羞缩未敢告人，不意为姊窥见也。"姊大喜过望，立告其父母。遣人辞某姓聘礼，令其别婚。某疑其诈，控之于官。陆时在令署中，偕众友从堂后密觇，见其上堂尚作弓靴窄步状，粉光未消，钗痕宛在，而已居然男子矣。官验其情确，谕某姓受还聘资焉。

先曾叔祖冀宁公中庚子科乡榜，公车北上，寓某处。旁有室常扃，每至晚有靓妆女子独坐梁间，悬绳圈旋转不已。有从窗隙试投以竹竿，绳紧束之，其竿立碎。幸畏人，不敢出扰。同人某素胆勇，与众约伏户外，已则佯作思乡态，徘徊怅望久之，叹息泣下，谓生劳不如死逸。女喜摇圈招之，渐相狎近。某直前抱持，呼曰："鬼在是矣。"众汹汹涌入，则变为白鹅，毛羽鲜洁。烹而食之，味甚粗恶。众皆患河鱼之疾，数日方愈。自此鬼竟绝响。

湖州蔡太史名之定，已亥举于乡，其同年相传即邻舍妪后身也。初，妪为人执爨，平生谨厚修持。时年七十余，谓其小主人曰："我念佛半世，究不知佛字如何写法。"诸学生竞以佛柴横竖作字示之。妪恍然曰："字法亦甚容易，如此我今悟矣。"即入告主母曰："某今夕告辞，将于间壁托身为男，愿遣小主人一来省视也。"遂合掌化去。是夕，蔡氏得子，竞走视之，其形貌宛然前妪，但有老少之别耳。及长，工文章，善楷法，而持斋诵经如故。今已官阶叠晋矣。

王六兄名步銮，在京中永定门外课读。其主人亲戚有呼二世太太者，时有馈赠往来。王不解其故，问于主人。答曰："渠前世为余戚富姓之母，四十余岁寡居斋戒，修持甚洁。七十余，无疾而逝。即生于近村农家，堕蓐即能言，曰：'我富某母也，所居高堂广厦，何忽卑隘如此。'其子闻而趋视之。抱持悲泪，历述从前保抱恩勤之事。子大感动，即迎归奉养，主持家事一如前生。凡有器物庋藏及亲友礼数往来，俱灼知其细，故有此称。今年已十三，韶颜秀发，其形容则少女而性情仍然老妪也。除料理薪水外，修诵如故，绝不与诸姬为伍焉。"

王特山言大宛、良乡交界地方，有某姓农人生一子，甚爱怜之。一日从田间过，见有放生婴孩，呱呱而泣，其相丰满，抱回家中抚之。恩斯勤斯，爱如己出焉。令星士推其八字，则云："命犯孤鸾，断难授室成家，且必不寿。若送入空门，可以成立，不至夭亡。"农人信之，送某寺为僧。既长，魁梧奇伟，膂力过人，兼精技勇，常住亦颇有积聚。嗣后二老并故，其兄友于念笃，不以异姓待之，时相往来而常贸易于外。遗嫂独居，僧与奸好。忽一日，嫂谓之曰："吾辈虽情同胶漆，终属草露易晞，为欢几何？计兄归家，约在某时。来必从庙门经过，何不就彼处害之，则永谐鱼水矣。"僧颇然之。于是留心相伺，至期果来，邀至庙中，谓之曰："天已暮矣，不如禅床一宿，明日早回可也。"兄坦然不疑，开怀畅饮，渐至酩酊大醉。负兄至野，近有茶店，谓店主曰："我有多人聚饮，无暇烹茶，滚水当取给于汝也。"因而取滚水数桶，频频泼之，醉人立毙。回庙就寝，忽思恐不了当，复持利刀砍之，血溅于袜数点，防人猜疑，将袜反穿之。遂向三处呈报，与兄伸冤。遍缉无踪，捕役俱受追比之累，相商聚宿于庙门前，窃听僧内自言曰："天下昧心之人，无过于我。以抛弃孤儿受其鞠养保抱之恩，反淫嫂杀兄，累及他人，真禽兽不若矣。倘认出袜上血痕，奈何？"捕役听言，历历不爽，即欲擒之，畏其强悍不敌也，急集兵役破门缚之。渠即醒悟不承。诱之曰："吾辈得钱即寝其事，尔所有者钱也，试与吾熟商之。"遂以其事始末告之。至官审问得实，遂定凌迟罪。嫂以不知情宽免，甫经数月，即遭雷击焉。

京中银铺黄姓，为人长厚，任倚店友某，托其营运。某多方侵欺之，以致黄家业中落，郁郁不得志而卒。某别投他店作伙，颇有居积。一日早起开店，见有小车推豕六个鼓乐送之。某凭阑凝望，恍惚已亦被人拉入车中，推至大姓菜园中，跌出仰视，亦化形为豕矣。有大豕俯而喂乳，某饥甚，初亦就食。既而转念，我本人也，何至作此贱畜，行将就屠矣。因闭口绝饮食，竟以馁死。鬼卒导见阎罗王，谓曰："黄某以心腹待，汝乃百计侵吞，使彼无立锥地。汝真人面兽心，不作豕何为？"某伏地叩首，愿拜经忏焚楮锭以赎罪。王叱怒不听。某又愿回生后照看黄姓家，养其妻帑，为任儿女婚嫁事，誓不以异姓相视。王命查簿籍，某寿数已尽，不能再生。时黄以生平无过，得为冥间掌库吏，转为涕泣拜求，谓："彼既有此善念，若不令生，则我妻子必至流落无倚，奈何？"王谕令暂待一二日。复召谓之曰："顷遍查册籍，某曾祖曾有造桥及施粥功德，未及食报，今援此益算，汝回生必勿食言，否则受报愈酷矣。"某拜谢领诺。遂命人送回。初，某凭阑时，魂随豕化，身已僵仆，惟心口尚温。诸店伙舁归其家。停至十四日，忽张目出声，备陈颠末。往视大姓豕圈，果生七小豕，其一已毙。因力行善事，迎黄姓全家赡之。并遇有方便，力所能为者无不毕赴。今闻其人尚健在，子已入泮矣。

士人科第预定于冥冥之中。昔人有梦迎天榜之说，非虚语也。临场则先有吉梦相报，至于晨占灵鹊、夜卜灯花，又其余事也。余大母舅钟韵圃公，十九岁中丙辰科乡榜，公车北上，向关帝庙祈签，得"羡君兄弟好名声，只管㧑谦莫自矜。丹照槐黄相逼近，巍巍科甲两同登"之句。时二母舅芬斋公尚未入泮，殊费猜详。后屡困公车，至戊辰科与芬斋公同赴礼闱，俱出于陈公讳桂洲之门，其签始验。其未报之先，家中厅屋之上，夜有红灯一盏悬空际，离屋数尺外，人皆共见之，将一月而隐，则泥金双报至矣。

杨义承表丈屡踬文场，且患目疾，名心灰矣。因为保结文童，姑且就壬午科试，名列第一。窦学使力劝入闱，因祈关帝，签有“五十功名心已灰，谁知富贵逼人来”之句，时年正五十也。入场遇“加我数年，五十以学《易》”题，杨正名学易，心窃私喜。榜发，果在魁列。

外甥钟吾山未入泮之前，有双仁巷副车杨君于中元夜梦见伊祖先聚饮闲谈，问今年入泮案首何人，有云是钟大进，并言府学案首某人。杨曾为钟俊民表弟言之，不料果应。至辛酉科祈签，则有“万金忽报秋光好，活计扁舟渡北朝”之句，及放榜时，银灯璨蕊，檐鹊传声，种种吉征骈集，未几喜报亦踵至矣。

雍正初年，梅雨淋浪，各河泛滥。放水桥某姓约伴捕鱼于桥畔，得大黑鱼重数十斤，眼闪烁有光，泼剌不已，似有乞怜之意。先一日夜间，豆腐店王妪得一梦，见黑衣人向伊求救曰：“我明日有难，若能见怜释放，定当衔结不忘，否则有仇必报，恐于诸人不利也。”醒而异焉。适有邻居数人持鱼而来，欲借其釜就烹，老妪述所梦，劝之不听。其夫乐于从事，意在朵颐也。未几鱼熟，盛以数大盆，沽酒延宾，到者十余人，于是欢呼大嚼，王亦与焉。妪以持斋辞不食，酒罢各散。甫经旬余，王姓暴卒。其余共食之人，口称黑鱼索命，并受城隍杖责呼号，相继而亡，不漏一人，独老妪无恙耳。

萧山市心西桥有小名官姐者，为人击柝司更，性喜念佛，无论月明雨晦之夕，即以柝当木鱼，虔心持诵，柝声与佛号相和也，如是者已六七年矣。甲子孟秋十日，伊父病卒复苏，曰：“我到冥间资斧乏绝，闻尔积资甚富，往观之，木栅巍峨，积镪无数，有人守护。我因无据不能取用，可速书券相付。”官姐乃买黄纸作字焚之，于是含笑而逝。

海宁陈安寺乡，人多种瓜为业。嘉庆六年夏间，有某姓瓜熟，摘取数担，同邻人赴杭城货卖。行至城门边，见晨光熹微中，有婴婉卧地，举而视之，男也，书有生年月日且缀以洋银四十圆。乡人喜付同伴各二圆，其三十六圆并婴儿带回家中。既而思之，此儿非我族类，何为代人作保母耶？因而投诸水中，其所存洋银随意挥霍。邻人不知，群以为掘窖金矣。相隔旬余，又同前伴二人至长安贸易，行至汪店港，忽然墨云挟雨，电掣金蛇，霹雳一声，掷同行人于数丈之外，将渠击死。其同伴醒后具言其事，始知其为留财害命也。

壬子年，余负米长安，馆于毗陵刘檀桥侍讲处。课徒之暇，常诵《金刚经》，逢人喜谈果报之事。一日，馆僮自外来告余曰："吾今而知天之报施不爽也。顷见关圣庙中有木匠自天灯竿上失脚坠地，腹破肠出而死，观者无不惨伤。时在旁有知其事者告曰：'此本非匠人，乃是庙中之僧也。昔年曾有木作某姓，家于庙旁。其妻妖冶性淫，与庙中沙弥通焉。夏日裸戏院中，非一日矣。其夫偶忘墨斗回取，骤推门入，见之怒甚，取腰间利斧欲砍之。二人伏地求生，搏颡无算。其夫见其少年婉娈，猬缩可怜，喟然曰："我上无父母，下乏子嗣，所以早夜辛勤从事斤削者，无非为妻孥计耳。今妻既心属他人，吾复何恋？若以一怒戕两人命，于心不忍。悉以攻木器具授汝，吾将往西山寺中焚修矣。"妻挽衣泣曰："子如潜遁，邻里必以我为谋害告官，推鞠其毒更苦，不如毙斧下也。"夫微哂曰："吾既出家，当行方便。"因遍告邻里以故，嘱勿多事，径行不顾。于是男妇各适所愿，沙弥蓄发还俗，仍习木作营生，自谓地久天长永作鸳鸯交颈矣。不意未周年，妇即产亡。今彼又为修整天灯架跌毙此庙中。可谓"天网恢恢，疏而不漏"矣。'"余闻而叹息久之。

萧山与山会人喜食螺蛳，一日害亿万生灵，其物虽微，造业不浅。此处有陶朗一者，少育于东乡一都。外祖韩氏，设帐于山阴寿兴埠。其地农人每以螺蛳壅田，经灰即死，所遗弃相望于道。朗一每经行其处，必以足踢入水中，如是者有年矣。后在某处染疾卧床，若有人挟之行者，耳畔但闻风声水声，忽忽即到东岳庙，而陶氏向来聚族横河，横河土地查无是人，禀请城隍行查各乡，至东乡一都，土地曰："确有其人，但上天因其活物命巨万，功德甚大，著在籍册，已添寿算矣，未应即死。"令冥役掷之墙外。陶见前途如漆，托足何从？正踟蹰间，有白光一缕前导，以手摸之，即螺蛳也。逐光而行，见己身已死，魂附其体即活，又安享二十余年，卒于家。古有衔环结草，真实不虚也。

萧山老布衣王薪传长于诗画篆刻，与余姚布衣史俊民雅技相同，往来交好。一日，挟伴同游西湖，史见片石高耸，盘坐其上，许久不去。王与他友游天竺，归见史盘坐如故，视之则气绝矣。为治殓事，送其柩归余姚。后于萧山北门外听松楼书馆师徒卧静时，微闻弄笔声。次早见粉壁上涂满山水绝工，题句云："他年失却西湖上，今日飞来到此间。"通邑喧传，未有识者，王薪传见之曰："此吾亡友史俊民手笔也。"然则诗画之仙，不信然哉。

剃头匠沈发尝言：伊祖当日种田十余亩，秋收之后作稻堆存场中，俟陆续运归。一夜忽失去，地有遗穗，寻踪求之，在某邻人家。询之不承，潜即分寄各处。诱其到家搜索，果不见。责其诬良，欲控县究治。调处者令其设席谢罪，消弭其事。于是愈加愤恨，欲作状求明神质证。邻人闻之，率众拦阻，出言恐吓曰："如若赴庙控神，我当先毙以老拳。"不得已向灯前焚讫。至旬日告妻曰："窃稻之事发矣，我当听审。"随即长逝。其偷稻之家凡帮运及设计寄藏者，一月中络绎病卒，共计十有七人。微细之事，竟成巨案。可见冥状最严，非大冤枉不可轻为尝试也。

凡人志气不凡，虽贫贱亦能发迹。绍兴大善寺中有三丐者同卧，其二人闲谈，谓得五百文向妓家一宿，诚属生平畅事。其一年少者笑曰："我苟得百文即不为丐矣，何至恋及烟花耶。"旁有老翁携其孙嬉寺中，闻言即召谓之曰："我今与汝百文，作何生计可免于丐？倘仍沿街求索，相遇时必加以老拳也。"少年珍重感荷，誓不食言。因买络担于西郭门外，为人挑运货物资生。晨惟餐角黍两枚，日中后方谋一餐，仍归卧寺中，暗积青蚨，藏佛身后地穴，众不之知也。一日至角黍店中，求买不得。问其故，则以乏资作本欲思歇业。少年以千文钱借之，其店主王姓老夫妇恐其索偿重利，固辞焉。少年曰："我本姚姓旧家，流落为丐。感人帮助至此，念汝年老而贫，暂以微资相贷，岂望利耶?”主人因受而营业,从此往来熟稔。见其人朴诚可爱,自念无子只有一女,夫妇谋赘以养老,少年固辞不许,因就婚成家。雇人往佛寺取所蓄积,零星凑合,竟及百余千。其岳王老喜曰:“我家本龙游人,漂寓此处十余年。今子出身綦微,恐为人嫉妒轻薄,盍归故土作懋迁计乎?”少年许诺偕往。开张小肆,居然改观。有木商某赏识之,赊货千余金,俾设木行,浸至巨富。翁婿俱纳粟为太学生,竟入衿士之列。前老翁因赴子任所,舟过龙游。姚姓遥望惊曰:“此我大恩人也。”再四挽留登岸,翁已茫然不忆矣。姚缕述前事,并言现在温饱,无日不思,幸此相值,宁忍不一枉顾耶?翁不得已,维舟过访,见大厦巍然,僮仆奔走,叹曰:“人不可貌相,回忆寺中觌面,子形容憔悴,与诸丐何殊?我因一言感动,赠钱相试,不料有志竟成也。”遂留饮尽酣。姚厚有所赠,俱却不受而去。

又诸葛寅丈言:苏州有业剃发者沈姓,常在伊药行中执业。每次取拾肆文,有多与者必数还之。山西有客投寓,命为整容,出青蚨数百赠之曰:“我久慕金阊胜地,佳丽如云,欲一往散步,苦不识门径,子其为我先导焉。”沈姓微哂曰:“客所赍资本半属他人,冀营蝇头微息以赡妻子,若如此浪费致流落天涯,家中盼日如年,恐成辜负,即侥幸得归,有何面目相见?此事断不可为。况我亦非见利而动者也。”掷钱不受。客因羞激怒,大相忿争。主人排解而散。后又有老客相遇,喜其笃诚,谓曰:“子才可用,必不以贱业终。我二子皆成武进士,何不从去肄业耶?”沈然之,即辞亲故偕往。由行伍出身,竟位至副总戎。乞假归里,骑从缤纷,造诸葛行中拜访,循循如故态,称谓谦抑,绝不露贵显状。其人亦可谓不凡矣。

笔花书院邻近多荒坟,累累相望,夜有磷火荧荧,常出迷人。院中同学生徒聚谈言及此事,有沃生者自矜胆勇,戏谓诸友曰:“鬼可执也。我能独宿其处,伺其出即系来作证,当设盛筵请我。否则亦愿受罚,何如?”众友群然允诺。沃遂乘夜独往,但觉草露沾衣,吟蛩四起,久俟竟无所见。既而斗转参横,私自念曰:“若返无证据,何以践言,受罚必矣。"忽有农人草履持伞背包而来，若欲渡江者然。因迎面告之曰："我与诸友赌赛，为捉鬼而来，今无所遇，难见诸友。尔试充鬼同往，当相酬谢。"来人许之。遂以绳系其颈，一路调笑而回。急扣书院门曰："鬼至矣，盍出观乎？"众人闻声持灯往视，一见俱惊，什灯亦扑灭，返身再燃火出照，则绳空矣。沃问其故，众曰："汝未来时，院中雇工人因病而卒。顷所见者，形貌宛然，汝特未谋面，故以真作假耳。"沃亦惊栗，如浇冷水焉。

陈生德称见余《近录》，笑而言曰："吾家亦有异事。曾记十年前，有族兄少年落魄，无以为生。先父见而怜之，荐与杭城米铺中习业。主人以为能事，颇厚待之。稍有积聚即顶其店营运。先父虑其乏本，谓之曰：'我家有米出粜，如相需，可接济也。'此后遂源源取给焉。不意其外示朴诚，阴为花柳之游，渐将资本耗尽，且成羸疾而归。见者无不骇曰：'全非昔日形容矣。'随有冤鬼附身，发狂取刀自戕；或将头触柱，救之不可。自言：'是前世冤愆，我为某人，与伊素识。伊为亲友作中，借我钱若干。屡索不偿，后向原中逼讨。彼即怀恨，邀欠债者登楼，合谋将我毒死。时眷属不知，未曾鸣官究治。我从冥间告准，今来索命耳。'家人惊惶失措，许焚冥镪作佛事忏悔，求之再三不允。冤魂时去时来，受累万端。病者曰：'已讯过数次，因我未肯承认，某日当大推审。虽有亡姑典衣助费，恐终不免用刑。'至期忽曰：'差来矣。'即跪地，两手合并作受拶状，呼痛不已，少顷无言。其父呼名问之，即厉声曰：'谁为尔子？尔子已系囹圄。我与尔年相若，何得错认耶？'申申痛詈而死，时嘉庆元年也。"

同寅倪印楼曾经司铎长兴，谓余曰：长兴昔年有某明府挈眷莅任，席尚未暖。其夫人晨妆对镜，云鬓簪花，忽见有女子从后房中冉冉而出，风神散朗，举止大方，自言妾前令正室也，有言要见贤夫，谨以相恳。于是相顾失色，不得已遣婢邀请。明府知其有异，具朝服而入。迎拜讫，告曰："拙夫某亦曾任此，宠爱小妻，不但玉楼醉月、金屋藏春，抑且掩袖工谗，将为小星之掩月矣。妾以正言相规，遂成反目。

后因小故，致妾自裁。今伊已调任首邑矣。妾久幽官舍，有衙神相守，不敢须臾偶出，戴盆何以望天耶？恳太爷具牒解伊处，当衔结不忘也。”新令曰：“堂堂命妇，焉敢相凌併于阶下囚乎？”对曰：“不妨，当鸣鼓升堂，对众押字票，差故役一人、阳役一名，将文焚其狱门前，当有验。”从之。差到其处，焚讫即回。次日彼官即以监事被劾罢归，报亦巧矣。

萧山城南四十里有尖山焉，谢一江世居也。去家里许，即横江，江面架板以通行者，一江之高祖心阳先生创建也。一江尝风雨渡江，失足浮桥下，江畔居民俞某入江捞救，得不死。后因岁歉，民不聊生，无赖子挟队成群，为索食村庄，计以俞某膂力过人，且素有豪侠名，强拉为同伴。其父惧罪，逼使自尽。一江闻而赴哭曰：“嗟乎。某于一江有再造之恩，彼时坚不受谢。今一江老矣，及此不报，即誓报于来生，事在不可知矣。”立备衣衾棺椁改葬之。夫谢氏设立浮桥，天必不忍听其后裔之淹毙，而俞某以力救失足之善缘，终得厚报于谢氏。理有固然，然则世守忠良、好行其德如一江者，亦何可多得哉。

嘉庆甲子正月，桐城县内有乡人某得疯瘫症，不能起床。母亦年高，赖妻操作糊口。一日厨中无米，远赴二十里外亲戚中告贷，借米三斗负归。途间力乏，彳亍不前。遇牛车三乘接轸而来，有车夫谓之曰：“娘子一身背米，更无替换之人。夕阳衔山，何时得到耶？我车现无重载，且由娘子家经过，可暂寄也。”妇信之，感荷良深，交米先行。回家婆问：“所借之米安在？”答云：“暂寄便车，将次到矣。”候之良久，夜色苍茫，胸转辘轳，遂出迎之不见，始知被人骗去。自计举火无资，难以存活，即于屋傍投池自尽。老媪怀疑，出寻见媳死池中，呼天号泣，随亦投池。所剩疯瘫之夫，呼声无应者，蹩躠爬出，四处寻踪，始知母妻俱亡。痛极无策，亦即毕命，于是全家尽矣。其骗米车夫二人鬻得钱千余文，自为得计，扬扬然邀同伴登酒楼酣饮。内一人曰：“渠家悬釜待炊，饥肠欲断，何忍诓以自肥，作此负心事？愧见天日，举杯难于下咽，我必不往。”拂袖而去。二人笑其痴，醉饱各散。少顷黑云四起，电走金蛇，将三人从各处驱齐，摄至旷野中，令规劝之人立看，二人登时击死。惊怛良久，遂传述其事，方知果报之速也。钱清钟生保南之叔在彼处贸易，目击而归述如此。

江南有某宦任其司阍之仆，言无不听，致其私橐充盈。官正室久逝，纳妾只生女一人。及宦身后，仆势横甚。其妾度不能制，还其身券，听其他适。仆私计出身微贱，即富豪于乡，终为人所指摘，必得孤女为媳，掩其主仆之迹，方可遂心。因贿主族中无赖叔，强为主婚。妾及女坚拒不从，赴诉于官。仆与主文者谋，以身契已无可证，极力营谋，以曲作直。妾势孤力弱，冤抑莫伸。惟日供关圣像于堂中，涕泣焚香拜诉，如是者已累月矣。一日将结案，仆与族叔、讼师三人在酒楼痛饮。讼师曰：“此事究大昧心，即逃官责，恐遭神谴，奈何？”二人哂其迂愚，举杯愈乐。忽震雷一声，穿楼中屋梁直下，立将恶仆及族叔击死，其讼师半身焦灼，已成废人，犹能自道其阴谋始末。闻者皆拊掌称快，叹神威之可畏。其事遂立解焉。

乾隆丁丑年，海宁农人入城贸丝，得数十金，见天意欲雨，诣富家桥侧伞店买雨具，遗袱包而去。店主某开视，粲然白镪也，大喜藏匿之。其母素持斋好善，谓曰：“此人家养命物，当还之为是。”某坚不肯从。对面烟铺少年谓：“非分之财，岂容独据？吾当俟彼人来告之作证矣。”某因分与十金。少顷其人回，向某哀恳曰：“我所遗丝银，系揭债典衣，拮据养蚕而得者。今年收成歉薄，所余无几。失之则债主逼迫，犹可求缓；家中数口嗷嗷，势将就毙。务祈赐还，功德无量。”因拜跪无数。某大声叱曰：“谁见汝银，汝从何时交付？此必远方无赖设计讹诈，倘不速行，必扭送官究治矣。”烟铺少年从而附和，谓：“我等开张市肆，皆正经之人，岂容小人凭空索赖？”其人痛哭而去。念回家无面见妻子，即投塘水中死。妻久候不归，闻人传说，抱子往寻。见人亡银失，痛甚，亦偕子投池，腹中并怀孕六月余矣。次日正午，天地晦冥，雷电交驰，将某击死街心。烟铺少年半死，犹能自述，至晚亦毙。其母摄去数百步外，毫不伤损，亦异事也。向使某一念恻隐，立还其银，冥冥中未必无报。乃贪赖蝇头，至害一家数命，已则立遭天谴，累及旁人，昧心者果何益哉。

海宁离城数里，有地名周王庙，于乾隆六十年前多有不逞之徒连为一气，横行于乡，开张当店者，深受其累。其中有某木匠为首恶焉。时乡人某死，遗妻独居。木匠强占为伉俪，处其室，荡其资，出入毫无避忌。族人耻之，具呈控于县，薄惩而已。于是更加披猖，一日故意宣淫于室，令人扬言于众曰："此刻效戏水鸳鸯，人其奈我何？"族众避其锋，敢怒而不敢言。杏花村钟丈曾道其事，闻者无不裂眦愤怒。后经岁余，复晤钟丈，告曰："恶人天诛矣，羽翼皆尽。"询其详，则曰："某木匠火焚其居，焦灼而死。棺厝于野，被迅雷劈开。忽来野犬无数，争食其肉，将残骸抛散而去。其同恶之人一一俱遭冥谴，各人口中自述其恶，遍体伤痕，昼夜呼号而绝。"由是乡人知报应之不爽也，俱改行从善矣。

黉宫左侧有八角亭，木作邱姓居其下。同胞兄弟二人，其兄少无行，曾为鼠窃狗偷之事，后少悛，赖弟手业以糊口。素不孝，遇母拂其意即咆哮不已，必其母跪求方已。一日，其弟失物，疑其所为，即勃然大怒，请城隍马到家拜祷。有相识少年正言相戒，不听。劝者遽发狂作神语曰："此人恶贯已盈，冥谴将至矣。尔何为多事解劝，殊可恶也。"其家焚镪哀恳而愈。渠闻之转怒，即将神马毁弃，便觉神魂失据，言语颠倒，屡欲觅刀绳自尽。家人防闲周密，不得遂。潜购红砒藏身畔，佯倩人买圆眼作汤，自将毒药渗入，饮之七窍流红而毙。此癸亥六月中事也。天讨有罪，捷如影响，真可畏哉。

茂才陈生有彬戊午科在省乡试，寓相知某家，室中供关圣像及中溜神焉。时天气炎热，任意裸卧，睡至更深。忽见黑衣数人赶打绕室而行，呼主人无应者。于是大窘绝伦，呻吟不已。门外有过路行人，闻之合唤屋主。然后开出解散，已遍体摧残矣。场毕来谒，出示伤痕，犹显然也。余谓："神明显赫，临之在上，质之在旁，君子所以慎屋漏也。岂可以大意忽之哉。"

诸暨县有地名姚公埠者，姚姓聚族居之。其始祖某贸易于山东，行至旷野宿于孤店中，转辗不能成寐。时壁间有大士像，方朦胧间梦大士促之曰："汝已履危机，何不速行?"醒即闻楼下磨刀声，遽于大士前祷祝，取像背负而逃。苦无出路，启窗见紫竹一枝，挺然特立，攀援而下，得无所伤。店中人已持刀上楼，见某逃即纠众追赶。是时前途如漆，托足无从，回视火光闪烁，人声如沸，相距不远，自分必死矣。忽草莽中跳出一虎当道，姚奋胆从虎傍窜过。其虎作吼声，径扑追者。盗众相顾失色，战栗而返。某遂免于难，归家起庙供奉观音像。金碧辉煌，香火弗替，至今犹在焉。

诸暨三湾地方有蒋姓，人丁繁衍。其先始祖名某者，未详何处人，同一好友贸易至此。时当元季，凡沿海居人皆劫财戕命为事。蒋宿店中，闻磨刀声，扬言欲宰猪。谓其友曰："我二人已落盗手，然我与君皆有力如虎，何足惧哉？不如俟其上楼敌之。"[①]闻足音错然，一人先上，即杀之。随见火光照耀，墙外执刀者如林。因下楼启门，身藏门旁暗处，连毙二十余人，留一人问其曾谋害几人，曰："是不能计，自谋客以来，有尸即投屋旁深穴中，盖亦有年矣。"令引至洞口一观，其暗非常，深不可测，即并后一人戮置其中。而其友已受伤死。检点屋中，资财山积，就其处居焉，遂成巨富，至今子孙守业不替。其深穴盖屋以藏之，人有临视者，莫不凛然肌栗焉。

凡蜈蚣、蛤、蚌、蜘蛛及鼍龙之属，皆有珠，书中载之详矣，至于虾珠则未之前闻也。甲子夏，同寅胡屏山之戚从镇海来言：其处有营弁谢某分防海口，向来有海船泊此，例馈微礼。春间有船一只仅送大虾一枚，承以大盆。谢云："我所需者钱耳，此物何为?"旁人曰："我愿代出钱二百。"付之持虾而去。辗转视为玩物，出价屡增。最后至宁波府城中，遇姑苏人识宝者，见之问其价几何，答云："我以一千得之，必

---

① 此处墨笔涂改为：谓其友曰："我与君已落盗手，然皆有力如虎，何足惧哉？不如俟其上楼敌之。"

三千然后肯售。”其人即兑三千金付之。售者喜出望外，盖前所云三千者乃钱数也，忽获朱提累累，亟叩其见重之由。其人曰：“尔不知此中孕大珠，较蚌、蛤尤胜。”即当面剖视，有珠大如圆核，光彩彪炳，真照乘之宝也。此后苏客再售，殆至巨万矣。谢弁闻之，怅然自悔遇此奇珍觌面失之，殆命数使然耶。

方书云：凡人生疔毒，啖以生豆，如觉豆腥者，非是；若食之有味，则患疔无疑。余内弟周晓村新得一婢，偶然小指大痛，群谓是疔，然在疑似之间。姑与生豆试之，而甘甚如饴，灼知是疔，遂捣蚰蜒调醋，敷之立愈。若稍为因循，经外科诊视，则大费经营矣。又有建德茂才程起端，夜与内子幼儿共寝。其妻忽狂呼起坐，讯之则鼠咬其小指。程以为事所常有，不甚关心，劝其忍痛且眠。未几痛甚，将幼子交夫保抱，叫号彻晓，视之则指已落矣。适有名医张德音访友过建，延请治之，云：“此名鼠刺，其鼠已有三百岁，周身无毛如初生之鼠。其毒非凡，若初啮易治，不致指落。今已六日矣，若再迟延，手肘恐亦难保。然非夙有冤愆者，未必遇此。”遂出药治之而愈。

王店戴进士名源亨，选授湖北天门县令。其初莅任时，见署中设有神位。询诸书吏，则狐仙也。戴公性固执，不信鬼神，命去之。书吏告以历任明府供奉有年，若一旦得罪，恐贻后悔。不听，竟撤去，初亦无事。经数月，忽然失去铜章，各处搜寻毫无端绪，举署皆束手无策。不得已，面禀太守。太守限以一月，不得则立挂弹章。公回署，寝食俱废。或献策曰：“积薪空屋中，俟限满不得，即焚之。托言被火烧毁，可轻吏议。”延至二十九日黄昏，计穷力竭，将如法举行。时太夫人抱病卧床，见一白发老妪告曰：“无忧，印在荷花缸内，可立取也。”言讫不见，命人请公告之。公至缸前审视，冰冻甚坚，何由放入，因而大费踌躇。幕友劝曰：“姑启之，如无，不过损一缸耳。”遂碎，视则宛在坚冰中，喜出望外，设供酬谢如仪，终公之任贴然。

德清蔡公之定，已亥举于乡，癸丑捷礼闱，由翰苑晋司业。其祖孝廉字霞芬，父庠生字清宇，数世忠厚，与司训黄铁年同寅系至戚，言其前世系善女人，即其同年中亦共知为黑桥佛婆后身也。佛婆夫死，年未四十，一子尚幼，磨纸度日，训子成立，持斋念佛无间。年七十余，一夕告子媳曰："我将托身为男，汝夫妇务存善心，力行善事，天之报应定不爽也。"旋沐浴念佛而逝。次日将入殓，忽欠伸索水饮，家人舁至卧室询之，言："有人送往德清，见极大墙门，由东首长巷进至末一带屋内，其家教读糊口，衣食不周，我意如此穷苦，不如仍作女人，故急急潜归。"越十余日曰："我昨梦礼佛，佛说贫富有循环，善恶有报应。贫而善岂终贫，富而恶岂终富？命仍往。"无何，念佛数百，声息渐微，合掌化去。二七后其子访至德邑，知大墙门即蔡殿撰启樽第。询末一家，某日果得子。遂请见，道原委。司业大翁言诞生前十余日，果腹痛竟日，临蓐而安。出婴孩视之，五官宛肖。悲喜交集，留饭而返。嗣司业，二十游庠省试，赴黑桥访问。人言佛婆之子十年前易大厦迁去，无由踪迹。随镌圆章号曰"黑桥佛婆"，以志其事。司业工文章，善篆楷。每早仍礼佛诵经。遇知友，劝善规过。谈因果，援古证今，娓娓不倦。铁年向辟佛教，不信因果。问司业曰："如是即可成佛，即有善果耶？"曰："否。子知佛之当辟而不知善之当为、恶之当去耶？佛教之修行，即儒教之复礼；佛教之降伏，即儒教之克己。佛乃善善恶恶人耳。余欲从善去恶，身心屡虞放佚，故礼佛诵经，觉时时佛在目前，身心少有检束，岂望成佛哉？至世间若无因果报应，则吾儒所谓'惠迪吉，从逆凶。作善降祥，不善降殃'又何以故？如天下后世，人人知为善不为恶，不特佛氏因果可置弗论，即儒书诰诫亦可无庸矣。可知佛之因果、儒之告诫，皆所以劝善儆恶耳。"铁年虽不礼佛，亦不诵经，而存心善、行事善，兼且戒杀放生，未必不由于此。司业之言，洵不诬也。

蔡生松汀之父，设帐于莫家江，馆中种桃数株，结子时累累如珠，甚可爱。其中有一实大如斗，馆中人甚喜且以为瑞，邀宾相赏。而蔡某独曰："此物异常，必有毒。"馆中人曰："且试之。"以刀割一片掷地，呼鸡啄之立毙。众人大骇，遂于桃根下掘视，有巨蛇焉，蜿蜒其中，吐气上腾，故桃实感此而成。可知饮食中有异常者，断不可食。志此以为劝。

柏承迈云：客冬买棹赴吴，操舟者一老翁与其媳及季子俱。夜方半，过石门，翁与子已酣睡，媳独摇橹。忽急呼其小叔数声，两人亦未知异也。及平明，见媳已昏绝，不省人事。柏大骇，即易舟而行，谓此妇必不能延旦夕。及归，遇老翁，道其媳病已霍然。当其夜过石门也，见高桥上一长人约二丈余，头戴笠如车轮。大惊而呼，遂不省。后以祈祷而苏，竟不知所遇为何怪。

禾中杨氏，世家也。后中落，售其屋于唐氏，已立券尚未迁居，其戚沈某欲往观焉，唐买棹与之偕。周览既遍，有仆人某遵陆先归。沈到家，忽见其仆僵卧昏沉，流涎遍地，口作京腔云："我欲见唐老爷，有话要禀。"沈大骇，令人邀唐至。仆起立叩首，自称杨仆某某："家爷既经售屋，自应迁去。但唐爷未来，故尚迟留。顷在前楼博戏，适爷等之来突如，几使惊窜无地，此刻犹有余悸。"唐叩其来意，但迟迟不语。固询之，则腼然曰："生前赚钱亦颇不少，花费手熟，至今旧性依然，苦于囊乏，求略加赏赐，并祈速办，倘迟则出城不及矣。"唐即买黄阡焚之。沈仆叩首称谢云："尚有一事禀恳，倘在家主前不可谈及。俟唐爷迁居有日，望将窗户脱扃，以便搬运而去。"唐复首肯之。沈仆豁然而苏，问之茫然不知。后记其姓氏，询人知某某皆杨宦旧时之司阍也，故其熟驯礼貌，酷爱阿堵如此。

科名事前定其间，傥得傥失，不可枚举。乾隆己卯科，首题为"子游为武城宰"一节，有杭郡孙生已交卷。行至龙门边，忽怦然心动，恍惚卷中题上脱一字。急旋身至收卷所求取适所交卷，再加翻阅。收者即以卷付之，展视果于澹台灭明上少一曰字，遂吮毫添讫，及翻卷面则系宋光熊名字，急呼非是，详告以某姓某名，再恳查取。及检己卷内，并无脱落。惊疑久之，始悟宋君必当中式，故神明假手为助也。遂匆匆出场，往告其故。榜发，宋果高捷第二名。乙酉科，海盐沈君尚忠二场交卷，苦于人众拥挤，适与表弟李生同行，托以代交，索取照出签，已则看视考装。李取其卷同裹油纸中，往收卷所，告有两卷。司事者即付两签而出。及至寓，李觉卷袋中沉重有物，探视则沈卷宛然在焉。盖油纸滑甚溜出，交纳时竟不及觉也。大骇，不敢作声，急取出扃置衣箱，为恐沈知见责，仍与同进三场而归。两人住居，止隔一溪。沈以宿学高年，文甚得意，望中綦切。而李时时来往，窃笑其痴，谓此科断无望矣。迨揭晓，竟中第三名。李骇极不信，开箱取卷，往告沈曰："君二场卷现在我手，场内凭何取中？"因共展视，其卷则诗皆顶格平写，倘交出必干贴例，故暗中巧为规避如此。沈急至省，谒见主试，始知场内誊录所失火，烧去数卷，疑沈二场卷必在焚列，合观首、三场俱佳甚，所以毅然高拔也。

萧山戴孝廉名沅藻，字墨川，住西兴镇，生平最重字纸。壬辰科入闱，见号中遗弃字纸即拾而烧之。其涂鸦在号板者拭之不尽，即以刀刮之。号军见曰："相公今科必中。"戴曰："何以知之？"曰："小人曾梦亡父见告，尔此番号中有敬惜字纸者，新贵人也，须善事之，必获其报。今见相公如此惜字，必为神明默佑，名登天榜矣。如得意后，小人有厚望焉。"戴曰："梦之应否，未可知也。若果如所言，当以十千文酬劳。"号军甚喜，加意奉事。临出，予以钱米不受，恳开住址收执焉。及榜发，果获隽。号军来见叩喜，墨川如数酬之。其人喜，谢曰："小人得此重赏，非徒为糊口计，可使室家完聚。"询其何故，告曰："小人家贫，少时聘定家室，无力婚娶，其母家典出为婢。今得此钱，可望破镜重圆。"遂持钱往赎。值典婢之家有喜事，宾朋履满，玳瑁筵开。询其何由得钱，备言其事。主人曰："戴君既因为善获福，蘧伯玉耻独为君子，我亦不取受其价，即以此为奁资可也。"于是号军一举而成立家计焉。要知典主之善事，戴公启之也。戴公之科名，能自种福田也。昔王沂公之父惜字甚，至诞育名臣。读书人可不知敬奉哉。

诸暨有地名值埠，傅姓聚族而居其中。有姓王者，名阿王，为人谦和，持斋好善正直。年三十八岁时，有冥差二人身束黄布包袱将渠唤去，望大街而行，其处甚宽阔，往来之人不断。空中有红光如日将落，但不能回头。如一回头，即有火燎身，焦灼难忍。少顷息路旁，同伴相谓曰：“此人姓王，奉票拘唤者姓傅，亦名阿王，乃误拘矣。何不释之，另拘其一人？”曰：“将错就错可以塞责，何必更换？”二人各执己见，竟相扭结。久之终以释者为理直，遣归其魂。至家，见自己尸身卧床，即从耳鼻而入，渐至顶门，下至足心，回转背脊，举体肉皆跳跃，心即明朗，开眼见家人忙乱后事已一昼夜矣。由是调理复旧，而近邻傅阿王即于是日死，其人至今尚在。

乙丑谷雨前二日，接到王特山来函，言及荔江有两古剑，未遇识者，久埋土中，人莫知其处。乾隆丙午七月七日，农人通田沟掘地，瞥见白石匣，启之内有双剑在焉。龙身隐隐，虎气腾�，真干莫之流也。农人利其铁，改作耕器，遂匿不告人，潜销镕之。一入炉中，烟焰蔽目。剑忽跃起千尺，长啸半空，如鸾鹤之远逝，然后堕地变为顽铁，片片如瓦裂，然龟纹剥落，中有细篆可识，仿佛“汉元狩关东侯”字样。噫，吾谓荔江乃名胜之区，非同浊水，求珠难得。且路去丰城仅百里耳，岂无光焰冲宵示异于世人，胡为地下长埋不逢知己。即幸而出土，又值痴顽田夫，以致有焚琴煮鹤之厄。岂神物之遭逢，有幸有不幸耶。

海盐陈孝廉石麟寓内东华门静默寺，寺后小屋三楹，院落宽广。寺僧种瓜壶之属，如圃然。秋初暑未退，袒裼倚檐下食莲子。默念北地多狐，能幻化为人，何不惠然来，莲有苦心，可共尝也。忽空中洒香水，满其左臂，仰视屋梁无水痕，异之。是夕篝灯独坐，读《西汉文》。门外绰约有人影斜立窃听，瞥然一顾，疾驰去，瓜圃中衣履窸窣声犹在耳也。

孝廉又尝授徒于南海淀鄂氏。书屋二间，东偏作卧室。每夜烛灭，闻窗纸条条若撕破者，晓则完好如故。久之，复闻西偏室中若卷画轴，自西而东，渐逼卧榻，声霍霍甚震。心知其狐也，度不可与角，角则将被扰无已，遂默告之曰：“予居此寓也，尔亦寓也。天地之大，人与物寓形其中，相忘而不相害。今而后，尔卷尔画，我安我寝，毋相渎也。”自是寂然。

毗陵孝廉恽敬游都中某氏园，甫入门，风中有纸一握，旋转如弹丸，高入云际。是夕，宿其斋中。梦见一女郎青裙布衣，态甚楚楚，顾几上有笔墨作数字竟去。起视之，有诗二句云“相逢寒食清明后，犹是春风一树花”，此后亦无他异。

萧山井亭徐有人自清晨过北干山，见大石忽裂开，有青衣二人守焉。看其中则白镪数千锭，宛然如在。以手取之，石即闭。而此人每日持竹篮静守其旁。家中人瞷其所之，遂以为痴呆，咸惊异之。如是者数月不复守。人问之则曰：“无矣。”究其处，亦模糊不可辨。可知宝藏之兴，惟有福者得之，而碌碌以求者，鬼神故施狡狯伎俩以眩其耳目，究何能强取毫末哉？少陵诗云“不贪夜识金银气”，较此人奚啻霄壤矣。

吾乡有士人素信扶乩。乙丑岁试之前持斋数日，涓洁请仙，请问试题。仙明示之，遂握管构思，预拟一艺，再三改定，毫发无憾，以为必售之作矣。及临场，忽心腹绞痛，倩人扶掖而往，已到试院痛愈不支，竟有颠越之忧，无奈扶归寓中。及闻封门炮震，试一欠伸，霍然愈矣。场中果出是题，竟不得售。可见采芹虽小功名，为士发轫之始，迟早亦有定数，不可妄求也。

绍兴湖塘地方有陈公望、倪咸初二人，皆业儒。时于夏秋之交，并坐桥畔柳阴垂钓为乐。有老翁负箱至桥上息肩，谓曰：“我以高年蹩躠不堪负戴此箱，暂寄子处，得暇领人来取。”二人许诺。老翁去后十数日不来，二人每晨负箱往候，颇以为烦。试发箱视之，内有医书两册。上署字云：“内科赐与倪咸初，外科赐与陈公望。汝等得此可出门行治，普济世人，如能不取酬谢财礼，功德无量。”二人拜而受之，因往京中一带施治，极著神效。陈颇受谢，家积渐富。惟倪恪守训言，丝毫无染。后至晚年微疾，忻然告人曰：“我以医救世，天录其功，已命往某处为神，现有仪从相迓。”众亦隐隐闻鼓乐声，遂长笑而逝。陈闻之慨然，谓子孙曰：“我不能如倪之洁清自矢，虽致温饱，然抱疚实多。今后子孙行道,无论贫富当一视同仁。有力不能报者,即捐费药本,亦勿吝惜。庶不至大背仙训也。”故至今其家医道著名。随人酬礼,从不较量多寡。惟倦于远出赴治,已居然素封矣。一日,有肩舆来言在近地求医。因登舆往,则舁者疾趋如风,左右数人扶掖更换,自朝至暮约行百余里,尚未见到。陈惊叩之,答曰:“我实诸暨山中人,因仰慕大名,故尔相诳。今已至水次,可请登舟。如先生必不肯往,我等即舍之而去,不复送归矣。”陈无奈何,从之。舟行曲折,复沿缘数百里方至。见高门夏屋,知为富家。入视病者,坦腹如鼓,饮食不进,势已危殆。医者满堂,有言气蛊者,有言虚胀者,有言受暑邪湿气者。陈曰:“此肠痈也,其脓已满,非开刀莫治。”众皆哗然相讶,其家人亦瑟缩不敢应。陈毅然曰:“今死生在呼吸间,决难坐视,如治误,愿偿其命。”因立券讫,抽锐针长尺余,直刺腹左,斜入数寸。病者竟无痛痒,及抽针则脓血随注直泻斗余。腹渐平复,遽思饮食。加以参苓培补,数日而愈。举家欢跃罗拜,戏席相款,厚赠送回。或问用针之法,陈曰:“此所谓转湾开刀也,非手法准对,必伤他脏矣。”其他救治奇疾,不可枚举,今尚以医世其家云。

《孽海记》俗名《木莲戏》,不知撰自何人,专以百种厉鬼跳舞为能,每从荒坟蔓草白杨萧萧中装扮而出,倍使见者凛然。吾乡间有唱者,萧邑则每年必唱,由来久矣。嘉庆十年闰六月初十日,在城隍庙演唱,往观者拥挤杂沓,几无隙地焉。夜半复放烟火,俱登台而观。忽台倾,将扮判官者压伤其足,幸不毙命。当时高桥即有人立水中而死。其看毕归家,妇女悬梁者三人,有因救获免。内有一人怀孕,竟不能苏,残伤母子两命,可惨。余谓世间不乏厉鬼,无事尚欲寻人作代,而又召之使来,有隙可乘,真适我愿矣。何如施放焰口之为功德无量也。

杭郡皮市有夫妇二人,素信道,扶鸾甚灵。布商沈姓客死汉口,其子不知其平日经手账目,恳箕坛召问之。许以翼日移文冥府索其魂来,至期在沈宅焚香设坛。初,神到作擘窠大字。后沈父来,字甚细楷，宛然生平手书也，告其子："以我生前作事苛刻，始入冥即下狱受苦。赖好友二三人拜忏救度，得以出狱管押。现有原差某某等在东厢房，急宜饭之。"其子因设祭，焚镪讫，拜问各家逋负账。答曰："欠我者虽多，然贫富参半，皆系平时好友。今开出细数，汝往婉致。如肯还者，收之。切不可强行追索，增我刻薄之罪。且我欠人者，亦复不少，索得即当往偿。倘止征人之债而不自偿其债，必干神怒。汝若再礼忏，为我超度，则可逍遥于地下矣。其费亦有所出，天花板内藏布数捆，取用可也。"书毕即云："来时限某刻即回，不敢久滞。"因投笔寂然。其子探天花板内，果获布。盖店伙乘忙乱时窃藏，未及携去也。及持账往问各家，果皆如数应允，与彼存账符合。又有某生求召其父，停鸾良久，判曰："尔父无罪，已投生善处，不可复致矣。"

萧山湧湖对面名上岸蒋，有樟树大十围，高几百尺。其枝叶盘屈扶疏，影落浦江某村人厨水缸中。初犹不觉，只见缸面浮树影以为近地所植也。偶村人有事至萧，因草鞋泥污，取挂树间，亦忘怀矣。及至家见树影带鞋，大异之。嘱村人曰："我去彼处于某日挂灯数盏，汝等留心觇焉。"届期合村人窥缸中，宛然灯影参差，与树叶相摇动，始信真此树也。然于数百里外影只映此一村，其理实不可解。又钱清高家坟旁有黄杨树最茂盛，宵小生心艳羡，每欲窃取。夜间潜往，路欲向西，偏转而东行，竟夕不能到。或忿而先宿树下，半夜出锯截之，则锯伤手或伤足，于树终无损焉。故至今葱茏垂荫，亦神矣哉。

寅伯黄晴江封翁壮岁曾游幕山右，汾州雷太守乃其儿女姻亲也，署中诸务以一人总其成。一日稍暇，同幕中二友闲游古刹，一姓金、一姓温，遍历曲槛幽栏，领略禅房花木之趣，复鼓勇登浮屠。其金姓至中层而止，黄与温公竟造塔顶，放眼长空，归云皆在下矣。兴尽而返，温即患伤寒，不汗而亡。黄亦继病，诸医诊之无定，见药饵无灵，主人蹀躞其间，足无停履，但觉时时气喘，倚枕危坐，不能安卧者已数日矣。忽朦胧间，见一老妪手持蓝色锦衾为之覆体，即沉沉睡去。经半日许，一汗而醒，神气顿觉清爽矣。主人来问病，询其何人为我覆衾,何即持去？主人茫然,入内遍问妇媪,并无其事。始恍然悟曰：“此必大士救我。”忆自祖父以来,虔奉大士,朝夕顶礼弗替。其座垫乃蓝锦也,毋乃即此乎,由是霍然强健如故。今年及古稀矣,深信佛教。其持戒修福,勇猛精进,岂非此一念之感悟哉。

杭城仁裕烟铺许姓身死子幼,赖其徒陆某年十五六经理一切,出入井井,合家恃以无冻馁忧。忽染瘟疫而死,其人不自知也。伥伥而行,至白泽土地庙前,见庙中往来人甚多。其师自内出,惊问曰:“尔何故来此,店中事将谁托耶?”徒恍然悟死,告以疫所致。师曰:“尔慎勿入,待我力恳。”遂入庙。遥见于神前叩首无算,其问答语良久,神出一物付之,师喜跃而出,曰:“我乞得灵药在此,汝速吞之。”徒如命吞讫。师与冥役二人同送至店,见自身偃卧,师母及众人环泣其侧。师极力推合,豁然而苏。犹见师立门畔索取楮镪,即告师母取焚之。师于烈焰中拾起,累累皆朱提也,分给二人,自藏其半,珍重谢别而去。徒起视,纸灰盈庭,方知前所见皆冥间事,其口中热气上涌,喷出如雾,霍然顿愈。

有世家子兄弟两人,不务正业,专于呼卢场中求口实。其兄曾染疾,夜卧坟间,粒米不入口不死。余有至戚常受其诈,累御之无策,日坐愁城。有札来诉其苦云:“如此源源而来,必致倾家,为之奈何。”余告以此必前世冤愆,债清自然解散。若与之较量惩治,仇恨更深,恐有他变,是冤将解而又益之也。逾年与弟相继病死,前数月曾夺取伊川堂长凳押钱八百文。临终时告人曰:“我擅取某家物,于心终不安。前日节省钱文,原欲赎出还彼,今既不起,此愿未偿,须令其添钱赎取可也。”可见人将死,其言也善。业尽自解,余非虚言也。

王彝舟云:松江有某甲患病,转辗床笫,久而未痊。一夜梦已故舅氏告云:“尔有百日灾,我因哀恳天医赐药一丸,服之即愈。但愈后我家中有事来请,尔不可不往。”其人醒后果见有药,随即吞下而愈,举家欢跃。即有伊外祖家遣人请看龙舟,家中之人因其新愈,劝勿往。渠云:“亡舅面谕谆谆,不可讳命。”即刻就道,同往游观。但见士女纷纭，游龙婉转于波面，旗帜纷披，金鼓震荡。少顷而罢，观者亦复鸟兽散。伊船行至大港中，舟人忽插篙停橹云："已抵岸矣。"众人俱欲踊跃先登，渠曰："何曾到家，尚在汪洋巨浸中耳。"众人不信，随现花园一所，楼台金碧，人物辉煌，台上正演杂剧。渠知为河鬼幻化，乃大声叱曰："光天化日之下，作此狡狯伎俩。若不潜形，我当以枪炮击之。"应声而灭。舟子与众人俱如醉梦方醒，遂放至家门，登岸讫。其夜又梦其舅来谢云："我家俱有水厄，赖尔拯救以免，缘尔命有黄堂之贵，所以能驱邪也。且尔前日之疾，因曾往新婚人家冒犯喜神，所以有百日之灾也。"其后此人果官至太守。雇工徐媪言其兄余瑞鹤于十六岁时往沙地刈草，见天将阴雨，荷担急归，半途风雨晦冥，忽失其人所在。家中四处寻觅，得于富春江北，神气如旧。云奔归时遇神龙掉尾下鳞爪之，而狰狞可畏，径吸至半空，云雾迷漫，不知南北，耳畔但闻澎湃声，忽见金光激射，有菩萨戴毗卢帽如和尚之上坛施食者，坐祥云中，叱谓曰："此系良家子弟，将来要做半分人家。汝何得擅取，可即送还。"龙乃低首降云，倏掷地上而去。今筋骨虽痛，尚能步履，幸得亲人挈归，调养数月方愈。十八岁娶妻，生子二人。每告人自知不寿，果至二十四岁病卒。此乾隆五十年事也。

见闻近录卷四

海昌俞超漱园著　孙男　承德改名凤翰　承宗　校刊

禾中梅里有严老佛者，名不著，因好持斋诵经，故以老佛称焉。素与富室金养虚善，托其司米典出入。同事某性狡贪财，因严公虔心内典，不暇深察，利其可欺，私造典米票，栈中出米纷纷，肆行无忌焉。后金查盘细账，米数亏缺，不能无疑于严也。严知为同伴者侮弄，然苦无自明，中怀愤懑，遂拉同伴诣东岳庙中立誓明心，相与焚香设誓讫，久之寂然。梅里岳庙，神之最灵者也，往时小有不敬立降谴责。严公愈愤曰："我闻此庙最灵，今若此皂白不分，所谓正直者安在哉。"因取庙中大鼓对坐向神击之。是时观者如堵，相向以为痴绝。而严公凝然不顾，约三昼夜逢逢之声不绝。同伴者在家忽狂叫曰："岳帝差人来锁矣。"少顷，又作神语曰："我初因事小不究，乃严某诉冤激切。尔罪岂能逃乎？"于是作哀号声、乞命声，势甚危殆。养虚恐某命果绝，于主人有碍，即向严力劝至再，并云："米缺虽多，我初已不欲偿还。况公心迹已明，彼罪已彰，可以休矣。"于是鼓声始歇，哀号乞命之声亦顿止，但臀已青肿矣。丙寅三月初，门役来裕从沙地归告余曰："某在乡闻一异事。沙地有莫乌搭者，忘其名，因额有黑记，故群以乌搭称之。其人身体魁梧，强而有力，常时武断乡曲，羽翼数百人，一呼即集，莫敢撄其锋。后犯事正法，事隔未远，近日家中拜忏度亡，忽于其侄孙家现形。夫妇并见之，惊骇异常。告曰：'无恐，我罪孽甚重，应入丰都狱。虽家中现在礼忏，功德尚浅，未能救拔泥涂。得虔诵《金经》十卷，即可解释矣。我素知尔生平诵经甚虔，敢以奉恳？'其侄孙允之，形即渺。随见其子贸然持洋银而来曰：‘昨梦亡父告我没后受罪甚苦，必须至诚之人诵《金经》十卷，方为有益。谆然命我赍资走，恳切勿推却。’侄孙谢之曰：‘忝在同宗，不费之惠，何以酬为？’坚却之而去。遂即虔诵讫，是夜梦其来谢云：‘感君诵经之力，可托生矣。’”足征《金经》不可称量，不可思议，真无量功德也。世人何不持诵耶。

海宁硖石镇相近有农人某，素性凶恶无忌惮，凌虐其母已非一日。丙寅二月二十一日，母往女家借米斗余，欲炊粥救饥。其子欲夺取作呼卢资而母不允，互相纠结，滚至水边，其母落水而死，邻人未及报官。忽于二十二日早，黑云骤起，风雨纷飞。群见电光中金甲雷神摄去，跪场中劈死，而他处晴明如故也。是时文泉婿扫墓过其地，闻乡人告说如此。余谓戕命之事，世所常有。或幸而漏网偷息人间，或久而破案始正典刑，未有明威显赫报应若此之速者。岂非孝为百行之首，不孝则诸神共怒，天谴立至。奈何冥顽者，竟恬不为怪，亦可悲矣。

萧山孝廉何师韩无子，惟一女，甚爱之，择配于茂才蔡志铭。营奁择吉，将遣嫁矣，而女以猝病亡。何痛惜掌珠，涕泪弥日，谓其亲家曰：“婿如另婚他姓，必至我处拜认继女，以嫁奁赠彼，并望将我女灵榇接回。”而蔡父不以为然，于是中止。及一二年后，蔡子婚于陈姓，有弄璋之喜，举家相庆。忽产母于七日后发昏谵语，请医生张树堂治之。张云：“面无死色，脉亦如常，未知何故。”而产母忽张目云：“树伯你可认得否？”听其声即何氏女也。盖因其少时出痘，张曾诊视，故知之。其翁姑闻言惊异，谓：“昨宵梦中，已见有好女子告我二人曰：‘我何六姑娘也。如今婿已生子，我有奉祀之人，如仍在何家，将来魂魄谁依，不其馁而？故今特来相就。’”[①]俱以为幻梦无凭，而孰知其附于媳身也。张曰：“既如此，切勿滋扰生者。其请主接衬之事俱在

---

① 此句“如”“如”“不其馁而”“今”七字为墨迹涂去。

我。”产母喜曰：“既系树伯承任，余又何求。”于是蹶然而起，康健胜常。蔡即如言迎奉，此后竟相安如故矣。

赵武陵先生讳杭，家钱塘，赋性仁厚，人皆以为长者。以甲榜任宁远令，后改诸暨县教谕。年八十余，犹孜孜为善不倦。丙寅春，忽闻其病终。余固未之奇也，及晤徐公——某系受业于赵者，始知其已作伽蓝神。叩其所以据，云赵公生平善扶鸾之术，所请为明廖永忠将军，降坛言：“我与君有夙契，可时相聚谈。”因传授手诀，召请必至。今春赵公病，神降坛云：“此疾不起，当于某月日卒。”赵公亦素善五行推算，云：“是日子时最利，当仍得冥职。”因作诗二律，有“降伏四魔持玉杵，慈悲六道学金身”之句。危坐以待，时至酉初，忽下部泄气。赵彷徨曰：“吾闻人卒时，灵从上出者为神，今得无从下出乎？”立命请乩求助，覆云：“无妨，不过金神七煞作祟耳。凡正人欲就冥职者，则七煞必困虐之。有我镇压之，伊决不敢妄为也。”至时端坐而逝。其子叩请乩坛，批曰：“尔父今日在冥间考过已毕，稍有色念未除，恐不免谴罚，奈何，且俟明日考功何如。”至明日，复曰：“幸矣。君父功多于过，现已实授中天竺伽蓝之神。”子求其父来问，答曰：“已有职司，恐不能再来。”再三哀恳，乃于迎神之日偕廖公来，其所书字迹宛然生时手笔也，因云：“中天竺伽蓝第几尊手持玉杵者即我也。在彼处甚乐，以后幽明路隔，毋多扰聒。”子复求问功名，微示以他日栽花山左升任郡丞而已。未知其言果验否。

杭之临安东湖村为徐氏世居，乾隆二十七年徐公逊家祟于妖。有婢年方龀，为妖所凭。室中物无故自亡，他人遍求不获，使婢觅，辄得之。初疑婢，将笞之。婢走，仓猝自楼窗下投于地，卒无恙。或有时方挞婢，则火起于室，乃释婢急救得灭。家中人必称之曰“大仙”，若呼为妖必为所窘。客至其家，主人仰首祝曰：“乞大仙惠鲜果数枚以供客。”则有物从檐际堕，或桃或李，皆时品也。尝有鬻杨梅者经其地，遽亡大半，后询知为妖摄去。凡担果者相戒不入其境。其族有仁乐先生者，笃行君子也，时就馆于邑东之高氏。闻其异，初未之信。

偶仲夏归家，往候之，如向所祝以试之寂然。方窃笑前言之妄，既而以手据榻，则二李累累在掌中矣。久之家人习以为常，无忤之者，亦遂相安焉。一日，其妇笥中有藏帛，封锸如故。展视之，有细孔透彻如香炷。妇恚甚，向空骂曰："此必妖物所为也。"由是复大扰，而于其妇尤甚。妇夜起溲，尝于暗中击其臀。晨起觅衣履不得，或得诸门外。亵物陈于庭，粪蛆见于盎。妇愈詈而祟亦愈恶。适有道士来自黄山，自言能除此怪。公逊延至家中，仗剑作法，须臾曰："妖已就擒矣。"纳诸瓶，缄口画符供于神前，拟往百里外弃之。道士方出门，而所供之瓶忽从耳际掷下，瓦砾交加，道士抱头鼠窜而逃。或云："何不往天师府诉之？"公逊以为然，行二三里辄为妖阻而返。积二岁，其族人某与公逊契厚者，贸丝于杭，值天师至，乃代为赴诉。天师与二符，嘱曰："归家烧一符，以一符镇宅，当有效。"某奉符归，遽往公逊家，公逊未知之也。直步至厨下，时方晨炊举火，即以一符投火中，忽闻堂间霹雳一声，其婢大叫狂奔向南而逸，急遣人尾之，则投二里外涧中，直立不动。棹筏拯之，面若死灰。舁置别室，灌以汤水始苏。叩其所以，茫然不记，究未知妖为何物也。高衣甫，徐之世表，少受业于仁乐先生者，为余详言之，故能识其巅末云。

萧邑有某姓妇患乳岩，势甚危殆。群医治之，皆不效。有湖塘医者，乃外科，专门治笃疾，其神效不可枚举。不得已，买棹诣之。诊视亦云："不治，归家惟有待毙而已。"有八十余老翁过其处，见之曰："此毒须寻陈年芭蕉扇煎汤服之，当有效。"依言煎服之，未及半而愈。疑是仙方救人，因记数秘方于后，令人采择焉。于世不无小补。

治溺血方：取臭椿树根向东行者，刮去其皮约三钱，加党参一钱，若人参更妙，煎汤服，立止。

治烂脚方：取陈年明瓦，煅灰敷之立效。

治针刺出血不止者：以牛粪涂之即愈。

治牛皮癣方：紫草五钱、当归一两，以桐油煎，涂之立愈。

治淋症方：以新苗根煎服立愈。

治腊梨方：用蜈蚣数条煅灰，以麻油调湿，敷数次，断无不好者，其发自生矣。

歙县廨后园中有傅公子庙焉，其乡贯事迹不可考，凡历任县令及幕友遇朔望咸诣，拈香问卜颇著灵验，崇信久矣。嘉庆甲子之秋，黔西苏公怡亭署是邑篆，有钱觳、梁溪、邹南轩，偕居近后园。时方夜阑就卧，忽欲赴厕。厕在园中，与庙仅咫尺。邹因下人已鼾寝，不愿惊唤，独自提灯至园。门乍启，即见有执灯秉炬者鱼贯而入，俄闻笑语声出自庙中，而月色皎然，遂息灯潜步而进。遥见公子庙中灯彩华焕、光夺星月，正当玳瑁筵开，主宾酬酢，喝盏飞觞，豪情欢畅之至。其从人送酒添肴，纷纷出入，一切陈设器物皆非人世所有，惟不奏乐而已。邹大惊，屹立不前，竟忘如厕而来矣。瞩其醉饱而散，宾谢主送，分手殷然。邹立处稍远，不能识其容颜。方疑讶间，闻鸡声乍起，虾更将终，始能移步归斋。明旦视之，园门扃闭依然。阖署人闻，无不骇异。夜复约同事往伺之，竟寂然无见。

梅里李公维钧，少落拓不事生产，浪游市井间，每遇亲友宴会，作不速之客，虽预末座，亦不以为嫌也。有某友欲觞贵客，恐其唐突而来得罪尊客，因移庖至某乡僻处张筵。离其地不远，素有缢鬼。每至暮夜，过者必受其虐，故独行者皆相戒不前。料李必畏而不至，故使之闻之。李竟恬不为怪，又欣然往焉。时天已昏黑，将至某乡，遥见一人高挂树间，垂帛飘扬，张吻吐舌，眼中滴血涔涔。李知是鬼，乃袒胸大步直前逼视。鬼忽下树长跪，连称“死罪死罪”。李询其何故作此伎俩，答曰：“不过欲索替人耳。不知贵人至此，致多冒犯。倘得一言相释，则可托生矣，万勿见拒。”李曰：“我不过一市井徒耳，何贵之有？”鬼云：“目前安可论人哉？得蒙一诺，惟命是从。”李漫应之曰：“我准赦汝。”鬼即泥首称谢。李云：“少顷我约伴来，汝当进退惟命，否则复不准赦矣。”唯唯而去。李至筵间，友方主宾欢洽，见李至共相惊诧曰：“君不畏鬼耶，何孟浪至此？”李微哂曰：“我直奴隶之耳。”众嗤其妄。李复庄词以对云：“如不见信，可同往其处，我一呼即出也。”

众皆好异，一哄而往。李果厉声曰："来，来。"鬼即现形，较前更可畏。众惊，望风而靡，向李曰："何为如此恶作剧。"李谈笑自若，叱鬼退去始旋。自此众有盛筵，必执柬相招，不敢外之矣。李后至显宦，声势赫奕一时云。

又李公贵后，尝构一亭避暑，颇极精巧。迨其卒后，亭少人居。或夏夜宿其处即暴亡，先后死十余人，因是人皆畏之，虽日间经其地，恒惴惴焉。李有戚某，素以胆勇自负。其友戏之曰："君能至李氏亭中一宿乎？"曰："能。"即饮至大醉，衣中藏利刃造其地，席地而坐。时方夏月中旬，星月一天，风蛩四野，俯仰徘徊间，了无他异，因嗤人言之妄也。未几，忽见一牛首人身者，就地滚来，头角锋芒若不可触，直扑至其人坐处。某抽刀而前，相持久之，刃中牛首，怪负痛大吼，声振亭柱，仓皇遁去，逐之无所见。此后有住亭宿者，竟安然无恙。

何以昭先生善于丹青，为人写真逼肖。宦于湖北宜都，闻有老人年二百余岁。遍访之，遇于黄鹤楼中，皓首庞眉，矫健如鹤。因拂榻坐对大江煮茗焚香，细叩长生诀。老人曰："世间神仙难遇，惟服食颇有奇效。余购得钟乳如臂粗者，每用六汤匙清水研五十六次，无论粥饭茶碗中，必着少许，如用盐醯者然，生平不省有疾苦。又闻老年人身体麻木，此皆气不运血之故。医家用风药祛之，适速其死。即有大进补剂者，仅延喘岁月而举动不能如常，深为可悯。惟有一方，用原枝当归焙燥，三两一枝最妙，否则二三枝亦可，片子姜黄一两五钱，桂枝七钱五分为末，米饮汤捣为细丸，每服二钱，清汤送下，日二次，可以强健复原。"何得其方，归享高寿。亲友中有遵用者，无不著验，此诚仙传秘方也。又云乳风初起，用半夏研末，吹鼻中即能消化。

嘉庆丙寅夏六月，萧山大旱。杨芦汀明府禁屠持斋，偕僚属步祷于邑庙，数日不雨，忧心如焚，计无所出。有本地绅衿王德兼先生，年逾古稀，持躬端悫，乡党夙称善人。袖一祷雨疏稿示余曰："此地衙后街关圣帝君素著灵显，系前明文待诏所建，何不虔诚祷之？"余披览疏稿，见其词旨真挚，精诚可以格天，即转呈于杨公。杨亦以为然，次日即诣关圣庙拈香，次至邑庙。当日即雨，时六月二十六日也。嗣后叠沛甘霖，四郊沾足，田畴禾黍油油，仓箱有望矣。岂非仁人之言，其利普哉？先生又言：乾隆庚子，曾设帐于归安范明府名思敬署中，其时亦旱魃为虐，范愧无德政，素餐以致上天降灾，寝食靡宁。闻离府城北五里，有黄龙洞，祈雨最灵，率僚属徒步拜祷，至则见两峰如劈，中夹一潭，水清深不可测。系石于绠投之，半日方闻澎湃声。土人云："传闻昔有黄鳝修行成龙，悯兹土之农人，擅自行雨，致被天谴，后示梦于当事大寮，奏封黄龙洞神。此前朝时事也，至今春秋享祭不替云。"范于是焚香，叩祝毕，即有黄风从洞出，飞瓦拔树，三昼夜方止。虽未得雨，而风鼓太湖之水，送入内地，顿长数尺，沟浍皆盈，戽取不尽。其年转歉成丰，诚异事也。其所焚之疏，亦余手笔。可见诚能感神，各处皆然。然两令能听善言，恫瘝念切，求之民社中，不可多得，真无愧岂弟君子矣。

门役陈位亡后，其妻再醮，不久亦死，遗孤明高尚幼，漂泊无依，艰于度口。其表兄来丙裕送往某蔑作处学艺，相待如子，爰得我所矣。不一夜，秉炬照人涤鱼，忽见背后有女妆身、衣男服者，笑持白扇一挥，即刻倒地，神思昏迷矣。其师骇极，即送回来处。此后则如醉如痴，寝不安而食不思[①]，扰乱异常，时刻需人看视。丙裕情急，遍求善信醵分，往祷于云峰山神。云峰山者，距县五十里，即《县志》所载为父报仇何孝子遗像在焉。县中凡有疯颠之人，往祷无不立愈。于是约伴赍福礼香楮，乘夜放棹，直至其处。但见山峰壁立，登涉维艰。幸赖近山之人扶掖而上，得以到殿。庙前古松一株，远见翠色参天，真神物也。又有清池一方，水冷如冰。庙僧酌彼，尝之沁入心脾。拜祝后恍然若有省悟，归途即安眠，邪气顿消矣，其灵效如此。至所祷疏词，乃余父代撰。其词曰："恭惟孝思不匮，复仇契合乎春秋；惠我无疆，救民不分乎水火。威灵夙著于枌榆，慈爱尤深于孤独。能已挟

---

① "寝不安而食不思"数字为墨迹所涂。

邪之疾，立回失心之疯。兹有丙裕表弟陈明高者，怙恃双亡，形影孑立。飘飘如逐水之萍，随风荡漾；汲汲若丧家之犬，无地栖迟。鹄面鸠形，几同乞丐。衣穿履破，难御雪霜。现逢一线之生机，托身有所。忽被群邪之恶嬲，倒地成颠。载号载呶，不安于室，或歌或骂，时出扰人。裕等目击佯狂，心伤孤苦。爰鸠好义之人，共助拯危之分。竭诚叩祷于尊神，伏愿电驱厉鬼，收回倩女精魂。恩拔迷途，复睹庐山面目。则感戴鸿慈，如同身受矣。谨疏。”

凡人已故之后，阴阳路殊，家中眷属大都邈若山河，乃有身为异物，其魂仍留故居，常拳拳于骨肉者，其理殊不可解。萧山有孝廉王名廷镕号炉青者，余之年家子也。举戊午乡榜，公车北上一次，归即息影蓬门，性耽曲蘖，多病不作春明之想矣。嘉庆乙丑闰六月十二日，偶然近出，其尊人附孙女之身，大言曰：“我即尔祖也，辞世虽久。一岁中常有九月在家，三月在湘湖葬地。家中之事巨细皆知，即尔父今日出门，亦因胸中有不如意事，暂出散步，非无故也。”其时在家果有口角微嫌，含怒未消，所言不谬。随即归家，家人以告。不信，以为不知何方饿鬼借此以索食耳。不视而寝，既而其女哀号愈切。不得已远坐以察其真伪，女即作父声，呼名曰：“我欲见尔一言，已呼得口燥唇干，尔复远坐，何也？”听其语言神气，宛若平生。于是近床承命，即谆谆训饬曰：“尔既中乡榜，公车一上即止，焉能释褐登朝，显亲扬名之谓何？竟敢怀安败名也。”见案上有翻阅《明史》，曰：“此非尔所急也。举业一道，必须多读多做，笔下自然纯熟，何忧不售耶？即尔常有小恙，亦无大害，往后进都途中尚有一病之灾。”于是伊亡母亦同在侧，谓之曰：“尔何不随往佑之？”曰：“此必不能。且尔女多病，亦因我家先人中有不悦子孙者，欲售与他人，幸议价未定耳。若能出寄别姓，则彼之祖先亦能主持默佑矣。但欲过寄，非莫氏不可，须择日寄之勿迟。”子云：“在于何时？当择穀旦检宪书。”答曰：“宪书我处亦有，我懒看。尔自择日也。”见幼子在旁，责炉青曰：“有弟而不教诲，任其放纵，必至荡检逾闲，尔之过也。凡人春秋祭享，位次不拘多少，至于烧化冥镪，必须各位分开，若一总焚烧，未免有不均之叹也。”其时母之忌日将届，家人欲杀鸡为供，有此意而未言也。母已知之，告曰：“尔等欲杀鸡奉我，我颇不悦，以此鸡食不洁故也。”其父曰：“享必备物，尚有他肴可食，何必争此一物？”答曰：“我总不愿。”谈至更残，谓炉青曰：“夜已深矣，我虽不倦，尔体难支，我去矣。”遂寂然。其女亦苏，前事不复记忆。后择日过寄，女身即安。伊弟设帐某处，因小嫌宾主不欢而散。是以炉青病痊，立志复理旧业，乞题作文，承父志也。

绍兴有蔡老六者，住南门外，为人朴诚无伪。偶入会稽山中采药，缒险探幽，深入无际，但见群峰耸翠，四无人声，于长松下藉草偃息，前面樵径熹微，中有老人曳杖而至，问曰：“汝所采何药，可详示乎？”蔡答以：“治蛇伤之草，本欲济人，何妨传布？”因历历数之。老人色喜，嘉其爽直，曰：“汝真可教也。我有书二册，能治七十二喉风、七十二痧症，先采办药物，或灌或搽，兼以针灸，虽势将就木，无不立时回生。今悉以授汝，并赠以一刀一线。”蔡珍重拜受，邀下山畔小酌酬情，老人随至酒肆前，瞥然不见，始悟其神仙也。归家依法施治，莫不立效。有某观察女暴卒，通体冰绝，诸医束手告退。蔡视之曰：“是痧结也。”解其衣以草药搽臂，随手挼挲，即觉暖气，旋周身敷治，女忽蹶然而兴，至晚即索饮食而愈。酬以百金不受，仅取酒两瓶而已。其他灵验多类此。其刀刺肉不痛，线能挂药直贯肺管中，救人不下数千计。初惟兄弟五人，三十年间亲丁有六十一口，凡所为如意，以耕种起家，渐富至巨万。余友鲁谦林昆仲亦得其传，救活无算。往往乡人抱疾而来，舌音模糊，狼狈万状，一为灌治，少顷健动，每饱餐其饭而归。鲁乐善好施不倦也。今岁有杨氏女，喉肿如桃，浑身瘢点成紫黑色，诸医谓伤寒发瘢，必不治。鲁以药灌之，紫黑者渐转红润，喉亦能受汤饮，疗治半日，霍然复旧。又有蔡宅妇，身怀重孕，喉疾兼带大头瘟，张目不能出声。鲁且薰且灌，诸肿皆消，当时即能步履。屈指新岁正二月，已救十七人矣。仙传秘方，其功德真不可思议哉。

浙之太平县自国朝以来，历科乡榜未有入彀者，咸谓地少灵秀之气，部塿无松柏焉。嘉庆初，学中圣庙正梁朽腐，邑人捐助更新，梁中得墨石许，其气味皆劣，未知何故。自易梁后，辛酉、甲子连售四人。又江西临川县学中，王右军之墨池在焉。其水深黑，挹取视之，色又甚白。圣殿内一柱有孔，风昼夜不绝，香气袭人，四时皆然，或疑内藏毒物。然余年家子王炉青曾身历其地，每当酷暑，辄到此纳凉，披襟当之，顿觉心旷神怡，较胜北窗高卧作羲皇上人，并无他故，亦一异也。

萧邑单治中名渠，为人倜傥好义，工于翰墨。乾隆五十七年，在合肥县幕中向有屋三楹，在二堂后，相传有仙迹寄焉，终朝扃闭，外设栏楯护之。遇朔望则县令往行香，历任皆然。是岁八月十二日，单有微疾早卧，童仆亦酣然矣。忽有人扣扉请之，单以为必令有要事，披衣随往。则屋宇更新，珠帘绣幕，灯光灿烂，陈设焕然。主人出迎，一白髯叟也。茧袍方巾，服甚古朴，延拱就坐，曰："我与先生有夙缘，仰慕高谊久矣。将来福报正长，今日延款西席，即屈光陪。"未几，又有一叟至，须发亦皤然，云即西席也，居首坐，单对坐相陪，谈宴甚欢。所荐肴核珍异，俱不知名。中庭月色如洗，有桃花数十树，迎风含笑于凉露中，香气袭人。单心讶秋月何得有此。主人曰："当此良宵嘉会，宾主惬心，曷相联句乎？"因而首席先唱，单接项联云："满院桃花临我笑，一轮明月入予怀。"其二人诗则不记忆。酒至，色甚碧。嗅之清洌甘香，单素不饮。主人强之，酌半盏许即酡然径入醉乡矣。次早，斋僮觅单不得，告于令署，前后冥搜，杳无音响，以咎司阍者，答曰："夜钥方严，无人出入，岂飞去耶？"后试于扃室窥之，见单方伏几醉卧。舁出至书斋，酣眠床上，直至次日始醒，口中尚有酒香。从前每患痰喘，及背有疥疮，至此皆愈，精神数倍于前。至嘉庆十一年，连登膴仕，以乞养辞归，重至合肥，访其旧地，请主人启钥，设榻其中，永夕寤歌，冀有所遇，而桃花流水，杳然不复可踪迹矣。

杭城鲁斋居士丁传祖母孔氏，两目失明已二十年，诸医莫效。一日谓丁曰："予得一目有光足矣。"丁曰："《高王观世音经》持诵者，有求必遂，但字多，口授难熟，莫若专诵宝号，求眼复明，亦当应验也。"此丁一时慰祖母郁闷之设辞耳，不意伊祖母信为实然，昼夜诵"观世音菩萨"五字无间，不一月而一目果明。初不自信，乃伸掌数其指螺，复命一人立楼下抚槛，视之亦无误。遂欢然喜曰："两孙媳入门，我皆未识面，今并曾孙亦见头角焉。"噫，观音弥陀悲愿无二，真不可思议矣。

黄国魁，越之永兴人，善诗赋。隆庆间，为诸生设教临安，道经柯姓门，柯为饥寒所迫，欲卖其妇，妇悲痛不忍别。国魁出修金数十两，尽予之。尔年即生一子，名嗣昌，入黉门，子孙繁衍。国魁将卒，曰："上帝谓我完柯氏夫妇于某月某日，命往常州王宦家为子。"探之不谬，后掇巍科。黄王二姓至今世世往来。云出《黄氏家乘》。

王特山记梦云：嘉庆戊辰春，余婴寒疾，误服庸医药，荏苒床蓐间，不省人事者累月。奄忽至一处，城郭壮丽，市廛交通，瑰货山积，行人如麻，紫气祥光，蔚若王者之里。而忽前忽后，时有阴风袭人，毛发都竖。入城不数里，有飞观临冲，高出云汉，颜曰"宵明宫"。入其中，空无居人，唯见琪花琼树垂荫数十亩间而已。余眷其景，将尽观之。凡逾门数重，始有二女冠当门，若门焉者，不禁余，亦不与余为礼。余缓步而入，不知路之远近，一举首间，则正殿崔巍特起矣。余历阶而升，没阶半，见一女子居中央，年约二十四五，首戴胜炫妆道服坐蒲团，手持白羽扇，诵《金刚经》。余方欲退避，女子矍然起曰："此余中表弟也，何为而至此？"余睨之不识也，错愕不知所为。女子曰："君非夏五乎？"曰："否。"曰："今其为王三矣。"曰："然，然则何以识我？"曰："此前世事耳。""然则此何地也，余何为至此？"曰："兹城入冥界已二万五千余里，名冷山。人非义侠肝肠至此，未有不风化者。此去西南三百里为冷风城，风声大如雷霆，入其疆，虽铁汉亦当为灰炉矣。君今遇我，天幸也。宜速归，不然恐有变。"曰："前世之事可得闻与？"曰："君六世前身，即夏允彝彝仲也。妾令仪徐氏，金坛人，粤东观察龙溪公之女。某中贵与吾家有夙仇，造为蜚语谗我，大人不察虚实，欲置之死地，君以片言证其诬。大人意解，俾我身名俱全。徒以生长深闺，未有涓埃报答。今日之遇，可谓奇逢，敢不指示迷途，全君性命。盖人生罪过，莫大于谈人闺阁事，而感恩佩德，生死不忘，亦未有如此之甚者也。”“然则君何以久住此？”曰：“曩日遇谗后，中怏怏不乐，旋以忧愤成疾，不数月而殂。死后寄瑶宫花史幕下，凡三年，前后总计诵过《法华》《楞严》《庄严》《兜沙》《多心》《金刚》《般若》等经，共六万四千余遍，期满当生河北某绅家。自悼生平谨守闺门，言笑不苟，犹且横被谗言，罪几不贳。人生世上，如行荆棘场中，有何意味？一误岂容再误，愿依花史以终老焉。上帝悯我愚诚，又念生前无甚罪孽，命作冷山城主。迄今住此百余年，终日莳竹栽花，焚香看篆。乐虽不及天仙，然较之生前拘束，奚啻霄壤乎？”言毕，命二女冠导余出，口授道里图记。余谨志所教而归，则官路平夷，非复来时崎岖之径矣。恍惚间，闻波涛汹涌，比惊寤，则药炉汤鼎声也。明日，友人陆子燮邻来，荐他医视之，数日寻愈。

嘉庆戊辰上巳，前同寅黄公之甥祝辛伯从宁邑花溪回，言及园花有某姓老妪，年九十余矣，头上忽发奇痒，突出一角，见者无不骇异，窃非笑之。而老人亦自以为怪事，欲去之，苦无策，心切忧之。一夜梦神人告曰：“尔能入庙皈依三宝，即可脱矣。”老妪信之，随即蠲吉赴庙祷祝其事，旋即脱去，并无所苦，而且所脱之角磨水治病，其效如神。现在扶病造门者踵相接也，其家亦由此少裕。余谓乌头白马生角，秦人以此愚燕太子，此必无之事也。乃人非马比，无端忽生一角，真奇而又奇矣。可见理之所必无，事之所或有，不可执一而论耳。

吾邑郭溪镇有张老二，同兄以磨腐为生。一日，见有戴红缨帽者二人到门，张心疑此地少此服色，莫非县役耶。口未告人，随即昏晕，同二人至一家门首，二役曰：“我同汝从屋上进。”张曰：“我不善登，奈何？”曰：“无妨也。”以手引之，即历数屋至楼窗前，遂以铁链授之，曰：“汝进屋，我等在外相候可也。”及进窗，见病人卧床方起，坐索茶，即锁之而出。于是四人同行，见街市中店肆鳞次，往来之人络绎不断。继至一处，有如官署，栋宇巍焕，气象森严，堂上设二坐，一有人，一虚位。二役谓张曰："此苏比部眉亭之位也。渠因有审案，逗留京师未归，今乃摄篆者也。"亦不言其姓名，遂带所勾之人到案。张退立于旁，见其问供，掌责荷校而去，但不知其所供何辞、所犯何罪。即令张回阳，出见一人梏于路旁，面有惨色。二役告曰："此尔父也。"其父亦相告曰："我生前好药鱼，今受此报。尔须多焚冥镪，庶可免罪耳。"张允之。又见开药铺杨元昭，其受罚更惨，问系向市胎骨者。归即市镪焚之，后又往冥间画卯，遇其父脱然游行曰："藉尔多金，已出罪矣。"张自应此役，去来无时。其兄谓之曰："我与若俱仗小本营生，如充此役，店务废矣。"于是作呈告退，焚化土谷神祠。梦至旧处，神有怒色，薄责而遣之，即不复去矣。此嘉庆丁卯腊月事也。

海昌张孝廉名琴，于己酉乡科前举一子，及庚戌公车报罢，卒于途。其继室抚育遗孤，恩勤尽瘁，至戊辰已二十一龄矣，将为之授室，忽遘微疾，中宵朗吟府试诗文，溘然长逝。其母哀恸至切，几不欲生。昏晕两日余，水粒不进。其家已为治木矣，并邀其父杨某至榻前守视。倏张目起坐，作其翁语曰："亲翁久别矣，葭莩之谊，无日不思，令爱疾可无虑，何必经营后事，多耗资财，且寿木系假自柏宅，柏三太太方诟厉家中，速行送还可也。"随嘱杨暂避，请其姑絮语家常，并云："大媳最孝，汝宜善视之。若渠无恙，将来有好收成也。"旋即告退。又作孝廉语云："此子原非我嗣，因祖父知我寿促，恐汝悲苦伤生，暂借来膝下，以慰未亡人之戚。今春闻将婚配，恐又贻累他人，故即行携去。今年四弟生子，应续我宗祧。至于家中一切细务，托三弟经理可也。"其家人佥问："汝身后尚灵爽如斯，何以中途玉折，不及显亲扬名？"答曰："我命本无阳禄，应荣贵于冥中。当时已选有官职，故不得不亟行赴任，未得到家一别。幽显异路，骨肉关心，至今犹为隐痛耳。"病者见有女子冠帔侍侧，问系何人。答曰："此我前室，已得团聚。汝俟十四年后，亦有冠诰来迎也。今汝心已痛伤，我以药水洗过，可无须垂泪矣。”言讫霍然而苏，忆前事恍如隔世，竟不复有西河之痛。问其木，果借从柏宅。及送还时，柏母不知，犹喃喃怨詈也。

长兴县某馆师训课有方，性颇端谨。一日雷震，忽失所在。生徒闻于轩后呻吟，急趋视，则有石磨压其背，瑟缩不能伸，众人因为舁去，问其故，答以不知。言未已，忽电光一掣，雷声又轰，仍以磨压背，其口中自叱曰：“命汝显陈罪愆，尚隐匿不言，今真将击毙矣。”主人及合家罗拜祈求，并劝师速述其事。师曰：“我无他过，惟吝买火纸。每烧字纸吸烟，余灰抛践，所以致干天怒。”言毕，又叱曰：“此事须逢人细述，倘附近有似此不改者，罪皆归尔。”遂平空揭磨而去。师自胸及背俱有黑痕如线，历久未消，云：“初见有两童子飞入，以磨见压。后次竟添至四人，皆红似火团，烈焰逼身，非诸公苦祷，几不得复苏也。”

山左历城冷生云家饶于财，其佃户某有女姿貌端丽，冷以索租至其家，见之心好焉，浼人言于某，欲以为妾。某与女皆弗愿也。冷乃百计使人诱某博，积负既多，不得已贷冷白镪二百。越半载，冷迫索甚急。某贫无以偿，则勒其署女作券。同庠李生毓材闻其事，颇不平，往力劝之，冷不听，乃求假于戚友，得二百金代佃偿负而焚其券。冷虽心有所怒，无如何也。明年值岁大比，李于元旦梦神告以“尔今科当中第二十二名”，醒而喜告于同人，将以为验。适冷闻之，急讼于中丞，言李通关节，其中式名次已定。中丞得词藏之不发，俟试后填榜，至二十二名，乃出词以示众。主试及分校官佥云：“某等皆无私，词既云云，易之可耳。”乃取备卷，中丞亲择一本，以补其缺。及拆弥封，则李也。众已异之，复拆易去之卷，则冷也，益皆愕然曰：“此必有故。”乃召李问之，知其故。始信天道报应之尤巧于人也。

山阴陈君方慧，言其友某业申韩家言尝游幕于寿张邑，获大盗四人，置诸狱。某方夜作牒，闻檐端有声，惊而起视，则一人手白刃，踦闾而立，扬言曰：“盗案中某，吾友也，请开释之，当以彼余资三千金为谢，否则饮吾刃弗悔。”某恐，急诺之。盗踊身一跃，已不知所在。凌晨以所见白令，且曰：“吾当姑践吾言，然上游必驳，吾即去乞延他友，终此案可耳。”乃曲为开脱，俟牒上，即束装归。数日后开户，见庭中麻布包二，视之则白金如其数。后闻其案果复驳审，盗卒正法。乃藏其金，俟其来取，拟还之。而越二载无耗，始稍出营运，息颇倍，家益丰。未几，妻产一子，貌类狱中盗。某恍然曰：“此始索负者也。”即名之曰“强盗”。稍长，辄饮博无赖，父弗敢加以绳墨。数年后家渐耗，复行劫，为官役捕去。父计所余盗资为狱中费，及官诘其同伙，忽指其姊婿某。捕至询之，某大惊力辨，审数过。后官知其枉，释之。计所耗费，约四百余金，适符妆奁物价，盖父取于三千金中，以为嫁资者，益信“盗泉之水，一掬亦污”也。洎其子瘐毙狱中，计前所得子母金，皆尽空空，而笔耕所获者，犹足给饘粥焉。

淮安徐石生鋆言其少时，闻山阳有巨盗号“铁梨青”者，矫捷善拳勇，出没江湖间，官役莫敢撄其锋。后山右王公来守淮安，乃百计募人擒获，置狱中。是夕，王公卧内室，忽闻檐际有大声呼其名曰：“吾行劫，何与若事，乃置吾狴犴间耶？吾当往山右歼尔家矣。”守惊起，急使人视狱，则锒铛断裂委地，盗果逸去。守辗转乏计，忧闷欲死。忽一老吏密白公曰：“此间有异人善六壬遁甲术，第深自讳匿，公若亲往恳之，事或可解。”公喜，急易常服，令吏异往。入门长跽，其人惊问故。公自陈姓氏，且白所求。某手挽公起曰：“某市井鄙人，初无异术，公殆误信人言也。”守伏地哀恳曰：“某本欲为民除害，今全家不保，君忍坐视而不一援手耶？”其人始恻然曰：“公事急，吾姑一出，然此间不可久居矣。”因随公至署，令先选健役十余辈以俟，已则焚香占卦，熟视良久，呼众役至前，谓曰：“汝等由某路往，昼夜兼行，计某日将晚，入晋界，当有微雪，明晨至某村，有茅店临石桥，左侧有老槐。汝等伏数人于店后，而数人入店后，俟有白髯垂胸毡笠覆首者入，当急擒之，此即盗也。”众哗辩曰：“盗年甫二十余，安得有白髯？”某曰：“吾亦不知其故，然尔等依吾言而行，必无误。”众未之信，姑诺而出，相与急装风驰。及入晋界，彤云密布，微霰洒空，始共异曰：“某先生言真验矣，当相与努力。”至次日侵晨，入一村落，遥见酒帘斜出，枯槐间乃度桥。往询则村名良是,众如其教处分讫,数人入座命沽,未及一巡,忽一人贸贸然来,其状悉如所言,店后诸役大呼直入,座上客并起,其人方欲撍拄而挺刃交下,已颓然座侧,白须毵毵堕落地上,视之乃戏剧中所用赝髯也。盖彼恐为人物色,故下饰髯而上覆面耳。众恐途中再逸,以铁索贯髀舁之还。守大喜,厚犒诸役,枭盗首于市。往谢占卦者,则阒寂门庭,已不知所往矣。

吾邑吴云高有膂力,尝从师习手搏。一日,出外作糊口计。至江阴,舟泊野岸,顾其上有兰若,遂散步入门,由佛殿后曲折达僧舍,探首一望,则一狞貌僧方拥妇人调笑,返身急遁。僧已觉,推妇起,追出户外。吴且奔且顾,见僧戟手指之,步已将及,乃急呼曰:"愿得归骨乡里。"僧曰:"诺。"遂抵其颈而去。吴负创还舟,告舟子以故,令速送归。因昼夜兼行,至家往见其师。师视之曰:"此名'铁钉',尚可为也。"出药傅之。三日后出凝血一条,粗若指。复以长肉膏涂之,遂愈。师谓曰:"此仇不可不报。"因教以手拍颈后,名曰"铁板",令朝夕练之。后一年,吴于吾邑市中,忽望见僧,急避去,僧不及见也。吴归,使其兄物色之,伪与往还。已从屏隙窥之,不误。因匿户后,待僧出,甫逾阈,自后击之仆。僧呼曰:"中毒手矣。"遽起踉跄而去。后往侦之,僧果死矣。

海昌又有某贩图书石往江右鬻之,路雇一舟。其舟子举箱,重甚,疑有白镪,遂萌恶意而某不知也。夜卧舱中,忽首轩然如有举之者。细视无物,遂易向卧,而两足又似推耸向前,不得已蜷曲而卧。将夜分,忽有声砰訇甚厉,直击板上,离足仅数寸许。暗中摸索,一大石磨也,悟为舟子所掷。急呼,起告曰:"汝奈何不小心,悬磨舱上,我几为所压。速持火来,我欲向箱箧觅物裹足。"而遍启镭钥,出石置外,其余敝衣数事而已。舟子疑忌顿释,即鼓棹行。次日,某婉辞以谢,另雇他舟而归。后数年再游其地,见有缚盗肆市者,视之即前舟子也。

嘉兴冯孟亭跋金云庄比部所刻佛经云:"浩母孔太恭人孕浩时,

邻母姚梦白衣老姥手抱肥瘦两孩。姚取肥者，堕地而碎，还取瘦者。姥曰：'汝不小心，此当送冯，乌可得耶？'继而姚母所生果肥白，数日不育。浩极瘦小，赖母恩勤，竟得成立，故太恭人礼大士尤虔谨。先赠公远宦婴病归，太恭人备尝荼苦。及奉养京华，旨甘俭约清斋之日居多。仅十载，遽遭背弃，迄今不能如云庄之誓愿，报恩心长痛矣。为云庄敬跋之。"不忍不自鸣其罪也。

萧山捕厅林公有孙，甫五月，患惊风及泄痢，百医不效。得仙方，用陈米三十六粒、沙仁一伙研末，冲汤服下即愈。又乳痈初起，用消息子草生屋上开白花者，研烂贴足心，患左敷右，用裹足缠好，践步数次立愈。小儿患惊风，以风干促织一对煎服，吐浓痰盏许即安。疝气伪坠，取足大拇指缚定于弯动处，灸艾三壮可终身不发。此皆相传秘方也。又乳岩初起，长服金橘，虽不遽消，亦不肿大。蔡松汀姑母用此十余年无恙，云方系仙传，屡试屡验。

萧山有舟人载粪过西门，有绍兴数妪往岳庙进香，舟偶相撞，溅出粪少许，舟人即痛詈不休，众妪许以赔偿，犹不肯已，用杓浇粪入彼船，凡有所诵《莲经》、佛柴，并衣服、头面俱遭污秽，转令其妇至县声屈。县令廉得其情，加以笞责。寻亦悔惧，至庙焚镪谢罪。是夜即梦拘至庙中，岳神南面诘问具伏，或云："彼既悔罪求释，且已经阳官发落，似可从宽。独速报司神不允，云彼秽亵已甚，是可恕孰不可恕？当令世人知警醒。"即患发背肿痛，又生肚珠。诣湖塘医家视之，云："此系阴毒，必有事干冥谴，非药饵所治。"归即溃烂而卒。此庚午夏初事，舟人张姓，住小南门外。

朱万石兄言：少时曾在海盐余城镇环秀庵同人礼忏，有僧名九和尚，嗜酒无检，寄居楼上，楼供白衣大士像，仅长数寸，屡著灵异。一夕，僧醉归就寝，酩酊欹斜，伏楼板大吐。众恐淋湿忏坛，急入检视，则见大士像巍然已在坛中，遍身酒汁狼藉。众皆悚然，即取净水洗刷，焚香叩拜兼设乩盘请仙。判曰："是僧亵渎已甚，幸大士慈悲，不加深谴，仅罚俸粮两月，其身后终归堕落也。"朱不解罚粮之说，犹在疑信间。及僧醒后，见饭至饮食，辄痴如木偶不能举箸，其他应酬宾客，礼拜经文，仍壮佼如前，惟终日饮茶以当软饱，两月后始复原，乃叹神谴不爽也。僧从此迁往他处，亦不敢纵饮矣。又陈十然言：曾在杭城清宁巷与朱姓同居，其嫂年三十余，患食饭吐呕，渐至粥饮药饵，亦不能受。然精神壮健不衰，一切操作行动与常人无异，旦夕惟饮清水数杯。复生二子，皆能成立。至六十七岁方卒，真异事也。岂前人说部所言禄尽而寿不尽者欤。

湖州沈姓，向工刀笔，捐职，横于其乡，四月间病逝。家本素封，买沙枋棺，一切衣衾陈设甚华，将成殓矣。忽天色昼暝，雷电交作，狂风揭瓦如飞。众皆伏匿，及风雷渐息，聚视不见其尸，惟柩盖上有老妪卧焉，白发鬅鬙，衣服蓝缕，亦似新死而未殓者。家人骇甚，恐蹈移尸之愆，不得已即将棺衾装裹，潜埋土中。各处密加访问，始知数十里外，有开张腐店者，其母平素持斋念佛，此日身故，仅草草购得薄棺，将殓，适遇雷风之异，其母不见而门侧有盛衣冠而僵立者，群莫能辨为何许人，惧报官遭累，因盛以薄棺而秘其事，不谓即沈氏之所失也。形状辨质既确，仍互易而去，然棺衾之美恶无可复易矣，造物之巧于簸弄如此。此嘉庆十六年间事也。

余学生中有过狭邪巷陌者，其实信足游行，并未与此中人目成一笑，而戚友喧传，指为失德。某愤极，作《蜻蛉投网》诗以自抒抑郁。瑞儿和之云："子从海上久忘机，偶触尘罗未得归。笑倩旁人为解脱，从今莫向矮檐飞。"言婉而讽，颇得风人遗意。

萧邑农人王绍濂者，居蒋家埭。夜梦有二役告曰："官唤汝，可速去。"即随之行至一处，官舍巍然，役导之入，会日暮，扃之头门，室内迨晓。闻传呼声，前役复入曰："将召讯矣。"便引历数重门，则公座森严如县堂者。然冥王未出，先令见判官曰："汝非张绍濂乎?"曰："否，小人乃王绍濂也。"判急取簿查之曰："误矣，所唤者张非王也。汝阳寿未绝，不宜久留此。"即重责前役，命送归，复由前路。至家豁然而觉，则死已一日夜矣。因胸口尚暖，家人还未殓集，问讯具告之，莫不惊诧。遂问曰："所烧银锭，可收到否？"曰："有之。初散路旁，有人代纳怀中，皆白银耳。"曰："今在何处？"曰："尽沽酒饮矣。冥间天气清朗，略如人世，街市廛舍历历在目，一路酒旗茶帜，热闹非常，我遇肆即邀役共饮，此时犹觉酩酊也。"语毕即整衣而起，神气如旧。探听所谓张绍濂者，住小南门外子母楼，是日旰食犹健，饭食毕，聊一欠伸，气已绝矣。而王则负耒朝出，强健更甚云。

沈兰雪言：其家有空宅数间，同知朱某赁居之。朱仆常州人，偶染疾卒，请官相验讫，遂厝棺他所。越岁余，朱亦移去，不复记忆矣。会沈母小恙新痊，聚家人共食，笑语方洽，母忽昏晕，众急救。视母，母作常州声，言曰："我即朱某之仆也，客死异乡，无人荐度，残魂孑孑，冻馁交侵，欲求府上作一佛事，依仗神力，俾得往生，则感激靡涘矣。虽无故冒渎，实切悚惶，然正亦不得已耳。"众因许放焰口。母又言曰："得勿给我乎？"众告以无他。母作喜色曰："如此甚佳。"语毕遂苏。俄顷又至曰："此间僧道多饮酒茹荤，若邀此辈主坛，非惟无益，反以滋咎，须择有道行者方不虚设耳。"众诺之，遂重谢而去。母复苏，众问其昏晕之故。母曰："适间方举箸，见一男子自外来，径至我前，长跪流涕，我大惊晕去，以后事不复知矣。"众遂请高僧八人建坛忏悔，事毕，举家梦其人来谢曰："感荷仁慈，已托生人世矣。"自此遂绝。至今棠梨花发时，犹为烧纸钱酹杯酒于空室中也。

乙未殿撰吴锡麟，安徽人也。父某，为人主当事甚谨悫。时有老僧募金建庙，昼夜勤苦，有愿助者悉寄本家，分毫不取。数将满矣，乃诣某当门外趺坐，手持木鱼喃喃不绝声者三日，当中人曰："师欲化何物，但言之，何自苦为？"老僧答曰："不化物，惟化人。"众诧曰："人可化乎？"僧曰："闻贵同事有吴先生者，为人谨信不苟，我欲建庙，计料理一切者，非此人不可，如许暂借一年，功德无量矣。"众白当主，主以问吴，吴曰："善举也。"慨然许之。老僧偕吴归，奉事唯谨。自庀工至落成，诸材料食用皆出吴手，吴持筹出入，井井有条，事讫，略不沾溉。法像岿然，金碧灿烂，竟成大丛林矣。老僧喜曰："余心事毕矣。"因厚赠吴，吴却不受。时吴老而无子，一夕，老僧忽告曰：“我素愿已偿，一丝不挂，愿为先生嗣，何如？”吴以为戏，笑应之。无何，僧竟圆寂。是日，吴在家，见僧自外来，直入内室，迹之不见。俄而妻举一男即锡麟也，貌酷似僧。及二十五岁，竟登大魁，光耀门闾。吴翁犹及见之云。

文泉婿至京作《三苏记》云：壬申秋仲，与陈石卿、沈青士诸君赴都，一路濒死者三，至今犹有余悸焉。丹阳道中，连朝发疟，饮食少进，至夜尤剧，然尚能强起。望后四日，行抵清江浦，同人纷纷渡河，余亦力疾偕行。岂知黄河渡船甚窄，舱小人多，行李纷积，仅于篷底蹲身。而疟忽大作，四肢冰冽，万窍毛耸，且气逆喘，急欲求一勺汤水饮之，渺不可得。风狂浪急，万顷沧波，命危一叶，五内焦沸，昏不知人。同舟诸友惟有相对咨嗟，爱莫能助而已。是日，舟偏绕岸而行，不能对渡，至晚始得。到店尚觉天地异色，摇摇无定，乃卧至半夜，霍然而愈。二十日稍可进食。二十一日，黎明即又上车，车中颠簸，驴马喧阗。一望草白沙黄，无复江南风景。此时客情缭绕，病骨支离，窃窃焉虑其后发，乃竟安然无恙。此其一幸也。二十九日至汶上县。是日到站甚晚，只有野店可宿。一茅屋内七人共居，下人皆宿车上。车即停于户外，三车比连，去户咫尺。陈仆张文岐少不更事，将灯笼率意斜挂，须臾灯穿火透，车篷已焦。时方三更，众皆酣睡。忽有人在远地呼喊，余仆王恩惊起瞥见，立即救熄。是日风势猛烈，使一焚车篷，则户内更无出路。且房屋皆草，蔓延甚易，惟有束手待毙而已，岂不寒心哉？此其二幸也。十月初三日，至漫河。因站路甚长，起必三更。甫行十余里，忽见两旁皆河，车在中间堤上彳亍而行。堤路极狭，而车夫又大醉，不能握鞭。至水窟处，车竟大欹，势已岌岌，人力断不能挽。正危间，忽辕马奋鬣一鸣，屹然稳住。使此时昏夜翻车，即不溺死，亦必冻死压死。乃不伤人之故，反问诸马。吁，异矣。此其三幸也。此一行也，于病于水于火，皆置之死地而复生者。同伴谢松乔翻车几毙，陈石卿失物比比，而余则安然无失。由今思之，微神佛默佑、祖宗护持，不及此。且生小安居，虽多舛境，未识险途。又经此一番磨炼，于学问身心，未始无益。记之以自勉励也。

王石鲸言其亲串有业商者，一日贩货远方，取捷径，入深山，行数里，日将夕矣。四顾无人家，方彷徨间，忽闻怪风起林端，腥楔扑鼻，急举首遥瞩，见一物如大雪球随风滚至，势已将及。大惧，窜身树巅，则此物已在目前，视之状类羊，而巨不啻什伯，有口鼻而无目，据地遍嗅，似知有人者然。某屏息不敢动，俄渐逼树下，遂驻足久之。背上有声骕然，惊睇之则双瞳夹背而开，其大如镜，睫毛奕奕可数，光直射树顶。某震慑丧胆，自度必死矣。陡念腰间有淡巴菰一囊，因以一手抱枝，一手取出，从上洒入怪物眼内。初洒时眼眶微动，意似不适。愈洒愈动，洒至两许，忽骕然一声，两目俱阖。物大吼跳掷，牙爪尽张，若甚恨者。逾时知不可，乃长嗥数声，翻身而去，而某已惊绝矣。历一炊许始苏，则夜色昏茫，举足战战不前。幸遇采樵数辈，掖至草舍。诘之，具述所见。曰："此物不知其名，其出无时，过客遇之，鲜有免者。今君幸脱其祸，非天佑耶?"共出酒食饷之，一宿始返。自后誓不入山。然闻此物竟绝迹云，按《山海经》基山有兽状如羊，九尾四耳，其目在背，名曰"猼訑"，疑即此物也。

萧邑多野凫，群飞有声如风。遇阴霾，则出弋者潜伏山侧。初来甚多，不可骤发，俟至第三群，然后以网掩之，一举可得十余头。又或取其卵，使家凫乳之，壳既脱，状似野凫而不能飞。及长，放之湖中，野凫多来狎，乃以网掩取，所谓"鸭媒"也。湘湖之滨，缚茅篝火者，在在皆是焉。

吴秋渔言：其近邻监生某，为人桀骜不孝，其父弗能堪，曾诉于邑令。邑令冀其改也，掌责而释。复不改，横益甚，屡持刀恐父母。父母不得已，迁外家避之，而某益无忌惮矣。今岁五月初六日夜，往伊叔父家。叔素厌苦之，会将食，见某来即吹灯入。某大怒，拍案狂呼，器皿皆碎，碗片嵌入手腕，流血淋漓，犹毒詈不已。遂发狂身热，肆行通衢，逢人即殴，亦不复饮食，如是者二十日。忽归家径卧，不言不动。医视之，脉已绝。家人环泣，为备后事，具衣冠矣。因心暖未敛，越三昼夜，忽矍然起，即索粥，饮毕遂泣，言曰：“吾今知悔矣。吾已死，见冥王。王按籍大怒，置极刑，如是四殿皆然，刀锯鼎镬，楚不可忍。至五殿秦广王，王顾鬼卒曰：‘斫之。’卒共捽某，某悔泣声嘶，旁忽走出海州汤公为之乞恩。海州汤公者，某堂叔岳也，居官廉正，乞归养亲，以孝闻，里党咸钦重之。是时卒已久，朝服见秦广王，王亦起立拱手。公因为某缓颊，王曰：‘此人不孝，罪大无可原宥。’公曰：‘渠虽恶，然其曾祖有阴德，不应绝享。今渠死，子女二人尚幼，亦必饿死。饿死则享绝，且渠备历诸苦，已知悔，试验其心，当未至黑。乞令回生，俾自述以警世可乎？’王因叱卒剖其心腹，裂心出视之，果未黑。遂复纳之，令放回。某故应举试，俟王色霁，因问功名。王叱曰：‘科第皆积德所致，今尔不孝，已极折算且尽，安望功名？从此修德，保尔余年幸矣。’命卒引某出。汤公亦出，王送之。既出，谓某曰：‘为尔事，费我六千洋矣。’卒因促某行，经黑暗狱边，烟焰蔽空，号呼甚惨。有恶鬼争出，牵某衣。卒叱云：‘已奉赦。’遂不敢动。又行里许，至血污池。有人捽某入，某辩云：‘我非妇女，曷为入此？’卒云：‘尔见血死，应受此罪，且无苦。’遂浸数次而出，即回生矣。”语毕遂起，若无恙时。因改行从善，诵佛不辍，屡往请父母回。父母犹疑之，故迟迟未行也。某又云在冥时，见赵连璧嫁女上天，仪从甚盛，不知赵何人、娶妇者谁，殊不可解。

秋渔又言：今秋游武林，遇医士王廷珍者，自述其近事可怪也。廷珍家居艮山门外，窭甚。有母年九十二，子四人，皆无业。廷珍虽业医，然术辄不售，以故就医者少，不能养母活妻子。且长厚恂恂，若不能言。人多侮之，所称贷辄约重息。嘉庆癸酉岁，年五十有九矣，而贫益甚，家无担石储而索负者踵相接，既无所得，其强者因怒欲毁其屋。廷珍昼夜忧虑，耳中突生一物若菌，虽无痛苦，然廷珍尝阅方书，有云：“忧耗血，血竭则耳生物若菌，名曰‘失荣’，患此千万人无一生。”廷珍既自知不免，他医亦谢绝。患日笃，廷珍窃念身困苦若此，死诚无恨，独恨母老失养，且三代未葬，无面目见先人，遂涕泣请于灶神曰："死生命也，何敢希冀？然廷珍母老，三代未葬，死则永负不孝罪，此诚可悲痛。今请于神，神万一见怜，得少宽假，廷珍且竭力营葬，养老母终天年，即死无所憾。"因稽首三日三夜不绝，耳中物忽自脱去。廷珍且喜且愕，他医见亦莫不惊骇，啧啧称称怪事。廷珍患既除，贫自若，然事鬼神及母益敬孝。是岁八九月间，杭郡痘症大盛，施及远迩，殇者近万人。白鸽虾蟆每一枚至费千钱。偶有延廷珍诊视者皆愈，遂争延之。于时痘恶甚，药罔效，诸医皆太息无策，独廷珍至，必应手愈。延请者属于道，咸惴惴恐后，奉金帛无算。廷珍劳甚，每至三四更乃得暇寐，未寤又剥啄叩门促去。如是者半载，全活甚众，遂大获利。因尽偿所负，且厚葬三代。余悉以奉母，每食必有酒肉。廷珍年且六十矣，四子各授以业，家称小康。因寿诞大宴宾客，遂遍告生平，俾各知劝戒焉。呜呼，孝思格天，乃有余庆。不然者，廷珍墓木已拱矣，素封云乎哉？然人多私妻子，不顾父母。悲夫。

翏莫子日识

翏莫子杂识

海昌俞兴瑞霞轩著　男　承德改名凤翰　承宗　校刊

嘉庆二十二年丁丑九月十六日，小雨晚晴。是日予作《赠张情斋》一律。张名衢，萧山人。博学工诗，酷肖山谷，又善制词曲。老而穷困，卖书画于武林。人无知其能诗者，予遇之，赠以诗曰："张丈六十益奇穷，卖画往来吴市中。青山崒嵂瘦诗骨，白发萧条悲老翁。可正可谐才子笔，亦谦亦傲古人风。獱獭何知苦相戏，与君痛饮暮林空。"他日当书一纸示之。

二十一日晴。是夜子云语余云：沈鹿苹之某世祖，因观潮堕其扇于沙际，下塘取之，适潮至，遂为所漂。其子闻而趋往，则惊涛拍岸，父尸已不知所之。因痛哭塘上，七日夜不绝声。泪尽血迸，仰天号曰："既不获救父，愿得父尸。"俄潮至，送其父尸绁于岸，因得负归葬焉。其年家中所植花，放色尽白，人谓孝感云。

二十二日晴。子石七兄《秋笛》诗："明白关山千里月，昏黄边塞一天秋。"《秋草》诗有"抽尽春前一寸心"之句。子云九弟有句云："树影上墙缘薜荔，棋声隔院落梧桐。磬语泠醒炊黍梦，泉声清涤饮茶肠。"均佳。夜读《昌谷集》，得诗云："夜久危坐古柏阴，山月照影凉森森。锦囊碧贮一缕血，狐狸愁啸鸺鹠吟。浓眉修爪驴背子，九死不作人间音。罡风吹海黑见底，日月不到重泉深。雕刻鸿蒙出幽艳，奇声孤发万窍喑。二十七载役魂魄，青灯无焰秋沉沉。美人容光壮士气，镂入一寸生花心。上帝动色顾左右，霹雳篆版相追寻。授以符命长不死，蓬莱之云横古今。我读其诗涤烦热，严霜暗飞苦竹林。世人鱼贯趋捷径，岩壁卓绝谁开襟。目断千秋罕知己，白杨鬼哭颜色黔。归乎李郎善自爱，玉楼高寒雪霰侵。荒鸡三号星斗没，为谱呜咽鸣泉琴。”

十月二十四日晴。是日偕祝升培六兄游净慈大悲阁，题诗于壁曰：“一塔峻嶒对我闲，阴阴松桧暮禽还。凉烟忽起众峰暝，身在疏钟冷磬间。”遂至万峰山房访小颠，会病不晤，归饮于酒肆。月之四日，余初得一儿。大人命名三庆，即凤翰，取三代吉庆之义也。大人绍府阅文，住一山阁，眺望绝佳，得一联云：“千岩花雨随钟散，万井炊烟逐鸟飞。”恭记于此。东坡云：“照眼一灯常耿耿，闭门千息自蒙蒙。”非有道之言乎？人当静亦静，动亦静，世味不足嗜也。居万松岭，纸窗明净，苍翠落檐前，庶几悟道云，作《独坐吟》：“兀兀独坐嘉昼长，一心澄静生天光。斩绝情魔回真阳，浩然之气大且刚。咀嚼道德穷文章，深入幽邃搜豪芒。忠臣孝子涕泪滂，神仙鸾鹤参翱翔。狐狸奇鬼森披猖，憔悴学士雕肝肠。美人如花私语香，豪客拔剑天茫茫。雷电风雨下八荒，老僧枯坐月在廊。金屋箫笙鸣凤凰，巨儒肃肃垂衣裳。青磷白草啼寒蛩，大旗落日古战场。一一在我几案傍，仰天大笑酒满觞，下视俗子如蚊虻。”

二十五日晴。读梅里女史吴畹芳《早花诗稿》，有《于归》《述感》二律云：“云光初暗玉妃居，回首妆台似太虚。别泪初干衣尚湿，矜心未化礼翻疏。冷看人误常相戏，谁道身当更不如。红烛双条明午夜，倚帏只解弄裙裾。”“宛如人出玉门关，封镜生愁露晓鬟。腰扇一时离愧面，眼波无数注羞颜。独摇草未安新土，乍去云应恋故山。遥想高堂送别后，重衣犹染泪痕斑。”余谓女史诗往往捉刀之笔，如此二律真非阅历者不能道，可断其非捉刀也。

二十六日阴。晚独步魁星阁眺望，湖气既暝，苍烟若积。城中万户参差，隐隐有鼓吹声。倦而返，见祝六兄案头有纸一小幅，光洁鉴人，因振笔书所见，得八句曰：“风吹山石寒欲裂，枯坐松根鼠堕帻。湖烟昏昏若醉梦，一塔微茫倚云立。城市笙歌正阗聒，那识此境真幽绝。归来灯火照纸窗，短床卧听铜瓶泣。”

二十七日阴，晚大雨。是晚子石七兄至，偕登魁星阁，送至节义亭而别。夜作《谢文节公琴赋》，赋不录。

二十八日雨止。《汉书·食货志》云：“《诗》曰‘无酒酤我’，而《论语》曰‘酤酒不食’，二者非相反也。夫《诗》据承平之世，酒酤在官，和旨便人，可以相御也。《论语》当周衰乱，酒酤在民，薄恶不诚，是以孔子疑而弗食。”此论甚奇。先辈作《沽酒》题文，或未道及。此积善之始，恒在细微。今愿一断淫念，二无一语欺心，三敬惜字纸米粒，四谦抑自下，五隐恶扬善，六存心慈厚济物，七时以善言导人，八作事敬，九早起读书惜寸阴，十跬步片言期可对父母。余气质昏愚，凡此十事，屡誓屡渝久矣。今书于日记之籍，欲日日睹之以自警。言不在多，在实践，在久践也，凛之毋虚言。

十一月十五日晴。是日王秋宾姊婿自李家埠至，简庭四兄自萧山至，论文甚乐。简庭自诵《渡钱江》，句云“粉墙白冻山中雪，沙草黄铺水际田”，写景宛然。盖吴山多寺观，人家粉垣缭绕，望之如积雪。予渡江屡矣，欲赋句未果，是诗先得我心也。夜读书有感，得诗云：“严寒砭骨云瞢腾，江湖瓮盎十日冰。我生懒慢百不能，敝裘瑟缩蹲饥鹰。连年遇事不称意，面目蕉萃殊可憎。残书入手忽色喜，暗窗惜字如蚊蝇。静观古人尚奇节，身当其难闻者兴。后儒极口肆评驳，履之乃知君岂曾。不以一眚掩大德，论古如此真吾朋。一卷未尽街鼓上，有鼠窸窣窥孤灯。壮心自热不须酒，时有灏气丹田蒸。仰观云散群马疾，凉月斗大东南升。”

初二日晴，是日朔。课作文竟日，拟来朝偕秋宾、简庭出游。夜于枕上闻雨声淅沥，天阻我辈佳兴矣。

二十三年三月十九日雨，二十日雨。桑叶含而未展者，俗名乌雀口。春雨多，叶中贮水易烂，妨于蚕事，故急望晴霁。

五月十四日大晴。是日余面疮小愈，初至书斋。余自四月五日面生疡，大剧，目肿如线，鼻通气仅如游丝，满面模糊，堆积厚如甲。

天气溽暑，僵卧不能转侧，夜不能交睫。腥水沾枕席，恍入地狱道矣。枕上口占二律云："抱疴暑月已堪嗟，况复楼居小似蜗。一梦匆匆惊蛱蝶，六更忽忽到虾蟆。摩挲自笑颜生甲，摸索谁怜眼有花。默坐好修清净果，忏除绮语诵《南华》。""而今始悟色非真，转眼俄成罗刹身。憔悴故应头责我，陆离翻觉貌惊人。晓禽唤起煎茶婢，饥鼠来为入幕宾。闻说樱桃争上市，瞢腾如此送残春。"时家大人抱恙未愈，余不能定省也，又占一绝云："窗影曈曈晓日新，昨宵安否忆双亲。生憎蜷卧春蚕似，难作鸡鸣问寝人。"缠绵至五月朔日，目始能观书，积闷一舒，至今日，痂渐脱尽。家大人恙亦霍然，随至斋头，浏览草树，整顿文史，盖已不啻神仙乐云。

十六日雨。发际一疡复作痛楚，耳中又如蝉鸣。大约予过失丛多，天之所以报也，顺受而已，又何躁焉？

二十二日大晴。连日极热，发疡小愈，右辅牙又作痛。予少嗜酒，故有是疾，年止二十三而齿已蠹其七。酒之贼人如是哉。

六月朔日，大晴。是日往邑庙赛神，为家大人祈病愈而报也。因聚亲友小饮，尽欢而散。

八日大晴。午阴，七兄自苏州来。知五月二十七日大雨，雹大者如升，小如李梅。胥门一客寓倾圮，压死七人。又伤坏舟船无数，街衢水溢至膝。先是七兄定于前夕解缆，为一友苦留游元妙观，故得无恙云。

九日大晴。家大人又患目痛头重。家贫又多病，郁郁无一日舒，命也夫。

十日大晴。秋园叔父来谈，昨晚有流人裸卧邑庙神前，仰见神赫然怒，命隶卒拽之下，责四十。时尚未暝，观者如堵，见流人俯伏呼号乞命，俄臀青紫，翻身滚至阶下，触戏台柱而止。家人闻之趋视，扶掖而归，亦异事也。

二十日[①]大晴。五兄自遂安来，知萧山有一沙户素强悍，一日有牧竖驱牛误食其稻。沙户怒甚，捉牧竖倒插沙中全身灭没，乃筑其上令平。驱牛而归，语其友曰："吾今日作一快事。"友诘之，告以故，友笑曰："洵快哉。"间二日，疾风阴晦，雷神入沙户之室，攫而掷于其友之家，乃轰霆震死。其友惊仆，俄苏，缕述其事而心胆俱碎，遂成颠痫。嗟乎，一言赞恶，身与俱败，可惧哉。

十三日雨，夜雨止，月大明。与五兄、九弟谈噱。九弟叹曰："去秋与兄月下清谈，兄作诗云：'轻云隔树作烟散，明月上阶如水流。笑语喁喁凉影里，乱虫吟碎一庭秋。'曾几何时，今又萧然欲秋矣。"予是诗久忘之，闻弟诵，恍忆去年光景，因录之。简庭四兄箑头有诗一律云："凉已难禁冷未成，一重镇日下帘旌。未霜树有萧骚意，欲雨虫多细碎声。灯影近人差可爱，簟纹如水却无情。绵衣早晚安排得，病骨年来太瘦生。"应笠湖先生作也，爱之录于左。

十四日大晴。五兄谈一字迷云："二龙争守，一见一藏。猜两字。"予思之未得，请宣之，曰："宠辱二字也。"巧矣。

十六日大晴，午有雨，雨止阴，夜大雨如注。予梦入一石洞，见有老叟操斤斫石像，问之曰："张睢阳像也。"俄闻波涛汹涌，悸而寤，则急雨鸣瓦声也。凉甚，拥薄棉被，初伏而有秋意矣。

十七日雨霁。夜趁小航船上杭州，泊临平关，水草多蚊，辗转达旦不寐。

十八日大晴。舟达菜市桥，乘舆至万松岭。是夜作《孝烈应孺人》诗三十韵，押十三覃。孺人，天台人。归于同县朱姓，甫生一男而夫卒，孺人以事翁姑抚孤为己任不死。未逾年，儿以痘殇，孺人望绝，决必死矣，又不即死，念翁姑之茕独也。典其衣饰买一妾入侍翁。翁骇，姑知妇意，语翁纳之。孺人乃于是夕整衣投缳而绝，面如生。近闻翁已一儿。呜呼，孺人之功巨矣，孺人之虑密矣。从容激烈，自昔

---

① 原文为二十日，据文意当为十二日。

皆有。惟为翁纳妾，宗祧复续，求之简策，盖亦罕焉。诗长不录。

十九日大晴。夜忽患嗽，神思昏倦，拂枕早寝。

二十日大晴。晨起甚凉，衣葛衣若不胜，嗽不已，身微热。复静卧片时，体稍舒。闻之纯阳祖师曰："十二时中，要把心似泰山，不摇不动。"又养心说曰："妄想一病，神仙莫医。正心之人，鬼神亦惮。"此诚却病良方也。多病之人，大要以持心定气为主，一切外缘皆属虚妄，淡以应之可也。《十二段锦》：一叩齿三十六次；二咽津；三浴面；四鸣天鼓，左右各二十四次；五运膏肓，两肩扭转二七次；六托天，每行三次；七左右开弓，左右各三次；八摩丹田，左右手各三十六次；九擦涌泉，左右手各三十六次；十擦肾穴，左右手三十六次；十一摩来脊穴；十二洒腿七次。

二十一日大晴。晚大雨，雷电迅厉。

二十二日晴。晚与王乙莲及叶梅生诸人步于节义亭，各述方言。处州谓晚食为吃乌阴，温州呼视为眦。又处州呼父为宁宁，徽州呼祖为朝朝。易观则更相笑矣。

二十三日大雨如注。独处幽寂，悒悒不乐。晚晴，偕王乙莲、叶梅生游净慈，遂饮于小有天园侧酒肆中，归山暮色苍然矣。梅生言丽水县多虎，有樵者绝有力。一日方采薪，突见一虎狂奔入山洞，后随数猎户持枪腰箭。虎既据洞，众莫敢撄，悉散去。樵者俯瞰之，见有五虎在焉，因抱数百斤巨石塞其洞口，留一小穴，燃火于薪而投之。初，虎不觉。投之数数，薪火炽，猛虎欲跃出，则石横洞口，惟闻啸吼腾掷声，山谷皆震，木叶乱飞，俄声渐灭，久之寂然矣。而樵人投薪火未已也，又久之焦臭达洞外，始敢去石，再瞰则五虎互枕藉死，次第负出，送于县邑，令赏银廿四两。而此山虎患殆绝。

二十四日大晴。予买棹回家，舟至临平，小雨俄霁，对景流连，忽然有感，成七古一首云："临平山下晚雨歇，扁舟摇摇乘快风。山光泼眼爽可掬，高下弥望皆长松。松阴忽开见古寺，夕阳正照山门红。疏篱一带绕其右，群凫戏浴清流中。或浮或没或鼓翼，旁有鹄立持竿童。嗟余奔走困衣食，促促尘土填心胸。忽忆萧然修竹下，手植芭蕉今几丛。二三知己各烟散，经岁未得书一封。昔年诗酒称勍敌，流连光景真虚空。洵知忧患在识字，不如田舍足谷翁。世俗文章尚涂泽，齐门抱瑟吾其穷。小桥停舟作晚食，船尾吹火烧荻蓬。似闻隔岸人笑语，明日约醉村桥东。”是夕油云阴幂，疑夜有雨，予又受蚊嚼不寐。四更推篷窗，月色皎然，烟波如梦，凉风入衣，消受一晌清福云。

二十六日大晴，晚阴。偕简庭、子石两兄游北寺。海昌旧俗，六月二十九日为北寺上梁日，烧香者如云，杂货具陈。往岁望后即热闹，今游者甚稀，或岁歉所致也。

二十八日大晴。是日，有族叔祖母设荐于西来翠房，予往拜回。右辅牙又作痛，心躁热不可耐。噫！一切苦恼皆幻境耳。

二十九日大晴。牙痛益剧，是日家大人邀莘田、谦山两叔父小饮，予侍侧强笑语，饮食皆艰，天又极热，酷若火炽。予于襁褓即多病，比岁以来，备尝其苦，故视世俗荣枯有如梦幻。造孽求乐，乐去孽存。鸟死鸣哀，悔之晚矣。余深悟此，又未必非病魔之益也。

三十日大晴。晤娄县程梅村[①]，得观古画数十帧。又管仲姬绣大士像并《心经》一幅、宋拓残本《兰亭》一函，诚目所未睹也，梅村人颇风雅，善赏鉴，子石七兄之友。

七月二日大晴。羽士闻雪坡来。雪坡善堪舆，言予家灶与住房相值，又楼窗正对烟突，于法皆不宜，宜易灶西向。又言杭州万松岭山石尖削，名火焰，星法于书院有祝融炎，故当时建魁星阁于亥位以厌其气，赖是无患也。

五日大晴。家大人邀初渭园、文程、梅村及子石游隅园，余从焉。池莲盛开含笑，初日幽鸟作格磔声。坐石临流，悠然忘归。渭园丈携有杨龙友《山水大卷》、文待诏行书《千字文》、张君度《德政图》，俱可宝爱。梅村又出宋钱选《列仙图》长卷，前后皆奇山怪树、清流飞瀑，

---

① 程梅村，本书又作“陈梅村”，当是。现据底本照录。

中有大海苍茫，群仙或已渡，或未渡，或听泉，或倚树，或拍肩顾笑，或睡，或独立，或偶望，或酒，或棋，或神通游戏，约有百余人，人人有奇古气，又无一面目偶复者，意态生动，笔法细劲，洵高品也。

六日大晴，小雨，雨止又大晴。夜，渭园丈谈及鬼神事曰："余深信之矣。前年莱阳大疫，予家一媳二婢皆暴卒。余亦病笃，沉迷中忽觉魂冉冉出，立于门，仰视天淡黄色。欻见一人自西来，皂帽黄衣，手执虎头牌，向余半跪。予视其牌，大书'李和仲'三字，朱点赫然。予大叱曰：'汝误矣！'家人环侍，闻呼声喜余复苏，争问故，余告之以为昏悸也，置之然，汗大出，病顿减。诘晨有亲串来视疾，谈及咋梦，惊曰：'李和仲，余邻也，昨病归，未及家而卒，余来过其门，犹闻号哭烧纸钱也。'余方悟昨梦之真，而因深信鬼神之必有矣。"

十二日大晴。大人六十九寿诞。因在祖母制，不敢称贺。瑞赍香烛，往北寺佛前祈康健而已。

十四日阴，小雨。程梅村归里。予昨日往答雪坡炼师，借得《寓意草》三本、《脉象汇辨》二本、《灵素类纂》三本，甚乐。予多病，慨然有学医志。闻渠多方书，又不厌借，此天假之缘也。

十七日晴，晚骤雨复霁。大人云："山右村落，每柳阴数里辄有人掌之，众呼为'柳长'，二字甚雅，尝取以入诗云：'十里绿阴逢柳长，一帘红雨课花丁。'"瑞在萧然时，尝破晓舟行菱港中，有人泛小舠持竿拍菱叶上，问之曰："打菱虫也。"亦有句云："茅屋三间波一曲，扁舟烟里打菱虫。"

十九日大晴。晚至徐庚笙斋头，见悬朱坦《泼墨图》大幅。急风骤雨，树走山奔，真所谓元气淋漓，障犹湿也。师勃访予不遇。

二十日晴。晨起访客，归途遇骤雨，到家又晴。夜偶谈异事，因记萧山新妇入门，必着道衣，询其缘起云：此间多山，曾有山魈善变化，每里人娶妻，必先摄去，越宿乃掷还。惟着道衣可免，无术驱之。近村有颜氏三昆，膂力绝人，誓为众除害。乃一人饰为新妇，二人舁舆，仍邀乐人、摈相鼓吹而前。近山狂风大作，余人奔散，三昆各执械以待。俄有奇形巨鬼直前掀帘，伪新妇大吼而出，与魈力角，二人助之斗，挥刀断魈首而首复涌。鏖战三日夜乃擒而磔焉，而三人力竭亦毙。邑人感之为立庙，自是嫁娶无虞，而着道衣犹昔云。

二十一日晴，晚雨又晴。事亲者不可不知医也。前家慈患心痛引腰背，食入辄吐，服理气消食之剂不愈。时当大热，烁石流金，医以为蕴暑也，清之而痛益剧。会蔡松汀先生至诊视，出曰："是症必用附子，然不知者必骇，必不敢服，余处方亦无益也。"瑞入告，众皆犹豫。家大人亦抱恙在床，大呼曰："必服是，不然必惫。"遂服一剂而病减，再剂而病愈。盖家大人喜阅方书，书云："心痛引腰背佝偻者，肾心痛也。"又家慈之恙得之暑月喜以冷水濯手，故寒气入心，肾火既衰，又中凄沧之水寒，故冱而痛。乃瑞不知而犹豫，设不用附子，病奚自瘳乎。故曰："事亲者不可不知医。"

二十四日微晴。是夜上杭州，航船中遇柏桐山徐晴江及汪憩云炼师，又子石七兄亦同上省，五人谈笑甚乐。然余居外房舱，坐则打头，卧则当风，亦颇难受也。

二十六日晴。游湖上，登望湖楼，作歌云："湖光万顷明于月，飞入楼中作空碧。楼中有人卷帘坐，放眼苍茫怀古迹。昔者钱王此看经，钱王去后山犹青。朅来日夕起长望，满湖惟见烟冥冥。厥后坡公作杭守，最与斯楼相伴久。楼头清睡唤不应，凉气飒然生户牖。当时意兴诚豪哉，画船箫鼓声如雷。一舟一客绕楼泊，湖上白莲花正开。莲花风起云如墨，云混全湖成一色。雨声吟声两不分，吁嗟此乐何终极。南宋之初作酒库，俗客啁嘈扰鸥鹭。兵燹沉沦数百年，巍然杰构仍其故。山僧导我共登楼，槛外晴波澹不收。老葑席卷明镜出，一洗万古心悠悠。斜阳忽挂湖畔树，倚槛低徊不能去。数声渔笛隔烟闻，知在芦花最深处。"是日至吴山访程梅村，同游大观台，坐飞来石下。又至金龙阁凭眺，移时天气毒热。俟夕阳在山，苍翠生凉，始缓步归万松深处。

二十七日大晴，酷热。是日拜客归。中暑不能食，头眩腹闷，良久始解。於虖，奔走形势之途，岂吾辈所乐为？然不得一馆，菽水焉奉？事与心违，神随形困，此欧阳子所以废书而叹也。彼世之坐享膏腴，又慕烜赫者，抑独何哉？范石湖诗云："黄尘行客汗如浆，乞取山前苦茗尝。借与侬家磐石坐，柳阴门户好清凉。"又周文泉姊婿曾见茶店一对云："行来十丈红尘，为人忙抑为己忙，憩息机缘原在此。且饮一杯绿茗，解口渴兼解心渴，清凉滋味静思之。"今予受热恼苦，益觉数语之佳。

二十八日大晴。昨宵迅雷骤雨，疑欲作凉而热乃愈甚。夜，祝简田祖姑丈述杨中丞言："今春予小孙方三岁，患疹殇。予表弟聂某最爱是儿，儿亦喜依之，病中犹索抱。临危，聂公以口接气，冀儿复活，遂卒于膝上。伤哉。孙卒后，聂公感其毒，亦患疹且泄，病形悉同，昏剧垂绝。予夜设榻外间，以察动静，辗转不寐。时已三鼓，月色凄清，忽闻异香一缕从聂公房中出，氤氲不散。先是医者戒焚香，予急起询其仆从胡违医戒，皆答曰'无之'。方疑怪间，聂公已能言矣，云：'顷毒热沉迷，恍惚睹一少年自外入，戴紫金冠，锦袍玉带，约十七八龄，丰采甚都。径至床前，细视曰"惫矣"。时予口齿缄闭，少年徐吹以气，觉奇芬触鼻，口遂辟。少年探药一丸投入，忽忽下咽，凉沁肺腑，若沃雪，神顿旺能言，因问曰："是何尊神，乃赐援救？"少年笑曰："公公不识予耶？吾即三官也。"中丞小孙未取名，行三，共呼以三官。语毕飘然出户，予不觉起送之，见其后随二金甲神，貌狰狞，皆长丈余，谓余曰："汝不宜出。"声甚厉。余悸而寤，今肢节皆舒，思饮粥矣。持烛照之，汗淋漓疹皆发，此后疾遂减，今已复原。由是观之，余孙得毋谪降来，又复其所乎。伤哉。'"按此事甚异，且信有征，故详记之，观前初公之言不可谓无鬼也，今闻杨公之言不可谓无神也。然而腐儒闻之，皆曰谵语也。

二十九日大晴。七兄及程梅村来，遂同出游。先至地藏殿，游人如蚁，粉黛云集，两岸皆设茶厂，叫嚣聒耳，红尘涨天，不可驻足。因转至净慈，坐大殿之阴，松风鸟语，与钟磬相间，如入清凉山矣。至方丈，访青雨上人，略谈，又访汪憩云炼师不遇。出饮于小有天园酒肆中，斗室颇清净，解衣槃礴，剧饮豪谈，亦一时快事。归途又坐智永禅师塔院中，移时至禹王庙复憩焉。清风徐来，荷香沁人，避繁就寂，是吾辈冷淡生涯，或非人情。顾汗雨摩肩，神昏目倦，曷若此悠然有余味哉。

三十日大晴。《先正格言》曰："动静以敬，心火自定。宠辱不惊，肝木自宁。饮食以时，脾土自滋。调息寡言，肺金自全。恬然无欲，肾水自足。"夜大雨。

八月初一大晴。夜闻虫声甚悲，自念劳形苦神，身抱恙不自悟，怅然感叹，得句曰："空山多风声，络纬凄以急。残灯拨复明，帏影如人立。应知堂上老，甘苦遥相恤。庸材不自振，且橐侯门笔。本非竞名利，其奈饥寒集。膏火竟迫煎，华颜坐销失。安得排阴翳，一睹扶桑日。"倦极而卧，忽闻岭下作盂兰盆会吹觱篥声呜呜，痛念亡生慈，长此不能见矣。呜呼痛哉。

初三日大晴。人欲为善，以能熬苦为第一。不堪目前之苦，必求非分之乐矣。然而俯仰无愧，苦中至乐存焉。祖姑丈诵韩大司寇《喜王荔亭东归》一律云："万里忽传迁客返，喜心倒极泪沾巾。诏书才到青蛉塞，归梦先依白发亲。功罪分明天鉴在，死生契阔友情真。荆襄未报收京观，顾影犹惭百战身。"余爱其逼真唐音，录之。钟箬溪《咏冬砚》句云："石交竟至因人热，寒士从来受墨磨。"今闻王秋宾病不能入闱，予食少类噎膈，二人者皆受墨磨者也。

初四日大晴。是日予颇加餐，窃自喜培精神，养元气，笃根本。世间之乐既不能诱予，世间之苦复何能困予哉？酒果累余断饮久矣，顾予之性拘苦而不旷达，惟饮酒则祛无益之愁。性真浩浩，虽至醉极，心愈清朗，刚正无邪，思处事明当，非狂言也。使予常如饮半醉时，则适得中和，即《洪范》所谓"沉潜刚克"也。然徒恃酒以助刚胆，利多害亦不少。必读书养气，自变气质，乃万全无弊。戛戛乎其难哉。是夜饮酒半酣书此。

初五日大晴。晓起由清波门，过涌金门，入钱塘门至贡院前访友。特纡其途者，欲观西泠晓景也。沿城人家篱落，瓜花盛开，清露欲滴。小池荷叶翻翻，白菡萏数朵，亭亭立晓烟中，临水参差，景物幽绝。忽霍然开朗，湖光岚翠尽在目前。六桥远近，环带亭台烟树，初日曈曈，一团清气直扑眉宇，低徊眺览久之。及入城市嚣渐喧，访萧山王赵二友，晤谈移时，又至王叔皮寓，见蔡子才、蔡云庄诸人，知叔皮尚未来。造物悭此良晤，奈何。遂与子才诸人剧谈，留午餐而别。遍访周成志寓不可得。油云忽兴，轻雷隐隐，归途惧雨及，幸遇徐寿鱼邀入其寓，坐顷雨声簌簌，雷电欻厉，凉风入衣袂。俄街衢间皆屐齿声，不能即返，留寿鱼所晚饭。饭讫薄霁，又至吴祖姑丈寓，天骤暝，泥泞难行，乘舆归岭，凤山门将阖矣。比到岭昏黑，草间虫声如雨，触予身世之感。噫！一日间天气之舒惨顿殊，予心之悲乐亦异，孰谓可逆料哉。

初六日晴。夜大雨，雷电如万马奔驰，山倾谷塌之声逾时始减。遥忆家慈最畏雷，灯下婢媪聚一室，定说及瑞在万松岭上当如何。噫，"离人骨肉是黄金"，张太夫人诗非至言耶？

初七日晴，晚阴。是日作《醉歌行》赠程梅村，云："昨夜疾雷风怒号，空山斗室生波涛。梦惊灯灭兀起坐，忽觉性命轻鸿毛。忆君吴山颠，一斗醉浊醪。与君行藏各偃蹇，大江日月流滔滔。君有法书如笋束，古香虽浓逊梁肉。我好苦吟类秋虫，刿镂心肺徒复工。相逢恰在余杭道，我兄识君谓君好。飞来古洞寒雨积，大观平台秋日晓。影落觞斝吞奇峰，枝挂冠巾触幽鸟。此乐岂知在羁旅，翻怪九陌行人小。梅村夫子洵不俗，醉后狂言请君复。饥寒猛似负隅虎，富贵美亦藏蕉鹿。至人达观知两空，毋令形神坐颠覆。君嗟我言殊不然，可念堂上俱高年。天伦有乐付寥寂，人海无情强折旋。欲归何以奉菽水，不归展转惭为子。此身去住计两非，客窗虫急乡心飞。君言未终我泪零，默默对坐长天阴。太华峰高沧溟深，中有赤松弹玉琴。偕君从之问至道，全家辟谷山中老。"振笔直书，数日沉郁之气赖此一畅也，始定志作四戒。

初八日大晴。谒杨中丞不见。遂携诗登吴山，访陈梅村不值，张秋莼在焉，相见惊喜，偕之山游。是日岳帝诞，过其庙，鼓吹喧阗，士女辐凑。入茶肆偶憩，俄见片云阴翳，恐雨至，同秋莼回万松岭。及入凤山门，秋阳杲杲，汗渍衣。秋莼寓潮鸣寺，日晚途远不能久坐，少谈即起归，又送至且止亭而别。是夜月大明。

初九日大晴。晚阴，独步至御书楼，清旷无人，满庭苍翠，松风飒飒作凉。闭目静坐，移时忽觉心空如镜，发大光明，见世间热恼因缘，悉皆虚幻。维吾心有不坏金刚保此灵光，千劫无堕落苦矣。接读家大人书，知家慈感冒不快，遥望云山浩然有归志。

初十日大晴。晨至贡院前访王特山，未出闱。先晤富茬山，俄蔡云庄诸公以次出，惟不见特山。余定意不晤特山不归。迟之又久，至未刻而特山出矣，握手欢然。读其闱卷，又纵谈移时而九衢皆上灯火，遂访潘补陔，遇之。并晤竹塘舅父，又访湘南不遇，回特山寓。是夜与特山同榻谈至夜半，虫声皆直方就寝，迨晓送入闱而归。计予两至贡院，前遇雨遇烈日，不惮疲苦竟见特山。抒数时积想，立心坚，故造物亦不能悭其缘也。

十一日大晴，甚热。夜月色皎甚，与祖姑丈谈诗毕，归卧房。窗纸洞白如昼，静极隐隐闻吹箫声，幽怨绵至。余不觉凄然泪下，“锦城虽云乐，不如早还家”。明月有知，知予此夜之意乎。

十二日大晴，是日酷暑有甚三伏。轻雷殷殷，云翳旋散。不知在矮屋中者何以堪。此夜月大明。

十四日，昨夜有雨，晨起凉甚。天地盈虚于是可睹，酷暑之后必有骤寒也。

十五日晴。入城谒何、宣二明府不见。夜月朗洁，万里无云，盖数年所未有也。是夜大醉，因上魁星阁，至宋御教场。崎岖诘曲，扪葛攀榛，殆非人境。登高极处，钱江如带，烟雾迷蒙，倏见一星火自长江冉冉升空，至乱云深处而灭。俄顷又见一灯复然，殆神灯也。余博观异书所载，未能深信，今乃亲见之。奇哉！造化之大，何所不有。或以所见，疑所不见，不亦褊乎？作《神灯引》："屏翳驱云云骇奔，华月出海翻金盆。我何为者虱处裈，寂寂坐使醉眼昏。忽携双屐入烟去，缒藤穿石窅迷处。老树掣衣劝我回，掉头而行不复顾。鸺鹠作声类鬼泣，草根切切虫语急。幽崖深黑不见天，蓦然腾上群山巅。琼波光朗动我前，下界冈阜粟米千。家家秋梦翔轻烟，西湖似线江似带。月在湖光江影外，江心瞥见炬火明。谓是江头船夜行，奇哉焰焰浮在空。倏越沙过如惊鸿，欲高复下明又灭。决眦引领望不极，须臾闪烁升高峰。苍翠万象流碎红，一星耀起数十丈。罡风吹之影相荡，飘飘白云何处来。若远若近行徘徊，星火横走与云遇。翩然拥入银涛堆，令我不睹心疑猜。回头江水白于练，恍惚又如前所见。心知神物非目眩，光景开阖俄万变。毋乃江神朝帝廷，前胥后种森精灵。想见天门詄荡荡，广寒宫阙排仙仗。金粟浓香熏鹤氅，玉虚洞照千灯朗。九疑女子吹紫笙，五行老人曳青杖。惊窜魑魅夔罔两，嗟予俗骨无由换。坐对明月生长叹，月如微笑顾我言。汝有智灯光烂烂，何不寻之一把玩。泠然有悟急起归，空山风露相随飞。一灯照壁僮仆睡，元鹤夜深来款扉。"倚石坐，风露凉甚，欲归而路迷。怪鸱鸣古木，草间虫声啾唧相和。手附棘刺血出，欲蹶者屡矣。赖同人相援引，仅乃得下。时已三鼓余，寒甚，复温酒饮，欲俟月华卒不得，颓然而寝。复念今宵之景，醒后或不复忆，特起书之。然而孝子不临深登高，予何为者乎，又行自责也。卧枕上忆家大人常戒兴瑞曰："汝必伤于酒，在外宜时念吾言。"今奈何违之，自今后饮酒不过五杯可也。又忆家慈抱微恙，不知已愈否。松岭多异虫，其声若婴儿啼，凄恻动心。凉月盈窗，梦醒衾冷。噫！浮生乐事大抵如斯，讽少陵"秋风淅淅"之诗，为之三叹。

十六日大晴。陈梅村邀予至吴山，将行，蒋书奴至。谈次，书奴忽曰："盍游吴山乎？"适投予意，遂偕行。不知梅村之邀予饮也，乃书奴亦邀予饮也，予为大笑。先饮书奴，后饮梅村。在《易》有之曰："困于酒食。”书奴同席有杨升斋、庄梅溪、乔梓、吴也痴，共六人。梅村同席有周松泉、丁补松、沈心泉炼师及书奴，亦六人。书奴是日为主亦为宾。酒酣客散，独予与梅村、书奴登坎卦坛望月，湖光山翠，荡漾金波，昨宵之游奇，今日之兴雅也。夜既深，别梅村，与书奴行吟下山，时漏已三下，尚有美人踏月缘磴而上者，异哉。是夜宿书奴寓，即吴也痴家也。也痴善幻戏，又得畅观。迨寝，月衔山矣。

十七日晴。由书奴寓回万松岭。整行装，是日鼓棹归家。

十八日大晴。到家，家慈恙已霍然，大喜。

十九日大晴，随家大人游隅园。

二十三日阴。昨夜枕上得《喜晤王叔皮》一律云：“昔忘长聚乐，今觉暂逢难。病后为诗健，愁来对友宽。堕风孤叶小，吟月乱虫寒。把酒为君祝，青天上羽翰。”夜谈及庞少梅老伯，述二因果，一三日即报，一六十年而后报。三日即报者，有幕友妻素悍妒，媵婢有姿，夫或盼焉，怒之者屡矣。一日方晨妆，呼婢买艾糕十枚，糕至梳头未毕，命置于几。及取食仅得九枚，谓婢窃食，大怒，婢力辩。令伸舌以验有无，婢不知，伸其舌。其妻忽出利剪剪之，舌断血溅。婢仆地上，宛转痛楚，号呼良久始毙。母家微知之，畏其势不敢控也。越三日，青天无片云，忽震霆一声，摄某妻出，跪于庭，击之焦烂，亦宛转痛楚，号呼良久始毙。其室中镜屏奁具一无损坏云。六十年后报者，亲串家雇一老妪，偶感疾卧，忽跃起大呼，遍体青紫如被杖者然，问之云：“我前世为某家婢，主母屡挞楚，恨之。一日主母抱三岁孩下楼，我适上楼。时无人见，因力推主母从上跌下，脑裂顿毙，幼孩被压亦毙。我伪惊而呼，比人集，咸以为失足也。主母控于冥司未决，而我已死转生。今主母又控于南海大士所，始准索命，拒时已六十年。我将堕地狱受无量苦，悔无及矣。”言讫又大呼而绝。此二事皆邻近甚确。人莫谓无因果，特迟速异耳。

二十五日雨。是日与封萃生、子云弟谈诗甚乐，得一律云：“晚庭幽鸟行啄雨，忽有故人来叩门。高吟落落起千古，奇论荒荒穿九垠。

老树拿空意倔强，鸣琴隔院声清温。吾家惠连亦好客，小住莫辞秋影昏。”子云亦有句云：“一庭秋雨有寒色，何处疏钟落晚峰。”清妙可诵。

二十七日晴。灯下忆旧，得一绝云：“忽地西风吹酒醒，瞢腾枨触十年心。一灯依旧故人远，输尔寒蛩相和吟。”

二十九日晴。访沈梦岩不遇，是夜忽患耳痛。箬溪嘱云：“如到杭，乞先期告知，有信托带也。”呜呼！予未到杭而箬溪逝矣。

九月二日大雨。予欲往小桐溪，已买舟不克行。晚雨止，遂放棹焉。到仓已薄暝矣。

三日晴，午后耳忽大痛，发热，点灯后始愈。

五日晴，始食蟹甚肥。

九日晴，耳痛又发，饮酒食蟹之咎也。余负诗文债甚多，然不得用心，用心辄耳痛，姑置之。

十一日大晴，自小桐溪回家。

十四日晴，晚阴。闻钱家港有长随某自陕西回，忽忽如痴。一日与其友饮归，天已暝，其友见某后随一妇人，衣绫半臂，貌楚楚。友窃讶，天气炎热，何用着绫？俄至歧路，友与某别，某独行。甫及家，忽狂呼反奔至其姑家，叩门甚急。门启直入，谓姑曰：“今夜卧此，不复归矣。”姑言：“此地屋湫隘，止一榻，天热不便。”某坚不肯去，悸状可掬。姑因留卧其榻，而自至母家宿焉。明日归视之，则某已缢于床矣。或有知之者，某在陕西曾得贿，许一囚出罪，后竟论死，其妻愤极自尽，故有此报云。

十六日大晴，家慈诞日，在制不称贺。是日，依雪坡炼师言移灶西向。

十七日晴，在成志堂一日。牛膝，罨竹木刺自出，识之。

十九日阴，随家大人谒张荔园表叔祖，出《培兰图》索题。五兄处有蛤壳中结成佛像一尊，法相宛然，手有五指，并腕钏，皆历历，真不可思议。又新仓吴大表叔处有影石一枚，中有一人骑马扬鞭，生动可爱。

二十二日晴，热甚。夜诵所记忆古今人绝句，约三百首。因忆萧山王叔皮曾遗家大人笔一枝，系以诗云：“元气淋漓笔一枝，文坛巨手属吾师。名山已定千秋业，犹是中书未老时。”通体浑成。又《过白荡圩》一绝云：“白荡圩堤卅里长，夜深孤艇泛中央。清光似此江南少，芦苇千丛柳万行。”叔皮诗逼真唐人，此特其一斑也。是日闻钟箬溪卒，海昌失一诗人矣。

二十四日雨，晚雷电。夜谈诗，周文泉姊丈有《驿柳》一律云：“树犹如此奈劳何，古道斜阳影拂波。十丈红尘摧别惯，三春青眼阅人多。画楼隐约封侯梦，玉笛苍凉出塞歌。百六韶光眠起侯，客程风景易蹉跎。”允推此题绝唱。

二十五日雨，油云黯黯，落叶打窗，真深秋光景矣。

二十七日阴，至小桐溪。

二十八日微晴，自小桐溪回。五兄将有西江之行，留别诗警句云：“穷愁作客心如醋，寒俭看人面带霜。”此二语足使游子一齐泪下。

二十九日晴，晚微雨，买舟到杭。

三十日至万松岭，五兄亦于二十九日到杭，同舟畅谈，到院后渠赴江西，不知何日再见也。是夕灯下薄醉，漏已二下。研磨题蒋书奴《散花小影》悼亡之意，回文一律云：“惊魂梦误听珊珊，事往思寻怕倚阑。明月到花秋感易，幻云如海恨填难。情怜佛国香归早，骨蜕仙衣锦剩残。清减玉郎潘鬓绿，鸣琴一叠万愁攒。”

十月朔日，阴。拜客一日。归晤张情斋畅谈。夜与叶梅生论文甚相得。

二日雨。廉使朔课，与简庭四兄同作文，夜遂聊榻。叶梅生又来谈，偶及虎事，云伊有一戚，贩木为业。一日天晚不及进城，置木于山麓，自卧守之。疲惫之余熟睡，瞢腾有虎来其旁，见彼偃卧如死，就而溺之。溺入鼻大嚏一声，虎惊腾去，适堕深坑中，跃不能起，大吼。某梦中忽忽惊闻虎声在左右，大骇起遁倾仆，复驻听寂然，则以为梦也。再寝，又闻声如前，若出坐下。某骇且疑，欲遁又驻。胶扰至旦，晨光熏微，又闻虎声，细辨之在数十步外深坑中。某绕出登高阜俯瞰焉，见虎正自掷目光睒睒上射。某计无所出，俄有一猎户至，语之大喜，以鸟铳从上击之。不知虎中创即随烟势上扑，爪去半颅，人虎俱毙。某以幸免，猎户以恃亡，不亦异乎？

三日雨止，阴。买舟归家，由南塘行。

四日微晴，舟抵西门，步而归。是日大儿三庆周晬，亲友皆集。

十一日大晴，拜先高祖墓。是夜泛舟至花溪，扫先曾祖父母及先祖母墓也。凉月满篷，橹如鸣雁，两岸芦苇作瑟瑟声。家大人云："可联句记今宵之景。"遂首唱曰："月色平铺万顷泉，花溪深处泛轻船。"瑞敬续曰："剧谈岂易逢今夜，别梦还愁隔暮烟。"时子云将有吴门之行，故云。子云续曰："霜感松楸寒有信，风摇芦荻响无边。"大人结曰："焚黄若得承恩宠，更为泷冈表旧阡。"诗成又纵谈至更余方寐，未晓舟抵菩提山矣。

十二日大晴，子云扫菩提山墓毕，回舟至许跳桥扫先曾祖墓，又放至埬岸谒祝祖姑母。饭讫下舟过石屑堰。夕阳敛红，暝烟生碧。家大人欣然吟曰："扁月荡入白云隈，新自菩提山下回。芦叶声中闻犬吠，前村知有小桥来。"子云亦得一绝曰："数家鸡犬自成村，红叶林中半掩门。我羡农人真至乐，团圞儿女话黄昏。"盖有所感也，余成一律曰："一叶舟轻似鸟飞，菩提山色尚依依。远空霞映波成画，薄暮风催客换衣。打稻人间篱畔语，抱书童喜塾中归。分明滴翠楼前景，回首髫年乐事非。"萧山学署有滴翠楼，余初时读书其中。推窗而望，山水清旷，桑麻万顷，颇有村野之趣。今别是楼久矣，故忆及云。又作五律一首，送子云之吴门云："对月默无语，知君有别愁。艰难怜老母，容易作羁游。客路身怜影，豪门仆怒眸。愿天迟雨雪，安稳盼归舟。"是夜抵家已二鼓，月色较前夜更朗。进小东门，树影满地，寒犬惊吠，不觉心骨泠然。

十三日阴，夜送别子云，吟唐人句云："几时杯重把，昨夜月同行。"相顾凄悒。子石来谈，忆萧山有一优人，方上台演剧，脂粉作女装，绣半臂猩红裤，手捉汗巾，曼声而歌响未绝，忽瞑目委地，视之死矣，异哉。是夕谈冥事甚夥，惜无暇详记也。

十六日大晴，衢州郑公讳烺言："伊处有某甲妻极悍，虐其姑，某甲不能禁也。会姑病，某甲市豕肉以进。媳见之，怒夺弃于地，呼犬食之。又搜姑枕畔，得糕饼一匣，咤曰：'无怪几日诈言食少，却有此消闲。'即并弃之。姑闻言大怒，气涌而逝。卒后五六日，某甲梦一冥卒摄之入东岳庙，见帝君赫奕上坐，怒容可掬，厉声叱曰：'汝不孝如此，宜何罪？'某甲瑟缩辨曰：'此某妻故也。'帝君又怒曰：'母子天性，夫为妻纲，汝不能制妻，即汝罪，何辨为？'语未毕，旁牛鬼皆瞋目而视。某怖甚，恍惚间见其母顿首于旁曰：'吾子尚有孝心，即市肉市糕饼可见，第懦怯耳。'帝君曰：'既汝母祈请，可笞四十放还，汝妻自有活油锅之报。汝回阳须逢人便告，稍减汝罪。'即叱隶卒笞之。某痛极呼号而寐。曙色穿窗，妻犹熟睡，撼妻醒而告之，且示笞处青紫：'汝自作孽，不可悔也。'妻怒曰：'汝自魇梦耳。谚云："但见活人受罪，那见死鬼带枷。"'扬扬不以为意。是日姑头七，煮素菜作供，灶媪误倾油满釜。妇惜油，怒批灶媪颊，而自以铜瓢挹之。方近釜，忽騞然一声，釜碎油爆，适溅妇面及衣，楚极跌滚。其夫趋视，见满面满身，凡油滴一点，辄起一泡，妇身上着两重棉，不知油何以沁入。恍然悟曰：'所谓活油锅是矣。'因即不复延医。妇旦夕号呼，遍体臭腐，宛转三日而死。某甲自是兢兢为善，逢人辄道前事不少讳，云此事：'言者无罪闻者足戒。'"故录焉。郑公说时具姓，今忘之。

十七日大晴，序乃钱鏄之序，坊本多作痔，大可笑也。又瞀御之瞀从日，而坊本多从目。又《左传》"师知所为，郑必知之"，坊本作"师之所为，便呆偶与"，咫园叔父言。记之。

二十二日晴，扫先高祖墓。家大人于舟中训饬诸子侄，论为人之道与读书之益。听者悚然。子云归家。

二十三日阴，子云诵其《金陵客感》句云："十月春如人意冷，半江云似客愁浓。"绝佳。

二十四日阴，萧山湘湖之滨多野凫，每一群晚归，则声如风起。家大人句云“飞凫作阵半天风”是也，今思此景不可得见矣。

二十六日微雨，夜泛舟到杭。

二十七日小雨，阴。至金枪板巷访蒋书奴不值。踏屐上万松岭谒祖姑丈，略谈。俄祖姑丈又出门。天色近暮，松阴黯黪，小窗独坐，百虑俱集。得诗一律云：“万物俱自喜，吾生何独愁。往来抱花蝶，出没浴波鸥。游戏各无意，驰驱因有求。松间一轮月，几日照归舟。”诗思泉涌，又作《题子云醉吟图》长古一篇：“我醉而吟诗，题君醉吟图。诗成寻君看，烂醉不可呼。虽则烂醉不可呼，其心清妙绝世无。我叔嗜诗兼嗜酒，兴酣摇笔蛟龙走。今君之癖亦如此，豪吟往往神相似。知君非酒徒，知君果诗人。可怜偃蹇不称意，不费酒钱家亦贫。东海夕阳红照壁，落叶惨惨送离别。老母低头泪暗垂，阿兄握手僵不热。此去吴门足风雪，何以伴之惟曲蘖。只愁世少贺知章，莫倚才奇李长吉。千篇谁识健似虎，一杯且乐甜如蜜。嗟我与君情最亲，料君心事百无矢，君毋烂醉毋苦吟。君不见，旭日东升西月沉，世间万事无不然，一升一沉如转环。君不见，衔泥黄鹄飞上天，飞上天，何倏忽，吾与君醉弄昆仑之明月。”甫脱稿而书奴至，邀予至金枪板巷，即吴也痴家。是夕有事，彻夜不眠。

二十九日晴，崇文书院肄业诸友醵分为俞东蘧夫子践行，即设席也痴家。予虽非东蘧先生门人，亦与是会，豪饮至三鼓而散。东蘧先生人甚谦和，好宏奖后辈。对之穆然，矜躁之气自消。

十一月初二日大晴，书院朔课，舟泊花神庙前，在舟中作文。全湖荡胸臆间，笔墨之光与青翠相映，挥洒极乐。归途浓烟一片，鸦轧数声，想见坡公自望湖楼返棹时也。

三日晴，出门拜客。晚与孙雨生、孙云楣、蒋书奴小饮。雨生前妻能诗，未卒前为女伴作挽诗云：“我欲骑鲸上天去，为君重觅返魂香。”竟成诗谶。

四日晴，自杭回家。闻大人抱恙，归心甚急。

五日晴,到家大人病已小愈,差慰。

六日阴,晚晴。予生多俗事牵缠,不能摆脱,从容为之,亦养心一法也。

十三日阴,大风。人无论阴晴寒暑、贵贱忙闲,必须早起。盖有三乐焉:露气霞光,清虚可吸,一乐也;门无剥啄,悠然读书,二乐也;光景舒长,事多豫立,三乐也。

十四日晴,连夜月色绝佳,不可无诗也,得一律云:“云尽觉天远,月来惊地空。寒浮松影外,清入笛声中。心定知名贱,诗奇与道通。朱门蓬户梦,扰扰此时同。”萧山学署有老獭,夜化女子迷人,为其所惑者,始而瘠,继精枯而亡,累累也。古柏轩之前有楼两间,业师周嵩巢表兄居之,终夜恬然无所扰,而外间僮仆辄呓语颠倒,迨晓视之无人色,可知心性严毅邪自不染耳。又长随张德强有力,久知獭怪。一夕夜静,有物叩其门,张骤拔门闩出击,女子化獭而走。急逐之,行若飞,入竹林深处而灭。鲁夫亦邪物所畏也。是夜偶谈此,录以为召邪者警。

十五日大晴,接子云书。光景不佳,寒士落落,依人可叹。

十六日晴,是夕上省。寒月入篷窗,枕上闻击柝声、犬声、过篛声,有所感触,怅然不欢。

十七日晴,到万松岭。晚与家简庭兄、祝升培兄,步于且止亭,望湖上红叶半未脱,烟景迷离,宛然画帧也。惜寒甚不可得酒饮,兴尽而返,密坐谈文,又一佳境。

十八日晴,饭后与简庭自南山步至北山。天气暖似小春,六桥清净无游人,惟烟波万顷,中有渔舟往来,凫雁拍拍惊起。俄见红墙隐隐,寒柳萧疏,杂酒舍数间,盖近花神庙矣。小饮讫,遂入庙中,游竹素园,颓垣断梗,光景非昔。夕阳在山,飘然而归。简庭得一律云:“满湖寒翠薄烟低,衰柳平桥手共携。一带白堤环水曲,乱山红叶落霜齐。雪泥又印新鸿爪,沙草重寻旧马蹄。打饭僧归天欲暮,横斜人影夕阳西。”予以应接湖山,未暇和也。

十九日晴，"留有余"三字刻之肺腑可也。

二十日晴，仆徐永宁者，少在台湾，事理番厅长公讳庚，适遇逆贼林爽文之乱，至今娓娓能道之。先是长公闻匪众翕聚，禀之大吏，大吏若弗闻也。及乱作城破，长公慨然曰："吾志必死，当先刃眷口，毋贻辱。"因手剑入内，众仆死力阻之，眷属凿坏遁。始入四顾无一人，掷剑太息。即持素用三尖刀奋勇出，与贼遇，运刀杀贼无数。俄至短巷，贼愈众，力不支，中创仆。断腰剖腹，大骂而死，烈士哉。永宁出窜于素识药肆，匿于庋物板阁，败絮蒙其身，外以蒲包环之。未几贼至，搜括无所得，仰见板阁，梯而上，取蒲包掷于地。永宁自分必死矣，忽一贼曰："龌龊物，眯人目。第以枪刺之，若有人焉，必号矣。"众以为然，乱枪刺入，中肌骨不敢号，幸枪头血尽裹絮中，贼不见，乃免。至今锋痕班班也。又刘司马讳亨，继女为贼所执。欲犯之，痛骂不从，贼怒乱斫，体无完肤，遂匍匐赴池而死。今名其池曰"烈女池"。聆永宁言，心肺惨栗，多有不忍记者，记其略焉。

二十三日晴，访朱书船，托写宣明府寿诗。书船名绂，人甚方古，近所罕见。前岁其邻不戒于火，郁攸将及，书船方为人书寿屏未竟，曰："虽仓猝不可负诺也。"仍染翰书毕，卷束而后出，则火方及其居而熄。至今四围焦土，一庐岿然独存云。书船课徒几三十人，日不暇给。而有人嘱以笔墨，辄欣然曰："吾碌碌无益于人，惟此可代人劳，何苦为。"每聆其言，辄有古君子之思。

二十四日阴，与简庭兄访张秋田，又访郑梅里。归山已暝，北风料峭，刮面欲裂，疑有雪也。

二十六日晴，晚接何明府札，知刘太守具庆寿文又须删改。写至三更，神昏目倦，破窗风入，灯焰不红，指寒砚冻，松风飒飒如雨声，我辈要当于此中经历一番耳。

二十七日晴，今冬尚无严栗，夜大风吼怒，殆欲酿寒。于祝六兄案头见去岁所书诗一纸，醉墨模糊，不复省忆，今录之。查秀士邀饮酒食蟹，诗以酬之，云："公瑾若醇酒，相如梦蟛蜞。狂哉毕吏部，乃欲兼得之。予亦有同嗜，对此朵其颐。清霜落远浦，蟹火明参差。君来邀我饮，行乐当及时。迢迢沽酒帘，粲粲菊花篱。含黄登满盘，佐以白玉卮。颓然竟大醉，倚阑风帽攲。狂歌撼星河，仰视天四垂。”人声既寂，朗诵《感应》《阴骘》等文，真觉心地清凉。昔人云：“今日之今，蘧蘧栩栩。忽焉视之，已化为古。”呜呼，人生至速，只要自己受用，那管他人说腐。勉之勉之。

二十八日晴，朱半塘、徐石林来。晚与简庭出，欲访胜果寺。山深路迷，竟不得达。至乌龙庙小憩焉。归过万善禅寺，佛火已上，清磬出林，大有所得。

二十九日晴，与祝六兄、简庭兄游吴山，饮于茶肆，步至东岳庙前，坐磐石上，四顾空阔，惟见下方万瓦鳞次，炊烟凝结如云，苍然遂暮。

十二月朔日，晴。蒋书奴来，饭讫而去。昨晤屏山和尚，始得胜果寺道，再与简庭访焉。过乌龙庙，折而南，小桥下泉声潺潺，竹树皆有古色。又数折入山凹，四围皆山，竟为群翠所裹。约里许，有红墙一带，即山门也。由山门入，石磴高盘，危岩如削，古木拔地而起，皆数十丈。隆冬未凋，红红碧碧相间，怪藤络之，松鼠千百，往来缘戏，阴森无人迹，洵仙境矣。石磴既尽，豁然平坦。寺大殿前岁毁于火，仅后殿数间，钟磬幽阒。山僧出迎甚恭，以苦茗相饮。泉器皆洁，香淡而清，数日来肺腑俗尘淘洗殆净。天忽暝，别僧而归。出山行墟墓间，白杨萧萧，鸱啼如老人咳，缘得自在禅，因亦不怖。迨至书院，黑不辨指螺。是游也，祝六兄不同，语以景象，始悔。噫！重游之日，殆未可必也。

三日晴，至金枪板巷访金友兰，晤之即鼓棹回家。出临平夜关，在舟中朗诵吴榖人先生小赋。半山烟月，俱依依有情。

四日晴，清晨到家。夜谈异事，知此间有蒋姓生一男，滚胞而出，稳婆剖胞取之，才浴毕，即能言。夜卧偶失被，即呼母曰：“冻甚，引被盖。”儿今已五六月矣，酬对如成人，能诵“天地玄黄”。有顾天中先生，年七十余，见而异之，予以饼饵，临行儿曰："多谢顾阿爹，得闲再来。"其父母贫甚，近有人收养，俟儿长成当延师课焉。观此释氏轮回之说，益信。爱萱母舅言。

五日晴，数日天气热甚，如春夏之交。人多喉病，宜数食莱菔也。

六日阴，枕上和简庭兄《六桥晚归》一律云："微吟缓步踏斜阳，行尽长堤未觉长。向晚湖山烘秀色，薄寒楼阁抱清光。波摇柳影群凫乱，路入藤阴一艇藏。胜事却骄苏玉局，白云堆里竟联床。"

八日晴，去冬张荔园表叔祖为人作伐，踏屐出。舍后有小池，雪晴路滑，竟仆跌入池，幸有丐者见之，急呼人救掖出，衣履尽濡，寒噤卧床三日始复，作诗自嘲云："本是清流客，如何赴浊流。临池骑瞎马，拍浪逐浮鸥。呵护求援手，沉迷竟出头。余生真万幸，遑惜木棉裘。"荔园先生须眉飒爽，年七十余矣，好谈噱，翩翩如少年。健步若飞，疑玉局后身也。瑞素蒙奖借，惜未能数见颜色。今日至王桥，知十三日解馆回城，又得良晤，不胜欣然。

十五日微晴，予伯姊能诗善画，不学而工，盖出天性，归姊婿周文泉。文泉工诗及骈偶文，伉俪相得。结缡甫二载，姊偶抱寒疾，医误投芩连，寒中君藏，遂以不起。悲哉。予幼稚不复能忆姊诗，惟忆《滴翠楼晚眺》二语云："晚山有意如迎客，野菊无人自作花。"清高淡远，可见一斑。今日偶开画箱，一帧作茅屋数间，一叟凭槛注目，槛前烟波缥缈，有渔艇数只，撒网清流，夕阳在蓑，岚影如活，非胸无点尘者殆未能作此也。回忆容响，益用泫然。又思予惟姊弟三人，伯姊既逝，三姊又偕姊婿之楚。手足无几，死生离别，若此良可叹也。今生慈又长逝，终不复见吾三姊，而瑞亦无毫末，未报生慈恩，遽尔见弃。去年此日，雪窗孤灯荧荧，瑞犹得捧药瓯于生慈前。生慈顾而叹曰："吾昨梦乘舟于河而覆，吾病益深，与汝相见无几矣。"呜呼痛哉！今复欲依依于生慈之怀，乌可得乎。呜呼痛哉！生慈临终之前一日，谓瑞曰："吾终不起，身后汝毋多哭。汝好为人，毋为吾辱。"呜呼！瑞若忘此言，真禽兽也。生慈夜纺绩，恒竟夕不寐。凉月出林，则卷帘望之。临终呼瑞曰："汝视月出未?"瑞对曰："天雨雪，无月。"生慈点头不答，须臾痰涌，遂逝。呜呼痛哉！生慈喜莳花，辄自浇灌，且硕以茂。呜呼！瑞庸庸无能，曾不如花之硕茂，不负吾生慈培护也。生慈朱氏，生于乾隆辛巳年十二月初四日，卒于嘉庆二十三年正月初二日。兴瑞濡泪谨记。

十六日晴，晚阴。随家严至露湑堂谒荔园表叔祖，晤之。荔园先生少作诗多散失，不登于稿。家严尚忆《遣兴》一绝云："西风吹散岭头云，红树青萝媚晚晴。草罢黄庭茶未熟，隔墙鸟语变春声。"令阮亭先生见之，把臂入林矣。今记于此，庶不致久而忘也。

十七日雪不止，静坐读书。忽有推门入者，则封荦生也。喜甚，促坐健谈。俄雪化为雨，檐水声清越，若与人酬答。家大人曰："今日不可无诗。"遂首唱一律云："晨起寂无侣，忽惊踏屐声。诗人来过我，雪色益含清。静景抒幽抱，高谈远俗情。稍闻檐漏水，滴沥向阶鸣。"荦生得二律："玉尘倾万斛，乱洒朔风前。为访故人去，重携双屐便。砌苔微露迹，庭竹冷生烟。啜茗浓于酒，呼童扫雪煎。""共此萧斋静，往来不厌频。庭空无鸟语，树亚作花身。书味浓逾古，诗情淡益真。余霙吹未已，笑语暖生春。"予亦成二律云："忽怪衣如水，开窗雪照人。茶烟寒自聚，书味静尤亲。穿竹劳相讯，余花尚满身。墙头能过酒，还欲乞幽邻。""茅舍接东西，门前共一溪。带冰流水涩，含雪冻云低。肝胆论交久，山川极目迷。喜君幽意合，莫厌数冲泥。""肝胆"一联忆王叔皮也。余在萧然与叔皮交最深，每雪中恒相过噱竟日。予有《雪中喜叔皮至》一律云："石岩山头云气遮，集贤堂外雪如鸦。大呼豪客快踏屐，小拨宿火旋烹茶。一庭鸟雀聚深竹，满座谈笑生飞花。狂歌劝子莫归去，古梅绕屋香槎枒。"今忆斯游，忽忽若梦矣。诗成，荦生又谈至傍晚始去。是日午桥姨丈来。

十八日阴，微雨。晚与子云谈，知陈笠渔有上洋之行，日者将渡黄浦矣。黄浦风涛极险，有江豚十百为群，过者勿呼其名，呼之辄相聚，触客舟立覆。笠渔以依人之苦，岁晚跋涉，我辈同病相怜，能无怅怅？家大人因作一律云："岁晚依人苦，扁舟未许还。波涛衡险地，风雪暗遥山。欲往愁无倚，相从不放闲。料应篷底卧，孤枕听潺潺。"瑞亦成一律云："黄浦惊涛恶，江豚欺客过。乱山遮梦断，孤艇载愁多。徂岁催风雪，怀人足啸歌。呼群怜暮雀，啧啧满庭柯。"子云弟亦和云："待尔憎乌雀，书来复远征。江豚吹浪立，山鬼逐人行。风雪孤舟梦，凄凉游子情。寒梅催岁暮，珍重望归程。"

十九日又雪，邀封荦生、子云弟小饮，同作《岁暮杂感》诗。家大人成十绝句，荦生得长古一篇，子云弟得七律四首，篇帙甚富，另录不备载。予得七古五首，其一云："北风飒飒飞雪暗，漫漫夜长迟漏箭。梦睹生慈颜色温，谓汝衣绽宜添线。惊飋堕几骇复觉，苦忆音容不相见。纸窗欲明犹未明，乌啼一声泪横面。"其二云："忆我昔者居萧然，修竹绕楼生夕烟。竹间斜径见客至，谈玄说鬼如涌泉。西陵一别今四载，钱江欲渡波连天。故人恻恻不得志，闻道神鱼犹在渊。"其三云："白日已坠街鼓起，南望春陵六千里。我生睘睘手足稀，伯姊早徂维次姊。远道书来动隔年，何由却见生悲喜。哀鸿哀鸿汝苦鸣，恨不飞渡潇湘水。"其四云："青铜钱古苔纹裂，不信尔能困豪杰。金谷围炉夜宴高，敝裘游子冲风雪。亲朋十室九未归，岁云暮矣音信绝。如有颜渊负郭田，箪瓢虽苦胜离别。"其五云："万事皆幻天性真，怀梨挟枣娱我亲。已喜士龙接西屋，况复叔度来南邻。吟残三尺竹林雪，醉倒一瓮梅花春。只恐流光不可驻，明年踪迹漂萍茵。"是夜，风雪益紧。

二十日，雪霁。楼头四望，万瓦一白，远近竹树皆如玉龙鳞爪，蚴蟉可骇，若在万松岭上，奇观不知奚似也。须臾日出，愈晃朗眩目。惜齿痛新愈，不敢饮，甚缺陷耳。步池上，得诗云："偶爱晓晴好，遂缘幽溪行。山霁微见影，禽暖始成声。旷览造化中，人物游太清。逐逐者谁子，悲歌尘满缨。富贵非令物，轣辘摧我生。百年无愚智，竟与饥寒争。欲以高蹈显，巢由亦好名。天地既有色，草木皆有萌。步履虽不遥，颇能遗世情。冰薄游鱼驶，雪堕眠犬惊。子猷或相过，攸然俟柴荆。”

二十二日晴，钟午桥姨丈见余雪中，喜荦生至诗，归途见和二章云：“为访高人宅，衡门傍小溪。冻云含日淡，浓雪压檐低。猎猎风方急，漫漫路欲迷。寻梅添逸兴，遑惜屐冲泥。”“漫空飞六出，携杖过前溪。树老花翻满，天高影转低。玉楼寒渐逼，银海眩生迷。此际围炉饮，陶然醉似泥。”家大人又叠韵答之云：“万籁喧俱寂，何人造剡溪。入门衣袂重，张盖帽檐低。岛屿铺形阔，楼台入望迷。梅开如过访，屐齿印香泥。”瑞亦叠韵奉酬二章云：“人影冲桥过，斜阳照隔溪。诗随人共到，头与竹俱低。急溜千行泻，晴峰一白迷。子期如有兴，待拨瓮头泥。”“为忆孤山路，新流涨九溪。古梅矜影瘦，飞鸟怯寒低。残腊身谁暇，清游梦转迷。明年春草路，重觅旧鸿泥。”是夜简田祖姑丈来。

二十三日微晴，祀灶神，按古有以黄羊祀灶者，今盐官风俗皆用蔬果，未知何始也。

二十七日大晴，是日作《上何藜阁明府》四律云：“蓬莱仙吏出词曹，曾向扶桑策六鳌。似恐湖山久寥寂，再令苏白主风骚。三春鱼鸟分恩荫，四面亭台入彩毫。惟有梅花旧相识，古来水部伴清高。”“自引慈晖照浙滨，流传到处有廉声。潜州山色如官淡，苕上溪光与政清。争惜微之离粉署，岂知安石为苍生。吴兴父老应遥羡，锦带桥边竹马迎。”“为诗为吏元相似，一样都须有性灵。公以文章行政事，民如父子话家庭。判辞闲后逢莺啭，好句吟成与鹤听。最是怜才心郑重，龙门才接两忘形。”“家有牙琴曲未工，偶因笔墨献雕虫。不离桑梓仍为客，却恋诗书懒送穷。一见缘犹迟北海，瓣香心已属南丰。自怜来往闲鸥鹭，也在红莲绿水中。”

二十八日大晴，云巢司马二少君合卺之明日，予往贺焉。留午面，高朋满座，谈谐甚喧。迨归，知荔园表叔祖来过，惜不得见，留《柴》《米》《盐》《油》《酱》《醋》《茶》诗七首，读之俱天然风趣，摘其尤紧之句。《柴》云：“厝火谁知先事计，烂柯老尽看枰人。”《米》云：“人生饥饱休逾分，方朔侏儒一例看。”《油》云：“光分书案宵灯永，香抹云鬟晓镜开。”《盐》云：“何必虎形分白黑，却同蛙部有官私。”《酱》云：“一番臭腐神奇出，五齐调和气味长。”《醋》云：“缓急计从邻舍乞，差池味召酒家嫌。”《茶》云：“能添佳话清如许，顿觉寒襟涤欲无。”

二十九日大晴，是夜毛发析洒，忽有寒疾。

三十日阴，牙痛又发，困卧半日，强起礼祖先遗挂，饮屠苏酒。然嗽上气且甚，不及守岁，颓然复就寝，一梦遽换新年矣。

二十四年正月朔日，阴，微雨。睡中闻爆竹声，忽觉爽健。早起礼诸神及祖先像，诵《金经》《般若》《心经》，气和神静。

二十六日晴，二十四日定期到杭，舟已买矣，忽大风如吼，飞雪盈尺，舟人云：“如此风波不可行也。”二十五日微霁，傍晚放舟，舟中秉烛夜读，颇乐。是日午刻到杭，馆在金枪板巷，徒三。是夜蒋书奴设席相待，雪晴严寒。

二十八日晴，访张秋田不遇。访朱书船，见之。朱半塘表母舅出示《频伽礼佛》图并序。半塘之妹与予表兄周虚谷缔姻，未归也而虚谷以水厄死，朱女矢死不嫁，今十余年矣。半塘作是图以章之也。呜呼！虚谷未卒前一岁，在萧然与予处甚得，其为人天性甚厚而多才，乃遇难若王勃，此太史公之传伯夷所以感极而愤也。然得贤嫂若此，夫以文寿，妇以贞显，报不在身而在后世，虚谷可无憾哉。

二月二日大雨，是日敷文书院甄别，雇舆不得，与庄小梅踏屐上万松岭，路凡八里，雨骤风猛，撑破伞欲折，气尽力竭，几不能步到书院。赴考者千余人，喧声若雷，足不可停，坐处皆满无少隙。正跼蹐间，闻有人呼。顾视则孙某也，谓予曰：“已为君安顿坐所。”予大喜，遂引入大门，上小楼，地阴暗，予惫甚少憩。俄有朱某及姑苏赵讳一鸣者来同坐。中丞点名甚迟，出题已午后。予笔性极钝，匆遽脱稿，倩人视题，竟误脱题目。予曰：“字必无，幸取理。”回思跋涉之苦、风雨泥涂幽暗之累，及缀文搜索之劳倦，皆无谓也。交卷后天昏黑，雨益甚，不可回馆中。又赖孙君邀至高士坊巷寓所，饱食安卧。简庭兄亦在，同榻畅谈。是日不颠仆于风雨中，皆孙君之力焉。

初五日大雪，极寒，敝衣瑟缩如冻鸦。

初十日沈梦岩到杭，互相砥砺，天与我良友也。

十五日方静坐读文，忽金友兰来，知书院改早望课，遂与梦岩、孙君去，约简庭兄同至书院领卷，闻可明日缴。游兴遂举，上吴山，取径其幽，修篁环翠，清寂无人，惟有劚药草者数辈往来山凹。至一所豁然平坦，伫立仰视，则层峰起于眼前，楼阁依峰形高下，绝顶有粉垣缭绕，桃花一树出墙头，若彩霞丽空，令人起神山离合之想。升石梯数重，入一寺，旷朗虚阒。拂石而坐，闻啼鸟数声，清越以长。未几，山僧出茶饮，欲借地作文不果。出寺，历大观台，过龙神庙，游人渐多。又行数武，近城隍庙，舆马喧腾，衣香人影，百货具陈，又一繁华世界矣。饮于茶肆，市语鼎沸，而予三人者相视微笑，飘飘有尘外味。天渐晚，联步归。庄小梅自三墩至，夜小酌，纵谈半酣，于灯下作文颇奇也。小梅云："已登山，不可独负湖上春光。"

十八日大晴，泛舟南屏山前谒视姑丈也，未晤。游漪园净慈而归，净慈大悲阁有古梅夭矫如藤，目所罕见。

二十二日小雨俄霁。九弟有行期，拟作文以送之，曰："子云将之津门，始作客也。饮之酒而告之曰：弟乎，内莫难乎立志，而外莫难乎择友。志恶乎立，今有物焉，徙之东则东，徙之西则西，必其无根者也。石根于山，木根于土，锤之锯之则可矣，转而徙焉则不可。志者，根也。难苦困抑，颠连厄塞，锤之锯之者也；声色货利与一切不正之言，将转而徙焉者也，故曰'立志难'。志恶在曰孝曰弟，亲授我以身，身者非我所自有也，亲也。亵我身，亵亲也；危我身，危亲也。诚思亵亲、危亲之可骇，声色货利与一切不正之言自远矣。昆弟于吾身有间乎？无间也。诚思昆弟无间于吾身，则无异视矣。今弟之行，将助兄以养亲也。大惧志之不立，或游移放佚以亵其身，或幽忧愁思疾病以危其身。得志欤，不得志欤，吾不敢知。吾所期于弟者，毋忘老母两兄而已。嗟乎，吾弟立志有素矣。吾胡喋喋焉。然而交游不得其人，志且潜夺而隐靡，故曰‘择交难’。古曰：‘白沙在泥，与之俱黑。蓬生麻中，不扶自直。’诚哉是言也。垣之近突者必墨，久居越者音亢上而不和矣，习之也。鸠，仁鸟而化为鹰；橘，嘉果也，逾淮则为枳，此言性之可变易也。故有可交者二，不可交者二，相似而实反。人之渊然而静者，诚笃者也，可交也。然阴贼狠戾者，其貌亦渊然而静。人之率然以真者，义侠者也，可交也。然躁妄鄙俗者，其貌亦率然以真。二者恶乎辨，曰辨之于其志而已矣。志恶乎辨，曰孝曰弟而已矣。不爱其亲，乌能爱人；不急其兄，乌能急人。孔子曰：‘不顺乎亲，不信乎朋友。’《常华》之诗曰：‘鹡鸰在原，兄弟急难。每有良朋，况也永叹。’此言朋友始于孝弟也，此择交之道也。吾两人最相得，今将远离，赠弟以言。关河虽修，精神往来，勉之哉。毋为儿女子态矣。天阴阴欲雨，别酒数觞，泫然登舟。”

三月二十八日晴，至金枪板巷馆中，整书拂尘，窗几廓然。

四月朔日，雨。窗昏翳，予方握管作《吴也痴寿文》，凝思未成，屐声入户，则书奴自长桥至也。欢甚，袖出和诗，先是予与书奴游孤山，遂于湖上别，归仿义山留赠畏之作《艳体》寄之，云：“不愿相逢别可怜，段家桥畔绮罗天。长堤绿柳斜斜雨，小妹青溪叠叠烟。春病转深犹堕梦，柔肠难了忽逃禅。相如别有知音感，岂独文君貌似仙。”书奴和云：“烛暗香残亦可怜，落花风雨五更天。信通锦段金裁句，梦断蓝田玉化烟。渴病未消春中酒，闲愁捷悟夜参禅。嫦娥偏少团圞夕，有恨才登上界仙。”是时胡问槎同作，书奴亦和之，篇繁不录云，是夕雨甚。

二日，崇文书院月课。书奴邀梦岩及予同行，云作文毕可至净居庵谒简田老夫子也。下舟，舟甚洁。雨暂止，三面岚光，树色皆作浓翠，湖水如碧琉璃。少顷，细雨又作，远山蒙蒙，迭隐迭见，桥亭僧寺参差入烟，若写意笔墨矣。抵书院，文题已出，《乡人饮酒》二节，赋得《画桥碧阴》。予作文二篇、诗一首。船窗系牡丹花，予坐其侧，香风拂人，含笑欲语。书奴相戏云：“名花倾国两相欢也。”风骤猛，雨打入篷窗，急掩之。未几文成。天稍霁，重推窗望两堤，杨柳松篁，野田麦苗豆叶及杂草小卉，幻万种碧色。垂红桥跨其间，有一叟方持伞度桥，衣袂皆碧，真所谓“画桥碧阴”也。山腰云气渐散，缕缕然升于颠，直接长空，缭白萦青，奇爽扑面，妙不可状。遂解缆至小有天园。泊舟上岸，天渐暝，行南屏烟云中，入净居庵，简田祖姑丈相见甚喜。是日庵中赏牡丹，残尊犹存。洗盏更饮，未数巡红灯上矣。夜与祖姑丈论玉溪诗，高吟响山谷。梦岩及关棣孙一榻，余与书奴一榻，明日五更约看山。梦岩倦甚，先寝，余亦寝。书奴拥被坐，忽推余醒，云顷得一诗，吟曰云云，另有草。予听诗睡意顿释，用元韵和之云云。书奴听讫，默不语，少刻云又用元韵作《牡丹诗》一章，先诵上四句，下四句未成，忽鼾齁大作，予宛转不成睡。净居庵者，净慈之分支也，邻于万峰山房。山房有僧小颠，曾与予看花痛饮狂歌。今俗僧皆存，小颠独死，伤之。用书奴韵又成一律，推书奴醒，又吟与听。予恐旧恙作，颓然就睡乡，而书奴翻宛转不寐矣。迨晓，梦岩、棣孙起，催看山，疲甚不应，二人启户遂出。予又睡，梦与子云别于河干，呜咽悲怖，醒而红日照床。书奴云：“余牡丹诗成矣。”皆起擘笺写之。祖姑丈入，细观嗟赏，又出酒饮，半醉散步。是时万峰山房为方丈僧松光所扃，有歧路绝险。余奋登几坠，攀竹而上，诸人遂鱼贯上，撤其竹篱，拜小颠之墓，入小颠之室，旷然廓然。忽祖姑丈亦至山房，时年七十八矣，犹能攀苍藤缘绝壁，勇哉。憩坐久，一稚僧导至净慈大悲阁，逢诗僧青雨，潇洒拔俗，索其稿观之，诗亦如人，大喜纵谈。是日众僧受戒，老者披红袈裟坐于上，少者顶礼于下。男女杂观，履舄交错，钟鱼鼎沸，渐不可耐。别青雨回净居庵，饭毕将归，祖姑丈云：“初五日我寿诞，同人将来，汝先一日至，为我理剧。”余云：“诺。”遂与梦岩、书奴、棣孙归。归途拜濂溪先生祠，又吊鸳鸯冢，到馆中觉倦小卧。庄小梅、金友兰及善鼓琴者何月锄皆来，夜谈三更始息。

初四日，偕梦岩赴万松岭书院朔课作文，如高士坊巷请考。在院者共一千四五百人，轰挤院墙为之颓。点名毕日已斜，又迟迟出题。

予与梦岩坐地藏殿石阶，托孙映堂先生领卷未至。复游于殿中，看地狱变像。入后门，竹园山笋攒立肥大，雏僧守之。徘徊一晌，映堂先生至，回高士坊作文。予连夕少寐，忽发热头眩，执笔若执重器，稍闭目即睡，强醒再续。昨与祖姑丈约晚须至净居庵，心愈急文愈艰。梦岩又以予病，独行度岭不可，屡止。予坚欲践信，梦岩忧躁，亦不成一字。日已趖矣，相对如魇。梦岩遂慨然曰："我虽与简田先生疏，为弟故，必当同往。"意定始为文，脱稿街衢已黑，急挟卷上万松岭，林木阴翳，寒风逼人。交卷出，路昏如翳，地荒凉无买烛所，乘暗行义冢间，蔓草没膝。有人持灯前行，就之不见，忽又在远。虫嘶鸟啾，骨动胆裂。过禹王庙，漆云蔽前，凉雨簌簌洒颈，风吹帽欲落，度雨且甚，惶骇足战战。忽前又有灯火，则双投桥侧酒家也。狂喜入肆，时饥甚，饮酒两盏，杂食腐筋、蚕豆，稍饱。出肆行数步，雨如倾，衣履尽湿，不能行。愁甚无策，陡念酒肆当有雨盖，反而假之，主人甚贤，慨然相付，然终无灯。二人相倚行，暗揣道路。到鸳鸯冢边，耳中闻菰蒲瑟瑟声，心知临水，以伞拄地而步，恐坠入湖。忽空山嗷然有声，继以大笑，魂魄骇飞，凝神静听，方知老鸮也。行数步，长人突兀立于前，又大怖，注目细看，始辨是塔，盖至净慈前矣。然雨益急，疾趋入兴善社，幽凄凉森，叩净居庵门，良久雏僧出答，入见祖姑丈，大咤云："如此雨中竟来，汝真践诺者也。"饮以酒，促余早睡。予与梦岩一灯同榻，惊定反喜，追思怖境，有如入梦，始悟浮生亦若此耳。予病因惊汗出稍愈，安眠。

初五起，贺客络绎，理杂务甚烦。暇又同鲍听巢游净慈。天晴霁，游女成群，红裙绿鬓往来花间。今日艳冶之乡，即昨宵黯惨之境也。遂至酒家还伞，再拜谢。是日宾筵散，与梦岩归家。呼小划船至涌金门，烟波一片，暮霭千峰，渔人扳罾而得鲈，童子持竿而驱鸭，人在湖山清旷中矣。归于灯下，读张情斋《玉节记》，拊掌称快。是日书奴回家，约十二为云栖游。

初六日大晴，静坐一日。夜微有月，梦岩促书数日事，模糊难写，冬冬已三鼓。

初七日大晴，接大人书。张情斋来，谈及仙理。情斋云："主一炼已秘奥尽矣。"敬识是言，永矢勿谖。

十二日薄晴，偕张丈情斋、钟丈莲溪、鲍静也、沈梦岩、关棣孙往云栖赴书奴约也。于是，胡问槎、孙雨生约而不赴，牵于事也。六人乘河船行，抵闸口，小桥人众，乌鸦船窄，乃呼江山船。饭讫下船，船中窗几明净，倚窗遐览，江水拍空，岩岫回抱。会几侧有琵琶一张，鲍静也取而弹之，幽怨如语，如空山月明，精魂思家，又变壮士声，天茫茫波骇且立。舟人女招姐，貌端秀，敛袂而听，形神专静，问其年十三矣。呜呼！乃堕此苦海也。时情斋脱帽趺坐，飘飘若仙。琵琶声未终，舟到云栖下院。入广生庵，雇篮舆不得，将出庵行，忽数人大笑而入，视之关如华、蒋小岩、庄小梅也。游理安回，过此小憩，不期而遇云。众议以情斋、莲溪最长，棣孙最少，恐足力不胜，让篮舆与坐，余人皆行。曲折循田塍，群绿映裾，云兴小雨洒头。联袂趋过七佛寺亭，至三聚亭。自此亭始，夹道皆幽篁，编松叶为篱，人行其中，萧疏如秋。稍进翠光益浓，有小亭焉，题曰"松云间"。长松交阴，石细路古，不复幻尘想矣。又行数武，豁然见云栖寺。寺为火毁新建，金碧壮丽。入寺，简田祖姑丈先在。拜见毕，书奴及书奴之弟侄皆出见，甚欢。何月锄已先一日来。诸人促坐谈，雨忽猛，檐漏声淋浪。先是予定十二日到云栖，十三日游理安，十四日回。见雨叹曰："山水之福薄矣。"茶讫，共拜书奴夫人之灵。斋坛幽洁，佛香缭空，观身若赘。诸人他游，予独坐静室，凝神既久，心作琉璃光，香不入鼻，雨声不入耳。书奴骤入，诧曰："寻君不见，却在此中。"邀往听月锄弹琴。夜色渐起，木鱼放饭。予呕病未愈，临食偞悒，自念恐不复永年，万念灰灭。书奴睹予不乐，起相慰云："君疾盖由嗜酒及好高吟，嗜酒留湿，高吟损气。气损湿留而脾职不修，故有是苦。吾藏有猪宝，服之可愈也。"予起谢曰："请谨戒此二者。"呜呼！知我者书奴也。是夕寺中三处设瑜伽焰口，惟大殿一坛，主坛僧状寂音和。坐蒲团听久，恍恍自悟，心作偈云："我是高僧转世，如何本性全迷。一场春梦忽醒，病中雨夜云栖。"遂转忧而乐。归，闲寮、梦岩方与静也弈，倚几观之，如华饰小甥女为男出拜笑哗，予以身弱早睡，心安睡浓，忽忽已晓。梦岩先起出户，喜叫云："天大晴。"乃践理安之游，篮舆五乘，舁舆者皆山僧。时新霁，峰峦如沐树林阴翳中。情斋、莲溪、静也、梦岩及予先后相呼谈噱度危桥，流泉戛清磬，一转入山之凹，高高下下皆茶树，老绿浓积，采茶人参差隐现。山愈深，有树卑而花淡红者，舆僧曰："婆娑也。"有白花而劲干者，舆僧曰："石楠也。"余杂草树，半不可名，路陡平坦，苔厚若毯，古木千章，夭矫狞怪，其地有亭曰"清凉亭"，真清凉哉。舆遂歇，小徘徊焉。步上岭，即理安寺山门矣，寺僧出迎。茶罢，见香泉大和尚。香泉昔在萧然，余总角曾识之，互叙前因，怅然念旧。予素知香泉能诗，索近稿看之，见有《和许玉年夜坐禅房作》，因借笔依韵成一律云："清凉亭子上，老衲掩禅关。但觉心如水，不知身在山。树筋连石瘦，鸟语隔云间。莫惜匆匆别，无来岂有还。"诗成，香泉导上松巅阁。阁在岭绝顶，四山围合，凉翠接天。又叠前韵一律云："罡风吹上松岭阁，四面幽窗洞不关。赴壑泉声争泻雨，拔天树势欲骄山。景缘太好诗翻涩，僧乃多忙客自闲。饱食斋厨尤未足，袖中偷得白云还。"香泉言酬应甚忙，故戏之云。留斋畅谈，香泉云："寺有僧见山，一日忽闭户不出，凡五昼夜，亦不饮食。众疑其死，排户视之，则方据膝危坐，笑振衣而起。然好毒骂同辈，近因同辈相忤，飘然竟去，奇人也。"饭讫，又出古书画观，有贝多叶写《十八罗汉像》，有舌血写《金刚经》，并工绝。过午不能久留，遂别。将出寺，又临法雨泉，一泓清澈。篮舆复行，山崎岖荦确，舆且颠，下而步，盘盘而登，先到烟霞洞。石峰倒垂，壁间皆凿诸佛菩萨形。洞颇深，秉烛入，阴湿岚气，成水滴沥，饮茶甚香。前殿有足印入石，约寸许，云三十年前，有僧赤脚拜佛，久而成此。出坐，舆疾畀下山脚，到石屋洞。前后皆村落，方赛社演剧，歌吹杂喧。洞高敞，凿天女散花像。稍盘桓，恐天晚乃归。沿江行，浩浩满目。近六和塔，又舍舆步，塔院亦幽秀。予与情斋、梦岩贾勇登塔，扪壁踏梯，直上第七层，望大江如匹练，帆樯且千，仰触云气，俯瞰鸟背，上艰下易。莲溪、静也并坐廊间，起偕行，径归云栖。又游放生所，见众生饮啄自若。再拜莲池大师塔院，清空无人，落叶簌簌，绕阶多蝴蝶花，回僧寮。是日立夏，食樱桃酥饼。夜予兀坐诵经。同人环听，三鼓始眠。

十四日同莲溪、静也坐乌鸦船先回，情斋、梦岩留。孤馆岑寂，凉月上窗，不知云栖诸公，又作何光景也。噫！予卖文为生，劳心苦志，促促无少暇，幸获兹游，亦因缘也。夫明日俗事又起，恐清景忘失，灯下记此。然记之，乌能留？徒痴耳。张情斋博学而穷困，奔走武林，年六十六，得炼气诀，故健步若少壮云。十四日夜走笔书。

二十日阴，胡问槎来谈。晚，书奴自长桥至。夜读问槎游理安诸诗，刻画幽隽，今之子厚也。《游棋磐岭》五古有“石脚削如水”一语，锻炼之至，若出鬼斧。

二十二日晴，书奴来邀游湖，偕梦岩出涌金门登舟至瑞云庵，看罂粟花，遂到南库房，见祝祖姑丈。午饭晤叶梅生，又泛至花神庙，坐竹素园，拜岳鄂王墓。梦岩向慕紫云金鼓洞而未到也，偕登北山。先游白衣洞，有僧方拜《法华经》，志苦声悲。入山益深，石皆大斧劈。次第历二洞，紫云洞突兀如侠士，金鼓洞娟秀如幽女，各具胜态。密竹阴邃，疑遂暝即下，则夕阳烂然。书奴待久，捉予袖，急纳一物，蠕蠕然龟也，惊捽之地，其声铿然。书奴笑曰：“此铜龟新市得，属君铭。”细视之，铜质淳古。铭之云：“廉则灵，静则寿。湖烟生，五柳居。”小饮，登怪石长啸，暮云横天。又上望湖楼脱帽高吟，时有数客徘徊于楼前，窃相笑予，若弗闻也者，吟益壮。俄寒星数点出于空，僧欲扃山门，遂出登舟。舟人蓄小犬，往来扑戏，大有天趣，吟云：“小犬入我舟，铃响风琅琅。生来云里住，何必遇淮王。”食樱桃甚甘，又吟云：“十分红比相思豆，万颗圆成如意珠。却笑右丞愁内热，我心久已在冰壶。”酌酒半酣，再玩铜龟，为舟人损其尾矣。书奴惋惜，又吟以解之云：“昔闻贺季真，金龟换酒醉仙人。一堕入尘土，忽忽经千春。

今君乃得此，苔花蚀犹新。爵以玻璃黄，点头若有神。舟子不戒失手堕，竟断其尾亦可怪。呜呼见首不见尾，然后称神龙。此龟曾识太白面，安肯曳尾乎泥中。”掷笔大笑，步至行宫前待月。湖水带星动摇，鸟拍拍投林。寺鼓打三更，东岩吐光，凉月涌出，堕影入波，细纹绉金，乱漾晃朗不定。吟东坡《赤壁赋》及《明月未出》之章，书奴亢声而啸，响震山谷。浓谈至四更，皆倦，归舟卧。予略闭目即起，独坐船头，漏将尽矣。山川大地浸凉影中，长天无云，万里莹洁，回顾余人，皆作鼾齁。月光我心相对澄寂，俄雄鸡一声，晨钟铿动，月色渐淡。悄步至西泠桥，晓风甚寒，四山苍翠渐分，酒家犬倦卧。抚景感叹，太素之始，孰契其微，昏昏默默，草露遂晞。逡巡归，杨柳中闻渔人打桨声，人事动也。到舟，书奴、梦岩亦起。旭日暄丽，草树迎朝烟若笑。是日书奴由昭庆寺回长桥，予及梦岩由涌金门归馆。

八月二十五日雨，晚晴。于是予以心疾废录且久矣。偶尔翻撷，感流光如驰，幸有此录，仿佛可忆，殆不可得废也。自此续记。

十月初二日晴，昨自西溪看芦花回。体中倦兹小爽矣。宜自奋振，悠悠而殁，可耻也。

初三日晴，前月二十七日，书奴邀看芦花。二十八日，偕情斋至长桥。是日游方山，山多怪石峭壁，落叶填径，霜红醉人。予病不能上其巅也。二十九日清晨，书奴导坐扪香馆。扪香馆者，书奴之花圃也。地数弓，具四时花，芙蓉已残，菊盛开，鸡冠、雁来红烂漫炫目。坐少顷，报舟具矣。放舟至留下，邀洪丈午桥。留下山水韶秀，人烟萧疏，多柿树，垂实若赪虬卵。洪丈与叶云帆偕来，遂棹至西溪。岁旱，芦花不盛，然沉波委雪，已令人生江湖之思。饮于交芦庵，邀澹泉上人。谒诗人厉樊榭先生及月上夫人之墓，墓在小方井，离庵五六里，路古人稀，若游尘外。偶见小村落，往来怡怡，有太古风。夜色渐起，予足弱不能至墓，坐长松下，嚼松叶食之。待久，同人方回，时已晦黑。瞑行至一村古庙中，开场唱弹词。澹泉往借灯，照归泊舟所。舟回长桥，三鼓余矣。嗟乎！予之少也，奋志为名人，今年二十五而得痼疾。为文不能思，思且心痛。立身行事，强支厉烦。悸衣若寒，衣之复不胜。时饥食，又不克食。嗟乎！夫复何言，形存尸立，待毙而已矣。嘉庆二十五年三月十六日灯下书。

高辛砚斋杂著

海昌　俞承德改名凤翰少轩

某公在东省署课读，夜与一仆同卧书室。忽一夕窗扉豁然洞开，大骇。望见窗外立一人，面白，身火赤，向内嬉笑。某益愕，屏息偷视。怪忽跃入，似知其醒者，径至仆榻，伸手入帐，捩其头拔出，吸脑有声，脑尽掷去头，复探手攫肠胃，仍跃去。某悸绝。次午，主人破扉入，见仆尸分裂，某僵卧，目动口噤。灌姜汁，良久始苏。述所见，然不知何怪。某术士颇神符箓，闻之曰："此红僵也。幸面尚白，否则震霆不能诛矣。盍尾血迹迹之?"果得于城外荒冢中，集众白昼斫棺，尸犹奋臂起立格斗，幸人众，踣而焚之。

杭州徐某，幼时游西湖上，见一湖庄甚精洁，二女子倚门立，艳绝。徐某方顾盼间，忽女子含笑招徐入。徐佻达从之，甫入门，见几席华美，肴酒陈焉。又有三女子并来款接。徐骇欲出，女子曰："今日之席，正为君设。"强挽留同饮，极醉辞归，五女俱送出，且殷殷订后会。归语其友，友色然曰："此某氏祠堂，何女子饮为?"因偕往，果祠堂，门久闭，鱼钥寸尘，异而返。阅十数年，徐为福建臬司幕友，夜阅富户窝盗案卷，已情实无翻理。少倦憩，即梦五女子跪求白此案冤。胶扰终夕，异而白之臬司。复提讯，始得实，富户之诬雪。某乘间问富户："若与五女子何德?"曰："无之。""试三思之。"富户曰："某少年出游越岭，见丐者获小狐五，将烹矣，怜而赎放之，其殆是乎?"某曰："信哉。"

某乡试入闱，见同号生于出题后即解考篮，出肉一方，约五六斤，酒一小瓮，烹肉畅饮，俱尽，下帘酣卧。至三鼓则起，叹曰：“休矣！”遂伸纸命笔，俄顷成三艺。某大惊，问之，曰：“某入场辄摹元，若不得，每曳白出。今岁又不称意，然戚友迫劝已屡，不得不草率完卷，今得魁矣。”某益骇，问其姓名，曰：“吾姓名三字，不出六笔，君看榜可知矣。”是科中式果有丁一士者。

海盐傅某，曾游某省。一日独持雨盖行山中，见虎至，急趋入破寺，缘佛厨升梁伏焉。少顷，虎衔一人至，置地上，足尚动。虎再拨之，人忽起立，自解衣履，仍赤体伏，虎裂食尽摇尾去，傅某得窜遁，后年八十余。粹庵听其自述云。

黄铁如者，名楷，能文，善视鬼并知鬼事。据云：每至人家，见其鬼香灰色则平安无事；如有将落之家，则鬼多淡黄色。又云：鬼长不过二尺余，如鬼能修善则日长，可与人等。或为淫厉，渐短渐灭，至有仅存二眼旋转地上者。亦奇矣。

施某读书柯山石佛寺，精舍外有石池，某即下榻其中。一日睡至夜半，忽窗扉骤开，二怪物跃入，直逼床前，如人被发，又若无首。某骇极，手剑挥之不动。既以剑向物，书“乾元亨利贞”五字，物始稍稍去。危坐至旦，窗果辟焉。急起语僧，僧曰：“固有之。”遂移读他所。

萧山有百尺楼，高三层。人每见第三层上有女子倚窗四眺，见人即隐，不知何怪。楼下有巨蛇，长数丈，粗如桶，往往出游。余友菊笙曾见之。或曰女子即蛇魅也。

武康张莼香，余友也。尝言邑有孟东野墓，每春日邑中诗人醵钱往祭，祭罢共饮为乐。某岁祭毕，有一人曰：“今日雅会，请各吟诗一句，须以东野二字着句首尾。”众方构思，莼香脱口云：“东风吹绿野。”众惊，叹为神助。

莼香弟号春牧，曾与一道士夜深行田塍间。忽一鬼长啸出道士前，疾驰去，声若裂帛，影若驶帆。次晨道士死。

余在湖南麻阳县署时，署后荒地数亩枕城墙。其乡人云：某年有人傍晚游城上，俯见署后隙地厝漆棺一具，方疑讶间，棺前和上有二眼睏动，始知为异蛇也。

陈石民言：幼时见一蛇，黑质黄章，亘若锦带，几拾之，幸为老妪呵而止。仆人安长尝为余家对门许姓守空宅。一日在书房敞窗昼卧，窗外枇杷树时结实甚繁。睡梦中闻攀折声，急跃起，见大蛇纯金色，头带双角髻然，倒盘树颠，每一举吻辄尽数枚。大号走出，迨偕人共视，蛇已杳矣。

有王妪，向在余家叔祖处几十余年。偶至后园劚笋，见土中蛇头无数，怒目作欲噬状，遂惊悸得疯症。

己亥年，吾乡马桥镇某邻近作伙，家惟妻及婢。忽闻空室中钱声铿然落地上，遣婢往视，一物伏梁上，鲤鱼首蛇身，甚短，钱即口中吐出。婢呼主母至，物顿隐。就地得钱百二十文。越数日，闻钱声落如故，急遣婢奔告其夫。夫偕邻人集视，物从容逸去。复数钱，得千二百。邻人因劝某设香案供奉之。某不许，亦不介意，而怪遂绝。

吾乡州署中古柏，素有神。前州尊胡公始到署，欲广住宅，即命伐去。众谏不听。匠人曰："须大老爷亲至树所命斫，始下手。"胡公象服，遽出仆地。众复谏不听，遂截去小枝。胡公骤得异症，十指尽墨，数日寻卒，盖为柏神所祟也。先是张雨樵先生刺吾乡时，一幕友寓古柏轩，夜梦古衣冠人，须发皓然，即其案取纸笔作草隶数字，云："古木之神，犯者有咎。"及旦视之，字迹宛然，因勒石贮库中。

癸巳年，陈栎余丈宰江阴时，夏日午后，礟头风起。傍晚有报省城委员某自靖江来，渡江舟覆溺死。栎翁即悬赏募人打捞，至第三日始得三尸，一委员及二仆。中一小仆手握委员臂同死，牢不可开。越半日，小仆忽苏。询之，云："方落水时，力牵主人，欲同踊出，因风猛浪汹，无所施力，未几遂晕绝，不知何以复活也。"盖其忠主情至，故江神护佑。录之以为义仆劝。

湖州庞楚渔，名公照。未中时，五六月间，其乡人染疫，家人将祷邑之城隍庙。病者忽曰："今日无往，城隍神适至庞相公家道喜去矣。"众未信，迨榜发，果捷。后举进士。

汪祥初者，忘其里居，营葬于乡，寓某氏祠堂。送葬者甚众，正屋尽客住。祥初无可下榻，视后院有楼屋数间，因独移卧具宿楼上。睡至三更许，闻下有声甚厉，疑为盗。亟移灯下楼，四照阒无人迹，傍一室闭焉，遂推户入，见有面壁立者，身雪白，被发及地，寒气森然。方惊顾间，物忽倒仆于地，因大骇，急逃至楼上，阖扉窃听，复闻击触声，遂晕绝。次日，众排闼救醒，偕往开视，则一僵尸仍仆地上，指爪绕身数匝，牙巉巉出吻尺余，不知何所自来。集众火之。

沈梦岩世伯，因事寓西湖上某寺。寺旁屋数十楹，为历来厝棺之所。一日，世伯事少间，与寺僧谈。僧曰："君欲广睹闻乎？"遂偕往寺侧殡室，启钥入，见中停灵柩以千百计，奇形瑰制，类目所未睹。惟当中一棺独巨，设香案其前。异而询为谁何，僧曰："此宋末朱八相公柩也。相公尝授徒寺中，死后殡此，历数百年且神。凡厝诸棺有为厉走僵者，舆榇至相公傍，数夕即帖然，故香火不绝焉。"既而归寓，僧忽曰："吾观君固好奇，君欲见朱八相公乎？"世伯且喜且惊，曰："何也？"僧曰："相公虽死，实不死，为地仙，常游行海内名山大川。时则归，归时可见，或不见。今且归，容卜之。"世伯大愕，益喜，趣僧往卜。反曰："有缘哉，相公许于某日见矣。"因斋戒。及期薄暮，僧引至殡室对面一屋，有月洞，跂望之，果见停柩厅廊，有一人伟身白面，美须髯，方巾茧袍，倚栏瞻眺，有顷入室，遂不见。世伯亲为余述之，并云相公柩前有阮太傅碑，记载颠末，类僧言。

汪砺轩军门为处州提督时，其署跨山为园，多亭台竹木。樟树大数围，有神，又立五仙庙署中。每夕值宿，更夫四人，自二更起，每更一人，历有年矣。忽一夕，闻人声甚喧，诧问之，则一人去击柝，余皆卧憩亭中，忽三人中不见一人，四觅不得。复多人冥搜，得于山后悬壁下丛竹中，梯引才上，已昏绝，急救之醒，问之，云："方与同伴倦卧，忽一白人曳之行，欲呼，噤不能声，遂曳入荒榛秽莽中，头目几损，犹力曳不止，幸多人来觅，始弃于此。"或疑犯五仙所致，次日祷之，后亦无他异。

陈星次言其同乡朱姓锯松作扉，共成板十块，每块上隐起一仙像，八块适成八仙，余二块一作寿星像，一作野猿献果像，皆笔致生动，非画工所能及。其家因取八仙像饰厅事，未几毁于火。寿星二像为其友东阳人携去，不知所终。

星次馆某家时，卧榻设楼下，室扉甚固，非自外力推不能启，楼上即课徒所。一夕正梦寐间，闻有推户者，声甚厉，履橐橐且入。因惊起，坐听物已至前，若吼若喘，绕榻缘梯而登楼。旋闻楼上猫声格斗，既遂寂然。次晨扉果辟矣，至楼上寻觅，猫毛盈几，余亦无他异。其徒尝登厕，见厕上一巨毛人坐而摇膝，大骇返奔，物亦遂逸。

吴子姜言其叔嗜臭鸡鸭子数十年。一日静坐，忽闻腹中人语："吾脏腑神，汝以多食秽物污我，将祸子。"因悸得膈症，年余卒。

新城某村大树自仆，乡人锯之，中有物若猫而巨。视其树无穴可入，骇而投之。翼日有人至其乡，言语不通，若渴有所觅者。及至草中，见此猫，急取而逸。不知何宝也。

某乡雷击一树，树腹有怪同猫状，已毙矣。越日，怪忽自行至数里外，仍踣于路隅。予弟曾馆于乡，见树瘿成一鼠，首尾四足皆具。

辛丑夏，雷震诸家桥，有大树拔起。翼日，乡人徙诸野而锯之，腥血满地。视之，二蛇大如碗，直塞树腹中，已截为四断矣。

陆眉生言其祖自陕甘入都，破晓车行黍陇间，忽辕驹嗥跃，车夫大呼堕黍中。急掀帘视之，见车前红光一道冲起，光中一红衣妇人掠车上升，欻然电灭，不知何怪。

保定城隍庙极壮丽，后多空宅，为妖所据。有借寓其中者，傍晚闻后壁嬉笑声，就门隙窥之，见少妇四五辈，赤体而戏。大骇走避，亦莫解是何怪物。

金稚穀言：殿试前二夜卧馆中，似闻仆呼有异。惊且觉有物排户入，大面绝青色，若以重器点其额而去。时梦已醒，其怪犹隐隐在目前，大骇。后以一甲二人及第，始悟所见乃奎星也。

朱二酉言：乡人某大醉归，忽张目哆口不能言动，状若死。急延医至，皆束手。最后一医云："是易治。须唤一孕妇，梳其发当愈。"如法治之而苏。二酉素知医，每言不解其理。吴卍生先生云："大醉阳气陡盛，阳极而阴，故有此象。孕妇阴中之阳，梳其发则阴阳通，是以愈也。"理合然欤。

家秋园叔祖言："生啖芋头，螫毒立瘳。"叔祖少有力，善堪舆。其殁也，予挽之曰："负力爱谈人搏虎，如神惯识地眠牛。"又江丈佩苍，世精外科，有隐德。丈忽患黄疸，剧甚，百药无效，濒危矣。忽梦一老者，采药草满筐，随手取一草令啖，顿觉神思清朗。寤后细思所尝草，乃墙根金鸡尾也，随觅得连服数剂，病若失。

丁未夏，京师陈氏妇素膂力过人，能开五石弓。忽病痨，年余，腹胀如鼓，面目日黑瘠，卧床累月，渐不能饮勺水，饭粒米，奄奄气微属。家人见其危，移之榻，俟瞑目即敛，室惟一老妪守焉。夜半大雨，霹雳巨震，墙壁俱动摇，人人惴恐。病者自床跃起，绕室狂走数十转，则上床仰卧，开言曰："吾疾去矣。"妪大惊，奔集家人环讯之，曰："方雷震时，觉有奇鬼牵去，至一宫殿，上坐狞面王者，叱令刳五脏。随有鬼持利刃剖腹攫取肠胃，并欲摘其心，遂愕呼而醒。顷已胸次疏通，宿疾全去矣。"家人摩其腹，果痞结尽消。自后进饮食，数日遂如常人。

马宴香言：今岁北上时，舟次常州道中。方午食，忽闻船尾顿足声甚厉，大惊，呼仆问故，皆摇手不答。因投箸往视，则一舟子蜷屈后舱，手足乱舞，作马腾踏状，自言："吾土神，需骑甚急。"船户叩头哀恳，许焚纸马，始蹶然苏。不知何祟也。

丁鹤卿自言前世为枣花庵僧。枣花庵即愍忠寺也，迄今每游寺中，归必恍惚发感冒，故戒不入此寺云。

钮松泉未殿撰时，留京得一馆。卧至夜半，忽地涌出裸体女子，登床相嬲，遂晕绝，至晓始寤，急辞馆他徙。

杭州谢某，偕友考崇文书院，归途遇雨，独行稍缓，雨益猛，急避某氏殡宫廊下。忽闻屋中细碎声，从门隙觇之，见一少妇独坐理发。骇极狂奔至石塔前，始值诸友，已无人色。归家数日病卒。

鹤卿言：客镇海时，每王石樵先生自定海来，必先期报知，辄与友数辈往招宝山寺设席以待，至则畅饮为乐。寺楼临眺，大海在目。一日遥见两舰顺风而来，知石翁将到，甚喜。忽飓风陡作，其冷透骨，窗扉尽阖。窗上见一圈黑影，大如数丈镜，镜中波光倒泻，万珠迸落，骇甚。骤闻巨震一声，则黑影失而石翁之舟已撞山脚矣。急下山扶石翁上岸，惊定共坐，石翁始述："方扬帆风利，疾行若驶，俄风起波立，舟忽中止，及水势骤落，不觉顺流触岸。"众大异之，询之寺僧，僧云："此鲛门口，下有巨鳅，不知几百丈，每一翻身辄致此险，不足怪也。"

冯小亭云：曾见罗雨峰画《鬼趣图》，下注云："往于焦山下，见一奇鬼出水，绿发红喙，其光照处，廊宇墙垣皆作绿色。"

道光十八年秋，天津大雨，平地水深数尺。后见一巨蝎若骡，堕死野田中。乡人云雨系蝎斗龙所致。

杭州许某，累试不售，甚愤懑。偶与妻计，余杭黄铁如能借命，当谋之。次日见黄哀恳。黄曰："君已与尊夫人议之乎？此事尚易，然他日事败，尊夫人必先受其咎。"因问："贵族乡试者几人？"曰："五六人。"曰："然则入闱时须雇健夫驾舆，先入先出，必中矣。"如其法果捷。后在京，忽得家书，其妻暴中恶死，大骇曰："嘻，事败矣！"遂得疾，不数月而卒。

尝记南京蒋心楣同年，言其家住房后有小屋数间，为置薪之所。幼时偶入其庭，见有枕门限而卧于内者，发短赤倒立，闻人至，回顾，目竖生顶上，睒睒有光。急走，遂不见。后有老妪曝衣其处，薄暮收衣，有赤衣人抱其腰，大呼，怪即入薪中而灭。

俞袭芸曾言：大外廊营住宅一小院，书房三间，向庋杂物，久闭置。某岁欲延师，始扫除焉。一日傍晚，偶至院散步，见有巨面塞门中，眉间尺许，双目瞠然外视。急反，奔呼众人，已空洞无物矣。

新城山中天生术极不易得，每年仅获一二枚。一乡人斫大树根作薪，根劈中有泥裹一物，大如球，视之术也。喜甚，暂置于地。适野猪过，龁其半。急夺残余，后售得八十金。有开药肆者，岁杪至山中取帐不得，将归。见一童驱牛，以衣贮磊块物，问之，云："适自山坳掘得，不知何药也。"山人皆不能名。药肆翁视之，皆天生术，遂佯言："此野芋，不足食，然可入疮药，盍贷我？"童喜，因以数十钱购之。负归，称得十余斤，卒以致富。某得术如拳，剖之中孕石卵一枚。术叶似麻，花色白。采药者每裹粮入山，或遇仍不见，或一见辄隐，盖有神云。

新城罗翁有四子，皆恃富横行。其三子在某处楼上读书，一夜方与窗友谈笑，忽闻门外犬吠甚哗。推窗视之，果见数十百犬绕门嗥斗。其三子曰："吾当持挺开门击之。"及启门，楼上观者见下已无一犬，持挺者亦见犬尽散，将阖户，忽有犬突入，啮其股而去。初不觉痛，犹登楼夸众曰："犬尽矣。"逾数日毒发，觉若犬啮其心肝者，遂叫呼不绝死。

陈石民言：有仆张姓，向为穿窬而卒善士者。某岁，其戚唐姓忽失窃，诬仆，遂遣去，为逻役所得。仆怼曰："他日出，必仇唐。"唐恐，贿役扼杀之。逾年中秋节，唐某夜醉，过陈氏门，见舆马甚夥，其仆门焉。悸而归，使人探听，则方施盂兰会，遂感疾卒而本支绝。

马宴香言：其内居停往某处拜客归，从婢莲喜才入门便号咷哭且叫曰："我不去，我不去。"知有异，集家人呵问之，则鬼言曰："我须衣数件，钱数千。"且言："我足小，步履甚苦。"因即买纸衣冥楮，牵婢出门外焚送之，鬼犹不去，阍者乘醉大言曰："再不去，当试老拳！"婢不语。后牵入，少卧始醒，问之，言见一妇人衣百结，欲曳之他往，故畏而哭云。

沈明崖言：幼时其表嫂死，偕母往吊，适接煞。死者遗幼孩未周岁，索母哭甚。明崖抱至楼上空室抚之睡。时方二更许，闻户外声甚厉，急出探视，即闻房中小儿恸哭声，复奔入视儿，值一妇人从房中出，倏不见。知为鬼，大惊号颠楼下，众集始定。噫！慈母虽死，犹念生孩。为人子者，宜何如思报昊天矣。闻之益令深霜露之感。

严荫轩言：孙某向寓全浙新馆，偶夜乘醉，欲往粉坊琉璃街，迷途至城隍庙前。见庙门大辟，进出者甚众。门外百货辐集，兼有设拆字摊者。方疑视间，适有旧识车夫驱空车回，见之呼曰："孙老爷何故在此旷野独步？"始寤，雇车归寓。知遇鬼，次年卒。又言某岁在乡收租，作一短寓，离佃户处约数里许。一夜携灯归寓，过其族某家，方娶妇，新人未至，因夜深遂过不入。独行至青莲寺，枯桑遍野，路枕大池。望见一女子红衫前行，疑为娶妇家喜嫔。既思新妇未至，喜嫔何独归？因蹑之，手中灯焰骤缩如萤。方注视，红衫者忽驻足回顾，面雪色，发蓬蓬如塑土偶。大骇，灯随灭，遂反奔至族某门。恐众笑胆怯，诡云："适灯尽，还取烛耳。"其家因与烛，复行至前处，心动曰："往返数刻，其鬼岂犹在耶？"才一仰视，则红衫隐约，宛在目前。益惊，月色愈晦，风复灭灯，更奔还。适新妇方入门，鼓乐喧聒。众惊问之，犹以灯灭告，众曰："必有异。"遂着众人偕往，始达寓所。是日，娶妇家见一板凳曲折自行数十武。不一岁，其家相继死者八人。始知诹期不慎，得凶日所致。

邵价人言：曾见一屠者，后得奇疾，粒米勺水不能入口，饥渴甚，稍进饮食辄脉动筋摇，痛楚欲绝。医不能治，卒馁死。殆杀业之报欤。

严荫轩云：去年自保定入都，至定兴晚尖。方下车，见一少年跨骏马北来，背黄色囊，同入店，荫轩与对面坐。少年呼酒保将烧酒一斤、鸡子二十枚来。荫轩亦呼酒保小酌。少年饮啖立尽，复呼取酒及鸡子如前数。荫轩大惊，起问姓氏。少年曰："姓陈。""年几何矣？"曰："十五。"且言自九岁即独往来燕齐间。荫轩益骇，睨其旁黄色囊，戏以两手捉之，重不胜。少年顾笑不语，复将鸡子、烧酒啖尽，面色不变，光采照人，出钱偿肆主，负囊跃马南驰去，风起尘上，倏忽不见。合肆俱惊，殆剧盗大侠欤？

荫轩言：曾见老人郭荣城须长尺余，分三截，上下纯白，中节全黑，时已百二十八矣。癸卯，予弟自路仲里归。过斜桥镇，见乡人作堵墙观，而异问之，则一施姓老者百岁人也，负斗麦出市，乡人稔知而聚观焉。徽州胡文甫选拔言:绩溪有汪姓者,年九十,犹行十里,担柴入城。又有年九十三,姓王,每入山采樵,其孙弗克荷,必代负以归。又有寿百零三岁,其妻亦寿百岁,姓章,号南铭,嘉庆初犹存。

周岷帆言:扬州某氏子能视鬼,常言鬼孱弱可怜,击之辄仆,移时始能起。其兄曰:"盍偕我观乎?"曰:"易耳。"一夕携其兄至越公墓。越公墓者,鬼薮也。縻其兄高树颠,以己唾沫敷其目,戒勿怖。某径往墓门独坐。至三四更许,兄俯瞰树下,奇鬼四集,阴风袭肌。其弟指挥如意,若戏傀儡,遂骇绝。迨东方既白,某升树呼兄,气微属,急负归疗治。有顷渐苏,自此不敢复往矣。

荫轩云:菱湖镇有王三者,贩青果为业。夏日偶乘舴艋他往,倚篷窗四眺,小倦枕几卧。舟子正摇橹间,忽闻舱中坠儿声,因驻橹窥之,见王三蛇冠焉,大骇,急抽篙击蛇,蛇逸入水而王三已晕绝,头渐肿,红圈绕之。遂载归,呼其家人扶上岸。王三稍醒,语家人曰:"方倦憩间,觉有物盘于头,惊视则蛇尾在几上,因闷绝。此蛇殆来索命,吾其死矣。"俄顷,头红肿如斗而死。

某姓酒房雷击蜈蚣一枚,长三尺余,首有穴,胡桃大,或曰龙取其珠云。

某翁死,停尸厅事。十余人环守之,以宪书、铜镜压胸际,两足囊巨斗。守者至半夜,忽闻斗有声,骇视之,足微动,胸镜倒,落地铿然。众狂奔,尸蹶起直追。众急阖扉,一人悸不能步,为尸所逼,匿户后,尸抱户,遂骇绝。是夜众不敢复出,天明起视,则尸扑户上,两指陷栗板入寸许,力拔始脱。俄见户后一人死地上,急灌以姜汁,良久始苏。

陆眉生言其姑适某氏,舟行江中,夜梦一老妪跪其前求救,问其故不得,但口称"三十二"者再,寤而莫测其旨。方疑虑间,忽闻船尾有人大呼"三十二"。始骇,遣婢探问,则舟人方买黑鱼,与渔者论价每斤若干也。遂恍悟梦妪,计渔人所得黑鱼,悉买放之。数年后复行江中,暴风骤起,浪涌若山,舟几覆,不能入口。忽见黑鱼数千浮水面,浪稍平,始得守口避风,幸免于危。又言其尊人常江行,见渔人网得一巨鱼，约数百斤，鳞文五采，异而买放，倏然不见。众仆相与訾曰：“此鱼承主人赎命，入水即逝，殆不知感恩，惜不将此冥顽物饱吾等馋腹。”方议论间，鱼从江心跃起数丈，鳞甲烂然，凡三跃始不复见。仆众遂大惊异。

冯小亭言：余杭有潘香士者，合家患疫。其父死三日而香士病笃，觉有人至床前偕之行，遂蹶然下床，若释重负。回视己尸甚秽，因不复顾，偕来人同行，如一叶扁舟乘风下濑，又如塞外秋高惊沙夕起。俄顷间，隐隐见城郭宫殿，复有一人迎面来，遇偕行者云：“潘某之父生有隐德，渠不合遽死，盍送归。”遂踽步独还。又值一人，手灯笼自远而至，则其母也。大号而苏，急问母，适气绝矣。其母平日持斋念佛，每宣佛号，辄志白纸灯上，故死时得以照路云。

余弟客渟溪钱氏，曾见居停买一大鱼，腹下鳞尽逆作梅花纹，两目瞬动，骇而投诸河。

山东赵星桥孝廉言：海滨所得巨鱼，千余斤者常常而有，无足怪。所怪者，时网得一二寸小人，耳目手足毕具，出水犹蠕动，少待即毙，不知何物。又有鱼正方如桌，无鳞鬣，惟二巨眼，烹食之亦无他异。

粤东关姓言：曾晓行大海中，见正东海面有白气一道如雾，自水冲出，直上霄汉，周围约数十里。既舟驶入雾，觉腥不可耐，逾时始过，殆蛟蜃之气欤。又言尝晓泊海汊，风起浪涌，遥望洋面，巨鱼长数十丈，或百余丈，往来泼剌，以数千计，真大观也。又闻英咭唎夷船曾于海岛获三异物，似巨龟而长脚，蹒跚行，腹离地高数尺许。杀其一烹之，食者尽死。以为怪，蓄舟中。后阮太傅闻之曰：“此赑屃也，绝有力。”索而置诸园，令五六人坐其背，物盘辟略不觉重，所过之处，亭台山石俱为推倒。急返之夷人，仍投于海。

吾乡趁船桥巨漾内有蚌，大如偃舟，直插泥中，岁旱水涸，往往见焉。

沈某言：曾见马桥野港中雷击白鳝一条，浮出水面约长一二丈，尾如覆板。或云是物至毒，食之令人为血水。

冯小亭云：杭州白云庵月下老人祠，祈科名签极灵，语系拉杂各成语为之。小亭己亥科祈得一签为“逾东家墙而搂其处子，则得妻”，莫解所谓。一友贺之曰：“君明科必中，盖签中藏‘子则得’也。”后庚子果捷。又陈实庵同年同祈科名，得“落霞与孤鹜齐飞，秋水共长天一色”二语，是科竟中副车，亦巧绝矣。

钮羹梅言其族某家，每日早起，见当门有遗矢，诟责婢仆，弗之异也。既凳桌上旋见矢秽，大骇。且见者弗语即拭去稍净，否则随拭随遗，不知所从来。积半载，偶见厕中有敝帚，其下遗矢堆积，异而焚之，患遂绝。何二如言：向寓绳匠胡同时，忽有虱异，坑上毡为之蔽，急以新者易之，不逾时又盈焉，甚至几席盘匜间皆虱，无虑千百，才去即有，亦无术驱之。某夜忽猛雨巨霆，雷趋火入厨，复绕至书室，破屋梁出，不知所击何怪，然自后竟绝虱患。

某家蓄一猫质虎斑。一夜，其主人独宿书斋，方梦寐间，忽猫声甚厉。惊起坐视，月色照窗若白昼，见一小人黑面，将军装，手质鞭，跨猫疾驰至榻前，遂大叫悸绝。家人知有异，急排闼入，则猫声犹呜呜，人已僵矣。因捣姜救醒，始述所见，卒不知何怪。次日冥搜室中，至壁角见一泥傀儡，乃玄坛像也，投之河，怪绝。

荫轩言：人两大指相并处有穴，名鬼窟。凡鬼附人能语者，必从此入。治法：以艾灸穴三次，能令鬼死。

吾乡某甲乙兄弟二人，素无赖。甲一日他适，至夜半未归。乙已卧，忽有人叩门呼曰：“尔兄醉甚，现在某处丛冢间，可急往掖之归。”乙因起辟扉，寂无人。急寻至某处，见甲方醉卧一破棺上，呕唾满地。遂负归，醒问之，实独饮无伴。行者始悟来叩门者即棺中人也。

湖州某翁家素封。其伙金姓者，徽州人，在其家三十余年，司出入甚谨。未几某翁卒，遗二子，放费无度，家中落。金伙数苦谏不听，愤得风疾。翁墓在郭外十余里，金伙辄独往，徘徊墓树间，若与人晤语者，必使人寻之始归。忽一日四觅不得，后得于某处河中，已溺死矣。翁子因殡之，将送其柩回里。忽有担水者至河滨，发昏呓语曰：

“吾即金某也。”因呼翁子来前，数以不肖罪，且言：“吾柩不必送，吾子行自来取。然吾魂将先归，现与某作伴，再雇某作价相随矣。”且言：“生前有钱存某处，可索来焚楮陌，无多费主人钱。”翁子如言焚送，鬼遂去，而担水者苏。后探知其伴及所雇之人皆徽人，数年前客死湖州者。

某江行阻风，泊舟沙际，舟人因踞沙中磨石析薪。少间潮至，即束薪登舟。水满沙活，下视巨鼋蠢然而走，始悟磨石鼋背也。东海有鱼，具手足，巨鳞锯齿，时登岸逐人，人以为妖，不知即《山海经》鲮鱼也。

荫轩言：客山左时，尝携酒一壶，与友数人登城楼，对月席地饮，且饮且谈，各倾百余杯。忽闻鸡声，则天渐明矣，皆大醉蹩躠归。既醒始大骇，壶酒何以尽醉？一老者云：“此仙酝，凡行游狐仙，知人嗜饮，密益其酒而弄醉之也。”后盛壶水以注之，才二十余杯云。

瞿京之言：其邑有三教堂，乙巳春间，有鹤飞集教堂屋脊，霜翮朱顶，徘徊一宿而去。初，金翰皋同年寄居嘉定，今夏以第二人及第，人皆以鹤为之兆云。

京之言：其友某尝馆某太史家，去年夏，忽见庭树双鹊自毁其巢，俄顷而尽。方愕然不知其故，未几太史考差，以夹带获谴。既移寓永光寺，见寺外一树，鹊巢如斗，不数日鹊又自毁且速。知其异，急移寓他所。月余，同寓寺中者亦以怀挟得罪。又言：其戚王某馆内城某宅，一日早起，见庭前枯柳上有数十小人，约长数寸，皆作时世装，往来游戏。疑眼花，拭目视之愈真。急呼家人至，遂不复见。又言：某自云南归，道宿一店。甫寝，觉有物触床板，橐橐作声。异之，久不成寐，遂启视之，则一人头在焉，血痕犹新。大惊，急拜祝曰：“知君冤，然某力弱，不能代雪，幸原宥勿扰。”祝毕，倦甚，复覆被卧。声触板益急且厉，益骇，立起促装逸。又言：塞外风力甚猛，有骑马山行者，为风摄去，触峭壁上，人马俱糜。至春融雪霁，遥望石壁，有隐起一人，作跨马扬鞭形者，即血迹也。

周岷帆言：有仆某至城内达子营某宅，薄暮不及出城，将假宿于东单牌楼旧主家。沿城根行里许，忽有数人与之偕，且挽饮酒肆。薄醉出门，其人复以余钱及瓜子纳仆怀，仍同行至御河桥。天已昏翳，蹩躄不成步。其人谓仆曰："尔欲往东单牌楼，涉水行路较捷。"遂向桥下招仆。仆欲入水，为桥栏所阻，不能下。水中人遂上桥争拽之，且以泥塞耳鼻几满。正沉迷间，适有数人携灯至，鬼尽散，因掖之曰："尔自达子营来乎？吾且送尔归，勿忘邻寺烧香也。"至达子营某宅，门启，仆而入。掖起问故，出谢，送者已杳矣。探怀，钱及瓜子犹存。先是达子营有废庙，为狐所据，祷应灵验。始悟前所遇者为鬼，后所遇者为仙也。次日至庙焚香楮，申谢而归。

冯小亭言：杭州顾某家藏一古乐器，木质甚坚，状若船，长二尺许，高尺许，径及尺，船舷距寸，驾细木密排如弦，旁有二木棰，首作莲窠形。手棰捶木弦，具八音。博洽者皆不能名为何器。

任馥堂言：沈莲叔卸盐院篆前，署中帚人见黄鼠狼大如犬，又有大蛇长丈余，三出签押房，馥堂亦见之。先是院中祀狐仙，名三太爷，甚灵响。每官将解任，辄见异物，历试不爽云。又馥堂曾于运司署阅文，寓一院，甚轩敞。一夕方寝，忽闻院中步履声杂沓，急起，少揭卷窗觇之，见物如黄狗而大，约四五十头，往来游戏凉篷下。时月影正中，照耀若白昼，有人立而嬉者，有尾而逐者，有哆口摇耳者，不一其状。几骇绝，遽掩窗卧，良久始睡去。比醒，已寂然矣。盖所见亦署中之狐也。予戏为馥堂曰："使若辈俱现人形，不便佳耶？"馥堂瞠目曰："幸渠现本相，已怦心悸魄，若空庭夜半骤见数十人，真胆裂矣。"

张樾生言：其宅中某夜打杂者倦卧，觉有物摸其头，惊而寤，闻外室几上有碗作旋转声，是时复若有揭上房门帘者，索之不见。

沈琴石言：南中近有三足猫及马驴猪羊犬诸怪，夜入人家攫人，妇女更受其毒。又有大手如簸箕，空中时来摄小孩及人精魄。又杭郡时闻当空兵甲声，不知信否也。

余杭姜联升未第时，家中延一师课其弟。一夕，弟犹夜读，师方就寝，忽闻其弟嗷然有声。急起视，已失其弟，见一长大黑人踞坐椅上，遂大喊，灯骤灭。家众奔入，则黑人已杳，其弟晕绝地上矣。灌之苏，述所见，披案上书，有鲜血一块。其家因大骇，次日召巫问之。巫贺曰："此非妖，乃文曲星出现。老爷在京必联捷矣。"众犹未信也，而泥金帖至。至今书上血迹犹存。

祝由科，辰州最盛。某年，本处校场阅兵，一人目集流矢，镞坚不得出。急访得一业祝由科者，乃龙钟老妪也，至即命缚伤者于东楹，已立西楹咒之，观者环妪左右。咒移时，妪命观者少远，立即大叱一声，急侧其首，伤者目中矢立飞出，返射中西楹，入寸许，去妪鬓才数寸。众大骇，视伤者目，仍完好无创痕。又闻祝由科能咒清水，以箸挑之，凝若饴，服之巨创立愈。初，江西张真人处有法官至吾乡，在庙宫戏台作法，台下观者麇集。法官以瓦器炽炭，其中表里通红，掇至掌中，行数周，便以袍袖拂之，火顿灭，瓦器即冷，若未尝炽炭者。又手举城砖，厚二寸余，望空力掷，正当观者之顶，方群骇间，砖即碎落若粉。后沉铁符海中，借沙筑塘，其法颇验。

俞袭芸曾言：其六七岁时，寓杭城某寓。傍晚登楼，适有物从梯直下，毛如雪，大如猫数倍，见人返走上楼。袭芸戏追之，物遽入门隙而灭。后知其为狐也。

平仲言：浦城有池，下铺石板，相传窖金。某岁有人竭水探视，石将启，忽疾雷暴雨，遂不敢发。

京之言：某公为县令时受贿三千金，逼一孀妇改醮，妇不从，自刎死。后某公荐，升至某省总督，方莅任，藩臬及道府各员均递手帖禀见。忽中有署理某省城隍某名帖，某公甚异之，令阍人独传见。至则一官着缺衿袍，作行装，对公曰："此处非谈事所。"遂偕至一静室对坐，城隍徐问曰："公向得贿逼嫁事顷发矣，特不知其贿系官亲阍人得之，抑公自用？"某公骤闻，觉遍体森然，若霜着背，即谢曰："向实因境迫，某自用之。"城隍曰："既用乎？"便喝一声："拿！"阴风振窗，纸声猎猎，城隍杳而某公毙矣。

高啸琴同年言：渠素有胃脘痛之症，由来三十余年。后梦一人告以方曰："用大枣、檀香捣匀，敷患处。"醒甚异之。翌日，如法敷之，果愈。后竟以枣一两，去皮核，配以檀香一钱，捣匀作丸，吞之入腹即愈。屡发屡验，真仙方也。传服数人，无不应手立效。然余患总不能除其根柢。近发服之，如水投石矣，岂衰老病深，二味不能为力耶？又尝避寇上海外家，外姑有佛堂一所，常以时花供养。一日嘱某往购，时已入冬，苦无花卉。寻至北门，有假山一盆，大不过一卷，上栽雁来红数千枝，即俗云"老少年"也，大不即寸，小者仅二三分许，五色皆备，娇艳异常，以钱七百购之而归。后购求数年，终不复遇，亦一奇物也。又云：孩子出痘必有小鬼，俗呼为"痘儿哥哥"。戊寅冬，渠一女甫周岁，发痘甚危。医云："卧室外须置耍货数事，以供鬼玩，当不扰患者。"某如言贮于门外。一夕，小铙、小鼓竞敲聒耳，良久寂然，女之痘渐结痂而愈矣。又云：渠宅后园中有池，平昔栽花莳竹，岁畜鱼数十头。年久花木荒废，而池鱼尚存。一日水涸，工人获鱼十数尾，不盈尺，唇外有唇，大如盏，长斜圆曲不等。恐有毒，不敢食，工人私食之，亦无他故。

《中国近现代稀见史料丛刊》已出书目

第一辑

莫友芝日记
汪荣宝日记
翁曾翰日记
邓华熙日记
贺葆真日记
徐兆玮杂著七种
白雨斋诗话
俞樾函札辑证
清民两代金石书画史
扶桑十旬记（外三种）

第二辑

翁斌孙日记
张佩纶日记
吴兔床日记
赵元成日记（外一种）
1934—1935中缅边界调查日记
十八国游历日记
潘德舆家书与日记（外四种）
翁同爵家书系年考
张祥河奏折
爱日精庐文稿
沈信卿先生文集
联语粹编
近代珍稀集句诗文集

第三辑

孟宪彝日记
潘道根日记
蟫庐日记（外五种）
王癸避难日志　辛卯年日记
嘉业堂藏书日记抄
吴大澂书信四种
赵尊岳集
贺培新集
珠泉草庐师友录　珠泉草庐文录
校辑民权素诗话廿一种

第四辑

江瀚日记
英绍日记两种
胡嗣瑗日记
王振声日记
黄秉义日记
粟奉之日记
王承传日记
唐烜日记
王锺霖日记（外一种）
翁同龢家书诠释
甲午日本汉诗选录
达亭老人遗稿

第五辑

袁昶日记
吉城日记
有泰日记
额勒和布日记
孟心史日记·吴慈培日记
孙毓汶日记信稿奏折(外一种)
高等考试锁闱日录
东游考察学校记
翁同书手札系年考
辜鸿铭信札辑证
郭则沄自订年谱
庚子事变史料四种(外一种)
《申报》所见晚清书院课题课案汇录
近现代"忆语"汇编

第六辑

江标日记
高心夔日记
何宗逊日记
黄尊三日记
周腾虎日记
沈锡庆日记
潘钟瑞日记
吴云函札辑释
新见近现代名贤尺牍五种
稀见淮安史料四种
杨懋建集
叶恭绰全集
孙凤云集
贺又新张度诗文集
王东培笔记二种

第七辑

豫敬日记　洗俗斋诗草
宗源瀚日记(外二种)
曹元弼日记
耆龄日记
恩光日记
徐乃昌日记
翟文选日记
袁崇霖日记
潘曾绶日记
常熟翁氏友朋书札
王振声诗文书信集
吴庆坻亲友手札
画话
《永安月刊》笔记萃编
浙江省文献展览会文献叙录
杨没累集